सीता–मिथिला की योद्धा

आई.आई.एम. (कोलकाता) से प्रशिक्षित, 1974 में पैदा हुए **अमीश** एक बैंकर से सफल लेखक तक का सफर तय कर चुके हैं। अपने पहले उपन्यास *मेलूहा के मृत्युंजय,* (शिव रचना त्रयी की प्रथम पुस्तक) की सफलता से प्रोत्साहित होकर उन्होंने फाइनेंशियल सर्विस का करियर छोड़कर लेखन पर ध्यान केंद्रित किया। एक लेखक होने के साथ ही, अमीश भारत-सरकार के राजनयिक, टीवी डॉक्यूमेंट्री के होस्ट और फिल्म-प्रोड्यूसर भी हैं।

इतिहास, पुराण और दर्शन में उनकी विशेष रुचि है और दुनिया के प्रत्येक धर्म की सार्थकता और ख़ूबसूरती को सराहते हैं। उनकी किताबों की 60 लाख से अधिक प्रतियां बिक चुकी हैं और उनका 20 से अधिक भाषाओं में अनुवाद हुआ है। भारतीय प्रकाशन इतिहास में अमीश की शिव रचना त्रयी सबसे तेजी से बिकने वाली सीरीज है और राम चंद्र सीरीज का स्थान दूसरे नंबर पर है। अमीश से संपर्क करने के लिए:

- www.authoramish.com
- www.facebook.com/authoramish
- www.instagram.com/authoramish
- www.twitter.com/authoramish

Celebrating
30 Years of Publishing
in India

अमीश की अन्य किताबें

शिव रचना त्रयी

भारतीय प्रकाशन क्षेत्र के इतिहास में सबसे तेज़ी से बिकने वाली पुस्तक शृंखला

मेलूहा के मृत्युंजय (शिव रचना त्रयी की पहली किताब)

नागाओं का रहस्य (शिव रचना त्रयी की दूसरी किताब)

वायुपुत्रों की शपथ (शिव रचना त्रयी की तीसरी किताब)

राम चंद्र शृंखला

भारतीय प्रकाशन क्षेत्र के इतिहास में दूसरी सबसे तेज़ी से बिकने वाली पुस्तक शृंखला

राम – इक्ष्वाकु के वंशज (शृंखला की पहली किताब)

रावण – आर्यवर्त का शत्रु (शृंखला की तीसरी किताब)

लंका का युद्ध (शृंखला की चौथी किताब)

भारत गाथा

भारत का रक्षक महाराजा सुहेलदेव

कथेतर

अमर भारत : युवा देश, कालातीत सभ्यता

धर्म: सार्थक जीवन के लिए महाकाव्यों की मीमांसा

www.authoramish.com

'{अमीश के} लेखन ने भारत के समृद्ध अतीत और संस्कृति के विषय में गहन जागरूकता उत्पन्न की है।'

—***नरेन्द्र मोदी*** *(भारत के माननीय प्रधानमंत्री)*

'{अमीश के} लेखन ने युवाओं की जिज्ञासा को शांत करते हुए, उनका परिचय प्राचीन मूल्यों से करवाया है...'

—***श्री श्री रवि शंकर***

(आध्यात्मिक गुरु व संस्थापक, आर्ट ऑफ़ लिविंग फाउंडेशन)

'{अमीश का लेखन} दिलचस्प, सम्मोहक और शिक्षाप्रद है।'

—***अमिताभ बच्चन*** *(अभिनेता एवं सदी के महानायक)*

'भारत के महान कहानीकार अमीश इतनी रचनात्मकता से अपनी कहानी बुनते हैं कि आप पन्ना पलटने को मजबूर हो जाते हैं।'

—***लॉर्ड जेफ्री आर्चर*** *(दुनिया के सबसे कामयाब लेखक)*

'{अमीश के लेखन में} इतिहास और पुराण का बेमिसाल मिश्रण है... ये पाठक को सम्मोहित कर लेता है।'

—***बीबीसी***

'विचारोत्तेजक और गहन, अमीश, किसी भी अन्य लेखक की तुलना में नए भारत के सच्चे प्रतिनिधि हैं।'

—***वीर सांघवी*** *(वरिष्ठ पत्रकार एवं स्तम्भकार)*

www.authoramish.com

'अमीश की मिथकीय कल्पना अतीत को खंगालकर, भविष्य की संभावनाओं को तलाश लेती है। उनकी किताबें हमारी सामूहिक चेतना की गहनतम परतों को प्रकट करती हैं।'

—**दीपक चोपड़ा**

(दुनिया के जाने-माने आध्यात्मिक गुरु और कामयाब लेखक)

'{अमीश} अपनी पीढ़ी के सबसे ज़्यादा मौलिक चिन्तक हैं।'

—***अर्नब गोस्वामी*** *(वरिष्ठ पत्रकार व एमडी, रिपब्लिक टीवी)*

'अमीश के पास बारीकियों के लिए पैनी नज़र और बाँध देने वाली कथात्मक शैली है।'

—***डॉ. शशि थरूर*** *(सांसद एवं लेखक)*

'{अमीश के पास} अतीत को देखने का एक नायाब, असाधारण और आकर्षक नज़रिया है।'

—***शेखर गुप्ता*** *(वरिष्ठ पत्रकार एवं स्तम्भकार)*

'नये भारत को समझने के लिए आपको अमीश को पढ़ना होगा।'

—***स्वपन दासगुप्ता*** *(सांसद एवं वरिष्ठ पत्रकार)*

'अमीश की सारी किताबों में उदारवादी प्रगतिशील विचारधारा प्रवाहित होती है: लिंग, जाति, किसी भी क़िस्म के भेदभाव को लेकर... वे एकमात्र भारतीय बैस्टसेलिंग लेखक हैं जिनकी वास्तविक दर्शनशास्त्र में पैठ है—उनकी किताबों में गहरी रिसर्च और गहन वैचारिकता होती है।'

—***संदीपन देब*** *(वरिष्ठ पत्रकार एवं सम्पादकीय निदेशक, स्वराज्य)*

'अमीश का असर उनकी किताबों से परे है, उनकी किताबें साहित्य से परे हैं, उनके साहित्य में दर्शन रचा-बसा है, जो भक्ति में पैठा हुआ है जिससे भारत के प्रति उनके प्रेम को शक्ति प्राप्त होती है।'

—***गौतम चिकरमने*** *(वरिष्ठ पत्रकार एवं लेखक)*

'अमीश एक साहित्यिक करिश्मा हैं।'

—***अनिल धारकर*** *(वरिष्ठ पत्रकार एवं लेखक)*

www.authoramish.com

सीता
मिथिला की योद्धा

राम चंद्र श्रृंखला की द्वितीय पुस्तक

अमीश

अनुवाद

उर्मिला गुप्ता

हार्पर
हिन्दी

www.authoramish.com

प्रथम प्रकाशन 2017
हार्पर हिन्दी
(हार्परकॉलिंस पब्लिशर्स इंडिया) द्वारा प्रकाशित 2023
बिल्डिंग नं. 10, टावर A, 4th फ्लोर,
डीएलएफ साइबर सिटी, फेज II, गुरुग्राम 122002, भारत
www.harpercollins.co.in

P-ISBN: 9789356296459
E-ISBN: 9789356296466

कवर डिजाइन © : ऑक्टोबज़
टाइपसेटिंग : निओ साफ्टवेयर कन्सलटेंट्स, प्रयागराज (इलाहाबाद)
मुद्रक : थॉम्सन प्रेस (इंडिया) लि.

www.authoramish.com

मेरे जीजा जी
हिमांशु रॉय के लिए,

जिन्होंने भारत की प्राचीन संतुलन की राह को सोदाहरण समझाया,
प्रभु गणेश के भक्त, सभी धर्मों को सम्मान देने वाले,
सच्चे देशभक्त,
बुद्धि, साहस और सम्मान के धनी
एक नायक

www.authoramish.com

ॐ नमः शिवाय

ब्रह्मांड भगवान शिव के समक्ष सिर झुकाता है।

मैं भी भगवान शिव के समक्ष सिर झुकाता हूँ।

www.authoramish.com

अद्भुत रामायण से

(महर्षि वाल्मिकी जी से साभार)

यदा यदा ही धर्मस्य ग्लानिर्भवति सुव्रत।
अभ्युथानामाधर्मस्य तदा प्रकृतिसम्भवः।।

सदाचार का प्रण लेने वालों, याद रखो
जब जब धर्म की हानि होती है,
या अधर्म उदय;
पवित्र देवी अवतरित होती हैं।

वो धर्म की रक्षा करेंगी।
वो हमारी रक्षा करेंगी।

www.authoramish.com

चरित्र सूची और महत्वपूर्ण कबीले (वर्ण क्रमानुसार)

अरिष्टनेमी: मलयपुत्रों के सेनापति; विश्वामित्र के खास।

अश्वपति: उत्तर-पश्चिम साम्राज्य कैकेय के राजा; दशरथ के घनिष्ठ मित्र; कैकेयी के पिता।

उर्मिला: सीता की छोटी बहन; जनक की पुत्री; जिनका विवाह बाद में लक्ष्मण से हुआ।

कुंभकर्ण: रावण का भाई; वह नागा है (विकृतियों के साथ जन्मा इंसान)।

कुशध्वज: संकश्या का राजा; जनक का छोटा भाई।

कैकेयी: कैकेय के राजा अश्वपति की पुत्री; दशरथ की दूसरी और प्रिय पत्नी; भरत की मां।

कौशल्या: दक्षिण कौशल के राजा भानुमान और उनकी पत्नी महेश्वरी की पुत्री; दशरथ की ज्येष्ठ रानी; राम की मां।

जटायु: मलयपुत्र प्रजाति का अधिपति; सीता और राम का नागा मित्र।

जनक: मिथिला के राजा; सीता और उर्मिला के पिता।

दशरथ: कौशल के चक्रवर्ती राजा और सप्त सिंधु के सम्राट; कौशल्या, कैकेयी

और सुमित्रा के पति; राम, भरत, लक्ष्मण और शत्रुघ्न के पिता।

नागा: विकृतियों के साथ पैदा हुई इंसानी प्रजाति।

नारद: लोथल का एक व्यापारी; हनुमान का मित्र।

भरत: राम के सौतेले भाई; दशरथ और कैकेयी के पुत्र।

मंथरा: सप्त सिंधु की सबसे संपन्न व्यापारी; कैकेयी की करीबी।

मलयपुत्र: छठे विष्णु, प्रभु परशु राम की प्रजाति।

मारा: धन लेकर कत्ल करने वाला हत्यारा।

राम: अयोध्या (कौशल साम्राज्य की राजधानी) के सम्राट दशरथ के चार पुत्रों में से ज्येष्ठ; बड़ी रानी कौशल्या के पुत्र; जिनका विवाह बाद में सीता से हुआ।

राधिका: सीता की दोस्त; हनुमान की चचेरी बहन।

रावण: लंका का राजा; विभीषण, शूर्पणखा और कुंभकर्ण का भाई।

लक्ष्मण: दशरथ के जुड़वां बेटों में से एक; सुमित्रा के पुत्र; राम के प्रिय; जिनका विवाह बाद में उर्मिला से हुआ।

वरुण रत्नाकर: राधिका के पिता; वाल्मिकी प्रमुख।

वशिष्ठ: अयोध्या के राजगुरु; चारों राजकुमारों के शिक्षक।

वायु केसरी: हनुमान के पिता; राधिका के काका।

वायुपुत्र: पूर्ववर्ती महादेव प्रभु रुद्र की प्रजाति।

वालि: किष्किंधा के राजा।

विभीषण: रावण का सौतेला भाई।

विश्वामित्र: छठे विष्णु प्रभु परशु राम की प्रजाति मलयपुत्र के प्रमुख; राम और लक्ष्मण के अल्पकालीन गुरु।

वेतकेतु: सीता के गुरु।

शत्रुघ्न: लक्ष्मण के जुड़वां भाई; दशरथ और सुमित्रा के पुत्र।

शूर्पणखा: रावण की सौतेली बहन।

समीचि: मिथिला की नागरिक और सुरक्षा अधिकारी।

सीता: मिथिला के राजा जनक की दत्तक पुत्री; मिथिला की प्रधानमंत्री; जिनका विवाह बाद में राम से हुआ।

सुनयना: मिथिला की रानी; सीता और उर्मिला की मां।

सुमित्रा: काशी के राजा की पुत्री; दशरथ की तीसरी रानी; लक्ष्मण और शत्रुघ्न की मां।

हनुमान: राधिका का चचेरा भाई; वायु केसरी के पुत्र; नागा और वायुपुत्र प्रजाति के सदस्य।

कहानी की वर्णनशैली पर टिप्पणी

इस किताब को उठाकर मुझे अपना बहुमूल्य समय देने के लिए शुक्रिया।

मैं जानता हूं कि इस किताब को आने में काफी समय लग गया, और उसके लिए मुझे खेद है। लेकिन जब राम चंद्र श्रृंखला का वर्णात्मक ढांचा आपके सामने रखूंगा, तब शायद आप इस देरी को समझ पाएं।

मैं कहानी सुनाने की एक तकनीक हाइपरलिंक से बहुत प्रभावित हूं, जिसे कुछ लोग बहुरेखीय बयानगी भी कहते हैं। ऐसी बयानगी में, कई चरित्र होते हैं; और एक सूत्र उन्हें एक साथ ले आता है। राम चंद्र श्रृंखला के तीन मुख्य किरदार हैं राम, सीता और रावण।

हर चरित्र की जिंदगी के अपने अनुभव हैं, जिन्होंने उसके अस्तित्व को ढाला और उनकी कहानी को सीता के अपहरण तक पहुंचाया। और हरेक के अपने रोमांच और दिलचस्प पृष्ठभूमि है।

तो जबकि पहली किताब में राम की कहानी कही गई है, दूसरी और तीसरी किताबों में क्रमश: सीता और रावण की जिंदगी की झलक मिलेगी, जिनकी सम्मिलित कहानी आगे चौथी किताब में कही जाएगी। मैं जानता था कि यह जटिल और समय खपाने वाली प्रक्रिया है, लेकिन मुझे यकीन था कि ये उतनी ही रोमांचक भी होगी। आशा है कि आप भी इसे पढ़ते हुए उतने ही खुश और रोमांचित महसूस करें, जितना की मैं। सीता और रावण के चरित्रों को समझने से मुझे उनकी दुनिया में झांकने का मौका मिला और वहां मिले कथानकों और रहस्यों ने इस महाकथा को साकार कर दिया। इसके लिए मैं खुद को बहुत ही खुशकिस्मत समझता हूं।

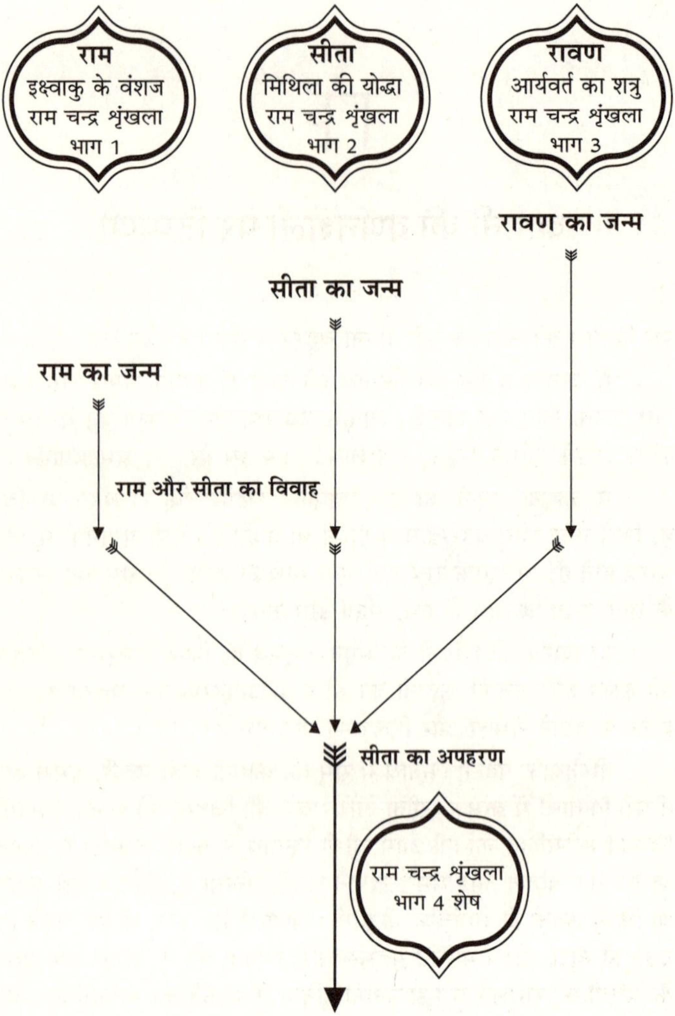
राम
इक्ष्वाकु के वंशज
राम चन्द्र श्रृंखला
भाग 1
सीता
मिथिला की योद्धा
राम चन्द्र श्रृंखला
भाग 2
रावण
आर्यवर्त का शत्रु
राम चन्द्र श्रृंखला
भाग 3
रावण का जन्म
सीता का जन्म
राम का जन्म
राम और सीता का विवाह
सीता का अपहरण
राम चन्द्र श्रृंखला
भाग 4 शेष

चूंकि ये योजना थी, इसलिए मैंने पहली किताब (*राम—इक्ष्वाकु के वंशज*) में ही संकेत छोड़े थे, जिन्होंने दूसरी और तीसरी किताब में कहानी को बांधने में मदद की। कहने की आवश्यकता नहीं कि दूसरी और तीसरी किताब में बहुत से अचरज और मोड़ आपका इंतजार कर रहे हैं।

दरअसल, *इक्ष्वाकु के वंशज* के आखरी पैराग्राफ में एक बड़ा संकेत छोड़ा गया था। कुछ पाठकों ने उसे पकड़ लिया था। और जो नहीं पकड़ पाए थे, उनके लिए दूसरी किताब, *सीता—मिथिला की योद्धा* के पहले पैराग्राफ में ही बड़ा रहस्योद्घाटन होने वाला है।

मुझे उम्मीद है कि आपको *सीता—मिथिला की योद्धा* पसंद आएगी। अपने विचार आप मुझसे नीचे दिए फेसबुक और ट्विटर हैंडल पर साझा कर सकते हैं।

सप्रेम,

अमीश

www.facebook.com/authoramish
www.twitter.com/@authoramish

आभार

ये आभार 2017 में तब लिखा गया था, जब यह किताब प्रकाशित हुई थी। मैं *सीता—मिथिला की योद्धा* का ये संस्करण छापने वाली टीम का आभार व्यक्त करना चाहता हूँ। हार्पर कॉलिंस की टीम: स्वाति, शबनम, आकृति, गोकुल, विकास, राहुल, पॉलोमी और उदयन के साथ उनका नेतृत्व करने वाले प्रतिभाशाली अनंत। इन सभी के साथ शुरू हुए इस सफर के प्रति मैं बहुत उत्साहित हूँ।

जब कोई किताब लिखता है, तो अपनी आत्मा कागज पर उंड़ेल देता है। कहते हैं कि इसमें बहुत हिम्मत लगती है। ये भी कहा जाता है कि हिम्मत अपने साथ खड़े बहुत से लोगों से ही मिलती है। मैं अपने साथ खड़े उन्हीं लोगों का आभार व्यक्त करना चाहूंगा : जिन्होंने मुझे हौसला दिया : जिन्होंने अहसास कराया कि मैं अकेला नहीं हूं।

मेरा 8 साल का बेटा, नील, मेरी खुशी और मेरा गर्व। वो अभी से काफी पढ़ने लगा है। मुझे उस दिन का बेसब्री से इंतजार है, जब वो मेरी किताब पढ़ेगा!

मेरी पत्नी, प्रीति; बहन, भावना; जीजा जी, हिमांशु, मेरे भाई, अनीश और आशीष, कहानी में अपना योगदान देने के लिए। उन्होंने

पहला प्रारूप पढ़ा, हर अध्याय को। और उनके साथ मैंने कई दर्शनों पर विस्तार से चर्चा की। मैंने इस किताब का काफी भाग दिल्ली में, अनीश और मीता के घर पर लिखा। मैंने पिछले जन्म में जरूर कुछ अच्छे काम किए होंगे कि मुझे ऐसे रिश्तेदार मिले।

मेरा बाकी का परिवार : ऊषा, विनय, मीता, डोनेटा, शरनाज़, स्मिता, अनुज, रुता। उनके प्यार और विश्वास के लिए।

मेरी संपादक, श्रावणी। वो मेरी कहानियों के प्रति उतनी ही प्रतिबद्ध है, जितना मैं। उतनी ही कठोर, जितना मैं। वो बहुत पढ़ती है, मेरी ही तरह। उसे तकनीक से परहेज है, मेरी ही तरह। हम जरूर पिछले जन्म में भाई-बहन रहे होंगे!

गौतम, कृष्णकुमार, नेहा, दीप्ति, सतीश, संघमित्रा, जयंती, सुधा, विपिन, श्रीवत्स, शत्रुघन, सरिता, अरुणिमा, राजू, संयोग, नवीन, जयशंकर, सतीश, दिव्या, मधु, सत्य श्रीधर, क्रिस्टीना, प्रीति और वैस्टलैंड, मेरे प्रकाशक की बेहतरीन टीम। मेरे विनम्र विचार में, वो भारत के श्रेष्ठ प्रकाशक हैं।

मेरे एजेंट, अनुज। शुरुआत से ही एक दोस्त और साझेदार।

अभिजीत, पुराने मित्र और वरिष्ठ कॉर्पोरेट एग्जीक्यूटिव, जो वैस्टलैंड के साथ काम करते हुए इस किताब की मार्केटिंग देखते हैं। वो बेमिसाल हैं!

मोहन और मेहुल, मेरे निजी मैनेजर्स, जो सबकुछ संभाल लेते हैं, जिससे मैं लिखने के लिए समय निकाल पाता हूं।

अभिजीत, सोनाली, श्रुति, रॉय, कसेंड्रा, जोशुआ, पूर्वा, नलिन, निवेदिता, नेहा, नेहल और साइडवेज की पूरी टीम। बिजनेस के हर पहलू को संभालने में वो कंपनी बेमिसाल है। साइडवेज बिजनेस पर नजर रखते हुए इसकी मार्केटिंग रणनीति तैयार करते हैं। वो अधिकांश मार्केटिंग मैटेरियल के साथ ही साथ, कवर भी तैयार करते हैं। मुझे लगता है कि ये कवर मेरे देखे गए दूसरे कवर से श्रेष्ठ है। कवर डिजाइन में उनकी मदद की अरहत टीम (जितेन्द्र, देवल,

जॉनसन) ने, जो बेमिसाल डिजाइनर्स हैं।

मयंक, प्रियंका जैन, दीपिका, नरेश, विशाल, दानिश और मोज आर्ट टीम, जिन्होंने किताब के लिए मीडिया संपर्कों और मार्केटिंग एलाइंसिस को संभाला। वो एक मजबूत साझेदार और श्रेष्ठ एजेंसी हैं।

हेमल, नेहा और ऑक्टोबज टीम जो सोशल मीडिया पर किताब की एक्टिविटी संभालती है। मेहनती, सुपर स्मार्ट और गंभीरता से प्रतिबद्ध। उनका होना किसी भी टीम के लिए गर्व की बात है।

मृणालिनी और वृशाली, संस्कृत विद्वान, जो मेरे शोध कार्य पर मेरे साथ काम करती हैं। उनके साथ मेरी चर्चाएं बहुत ज्ञानवर्द्धक रहीं। उनकी मदद से मुझे अपनी किताब में कई सिद्धांतों को विकसित करने में मदद मिली।

और अंत में, लेकिन अमूल्य योगदान आपका, मेरे पाठकों का। आप ही के सहयोग से मैं ऐसा जीवन जी पा रहा हूं; जहां मैं अपनी पसंद का काम कर सकता हूं और उसी से अपनी आजीविका कमा पा रहा हूं। आपका मैं तहेदिल से आभारी हूं!

अध्याय 1

3400 ईसापूर्व, भारत में कहीं गोदावरी नदी के पास सीता अपने तेज़ चाकू से, बहुत बेहतरीन तरीके से पत्तों के मोटे तने को काट रही थीं। केले के छोटे पेड़ सीता के कद जितने ही लंबे थे। उन्हें ज़्यादा कोशिश नहीं करनी पड़ रही थी। उन्होंने रुककर अपना काम देखा। फिर उन्होंने एक नज़र मकरंत पर डाली, मलयपुत्र सिपाही, जो उनसे थोड़ी ही दूरी पर था। वो अब तक शायद सीता के मुकाबले आधे ही पत्ते काट पाया था।

मौसम शांत था। कुछ ही देर पहले, तेज़ हवाओं ने जंगल के इस भाग को हिला दिया था। इस बेमौसम बरसात ने पूरे इलाके को भिगो दिया। सीता और मकरंत खुद को बारिश से बचाने के लिए घने पेड़ों की छांव में खड़े रहे। हवा का वेग इतना तेज़ था कि उनके लिए आपस में बात कर पाना मुमकिन ही नहीं हो रहा था। और फिर अचानक, एक सन्नाटा सा पसर गया। बरसात और हवा मानो थम गए। वो तेज़ी से केले के छोटे-छोटे पेड़ों से घिरे इलाके की ओर बढ़ गए। वे यहां सिर्फ इन पत्तों का इंतज़ाम करने आए थे।

'इतना काफी है, मकरंत,' सीता ने कहा।

मकरंत पलटा। नमी ने पत्तों को काटना मुश्किल बना दिया था। इन परिस्थितियों के बीच किए गए अपने काम से वह संतुष्ट था। अब उसकी नज़र सीता के पास रखे पत्तों के ढेर पर पड़ी। और फिर अपने छोटे से ढेर पर। वह खिसिया सा गया।

सीता खुलकर मुस्कुराईं। 'इतना काफी रहेगा। चलो वापस शिविर

में चलते हैं। राम और लक्ष्मण भी जल्दी ही शिकार से लौट आएंगे। आशा है, उन्हें कुछ मिल गया होगा।'

सीता अपने पति, अयोध्या के राजकुमार राम और देवर लक्ष्मण के साथ, लंका के राक्षस राजा रावण के प्रतिशोध को टालने के लिए दंडकारण्य में विचर रही थीं। अधिपति जटायु, मलयपुत्र वासियों की टुकड़ी के साथ, अयोध्या के राजपरिवार के तीनों सदस्यों की सुरक्षा के लिए साथ थे। उन्होंने सुझाव दिया था कि इस मुठभेड़ को टालने का एकमात्र ज़रिया यहां से भागना ही था। रावण निश्चित तौर पर अपनी बहन, राजकुमारी शूर्पणखा का बदला लेने के लिए अपनी टुकड़ियों को जंगल भेजेगा। शूर्पणखा को लक्ष्मण ने घायल किया था।

गुप्तता अनिवार्य थी। वो अपना खाना भी ज़मीन में गहरे गड्ढे में बनाते थे। आग के लिए, वो खास किस्म के पत्थर के कोयले का इस्तेमाल कर रहे थे जिससे बिना धुएं की आग उत्पन्न होती थी। अतिरिक्त सावधानी के लिए, गड़े हुए खाने के बर्तनों को केले के पत्तों की मोटी परत से ढंक दिया जाता था। केले के पत्तों की परत से गलती से भी धुएं का कोई अंश बाहर नहीं निकलता था। इस तरह वो खुद को छिपाए रख पा रहे थे। इसीलिए सीता और मकरंत केले के पत्ते लेने गए थे। उस दिन खाना बनाने की बारी सीता की थी।

मकरंत ने मोटा ढेर उठाने पर ज़ोर दिया; और सीता ने उसे उठाने दिया। इससे मलयपुत्र सिपाही को काम में अपना योगदान देने का अहसास हो रहा था। लेकिन यह काम बेचारे मकरंत के लिए जानलेवा साबित हुआ।

सीता ने आवाज़ को पहले सुना। जिसे तेज़ हवा के चलते कुछ क्षण पहले सुनना मुश्किल था। लेकिन अब वो साफ सुनाई दे रही थी: तीर छोड़ने के लिए कमान खींचने की आवाज़। एक साधारण धनुष। बहुत से विशिष्ट सिपाही और वरिष्ठ अधिकारी एक खास किस्म के धनुष का इस्तेमाल करते थे। लेकिन अग्र रेखा के सिपाही धनुषों की साधारण किस्म को ही काम में लेते थे, जो पूरी तरह से लकड़ी का बना होता था। ये धनुष सामान्य रूप से ज़्यादा कड़े होते थे और खींचने पर एक खास ध्वनि उत्पन्न करते थे।

'मकरंत, झुको!' सीता अपने हाथ के पत्ते गिराकर, ज़मीन पर छलांग लगाते हुए चिल्लाईं।

मकरंत ने भी तुरंत छलांग लगाई, लेकिन भारी सामान की वजह से वह उलझ गया। एक तीर ने तेज़ी से उसके दाहिने कंधे को चीर दिया और वह आगे की तरफ गिरा। इससे पहले कि वो कोई प्रतिक्रिया दे पाता, एक दूसरा तीर उसके गले में आकर धंस गया। सटीक वार।

ज़मीन पर गिरी सीता तेज़ी से पलटते हुए पेड़ के पीछे जाकर छिप गईं। वे नीचे झुकी रहीं, अपनी पीठ पेड़ से सटाए, अभी के लिए सुरक्षित। उन्होंने अपनी दाहिनी ओर देखा। बदकिस्मत मकरंत ज़मीन पर पड़ा था, अपने ही खून में डूबते हुए। तीर की नोंक उसके गले के पार हो गई थी। जल्द ही उसके प्राण निकलने वाले थे।

सीता गुस्से में बड़बड़ाईं। फिर अहसास हुआ कि इससे कुछ हासिल नहीं होने वाला। उन्होंने गहरी सांस ली। अपनी धड़कनों को थामा। हालात पर ध्यान दिया। सावधानी से आसपास देखा। कोई भी उनके सामने नहीं था। तीर दूसरी दिशा से आए थे, उस पेड़ की विपरीत दिशा से जहां वह अभी छिपी थीं। वह जानती थीं कि दुश्मन कम से कम दो थे। कोई भी धनुर्धर इतनी जल्दी दूसरा तीर नहीं चला सकता था।

उन्होंने फिर से मकरंत को देखा। उसका हिलना अब बंद हो चुका था। उसकी आत्मा निर्वासित हो गई थी। जंगल भयानक रूप से शांत था। यक़ीन करना भी असंभव था कि महज़ कुछ ही पल पहले यहां ऐसी भयानक हिंसा हुई थी।

अलविदा वीर मकरंत। तुम्हारी आत्मा फिर से अपना मकसद हासिल करे।

उन्हें दूर से आती फुसफुसाने की आवाज़ सुनाई दी। 'जाओ... स्वामी कुंभकर्ण के पास... उन्हें बता दो... वो यहां हैं... यहां...'

फिर किसी के भागते कदमों की आहट आई। अब यहां सिर्फ एक दुश्मन ही बचा था। वह ज़मीन की तरफ देखकर बुदबुदाईं, 'मेरी रक्षा करो, मां। रक्षा करो।'

उन्होंने अपनी कमर पर बंधी म्यान से, अपना चाकू निकाला। आंखें बंद कीं। वह पेड़ के पीछे से झांककर, खुद को प्रदर्शित करने का जोखिम नहीं ले सकती थीं। ऐसे में कोई तीर उन्हें भी अपना शिकार बना सकता था। आंखों का कोई काम नहीं था यहां। उन्हें अपने कानों पर ही भरोसा करना था। ऐसे महान धनुर्धर थे, जो आवाज़ सुनकर ही तीर चला सकते

थे। लेकिन आवाज़ के अंदाज़े पर चाकू फेंकने वाले बहुत कम थे। सीता उन दुर्लभ योद्धाओं में से थीं।

सीता को एक तेज़, लेकिन विनम्र स्वर सुनाई दिया। 'बाहर आ जाइए, राजकुमारी सीता। हम आपको कोई नुकसान नहीं पहुंचाएंगे। बेहतर होगा कि...'

आवाज़ आधे वाक्य पर ही रुक गई। वो फिर से नहीं सुनाई देने वाली थी। क्योंकि आवाज़ का जो स्रोत होता है, उस गले में एक चाकू धंस चुका था। खुद को बिना दिखाए सीता तेज़ी से मुड़कर, मारक सटीकता से अपना वार कर चुकी थीं। गले में धंसते चाकू ने एक पल को लंका के सैनिक को हैरान किया। उसकी मौत तुरंत हो गई। मकरंत की ही तरह।

सीता ने इंतज़ार किया। वो निश्चित करना चाहती थीं कि वहां और कोई नहीं था। उनके पास दूसरा हथियार नहीं था। लेकिन दुश्मन को ये बात नहीं पता थी। वो चौकन्नी थीं। कोई आवाज़ नहीं आने पर उन्होंने खुद को ज़मीन पर गिरा दिया, और निचली झाड़ियों में लुढ़ककर आगे बढ़ने लगीं। अभी भी किसी के होने का कोई संकेत नहीं था।

आगे बढ़ो। इसके साथ और कोई नहीं है!

सीता तेज़ी से पैरों पर खड़ी हो, हताहत लंकावासी की तरफ बढ़ीं, और ये देखकर हैरान रह गईं कि उसके धनुष पर तीर नहीं टंगा था। उन्होंने अपना चाकू खींचने की कोशिश की, लेकिन वो मृत सैनिक की रीढ़ में गहरे तक धंसा था। वो हिलने का नाम नहीं ले रहा था।

शिविर खतरे में है! जल्दी चलो!

सीता ने उस सैनिक का तरकश ले लिया। उसमें कुछ तीर बचे थे। उन्होंने उसे अपनी कमर और कंधे पर बांध लिया। फिर वह धनुष उठाकर दौड़ने लगीं। और तेज़! अपने अस्थायी शिविर की ओर। उन्हें दूसरे लंकावासी को सूचना पहुंचाने से पहले खत्म करना था।

—⁂—

अस्थायी शिविर में भयंकर लड़ाई के चिह्न साफ दिखाई दे रहे थे। अधिकांश मलयपुत्र सैनिक मारे जा चुके थे, सिवाय जटायु और दो अन्य सिपाहियों के। उनकी लाशें खून से लथपथ थीं। उन्हें बहुत बेरहमी से मारा

गया था। जटायु भी बुरी तरह घायल थे। उनके शरीर पर लगे असंख्य घावों से खून निकल रहा था। कुछ घाव तलवार से लगे थे, तो कुछ मुट्ठी के प्रहार से। उनके हाथ मज़बूती से पीछे की तरफ बंधे थे। दो लंकावासियों ने उन्हें कस कर पकड़ा हुआ था। एक विशालकाय आदमी उनके सामने घूमते हुए उस नागा से सवाल पूछ रहा था।

नागा सप्तसिंधु में कुछ विकृति के साथ पैदा हुए लोगों को कहा जाता था। इसी विकृति के कारण जटायु का चेहरा किसी गिद्ध के समान दिखाई देता था।

अन्य दो मलयपुत्र ज़मीन पर झुके हुए थे, उनके शरीर से भी खून बह रहा था। उनके हाथ भी उसी तरह पीठ के पीछे बंधे हुए थे। हर मलयपुत्र सैनिक को तीन-तीन लंकावासियों ने घेर रखा था, जबकि दो ने उन्हें नीचे झुका रखा था। लंकावासियों की तलवारें खून में नहाई हुई थीं।

रावण और उसका छोटा भाई, कुंभकर्ण कुछ दूरी पर खड़े थे। वो बड़ी तन्मयता से उस पूछताछ को देख रहे थे। पूरा ध्यान लगाए हुए। उनके हाथों पर खून का कोई निशान नहीं था।

'जवाब दो, अधिपति,' लंकावासी दहाड़ा। 'वो कहां हैं?'

जटायु ने आवेग से सिर हिलाया। उनके होंठ बंद थे।

लंकावासी जटायु की तरफ थोड़ा झुका और उनके कान के पास आ फुसफुसाया, 'तुम हममें से ही एक थे, जटायु। तुम भी कभी स्वामी रावण के वफादार थे।'

जटायु ने गुस्से से लंकावासी को देखा। उनकी जलती आंखें अपना जवाब दे चुकी थीं।

लंकावासी बोलता रहा। 'हम अतीत भुला सकते हैं। जो हम जानना चाहते हैं, हमें बता दो। और सम्मान के साथ लंका लौट चलो। ये एक लंकावासी का वचन है। ये अधिपति खर का वचन है।'

जटायु नज़रें घुमाकर दूर कहीं देखने लगे। गुस्सा उनके चेहरे से उतर गया था। उनके चेहरे पर एक खालीपन था। मानो उनका मन कहीं और घूम रहा था।

पूछताछ करने वाले लंकावासी ने अपने एक सिपाही को इशारा किया।

'जैसी आपकी आज्ञा, अधिपति खर,' सिपाही ने कहकर अपने बाजूबंद से अपनी तलवार पोंछते हुए, म्यान में रख ली। वह घायल मलयपुत्र सिपाही के पास गया और अपना दांतेदार चाकू निकाल लिया। वह उस सिपाही के ठीक पीछे खड़ा हो गया, उसका सिर पीछे की तरफ खींचा और अपना चाकू उसके गले पर रख दिया। अब वह खर की तरफ देखते हुए उसके आदेश का इंतज़ार कर रहा था।

खर ने जटायु का सिर इस तरह पकड़ा, जिससे उनकी नज़रें सीधे अपने सिपाही की तरफ जाएं। उसके गले पर रखे चाकू की तरफ।

'अधिपति जटायु, तुम्हें भले ही अपनी जान की परवाह न हो,' खर बोला, 'लेकिन क्या तुम अपने आखरी दो सैनिकों को भी नहीं बचाना चाहोगे?'

वो मलयपुत्र सिपाही जटायु को देखकर चिल्लाया, 'अधिपति, मैं मरने को तैयार हूं! आप इन्हें कुछ न बताएं!'

लंकावासी ने उसके सिर पर चाकू के मूठ से वार किया। उसका शरीर दर्द से झुका और फिर साहस से सीधा हो गया। चाकू वापस उसके गले पर आ टिका था।

खर भयावह विनम्रता से बोला, 'बोलो न, अधिपति। अपने सिपाही की जान बचा लो। हमें बता दो वो लोग कहां हैं।'

'तुम उन्हें कभी नहीं पकड़ पाओगे!' जटायु गुर्राया। 'वो तीनों जा चुके हैं!'

खर हंसा। 'अयोध्या के दोनों राजकुमार जा सकते हैं, मुझे उनकी परवाह नहीं। हमारी दिलचस्पी सिर्फ विष्णु में है।'

जटायु सकते में था। *इन्हें ये कैसे पता?*

'विष्णु कहां हैं?' खर ने पूछा। 'वो कहां गई हैं?'

जटायु के होंठ प्रार्थना में बुदबुदाने लगे। वो अपने वीर सिपाही की आत्मा के लिए प्रार्थना कर रहा था।

खर ने रुखाई से सिर हिलाया।

जटायु अचानक सीधे हुए और अपनी तेज़ आवाज़ से हवा को चीर दिया। *'जय परशु राम!'*

'जय परशु राम!' दोनों मलयपुत्र सिपाही चिल्लाए। मौत का भय

उन्हें छू भी न सका।

लंकावासी ने चाकू मलयपुत्र सिपाही के गले में उतार दिया। धीरे-धीरे। उसने चाकू को ज़्यादा से ज़्यादा दर्द पहुंचाने के अंदाज़ में घुमाया। खून का फव्वारा सा फूट पड़ा। जैसे ही वो युवा ज़मीन पर गिरा, उसके प्राण शरीर छोड़ने लगे, जटायु मन ही मन उसे अलविदा कर रहे थे।

अलविदा, मेरे वीर भाई...

—ॐ—

शिविर के नज़दीक पहुंचने पर सीता ने अपनी गति धीमी की। उन्होंने उस दूसरे लंकावासी को मौत के घाट उतार दिया था। उसकी लाश कुछ ही दूरी पर पड़ी थी। एक तीर ने उसके दिल की धड़कन बंद कर दी थी। उन्होंने उसके तीर भी लेकर अपने तरकश में रख लिए थे। एक पेड़ के पीछे छिपकर उन्होंने शिविर का मुआयना किया। सब जगह लंका के सिपाही फैले हुए थे। संख्या में वो कम से कम सौ थे।

सारे मलयपुत्र सिपाही मारे जा चुके थे। सारे सिवाय जटायु के। दो की लाश उनके पास ही पड़ी थी। दोनों के गले कटने से सिर लुढ़क गए थे। उनके पास खून बिखरा पड़ा था। जटायु घुटनों के बल बैठे हुए थे और उन्हें दो लंकावासियों ने पकड़ हुआ था। जटायु के हाथ पीछे पीठ की तरफ बंधे थे। वह बुरी तरह घायल और खून से लथपथ थे। लेकिन फिर भी उनकी हिम्मत ने जवाब नहीं दिया था। वो ढिठाई से कहीं दूर घूर रहे थे। खर उनके पास ही खड़ा था, उसका चाकू जटायु की बांह पर था। वो सौम्यता से उनकी बांह की मांसपेशियों पर चाकू फिरा रहा था, मांस को हल्का-हल्का काटकर, खून बहाते हुए।

खर को देखकर सीता की त्योरियां चढ़ गईं। *मैं उसे जानती हूं। मैंने उसे कहां देखा था?*

खून की धार में चलते चाकू को देख खर मुस्कुरा दिया, और अब वह चाकू को उन रेखाओं में और गहरे उतारकर चलाने लगा।

'जवाब दो,' इस बार जटायु के गाल पर चाकू रखते हुए खर ने कहा, चाकू की नोंक गाल में घुसाकर वो खून बहा रहा था। 'वो कहां हैं?'

जटायु ने उस पर थूका। 'मुझे जल्दी मारो। या, धीरे-धीरे। मैं तुम्हें

कुछ नहीं बताने वाला।'

खर ने गुस्से से अपना चाकू उठाया, शायद अपना काम एक ही बार में खत्म करने के लिए। लेकिन ऐसा नहीं हो पाया। एक तीर तेज़ी से आकर उसके हाथ में धंसा। चाकू ज़मीन पर गिर गया और वो ज़ोर से चिल्लाया।

रावण और उसके भाई कुंभकर्ण ने चौंककर इधर-उधर देखा। कई लंकावासियों ने आगे बढ़कर शाही परिवार के दोनों सदस्यों के गिर्द सुरक्षा घेरा बना दिया। कुंभकर्ण ने अपने क्रोधित भाई को आगे बढ़ने से रोकने के लिए उसकी बांह पकड़ ली।

दूसरे सिपाहियों ने अपने धनुष उठाकर सीता की दिशा में अपने तीर तान दिए। कुंभकर्ण ने तेज़ आवाज़ में कहा, 'कोई तीर नहीं चलाएगा!' धनुष धीरे से नीचे हो गए।

खर ने तीर तोड़ दिया और उसका सिरा अपने हाथ में ही धंसा छोड़ दिया। इससे खून रिसना थोड़ी देर के लिए रुक गया। उसने तीर की दिशा की तरफ पेड़ों की अभेद्य पंक्ति को देखा, और तिरस्कार से ताना मारा। 'तीर किसने चलाया? लंबे समय से पीड़ित राजकुमार ने? उनके विशालकाय भाई ने? या, खुद विष्णु ने?'

हैरान सीता पेड़ से सटी खड़ी रहीं। *विष्णु?! लंकावासियों को ये कैसे पता चला? किसने मेरे साथ विश्वासघात किया?*

उन्होंने अपने दिमाग को वर्तमान में खींचा। ये समय ध्यान भटकाने का नहीं है।

वे बिना आवाज़ किए, तेज़ी से दूसरी जगह की तरफ बढ़ीं।

वो नहीं जानते होंगे कि मैं अकेली हूं।

'बाहर आओ और योद्धाओं की तरह लड़ो!' खर ने चुनौती दी।

सीता अपनी नई जगह से संतुष्ट थीं। वह उस जगह से थोड़ी दूर थी, जहां से उन्होंने पहला तीर चलाया था। उन्होंने धीरे से दूसरा तीर निकालकर धनुष पर चढ़ाया और निशाना लिया। माना जाता था कि लंका की सेना में अगर सेनाधिपति को ही मार गिराया जाए, तो पूरी सेना तितर-बितर हो जाती थी। लेकिन रावण अपने सैनिकों के सुरक्षा घेरे में था, सिपाहियों ने अपनी ढालें भी ऊंची उठा रखी थीं। सीता रावण पर सीधे-सीधे निशाना नहीं लगा सकती थीं।

काश राम यहां होते। वो किसी तरह उस पर निशाना लगा ही लेते।

सीता ने शुरुआत के लिए धुआंधार तीर चलाने का फैसला किया। उन्होंने जल्दी-जल्दी पांच तीर छोड़े। पांच लंकावासी धराशायी हो गए। लेकिन दूसरे टस से मस नहीं हुए। रावण के आसपास का घेरा जस का तस रहा। वो सब अपने राजा के लिए मरने को तैयार थे।

रावण सुरक्षित था।

कुछ सैनिक सीता की दिशा में भागने लगे। उन्हें तेज़ी से अपना स्थान बदलना पड़ा।

नई जगह पर पहुंचते ही उन्होंने अपना तरकश देखा। उनके पास महज़ तीन तीर बचे थे।

नहीं!

सीता ने जानबूझकर एक टहनी पर पैर रखा। कुछ सिपाही आवाज़ की तरफ भागे। सीता ने तेज़ी से अपनी जगह बदली, इस उम्मीद से की वो सुरक्षित घेरे में खड़े रावण को निशाने पर ले सकें। लेकिन खर सीता की समझ से ज़्यादा होशियार था।

उसने एक कदम पीछे लेकर, अपने सलामत बायें हाथ का इस्तेमाल करते हुए, अपने जूते के तले से चाकू निकाला। उसने तेज़ी से जटायु के पीछे जाते हुए उसकी गर्दन पर चाकू रख दिया।

होंठों पर सनकी मुस्कुराहट लिए, खर ने ताना मारा, 'आप भाग सकती थीं। लेकिन नहीं भागीं। तो मैं निश्चित तौर पर कह सकता हूं कि *महान* विष्णु, आप उन पेड़ों के पीछे छिपी हैं।' खर ने 'महान' शब्द पर ज़्यादा ही ज़ोर दिया। 'और आप अपने भक्तों को बचाना चाहती हैं। कितनी प्रेरणास्पद... कितनी सहृदय...'

खर ने अपनी आंख से आंसू पोंछने का दिखावा किया।

सीता अपलक उस लंकावासी को देख रही थीं।

खर ने अपनी बात जारी रखी, 'मैं आपको एक प्रस्ताव दे सकता हूं। बाहर आ जाइए। और अपने पति और विशालकाय देवर को भी अपने साथ बाहर ले आइए। हम इस अधिपति को ज़िंदा छोड़ देंगे। हम अयोध्या के दोनों राजकुमारों को भी बिना नुकसान पहुंचाए जाने देंगे। हमें सिर्फ आपका आत्मसमर्पण चाहिए।'

सीता स्थिर रहीं। खामोश।

खर धीरे से चाकू जटायु के गले पर फिराने लगा, खून की पतली रेखा छोड़ते हुए। वह गुनगुनाता सा बोला, 'मेरे पास पूरा दिन नहीं है...'

अचानक, जटायु ने अपना सिर पीछे की ओर ज़ोर से खर की जांघ पर मारा। जैसे ही लंकावासी दर्द से दोहरा हुआ, जटायु चिल्लाया, 'भाग जाइए! दूर भाग जाइए। देवी! मेरे लिए अपनी जान खतरे में मत डालिए!'

तीन लंकावासियों ने आगे आकर जटायु को ज़मीन पर गिरा दिया। अपने पैरों पर खड़ा होता हुआ खर ज़ोर से चिल्लाया, वो अभी दर्द से झुका जा रहा था। कुछ पल बाद वह नागा की तरफ बढ़ा और उसे ज़ोर से लात मारी। उसने पेड़ों की पंक्ति की तरफ नज़र दौड़ाई, और हर उस दिशा की तरफ मुड़कर देखा, जहां से तीर आए थे। इस बीच वह बार-बार जटायु को लात मारता रहा। उसने झुककर बेरहमी से जटायु को अपने पैरों की तरफ खींचा। सीता अब बंदी को साफ-साफ देख सकती थीं।

इस बार खर ने मज़बूती से अपने घायल दाहिने हाथ से जटायु का सिर पकड़ रखा था, ताकि वो फिर से अपने सिर से प्रहार न कर पाए। तिरस्कार का भाव वापस उसके चेहरे पर आ गया था। उसने दूसरे हाथ से चाकू पकड़ा और उसे नागा के गले पर रखा। 'मैं अभी यहीं गला काटकर, आपके श्रेष्ठ अधिपति की जीवनलीला कुछ ही मिनटों में खत्म कर सकता हूं, महान विष्णु।' उसने चाकू को मलयपुत्र के पेट पर रख दिया। 'या, वह कतरा-कतरा खून बहाते हुए धीरे-धीरे भी मर सकता है। आपके पास सोचने के लिए बस थोड़ा ही समय बचा है।'

सीता स्थिर थीं। उनके पास महज़ तीन तीर बचे थे। कोई भी कोशिश करना नादानी थी। लेकिन वह जटायु को मरने नहीं दे सकती थीं। वो उनके भाई समान थे।

'हमें सिर्फ विष्णु चाहिए,' खर चिल्लाया। 'उन्हें हमारे पास भेज दो और तुम सब लोग जा सकते हो। मेरा वादा है तुमसे। एक लंकावासी का वादा है!'

'उसे छोड़ दो!' सीता पेड़ों के पीछे छिपे हुए ही चिल्लाईं।

'बाहर आकर खुद को हमारे हवाले कर दो,' खर ने कहा, उसने चाकू अभी भी जटायु के पेट पर लगाया हुआ था। 'और हम इसे छोड़ देंगे।'

सीता ने नीचे मुंह करके अपनी आंखें बंद कर लीं। उनके कंधे बेबस गुस्से से थरथरा रहे थे। और फिर, बिना एक पल सोचे, वो बाहर निकल आईं। लेकिन निकलते वक्त भी उनका धनुष तैयार था।

'महान विष्णु,' खर गुर्राया, एक पल के लिए जटायु को छोड़ते हुए और उसका हाथ सिर के पीछे लगे एक पुराने घाव पर चला गया। एक न भुलाई जा सकने वाली याद। 'आपने हमारे सामने आकर बड़ी मेहरबानी की। आपके पति और उनका वो विशालकाय भाई कहां है?'

सीता ने जवाब नहीं दिया। लंका के सैनिक धीरे-धीरे उनकी तरफ बढ़ने लगे थे। सीता ने ध्यान दिया कि उनकी तलवारें म्यान में ही थीं। उनके हाथों में लाठी और लंबी छड़ें थीं, जो मारने के लिए नहीं बल्कि घायल करने के लिए ही पर्याप्त थीं। उन्होंने आगे बढ़कर अपना धनुष नीचे झुका दिया। 'मैं समर्पण कर रही हूं। अधिपति जटायु को जाने दो।'

खर ने धीरे से हंसते हुए अपना चाकू जटायु के पेट में घुसा दिया। आराम से। धीरे-धीरे। उदर, अंतड़ियां और न जाने क्या-क्या काटता हुआ...

'नहीं!' सीता चिल्लाईं। उन्होंने अपना धनुष उठाकर एक तीर खर की आंख में दे मारा। पुतली में धंसता हुआ वह तीर मस्तिष्क में जाकर रुका और एक ही पल में खर की जीवनलीला समाप्त कर गया।

'मुझे वो जीवित चाहिए!' लंकावासियों के सुरक्षित घेरे में खड़ा कुंभकर्ण चिल्लाया।

अब और ज़्यादा सैनिक सीता की तरफ बढ़ रहे थे, अपनी लाठियां ऊंची उठाए।

'राााम!' अपने तरकश से दूसरा तीर निकालते हुए सीता चिल्लाईं, और तुरंत तीर चलाकर एक और लंकावासी को खत्म कर दिया।

इससे दूसरों की गति कम नहीं हुई। वो उनकी तरफ बढ़ते रहे।

सीता ने एक और तीर चला दिया। अपना आखरी तीर। एक और लंकावासी ज़मीन पर ढह गया। दूसरे अभी भी आगे बढ़ रहे थे।

'राााम!'

लंकावासी लगभग उन तक पहुंच ही गए थे, उनकी लाठियां हवा में लहरा रही थीं।

'राााम!' सीता चिल्लाईं।

जैसे ही एक लंकावासी उनके नज़दीक आया, उन्होंने अपने धनुष की कमान में उसकी लाठी फंसाकर उससे लाठी छीन ली। सीता ने तुरंत लाठी से उस लंकावासी के सिर पर वार किया, जिससे वो ज़मीन पर गिर गया। अब सीता अपने सिर के गिर्द, हवा में लाठी घुमा रही थीं, उसकी सायंसायं आवाज़ ने अचानक से सैनिकों को सचेत किया। उन्होंने लाठी घुमाना बंद कर दिया, अपने हथियार को मज़बूती से पकड़ते हुए। अपनी ऊर्जा को सहेजते हुए। एकदम तैयार और चौकस। उन्होंने एक हाथ से लाठी को मध्य में पकड़ लिया, लाठी का सिरा उनकी बगल के नीचे दबा था। दूसरा हाथ सीधा सामने की तरफ था। पैर संतुलन बनाने के लिए खुले हुए थे। वह कम से कम पचास लंकावासियों से घिर चुकी थीं। लेकिन वो सब एक दूरी पर थे।

'राााम!' सीता ने ज़ोर से गर्जना की, प्रार्थना करते हुए कि उनकी आवाज़ किसी तरह जंगल में उनके पति तक पहुंच जाए।

'देवी विष्णु, हम आपको नुकसान नहीं पहुंचाना चाहते,' एक लंकावासी ने कहा, उसकी आवाज़ की विनम्रता हैरान करने वाली थी। 'कृपया आत्मसमर्पण कर दीजिए। आपको कोई क्षति नहीं पहुंचेगी।'

सीता ने तेज़ी से एक नज़र जटायु पर डाली। *क्या उसकी सांसे अभी चल रही हैं?*

'हमारे पुष्पक विमान में उसे जीवित करने के लिए औषधियां हैं,' लंकावासी ने कहा। 'कृपया, आपको नुकसान पहुंचाने के लिए हमें विवश मत कीजिए।'

सीता ने अपने फेफड़ों में हवा भरते हुए एक और बार गर्जना की, 'राााम!'

उन्हें लगा कि उन्होंने दूर से आती कोई मद्धम ध्वनि सुनी थी। 'सीताा...'

अचानक उनके बायें तरफ से एक सैनिक अपनी लाठी नीचे घुमाता हुआ आगे बढ़ा। उनकी पिंडलियों का निशाना लेते हुए। सीता ने ऊंची छलांग लगाई, वार से बचने के लिए अपने पैरों को लपेटते हुए। हवा में ही उन्होंने लाठी अपने दाएं हाथ से बायें हाथ में ले ली। और लाठी से उस लंकावासी के सिर पर प्रहार कर उसे बेहोश कर दिया।

ज़मीन पर उतरकर, वो फिर से चिल्लाईं, 'राााम!'

उन्हें फिर से वही आवाज़ सुनाई दी। अपने पति की आवाज़। मद्धम, दूर से आती हुई। 'उसे... अकेला... छोड़ दो...'

मानो उनकी आवाज़ से प्रेरित हो, दस और लंकावासी सीता की तरफ बढ़ आए। वो तेज़ी से अपने चारों ओर लाठी घुमाती रहीं, और बहुत से सैनिकों को घायल कर दिया।

'राााम!'

उन्हें फिर से आवाज़ सुनाई दी। इस बार उतनी दूर से नहीं। 'सीताा...'

वो नज़दीक हैं। नज़दीक ही हैं।

लंकावासी अब और तेज़ी से आगे बढ़ रहे थे। सीता एक लय से लाठी घुमा रही थीं। तेज़ी से। आह, लेकिन वहां दुश्मन बहुत थे। एक लंकावासी ने पीछे से लाठी से वार किया। सीता की पीठ पर।

'रा...'

सीता घुटनों के बल ज़मीन पर गिर गईं। इससे पहले कि वो संभल पातीं, उनके पीछे के सैनिकों ने उन्हें मज़बूती से पकड़ लिया।

सीता खुद को छुड़ाने की बहुत कोशिश कर रही थीं कि एक लंकावासी उनकी तरफ बढ़ा, उसके बायें हाथ में नीम की पत्तियां थीं। उन पर कुछ नीले रंग का लेप लगा हुआ था। उसने वो पत्तियां सीता की नाक पर रगड़ दीं।

एक अंधेरा सा उन पर छाने लगा, उन्हें अपने पैरों और हाथों पर रस्सी सी बंधती महसूस हुई।

राम... बचाओ मुझे...

और फिर अंधेरा पूरी तरह छा गया।

अध्याय 2

अड़तीस साल पहले, त्रिकुट पहाड़ियों के उत्तर में, भारत

'एक पल रुकिए,' अपने घोड़े की कमान खींचते हुए सुनयना फुसफुसाईं।

मिथिला के राजा जनक और उनकी पत्नी, सुनयना गंगा नदी के दक्षिण में लगभग सौ किलोमीटर दूर त्रिकुट पहाड़ियों में सफर कर रहे थे। वे *कन्याकुमारी* से मिलने आए थे। एक दिव्य बालिका। सप्तसिंधु में मान्यता थी कि जो कोई भी साफ दिल से अपनी मुरादें लेकर इस जीवित देवी का आशीर्वाद लेने आता था, उसकी हर मनोकामना पूरी होती थी। और मिथिला के राजपरिवार को भी निश्चित रूप से उनके आशीर्वाद की ज़रूरत थी।

गंडकी नदी के किनारे, राजा मिथि द्वारा स्थापित किया गया मिथिला कभी हरियाली से भरा नदी-पत्तन वाला नगर था। कृषि ही इसकी संपदा थी, जिसमें वहां की उपजाऊ ज़मीन के साथ-साथ सप्तसिंधु में होने वाला नदी-व्यापार भी शामिल था। बदकिस्मती से, पंद्रह साल पहले, एक भूकंप और उसके बाद आई बाढ़ ने गंडकी नदी की दिशा बदल दी। इसी के साथ मिथिला का भाग्य भी बदल गया। नदी अब पश्चिम की तरफ से, संकश्या नगर से होते हुए गुजरती थी। जनक के छोटे भाई कुशध्वज द्वारा प्रशासित संकश्या कभी मिथिला राज्य का ही भाग था। मिथिला की तकलीफ को और बढ़ाते हुए गंडकी नदी के दिशा बदल लेने के बाद से मिथिला में बरसात आनी भी कम हो गई थी। मिथिला के नुकसान से संकश्या को

फायदा हुआ। कुशध्वज तेज़ी से अपनी स्थिति मज़बूत करते हुए मिथि वंश के प्रमुख प्रतिनिधि के रूप में उभर रहा था।

बहुत से लोगों ने राजा जनक को सलाह दी थी कि वो मिथिला की पुरानी संपदा का निवेश गंडकी नदी को वापस लाने वाली अभियांत्रिकी परियोजना में करें। लेकिन कुशध्वज की सलाह इसके विपरीत थी। वह हमेशा तर्क देते कि इतनी बड़ी परियोजना में पैसा लगाना समझदारी नहीं होगी। आखिरकार, संकश्या से मिथिला में नदी को वापस लाने में पैसा क्यों बर्बाद करना, जबकि संकश्या का पैसा भी तो आखिरकार मिथिला का ही है।

भक्त और आध्यात्मिक व्यक्ति, जनक ने साम्राज्य के पतन को नियति का निर्णय मानते हुए दार्शनिक विचारधारा अपना ली थी। लेकिन नई रानी, सुनयना ऐसे हार मानने वाली नहीं थीं। उनका विवाह जनक से दो साल पहले ही हुआ था। उन्होंने मिथिला को उसका प्राचीन गौरव वापस दिलाने की योजना बनाई। इस योजना का सबसे बड़ा भाग गंडकी नदी की धारा को वापस लाना ही था। लेकिन इतने सालों बाद, इतनी बड़ी और मुश्किल अभियांत्रिक परियोजना के लिए आधारभूत कारण तलाशना और उन्हें साबित करना मुश्किल था।

जब तर्क विफल हो जाते हैं, तब विश्वास ही काम आता है।

सुनयना ने जनक को अपने साथ कन्याकुमारी के मंदिर आने और उनका आशीर्वाद लेने के लिए राजी कर लिया था। अगर कन्या देवी गंडकी परियोजना को मंजूरी दे देतीं, तो कुशध्वज के लिए भी उसके विरोध में तर्क करना मुश्किल होता। सिर्फ मिथिलावासी ही नहीं, बल्कि भारत के हर हिस्से के लोग कन्याकुमारी की बात का देवी मां के आदेश की तरह पालन करते थे। बदकिस्मती से, कन्याकुमारी ने न कहा। 'प्रकृति के निर्णय का सम्मान करो,' उन्होंने कहा था।

इससे सुनयना को निराशा हुई। निराशा दार्शनिक जनक और उनके शाही सुरक्षाकर्मियों को भी हुई। वो उनके साथ सफर करते हुए उत्तर से त्रिकुट पहाड़ियों तक आए थे और अब वापस मिथिला जा रहे थे।

'जनक!' सुनयना ने आवाज़ तेज़ करते हुए कहा। उनके पति तेज़ गति से आगे बढ़ रहे थे।

जनक ने घोड़े की लगाम खींचकर पीछे मुड़कर देखा। उनकी पत्नी

बिना कुछ बोले दूर एक पेड़ की तरफ इशारा कर रही थीं। जनक ने उनके इशारे की दिशा में देखा। कुछ सौ मीटर दूर, भेड़ियों का एक झुंड अकेले गिद्ध को घेरे खड़ा था। वो उसके पास जाने की कोशिश कर रहे थे, लेकिन विशालकाय पक्षी बार-बार उन्हें पीछे धकेल देता। गिद्ध कर्कश आवाज़ में चिल्ला रहा था। गिद्ध की चीख स्वाभाविक रूप से शोकग्रस्त होती है; लेकिन इस चीख में बेचैनी थी।

सुनयना ने ध्यान से देखा। ये लड़ाई न्यायपूर्ण नहीं थी। वहां चिल्लाते हुए और आपसी सामंजस्य से गिद्ध पर हमला करते हुए छह भेड़िये थे। लेकिन बहादुर पक्षी ज़मीन पर डटा खड़ा था, उन्हें बार-बार पीछे धकेलते हुए। हमलावर धीरे-धीरे आगे बढ़ रहे थे। एक भेड़िये ने अपने पंजों से गिद्ध पर वार करके उसे खून से लथपथ कर दिया।

ये उड़ क्यों नहीं जाता?

सुनयना खुद-ब-खुद लड़ाई की तरफ बढ़ चलीं। उनके अंगरक्षक एक निश्चित दूरी बनाए उनका पीछा कर रहे थे।

'सुनयना...' उनके पति ने उन्हें सावधान किया, वो अपने घोड़े की लगाम पकड़े, अपने स्थान पर ही खड़े थे।

अचानक, एक भेड़िये ने गिद्ध का ध्यान बाईं तरफ से होने वाले हमले पर होने का फायदा उठाकर, उस पर ज़ोरदार हमला कर दिया। वह दाहिनी ओर से आया और पक्षी के बाएं पंख को बेरहमी से काट लिया। पंख को अच्छी तरह पकड़कर, वह उसके माध्यम से गिद्ध को दूर खींचने लगा। पक्षी बेचैनी से चिल्लाने लगा। उसकी आवाज़ में विलाप था। लेकिन वह मज़बूती से डटा रहा। अपनी जगह से बिल्कुल नहीं हिला और अपनी पूरी ताकत से भेड़िये को वापस खींचने लगा। हालांकि, भेड़िये के जबड़े मज़बूत थे और उसने पंख को सख्ती से पकड़ा हुआ था। खून का एक फव्वारा सा फूट गया। भेड़िये को पंख छोड़ना पड़ा, अपने मुंह से पंखों के टुकड़े थूककर वो पीछे हट गया।

सुनयना ने घोड़े को एड़ लगाई और उस दृश्य की तरफ बढ़ गई। उसे उम्मीद थी कि दो भेड़ियों के बीच बनी जगह का फायदा उठाते हुए गिद्ध भाग जाएगा। लेकिन, हैरानी की बात थी कि वह अपनी जगह पर खड़ा रहकर, दूसरे भेड़िये को पीछे हटाने लगा।

खुली जगह का फायदा उठाओ! भाग जाओ!

सुनयना अब पशुओं की तरफ तेज़ी से बढ़ने लगी। शाही अंगरक्षकों ने अपनी तलवारें खींच लीं और तेज़ी से अपनी रानी के पीछे दौड़ने लगे। कुछ पीछे राजा के साथ थे।

'सुनयना!' अपनी पत्नी की सुरक्षा की चिंता करते हुए जनक ने कहा। उन्होंने भी अपने घोड़े को एड़ लगाई, लेकिन वो कुशल घुड़सवार नहीं थे। उनका घोड़ा अपनी धीमी चाल से चलता रहा।

सुनयना कुछ पचास मीटर की दूरी पर थीं जब उनका ध्यान पहली बार उस गठरी पर गया। गिद्ध उस गठरी को भेड़ियों से बचा रहा था। उस गठरी में कुछ था, वो जगह हल जुती मिट्टी में बने खांचे की तरह दिख रही थी।

तभी वो गठरी हिली।

'प्रभु परशु राम रहम करें!' सुनयना के मुंह से निकला। 'वो एक शिशु है!'

सुनयना आगे बढ़ने लगीं, अपने घोड़े को तेज़ गति से भगाते हुए।

जब वह भेड़ियों के झुंड के पास पहुंचीं तो उन्होंने किसी बच्चे के रोने की धीमी सी आवाज़ सुनी; गुर्राते जानवरों की आवाज़ के नीचे दबी हुई।

'हटो!' सुनयना चिल्लाईं। उनके अंगरक्षक भी उनके नज़दीक पहुंच चुके थे।

भेड़िये घुड़सवारों के आने की आवाज़ सुनकर घायल पक्षी को छोड़कर दुम दबाकर जंगल की ओर भाग गए। एक अंगरक्षक ने गिद्ध पर हमला करने के लिए तलवार उठा ली।

'ठहरो!' सुनयना ने अपना दाहिना हाथ उठाते हुए आदेश दिया।

वह अपनी जगह पर ठहर गया और उसके साथियों ने अपने घोड़े रोक लिए।

सुनयना ब्रंगा के पूर्व में पली-बढ़ी थीं। उनके पिता असम से थे, जिसका प्राचीन नाम प्रगज्योतिषा था। उनकी मां मिज़ोरम, राम के पहाड़ी क्षेत्र से थीं। छठे विष्णु, प्रभु परशु राम के भक्त, मिजो बड़े योद्धा माने जाते थे। लेकिन जानवरों और प्रकृति की लय को समझना उनकी विशिष्टता थी।

सुनयना अपनी सहज चेतना से जान गई थीं कि वो 'गठरी' पक्षी का आहार नहीं थी, बल्कि वो उसकी सुरक्षा की ज़िम्मेदारी निभा रहा था।

'थोड़ा पानी लाओ,' सुनयना आदेश देते हुए अपने घोड़े से उतरीं।

अंगरक्षकों के उतरते समूह में से एक अंगरक्षक ने कहा। 'देवी, आपका यूं उतरना क्या सुरक्षित...'

अपनी तेज़ नज़रों से सुनयना ने उसकी बात बीच में ही काट दी। रानी का कद छोटा व काठी दुबली थी। उनका गोल, गोरे रंग का मुख देखने वाले को सौम्य लगता था। लेकिन उनकी छोटी आंखें छल करते हुए उनके मूल को दृढ़ता से बयां कर देती थीं। उन्होंने विनम्रता से दोहराया, 'थोड़ा पानी लाओ।'

'जो आज्ञा देवी।'

तुरंत ही एक पानी भरा कटोरा हाजिर कर दिया गया।

सुनयना ने अपनी आंखें गिद्ध की आंखों से मिला लीं। पक्षी मुश्किल से सांस ले पा रहा था और भेड़ियों से लड़ाई करके थक चुका था। शरीर पर लगे अनेकों घाव से वह पूरी तरह खून से लथपथ हो चुका था। उसके पंख पर लगा घाव ज़्यादा खतरनाक था, उससे बहुत तेज़ी से खून बह रहा था। खून बह जाने की वजह से वह पैरों पर खड़ा नहीं हो पा रहा था। लेकिन फिर भी वो अपनी जगह से टस से मस नहीं हुआ, उसकी आंखें सुनयना पर टिकी थीं। वह कर्कश आवाज़ में आगे को चोंच निकालकर चिल्ला रहा था। हवा में अपने पंखों को फड़फड़ाते हुए, जिससे मिथिला की रानी को दूर रख सके।

सुनयना ने जानबूझकर गिद्ध के पीछे रखी गठरी को अनदेखा किया। उनका पूरा ध्यान उस विशालकाय पक्षी पर था, उन्होंने एक नरम, शांत धुन में गुनगुनाना शुरू किया। गिद्ध थोड़ा सहज होता दिखा। उसने अपने पंजे नीचे कर लिए। चिल्लाने की आवाज़ भी धीमी पड़ने लगी।

सुनयना आगे बढ़ती रहीं। धीरे-धीरे। आराम से। नज़दीक जाने पर उन्होंने अपना सिर झुकाया और पक्षी के सामने पानी का कटोरा रखा। फिर वो धीरे से पीछे हट गईं। उन्होंने मधुर आवाज़ में कहा, 'मैं मदद के लिए आई हूं... मुझ पर भरोसा करो...'

मूक पक्षी इंसानी बोली का अंदाज़ समझ गया। वह पानी पीने के

लिए झुका, लेकिन तभी ज़मीन पर ढह गया।

सुनयना आगे बढ़कर उस घायल पक्षी का सिर नरमाई से सहलाने लगीं। बच्चा काली धारियों वाले बढ़िया लाल कपड़े में लिपटा हुआ था, वो बेचैनी से रो रहा था। उन्होंने एक सिपाही को वह बहुमूल्य गठरी उठाने का इशारा किया, जबकि खुद वो अभी पक्षी को ही सहला रही थीं।

—ॡ—

'कितनी सुंदर बच्ची है,' जनक ने चहकते हुए कहा। वह अपना लंबा बदन झुकाते हुए अपनी पत्नी के समीप खड़े थे, आमतौर पर ज्ञानी किंतु विमुक्त दिखने वाली उनकी आंखें आज प्यार और परवाह से भरी थीं।

जनक और सुनयना अस्थायी आसनों पर बैठे थे। मुलायम, सूती कपड़े में लिपटा बच्चा सुनयना की बांहों में आराम से सो रहा था। एक बड़ी सी छतरी उन्हें सूरज की तेज़ किरणों से बचा रही थी। शाही वैद्य बच्चे का निरीक्षण कर चुके थे और उसके माथे पर लगे घाव पर नीम और बूटियों का लेप भी लगा दिया था। उन्होंने शाही दंपती को भरोसा दिलाया था कि समय के साथ निशान भी मिट जाएगा। दूसरे चिकित्सकों के साथ मिलकर वैद्य अब गिद्ध के घाव देख रहे थे।

'ये महज़ चंद ही महीनों की होगी। लेकिन यक़ीनन ये इतनी मज़बूत है कि इसे झेल जाएगी,' सुनयना ने बच्चे को धीमे से अपनी बांहों में झुलाते हुए कहा।

'हां। मज़बूत और खूबसूरत। बिल्कुल तुम्हारी तरह।'

सुनयना अपने पति को देखकर मुस्कुरा दीं और बच्चे के सिर को प्यार से सहलाने लगीं। 'कोई ऐसे बच्चे को कैसे छोड़ सकता है?'

जनक ने आह भरी। 'बहुत से लोग जीवन के आशीषों को संभाल नहीं पाते। उनका पूरा ध्यान उन्हीं चीजों पर रहता है, जो दुनिया ने उन्हें नहीं दीं।'

सुनयना ने अपने पति की बात पर हामी भरी और वापस अपना ध्यान बच्चे पर लगा दिया। 'ये बिल्कुल परी की तरह सो रही है।'

'परी तो ये है ही,' जनक ने कहा।

सुनयना ने बच्चे को अपने करीब करते हुए धीमे से उसके माथे को

चूमा, उसकी चोट को बचाते हुए।

जनक ने प्यार से अपनी पत्नी की पीठ थपथपाई। 'लेकिन क्या तुमने तय कर लिया है, सुनयना?'

'हां। ये बच्चा हमारा है। देवी कन्याकुमारी ने हमें भले ही वो नहीं दिया, जो हम चाहते थे। लेकिन उन्होंने हमें उससे भी प्यारी नेमत दी है।'

'हम इसका नाम क्या रखेंगे?'

सुनयना ने ऊपर आसमान में देखा और गहरी सांस ली। उनके मन में पहले से नाम था। वह जनक की तरफ मुड़ीं। 'ये हमें धरती मां के आंचल से मिली है। वो उसके लिए मां के गर्भ समान था। इसलिए हम इसे सीता पुकारेंगे।'

सुनयना जनक के निजी कार्यालय की तरफ दौड़ीं। एक आरामदायक आसन पर बैठे मिथिला नरेश जबाली उपनिषद के लेख पढ़ रहे थे। इसकी रचना महर्षि सत्यकाम जाबाली ने की थी। अपनी पत्नी पर नज़र पड़ते ही उन्होंने किताब नीचे रख दी। 'तो, सम्राट जीत गए?'

सीता को उनकी जिदंगी में आए पांच साल हो चुके थे।

'नहीं,' घबरायी सी सुनयना ने कहा। 'वो हार गए।'

जनक सकते से सीधे होकर बैठ गए। 'सम्राट दशरथ लंका के व्यापारी से हार गए?'

'हां। रावण ने करछप में लगभग सप्तसिंधु की पूरी सेना को तहस-नहस कर दिया। सम्राट दशरथ अपनी पत्नी के साथ बमुश्किल ही बच पाए हैं।'

'प्रभु रुद्र कृपा करें,' जनक फुसफुसाए।

'और भी है। दशरथ की पहली पत्नी, रानी कौशल्या ने उसी दिन एक पुत्र को भी जन्म दिया है, जिस दिन सम्राट करछप का युद्ध हारे थे। और अब बहुत से लोग उस हार के लिए बालक को दोष दे रहे हैं। कह रहे हैं कि वो बुरे नक्षत्र में पैदा हुआ है। इस बच्चे के पैदा होने तक सम्राट कोई भी युद्ध नहीं हारे थे।'

'क्या बकवास है!' जनक ने कहा। 'लोग इतने मूर्ख कैसे हो सकते

हैं?'

'उस बच्चे का नाम राम है। छठे विष्णु, प्रभु परशु राम के नाम पर।'

'उम्मीद करते हैं कि ये उसके लिए शुभ साबित हो। बेचारा बच्चा।'

'मुझे मिथिला के भाग्य की ज़्यादा चिंता हो रही है, जनक।'

जनक ने बेबसी से आह भरी। 'तुम्हें क्या लगता है, क्या होगा?'

वास्तविक रूप से सुनयना अब तक अकेले ही राज-काज चलाती आई थीं। जनक अपना ज़्यादा से ज़्यादा समय दर्शन के अध्ययन में ही बिताते थे। रानी की ख्याति दिनोंदिन साम्राज्य में बढ़ गई थी। बहुतों को लगता था कि वो मिथिला के लिए खुशकिस्मत थीं। जबसे वो राजा जनक की पत्नी बनी थीं, तबसे हर साल वहां बरसात होने लगी थी।

'मुझे सुरक्षा की चिंता है,' सुनयना ने कहा।

'और धन का क्या?' जनक ने पूछा। 'तुम्हें नहीं लगता कि रावण हर राज्य पर व्यापार कर बढ़ा देगा? सप्तसिंधु की सारी संपदा लंका के खजाने में चली जाएगी।'

'लेकिन वैसे भी इन दिनों हम व्यापार ही कहां कर रहे हैं। वो हमसे कुछ नहीं मांग सकता। दूसरे राज्यों को ज़्यादा नुकसान है। मुझे तो सप्तसिंधु में हुई सेना की कमी की चिंता है। हर जगह अराजकता बढ़ जाएगी। अगर हर जगह ही कोहराम मच जाएगा तो ऐसे में हम कितने सुरक्षित रह पाएंगे?'

'सच है।'

जनक के मन में एक खयाल आया। *नियति के लिखे को कौन बदल सकता है, फिर चाहे वो जनता हो या राज्य? हमारा काम इसे समझना है कि क्या हुआ; न कि लड़ना। और उससे अगले जन्म के लिए सबक लेना। या फिर मोक्ष के लिए तैयार होना।*

लेकिन वो जानते थे कि सुनयना को ये 'बेबसी' पसंद नहीं थी। तो वह खामोश ही रहे।

रानी ने आगे कहा, 'मुझे उम्मीद नहीं थी कि रावण जीत जाएगा।'

जनक हंसे। 'जीतना भले ही अच्छा हो। लेकिन पराजित को अपनी पत्नियों से ज़्यादा प्रेम मिलता है!'

सुनयना ने आंखें सिकोड़कर जनक को घूरा। अपने पति का मज़ाक

उन्हें पसंद नहीं आया था। 'हमें कुछ योजनाएं बनानी होंगी, जनक। हमें होनी के लिए तैयार रहना होगा।'

जनक एक और हास्य टिप्पणी से जवाब देने वाले थे। लेकिन उनकी बुद्धि ने पहरा लगा दिया।

'मुझे तुम पर पूरा भरोसा है। मुझे यक़ीन है, तुम कुछ सोच लोगी,' जनक मुस्कुराए और वापस अपना ध्यान जाबाली उपनिषद पर लगा दिया।

अध्याय 3

जब पूरा भारत रावण के हाथों हुई दशरथ की पराजय के दुष्परिणामों को झेल रहा था, ऐसे में मिथिला पर इसका वैसा कोई परिणाम नहीं पड़ा था। वैसे भी उनके यहां कोई व्यापार चल नहीं रहा था। सुनयना ने भी कुछ सुधारों की शुरुआत कर दी थी, जिनका अच्छा परिणाम मिलने लगा था। उदाहरण के लिए, स्थानीय कर संग्रह और प्रशासन को उन्होंने गांवों के स्तर पर भी लागू करा दिया था। इससे मिथिला के नौकरशाहों पर दबाव कम हुआ और दक्षता में सुधार आया।

कृषि से बढ़ते राजस्व से उन्होंने नौकरशाही के अतिरेक को पुनर्प्रशिक्षित किया और मिथिला के पुलिस बल को विस्तृत किया, जिससे साम्राज्य की सुरक्षा में सुधार हुआ। मिथिला की अपनी कोई सेना नहीं थी और उसकी ज़रूरत भी नहीं थी; संधि के अनुसार ज़रूरत पड़ने पर किसी बाहरी दुश्मन से रक्षा करने के लिए संकश्या की सेना मिथिला की मदद करेगी। ये बड़े बदलाव नहीं थे और इन्हें लागू करवाना आसान था, इससे मिथिलावासियों की रोजमर्रा की ज़िंदगी प्रभावित नहीं हुई थी। यद्यपि दूसरे साम्राज्यों में बड़े स्तर पर उथल-पुथल मची हुई थी, जिनमें रावण द्वारा वसूले जाने वाले कर को बदलना बहुत ज़रूरी था।

शाही आदेश के मुताबिक सीता के जन्मदिन को समारोह के रूप में मनाया जाता था। वो उनकी वास्तविक जन्मतिथि नहीं जानते थे। तो वो उसी दिन को उनके जन्मदिन के रूप में मनाते थे, जब धरती के आंचल से वो उन्हें प्राप्त हुई थीं। आज उनका छठा जन्मदिन था।

इस दिन शहर के गरीबों को उपहार और दान दिए जाते थे। जैसा कि हर खास दिन पर किया जाता था। लेकिन एक अलग तरीके से। जब तक सुनयना ने प्रशासन की कमान नहीं संभाली थी, तब तक दान का बड़ा हिस्सा श्रमिक वर्ग दबा जाता था, जो धनी तो नहीं था, लेकिन वास्तव में निर्धन भी नहीं था। सुनयना के प्रशासनिक सुधारों ने सुनिश्चित किया था कि दान वास्तव में निर्धन और ज़रूरतमंद को ही दिया जाए; उन लोगों को जो किले की दूसरी दीवार दक्षिणी दरवाज़े के समीप, झुग्गियों में रहते थे।

सार्वजनिक समारोह के बाद, शाही दंपती प्रभु रुद्र के विशाल मंदिर में पहुंचा।

प्रभु रुद्र का मंदिर लाल बलुआ पत्थर से बना था। ये मिथिला की लंबी संरचनाओं में से था, जो शहर के लगभग हर हिस्से से दिखाई देती थी। इसके चारों ओर विशाल बगीचा था—शहर के भीड़ भरे हिस्से में एक शांतिपूर्ण जगह। बगीचे के पास झुग्गियां थीं, किले की दीवार के साथ-साथ फैले हुए। मंदिर के गर्भ गृह में, प्रभु रुद्र और देवी मोहिनी की प्रतिमाएं स्थापित थीं। ज्ञान, शांति और दर्शन के प्रेम के प्रतीक शहर के अनुरूप ही, वैसे यहां लगी प्रभु रुद्र की प्रतिमा उनके सामान्य रौद्र रूप से भिन्न थी। इस प्रतिमा में, वो नरम, सौम्य दिखाई दे रहे थे। उन्होंने अपने समीप बैठी रमणीय देवी मोहिनी का हाथ पकड़ रखा था।

प्रार्थना के बाद, मंदिर के पुजारी ने शाही परिवार को प्रसाद दिया। सुनयना ने पुजारी के पैर छुए और फिर सीता को गर्भ गृह में दीवार के कोने की तरफ ले गईं। दीवार पर उस गिद्ध की याद में धातु की एक तस्वीर लगी थी, जिसने भेड़ियों के झुंड से लड़ते हुए सीता की जान बचाई थी। पक्षी के ससम्मान संस्कार से पहले उसके चेहरे का एक मुखौटा बनाया गया था। उसे धातु में ढालकर, उस पर गिद्ध के अनश्वर शरीर के चेहरे का आखरी भाव उकेरा गया था। वो न भुलाई जा सकने वाली नज़रें थीं: दृढ़ और नेक। सीता कई बार अपनी मां से ये कहानी सुन चुकी थीं। सुनयना बड़ी खुशी से ये बतातीं। वह चाहती थीं कि उनकी बेटी ये याद रखे कि भलाई किसी भी रूप और चेहरे में आ सकती है। सीता ने सम्मान से उस मुखौटे को छुआ। और हमेशा कि तरह, खुद को ज़िंदगी देने वाले की याद में उनकी आंखें नम हो आईं।

'शुक्रिया,' सीता फुसफुसाईं। उन्होंने महान पशुपति, पशुओं के प्रभु

के लिए छोटी सी प्रार्थना फुसफुसाई। उन्हें उम्मीद थी कि गिद्ध की बहादुर आत्मा को दोबारा अपना मकसद मिल गया होगा।

जनक ने होशियारी से अपनी पत्नी को इशारा किया और शाही परिवार धीरे-धीरे प्रभु रुद्र के मंदिर से बाहर आने लगा। पुजारी परिवार को सीढ़ियों तक ले गया। उस तल से झुग्गियां साफ दिखाई दे रही थीं।

'आप मुझे वहां क्यों नहीं जाने देतीं, मां?' सीता ने झुग्गियों की तरफ इशारा करते हुए कहा।

सुनयना ने मुस्कुराकर अपनी बेटी का सिर थपथपाया। 'जल्द ही।'

'आप हमेशा यही कहती हो,' सीता ने विरोध किया, उनके चेहरे पर शिकायती भाव थे।

'और मैं जल्दी ही जाने दूंगी,' सुनयना हंसी। 'जल्दी ही। बस ये नहीं कह सकती कि कितनी जल्दी!'

'बिल्कुल ठीक,' जनक ने सीता के बाल सहलाते हुए कहा। 'अब जाओ भागो। मुझे गुरुजी से बात करनी है।'

सात वर्षीय सीता अपने पिता के साथ उनके निजी कार्यालय में खेल रही थीं, जब जनक के प्रमुख गुरु, अष्टावक्र अंदर आए। जनक ने परंपरानुसार गुरु को प्रणाम किया और उनसे अपने आसन के समीप वाले आसन पर बैठने का आग्रह किया।

मिथिला, सप्तसिंधु के राजनीतिक दौर में अब बड़ा खिलाड़ी नहीं रहा था, तो उनके पास कोई स्थायी राज गुरु नहीं थे। लेकिन जनक के दरबार में भारत के एक से बढ़कर एक विद्वानों, छात्रों, वैज्ञानिकों और दार्शनिकों का खुले दिल से स्वागत किया जाता था। बुद्धिजीवियों को ज्ञान और शिक्षा से भरी मिथिला की हवा से लगाव था। और उन्हीं में से एक थे, ये महान चिंतक: ऋषि अष्टावक्र, जनक के प्रमुख गुरु। यहां तक कि मलयपुत्र प्रजाति के प्रमुख, महान महर्षि विश्वामित्र भी अक्सर वहां आते रहते थे।

'महाराज, आपकी इच्छा हो तो हम बाद में बात कर सकते हैं,' अष्टावक्र ने कहा।

'नहीं, नहीं। बिल्कुल नहीं,' जनक ने कहा। 'मुझे एक सवाल का जवाब पूछना था, जो मुझे परेशान कर रहा था, गुरुजी।'

अष्टावक्र का शरीर आठ जगहों से विकृत था। गर्भावस्था के दौरान उनकी मां एक दुर्घटना का शिकार हो गई थीं। लेकिन किस्मत और कर्मों ने उनकी शारीरिक अक्षमताओं को असाधारण दिमाग के साथ संतुलित कर दिया था। अष्टावक्र ने बचपन से अपनी विलक्षणता साबित कर दी थी। युवावस्था में एक बार वो जनक के दरबार में आए थे और राजा के तत्कालीन धर्मगुरु, ऋषि बांदी को शानदार वाद-विवाद में हरा दिया था। ऐसा करके उन्होंने अपने पिता, ऋषि कहोड़ की हार का बदला भी ले लिया था, जो एक बार पहले ऋषि बांदी से हार चुके थे। ऋषि बांदी ने ससम्मान अपनी हार स्वीकार की और पूर्वी समुद्र के पास के आश्रम में और ज्ञान ग्रहण करने चले गए। इस प्रकार युवा अष्टावक्र जनक के प्रधान गुरु बन गए।

अष्टावक्र की विकृति धर्मपरायण राजा, जनक की नगरी मिथिला के उदारवादी माहौल में किसी का ध्यान आकर्षित नहीं करती थी। ऋषि का विलक्षण मस्तिष्क ही दूसरों को सम्मोहित करने के लिए पर्याप्त था।

'मैं आपसे शाम को मिलूंगी, बाबा,' कहकर सीता ने अपने पिता के पैर छुए।

जनक ने उन्हें आशीर्वाद दिया। सीता ने ऋषि अष्टावक्र के पैर भी छुए और कार्यालय से बाहर आ गईं। चौखट पार करके सीता रुकीं और दरवाज़े की पीछे छिप गईं। जनक की नज़रों से दूर, लेकिन उनकी बातें सुनी जा सकने लायक दूरी पर। वह सुनना चाहती थीं कि उनके पिता को कौन सा सवाल परेशान कर रहा था।

'हम कैसे जानेंगे कि सचाई क्या है, गुरुजी?' जनक ने पूछा।

छोटी सीता भौचक खड़ी थीं। दुविधा में। उन्होंने महल के बरामदों में फुसफुसाहटें सुनी थीं कि उनके पिता लगातार केंद्रभ्रष्ट होते जा रहे थे। कि वो लोग खुशकिस्मत थे कि उनके साम्राज्य की देखभाल सुनयना जैसी बुद्धिमान रानी कर रही थीं।

सचाई क्या है?

वह मुड़ीं और अपनी मां के शिविर की ओर भाग गईं। 'मां!'

सीता ने काफी इंतज़ार कर लिया था। अब वह आठ साल की हो गई थीं। और उनकी मां अभी भी उन्हें किले की दीवार से सटी झुग्गियों में नहीं लेकर गई थीं। पिछली बार सीता के पूछने पर उन्होंने कम से कम सफाई तो दी थी। उन्होंने बताया था कि वहां जाना खतरनाक हो सकता था। कि वहां कुछ लोग यूं ही मारने लगते हैं। सीता को अब यक़ीन हो चला था कि उनकी मां बस बहाने ही बना रही थीं।

आखिरकार, उत्सुकता अब उनके बस में नहीं थी। दासी के बच्चे के कपड़े पहनकर, सीता महल से बाहर निकल गईं। बड़ा सा अंगवस्त्रम् उनके कंधों और कानों पर लिपटकर ओढ़नी का काम कर रहा था। उनका दिल घबराहट और रोमांच में धड़क रहा था। वह बार-बार पीछे मुड़कर देखे जा रही थीं कि कहीं किसी का ध्यान उनके इस छोटे से साहसिक कारनामे पर न पड़ जाए। लेकिन किसी का ध्यान उन पर नहीं पड़ा।

दोपहर बाद, सीता प्रभु रुद्र के मंदिर के बगीचे से होते हुए झुग्गी में घुस गईं। बिल्कुल अकेले। मां के शब्द उनके कानों में गूंज रहे थे, उन्होंने अपनी सुरक्षा के लिए एक लंबी छड़ी भी अपने साथ ले ली थी। उन्हें अब छड़ी के साथ अभ्यास करते हुए एक साल हो गया था।

झुग्गी में प्रवेश करते ही सबसे पहले उनकी नाक को मुसीबत का सामना करना पड़ा। वहां तीखी गंध आ रही थी। उन्होंने मुड़कर मंदिर के बगीचे को देखा और वापस मुड़ जाने का अहसास हुआ। लेकिन तभी, आगे बढ़ने के रोमांच ने पीछे मुड़ने के अहसास को दबा दिया। उन्होंने लंबे समय से इस पल का इंतज़ार किया था। वह आगे झुग्गी की बस्तियों की ओर बढ़ गईं। घरों के ढांचे बांस और कपड़ों से बेतरतीबी से बने थे। जर्जर घरों के बीच की तंग 'गली' झुग्गी में लोगों के चलने के काम आती थी। इन गलियों में खुली नालियां, शौचालय और जानवरों के खुले बाड़े थे। उन पर कूढ़ा पड़ा था। वहां सब जगह कीचड़ और शौच फैला हुआ था। जानवरों और इंसानों के फैले पड़े मूत्र की वजह से वहां चलना मुश्किल था। सीता ने अपना अंगवस्त्र अपनी नाक और मुंह तक खींच लिया, और वो एक ही समय पर जहां भयभीत थीं, वहीं आकर्षित भी।

लोग दरअसल ऐसे जीते हैं? प्रभु रुद्र रहम करें।

महल के कर्मचारियों ने उन्हें बताया था कि मिथिला में रानी सुनयना के आने के बाद झुग्गियों की हालत में काफी सुधार हुआ था।

अगर इसे सुधार कहा जाता है तो पहले यहां की हालत कितनी खराब होगी?

वह कीचड़ भरे रास्ते से बचते-बचाते आगे बढ़ने लगीं। जब तक कि एक चीज देखकर उनके कदम ठिठक न गए।

झुग्गी के बाहर बैठी एक मां एक प्लेट से अपने बच्चे को खाना खिला रही थी। उसका बच्चा शायद दो या तीन साल का था। वह अपनी मां की गोद में बैठा था, खुशी से अपनी मां के हाथ से निवाले खाते हुए। बार-बार वह नाटकीय अंदाज़ में अपना मुंह खोलकर मां को निवाला मुंह में डालने का मौका देता। तब मां की खिलखिलाहट देखने लायक होती। इस दृश्य से खुश सीता का ध्यान एक दूसरी चीज ने खींचा था। एक कौआ भी उस महिला के पास बैठा था। और वह बीच-बीच में उस पक्षी को भी निवाला खिलाती जा रही थी। कौआ अपनी बारी की प्रतीक्षा करता। सब्र से। हालांकि ये कोई खेल नहीं था।

वो महिला उन दोनों को खिला रही थी। एक-एक करके। समान रूप से।

सीता मुस्कुराईं। उन्हें अपनी मां की कुछ दिन पहले कही बात याद आ गई: *कभी-कभी निर्धन में भी सभ्य जनों से ज़्यादा सभ्यता होती है।*

तब उन्हें ये शब्द पूरी तरह समझ नहीं आए थे। अब उन्हें समझ आया था।

सीता वापस मुड़ीं। पहले दौरे के हिसाब से उन्होंने काफी झुग्गी देख ली थी। उन्होंने खुद से वादा किया कि वो जल्दी ही यहां फिर आएंगी। अब महल में वापस जाने का समय हो गया था।

आगे चार पतली गलियां थीं। *मुझे किस गली में जाना चाहिए?*

अनिश्चितता से, उन्होंने सबसे बाईं ओर की गली को चुना। वह चलती रहीं। लेकिन झुग्गी की सीमा कहीं दिखाई नहीं दी। घबराकर अपनी गति बढ़ाने से उनके दिल की धड़कन बढ़ने लगी।

दिन अब ढलने लगा था। हर गली आगे और बहुत सी गलियों पर खत्म हो रही थी। सब बेतरतीब, अव्यवस्थित। परेशान हो वो एक शांत

गली में मुड़ गईं। अब उन्हें घबराहट होने लगी थी, उन्होंने अपनी चाल और तेज़ कर दी। लेकिन हर बार वो एक गलत रास्ते पर ही पहुंचे जा रही थीं।

'माफ करना!' किसी से टकराने पर सीता के मुंह से निकला।

गहरे रंग की लड़की किशोरावस्था में मालूम पड़ रही थी; शायद उससे भी बड़ी। उसके बाल बिखरे हुए थे। जर्जर कपड़ों से आती बदबू से पता चल रहा था कि उसने काफी समय से कपड़े बदले नहीं थे। उसके चिपके, बिना धुले बालों पर जूएं चल रही थीं। वह लंबी, पतली और आश्चर्यजनक रूप से बलिष्ठ थी। अपनी चालाक आंखों और दागदार शरीर की वजह से वह भयानक लग रही थी।

उसने सीता के चेहरे और उसके हाथों को घूरा। तभी उसकी आंखों में एक परिचित होने का अहसास आया, और साथ ही मौके का भी। तब तक सीता, एक दूसरी गली की तरफ मुड़ गई थीं। मिथिला की राजकुमारी ने अपनी गति और तेज़ कर दी थी, वो अब लगभग दौड़ने लगी थीं। वो प्रार्थना कर रही थीं कि कम से कम ये रास्ता उन्हें सही जगह ले जाए।

उनके माथे पर पसीने की बूंदें छलक आई थीं। वह अपनी सांसों को स्थिर रखने की कोशिश कर रही थीं। लेकिन कर नहीं पा रही थीं।

वो भागती रहीं। जब तक रुकने के लिए मजबूर नहीं हो गईं।

'प्रभु रुद्र कृपा करें।'

बाधा के रूप में एक दीवार सामने आ जाने से वो एक चीख के साथ रुकीं। वो अब वाकई रास्ता भटक चुकी थीं, झुग्गी के दूसरे छोर पर जो किले की अंदरुनी दीवार से सटी हुई थी। मिथिला की अंदरुनी नगरी यहां से काफी दूर थी। वहां सन्नाटा पसरा हुआ था, कोई भी आसपास नज़र नहीं आ रहा था। सूरज लगभग अस्त हो चुका था, और गोधूली का छिटपुट उजियारा अंधेरे को ही गहरा रहा था। उन्हें समझ नहीं आ रहा था कि अब क्या करना चाहिए।

'कौन है वहां?' उन्हें पीछे से कोई आवाज़ सुनाई दी।

सीता ने घूमकर देखा, हमले के लिए पूरी तरह तैयार होकर। उन्हें दाहिनी तरफ से अपनी तरफ बढ़ते दो किशोर दिखाई दिए। वह बाईं ओर मुड़ीं। और दौड़ पड़ी। लेकिन ज़्यादा दूर नहीं जा सकीं। किसी ने टंगड़ी

मारकर उन्हें मुंह के बल गिरा दिया था। कीचड़ में। वहां और भी लड़के थे। उन्होंने जल्दी से उठकर अपनी छड़ी संभाल ली। उनके आसपास पांच लड़के थे। उनके चेहरे डरावने लग रहे थे।

उनकी मां ने उन्हें झुग्गी में होने वाले अपराधों के बारे में चेतावनी दी थी, कि वहां लोगों को पीटा जाता था। लेकिन सीता को उन कहानियों पर विश्वास नहीं था, वो सोचतीं कि जो भले लोग उनसे दान लेने आते थे, वो कहां किसी को नुकसान पहुंचा सकते थे।

मुझे मां की बात सुननी चाहिए थी।

सीता ने घबराकर आसपास देखा। पांचों लड़के अब उनके सामने खड़े थे। किले की ऊंची दीवार उनके पीछे थी। भागने का कोई रास्ता नहीं था।

उन्होंने लड़कों की तरफ छड़ी उठाई, धमकाते हुए। लड़के इस पर हंसने लगे, छोटी लड़की की हिम्मत पर हैरान होते हुए।

बीच वाले लड़के ने डर का दिखावा करते हुए अपनी उंगली का नाखून चबाते हुए कहा, 'ओह... हम तो बहुत डर गए...'

बाकी बेशर्मी से हंसने लगे।

'ओ भली लड़की, वो कीमती अंगूठी,' लड़के ने नाटकीय विनम्रता दिखाते हुए कहा। 'यक़ीनन हम पांचों की जीवनभर की कमाई से ज़्यादा कीमती होगी। तुम्हें क्या लगता है...'

'तुम्हें ये अंगूठी चाहिए?' सीता ने कुछ राहत की सांस लेते हुए कहा। 'इसे ले लो और मुझे जाने दो।'

लड़का गुर्राया। 'हां जरूर, हम तुम्हें जाने देंगे। पहले अपनी अंगूठी यहां फेंको।'

सीता ने बेचैनी से थूक निगला। उन्होंने छड़ी अपने शरीर के पास संतुलित की और जल्दी से अपनी तर्जनी से अंगूठी निकाल दी। उसे अपनी मुट्ठी में पकड़े, उन्होंने अपने बायें हाथ से उनके पास की छड़ी की तरफ इशारा किया। 'मुझे वो चलानी आती है।'

लड़के ने अपने दोस्तों को देखा और भौंहें चढ़ाईं। वह लड़की की तरफ मुड़ा और मुस्कुराया। 'हमें तुम पर यक़ीन है। अब अंगूठी यहां फेंको।'

सीता ने अंगूठी आगे फेंक दी। वह लड़कों से कुछ दूर जाकर गिरी।

'तुममें फेंकने का दम नहीं है, लड़की,' लड़का हंसा और अंगूठी उठाने के लिए झुका। उसने उसे ध्यान से देखा और अपने कमरबंद में रखने से पहले धीमे से सीटी बजाई। 'अब, तुम्हारे पास और क्या-क्या है?'

अचानक लड़का आगे की तरफ ज़मीन पर गिरा। उसके पीछे लंबी, गहरी रंगत वाली वही लड़की खड़ी थी, जिससे सीता अभी कुछ देर पहले टकराई थीं। उसने अपने दोनों हाथों से एक बड़ी सी बांस की छड़ी पकड़ी हुई थी। लड़के तेज़ी से पीछे घूमे और उस लड़की को देखा; उनकी सारी बहादुरी निकल गई। वो उन सबसे लंबी थी। मज़बूत और ताकतवर।

उससे भी महत्वपूर्ण, ऐसा लग रहा था कि वो लड़के उसे जानते थे। और उसकी प्रतिष्ठा भी।

'तुम्हारा इससे कुछ लेना-देना नहीं है, समीचि...' एक लड़के ने झिझकते हुए कहा। 'चली जाओ यहां से।'

समीचि ने अपनी छड़ी से उसके हाथ पर वार करते हुए जवाब दिया। बड़ी ज़ोर से। लड़का अपना हाथ पकड़ते हुए पीछे की तरफ लड़खड़ा गया।

'अगर तुम अभी यहां से नहीं निकले तो मैं दूसरा हाथ भी तोड़ दूंगी,' समीचि गुर्राई।

और लड़का भाग खड़ा हुआ।

हालांकि, दूसरे चार अपराधी अभी भी अपनी जगह पर खड़े थे। पहला जो ज़मीन पर गिरा था, वो भी अब तक खड़ा हो चुका था। उनका चेहरा समीचि की तरफ था, और पीठ सीता की ओर। वो उनके लिए उतनी खतरनाक नहीं थीं। उन्होंने ध्यान भी नहीं दिया था कि सीता ने छड़ी उठाकर उस लड़के पर तान ली थी, जिसके पास उनकी अंगूठी थी। दूरी को सही से भांपते हुए उन्होंने लड़के के सिर पर ज़ोरदार प्रहार किया।

सटाक!

लड़का उछलकर गिरा, उसके फटे सिर से तेज़ी से खून निकलने लगा था। बाकी तीनों ने मुड़कर देखा। सदमें में। अपनी जगह जड़।

'आओ! जल्दी करो!' आगे बढ़कर सीता का हाथ पकड़ते हुए समीचि चिल्लाई।

जब दोनों लड़कियां कोने की तरफ भाग रही थीं, तो समीचि ने भागते हुए एक नज़र पीछे मुड़कर देखा। ज़मीन पर पड़ा लड़का हिल नहीं रहा था। उसके दोस्त उसके पास जमा हो गए थे, वो उसे उठाने की कोशिश कर रहे थे।

'जल्दी करो!' सीता को खींचते हुए समीचि चिल्लाई।

अध्याय 4

सीता अपने हाथ पीछे बांधें खड़ी थीं। उनका सिर झुका हुआ था। झुग्गी की कीचड़ और धूल उनके सारे कपड़ों पर लगी थी। उनके चेहरे पर भी मिट्टी थी। उनकी उंगली में पड़ी बेशकीमती अंगूठी गायब थी। वह डर से कांप रही थीं। उन्होंने अपनी मां को इतना नाराज कभी नहीं देखा था।

सुनयना अपनी बेटी को घूर रही थीं। उन्होंने एक शब्द तक नहीं कहा था। बस नज़रों में अस्वीकृति थी। और उससे भी ज़्यादा, निराशा थी। सीता को महसूस हो रहा था कि उन्होंने अपनी मां को बहुत ज़्यादा निराश किया था।

'मुझे माफ कर दो, मां,' सीता ने रोते हुए कहा, आंसू उनके चेहरे को भिगो रहे थे।

वो चाह रही थीं कि उनकी मां कुछ तो बोलें। या, उन्हें थप्पड़ मारें। या उन्हें दुतकारें। ये खामोशी बहुत भयानक थी।

'मां...'

सुनयना जड़ बनी बैठी थीं। गुस्से से अपनी बेटी को घूरते हुए।

'देवी!'

सुनयना ने अपने शिविर के दरवाज़े की ओर देखा। मिथिला का एक पुलिसवाला वहां खड़ा था। उसका सिर झुका हुआ था।

'क्या खबर है?' सुनयना ने रुखाई से पूछा।

'पांचों लड़के गायब हैं, देवी,' पुलिसवाले ने कहा। 'वो शायद भाग

गए हैं।'

'पांचों?'

'मेरे पास घायल लड़के की कोई खबर नहीं है, देवी,' पुलिसवाले ने उस लड़के की बात करते हुए कहा, जिसे सीता ने सिर पर मारा था। 'कुछ गवाह भी सामने आए। उन्होंने बताया कि उसे दूसरे लड़के उठाकर ले जा रहे थे। उसका बहुत खून बह चुका था।'

'बहुत?'

'हम्म... एक गवाह ने कहा की हैरानी होगी अगर वो...'

पुलिसवाले ने होशियारी से बात बीच में ही रोक दी, 'बच गया' उसने नहीं कहा।

'हमें अकेला छोड़ दो,' सुनयना ने आदेश दिया।

पुलिसवाला तुरंत नमस्कार कर, मुड़ा और वहां से चला गया।

सुनयना ने वापस अपना ध्यान सीता पर लगाया। उन कठोर नज़रों के नीचे सीता दबी जा रही थीं। फिर रानी ने सीता के पीछे, दीवार के पास खड़ी, एक मैली सी किशोरी पर नज़र डाली।

'तुम्हारा नाम क्या है, बच्चे?' सुनयना ने पूछा।

'समीचि, देवी।'

'समीचि, तुम वापस झुग्गी में नहीं जाओगी। अबसे तुम यहीं महल में रहोगी।'

समीचि मुस्कुराई और नमस्ते की मुद्रा में अपने हाथ जोड़े। 'जरूर, देवी। ये मेरे लिए गर्व...'

सुनयना ने अपना दाहिना हाथ उठाकर समीचि की बात को बीच में ही रोक दिया। रानी अब सीता की तरफ मुड़ चुकी थीं। 'अपने शिविर में जाओ। स्नान करो। वैद्यजी तुम्हारे घावों का निरिक्षण करेंगे; और समीचि के घावों का भी। हम कल बात करेंगे।'

'मां...'

'कल।'

सीता ज़मीन पर बैठी सुनयना के सामने खड़ी थीं। वो दोनों सुनयना के शिविर के निजी पूजाघर के सामने थीं। सुनयना ज़मीन पर रंगोली बना रही थीं; रंगीन चूरे से बनी रंगोली में आंशिक रूप से गणितीय, दर्शन और आध्यात्मिक प्रतीकों का सम्मिश्रण होता है।

सुनयना हर सुबह मंदिर के प्रवेश द्वार पर नई रंगोली बनाती थीं। मंदिर के अंदर सुनयना के इष्ट देवताओं की प्रतिमा स्थापित थीं: पिछले विष्णु प्रभु परशु राम; महादेव प्रभु रुद्र; और सृष्टि के रचयिता प्रभु ब्रह्मा। लेकिन वहां का आकर्षण केंद्र थी केंद्र में स्थापित शक्ति मां की प्रतिमा। देवी मां की पूजा का प्रचलन खासकर सुनयना के पिता की भूमि, असम में प्रचलित था। असम बहुत उपजाऊ और समृद्ध प्रदेश था, जिसे भारतीय उपमहाद्वीप की सबसे बड़ी नदी ब्रह्मपुत्र सींचती थी।

सीता सब्र से प्रतीक्षा कर रही थीं। डर के मारे उनके मुंह से शब्द नहीं निकल रहे थे।

'सीता, तुमसे कुछ करने को और न करने को कहने की हमेशा कोई वजह होती है,' फर्श पर बन रही आकर्षक रंगोली से नज़रें उठाए बिना ही सुनयना ने कहा।

सीता स्थिर बैठी थीं। उनकी आंखें अपनी मां के हाथों पर लगी थीं।

'ज़िंदगी में रहस्यों का पता लगाने की एक निश्चित उम्र होती है। तुम्हें उसके लिए तैयार होना पड़ता है।'

रंगोली पूरी करके, सुनयना ने अपनी बेटी की तरफ देखा। मां की नज़रों को देखकर सीता की जान में जान आई। उन नज़रों में प्यार भरा था। हमेशा की तरह। वह अब नाराज नहीं थीं।

'बुरे लोग भी होते हैं, सीता। वो लोग जो आपराधिक गतिविधियां करते हैं। ऐसे लोग शहर के अंदर अमीरों और झुग्गी के गरीबों में भी मिल जाते हैं।'

'हां मां, मैं...'

'श्‍श्‍श्... बोलो मत, बस सुनो,' सुनयना ने दृढ़ता से कहा। सीता खामोश हो गईं। सुनयना ने बात जारी रखी। 'अमीरों में अधिकांश अपराध लालच के चलते किए जाते हैं। लालच पर लगाम फिर भी लगाई जा सकती है। लेकिन गरीबी में अपराध निराशा और गुस्से की वजह से होते

हैं। निराशा कभी-कभी इंसान में से सर्वश्रेष्ठ को बाहर लाती है। इसीलिए कभी-कभी गरीब भी बहुत सभ्य होते हैं। लेकिन यही निराशा इंसान की हैवानियत को भी बाहर लाती है। उनके पास हारने को कुछ नहीं होता। और वो दूसरों के पास ज़्यादा और अपने पास कम देखकर क्रोधित हो जाते हैं। इसे समझा जा सकता है। शासक के तौर पर, हमारी ज़िम्मेदारी बेहतरी के लिए बदलाव लाने की होती है। लेकिन ऐसा रातोंरात नहीं किया जा सकता। अगर हम अमीरों से बहुत ज़्यादा लेकर गरीबों को दे देंगे, तो अमीर भी विद्रोह कर देंगे। इसे बहुत उपद्रव का माहौल हो जाएगा। और हरेक को खामियाजा भुगतना पड़ेगा। तो हमें धीरे-धीरे काम करना पड़ता है। हमें वाकई में गरीब लोगों की मदद करनी चाहिए। यही धर्म है। लेकिन हमें अंधे होकर ये भी नहीं मान लेना चाहिए कि सारे गरीब भले लोग हैं। पेट भूखा होने पर हर कोई अपना चरित्र बचाए नहीं रख पाता है।'

सुनयना ने सीता को अपनी गोद में बैठा लिया। वह आराम से बैठ गईं। झुग्गी वाले कारनामे के बाद, पहली बार वो चैन की सांस ले पा रही थीं।

'तुम भी किसी दिन मिथिला का राजकाज चलाने में मेरी मदद करोगी,' सुनयना ने कहा। 'उसके लिए तुम्हें परिपक्व और समझदार होना होगा। अपनी मंजिल तय करने के लिए दिल की सुनो, लेकिन मंजिल तक पहुंचने की रणनीति बनाने के लिए दिमाग का इस्तेमाल करो। सिर्फ अपने दिल की ही सुनने वाले लोग अक्सर असफल हो जाते हैं। जबकि दूसरी तरफ जो सिर्फ अपने दिमाग की सुनते हैं वो स्वार्थी। सिर्फ दिल ही आपको खुद से पहले दूसरों के बारे में सोचने की सहालत देता है। धर्म की खातिर आपका लक्ष्य समाज में समानता और संतुलन होना चाहिए। पूरी समानता कभी हासिल नहीं की जा सकती, लेकिन हमें असमानता को कम से कम करने की कोशिश करनी चाहिए। लेकिन बनी-बनाई धारणाओं के झांसे में मत आना। ये मत मानकर चलना कि हमेशा ताकतवर ही बुरा और ताकतहीन इंसान भला है। हर इंसान में अच्छाई और बुराई होती है।'

सीता ने खामोशी से सिर हिलाया।

'यक़ीनन, तुम्हें उदारवादी होना चाहिए। यही भारतीय पद्धति है। लेकिन अंध और मूर्ख उदारवादी नहीं बनना।'

'जी, मां।'

'और फिर कभी जानबूझकर खुद को खतरे में मत डालना।'

वह अपनी मां के गले लग गईं, उनकी आंखों से आंसू बह रहे थे।

सुनयना ने उन्हें सामने करके, उनके आंसू पोंछें। 'तुमने तो मेरी जान ही निकाल दी थी। अगर तुम्हें कुछ हो जाता, तो मैं क्या करती?'

'मुझे माफ कर दो, मां।'

सुनयना ने मुस्कुराकर सीता को वापस गले लगा लिया। 'मेरी मनमौजी बच्ची...'

सीता ने गहरी सांस ली। पछतावा अब छंट गया था। वह जानना चाहती थीं। 'मां, वो लड़का जिसे मैंने सिर पर मारा था... क्या...'

सुनयना ने अपनी बेटी को बीच में रोक दिया। 'उसकी चिंता मत करो।'

'लेकिन...'

'मैंने कहा न उसकी चिंता मत करो।'

'धन्यवाद, चाचाजी!' अपने चाचा कुशध्वज की बाहों में जाती हुई सीता चहकीं।

जनक के छोटे भाई, संकश्या के राजा, कुशध्वज मिथिला घूमने आए थे। वह अपनी भतीजी के लिए उपहार लेकर आए थे। बेशकीमती उपहार। अरबी घोड़ा। घोड़ों की भारतीय प्रजाति अरबी घोड़ों से भिन्न होती है। भारतीय घोड़ों में सामान्यत: पसली की चौंतीस हड्डियां होती हैं जबकि अरबी घोड़ों में छत्तीस। सबसे ज़्यादा महत्वपूर्ण, अपने छोटे और पतले कद के कारण अरबी घोड़े ज़्यादा लोकप्रिय होते हैं और उन्हें प्रशिक्षित करना भी आसान होता है। उनकी सहनशक्ति भी उल्लेखनीय होती है। ये बहुत ही बेहतरीन उपहार था। और महंगा भी।

सीता की खुशी समझी जा सकती थी।

कुशध्वज ने सीता को उनके कद के मुताबिक काठी पकड़ाई। चमड़े की बनी काठी की फाली पर स्वर्ण का पानी चढ़े सींग बने थे। हालांकि काठी का आकार छोटा था, लेकिन फिर भी छोटी सीता के हिसाब से उसका वजन ज़्यादा था। लेकिन उन्होंने मिथिला के शाही कर्मचारियों

की मदद लेने से इंकार कर दिया।

सीता काठी को खींचकर शाही शिविर के निजी आंगन में ले आईं, जहां उनका छोटा घोड़ा उनका इंतज़ार कर रहा था। उसे कुशध्वज के एक सहायक ने पकड़ा हुआ था।

सुनयना मुस्कुराईं। 'आपका बहुत आभार। मुझे नहीं लगता कि उसे चलाना सीखने से पहले सीता कुछ खाएंगी या सोएंगी भी!'

'वो अच्छी बच्ची हैं,' कुशध्वज ने कहा।

'लेकिन ये मूल्यवान उपहार है, कुशध्वज।'

'वो मेरी इकलौती भतीजी हैं, भाभी,' कुशध्वज ने अपनी भाभी से कहा। 'अगर मैं उनका लाड़ नहीं करूंगा, तो और कौन करेगा?'

सुनयना ने मुस्कुराकर आंगन से जुड़े बरामदे में बैठे जनक की ओर चलने का इशारा किया। मिथिला नरेश ने अपनी पत्नी और भाई को आता देख बृहदारण्यक उपनिषद को उठाकर एक ओर रख दिया। होशियार सहायकों ने तख्त पर छाछ के प्याले रख दिए। उन्होंने चांदी का एक दीया जलाकर तख्त के बीच में रख दिया। बड़ी ही खामोशी से, और वहां से चले गए।

कुशध्वज ने दीये को देखकर हैरानी से भौंहें चढ़ाई। दिन के समय। लेकिन वह खामोश रहा।

सुनयना ने सहायकों के बाहर जाने का इंतज़ार किया। फिर उन्होंने जनक को देखा। लेकिन उनके पति ने एक बार फिर से पांडुलिपि उठा ली थी। वो पूरी तरह पांडुलिपि में डूब गए थे। जनक से नज़रें मिलाने के प्रयास में असफल रहने के बाद, उन्होंने अपना गला खंखारा। जनक का ध्यान अभी भी अपने हाथों में पकड़ी पांडुलिपि पर ही था।

'ये क्या है, भाभी?' कुशध्वज ने पूछा।

सुनयना को अहसास हुआ कि अब उनके पास कोई विकल्प नहीं था। उन्हें अब बात शुरू करनी ही थी। उन्होंने अपनी कमर से बंधे बड़े से थैले से एक कागज बाहर निकाला और उसे तख्त पर फैलाकर रख दिया। कुशध्वज ने दृढ़ता से उसे अनदेखा कर दिया।

'कुशध्वज हम सालों से संकश्या से मिथिला के बीच सड़क निर्माण पर बात कर रहे हैं,' सुनयना ने कहा। 'वो सड़क जो बाढ़ में नष्ट हो

गई थी। लेकिन तब से अब तक दो दशक बीत गए हैं। सड़क नहीं होने की वजह से मिथिला के नागरिकों और व्यापारियों को बड़ी मुसीबतों का सामना करना पड़ रहा है।'

'कौन से व्यापारी, भाभी?' कुशध्वज ने हल्के से हंसते हुए कहा। 'क्या मिथिला में अभी भी कोई व्यापारी बचा है?'

सुनयना ने व्यंग्य को नज़रंदाज़ कर दिया। 'आपने सड़क निर्माण के लिए दो-तिहाई लागत देने पर सहमति जताई थी, और मिथिला को एक-तिहाई देना था।'

कुशध्वज खामोश रहा।

'मिथिला ने अपने हिस्से का पैसा जमा कर लिया है,' सुनयना ने कहा। उन्होंने कागजात की तरफ इशारा किया। 'चलिए समझौते पर मुहर लगा लें और निर्माण कार्य शुरू करा दें।'

कुशध्वज मुस्कुराया। 'लेकिन भाभी, मुझे समझ नहीं आता कि परेशानी क्या है। सड़क उतनी बुरी भी नहीं है। लोग हर रोज तो उससे आते-जाते हैं। मैं कल खुद उसी रास्ते से मिथिला आया था।'

'लेकिन, कुशध्वज आप राजा हैं,' सुनयना ने खुशी से कहा, उनकी आवाज़ पूरी तरह विनम्र थी। 'आप बहुत सी चीजों में सक्षम हैं, जबकि साधारण लोग नहीं। आम लोगों को अच्छी सड़कें चाहिए होती हैं।'

कुशध्वज खुलकर मुस्कुराया। 'हां, मिथिला के आम लोग खुशनसीब हैं कि उन्हें ऐसी प्रतिबद्ध रानी मिली हैं।'

सुनयना ने कुछ नहीं कहा।

'मेरे पास एक सुझाव है, भाभी,' कुशध्वज ने कहा। 'मिथिला को सड़क निर्माण का कार्य शुरू करने देते हैं। जब आपका एक-तिहाई काम पूरा हो जाएगा, तब संकश्या बाकी का दो-तिहाई पूरा करा देगा।'

'ठीक है।'

सुनयना ने कागजात उठाए और कोने की चौकी पर रखी कलम लेकर कागज के अंत में एक रेखा खींच दी। फिर उन्होंने अपनी थैली से शाही मुहर निकालकर समझौते पर लगा दी। उन्होंने वो कागज कुशध्वज को दिया। तब कुशध्वज को उस दीये की अहमियत समझ आई थी।

अग्नि देवता, साक्षी के रूप में।

हर भारतीय अग्नि को शुद्धता के रूप में देखता है। ये संयोग नहीं है कि भारतीय पवित्र ग्रंथ, ऋगवेद का पहला श्लोक अग्नि देवता की स्तुति में ही रचा गया। सारे वादे अग्नि देवता को साक्षी मानकर ही किए जाते हैं, जिससे वो कभी तोड़े न जा सकें; शादी के वादे, हवन, शांति हवन... यहां तक कि सड़क बनाने की संधि भी।

कुशध्वज ने अपनी भाभी के हाथ से समझौता-पत्र नहीं लिया। बल्कि उन्होंने अपने कमरबंद से अपनी शाही मुहर निकाली। 'मुझे आप पर पूरा भरोसा है, भाभी। आप समझौते पत्र पर खुद ही मुहर लगा लीजिए।'

सुनयना ने कुशध्वज से मुहर ले ली और वो समझौते पत्र पर मुहर लगाने ही जा रही थीं कि तभी कुशध्वज ने विनम्र स्वर में कहा, 'ये नई मुहर है, भाभी। वो मुहर जो पूरे संकश्या का प्रतिबिम्ब होगी।'

सुनयना का माथा ठनका। उन्होंने मुहर को उलटकर उसका निशान देखा। छवि उल्टी होने पर भी मिथिला की रानी तुरंत ही उस मुहर को पहचान गईं। वो एक समुद्री मछली का प्रतिबिम्ब था; मिथिला का मुहर चिह्न। संकश्या ऐतिहासिक रूप से मिथिला का ही उप-साम्राज्य था, जिस पर शाही परिवार का छोटा सदस्य राज करता था। उसकी मुहर अलग थी; एक हिल्सा मछली।

सुनयना गुस्से से कठोर हो गईं। लेकिन वो जानती थीं कि उन्हें अपने गुस्से को नियंत्रित रखना होगा। उन्होंने कागजात धीरे से वापस तख्त पर रख दिए। संकश्या की मुहर इस्तेमाल नहीं की जा सकती थी।

'कुशध्वज, आप मुझे अपनी वास्तविक मुहर क्यों नहीं देते,' सुनयना ने कहा।

'अबसे यही मेरे साम्राज्य की मुहर है, भाभी।'

'ये मिथिला की स्वीकृति के बिना आपके साम्राज्य की मुहर नहीं बन सकती। जब तक मिथिला इसकी सार्वजनिक घोषणा नहीं करेगा, तब तक कोई भी दूसरा साम्राज्य इसे मान्यता नहीं देगा। सप्तसिंधु का प्रत्येक साम्राज्य जानता है कि अकेली समुद्री मछली मिथिला के राजपरिवार के मुख्य शासक की निशानी है।'

'सच है, भाभी। लेकिन आप इसे बदल सकती हैं। आप इस मुहर को समझौते पत्र पर इस्तेमाल करके पूरे देश में वैध बना सकती हैं।'

सुनयना ने एक नज़र अपने पति पर डाली। मिथिला के राजा ने अपना सिर उठाया, एक नज़र अपनी पत्नी को देखा और फिर वापस बृहदारण्यक उपनिषद में डूब गए।

'यह स्वीकार्य नहीं है, कुशध्वज,' सुनयना ने संयत स्वर में कहा। अपनी आवाज़ में उन्होंने अपना खौलता क्रोध छिपा लिया था। 'मेरे जीते जी तो ये नहीं हो सकता।'

'मुझे समझ नहीं आ रहा, भाभी, कि आप इतनी उत्तेजित क्यों हो रही हैं। आप मिथिला के शाही परिवार में ब्याह कर आई हैं। मेरा यहां जन्म हुआ है। मिथिला का शाही खून आपकी नहीं, मेरी नसों में बह रहा है। सही कह रहा हूं न, जनक दादा?'

आखिरकार, जनक ने नज़रें उठाकर कहा, हालांकि उनकी आवाज़ में कोई मोह या नाराजगी नहीं थी। 'कुशध्वज, जो सुनयना ने कहा वही मेरा निर्णय है।'

कुशध्वज खड़े हो गए। 'ये दुखद दिन है। खून ही खून का अपमान कर रहा है। इस वास्ते...'

सुनयना भी खड़ी हो गईं। कुशध्वज की बात को बीच में रोकते हुए, हालांकि उनकी आवाज़ में विनम्रता बनी हुई थी। 'कुशध्वज, आप जो भी कहें सावधानी से कहें।'

कुशध्वज हंसे। उन्होंने आगे आकर सुनयना के हाथ से संकश्या की मुहर ले ली। 'ये मेरी है।'

सुनयना खामोश रहीं।

'मिथिला की शाही परंपराओं की संरक्षक मत बनिए,' कुशध्वज घृणा से हंसे। 'आप इस परिवार का खून नहीं हैं। आप बाहरी हैं।'

सुनयना कुछ कहने ही वाली थीं कि तभी उन्हें अपनी बांह पर किसी छोटे हाथ की पकड़ महसूस हुई। उन्होंने नीचे देखा। सीता उनके पास खड़ी थीं, गुस्से से कांपते हुए। उनके दूसरे हाथ में वही काठी थी जो कुशध्वज ने उन्हें उपहार में दी थी। उन्होंने वो काठी अपने चाचा की तरफ फेंक दी। वो कुशध्वज के पैरों पर जाकर गिरी।

जैसे ही कुशध्वज दर्द से दोहरे हुए, संकश्या की मुहर उनके हाथ से गिर गई।

सीता ने आगे उछलकर, वो मुहर उठा ली और उसे ज़मीन पर पटककर दो टुकड़े कर दिया। शाही मुहर का टूटना बुरा शगुन माना जाता था। ये भयानक अपमान था।

'सीता!' जनक चिल्लाए।

कुशध्वज का चेहरा गुस्से से काला पड़ गया था। 'ये तो बदतमीजी है, दादा!'

सीता अब अपनी मां के सामने खड़ी थीं। अपने चाचा को देखकर उनकी आंख से आंख मिलाते हुए। अपनी बांहें फैलाकर अपनी मां की सुरक्षा करते हुए।

संकश्या नरेश ने अपनी शाही मुहर के टूटे टुकड़े उठाए और ज़ोर से चिल्लाए। 'आपने मेरी बात नहीं सुनी, दादा!'

जैसे ही वो गए, सुनयना अपने घुटनों के बल बैठ गईं और सीता से बोलीं, 'सीता, आपको वो नहीं करना चाहिए था।'

सीता ने सुलगती नज़रों से अपनी मां को देखा। फिर शिकायती नज़रों से अपने पिता को। उनके चेहरे पर खेद या माफी की कोई झलक नहीं थी।

'आपको वो नहीं करना चाहिए था, सीता।'

सीता ने अपनी मां को पकड़ लिया, वो उन्हें छोड़ ही नहीं रही थीं। वो अनकही पीड़ा में रो रही थीं। जनक मुस्कुराते हुए उनके पास आए और उनका सिर थपथपाया। शाही परिवार राजा के निजी कार्यालय में एकत्र हुआ था। कुशध्वज वाली घटना को कुछ सप्ताह बीत चुके थे। सीता के अभिभावकों ने तय किया था कि अब सीता की उम्र गुरुकुल जाने की हो चुकी थी।

जनक और सुनयना ने अपनी बेटी के लिए ऋषि श्वेतकेतु का गुरुकुल चुना था। श्वेतकेतु जनक के प्रमुख गुरु, अष्टावक्र के चाचा थे। उनके गुरुकुल में दर्शन, गणित, विज्ञान और संस्कृत विषयों पर शिक्षा दी जाती थी। सीता को विशेष रूप से भूगोल, इतिहास, अर्थशास्त्र और शाही प्रशासन के विषय में भी पढ़ाया जाना था।

एक और विषय को सुनयना ने जनक की आपत्ति के बावजूद चुना था, वो था युद्ध कौशल और शारीरिक प्रशिक्षण। जनक अहिंसा में विश्वास करते थे। सुनयना प्रायोगिक होने पर यक़ीन करती थीं।

सीता जानती थीं कि उन्हें जाना होगा। लेकिन वो बच्ची थीं। और घर छोड़कर जाने के ख्याल से डरी हुई थीं।

'बेटा, आप नियमित रूप से घर आती रहोगी,' जनक ने कहा। 'और हम भी तुमसे मिलने आया करेंगे। आश्रम गंगा के किनारे ही है। यहां से बहुत दूर नहीं।'

सीता ने अपनी मां को और मज़बूती से पकड़ लिया।

सुनयना ने सीता की बांह छुड़वाकर उनकी ठोड़ी ऊपर की। उन्होंने उनकी नज़रों को खुद पर टिकाया। 'आप वहां बहुत अच्छा प्रदर्शन करेंगी। ये आपको जीवन भर के लिए तैयार करेगा। मैं जानती हूं।'

'आप लोग मुझे इसलिए दूर भेज रहे हैं क्योंकि मैंने उस दिन चाचा के साथ वो किया?' सीता ने सुबकते हुए कहा।

सुनयना और जनक तुरंत घुटनों के बल बैठ गए और सीता को अपने करीब खींच लिया।

'बिल्कुल नहीं, मेरी बच्ची,' सुनयना ने कहा। 'इसका आपके चाचा से कोई लेना-देना नहीं। आपको पढ़ाई करनी ही पड़ेगी। इससे आपको आगे राजपाट चलाने में मदद मिलेगी।'

'हां, सीता,' जनक ने कहा। 'आपकी मां सही कह रही हैं। कुशध्वज के साथ क्या हुआ, उससे आपका कुछ लेना-देना नहीं है। ये उनकी, आपकी मां और मेरे बीच की बात है।'

सीता एक बार फिर से फूट-फूटकर रो दीं। वो अपने मां-बाप से ऐसे चिपक गईं, जैसे कभी उन्हें नहीं छोड़ेंगी।

अध्याय 5

सीता को श्वेतकेतु के गुरुकुल में आए दो साल बीत चुके थे। यद्यपि दस साल की इस छात्र ने अपनी बुद्धिमत्ता और कुशाग्रता से गुरु को प्रभावित कर दिया था, लेकिन बाहरी गतिविधियों में उनका उत्साह उन्हें असाधारण बनाता था। खासकर बांस से रणकौशल।

लेकिन गाहे-बगाहे उनके मनमौजी स्वभाव की वजह से परेशानियां भी उत्पन्न होती रहती थीं। जैसे एक बार जब किसी सहपाठी ने उनके पिता को अप्रभावशाली राज बताया और कहा कि उन्हें शासक की बजाय शिक्षक होना चाहिए था। सीता ने प्रतिक्रिया में उसे खूब बुरी तरह पीटा। उस लड़के को लगभग एक महीना गुरुकुल के अयुरालय में रहना पड़ा। और उसके बाद भी दो महीने तक लंगड़ाकर चलता रहा।

चिंतित श्वेतकेतु ने अहिंसा और क्रोध नियंत्रण पर अतिरिक्त कक्षाएं आयोजित कीं। गर्म दिमाग लड़की को सख्ती से बताया गया कि गुरुकुल के परिसर में किसी भी तरह की शारीरिक हिंसा नियमों के खिलाफ मानी जाएगी। रणकौशल आत्मानुशासन के लिए सिखाया जाता है और ये भविष्य के शासकों का प्रमुख कर्तव्य भी है। विद्यालय के अंदर उन्हें किसी को भी नुकसान पहुंचाने की अनुमति नहीं दी जा सकती।

ये सूचना घर तक पहुंचाने के लिए, सुनयना के गुरुकुल आने पर उन्हें भी ये बात बताई गई। उनके कड़े शब्दों ने सीता पर वांछित प्रभाव डाला। तबसे उन्होंने दूसरे छात्रों पर हाथ नहीं उठाया था, हालांकि कई बार उनके सब्र का इम्तेहान लिया गया था।

ऐसा ही एक उदाहरण था।

'क्या तुम गोद नहीं ली गई हो?' एक सहपाठी, काम्ल राज ने ताना मारा।

गुरुकुल के पांच छात्र परिसर के तालाब के पास इकट्ठा हुए थे। तीन सीता के पास बैठे थे। सीता कुछ टहनियों की मदद से ज़मीन पर ज्यामितीय रचनाएं बना रही थीं। बोधायन के शुल्भ सूत्र के सिद्धांत में डूबी सीता ने जानबूझकर काम्ल के ताने को नज़रंदाज़ कर दिया। दूसरों ने भी। वो हमेशा की तरह आसपास ही मंडरा रहा था, सबका ध्यान भंग करने के लिए। उसके शब्दों को सुनकर सबकी निगाहें सीता की तरफ उठ गई थीं।

राधिका सीता की पक्की सहेली थी। उसने तुरंत प्रतिक्रिया टालने की कोशिश की। 'जाने दो, सीता। वो तो पागल है।'

सीता सीधी होकर बैठ गईं और एक पल के लिए अपनी आंखें बंद कर लीं। वो अक्सर अपनी जन्म की मां के बारे में सोचती थीं। उन्होंने सीता को क्यों छोड़ दिया था? क्या वो उनकी दत्तक मां जितनी ही प्रभावशाली होंगी? लेकिन उनके मन में एक बात तो साफ थी: वो सुनयना की ही बेटी थीं।

'मैं अपनी मां की बेटी हूं,' उन्होंने गुस्से से अपने विरोधी को देखते हुए कहा, यक़ीनन वो अपनी सहेली की सलाह पर ध्यान नहीं दे पा रही थीं।

'हां, हां, वो तो मैं जानता हूं। हम सभी अपनी मां की संतान हैं। लेकिन तुम गोद ली हुई नहीं हो? जब तुम्हारी मां की अपनी बेटी हो जाएगी, तब क्या होगा?'

'अपनी बेटी? काम्ल मैं पराई नहीं हूं। मैं अपनी ही हूं।'

'हां, हां। लेकिन तुम नहीं...'

'दफा हो जाओ, यहां से,' सीता ने कहा। उन्होंने वही टहनी उठा ली जिससे अभी बोधायन के सिद्धांत का अभ्यास कर रही थीं।

'नहीं, नहीं। तुम मेरी बात समझ नहीं रही हो। अगर तुम गोद ली हुई हो तो, कभी भी उठाकर बाहर फेंकी जा सकती हो। तब तुम क्या करोगी?'

सीता ने टहनी नीचे रखकर रुखाई से काम्ल को देखा। लड़के की भलाई इसी पल चुप हो जाने में थी। लेकिन अफसोस, वो उतना समझदार

नहीं था।

'मैं समझ सकता हूं कि शिक्षक तुम्हें पसंद करते हैं। गुरुजी भी तुम पर स्नेह रखते हैं। बड़े होने पर जब वो लोग तुम्हें घर से निकाल दें, तो तुम यहां आकर सारा दिन बच्चों को पढ़ा लिया करना!' काम्ल पागलों की तरह हंसने लगा। और किसी ने हंसने में उसका साथ नहीं दिया। दरअसल, माहौल में खतरनाक रूप से तनाव फैल चुका था।

'सीता...' राधा ने विनती करते हुए, दोबारा से शांत रहने की सलाह दी। 'जाने दो न...'

सीता ने फिर से राधिका की सलाह अनसुनी कर दी। वो धीरे से उठकर काम्ल की तरफ बढ़ीं। लड़का मुश्किल से थूक निगल रहा था, लेकिन उसने अपने कदम पीछे नहीं हटाए। सीता के हाथ मज़बूती से पीछे की तरफ बंधे थे। वो अपने दुश्मन से एक इंच की दूरी पर ठहर गईं। काम्ल की सांसें तुरंत ही तेज़ हो गईं, और उसकी कनपटी पर आया पसीना बता रहा था कि उसकी सारी हिम्मत जवाब दे गई थी। लेकिन फिर भी वो डटा खड़ा रहा।

सीता ने उसे डराते हुए एक और कदम आगे बढ़ाया। काम्ल के नज़दीक, खतरनाक ढंग से। अब उनकी पैरों की उंगलियां लड़के के पैरों की उंगलियों को छू रही थीं। सीता की नाक की नोंक लड़के के चेहरे से नाममात्र को दूर थी। उनकी आंखें आग बरसा रही थीं।

काम्ल के माथे पर पसीने की बूंदे उबर आईं। 'सुनो... तुम्हें किसी को मारने की इजाज़त नहीं...'

सीता ने अपनी आंखें उसकी आंखों में गड़ाए रखीं। वो उसे घूरती रहीं। बिना पलक झपकाए। रुखाई से। भारी सांस लेते हुए।

काम्ल की आवाज़ लड़खड़ाने लगी। 'सुनो...'

अचानक सीता ज़ोर से चिल्लाईं; कान फोड़ देने वाली आवाज़, ठीक काम्ल के चेहरे के पास। ज़ोरदार, ऊंची, कड़क। घबराया हुआ काम्ल पीछे जाकर गिरा और फूट-फूटकर रोने लगा।

और, दूसरे बच्चे खिलखिलाकर हंस पड़े।

तभी कहीं से एक शिक्षक भी आ गए।

'मैंने उसे नहीं मारा! मैंने उसे नहीं मारा!'

'सीता...'

सीता शिक्षक के साथ चली गईं। 'लेकिन मैंने उसे नहीं मारा!'

'हनु भैया!' अपने बड़े भाई के गले लगते हुए राधिका चहकी। या कहें कि उसके चचेरे बड़े भाई।

राधिका अपने चहेते रिश्तेदार से मिलवाने के लिए सीता को भी साथ लेकर आई थी। मिलने की जगह गुरुकुल से एक घंटा दूरी पर तय की गई थी, दक्षिण के जंगल में, जो किसी को दिखाई न दे। यहीं चचेरे भाई-बहन मिलते थे। छिपकर। गुरुकुल के प्राधिकरण से छिपकर रहने की उसके भाई के पास वाजिब वजह थी।

वह नागा था; ऐसा इंसान जो विकृतियों के साथ जन्मा था।

उन्होंने गहरे भूरे रंग की धोती और एक सफेद अंगवस्त्रम् पहन रखा था। गोरी रंगत। कद लंबा और रोयेंदार। उनकी कमर के निचले हिस्से से एक अंग, कुछ पूंछ जैसा निकला हुआ था। वो अपने आप ही इधर-उधर घूम रही थी, मानो उसका अपना ही दिमाग हो। उनकी मज़बूत कदकाठी और बलिष्ठ मांसपेशियां उनकी उपस्थिति को दमदार बना रही थीं। उन पर एक दिव्य तेज छाया हुआ था। उनकी चपटी नाक चेहरे में धंसी जान पड़ रही थी, जिस पर चेहरे के बाल बाह्य रेखा के रूप में दिख रहे थे। अजीब था कि उनके मुंह के ऊपर और नीचे की त्वचा बालरहित, चिकनी और कुछ गुलाबी रंगत लिए थी; वो कुछ फूली हुई सी दिख रही थी। उनके होंठ पतले थे, महज़ एक रेखा के रूप में। मोटी भवें मोहक और बुद्धिमानी की झलक लिए, शांत आंखों को कलात्मक उभार दे रही थीं। बिल्कुल ऐसा लग रहा था मानो उस सर्वशक्तिमान ने आदमी के सिर के स्थान पर बंदर का सिर लगा दिया हो।

उन्होंने राधिका को पितृत्व स्नेह से देखा। 'कैसी हो तुम, मेरी छोटी बहन?'

राधिका ने दिखावटी गुस्से में अपना निचला होंठ बाहर निकाल लिया। 'आपसे मिले हुए कितना समय हो गया? जबसे पिताजी ने उस नए गुरुकुल को अनुमति...'

राधिका के पिता शोन नदी के पास एक गांव के मुखिया थे। उन्होंने अभी हाल ही में अपने गांव के पास एक गुरुकुल स्थापित करने की आज्ञा दी थी। उसमें चार लड़कों ने नामांकन भी करा लिया था। उसमें और कोई छात्र नहीं था। सीता सोचती थीं कि राधिका अभी भी क्यों ऋषि श्वेतकेतु के गुरुकुल में पढ़ रही थी जबकि उसके घर के पास एक गुरुकुल बन गया था। शायद छोटा, चार छात्रों वाला गुरुकुल गुरुजी के नामी गुरुकुल की तुलना में उतना अच्छा नहीं होगा।

'क्षमा करना, राधिका, मैं बहुत व्यस्त था,' उन्होंने कहा। 'मुझे एक नया काम दे दिया गया और...'

'मुझे आपके नए काम से कोई मतलब नहीं है!'

राधिका के भाई ने जल्दी से विषय बदल दिया। 'तुम मुझे अपनी नई दोस्त से नहीं मिलवाओगी?'

राधिका ने कुछ पल उन्हें घूरा, फिर मुस्कुराकर हार मानते हुए अपनी दोस्त की तरफ मुड़ी। 'यह सीता हैं, मिथिला की राजकुमारी। और ये मेरे बड़े भैया, हनु भैया।'

वो अपने नए मेहमान की तरफ मुस्कुराए और हाथ जोड़कर नमस्ते की। 'हनु भैया तो मुझे ये राधिका बुलाती है, वैसे मेरा नाम हनुमान है।'

सीता ने भी अपने हाथ जोड़े और उस विनम्र चेहरे को देखा। 'मैं भी आपको हनु भैया ही कहूंगी।'

हनुमान स्नेह से हंसे। 'तो ठीक है, हनु भैया ही सही!'

सीता को गुरुकुल में पांच साल हो चुके थे। वो अब तेरह वर्ष की थीं।

गुरुकुल गंगा नदी के दक्षिणी किनारे पर बना था, मगध से कुछ दूर, जहां हरहराती सरयु शांत गंगा में समाती थी। इसकी सुविधाजनक स्थिति के कारण भिन्न-भिन्न आश्रमों के बहुत से ऋषि और ऋषिका अक्सर गुरुकुल आते रहते थे। वो अक्सर आगंतुक शिक्षकों के तौर पर छात्रों को पढ़ाते भी थे।

दरअसल, अभी महर्षि विश्वामित्र खुद गुरुकुल आए हुए थे। उन्होंने और उनके अनुयायियों ने लगभग पच्चीस छात्रों वाले उस गुरुकुल में प्रवेश

किया।

'नमस्ते, महान मलयपुत्र,' श्वेतकेतु ने दोनों हाथ जोड़कर, उस महान ऋषि के सम्मान में झुकते हुए कहा, जो छठे विष्णु, प्रभु परशु राम की छोड़ी हुई प्रजाति के प्रमुख थे। मलयपुत्रों को दो कार्य सौंपे गए थे: अगले महादेव (भले ही वो देव हों या देवी), बुराई के विनाशक के आगमन पर उनकी मदद करना। और दूसरा सही समय आने पर भलाई के प्रचारक, विष्णु के उत्थान में सहयोग देना।

महान महर्षि विश्वामित्र की उपस्थिति मात्र से गुरुकुल में नई ऊर्जा आ गई थी; उन्हें सप्तर्षि का उत्तराधिकारी माना जाता था। यह सम्मान गुरुकुल में इससे पहले आए दूसरे सभी ज्ञानी व विदूषियों से बड़ा था।

'नमस्ते, श्वेतकेतु,' विश्वामित्र ने सगर्व कहा, उनके चेहरे पर एक मुस्कान थी।

गुरुकुल के कर्मी तुरंत सेवा में लग गए थे। कुछ ऋषि के अनुयायियों के घोड़े और सामान रखवाने में मदद कर रहे थे, जबकि दूसरे पहले से ही साफ अतिथि कक्षों को और चमकाने में जुट गए। मलयपुत्रों के सेनापति और विश्वामित्र के खास, अरिष्टनेमी युद्ध संचालक की तरह ही इंतज़ामों को देख रहे थे।

'महर्षि, आपका यहां कैसे आना हुआ?' श्वेतकेतु ने पूछा।

'मुझे नदी की विपरीत दिशा में कुछ काम था,' विश्वामित्र ने संक्षेप में जवाब दिया, वो खुलकर नहीं बता रहे थे।

श्वेतकेतु अच्छी तरह जानते थे कि इस बारे में और सवाल करने से मलयपुत्र प्रमुख के क्रोधित हो जाने का डर था। लेकिन बातचीत करने की कोशिश करना भी ज़रूरी था। 'रावण की व्यापार नीतियों से सप्तसिंधु के साम्राज्यों को बहुत मुश्किलें झेलनी पड़ रही हैं, गुरुवर। लोग बहुत पीड़ा उठा रहे हैं। किसी को उनके हक के लिए लड़ना होगा।'

लगभग सात फुट लंबे, गहरी रंगत वाले विश्वामित्र शारीरिक और बौद्धिक दोनों ही रूपों से अतुलनीय थे। उनके चौड़े सीने के नीचे बड़ा सा पेट और शक्तिशाली बांह। सीने तक लहराती सफेद दाढ़ी। मुंडे हुए सिर पर गांठ लगी ब्राह्मणों के अनुकूल चोटी। बड़ी, निर्मल आंखें। और कंधों पर पड़ा पवित्र जनेउ। इनसे विपरीत शरीर और चेहरे पर लगे युद्ध के बड़े-बड़े निशान। उन्होंने सिर नीचे करके श्वेतकेतु को देखा।

'आज के समय में कोई ऐसा राजा नहीं है जो यह कार्य कर सके,' विश्वामित्र ने कहा। 'वो बस खुद का अस्तित्व बचाए हुए हैं। वो अग्रेता नहीं हैं।'

'शायद यह काम महज़ राजाओं के बस का नहीं है, इसके लिए...'

विश्वामित्र के चेहरे पर रहस्यमयी मुस्कान थी। लेकिन उन्होंने आगे कुछ नहीं कहा।

श्वेतकेतु इस महानात्मा से संवाद करने की अपनी इच्छा को दबा नहीं पा रहे थे। 'महर्षि मेरी जिज्ञासा के लिए क्षमा करें, लेकिन आप कब तक हम लोगों के साथ रहने वाले हैं? अगर मेरे छात्रों को आपका मार्गदर्शन मिल पाता तो श्रेष्ठ रहता।'

'श्वेतकेतु मैं यहां थोड़े ही दिनों के लिए हूं। तुम्हारे छात्रों को पढ़ाना संभव नहीं हो पाएगा।'

श्वेतकेतु अपनी विनती दोहराने ही वाले थे, पूरी विनम्रता से, लेकिन तभी एक ज़ोरदार आवाज़ सुनाई दी।

श्शशू की आवाज़ के साथ ज़ोरदार सटाक्!

विश्वामित्र कभी क्षत्रिय राजकुमार थे। वो तुरंत ही इस आवाज़ को पहचान गए। लकड़ी के लक्ष्य को भेदते भाले की आवाज़। सही सटीकता के साथ।

वो आवाज़ की दिशा में मुड़े, उनकी भवें प्रशंसा में हल्की सी उठी गई थीं। 'श्वेतकेतु, तुम्हारे गुरुकुल में कोई कमाल का भाला चलाता है।'

श्वेतकेतु गर्व से मुस्कुराए। 'मैं आपको दिखाता हूं, गुरुजी।'

'सीता?' विश्वामित्र पूछते हुए पूरी तरह हैरान थे। 'जनक पुत्री, सीता?'

विश्वामित्र और श्वेतकेतु मैदान के एक छोर पर खड़े थे, जो गुरुकुल का सुसज्जित प्रशिक्षण क्षेत्र था। वहां छात्र धनुर्विद्या, भाला फेंकने और हथियारों से युद्धाभ्यास करते थे। मैदान का एक भाग तलवार और छड़ी से अभ्यास करने के लिए नियत था। अपने अभ्यास में डूबी सीता को अहसास ही नहीं हुआ कि दो ऋषि उसके अगले वार को देखने के लिए वहां आ खड़े हुए थे।

'उनमें राजा जनक की बुद्धिमत्ता तो है ही, मलयपुत्र,' श्वेतकेतु ने जवाब दिया। 'साथ ही रानी सुनयना का जुझारू स्वभाव और व्यवहारिकता भी। और, मुझे कहते हुए गर्व है कि हमारे गुरुकुल के शिक्षकों ने उनके आचरण को भली भांति ढाला है।'

विश्वामित्र स्नेही नज़रों से सीता को देख रहे थे। तेरह वर्ष के हिसाब से वो कद में लंबी और गठे हुए बदन की थीं। उनके सपाट काले बाल चोटी में गूंथकर, जूड़े के रूप में बंधे हुए थे। उन्होंने पैर मारकर भाला उछाला और फिर सधे हुए हाथ से उसे लपक लिया। विश्वामित्र का ध्यान उस सुरुचिपूर्ण प्रहार पर गया। लेकिन वह ज़्यादा प्रभावित किसी दूसरी चीज से थे। सीता ने भाले को डंडी के ठीक संतुलित बिंदु से पकड़ा था। जिस पर कोई निशान नहीं लगाया गया था, और सामान्य भाला प्रशिक्षण में इस पर ध्यान दिया भी नहीं जाता। सीता ने शायद सहज भावना से इसे आंका था। इतनी दूरी से भी वो देख सकते थे कि सीता की भाले पर पकड़ दोषरहित थी। भाले की डंडी उनकी हथेली में सपाट रूप से उनकी तर्जनी और मध्य उंगली के बीच थी। उनका अंगूठा पीछे की ओर था जबकि बाकी उंगलियां दूसरी दिशा की तरफ इशारा कर रही थीं।

सीता अपना बायां पैर आगे बढ़ाकर लक्ष्य की तरफ मुड़ीं। लक्ष्य लकड़ी का तख्ता था, जिस पर संकेंद्रीत घेरों के रूप में रंग किया गया था। उन्होंने अपना बायां हाथ उठाया, फिर से उसी दिशा में। उनका शरीर हल्का सा मुड़ा, जिससे फेंकने पर बल डाला जा सके। उन्होंने अपना दाहिना हाथ पीछे खींचा, ज़मीन के सामांतर; एक श्रेष्ठ कलाकृति के रूप में।

अति उत्तम।

श्वेतकेतु मुस्कुराए। यद्यपि वो अपने छात्रों को युद्धकौशल नहीं सिखाते थे, फिर भी सीता की वीरता पर उन्हें निजी रूप से गर्व था। 'वो भाला फेंकने से पहले पारंपरिक रूप से कुछ कदम दौड़ती नहीं हैं। अपने शरीर के मुड़ने और कंधों के बल से ही उन्हें फेंकने लायक ताकत मिल जाती है।'

विश्वामित्र ने उपेक्षित नज़रों से श्वेतकेतु को देखा। उन्होंने वापस अपना ध्यान उस प्रभावशाली लड़की पर लगा दिया। उन कुछ कदमों से भले ही ताकत मिलती हो, लेकिन लक्ष्य भंग होने की संभावना बनी

रहती है। खासकर जब लक्ष्य इतना छोटा हो। उन्होंने ये बात श्वेतकेतु को समझाने की कोशिश नहीं की।

सीता ने अपना शरीर बाईं ओर मोड़ते हुए, अपने कंधों के बल के साथ भाले को फेंक दिया। उनकी कलाई और उंगली से भाला चुस्ती से निकला। मिसाइल की सी तेज़ी से।

श्शशू और सटाक्!

भाला लक्ष्य पर जाकर लगा। तख्ते के बीचोंबीच। उसने जगह के लिए पहले भाले को धकेल दिया, जो उसी जगह पर गर्व से गढ़ा हुआ था।

विश्वामित्र जरा मुस्कुरा दिए। 'बेहतरीन... बेहतरीन...'

सीता के दोनों दर्शक जो बात नहीं जानते थे, वो ये थी कि वो हनुमान से इसका अभ्यास सीख रही थीं, जो नियमित रूप से अपनी दोनों बहनों से मिलने आते थे। उन्होंने तकनीक को श्रेष्ठ करने में सीता की मदद की थी।

श्वेतकेतु एक गर्वित अभिभावक की तरह मुस्कुराए। 'वो असाधारण हैं।'

'मिथिला में अब उनकी स्थिति क्या है?'

श्वेतकेतु ने गहरी सांस ली। 'मैं निश्चित रूप से नहीं कह सकता। वो उनकी दत्तक पुत्री हैं। और राजा जनक व रानी सुनयना ने हमेशा उन्हें बहुत स्नेह किया है। लेकिन अब...'

'मैंने सुना था कि कुछ साल पहले सुनयना ने एक पुत्री को जन्म दिया था,' विश्वामित्र बीच में बोले।

'हां। विवाह के एक दशक बाद। उन्होंने एक बेटी को जन्म दिया।'

'उर्मिला, है न?'

'हां, यही नाम है उनका। रानी सुनयना ने कहा था कि वो अपनी दोनों बेटियों में कोई फर्क नहीं करेंगी। लेकिन वो पिछले नौ महीनों से सीता से मिलने नहीं आई हैं। पहले वो हर छठे महीने आया करती थीं। मानता हूं कि सीता को मिथिला में नियमित रूप से बुलाया जाता है। वो पिछली बार छह महीने पहले वहां गई थीं। लेकिन वापसी में बहुत खुश दिखाई नहीं दे रही थीं।'

विश्वामित्र सीता को देख रहे थे, उनका हाथ ठोड़ी पर था। कुछ सोचते हुए से। अब वो सीता का चेहरा देख पा रहे थे। वो कुछ जाना-

पहचाना लग रहा था। लेकिन तब वो समझ नहीं पाए।

—☙—

गुरुकुल में दोपहर के खाने का समय हो गया था। विश्वामित्र और उनके मलयपुत्र आंगन के बीचोंबीच बैठे थे, छात्रों के लिए बनी कुटियों के बीच में। यहां पर खुली हवा में कक्षाएं संचालित की जाती थीं। शिक्षण हमेशा खुले माहौल में ही होता था। शिक्षकों के लिए छोटी और आडंबरहीन कुटियां वहां से कुछ दूरी पर बनी थीं।

'गुरुजी, खाना प्रारंभ करें?' मलयपुत्रों के सेनापति, अरिष्टनेमी ने पूछा।

गुरुकुल के छात्रों और कर्मियों ने अपने खास मेहमानों के लिए केले के पत्ते में खाना परोसा था। श्वेतकेतु भी विश्वामित्र के पास बैठे, मलयपुत्र प्रमुख के खाना शुरू करने का इंतज़ार कर रहे थे। विश्वामित्र ने अपना पानी का पात्र उठाया और अपनी दाहिनी हथेली में थोड़ा पानी लेकर उसे पत्तल के चारों ओर छिड़ककर, भोजन और पोषण देने के लिए देवी अन्नपूर्णा का आभार व्यक्त किया। उन्होंने खाने का पहला निवाला लेकर, उसे भगवान को अर्पित करने के नाम पर एक ओर उठाकर रख दिया। सभी ने वही प्रक्रिया दोहराई। विश्वामित्र से इशारा पाकर सभी ने खाना शुरू कर दिया।

हालांकि पहला निवाला अपने मुंह की तरफ ले जाते हुए, विश्वामित्र ठिठक गए। उनकी आंखें एक आदमी की तलाश में परिसर को खंगाल रही थीं। उनका एक सिपाही नागा था, जिसका नाम जटायु था। बदकिस्मत इंसान चेहरे पर कुछ विकृतियों के साथ जन्मा था, जिसे नागा का नाम दे दिया गया था। विकृति के कारण उसका चेहरा किसी गिद्ध के समान दिखाई देता था। बहुत से लोगों ने जटायु का बहिष्कार कर दिया था। लेकिन विश्वामित्र ने नहीं। मलयपुत्र प्रमुख ने जटायु में छिपी सभ्य आत्मा और शक्तिशाली योद्धा को पहचान लिया था। पक्षपती नज़रों से देखने वाले लोगों को उनके ये गुण दिखाई नहीं देते थे।

विश्वामित्र समय के साथ रहने वाले इस भेदभाव को जानते थे। वो ये भी जानते थे कि इस आश्रम में शायद ही किसी को जटायु के भोजन की परवाह हो। वो आसपास उसे ढूंढ़ने की कोशिश कर रहे थे। आखिरकार,

उन्हें जटायु नज़र आया, दूर कोने में, एक पेड़ के नीचे बैठा हुआ। जैसे ही वो किसी छात्र को इशारा करने वाले थे, तभी उन्होंने सीता को उस नागा की तरफ बढ़ते देखा। सीता के एक हाथ में केले का पत्ता था और दूसरे हाथ में भोजन से भरी थाली।

महर्षि देख रहे थे कि जटायु खुशी और उत्साह से खड़ा हो गया था।

इतनी दूर से वो उनके बीच होने वाली बातें तो नहीं सुन सकते थे, लेकिन उनके शारीरिक भावों को समझ सकते थे। सीता ने पूरे सम्मान से जटायु के सामने केले का पत्ता बिछाया और फिर उस पर खाना परोसा। जब झेंपी हुई मुस्कान से जटायु खाने के लिए बैठ गया, तो सीता ने झुककर, हाथ जोड़कर नमस्ते की और वहां से चली गईं।

विश्वामित्र ख्यालों में खोए हुए से सीता को देख रहे थे। *ये चेहरा मैंने पहले कहां देखा है?*

अरिष्टनेमी भी उस लड़की को देख रहे थे। वो विश्वामित्र की ओर मुड़े।

'गुरुजी, ये लड़की असाधारण लगती हैं,' अरिष्टनेमी ने कहा।

'हम्म,' विश्वामित्र ने कहते हुए एक नज़र अपने सेनापति पर डाली। फिर उन्होंने अपना ध्यान भोजन पर लगा लिया।

अध्याय 6

'कौशिक, ये अच्छा विचार नहीं है,' दिवोदास ने कहा। 'भरोसा करो, मेरे भाई।'

कौशिक और दिवोदास अपने गुरुकुल के बाहर, कावेरी नदी के किनारे पर बड़े से लट्ठे पर बैठे थे। उम्र के तीसरे दशक में पहुंचे दोनों दोस्त, सप्तर्षि उत्तराधिकारी, महर्षि कश्यप के गुरुकुल में शिक्षक थे। बचपन में कौशिक और दिवोदास एक ही गुरुकुल में पढ़ते थे। स्नातक के बाद उनके रास्ते अलग हो गए। दिवोदास ने एक गुणी शिक्षक की ख्याति अर्जित की और कौशिक ने शाही क्षत्रिय के रूप में नाम कमाया। दो दशक बाद, दोनों एक साथ एक नामी संस्थान में मिले, इस बार शिक्षक के रूप में। बचपन की उनकी दोस्ती फिर से जीवित हो उठी। दरअसल, वो दोनों एक-दूसरे के भाई समान थे। निजी रूप से, वो अभी भी एक-दूसरे को अपने छात्र दिनों के गुरुकुल नाम से ही बुलाते थे।

'ये अच्छा विचार क्यों नहीं है, दिवोदास?' कौशिक ने पूछा, उनका भारी शरीर उत्तेजना से कुछ आगे झुका। 'वो वानरों के खिलाफ पक्षपाती हैं। हमें भारत के भले के लिए इस कुरीति के खिलाफ आवाज़ उठानी ही होगी!'

दिवोदास ने इंकार में अपना सिर हिला दिया। लेकिन उन्हें अहसास था कि आगे की बातें तर्कहीन ही होंगी। वो कौशिक के जिद्दी स्वभाव को बदलने की पहले भी काफी कोशिशें कर चुके थे। ये दीवार में सिर पटकने समान था। सही विचार नहीं था!

उन्होंने अपने पास रखा मिट्टी का प्याला उठाया। उसमें दूध जैसा झागदार द्रव्य था। अपनी नाक पकड़कर उन्होंने घूंट भरा। 'छी!'

कौशिक अपने दोस्त की पीठ पर हाथ मारते हुए खिलखिलाकर हंस दिए। 'इतने सालों बाद भी इसका स्वाद घोड़े के मूत्र समान ही है!'

दिवोदास ने हाथ के पीछे की तरफ से अपना मुंह साफ किया और मुस्कुरा दिए। 'तुम्हें कोई नई बात कहनी चाहिए थी! और वैसे, तुम्हें कैसे पता कि इसका स्वाद घोड़े के मूत्र जैसा है? क्या तुमने कभी घोड़े का मूत्र पिया है?'

कौशिक ने ज़ोर से हंसते हुए अपने दोस्त का कंधा पकड़ लिया। 'मैंने कई बार सोमरस पिया है। और मैं बता सकता हूं कि उसका स्वाद घोड़े के मूत्र से भी बुरा होता है!'

दिवोदास ने खुलकर मुस्कुराते हुए अपना हाथ दोस्त के कंधे पर रख दिया। वे दोनों शांति से बैठे हुए पवित्र कावेरी नदी के प्रवाह को देखने लगे, जो उनके गुरुकुल, मयूरम् शहर से होते हुए गुजर रही थी। ये शहर समुद्र से थोड़ा दूर था और किसी बड़े गुरुकुल के लिए आदर्श था, जहां सैकड़ों छात्र पढ़ते थे। इस गुरुकुल ज्ञान के क्षेत्र में विभिन्न विषयों पर उच्च शिक्षा प्रदान की जाती थी। समुद्र के नज़दीक होने के कारण, उत्तर में सप्तसिंधु के छात्र आराम से नौका के जरिए यहां आ जाते थे। इस तरह, उन्हें नर्मदा नदी को उत्तर से दक्षिण में पार भी नहीं करना पड़ता था, जो कि एक बुरा अपशकुन माना जाता था। इसके अतिरिक्त, यह गुरुकुल ऐतिहासिक भूमि, संगमतमिल के करीब था। संगमतमिल पश्चिमी भारत की द्वारका के साथ पानी में समा गई थी। वैदिक संस्कृति की दो पैतृक भूमियों में से एक। ये सब चीजें छात्रों के लिए इस जगह के महत्व को और बढ़ा देती थीं।

दिवोदास ने अपने कंधे सीधे किए, मानो कोई संकल्प कर लिया हो।

कौशिक अपने दोस्त के इस अनकहे इशारे को समझ गए। 'क्या?'

दिवोदास ने गहरी सांस ली। वह जानते थे कि इस बारे में बात करना कठिन था। लेकिन उन्होंने एक और बार कोशिश करने का फैसला किया। 'कौशिक, मेरी बात सुनो। मैं जानता हूं कि तुम त्रिशंकु की मदद करना चाहते हो। और, मैं तुमसे सहमत हूं। उसे मदद की ज़रूरत है। वह भला इंसान है। शायद अपरिपक्व और स्वाभाविक, लेकिन एक अच्छा आदमी और कुछ नहीं। वह वायुपुत्र नहीं बन सकता। वह अपनी परीक्षा

में असफल रहा है। उसे ये मानना होगा। इससे कोई फर्क नहीं पड़ता कि वह कैसा दिखता है, या कहां पैदा हुआ। बात उसकी योग्यता की है।'

वायुपुत्र पिछले महादेव, प्रभु रुद्र की छोड़ी हुई प्रजाति थी। वह भारत की पश्चिमी सीमा के परे, परिहा नामक स्थान पर रहते थे। वायुपुत्रों का काम अगले विष्णु (भले ही वो देव हों या देवी) के आगमन के समय उनकी मदद करना था। और हां बुराई के सिर उठाने की हालत में उन्हीं में से किसी एक को अगला महादेव बन जाना था।

कौशिक अपनी बात पर अड़े रहे। 'तुम जानते हो कि वायुपुत्र वानरों के प्रति असहनशील हैं।'

वानर कावेरी के उत्तर में, तुंगभद्रा नदी के किनारे बसी बड़ी, शक्तिशाली और बैरागी प्रजाति थी। तुंगभद्रा कावेरी नदी के उत्तर में एक उपनदी थी। प्रजाति देखने में बिल्कुल अलग लगती थी: नाटे, गठीले और बलिष्ठ, उनमें से कुछ विशालकाय भी थे। उनके चेहरे पर बाल थे और दाढ़ी वाला फूला हुआ जबड़ा। उनका मुंह आगे को निकला हुआ था और मुंह के आसपास की त्वचा चिकनी और बालरहित थी। उनका रोएंदार शरीर लगभग पूरी तरह झब्बरदार था। कुछ पूर्वाग्रही लोगों को वानर बंदर की तरह लगते थे और इसलिए वो उन्हें इंसानों से कमतर मानते थे। ऐसा कहा जाता था कि परिहा के दूर पश्चिम में भी ऐसी ही प्रजाति रहती थी। इनकी सबसे बड़ी और प्राचीन आबादी निअंडरथल या निअंडर की घाटी में भी पाई जाती थी।

'तुम किस तरह की असहनशीलता की बात कर रहे हो?' दिवोदास ने पूछा, उनका हाथ प्रश्न पूछने के लिए उठ गया था। 'उन्होंने अपने घेरे में छोटे मारुती को भी स्वीकार किया था, था कि नहीं? मारुती भी वानर है। लेकिन उसके पास पहचान है। त्रिशंकु के पास नहीं!'

कौशिक नहीं रुके। 'त्रिशंकु मेरा वफादार है। उसने मुझसे मदद मांगी है। मैं उसकी मदद करूंगा!'

'लेकिन कौशिक, तुम परिहा का अपने जैसा ही संस्करण कैसे बना सकते हो? ये समझदारी नहीं...'

तभी दूर से एक महिला की आवाज़ सुनाई दी। 'हे, दिवोदास!'

कौशिक और दिवोदास ने मुड़कर देखा। वो नंदिनी थी। गुरुकुल की ही शिक्षिका। और उन दोनों की मित्र। कौशिक ने गहरी, दुखी नज़रों से

दिवोदास को देखा और धीरे से अपने दांत पीसे।

'गुरुजी...'

विश्वामित्र की आंख खुली और वो पुराने समय से वर्तमान में लौट आए। वो यादें एक शतक से भी पुरानी थीं।

'क्षमा करें गुरुजी, अगर मैंने आपको परेशान किया हो तो,' अरिष्टनेमी ने अपने हाथ जोड़ते हुए कहा। 'लेकिन आप ही ने कहा था कि छात्रों के आने के बाद आपको बता दूं।'

विश्वामित्र उठ बैठे और अपना अंगवस्त्र सही किया। 'क्या सीता आ गई हैं?'

'जी, गुरुजी।'

श्वेतकेतु दूर कोने में रखे आसन पर बैठे थे। खुले चौक में बैठे अपने पच्चीस छात्रों को देख वो सच में प्रफुल्लित थे। विश्वामित्र पीपल के पेड़ के गिर्द बने चबूतरे पर बैठे थे। वो जगह शिक्षक के लिए नियत थी। महान मलयपुत्र प्रमुख आज उनके छात्रों को पढ़ाने वाले थे, सिर्फ एक ही कक्षा में। ये श्वेतकेतु और उनके छात्रों के लिए सम्मान की बात थी।

गुरुकुल के शिक्षक और मलयपुत्र श्वेतकेतु के पीछे खामोशी से खड़े थे।

'आप लोगों ने हमारे महान प्रचीन साम्राज्यों के बारे में सुना है?' विश्वामित्र ने पूछा। 'और उनके उत्थान व पतन के बारे में भी?'

सभी छात्रों ने हां में सिर हिलाया।

'तो ठीक है, आपमें से कोई मुझे बताए कि महान सम्राट भरत के वंशजों के साम्राज्य के पतन की क्या वजह रही? जो साम्राज्य सदियों तक फलता-फूलता रहा, वो महज़ दो पीढ़ियों में ही खत्म हो गया। क्यों?'

काम्ल राज ने अपना हाथ उठाया। श्वेतकेतु की आह निकल गई।

'हां?' विश्वामित्र ने पूछा।

'गुरुजी,' काम्ल ने जवाब दिया, 'उन पर विदेशियों ने हमले किए

और उसी समय वे अंदरूनी विद्रोहियों से भी जूझ रहे थे। वो उन कंचों की तरह थे, जिनसे हम खेलते हैं। हर कोई एक-दूसरे को बार-बार मार रहा था। तो ऐसे में साम्राज्य कहां बच पाता?'

इतना कहकर, काम्ल बेवकूफों की तरह हंसने लगा, जैसे उसने मानव इतिहास का सबसे मजेदार उपहास किया हो। बाकी सब लोग खामोश रहे। पीछे के कुछ छात्रों ने शर्मिंदगी से अपने सिर नीचे कर लिए। विश्वामित्र ने रूखे भाव से काम्ल को घूरा। इसी भाव से उन्होंने श्वेतकेतु को देखा।

ऐसा पहली बार नहीं था कि श्वेतकेतु के मन में इस लड़के को घर वापस भेजने की इच्छा सिर उठा रही हो। वो सच में अजीब और अनियंत्रित बालक था।

विश्वामित्र ने काम्ल को जवाब देना भी ज़रूरी नहीं समझा और फिर से अपना सवाल दोहराया, इस बार सीधे सीता को देखते हुए। लेकिन मिथिला की राजकुमारी ने जवाब नहीं दिया।

'भूमि, आप जवाब क्यों नहीं देतीं?' विश्वामित्र ने उनका गुरुकुल वाला नाम लेते हुए पूछा।

'क्योंकि मैं सुनिश्चित नहीं हूं, गुरुजी।'

विश्वामित्र ने पहली पंक्ति की तरफ इशारा करते हुए कहा। 'यहां आओ, बच्चे।'

पिछली बार मिथिला से आने के बाद, सीता अकेले रहने पर ही ज़ोर देती थीं। वो अक्सर कक्षा में पीछे बैठतीं। उनकी दोस्त राधिका ने उनकी पीठ थपथपाते हुए उन्हें आगे जाने के लिए प्रोत्साहित किया। जब सीता आगे आईं, तो विश्वामित्र ने उन्हें बैठने का इशारा किया। फिर वो उनकी आंखों में देखने लगे। बहुत कम मुनियों के पास आंखों के माध्यम से इंसान का मन पढ़ने की योग्यता होती है। विश्वामित्र उन दुर्लभ मुनियों में से एक थे।

'बताओ मुझे,' विश्वामित्र ने अपनी आंखों से उनका मन पढ़ते हुए कहा। 'भारत, सम्राट भरत के वंशजों का यूं अचानक विघटन क्यों हो गया?'

सीता बहुत असहज महसूस कर रही थीं। उनका मन वहां से उठकर

भाग जाने का कर रहा था। लेकिन वो जानती थीं कि वो ऐसे महर्षि का अपमान नहीं कर सकती थीं। तो उन्होंने जवाब देने का निर्णय किया। 'भारत की बहुत बड़ी सेना थी। वो आराम से अनेक युद्ध लड़ सकते थे। लेकिन उनके योद्धा... '

'वो बेकार थे,' विश्वामित्र ने सीता के विचारों को पूरा करते हुए कहा। 'और, वो बेकार क्यों थे? उनके पास धन की कोई कमी नहीं थी, न प्रशिक्षण की, न उपकरणों की और न ही हथियारों की।'

सीता ने कभी समीचि से सुनी हुई बात दोहरा दी। 'बात हथियारों की नहीं है, बल्कि उनके इस्तेमाल की है।'

विश्वामित्र अनुमोदन में मुस्कुराए। 'और उनके योद्धा हथियारों के उपयोग में असमर्थ क्यों थे? ये मत भूलो कि उनके हथियार उनके दुश्मन के हथियारों से ज़्यादा अत्याधुनिक थे।'

सीता ने इस बारे में नहीं सोचा था। वो खामोश रहीं।

'पतन के समय के भारत समाज का वर्णन करो,' विश्वामित्र ने कहा।

सीता इसका जवाब जानती थीं। 'वो शांतिपूर्ण समाज था। उदारवादी और विनम्र समाज। कला, संस्कृति, संगीत, संवाद, वाद-विवाद के लिए वो समाज जन्नत था... वो न सिर्फ अहिंसा का पालन करते थे, बल्कि उसे पूजते थे। मौखिक और शारीरिक रूप से। वो एक आदर्श समाज था। स्वर्ग की तरह।'

'सत्य है। लेकिन कोई था, जिसके लिए वो समाज जहन्नुम था।'

सीता ने कुछ नहीं कहा। लेकिन उनके मन में सवाल उठ रहा था: *कौन?*

विश्वामित्र ने उनका मन यूं पढ़ लिया मानो उन्होंने ज़ोर से अपना सवाल पूछा हो। उन्होंने जवाब दिया, 'योद्धा।'

'योद्धा?'

'योद्धाओं की मुख्य विशेषताएं क्या होती हैं? उन्हें क्या चीज प्रेरित करती है? क्या शक्ति उन्हें संचालित करती है? हां, बहुत से लोग होते हैं जो गर्व के लिए, अपने देश के लिए, और कानून के लिए लड़ते हैं। लेकिन इसी तरह वो भी लोग होते हैं जो हत्या के लिए सामाजिक अनुमति चाहते

हैं। अगर उन्हें ऐसा माहौल नहीं मिले, तो ऐसे लोग आसानी से अपराध की तरफ मुड़ जाते हैं। बहुत से महान योद्धा, जिन्हें मानवता पूजती है, सामाजिक पतित के रूप में याद किए जाने से नाममात्र को ही बच पाते हैं। क्या चीज उन्हें अपराधी होने से बचाकर, सिपाही बना देती है? जवाब है योद्धाओं की संहिता: हत्या करने की सही वजह।'

बच्चे के लिए यथार्थता के सामने समर्पण करती कड़वी सचाई को स्वीकार करना मुश्किल होता है। आखिरकार, सीता महज़ तेरह साल की ही तो थीं।

'योद्धा प्रशंसा और नायक की तरह पूजे जाने के भूखे होते हैं। इनके बिना युद्ध की भावना और युद्ध की संहिता दम तोड़ देती है। दुखद रूप से, भारत समाज में अपने सिपाहियों को तिरस्कृत करके उनके काम को हेय नज़रों से देखा जाने लगा। सेना की हर गतिविधि की ज़ोरदार ढंग से निंदा की जाती। हिंसा का कोई भी रूप, यहां तक कि धार्मिक हिंसा का भी विरोध किया गया। युद्ध भावना को किसी शैतानी शक्ति के रूप में देखकर उसे भी नियंत्रित किया गया। ये यहीं नहीं रुका। अभिव्यक्ति की स्वतंत्रता को भी सीमित किया गया, जिससे मौखिक हिंसा पर भी लगाम लग सके। असहमतियों को हतोत्साहित किया गया। भारत साम्राज्य के वासियों को लगा कि इसी तरह पृथ्वी पर स्वर्ग बनाया जा सकता था; ताकतवर को कमज़ोर करके और कमज़ोर को ताकतवर बनाकर।'

विश्वामित्र की आवाज़ बहुत धीमी हो गई, मानो वो सीता से ही बोल रहे हों। पूरी सभा को गहन ध्यान लगाकर उनकी बात सुननी पड़ रही थी।

'सार रूप से, भारत साम्राज्य के वासियों ने अपने क्षत्रिय वर्ग को जबरदस्त रूप से प्रतिबंधित किया। पुरुषत्व को प्रभावहीन किया गया। प्राचीन काल के अहिंसा और प्रेम के उपदेश देने वाले महामुनियों को खूब सम्मान दिया गया और उनके उपदेशों का प्रचार किया गया। लेकिन जब, विदेशी भूमि से कट्टर हमलावर आने लगे, तो भारत के ये अहिंसाप्रिय स्त्री-पुरुष उनके युद्ध का जवाब देने में सक्षम नहीं रह गए थे। ये सभ्य लोग विदेशों से आए बर्बर योद्धाओं के लिए कमज़ोर कड़ी बनकर रह गए।' व्यंग्य से हंसते हुए विश्वामित्र ने अपनी बात आगे बढ़ाई, 'अनपेक्षित ढंग से, भारत समाज के लोगों के प्रेम संदेशों का हिरण्यलोमन मलेच्छ योद्धाओं के लिए कोई महत्व नहीं था। उनके प्यार का जवाब नरसंहार से

दिया गया। वो गंवारू लोग थे, जो अपना साम्राज्य बनाने में असमर्थ थे। लेकिन उन्होंने भारत की शक्ति और प्रतिष्ठा को तहस-नहस कर दिया। आंतरिक विरोधों ने इस आग में घी का काम किया।'

'गुरुजी, आप कह रहे हैं कि विदेशी हैवानों से लड़ने के लिए, हमें हमारे हैवानों की ज़रूरत होती है?'

'नहीं। मैं बस यह कह रहा हूं कि समाज को किसी भी चीज की अति से बचना चाहिए। इसे हमेशा प्रतिस्पर्धी आदर्शों में संतुलन बिठाने का प्रयास करना चाहिए। समाज से अपराधियों को हटाया जाना चाहिए और अर्थहीन हिंसा पर रोक लगनी चाहिए। लेकिन योद्धा की भावना को हतोत्साहित नहीं करना चाहिए। ऐसा समाज मत बनाओ जो पुरुषत्व को नीचा दिखाए। किसी भी चीज की अति जीवन में अंसतुलन लाती है। आप नहीं जानते कि कब बदलाव की हवा चल जाए; कब हमारे समाज को बचाने के लिए हिंसा की ज़रूरत आन पड़े, या अपना अस्तित्व बचाने के लिए ही।'

वहां गहन सन्नाटा था।

अब समय आ गया था।

विश्वामित्र ने वो सवाल पूछा, जिससे वो संवाद को आगे बढ़ाना चाहते थे। 'क्या सप्तसिंधु के आत्मसमर्पण और रावण को यूं उन्हें हरा देने में भी कोई अतिवाद था?'

सीता ने सावधानी से सवाल को सोचा। 'हां, व्यापारिक वर्ग के प्रति नफरत और बेचैनी।'

'बिल्कुल सही। अतीत में, योद्धाओं में कुछ शैतान होने की वजह से, भारत साम्राज्य के वासियों ने समग्र क्षत्रिय जीवनशैली पर प्रहार किया। वो तर्कहीन रूप से अहिंसक बन गए। ऐसे भी समाज हुए जिन्होंने ब्राह्मण जीवनशैली पर प्रहार किया और गर्व से गैर-बौद्धिक बन गए, क्योंकि उनके कुछ ब्राह्मण तंग दिमाग, उच्छिष्टवर्गवादी और एकांतवादी थे। और हमारे समय में सप्तसिंधु ने खुद व्यापार को तुच्छ दिखाया, क्योंकि उनके कुछ व्यापारी स्वार्थी, आडंबरपूर्ण और धन हड़पने वाले हो गए थे। हमने धीरे-धीरे व्यापार को अपने हाथों से जाने दिया और अपने समाज के 'बुरे-पूंजीपतियों' को सौंप दिया। कुबेर, और फिर रावण, ने धीरे-धीरे पैसा इकट्ठा किया, और स्वाभाविक रूप से आर्थिक शक्ति उनके पास

चली गई। करछप का युद्ध तो बस औपचारिकता थी, उस लंबे ऐतिहासिक प्रचलन पर मुहर लगाने के लिए। एक समाज को हमेशा संतुलन का लक्ष्य रखना चाहिए। इसमें बौद्धिक, योद्धाओं, व्यापारियों, कलाकारों, और हस्त कारीगरों सभी की ज़रूरत होती है। अगर ये एक समूह को ज़्यादा सक्षम बनाए और दूसरे को कम, तो इससे कोलाहल ही बढ़ना होता है।'

सीता को अपने पिता की धर्मसभा में सुनी कोई बात याद आई। 'मैं सिर्फ एक ही ''वाद'' में यक़ीन करती हूं और वो है यथार्थवाद।'

ये चार्वाक दार्शनिक ने कहा था।

'क्या तुम चार्वाक दर्शन को मानती हो?' विश्वामित्र ने पूछा।

चार्वाक दर्शन का नाम इसके प्राचीन संस्थापक और अनीश्वरवादी के नाम पर रखा गया, जो यथार्थवाद में यक़ीन रखते थे। वह पवित्र गंगा के स्रोत, गंगोत्री के समीप रहते थे। चार्वाक सिर्फ भौतिक अनुभवों से महसूस की जाने वाली चीजों पर ही यक़ीन करते थे। उनके अनुसार, न कोई आत्मा है, न ही कोई परमात्मा। यह शरीर ही एकमात्र सचाई है, जो तत्वों का मिश्रण है, जो मरणोपरांत वापस तत्वों में ही विलीन हो जाएगा। वे वर्तमान में जीते हुए अपने जीवन का आनंद लेते थे। उनके प्रशंसक उन्हें उदारवादी, व्यक्तिवादी और गैर-आलोचनात्मक के रूप में देखते थे। दूसरे हाथ पर, उनके आलोचक उन्हें अधर्मी, स्वार्थी और गैर-जिम्मेदार मानते थे।

'नहीं, गुरुजी, मैं चार्वाक को नहीं मानती। अगर मैं यथार्थवादी हूं तो मुझे दर्शन के हर रूप को मानने के लिए तैयार रहना चाहिए। और उनके उस भाग को स्वीकार करना चाहिए, जिनका मेरे लिए कुछ मतलब हो, और जो बेमतलब हों उन्हें नकार देना चाहिए। मुझे ऐसे किसी भी दर्शन से ज्ञान लेना चाहिए जो मेरे कर्मों को संपूर्ण करता हो।'

विश्वामित्र मुस्कुराए। *होशियार, अपनी उम्र के हिसाब से बहुत होशियार।*

अध्याय 7

सीता तालाब के पास बैठे हुए न्यायसूत्र पढ़ रही थीं, जो भारतीय दर्शन, न्याय दर्शन का परिचय था। विश्वामित्र को ऋषि श्वेतकेतु के गुरुकुल में आए कुछ महीने बीत चुके थे।

'भूमि,' राधिका ने सीता के गुरुकुल नाम को पुकारते हुए कहा, 'तुम्हारे घर से कोई तुमसे मिलने आया है।'

सीता ने झुंझलाते हुए आह भरी। 'वो इंतज़ार नहीं कर सकते?'

वह ऋषि श्वेतकेतु से पूछने के लिए सवालों की सूची तैयार कर रही थीं। अब इस काम में देर हो जानी थी।

समीचि घाट के पास, सब्र से खड़ी थी। सीता का इंतज़ार करते हुए।

उनके पीछे दस आदमियों का दल खड़ा था। वो उनके मातहत थे।

समीचि अब झुग्गी से आई लड़की नहीं रह गई थी। पुलिस बल में भर्ती होने के बाद, उसने वहां तेज़ी से पदोन्नति की सीढ़ियां चढ़ी थीं। सब जानते थे कि शाही परिवार उन्हें पसंद करता था, मिथिला की झुग्गी से राजकुमारी सीता को बचाने की वजह से वो उनका ऋणी था। उनकी उपस्थिति में लोग संयमित व्यवहार करते थे। किसी को भी उनकी सही उम्र नहीं पता थी, यहां तक कि समीचि को भी नहीं। देखने से वो बीस के दशक की शुरुआत में लगती थीं। उनकी उम्र की गैर-शाही महिला के

लिए पुलिस बल में उच्च स्थान प्राप्त करना गर्व की बात थी। लेकिन फिर, उन्होंने राजकुमारी को बचाया था।

'समीचि!'

आवाज़ पहचान कर समीचि गुर्राईं। ये वही बदतमीज लड़का था, काम्ल राज। दौड़ कर आने के कारण उसकी सांस फूली हुई थी। उत्साह से।

'किसी ने बताया कि तुम यहां हो। मैं दौड़कर यहां आ गया।'

समीचि ने बारह साल के लड़के को देखा। उसने हाथों में एक गुलाब पकड़ा हुआ था। समीचि ने आंखें सिकोड़ीं और उसे धक्के देकर भगा देने की भावना को दबाया। 'मैंने तुम्हें बताया...'

'मुझे लगा तुम्हें गुलाब पसंद आएगा,' काम्ल ने शरमाते हुए कहा। 'पिछली बार यहां आने पर मैंने तुम्हें फूलों की खुशबू का मजा लेते देखा था।'

समीचि रुखाई से फुसफुसाई। 'मुझे किसी तरह की खुशबू में दिलचस्पी नहीं है।'

बिना हार माने, काम्ल ने अपना हाथ आगे किया और अपनी उंगली दिखाई, जिससे खून निकल रहा था। उसकी सहानुभूति हासिल करने का बेकार प्रयास। उसने फूल तोड़ने से पहले खुद कांटों से अपनी उंगली को घायल कर लिया था। जब उसे यह प्रयास भी काम आता नहीं लगा, तो उसने कुछ कदम उसकी तरफ बढ़ाए। 'तुम्हारे पास मेरी उंगली के लिए कोई औषधि है?'

समीचि दोनों के बीच में कुछ अंतर रखने के लिए थोड़ा पीछे हटी। ऐसा करते हुए वह एक पत्थर से टकराकर लड़खड़ा गई। हल्का सा। काम्ल उसे पकड़ने के लिए भागा। बेचारा लड़का सच में उसकी मदद करना चाहता था। आगे की घटना बड़ी तेज़ी से घटित हुई। समीचि गुस्से से चिल्लाई, लड़के की बांह मरोड़ते हुए, और ज़ोर से उसे एक लात जमाई। काम्ल आगे की तरफ गिर पड़ा, समीचि ने अपनी कोहनी उठाकर उसे ज़ोर से मारा। लड़के की नाक टूट गई। तुरंत ही।

काम्ल ने अपनी खून बहती नाक को पकड़ा और समीचि गुस्से से दहाड़ी, 'मुझे कभी हाथ मत लगाना!'

अब काम्ल ज़ोर से रो रहा था। वह डर से दुबका हुआ ज़मीन पर पड़ा था। खून से लथपथ। कांपता हुआ। पुलिसवालों ने आगे आकर लड़के की उठने में मदद की। उन्होंने चोरी-छिपे, डरी हुई नज़रों से अपनी नेता को देखा। सबके मन में एक ही ख्याल था।

ये सिर्फ एक बच्चा है! उन्हें हो क्या गया है?

समीचि के पथराए चेहरे पर अफसोस की कोई झलक नहीं थी। उन्होंने एक मिथिला के पुलिसवाले को हाथ हिलाते हुए इशारा किया। 'इस पागल को दफा करो यहां से।'

पुलिसवाला लड़के को सहारा देकर ले जाते हुए गुरुकुल के वैद्य को देखने चला गया। दूसरे पुलिसवाले घबराए हुए से वापस घाट पर आकर खड़े हो गए। हवा में अपनी नेता के बारे में अनकहे शब्दों का भारीपन था।

समीचि के साथ कोई तो समस्या है।

'समीचि।'

पेड़ों के बीच से आती सीता को देखने के लिए सभी मुड़े। और समीचि ने गिरगिट की तरह रंग बदल लिया। खुलकर मुस्कुराते हुए, वह आंखों में प्यार भरे आगे भागी।

'कैसी हो तुम, समीचि?' सीता ने अपनी दोस्त को गले लगाते हुए पूछा।

इससे पहले कि समीचि कुछ जवाब दे पाती, सीता कुछ दूरी पर खड़े पुलिसवाले की ओर मुड़ीं और अपने हाथ जोड़कर, मुस्कुराते हुए उसे नमस्ते की। पुलिसवाले ने भी हाथ जोड़कर, सिर झुकाते हुए नमस्ते की।

'पता नहीं हमेशा तुम्हारे आदमी इतने डरे हुए क्यों दिखाई देते हैं,' सीता फुसफुसाईं।

समीचि ने दांत पीसते हुए अपना सिर हिलाया और सीता का हाथ पकड़कर, उन्हें वहां से कुछ दूर ले गईं। 'उन्हें छोड़ो, राजकुमारी,' समीचि ने स्नेह के साथ मुस्कुराते हुए कहा।

'मैंने तुमसे पहले भी कहा है न, समीचि,' सीता ने कहा, 'जब हम एकांत में हों, तो मुझे सीता बुलाया करो। राजकुमारी नहीं। तुम मेरी दोस्त हो। और वैसे भी अब तो कोई भी मुझे राजकुमारी नहीं समझता।'

'जिसको जो सोचना है सोचे, मुझे तो आपके मिथिला की राजकुमारी होने पर कोई संदेह नहीं है।'

सीता ने अपनी आंखें घुमाईं। 'हां, सही है।'

'राजकुमारी, मुझे भेजा गया है...'

सीता ने समीचि को टोका। 'सीता। राजकुमारी नहीं।'

'क्षमा करना, सीता, आपको घर आना ही होगा।'

सीता ने आह भरी। 'तुम जानती हो समीचि, मैं नहीं आ सकती। पहले ही मैं मां को बहुत परेशान कर चुकी हूं।'

'सीता, अपने साथ ऐसा मत करो।'

'चाचा वाली घटना के बारे में सब जानते हैं। जब मैंने उनकी शाही मुहर तोड़ दी थी,' सीता ने कुशध्वज के पिछली बार मिथिला आने की घटना को याद करते हुए कहा। 'तबसे वह मां और मिथिला को परेशान किए ही जा रहे हैं। सब उसका दोष मुझे देते हैं। और ये सही भी है। मुझे बस दूर रहना चाहिए।'

'सीता, आपके माता-पिता आपको याद करते हैं। रानी सुनयना बहुत बीमार हैं। आपको जरूर आना...'

'मां को कुछ नहीं होगा। वो शक्तिशाली महिला हैं। तुम ये सब बस मुझे गुरुकुल छोड़कर घर आने के लिए कह रही हो।'

'लेकिन... यह सच है।'

'सच यह है कि मां को उर्मिला और राजकाज पर ध्यान लगाना चाहिए। तुम तो जानती ही हो कि बाबा... खुद में लीन रहते हैं। तुमने खुद मुझे बताया है कि लोग मेरे बारे में क्या कहते हैं। उन्हें परेशानी बढ़ाने के लिए मेरी कोई ज़रूरत नहीं है।'

'सीता...'

'बस, बहुत है,' सीता ने अपना हाथ उठाते हुए कहा। 'मैं इस बारे में और बात नहीं करना चाहती।'

'सीता...'

'चलो छड़ी अभ्यास करते हैं। चल रही हो न?'

विषय बदलने के लिए ही न, समीचि ने सोचा।

'चलो न,' सीता कहते हुए वहां से मुड़कर चली गईं।

समीचि उनके पीछे चल दी।

—ऽ—

विश्वामित्र मलयपुत्रों के गंगा आश्रम में अपनी सादी सी कुटिया में पद्मासन में बैठे थे।

वह ध्यान लगा रहे थे। अपने दिमाग से सारे ख्यालों को हटाने की कोशिश करते हुए। लेकिन आज वह इसमें सफल नहीं हो पा रहे थे।

उन्होंने एक सीटी की ध्वनि सुनी थी। और तुरंत ही इसे पहचान लिया। यह पहाड़ी मैना की आवाज़ थी। मधुर आवाज़ का धनी पक्षी। जो सीटी बजा सकता था, गीत गाता था, चीखता था और नकल भी उतार सकता था।

यह अपने घर से इतनी दूर यहां क्या कर रही है? इस समतल क्षेत्र में?

उनका मन अतीत की एक घटना पर चला गया। जब उन्होंने एक और बार किसी अनजान जगह पर मैना का स्वर सुना था।

कमाल है मन किस तरह विचरण करता है... इतना तेज़ और इतना अनिश्चित...

दशकों पहले के उस दिन की याद आज अचानक मन में सजीव हो उठी थी।

यह उस दिन की याद थी जब उन्होंने अपने भूतपूर्व परम मित्र, वशिष्ठ के अयोध्या के राजगुरु बनने की खबर सुनी थी।

विश्वामित्र को अपने दिल में सिकुड़न का अहसास हुआ। गुस्से से। दर्द से।

धोखेबाज... मैंने उसके लिए कितना किया...

उनका मन ठीक उसी पल में पहुंच गया था जब उन्होंने यह खबर सुनी थी। आश्रम में...

विश्वामित्र की आंखें अचानक खुल गईं।

प्रभु परशु राम कृपा करें...

उन्हें याद आ गया वो चेहरा उन्होंने कहां देखा था। सीता का चेहरा।

वह मुस्कुराए। इससे उनके निर्णय को और बल मिला।

धन्यवाद, प्रभु परशु राम। आपने मेरा मन मुझे राह दिखाने के लिए ही भटकाया था।

—ॐ—

'गुरुजी...' अरिष्टनेमी फुसफुसाए।

वह मुख्य जहाज़ के कटघरे में विश्वामित्र के सामने खड़े थे। वे पांच जहाज़ों के दल में थे जो पवित्र गंगा में से होते हुए उस खास पदार्थ को खोजने जा रहे थे, जिसका पता उनके गोताखोरों ने लगाया था। इससे वो शक्तिशाली हथियार, असुरास्त्र पर उपलब्धि हासिल कर सकते थे और वायुपुत्रों पर भी उनकी निर्भरता कम हो जाती।

सदियों पहले, प्रभु रुद्र, पिछले महादेव ने दैवी अस्त्रों के प्रयोग पर प्रतिबंध लगा दिया था। दिव्य अस्त्रों के इस्तेमाल से पहले वायुपुत्रों का अनुमोदन आवश्यक था। वो प्रभु रुद्र के जीवित प्रतिनिधि जो थे। यह बात विश्वामित्र को अहसज करती थी।

महर्षि ने अपनी योजना बनाई थी। ऐसी योजना, जिसमें शायद असुरास्त्र का इस्तेमाल किया जाना था। वह जानते थे कि वायुपुत्र यह पसंद नहीं करेंगे। त्रिशंकु वाली घटना के बाद से। वो उन्हें बस इसलिए बर्दाश्त करते थे क्योंकि उनके पास कोई विकल्प नहीं था। आखिरकार, विश्वामित्र मलयपुत्र प्रमुख जो थे।

हालांकि खोज की प्रक्रिया धीमी और उबाऊ थी, लेकिन विश्वामित्र को यक़ीन था कि समय आने पर पदार्थ मिल ही जाएगा।

अब अपनी योजना के अगले चरण पर काम करने का समय आ गया था। उन्हें विष्णु का चयन करना था। उन्होंने अपने भरोसेमंद सेनापति, अरिष्टनेमी को अपनी पसंद बता दी थी।

'तुम असहमत हो?' विश्वामित्र ने पूछा।

'वो असाधारण रूप से समर्थ हैं, गुरुजी। इस पर कोई संदेह नहीं है। इस छोटी उम्र में भी इसे महसूस किया जा सकता है। लेकिन...' अरिष्टनेमी की आवाज़ लड़खड़ा गई।

विश्वामित्र ने अपना हाथ अरिष्टनेमी के कंधे पर रखा। 'खुलकर बोलो। मैं वास्तव में तुम्हारे विचार जानना चाहता हूं।'

'गुरुजी, मैंने कुछ समय उन्हें ध्यान से देखते हुए बिताया है। मुझे लगता है कि वो बहुत विद्रोही हैं। मुझे नहीं लगता कि मलयपुत्र उन्हें संभाल पाएंगे, या नियंत्रित कर पाएंगे।'

'हम कर लेंगे। उनका कोई नहीं है। उनके शहर ने उनका त्याग कर दिया है। लेकिन उनमें महान बनने की योग्यता है। वो महान बनना भी *चाहती* हैं। इस रास्ते में हम उनके साथी बनेंगे।'

'लेकिन क्या इसके साथ-साथ हमें दूसरे उम्मीदवार नहीं तलाशने चाहिए?'

'तुम्हारे भरोसेमंद आदमियों ने मिथिला में उनके बारे में जानकारी हासिल कर ली हैं न? और ज़्यादातर जानकारी उत्साहजनक ही है।'

'लेकिन एक लड़के को मिथिला की झुग्गी में लगभग जान से मार देने का मामला भी है, वो भी महज़ आठ साल की उम्र में।'

'मैं उस घटना को उनकी जीवित बचे रहने की योग्यता के रूप में देखता हूं। तुम्हारे जांचकर्ताओं ने ये भी बताया था कि वो लड़का संभवत: अपराधी था। वो अपने तरीके से लड़ीं, भले ही वो उम्र में छोटी थीं। यह सकारात्मक बात है। उनमें युद्ध भावना है। क्या उनका कायरों की तरह मर जाना तुम पसंद करते?'

'नहीं, गुरुजी,' अरिष्टनेमी ने कहा। 'लेकिन मैं सोच रहा था कि क्या और कोई उम्मीदवार भी हो सकता है, जिसे हम चुन पाते।'

'तुम निजी रूप से लगभग सारे भारत के शाही परिवारों को जानते हो। उनमें से ज़्यादातर पूरी तरह से बेकार हैं। स्वार्थी, कायर और कमज़ोर। और उनकी अगली पीढ़ी, शाही बच्चे और भी बुरे हैं। वो आनुवांशिक कूड़े से ज़्यादा कुछ नहीं हैं।'

अरिष्टनेमी हंसे। 'कुछ देशों की बदकिस्मती होती है कि ऐसे महत्वहीन सभ्यजनों को ढोते रहें।'

'अतीत में, हमारे पास महान नेता रहे हैं। और भविष्य को भी हम महान नेता ही देंगे। ऐसा नेता जो भारत को इसके वर्तमान दलदल से बाहर ला सके।'

'ऐसा नेता आमजन में क्यों नहीं हो सकता?'

'हम बहुत समय से तलाश कर रहे हैं। ये प्रभु परशु राम की ही इच्छा है कि अब हम एक का चयन कर लें। और मत भूलो, सीता सिर्फ दत्तक शाही हैं। उनके वास्तविक माता-पिता अनजाने ही हैं।'

विश्वामित्र ने अरिष्टनेमी को नहीं बताया कि सीता के जन्म के विषय में उन्हें क्या संदेह था।

अरिष्टनेमी अपनी झिझक से बाहर आ चुके थे। 'मैंने सुना था कि अयोध्या के राजकुमार...'

विश्वामित्र का क्रोध देखकर मलयपुत्र सेनापति को अपनी बात बीच में ही रोकनी पड़ी। उनका क्षणिक साहस भी हवा में कहीं फुर्र हो गया। अरिष्टनेमी ने वास्तव में अयोध्या के राजकुमारों के बारे में सकारात्मक खबरें सुनी थीं, खासकर राम और भरत के बारे में। राम नौ वर्ष से कुछ कम के थे। लेकिन वशिष्ठ अयोध्या के राजगुरु थे। और वशिष्ठ ऐसा विषय थे जिसके बारे में बात करने से अरिष्टनेमी को बचना चाहिए था।

'वो सांप अयोध्या के राजकुमारों को अपने आश्रम में ले गया है,' विश्वामित्र ने खौलते क्रोध से कहा। 'मैं तो ये भी नहीं जानता कि उसका आश्रम कहां है। उसने उसे गुप्त रखा है। अगर मैं नहीं जानता, तो किसी को भी ये पता नहीं होगा। अवकाश पर अयोध्या वापस लौटने पर ही हमें चारों राजकुमारों के बारे में कुछ सुनने को मिलता है।'

अरिष्टनेमी बुत बने खड़े थे, अपनी सांस थामे।

'मैं जानता हूं कि वशिष्ठ का दिमाग कैसे काम करता है। एक बार मैंने उसे अपना मित्र समझने की भूल की थी। वो भी किसी जुगत में होगा। राम या भरत में से किसी एक पर।'

'गुरुजी, कभी-कभी चीजें योजना के अनुसार नहीं चलतीं। लंका में हमारा काम असवाधानी से खत्म...'

'रावण ने अपना काम कर दिया,' विश्वामित्र ने उन्हें बीच में टोका। 'ये मत भूलो। और वो उसी दिशा में चल रहा है, जहां हम चाहते हैं। वो सब हमारे काम आ जाएगा।'

'लेकिन गुरुजी, क्या वायुपुत्र मलयपुत्रों का विरोध कर सकते हैं? अगला विष्णु चुनना तो हमारा अधिकार है। न कि अयोध्या के उस राजगुरु

का।'

'सारी निष्पक्षता दिखावा है; उस चूहे की मदद करने के लिए वायुपुत्र कुछ भी करेंगे। मैं जानता हूं। हमारे पास ज़्यादा समय नहीं है। हमें अभी से तैयारी शुरू करनी होगी!'

'जी, गुरुजी।'

'और, अगर उन्हें उनकी भूमिका के लिए प्रशिक्षित करना है, तो वो काम अब शुरू कर देना चाहिए।'

'जी, गुरुजी।'

'सीता ही विष्णु होंगी। विष्णु का उदय मेरे कार्यकाल में ही होगा। समय आ गया है। इस देश को एक नेता की ज़रूरत है। हम अपने प्यारे भारत को इस अंतहीन पीड़ा में झुलसने नहीं दे सकते।'

'जी, गुरुजी,' अरिष्टनेमी ने कहा। 'मुझे कप्तान को भी बता देना चाहिए...'

'हां।'

'तुम मुझे कहां ले जा रही हो, राधिका?' सीता ने उनका हाथ पकड़कर ले जाती सखी से मुस्कुराकर पूछा।

वो गुरुकुल से दक्षिण की ओर घने जंगल में जा रहे थे।

'हनु भैया!' थोड़े से वृक्षहीन क्षेत्र में प्रवेश करते ही सीता खुशी से चिल्ला दीं।

हनुमान अपने घोड़े के पास खड़े, उस थके हुए पशु की गर्दन सहला रहे थे। घोड़ा एक पेड़ से बंधा हुआ था।

'मेरी बहनें!' हनुमान ने स्नेह से कहा।

विशालकाय प्राणी उनकी तरफ बढ़ा। उन्होंने दोनों को स्नेह से बांहों में भर लिया। 'और तुम दोनों कैसी हो?'

'आप बहुत दिनों के लिए दूर चले गए थे!' राधिका ने शिकायत की।

'जानता हूं,' हनुमान ने आह भरी। 'मुझे अफसोस है। मैं विदेश

में...'

'आप कहां जाते रहते हो?' सीता ने पूछा, उन्हें हनुमान का रहस्यमयी जीवन बहुत उत्साहित करता था। 'इन कामों पर आपको कौन भेजता है?'

'सही समय आने पर मैं आपको बताऊंगा, सीता... लेकिन अभी नहीं।'

हनुमान घोड़े की पीठ पर बंधी खुरजी तक गए और उसमें से सोने का बना खूबसूरत सा हार निकाला, उसकी शैली से ही वो विदेशी मालूम पड़ रहा था।

राधिका खुशी से चिल्ला दी।

'तुमने सही अंदाज़ा लगाया,' हनुमान ने हार को उसे देते हुए कहा। 'ये तुम्हारे लिए है...'

राधिका हाथों में बार-बार उलट-पलटकर देखते हुए हार की शैली की तारीफ करने लगी।

'और मेरी गंभीर बहन के लिए,' हनुमान ने सीता से कहा। 'जो आपको हमेशा से चाहिए था...'

सीता की आंखें हैरानी से फैल गईं। 'एकमुखी रुद्राक्ष?!'

रुद्राक्ष शब्द का मतलब स्वयं प्रभु रुद्र के अक्षु ही है। वास्तव में यह भूरे रंग का, अंडाकार बीज है। महादेव, प्रभु रुद्र के सभी भक्त रुद्राक्ष की माला पहनते हैं या रुद्राक्ष को अपने पूजाघर में रखते हैं। एक सामान्य रुद्राक्ष बीज में बहुत सी रेखाएं होती हैं। एकमुखी रुद्राक्ष को दुर्लभ माना जाता है, इसकी सतह पर बस एक ही रेखा होती है। इसे प्राप्त करना बहुत मुश्किल होता है। और बेशकीमती भी। प्रभु रुद्र की भक्त सीता के लिए यह अनमोल था।

हनुमान ने मुस्कुराकर दोबारा अपना हाथ खुरजी में डाला।

अचानक, घोड़ा बेचैन होकर घबराने लगा, उसके कान आगे-पीछे फड़फड़ाने लगे। पलभर में ही उसकी सांस फूलने लगी। घबराहट को दर्शाते हुए।

हनुमान ने सावधानी से आसपास देखा। और उन्होंने खतरे को भांप लिया।

बहुत धीरे से, बिना किसी चेतावनी के, उन्होंने राधिका और सीता

को अपने पीछे खींच लिया।

लड़कियां जानती थीं कि ऐसे में कुछ बोलना सही नहीं था। वो भी खतरे को महसूस कर सकती थीं। कुछ तो गलत था।

अचानक हनुमान ने ज़ोर से चीत्कार की; जैसे गुस्से में बंदर करते हैं। पेड़ के पीछे छिपा बाघ समझ गया कि उनको चकमा देने से वो चूक गया था। वो धीरे से बाहर आया। हनुमान ने अपने कमरबंद में बंधी म्यान में से घुमावदार कटार निकाली। खूंखार गोरखों की खुखरी की शैली में बनी हुई कटार। बस इसका फलक सीधा नहीं था। यह बीच में से मोटी थी और फिर वो मोटा भाग नीचे की तरफ मुड़ जाता था। किसी ढलावदार कंधे की तरह। मूठ के अंत तक, धारदार फलक दांतेदार हो जाती थी। उसका आकार गाय के पैर जैसा था। इसका खास मकसद था। इससे फलकों पर लगा खून नीचे ज़मीन पर गिरता था, बजाय की हत्थे के जरिये पकड़ने वाले के हाथों तक पहुंचकर उन्हें रपटवां बनाता। गाय के पैर की आकृति का महत्व था कि इस हथियार का इस्तेमाल कभी भी पवित्र गाय को मारने में नहीं किया जाएगा। उसका हत्था हाथीदांत का बना था। उसके आधे में मूठ के हर भाग से अहिर्भाग उभर रहा था। वहां मध्यमा और अनामिका के मध्य एक अवलंब सा था, जो बेहतर पकड़ के काम आता था। खुखरी पर आगे हाथ फिसलने से बचाने के लिए कोई सुरक्षा नहीं थी। कम दक्षता वाले योद्धा का हाथ रपटकर इसके फलक पर जाने का डर था। इससे चाकू चलाने वाले का अपना ही हाथ घायल हो सकता था।

लेकिन कोई भी बुद्धिमान आदमी हनुमान को कम-दक्षता वाला नहीं कह सकता था।

'मेरे पीछे ही रहना,' हनुमान ने लड़कियों को धीरे से कहा, जब बाघ उनकी तरफ बढ़ने लगा।

हनुमान अपने पैरों को थोड़ा फैलाकर, झुककर, संतुलन बनाते हुए खड़े हो गए। आगे होने वाली घटनाओं के इंतज़ार में। अपनी सांसों को स्थिर करते हुए।

बाघ ज़ोर से दहाड़ा, इतनी तेज़ की कानों के पर्दे फट जाएं, और उसने आगे की तरफ छलांग लगाई, अपने पिछले पैरों का सहारा लेकर अगली टांगें उठाते हुए। विशालकाय हनुमान को अपनी पकड़ में लेने के लिए तैयार। उसका बड़ा सा मुंह खुला, और वो सीधा हनुमान के गले

पर लपका।

बाघ का तरीका दृढ़ था: अपने भारी वजन के साथ मनुष्य पर छलांग लगाओ, अपने पंजों से उसे ज़मीन पर गिराओ और बाकी का काम खत्म करने के लिए अपने जबड़ों पर विश्वास रखो।

किसी कमतर दुश्मन पर तो ये कारगर हो जाता। लेकिन बदकिस्मती से उसने शक्तिशाली हनुमान पर हमला कर दिया था।

विशालकाय नागा का डील-डौल लगभग बाघ जितना ही बड़ा था। एक पैर पीछे करके, उन्होंने अपनी रीढ़ को मोड़ा, अपनी शक्तिशाली मांसपेशियों को खींचा और अपने पैरों पर डटे रहे। अपने बायें हाथ से उन्होंने बाघ का गला पकड़ते हुए, उसके खतरनाक जबड़े को दूर कर दिया। हनुमान ने बाघ को अपनी पीठ नोंचने दी। इससे कम नुकसान होता। उन्होंने अपना दाहिना हाथ पीछे खींचा, अपने कंधे की मांसपेशियों को खींचते हुए अपनी खुखरी बाघ के पेट में उतार दी। फलक के बेरहम दांत आराम से अंदर उतर गए। जानवर दर्द से दहाड़ा। उसकी आंखें सदमे से फैल गईं।

हनुमान ने गहरी सांस भर दाहिनी ओर से लगे उस कटाव को और नीचे उतारते हुए जानवर के पेट को चीर दिया। एक सिरे से दूसरे सिरे तक। वीभत्स, लेकिन प्रभावशाली। उस चाकू ने जानवर के सिर्फ पेट के अंगों को ही नहीं काटा, बल्कि थोड़ा रीढ़ को काटते हुए, अंदर की सुरक्षित नसों को भी काट दिया।

बाघ की आंतें कटे हुए उदर से बाहर निकल आईं, इससे उसकी पिछली टांगे लकवे से जड़ हो गईं। हनुमान ने जानवर को पीछे धकेल दिया। वो ज़मीन पर जाकर गिरा, गुस्से से अपने आगे की टांगों को हर दिशा में फेंकता हुआ।

हनुमान उसके पंजे से लगे बाद के घावों से बच सकते थे, अगर वो उसके कमज़ोर पड़ने का इंतज़ार करते। और उसके अगले पैरों को नीचे गिरने देते। लेकिन जानवर दर्द से तड़प रहा था। वो अपनी तकलीफ को जल्द से जल्द खत्म करना चाहता था। हनुमान उसके समीप झुके, बाघ के पंजे उनके कंधों में गड़ रहे थे। नागा ने अपना चाकू जानवर के सीने में उतार दिया। फलक उसके दिल में गहरे तक उतर गया। वो कुछ पल तड़पा और फिर उसकी आत्मा शरीर से आज़ाद हो गई।

हनुमान ने अपना चाकू बाहर निकाल लिया और धीमे से प्रार्थना की, 'तुम्हारी आत्मा फिर से अपना मकसद हासिल करे, भले पशु।'

—ℸ—

'ऐसा होता रहता है, राधिका,' हनुमान ने कहा। 'हम जंगल के बीच में हैं। यहां तुम्हें और क्या मिलेगा?'

राधिका अभी भी डर से कांप रही थी।

सीता ने खुरजी से जल्दी से दवाइयां निकालीं और हनुमान के घावों पर मलहम लगाने लगीं। वो घाव जानलेवा तो नहीं थे लेकिन उनमें से कुछ गहरे थे। सीता ने एक दो घावों को टांका भी लगा दिया। उन्हें उस वृक्ष-रहित क्षेत्र में कुछ ऊर्जा देने वाली बूटियां भी मिल गईं, जिन्हें उन्होंने पत्थर पर पीसकर, पानी के साथ पीने के लिए हनुमान को दे दिया।

हनुमान ने दवाई लेकर, अपना मुंह हाथ से पोंछकर सीता को देखा।

वह घबराई हुई नहीं हैं... वह भयभीत भी नहीं हैं... ये लड़की कुछ खास...

'मैं कल्पना भी नहीं कर सकती थी कि बाघ को इतनी आसानी से पस्त किया जा सकता है,' सीता फुसफुसाईं।

'मेरे कद ने मेरी मदद की!' हनुमान हंसे।

'आपको भरोसा है कि आप घुड़सवारी कर पाओगे? आपके घाव गंभीर तो नहीं हैं, लेकिन...'

'मैं यहां तो वैसे भी नहीं रुक सकता। मुझे वापस जाना ही होगा...'

'अपने और किसी रहस्यमयी प्रयोजन पर?'

'मुझे जाना होगा।'

'आपको जो करना है, वो करो, हनु भैया।'

हनुमान मुस्कुराए। 'अपना रुद्राक्ष मत भूल जाना।'

सीता खुरजी तक गईं और उसमें से रेशम की थैली निकाली। उन्होंने धीरे से उसे खोला, और सावधानी से एकमुखी रुद्राक्ष उठा लिया। वह हैरानी से उसे देखने लगीं। फिर सम्मान से उसे माथे पर लगाया और संभालकर अपने कमरबंद से बंधी थैली में रख लिया।

अध्याय 8

श्वेतकेतु को अपनी किस्मत पर भरोसा नहीं हो रहा था। इस साल महर्षि विश्वामित्र दूसरी बार उनके गुरुकुल में आए थे! जैसे ही मलयपुत्रों ने उनके दरवाज़े से प्रवेश किया, वो खुद दौड़कर उन्हें लेने गए।

'नमस्ते, महर्षि,' श्वेतकेतु ने खुलकर मुस्काते हुए कहा, उनके हाथ सम्मान में जुड़े हुए थे।

'नमस्ते, श्वेतकेतु,' विश्वामित्र ने कहा और इतनी ही मुस्कान दी, जिससे उनका मेज़बान निराश न हो।

'कितने सम्मान की बात है कि आप इतनी जल्दी हमारे गुरुकुल में पधारे।'

'हां,' विश्वामित्र ने आसपास देखते हुए कहा।

'ये बदकिस्मती है कि आपका आशीर्वाद लेने के लिए मेरे छात्र यहां नहीं हैं,' श्वेतकेतु ने कहा, उनके भावों से सच में अफसोस झलक रहा था। 'ज़्यादातर छात्र अवकाश पर गए हुए हैं।'

'लेकिन मुझे लगता है कि कुछ तो यहां होंगे।'

'हां, गुरुवर एक। सीता यहां हैं... और...'

'मैं सीता से मिलना चाहूंगा।'

'जी, ज़रूर।'

सीता महर्षि विश्वामित्र के साथ उनके लंगर डाले हुए प्रमुख जहाज़ के छज्जे पर खड़ी थीं, गंगा की तरफ मुंह किए हुए। विश्वामित्र गुरुकुल के उत्सुक शिक्षकों की नज़रों से दूर एकांत चाहते थे। सीता और विश्वामित्र से कुछ दूरी पर, प्रमुख जहाज़ के ऊपरी भाग पर मलयपुत्र पंडित ईंटों से छोटा सा हवन कुंड बना रहे थे।

सीता दुविधा में थीं। *महर्षि मुझसे क्यों बात करना चाहते हैं?*

'सीता, अब आप कितने साल की हो?'

'गुरुजी, मैं जल्दी ही चौदह साल की हो जाऊंगी।'

'अभी ज़्यादा समय नहीं हुआ है। मुझे लगता है, हम अभी शुरू कर सकते हैं।'

'क्या शुरू कर सकते हैं, गुरुजी?'

विश्वामित्र ने गहरी सांस ली। 'क्या आपने विष्णु की स्थापना के बारे में सुना है?'

'जी गुरुजी।'

'मुझे बताओ, आप क्या जानती हो।'

'ये उपाधि महान नेता को दी जाती है, जो भगवान का प्रचारक होता है। वो अपने लोगों को जीवन की नई शैली में ले जाते हैं। हमारे वैदिक युग में छह विष्णु हुए हैं। पिछले विष्णु थे प्रभु परशु राम।'

'जय परशु राम।'

'जय परशु राम।'

'तुम और क्या जानती हो?'

'विष्णु सामान्यतः महादेव के साथ साझेदारी में काम करते हैं, महादेव जो बुराई के विनाशक हैं। महादेव अपने जीवन विशेष में अपने कर्म पूरे हो जाने के बाद, अपने प्रतिनिधियों के रूप में एक प्रजाति छोड़ जाते हैं। पिछले महादेव, प्रभु रुद्र की प्रजाति वायुपुत्र हैं, जो दूर परिहा में रहते हैं। हमारे समय के विष्णु उनके साथ साझेदारी में काम...'

'ये साझेदारी कोई इतनी ज़रूरी नहीं है,' विश्वामित्र ने उन्हें टोका।

सीता खामोश हो गईं। हैरानी से। ये तो उन्हें नहीं पता था।

'आप और क्या जानती हैं?'

'मैं जानती हूं कि पिछले विष्णु, प्रभु परशु राम भी अपनी प्रजाति छोड़कर गए हैं; मलयपुत्र। और आप, महर्षि जी, मलयपुत्र प्रमुख हो। और अगर हमारे युग के अंधेरों से लड़ने के लिए विष्णु का आगमन होता है, तो वो आप ही होंगे।'

'आप गलत कह रही हैं।'

सीता ने त्योरी चढ़ाईं। असमंजस में।

'अपने आखरी वाक्य में जो अवधारणा आपने बनाई है, वो गलत है,' विश्वामित्र ने समझाया। 'हां, मैं मलयपुत्र प्रमुख हूं। लेकिन मैं विष्णु नहीं हो सकता। मेरा काम अगले विष्णु का निर्धारण करना है।'

सीता ने खामोशी से सिर हिलाया।

'आपको क्या लगता है भारत की वर्तमान में मुख्य समस्या क्या है?'

'अधिकांश लोग कहेंगे रावण, लेकिन मैं ऐसा नहीं कहूंगी।'

विश्वामित्र मुस्कुराए। 'क्यों नहीं?'

'रावण सिर्फ समस्या का लक्षण है। वह समस्या नहीं है। अगर रावण नहीं होता, तो कोई और हमें यातनाएं दे रहा होता। समस्या हममें ही है कि हम खुद का शोषण होने देते हैं। रावण भले ही शक्तिशाली हो, लेकिन अगर हम...'

'रावण उतना शक्तिशाली भी नहीं है, जितना सप्तसिंधु के लोग उसे मानते हैं। लेकिन उसने अपनी खुद की बनाई हुई दैत्य की छवि सामने रखी। यही छवि दूसरों को डराती है। लेकिन वो छवि हमारे लिए भी फायदेमंद है,' विश्वामित्र ने कहा।

सीता आखरी वाक्य को समझ नहीं पाई थीं। और विश्वामित्र ने समझाया भी नहीं।

'तो, आप कह रही हैं कि रावण सिर्फ लक्षण है। तो, वो क्या समस्या है जो आज सप्तसिंधु को खाए जा रही है?'

सीता अपने विचारों को एक रूप देने के लिए रुकीं। 'मैं इस सवाल को तभी से सोच रही हूं, जबसे आप पिछली बार गुरुकुल आए थे, गुरुजी। आपने कहा था कि समाज को संतुलन की ज़रूरत होती है। उसे बौद्धिक, योद्धा, व्यापारी और हस्त कारीगरों सभी की ज़रूरत होती है। और आदर्शरूप से किसी एक वर्ग को दबाया भी नहीं जाना चाहिए। कि

उन सबमें एक न्यायपूर्ण संतुलन होना चाहिए।'

'और...'

'तो, फिर समाज असंतुलन की तरफ क्यों बढ़ जाता है? मैं यही सोच रही थी। असंतुलन तब होता है जब लोग अपने आंतरिक गुणों के हिसाब से जीवन नहीं जी पाते। ये तब होता है जब किसी समूह को दबाया या कम करके आंका जाता है, जैसे आज के समय में सप्तसिंधु में वैश्यों के साथ हुआ। इससे वैश्य गुण वाले लोग हताश और नाराज़ हो गए। ये तब भी होता है जब आपको अपनी मनमर्ज़ी का नहीं बल्कि अपने अभिभावकों या परिवार का व्यवसाय ही अपनाना पड़े। रावण ब्राह्मण परिवार में पैदा हुआ था। लेकिन स्पष्टतः वो ब्राह्मण बनना नहीं चाहता था। वह स्वभाव से क्षत्रिय था। ऐसा ही ज़रूर...'

सीता ने समय रहते अपना मुंह बंद कर लिया। लेकिन विश्वामित्र सीधे उनकी आंखों में देखते हुए, उनके भावों को पढ़ रहे थे। 'हां, यह मेरे साथ भी हुआ। मैं जन्म से क्षत्रिय था, लेकिन ब्राह्मण बनना चाहता था।'

'गुरुजी, आप जैसे लोग दुर्लभ होते हैं। अधिकांश लोग परिवार व समाज के दबाव के सामने घुटने टेक देते हैं। लेकिन इससे उनमें गहन निराशा जमा हो जाती है। ये दुखी और नाराज़ लोग, असंतुलित व असंतुष्ट जीवन जीते हैं। इसी तरह, समाज भी इसे झेलने लगता है। इसे ऐसे क्षत्रिय मिलते हैं, जो पराक्रमी नहीं होते और अपने समाज की रक्षा नहीं कर सकते। इसे ऐसे ब्राह्मण मिलते हैं जिनकी योग्यताएं शल्य चिकित्सक या मूर्तिकार की हो सकती थीं और फिर ऐसे ही नाकाबिल शिक्षक भी मिल जाते हैं। और आखिरकार, समाज का पतन हो जाता है।'

'आपने समस्या को ठीक पहचाना है। तो इसका समाधान क्या हो सकता है?'

'मैं नहीं जानती। कोई अकेला कैसे समाज को बदल सकता है? हम कैसे इस जन्म-आधारित जाति प्रथा को बदल सकते हैं, जो हमारी भूमि को बर्बाद कर रही है?'

'मेरे मन में समाधान है।'

सीता ने जवाब का इंतज़ार किया।

'अभी नहीं,' विश्वामित्र ने कहा। 'एक दिन ज़रूर समझाऊंगा। जब

आप इसके लिए तैयार हो जाएंगी। अभी हमें एक अनुष्ठान पूरा करना होगा।'

'अनुष्ठान?'

'हां,' विश्वामित्र ने कहा और वो यज्ञ कुंड की तरफ मुड़े, जो जहाज़ के ऊपरी भाग पर बना था। सात मलयपुत्र पंडित जहाज़ के एक ओर खड़े होकर इंतज़ार कर रहे थे। विश्वामित्र का संकेत पाकर वो भी यज्ञ कुंड की तरफ चल दिए।

'आओ,' विश्वामित्र ने सीता को चलने का इशारा किया।

यज्ञ कुंड अपरंपरागत पद्धति से बना था, या कम से कम सीता तो इससे अवगत नहीं थीं। इसकी बाहरी दीवार वर्गाकार थी, जो ईंटों से बनी थी। अंदरूनी दीवार वृताकार थी, जो धातु से निर्मित थी।

'यह यज्ञ कुंड एक प्रकार के मंडल का प्रतिनिधित्व करता है, आध्यात्मिक सत्य का प्रतीकात्मक निरूपण,' विश्वामित्र ने सीता को समझाया। 'वर्गाकार मेंढ़ पृथ्वी का प्रतीक है, जिस पर हम रहते हैं। वर्ग की चारों भुजाएं चार दिशाओं को दर्शाती हैं। वर्ग के अंदर का स्थान प्रकृति को दर्शाता है। यह असंस्कृत और निर्जन है। इसके अंदर का वर्ग चेतन की राह को दिखा रहा है; परमात्मा की राह को। विष्णु का कार्य अपने ज़मीनी जीवन के अंदर के परमात्मा को तलाशना ही है। विष्णु भगवान तक पहुंचने के मार्ग को रौशन करते हैं। दुनिया से बैरागी होकर नहीं, बल्कि हमारी महान भूमि से अथाह और आध्यात्मिक जुड़ाव के साथ।'

'जी, गुरुजी।'

'आप वर्ग के दक्षिण की ओर बैठोगी।'

सीता विश्वामित्र द्वारा बताए आसन पर बैठ गईं। मलयपुत्र प्रमुख उत्तर की तरफ पीठ और सीता की तरफ चेहरा करके बैठे। एक मलयपुत्र पंडित ने अंदरूनी वृताकार घेरे में अग्नि प्रज्वलित की। उन्होंने अग्नि देवी को समर्पित एक मंत्र पढ़ा।

यज्ञ त्याग विषयक आदान-प्रदान का द्योतक होता है: आप अपनी किसी प्रिय वस्तु का त्याग करते हैं और बदले में मंगल कामना पाते हैं। पवित्र अग्नि देव इंसान और दैवीय के बीच होने वाले इस आदान-प्रदान की साक्षी होते हैं।

विश्वामित्र ने अपने हाथ प्रणाम की मुद्रा में जोड़े। ऐसे ही सीता ने भी। वह बृहदारण्यक उपनिषद से एक श्लोक उच्चारित करने लगे। सीता और सात मलयपुत्र पंडित भी उनके साथ उच्चारण करने लगे।

असतो मा सद्गमय।

तमसो मा ज्योतिर्गमय।।

मृत्योर्मा अमृतं गमय।

ऊँ शांतिः शांतिः शांतिः।।

हे ईश्वर,

मुझे असत्य से सत्य की ओर ले चलो

अंधेरे से प्रकाश की ओर ले चलो

मृत्यु से अमरता की ओर ले चलो

मुझे और पूरे विश्व को शांति, शांति, शांति प्रदान करो।

विश्वामित्र ने अपने कमर से बंधी थैली में से छोटी सी म्यान निकाली। उसे सम्मान से अपनी हथेली में पकड़कर, उसमें से चांदी की छोटी सी खुखरी निकाली। उन्होंने उसके किनारे पर अपनी उंगली फिराकर देखा, फलक के सिरे तक। धार थी। उन्होंने मूंठ पर लगा हुआ निशान देखा। सब सही था। उन्होंने आग के ऊपर से वो खुखरी सीता को दे दी। इसे उत्तर से दक्षिण दिशा में ही दिया जाना था।

'इस यज्ञ पर खून से मुहर लगाई जाएगी,' विश्वामित्र ने कहा।

'जी, गुरुजी,' सीता ने ससम्मान दोनों हाथों से खुखरी पकड़ते हुए कहा।

विश्वामित्र ने दोबारा अपनी थैली में हाथ डालकर दूसरी छोटी म्यान निकाली। उन्होंने दूसरी खुखरी बाहर निकाली और उसकी धार को जांचा। पूरी तरह तेज़। उन्होंने सीता को देखा। 'खून सिर्फ अंदरूनी वृताकार घेरे में ही गिरना चाहिए। किसी भी हालत में ये यह धातु और ईंटों के बीच बने स्थान पर नहीं गिरना चाहिए। स्पष्ट है?'

'जी गुरुजी।'

दो मलयपुत्र पंडित कपड़ों के दो टुकड़े लेकर खामोशी से उनकी तरफ बढ़े और एक कपड़ा विश्वामित्र को और एक सीता को दे दिया। दोनों कपड़े नीम के कीटाणुनाशक द्रव्य में डूबे हुए थे। अगले निर्देश का

इंतज़ार किए बिना, सीता ने धारदार खुखरी को अपनी बाईं हथेली में रखा और फलक के ऊपर अपनी मुट्ठी बंद कर ली। फिर, एक तुरंत और स्पष्ट हरकत से खुखरी को बाहर खींच लिया, उसकी धार से अपनी त्वचा काटते हुए। पवित्र अग्नि में खून की धार गिरने लगी। उन्होंने उफ्फ तक नहीं की।

'अरे, हमें बस एक बूंद खून की ज़रूरत थी,' विश्वामित्र ने चिल्लाकर कहा। 'एक छोटी सी बूंद काफी होती।'

सीता ने स्थिरता से विश्वामित्र को देखा। उन्होंने कीटाणुनाशक कपड़े को अपने घायल हाथ पर रखा, बड़ी सावधानी से जिससे खून की कोई और बूंद न गिरे।

विश्वामित्र ने खुखरी के किनारे को जल्दी से अपने अंगूठे में चुभाया।

उन्होंने अपना हाथ यज्ञ कुंड की अंदरूनी सीमा के अंदर रखा और अंगूठा दबाया, जिससे खून की एक बूंद अग्नि में गिर जाए। सीता ने भी अपने बायें हाथ से कपड़ा हटाते हुए अपना खून अग्नि में गिरने दिया।

विश्वामित्र ने स्पष्ट आवाज़ में कहा। 'पवित्र अग्नि को साक्षी मानते हुए, मैं वचन लेता हूं कि मैं प्रभु परशु राम के प्रति अपने वचन का सम्मान करूंगा। हमेशा। अपनी आखरी सांस तक। और उसके बाद भी।'

सीता ने भी शब्द दोहराए। बिल्कुल वही।

'जय परशु राम,' विश्वामित्र ने कहा।

'जय परशु राम,' सीता ने दोहराया।

उनके गिर्द जमा मलयपुत्र पंडितों ने भी जयकारा लगाया। 'जय परशु राम।'

विश्वामित्र ने मुस्कुराकर अपना हाथ वापस खींच लिया। सीता ने भी अपने हाथ को पीछे लेकर उस पर कीटाणुनाशक घोल में भीगा कपड़ा लपेट लिया। एक मलयपुत्र पंडित उनके पास आए और कपड़े को मज़बूती से उनके हाथ पर बांध दिया, जिससे खून का प्रवाह रुक सके।

'अनुष्ठान हो गया,' विश्वामित्र ने सीता को देखते हुए कहा।

'अब मैं मलयपुत्र हूं?' सीता ने उम्मीद से पूछा।

विश्वामित्र हैरान दिखे। उन्होंने सीता की खुखरी की तरफ इशारा किया। 'अपनी खुखरी पर बने निशान को देखो।'

सीता ने चांदी की खुखरी उठाई। उसके धारदार किनारे उनके खून में डूबे हुए थे। उन्होंने मूंठ की जांच की। उस पर तीन अक्षर गुदे हुए थे। प्राचीन काल के मुनियों ने, अपनी बुद्धिमानी से, सुझाया था कि प्राचीन संस्कृत लिखित लिपि में नहीं होनी चाहिए। उन्हें भय था कि लिखे हुए शब्द बोले हुए शब्दों के सामने गौण रह जाएंगे; कि ये अवधारणा समझने की दिमागी योग्यता को कम कर देंगे। ऋषि श्वेतकेतु दूसरी ही बात बताते थे: मुनियों ग्रंथों को लिखने से ज़्यादा वाचिक इतिहास में रहने पर इसलिए वरीयता देते थे कि जब बदलाव का समय आए, तो उसे आसानी से बदला जा सके। ग्रंथों को लिखने से उनके रूढ़ हो जाने की संभावना थी। कारण चाहे जो भी रहा हो, तथ्य यह था कि सप्तसिंधु में लेखन की महत्ता नहीं थी। परिणामस्वरूप, ऐसी बहुत सी लिपियां थीं जो देश भर में प्रचलित थीं। ऐसी लिपि जो समय और स्थान के अनुसार अपना रूप बदलती रही। एक मानक लिपि विकसित करने का कोई भी गंभीर प्रयास नहीं किया गया।

मूंठ पर लिखे शब्द सामान्य लिपि में थे ज़ो सरस्वती नदी के ऊपरी क्षेत्रों में इस्तेमाल की जाती थी। सीता उसे पहचानती थीं।

यह प्रतीक परशु राम का प्रतिनिधित्व करता था

'इस तरफ से नहीं, सीता,' विश्वामित्र ने कहा। 'इसे पलटकर देखो।'

सीता ने खुखरी को पलटा। उनकी आंखें हैरानी से फैल गईं।

मछली का प्रतीक पूरे भारत की लिपियों में सबसे सामान्य है। एक विशाल मछली ने प्रभु मनु और उनके समूह की बचने में मदद की थी, जब समुद्र उनकी भूमि को लील रहा था। प्रभु मनु ने आदेश दिया था कि बड़ी मछली को पहले विष्णु की उपाधि प्रभु मतस्य से सम्मानित किया जाएगा। मछली का प्रतीक विष्णु के अनुयायियों का प्रतिनिधित्व करता है। यही प्रतीक चिह्न विश्वामित्र की खुखरी की मूंठ पर था।

लेकिन सीता की मूंठ पर जो प्रतीक था, वो संशोधित संस्करण था। बेशक, वो एक मछली थी, लेकिन उसके सिर पर ताज सुशोभित था।

बिना ताज के मछली का प्रतीक दर्शाता था कि आप विष्णु के अनुयायी हो। लेकिन ताज वाली मछली का मतलब था कि आप खुद विष्णु थे।

सीता ने दुविधा से विश्वामित्र को देखा।

'ये खुखरी आपकी ही है, सीता,' विश्वामित्र ने नरमाई से कहा।

अध्याय 9

श्वेतकेतु के गुरुकुल में छात्रों के कमरे बहुत साधारण थे। उन्हें सामान्य माहौल में रखने के लिए। प्रत्येक छात्र को एक बिना खिड़की की कच्ची सी झोंपड़ी रहने के लिए दी गई थी, जिसमें एक पलंग, कुछ कपड़े टांगने की खूंटी और पढ़ाई का सामान भर रखने की जगह थी। झोंपड़ी में कोई दरवाज़ा नहीं था, खाली चौखट थी।

सीता बिस्तर पर लेटीं, मलयपुत्र जहाज़ पर हुई पिछले दिन की घटनाएं याद कर रही थीं।

उन्होंने हाथ में वही खुखरी पकड़ी हुई थी। उससे उनका हाथ कटने का डर नहीं था, क्योंकि वह सुरक्षा से म्यान में रखी हुई थी। उनकी आंखें बार-बार उसकी मूंठ पर जा रही थीं। और उसकी सतह पर गुदे हुए खुबसूरत प्रतीक चिह्न पर।

विष्णु?

मैं?

विश्वामित्र ने कहा था कि जल्द ही उनका प्रशिक्षण शुरू हो जाएगा। कुछ ही महीनों में उनकी गुरुकुल छोड़ने की उम्र हो जाएगी। फिर उन्हें मलयपुत्रों की राजधानी, भारत के दक्षिण में अगस्त्यकूटम ले जाया जाएगा। उसके बाद उन्हें भेस बदलकर पूरे भारत की यात्रा करनी होगी। विश्वामित्र चाहते थे कि वो इस धरा को समझें, जिसका एक दिन उन्हें नेतृत्व करना था। अपने मलयपुत्रों के साथ मिलकर वो उन्हें मार्गदर्शन देने वाले थे।

इस बीच, वो और विश्वामित्र मिलकर अगले कार्य की योजना बना लेंगे। जीवन की नई शैली की।

ये सब बहुत भावपूर्ण था।

'देवी।'

सीता बिस्तर से उतरकर चौखट तक आईं। कुछ ही दूरी पर जटायु खड़े थे।

'देवी,' उन्होंने दोहराया।

सीता ने हाथ जोड़कर नमस्ते की। 'जटायु जी, मैं आपकी छोटी बहन की तरह हूं। कृपया आप मुझे शर्मिंदा मत कीजिए। मुझे बस मेरे नाम से पुकारिए।'

'नहीं, देवी मैं ऐसा नहीं कर सकता। आप तो...'

जटायु खामोश हो गए। मलयपुत्रों को सख्त निर्देश दिए गए थे। कोई भी सीता को अगले विष्णु की उपाधि से संबोधित नहीं करेगा। इसकी घोषणा सही समय आने पर की जाएगी। यहां तक कि सीता को भी इस बारे में किसी से बात करने से मना किया गया था। और वैसे वो किसी से यह कहना भी नहीं चाहती थीं। वो इस उपाधि से घबराहट महसूस कर रही थीं, डरी हुई थीं।

'ठीक है फिर, आप मुझे अपनी बहन बुलाइए।'

जटायु मुस्कुराए। 'ये सही है, बहन।'

'आप क्या बात करना चाहते थे, जटायु जी?'

'अब आपका हाथ कैसा है?'

सीता ने दूसरे हाथ से नीम की पट्टी बंधे अपने हाथ को छुआ। 'खून बहाने के नाम से मैं कुछ ज़्यादा ही उत्साहित हो गई।'

'जी।'

'अब मैं ठीक हूं।'

'सुनकर अच्छा लगा,' जटायु ने कहा। वह स्वभाव से थोड़े संकोची थे। धीरे से सांस लेकर, उन्होंने बोलना शुरू किया, 'आप उन कम लोगों में से एक हैं, जिन्होंने मुझसे अच्छे से बर्ताव किया। मलयपुत्रों को छोड़कर। यहां तक प्रभु विश्वामित्र ने भी आपको ऐसा करने का निर्देश नहीं दिया था।'

कुछ महीने पहले, सीता ने जटायु को खाना परोसकर दिया था, क्योंकि उनका चेहरा उनकी ज़िंदगी बचाने वाले उस सभ्य गिद्ध से मिलता था। लेकिन उन्होंने यह बात उन्हें नहीं बताई।

'आप संभवतः अपनी इस नई परिस्थिति के बारे में अनिश्चित होंगी,' जटायु ने कहा। 'ऐसा महसूस होना स्वाभाविक है।'

उन्होंने यह नहीं बताया था कि कुछ मलयपुत्रों को सीता को विष्णु के रूप में चुने जाने पर संदेह था, लेकिन उनमें अपने विकट प्रमुख को चुनौती देने का साहस नहीं था।

सीता ने खामोशी से सिर हिलाया।

'और ज़्यादा मुश्किल ये होगा कि आप इस बारे में मलयपुत्र के अलावा और किसी से बात नहीं कर सकतीं।'

'हां,' सीता मुस्कुराईं।

'अगर आपको कभी भी कोई सलाह, या किसी से बात करने की ज़रूरत हो, तो मैं हमेशा उपलब्ध हूं। आज से आपकी सुरक्षा मेरा कर्तव्य है। मेरी टुकड़ी और मैं हमेशा आपके आसपास ही रहेंगे,' जटायु ने अपने पीछे इशारा करते हुए कहा।

कुछ दूरी पर लगभग पंद्रह आदमी खड़े थे।

'मैं मिथिला या कहीं और सर्वाजनिक रूप से सामने आकर आपको शर्मिंदा नहीं करूंगा,' जटायु ने कहा। 'मैं समझता हूं कि मैं नागा हूं। लेकिन मैं हमेशा आपसे कुछ ही फासले पर रहूंगा। अब से मैं और मेरे लोग हमेशा परछाईं की तरह आपके साथ रहेंगे।'

'आप कभी मुझे शर्मिंदा नहीं कर सकते, जटायु जी,' सीता ने कहा।

'सीता!'

मिथिला की राजकुमारी ने बाईं ओर देखा। वहां अरिष्टनेमी थे।

'सीता,' अरिष्टनेमी ने कहा, 'गुरुजी आपसे कुछ बात करना चाहते हैं।'

'क्षमा करें, जटायु जी,' सीता ने विनम्रता से हाथ जोड़ते हुए कहा।

जटायु ने भी अभिवादन किया और सीता अरिष्टनेमी के पीछे चली गईं। जब वो नज़रों से ओझल हो गईं, जटायु ने झुककर, उनके चरणों की धूल को माथे से लगा लिया। फिर उन्होंने सीता के जाने की दिशा में देखा।

वो महानात्मा हैं...

आशा करता हूं देवी सीता गुरु विश्वामित्र और गुरु वशिष्ठ के बीच की लड़ाई में मोहरा बनकर न रह जाएं।

—ॐ—

दो महीने बीत गए थे। मलयपुत्र अपनी राजधानी, अगस्त्यकूटम को कूच कर गए थे। निर्देशानुसार, सीता अपना अधिकांश समय मलयपुत्रों द्वारा दिए पाठ को पढ़ने में व्यतीत कर रही थीं। उसमें पिछले विष्णुओं का इतिहास संग्रहित था: प्रभु नरसिम्हा, प्रभु वामन, प्रभु परशु राम और अन्य। वह चाहते थे कि वो उनके जीवन से सीख लें, उनकी चुनौतियों से; और कैसे उनसे ऊपर आकर उन्होंने अच्छाई का नया रास्ता बनाया।

उन्होंने इस काम को पूरी गंभीरता से लिया और गुप्तता का भी पूरा ध्यान रखा। आज, वो छोटे से तालाब के किनारे बैठी थीं, जहां ज़्यादा छात्र आते-जाते नहीं थे। इसीलिए अड़चन आने पर वो झुंझला गईं।

'भूमि तुम्हें अभी गुरुकुल के मुख्य चौक पर चलना होगा,' राधिका ने सीता का गुरुकुल नाम पुकारते हुए कहा। 'तुम्हारे घर से कोई आया है।'

उन्होंने नाराज़गी से अपना हाथ हिलाया। 'मैं थोड़ी देर में आ जाऊंगी।'

'सीता!' राधिका ने ज़ोर से कहा।

सीता ने मुड़कर देखा। उनकी दोस्त सच में नाराज़ लग रही थी।

'तुम्हारी मां यहां आई हैं। तुम्हें चलना होगा। अभी।'

—ॐ—

सीता धीरे-धीरे गुरुकुल के मुख्य चौक की तरफ बढ़ीं। उनका दिल ज़ोरों से धड़क रहा था। गुरुकुल के घाट के रास्ते में दो हाथी बंधे हुए थे। वह जानती थीं कि उनकी मां को अपने साथ हाथी लाना पसंद था। सुनयना के यहां आने पर वो और सीता हाथी पर बैठकर जंगल की सैर करते थे। सुनयना को खुली प्रकृति के बीच अपनी बेटी को पशुओं के बारे में बताना पसंद था।

सीता की जानकारी में सुनयना किसी और से अधिक पशुओं के बारे

में जानती थीं। जंगल के वो सफर सीता की सबसे सुखद यादों में से थे। उस सफर में वो अपने जीवन को दो महत्वपूर्ण साथियों के साथ होती थीं: धरती मां और उनकी अपनी मां।

उनके सीने में दर्द हुआ।

उनकी वजह से, कुशध्वज ने मिथिला पर व्यापार के कड़े प्रतिबंध लगा दिए थे। उनके चाचा का साम्राज्य, संकश्या ही मुख्य रूप से उनके पिता के साम्राज्य के साथ व्यापार करता था; और खरीदी जाने वाली ज़रूरी चीज़ों के दाम भी आसमान छू रहे थे। अधिकांश मिथिलावासी इसके लिए सीता को दोष देते थे। सब जानते थे कि सीता ने कुशध्वज की शाही मुहर तोड़ दी थी। और फिर ये परिणाम तो मिलना ही था। प्राचीन परंपरा के अनुसार, शाही मुहर राजा का प्रतिनिधित्व करती थी; यह राज-हत्या के बराबर था।

दोष यक़ीनन उनकी मां, सुनयना को भी दिया जा रहा था। सभी जानते थे कि सीता को गोद लेने का निर्णय उनकी रानी सुनयना का था।

मैंने उन्हें परेशानियों के अलावा कुछ नहीं दिया। मैंने वो पल भर में तबाह कर दिया, जिसे बनाने में उन्होंने अपना पूरा जीवन लगा दिया।

मां को मुझे भूल जाना चाहिए।

चौक तक पहुंचने पर सीता अपने निर्णय पर और दृढ़ होती जा रही थीं।

किसी शाही अतिथि आने के हिसाब से भी आज वहां कुछ ज़्यादा ही भीड़ थी। एक भारी सी, खाली पालकी के पास आठ आदमी खड़े थे। ये पालकी उन्होंने पहले कभी नहीं देखी थी: इतनी लंबी, चौड़ी। ऐसा लग रहा था कि ये किसी के लेटकर सफर करने के लिए तैयार की गई थी। बाईं ओर उन्होंने अशोक वृक्ष के गिर्द बनाए गए निचले चबूतरे के पास आठ महिलाओं को खड़े देखा। वह हर तरफ अपनी मां को ढूंढ़ रही थीं, लेकिन वो उन्हें कहीं दिखाई नहीं दीं।

वह महिलाओं की तरफ मुड़ीं, और उनसे अपनी मां के बारे में पूछा। तभी उनमें से कुछ महिलाएं एक ओर हटीं और रानी सुनयना दिखाई दीं।

सीता को ज़ोर का आघात लगा।

उनकी मां अपनी ही परछाईं लग रही थीं। वह मात्र खाल और

हड्डियों का ढांचा भर रह गई थीं। उनका गोल, चंद्राकार चेहरा सूख गया था और गाल अंदर धंस गए थे। वह हमेशा से दुबली-पतली रही थीं, लेकिन कभी भी अस्वस्थ नहीं दिखती थीं। अब उनकी मांसपेशियां पूरी तरह घुल गई थीं और उनके शरीर ने रही-सही वसा भी उतार दी थी। उनकी आंखों के नीचे गहरे गड्ढे पड़ गए थे। उनके लंबे, घने काले बाल सफेद हो गए थे। वह बमुश्किल खुद को उठा पा रही थीं। उन्हें उठने में भी सहायकों की मदद की ज़रूरत थी।

जैसे ही सुनयना ने अपनी प्यारी बेटी को देखा, उनका चेहरा खिल गया। वो वही स्नेहभरी मुस्कान थी, जिसमें सीता ने हमेशा से आराम और सहारा पाया था।

'मेरी बच्ची,' सुनयना ने धीमी सी आवाज़ में कहा।

मिथिला की रानी ने अपना हाथ आगे बढ़ाया, उनके जानलेवा पीलेपन ने मां के प्यार भरे दिल के सामने कुछ देर के लिए घुटने टेक दिए।

सीता अपनी जगह पर जड़ खड़ी रहीं। वो चाह रही थीं कि धरती फट जाती और वो उसमें समा जाएं।

'यहां आओ, मेरी बच्ची,' सुनयना ने कहा। उनकी बांहें, कमज़ोरी से उठ नहीं पा रही थीं और नीचे ढह गईं।

सुनयना को खांसी आई। एक सहायिका ने जल्दी से दौड़कर एक रूमाल से उनका मुंह पोंछा। सफेद कपड़े पर खून के लाल धब्बे साफ दिखाई दे रहे थे।

सीता लड़खड़ाती सी अपनी मां की तरफ बढ़ीं। बेसुध। वह अपने घुटनों पर गिरीं और अपना सिर सुनयना की गोद में टिका दिया। वो गोद जो हमेशा इतनी नरम रही थी, जैसे बारिश के बाद पृथ्वी मां की गोद। आज वो उतनी ही सख्त महसूस हो रही थी, मानो उसने कितने सालों का सूखा झेला हो।

सुनयना ने अपनी उंगलियां सीता के बालों में फिराईं।

सीता दुख और डर से सिहर गईं, जैसे एक छोटा सा कबूतर विशाल बरगद के पेड़ को देखकर हो जाता है, जिसने न सिर्फ उसके शरीर को बल्कि उसकी आत्मा को भी छांव दी होती है।

सीता के बालों में हाथ फिराते हुए, सुनयना ने झुककर उनके माथे

को चूमा और धीमे से कहा, 'मेरी बच्ची...'

सीता फूट-फूटकर रो दीं।

— ꣸ —

मिथिला के वैद्य कड़ा विरोध जता रहे थे। इतनी कमज़ोरी के बाद भी सुनयना से जीतना संभव नहीं था। वो अपनी बेटी के साथ हाथी पर बैठकर जंगल की सैर जाने का आग्रह छोड़ ही नहीं पा रही थीं।

वैद्य ने अपना आखरी दांव खेला। उसने रानी के कान में फुसफुसाया, 'महारानी, हो सकता है यह आपकी आखरी सवारी बन जाए।'

और सुनयना ने जवाब दिया, 'इसीलिए तो मेरा जाना और भी ज़रूरी है।'

रानी पालकी में आराम कर रही थीं, जबकि दो हाथियों को सैर के लिए तैयार किया जा रहा था। एक हाथी पर वैद्य और कुछ सहायक जाने वाले थे, जबकि एक सुनयना और सीता के लिए तैयार हो रहा था।

जाने के समय पर, सुनयना को बैठे हुए हाथी के हौदे तक ले जाया गया। एक सहायिका ने रानी के हौदे पर चढ़ने की कोशिश की।

'नहीं!' सुनयना ने दृढ़ता से मना कर दिया।

'लेकिन, देवी...' सहायिका ने विनती की, उसके हाथ में रूमाल और पीने के लिए पानी था। रानी को ऊर्जा के लिए खास जड़ी-बूटियों की भभक सुंघाई गई थी।

'मेरी बेटी मेरे साथ है,' सुनयना ने कहा। 'मुझे और किसी की ज़रूरत नहीं है।'

सीता ने तुरंत सहायिका से रूमाल और पानी ले लिया और हौदे पर चढ़ गईं।

सुनयना ने महावत को इशारा किया, जिसने अपने पैर से हाथी के कान के पीछे थपथपाया। हाथी बहुत धीरे से उठा, जिससे सुनयना को कम से कम तकलीफ हो।

'चलो,' उन्होंने आदेश दिया।

दोनों हाथी जंगल की ओर बढ़ चले, उनके साथ मिथिला के पचास सशस्त्र सिपाही पैदल भी चल रहे थे।

अध्याय 10

पशु के धीरे-धीरे चलने से हौदा पालने की तरह हिल रहा था। सीता ने अपनी मां का हाथ पकड़कर उसे खुद से चिपका लिया। महावत हाथी को पेड़ों की छांव में ही चला रहा था। इसके बावजूद भी हवा खुश्क और गर्म थी।

हालांकि, सीता सिहर रही थीं। पछतावे से। डर से।

सुनयना ने अपना हाथ थोड़ा सा उठाया। सीता समझ गईं कि उनकी मां क्या चाहती थीं। उन्होंने सुनयना का हाथ ऊपर उठाया और उनके पास सरक गईं। और अपनी मां का हाथ अपने कंधों पर लपेट लिया। सुनयना संतुष्टि से मुस्कुराईं और सीता के माथे को चूमा।

'क्षमा करना, सीता, आपके पिता नहीं आ पाए,' सुनयना ने कहा। 'उन्हें काम की वजह से घर पर ही रुकना पड़ा।'

वो जानती थीं कि उनकी मां झूठ कह रही थीं। वो अपनी बेटी का दर्द और नहीं बढ़ाना चाहती थीं।

शायद, यह सही ही था।

सीता ने, गुस्से में पिछली बार मिथिला जाने पर जनक से कह दिया था कि उन्हें अध्यात्म में समय बर्बाद न करके शासन चलाने में सुनयना की मदद करनी चाहिए। कि यही उनका कर्तव्य था। सीता के विस्फोट से पिता से ज़्यादा सुनयना नाराज़ हुई थीं।

और, सीता की चार वर्षीय बहन उर्मिला की भी तबियत सही नहीं

रहती थी। मां के श्वेतकेतु के गुरुकुल में आने पर, जनक शायद उर्मिला की देखभाल करने के लिए घर पर रह गए होंगे। सुनयना इतनी बीमारी में भी यहां आई थीं। अपनी परेशान करने वाली बड़ी बेटी से मिलने के लिए। और, उसे वापस घर ले जाने के लिए।

सीता ने अपनी आंखें बंद कर लीं, पछतावे का एक और आंसू उनकी आंखों से ढुलक गया।

सुनयना ने खांसी की। सीता ने जल्दी से रूमाल से अपनी मां का मुंह पोंछा। उन्होंने कपड़े पर लाल धब्बे देखे; उनकी मां के धीरे-धीरे मौत के मुंह में समाने की निशानी।

आंसू तेज़ धारा के रूप में बहने लगे।

'सभी को किसी न किसी दिन मरना है, मेरी लाड़ली,' सुनयना ने कहा।

सीता रोती रहीं।

'लेकिन खुशकिस्मत वही होते हैं जो अपनों के बीच मरते हैं।'

दोनों हाथी अपने कुशल महावतों के संचालन में अपनी जगह पर स्थिर थे। मिथिला के पचास सैनिक भी खामोशी से खड़े थे। वहां सुनाई दे रही हल्की सी आवाज़ खतरे का इशारा कर रही थी।

दस मिनट बाद, सुनयना ने वो दृश्य देखा जो मनुष्य की आंखों के लिए विरला था: हाथियों के बड़े से झुंड में बूढ़ी मां की मृत्यु।

सीता को हाथियों के झुंड पर पढ़ाया गया अपनी मां का सबक याद था। वे महामाता के पीछे चलते थे, जिसकी अगुआ सबसे बड़ी मादा हाथी होती थी। अधिकांश झुंडों में व्यस्क मादाएं, उनके नर और मादा बच्चे होते थे, जिनका समान रूप से पोषण किया जाता था। नर हाथियों को अक्सर समय आने पर झुंड से निष्कासित कर दिया जाता था।

महामाता उस समूह के लिए किसी नेता से ज़्यादा अहमियत रखती थी। वो उन सबकी मां होती थी।

इसीलिए, महामाता की मृत्यु पूरे समूह के लिए सबसे दर्दनाक घटना होती थी। इस दुख की कल्पना की जा सकती थी।

'मुझे लगता है यह वही समूह है, जो हमने कुछ साल पहले देखा था,' सुनयना फुसफुसाईं।

सीता ने हां में सिर हिलाया।

वो एक सुरक्षित दूरी से देख रहे थे, पेड़ों के पीछे से छिपकर।

हाथी महामाता के मृत शरीर के पास घेरा बनाकर खड़े थे। शोकग्रस्त। बिना हिले। शांत। दोपहर की सौम्य हवा उस सभा पर पड़ती सूरज की सख्त किरणों से राहत देने की कोशिश कर रही थी। हाथी के दो बच्चे घेरे के अंदर खड़े थे, मृत शरीर के पास। एक छोटा था, दूसरा ज़रा बड़ा।

'हमने उस छोटे वाले को पैदा होते देखा था, सीता,' सुनयना ने कहा।

सीता ने हां में सिर हिलाया।

सीता को महामाता के बच्चे का जन्म याद था। जिसे उन्होंने कुछ साल पहले अपनी मां के साथ यूं ही हाथी पर घूमते हुए देखा था।

आज, वो बच्चा, नर हाथी अपनी मृत मां के पास घुटनों के बल बैठा था। उसकी सूंड मां की सूंड से गुथी थी, उसका शरीर कांप रहा था। थोड़ी-थोड़ी देर में वो अपनी सूंड से मां की लाश को हिलाकर, उसे जगाने की कोशिश कर रहा था।

उसी के पास उसकी बड़ी बहन खड़ी थी। शांत। स्थिर। समूह के दूसरे सदस्यों की तरह।

'अब देखो...' सुनयना फुसफुसाईं।

एक व्यस्क मादा हाथी धीरे-धीरे लाश की तरफ आई। वो शायद समूह की नई महामाता थी। उसने अपनी सूंड बढ़ाकर, पूरे सम्मान से मृत शरीर का माथा छुआ। फिर उसने मृत शरीर के गिर्द चक्कर लगाया और वहां से चली गई।

घेरे में खड़े दूसरे हाथियों ने भी एक-एक कर अपनी नेता का अनुसरण किया। वही दोहराते हुए—अपनी सूंड से भूतपूर्व मृत महामाता का माथा छुआ और उसके गिर्द चक्कर लगाकर, वहां से चल दिए।

पूरे सम्मान से। पूरे आदर से।

उनमें से किसी ने भी पीछे मुड़कर नहीं देखा। एक बार भी नहीं। एक बार भी नहीं।

छोटा नर हाथी, हालांकि वहां से हटने से इंकार कर रहा था। वह अपनी मां से चिपका रहा। अधीरता से। वो लाचारगी से उसे खींचने की कोशिश करता रहा। उसकी बहन शांति से उसके पास खड़ी थी।

बाकी का समूह एक दूरी पर जाकर रुक गया था, बिना पीछे मुड़े। सब्र से, वो इंतज़ार कर रहे थे।

कुछ देर बाद, बहन ने अपने छोटे भाई को अपनी सूंड से छुआ।

नर बच्चे ने उसे हटा दिया। वह नई ऊर्जा से अपने पैरों पर खड़ा हुआ और फिर से अपनी सूंड को मां की सूंड पर लपेट दिया। और ज़ोर लगाकर खींचने लगा। वो फिसला। फिर से उठ खड़ा हुआ। अपनी मां की सूंड पकड़ी और खींचने लगा। और ज़ोर से। उसने मनुहार करती नज़रों से अपनी बहन को देखा, उसकी मदद मांगते हुए। फिर ज़ोर से रोते हुए अपनी मां की तरफ मुड़ा, उससे खड़े होने की उम्मीद करते हुए।

लेकिन उसकी मां अब गहरी नींद में सो चुकी थी। वो अब अपने अगले जीवन में ही उठने वाली थी।

बच्चा हार मानने को तैयार नहीं था। पहलू बदलते हुए, वो अपनी मां की सूंड खींचे जा रहा था। बार-बार।

आखिरकार, बहन मां की लाश के पास आई और अपनी सूंड से उसका माथा छुआ, जैसे की दूसरों ने किया था। फिर उसने अपनी मां के शरीर के गिर्द चक्कर लगाया। वो अपने भाई के पास आई, उसकी सूंड उठाई और उसे वहां से खींचने की कोशिश की।

नर बच्चा दिल तोड़ने वाली आवाज़ में रो रहा था। वह अपनी बहन के पीछे गया। लेकिन पीछे देखता रहा। बार-बार। मुड़-मुड़कर। हालांकि, अपनी बहन के साथ जाते हुए वो कोई विरोध नहीं कर रहा था।

बहन, झुंड के दूसरे लोगों की तरह, स्थिरता से आगे बढ़ती रही। उसने पीछे मुड़कर नहीं देखा। एक बार भी नहीं। एक बार भी नहीं।

सीता ने अपनी मां को देखा, उनके गालों पर आंसू बह रहे थे।

'समाज चलता रहता है, मेरी बच्ची,' सुनयना फुसफुसाईं। 'देश चलते रहते हैं। ज़िंदगी चलती रहती है। जैसे वो चलनी चाहिए।'

सीता कुछ नहीं बोल सकीं। वो अपनी मां को नहीं देख पा रही थीं। उन्होंने सुनयना को कसकर पकड़ लिया, उनकी छातियों में अपना सिर

छिपाते हुए।

'दर्दभरी यादों से चिपके रहना बेकार है, सीता,' सुनयना ने कहा। 'आपको आगे बढ़ना होगा। आपको जीना होगा...'

सीता सुन रही थीं। लेकिन उनके आंसू रुकने का नाम नहीं ले रहे थे।

'समस्याओं और चुनौतियों से भागने की कोई राह नहीं है। वो जीवन का हिस्सा हैं। मिथिला को अनदेखा करने का ये मतलब नहीं है कि परेशानियां गायब हो जाएंगी। इसका यही मतलब है कि कोई दूसरी चुनौतियां आपके सामने आएंगी।'

सीता ने अपनी मां को और कसकर पकड़ लिया।

'भागना कभी भी कोई हल नहीं होता। अपनी समस्याओं का सामना करो। उन्हें संभालो। यही योद्धाओं का तरीका है।' सुनयना ने सीता की ठोड़ी उठाई और उनकी आंखों में देखा। 'और, आप एक योद्धा हो। ये बात कभी मत भूलना।'

सीता ने हां में सिर हिलाया।

'आप जानती हैं कि आपकी छोटी बहन कमज़ोर ही पैदा हुई थीं। उर्मिला योद्धा नहीं हैं। आपको ही उनका ध्यान रखना होगा, सीता। और, आपको ही मिथिला की देखभाल करनी होगी।'

सीता ने मन ही मन एक वादा कर लिया था। *हां। मैं करूंगी।*

सुनयना ने सीता के चेहरे पर हाथ फिराया और मुस्कुराईं। 'आपके पिता हमेशा आपको प्यार करते हैं। आपकी छोटी बहन भी। इसे याद रखना।'

मैं जानती हूं।

'जहां तक मेरा सवाल है, मैं सिर्फ आपको प्यार ही नहीं करती, सीता, मुझे आपसे बहुत उम्मीदें भी हैं। आपके कर्म ही निर्धारित करेंगे कि हमारे परिवार का नाम कई सदियों तक जीवित रह पाए। आप ही इतिहास बनाओगी।'

सीता ने गुरुकुल में अपनी मां को देखने के बाद से अपने पहले शब्द कहे। 'मुझे क्षमा कर दो, मां। मुझे क्षमा कर दो। मैं...'

सुनयना ने मुस्कुराकर, सीता को कसकर गले लगा लिया।

'माफ...' सीता ने सुबकते हुए कहा।

'मुझे आप पर पूरा भरोसा है। आप ऐसा जीवन जिओगी, जिससे मुझे आप पर गर्व होगा।'

'लेकिन मैं आपके बिना नहीं जी सकती, मां।'

सुनयना ने सीता को पीछे खींचकर, उनका चेहरा ऊपर उठाया। 'आप जी सकती हो और आप जिओगी।'

'नहीं... मैं आपके बिना नहीं जी पाऊंगी...'

सुनयना के भाव दृढ़ थे। 'मेरी बात सुनिए, सीता। आप अपना जीवन मेरा शोक मनाते हुए बर्बाद नहीं करेंगी। आप बुद्धिमानी से जिएंगी और मुझे आप पर गर्व होगा।'

सीता रोती रहीं।

'अतीत को मत देखो। भविष्य को देखो। अपना भविष्य बनाओ, अपने अतीत पर मलाल मत करो।'

सीता में बोलने की ताकत नहीं थी।

'मुझे वचन दो।'

सीता ने अपनी मां को देखा, उनकी आंखें छलछला रही थीं।

'मुझे वचन दो।'

'मैं वचन देती हूं, मां। मैं वचन देती हूं।'

सुनयना को श्वेतकेतु के गुरुकुल में गए चार सप्ताह बीत गए थे। सीता अपनी मां के साथ घर लौट आई थीं। सुनयना सीता को मिथिला की प्रधान मंत्री बनाने की जुगत लगा रही थीं, साम्राज्य के प्रशासन की सारी शक्तियों को मिलाते हुए।

सीता अब अपना अधिकांश समय सुनयना के साथ बिता रही थी, अपनी मां के गिरते स्वास्थ्य का ख्याल रखते हुए। सुनयना अपने निजी शिविर में, बिस्तर पर लेटे हुए ही साम्राज्य के मंत्रियों के साथ सीता की सभाओं का संचालन कर रही थीं।

सीता जानती थीं कि सुनयना उनके छोटी बहन के साथ संबंधों को लेकर खास सजग थीं। इसलिए, सीता भी उर्मिला के साथ प्रभावशाली

संबंध बनाने को लेकर सतर्क थीं। मिथिला की रानी चाहती थीं कि उनकी बेटियों में मज़बूत रिश्ता रहे जिससे आगे के मुश्किल सालों में उन्हें मदद मिले। सुनयना ने उन्हें एक-दूसरे के साथ खड़े रहने की ज़रूरत के बारे में भी बताया था। और उनके आपसी प्यार और भरोसे पर भी चर्चा की थी।

एक शाम, सुनयना के शिविर में लंबी मुलाकात के बाद, सीता उर्मिला के कक्ष में गईं। उर्मिला का कक्ष अपनी मां के शिविर के सामने ही था। सीता ने एक सहायिका से बर्तन में काले अंगूर लेकर आने को कहा। उर्मिला को काले अंगूर पसंद थे। सहायिका को बाहर भेजकर बर्तन अपने हाथ में लेकर वह कक्ष में गईं।

कक्ष में मद्धम रौशनी थी। सूर्य अस्त हो चुका था लेकिन फिर भी वहां थोड़े ही दीये जल रहे थे।

'उर्मिला!'

वह बिस्तर पर नहीं थीं। सीता अपनी बहन को ढूंढ़ने लगीं। वह बड़े छज्जे पर गईं, जहां से महल का बगीचा दिखाई देता था।

वह कहां हैं?

वह वापस कक्ष में आईं। मद्धम रौशनी से वह खिन्न थीं और किसी को दीये जलाने का आदेश देने ही वाली थीं कि उन्हें कोने में कोई गठरी बना बैठा दिखाई दिया।

'उर्मिला?'

सीता उनकी तरफ बढ़ीं।

उर्मिला कोने में बैठी थीं, अपने घुटने छाती से सटाए। उनका सिर नीचे घुटनों पर था।

सीता ने तुरंत अंगूर की थाली एक ओर रख दी और ज़मीन पर उर्मिला के सामने बैठ गईं। उन्होंने अपनी छोटी बहन को बांहों में भर लिया।

'उर्मिला...' उन्होंने प्यार से कहा।

उर्मिला ने चेहरा उठाकर अपनी बड़ी बहन को देखा। उनके आंसुओं से भरे चेहरे पर चिंता की लकीरें थीं।

'दीदी...'

'मुझे बताओ, बेटा,' सीता ने कहा।

'क्या...'

सीता ने उर्मिला के कंधे हल्के से दबाए। 'हां...'

'क्या मां हमें छोड़कर स्वर्ग जाने वाली हैं?'

सीता ने मुश्किल से थूक निगला। वह चाह रही थीं कि काश मां यहां होतीं इस सवाल का जवाब देने के लिए। तभी उन्हें अहसास हुआ कि बहुत जल्द सुनयना वास्तव में वहां नहीं होंगी। उर्मिला उनकी ज़िम्मेदारी थीं। उन्हें ही उर्मिला के हर सवाल का जवाब देना होगा।

'नहीं, उर्मिला। मां हमेशा यहां रहेंगी।'

उर्मिला ने उन्हें देखा। दुविधा से। आशा से। 'लेकिन सब मुझे बता रहे थे कि मां दूर चली जाएंगी। कि मुझे उनके बिना...'

'हर कोई वो नहीं जानता जो तुम और मैं जानते हैं, उर्मिला। मां बस दूसरी जगह रहेंगी। वो अब इस शरीर में नहीं रहेंगी।' सीता ने उर्मिला के दिल की ओर इशारा किया और फिर अपने। 'मां इन दो जगहों पर रहेंगी। वो हमेशा हमारे दिलों में रहेंगी। और, जब भी हम दोनों साथ होंगे, वो पूर्ण हो जाएंगी।'

उर्मिला ने अपने सीने को देखा, और अपने दिल की धड़कन को महसूस किया। फिर उन्होंने सीता को देखा। 'वो कभी हमें छोड़कर नहीं जाएंगी?'

'उर्मिला, अपनी आंखें बंद करो।'

उर्मिला ने वही किया जो उनकी बहन ने कहा।

'तुम्हें क्या दिखाई दे रहा है?'

वह मुस्कुराईं। 'मुझे मां दिखाई दे रही हैं। वो मुझे पकड़ रही हैं। मेरा चेहरा सहला रही हैं।'

सीता ने अपनी उंगलियां उर्मिला के चेहरे पर फिराईं। उन्होंने अपनी आंखें खोल दीं, और खुलकर मुस्कुरा दीं।

'वो हमेशा हमारे साथ रहेंगी।'

उर्मिला ने सीता को कसकर पकड़ लिया। 'दीदी...'

'अब हम दोनों ही हमारी मां हैं।'

'ज़िंदगी का मेरा सफर अब पूरा होने वाला है,' सनुयना ने कहा।

सीता और सुनयना, रानी के शिविर में अकेले थे। सुनयना बिस्तर पर लेटी हुई थीं। सीता उनके पास, उनका हाथ पकड़कर बैठी थीं।

'मां...'

'मैं जानती हूं कि मिथिला में लोग आपके बारे में क्या कहते हैं।'

'मां, कुछ बेवकूफों की बातों की चिंता मत...'

'मुझे अपनी बात कहने दो, मेरे बच्चे,' सुनयना ने सीता का हाथ दबाते हुए कहा। 'मैं जानती हूं कि वो सोचते हैं कि मेरी सारी उपलब्धियों पर पिछले कुछ सालों में पानी फिर गया। जबसे कुशध्वज़ ने हमारे साम्राज्य को चूसना शुरू किया।'

सीता को अपने पेट में उसी पछतावे का अहसास महसूस हुआ।

'वो तुम्हारी गलती नहीं है,' सुनयना ने ज़ोर देते हुए कहा। 'कुशध्वज को कोई बहाना चाहिए था, हमें नुकसान पहुंचाने के लिए। वह मिथिला को हड़पना चाहते थे।'

'आप मुझसे क्या चाहती हैं, मां?'

सुनयना अपनी बेटी के उत्तेजित स्वभाव को जानती थीं। 'कुशध्वज के लिए कुछ नहीं... वो आपके पिता के भाई हैं। लेकिन मैं चाहती हूं आप मेरा नाम रौशन करें।'

सीता खामोश रहीं।

'ऐसा कहा जाता है कि इंसान इस दुनिया में अपने साथ कुछ नहीं लेकर आता, और न ही वापस लेकर जाता है। लेकिन यह सच नहीं है। हम अपने कर्म अपने साथ लाते हैं। और अपने पीछे अपनी प्रतिष्ठा, नाम छोड़कर जाते हैं। मैं अपने नाम को रौशन देखना चाहती हूं, सीता। और मैं चाहती हूं, आप मेरे लिए वो करें। मैं चाहती हूं आप मिथिला को समृद्ध बनाएं।'

'मैं बनाऊंगी, मां।'

सुनयना मुस्कुराईं। 'और, एक बार, जब तुम यह कर दो... तो तुम्हें मिथिला छोड़ने के लिए मेरी इजाज़त होगी।'

'मां?'

'मिथिला आपके जैसे किसी के लिए बहुत छोटा स्थान है, सीता।

आप और महान चीजें करने के लिए दुनिया में आई हैं। आपको उसके लिए बड़े मंच की ज़रूरत होगी। शायद, भारत आपका मंच होगा। या, शायद आप इतिहास रचेंगी...'

सीता ने सुनयना को मलयपुत्रों द्वारा उन्हें अगला विष्णु बनाए जाने की बात बताने के बारे में सोचा।

और उन्होंने कुछ ही पलों में अपना फैसला कर लिया।

—ੴ—

मुख्य पंडित सीता के पास आए, अपने दाहिने हाथ में मशाल पकड़े हुए। बाकी पंडित पीछे एक पंक्ति में खड़े हुए, गरूड़ पुराण से मंत्रोच्चारण कर रहे थे। 'समय आ गया है, देवी।'

सीता ने उनकी तरफ सिर हिलाया। सुनयना की मृत्यु के बाद से ही उर्मिला का रोना बंद नहीं हुआ था। उन्होंने दोनों हाथों से सीता की बांह पकड़ी हुई थी। सीता ने अपनी बांह छुड़ाने की कोशिश की, लेकिन उनकी बहन और मज़बूती से उनसे लिपट गईं। सीता ने अपने पिता को देखा, जिन्होंने आगे आकर उर्मिला को गोद में उठा लिया और अपनी बड़ी बेटी के पीछे खड़े हो गए। जनक भी उर्मिला की तरह बहुत व्यथित नज़र आ रहे थे। उन्होंने अपना इंसानी सुरक्षा कवच खो दिया था, जो उनके दार्शनिक ऊंचाइयों को प्राप्त करने में उनके सम्मुख ढाल बनकर खड़ा था। वास्तविकता ने बड़ी बेरहमी से उनके जीवन पर वार किया था।

सीता पंडित की तरफ मुड़ीं और उनके हाथ से मशाल ले ली।

सुनयना को गुरुकुल गए महज़ तीन महीने ही हुए थे।

सीता चाह रही थीं कि उन्हें सुनयना के साथ बिताने के लिए कुछ और समय मिल पाता। उनसे सीखने के लिए। उनके साथ जीने के लिए। उन्हें प्यार करने के लिए।

लेकिन ऐसा नहीं होना था।

ईशावास्योपनिषद् में से पंडितों का मंत्रोच्चार सुनकर वो आगे बढ़ीं।

वायुर अनिलम अमृतम; अथेदं भस्मान्तं शरीरम्

इस अस्थायी शरीर को जलकर भस्म होने दो। लेकिन प्राणात्मा तो पारलौकिक है। उसे अनश्वर सांसों में समा जाने दो।

सीता चंदन की चिता की तरफ बढ़ीं, जहां उनकी मां का शरीर रखा गया था। उन्होंने आंखें बंद कर अपनी मां का चेहरा देखा। वह नहीं रोएंगी। यहां नहीं। सबके सामने नहीं। वह जानती थीं कि बहुत से मिथिलावासी अप्रत्यक्ष रूप से उनकी मां की खराब हालत का ज़िम्मेदार उनके गुरुकुल के सफर को ही मान रहे थे। वह जानती थीं कि कुशध्वज की तरफ से मिल रही तकलीफों का भी ज़िम्मेदार उन्हें ही माना जाता है।

उन्हें मज़बूत रहना होगा। अपनी मां के लिए। उन्होंने अपनी दोस्त, समीचि को देखा, जो वहां से कुछ दूरी पर खड़ी थीं। उन्हीं के पास राधिका खड़ी थी, गुरुकुल की उनकी दोस्त। उन्हें अपने समर्थकों को देख बल प्राप्त हुआ।

उन्होंने वो जलती मशाल चिता पर रख दी। घी में डूबी लकड़ियों ने तुरंत ही आग पकड़ ली। चिता ओज से रौशन हो गई, मानो अग्नि खुद उस महानात्मा का सम्मान कर रही हो।

अलविदा, मां।

सीता पीछे आ गईं और आसमान को देखा, उस भगवान, ब्रह्म को।

अगर कोई मोक्ष के काबिल है, तो वो मेरी मां हैं।

सीता को महामाता हाथी के शोक पर कहे अपनी मां के शब्द याद आए।

अतीत को मुड़कर मत देखना। भविष्य को देखना।

सीता चिता को देखते हुए बुदबुदाईं। 'मैं पीछे देखूंगी, मां। मैं कैसे न देखूं? आप मेरी ज़िंदगी हो।'

उन्हें अपनी मां से की हुई आखरी बात याद आई। सुनयना ने सीता को चेताया था कि अगर उन्हें विष्णु होने की अपनी नियती को जीना है तो मलयपुत्रों या वायुपुत्रों, किसी पर भी पूरा भरोसा नहीं करना है। दोनों प्रजातियों का अपना मकसद है। उन्हें साझेदार की ज़रूरत होगी।

मां की आवाज़ उनके कानों में गूंज रही थी। *ऐसा साथी ढूंढ़ना जिस पर तुम भरोसा कर सको; जो तुम्हारे मकसद के प्रति वफादार रहे। निजी वफादारी ज़रूरी नहीं है। लेकिन मकसद के प्रति ज़रूर वफादार होना चाहिए।*

सीता को अपनी मां का आखरी वाक्य याद आ रहा था।

मेरी नज़र हमेशा आप पर होगी। मुझे गर्वित करना।

सीता ने गहरी सांस ली और अपनी मुट्ठियां भींचकर, शपथ ली।

'मैं ज़रूर करूंगी, मां। ज़रूर करूंगी।'

अध्याय 11

सीता और समीचि किले की बाहरी दीवार के किनारे पर बैठी थीं। सीता आगे बढ़कर, नगर के चारों ओर की गहरी खाई को देखने लगीं। वो बहुत गहरी थी। ऐसा पहली बार नहीं था, जब वह सोच रही थीं कि नीचे गिरना कैसा लगता होगा। क्या उससे तकलीफ होती होगी? क्या वो तुरंत ही अपने शरीर को छोड़कर निकल जाएंगी? क्या वो सच में मुक्त हो जाएंगी? मृत्यु के बाद क्या होगा?

ये बचकाने सवाल उसके मन में क्यों आ रहे थे?

'सीता...' खामोशी को तोड़ते हुए समीचि फुसफुसाईं।

वो काफी देर से साथ बैठी थीं। उन दोनों के बीच कोई बात नहीं हुई थी, क्योंकि विचलित सीता की नज़रें दीवार के पार लगी हुई थीं। समीचि सीता का दर्द समझ सकती थीं। आखिरकार, अपनी मां की मृत देह को अग्नि दिए अभी एक ही दिन तो बीता था। अपनी हाल ही में कम हुई लोकप्रियता के बावजूद भी, लगभग पूरे साम्राज्य में अपनी रानी सुनयना के लिए शोक मनाया जा रहा था। सिर्फ सीता ही नहीं, बल्कि पूरे मिथिला ने अपनी मां खो दी थी।

सीता ने जवाब नहीं दिया।

'सीता...'

अचानक से चेतना ने साथ दिया। समीचि ने अपना हाथ आगे बढ़ाकर सीता के आगे कर दिया। किसी अनकहे डर को रोकने की

कोशिश। बुरे ख्यालों की ताकत को समीचि बहुत अच्छी तरह समझती थीं।

सीता ने न में सिर हिलाया। अनावश्यक सवालों को अपने मन से झटकते हुए।

समीचि फिर से फुसफुसाईं, 'सीता...'

सीता ने बेध्यानी से कहा। खुद से ही। 'मां, हमेशा की तरह, सही थीं... मुझे एक साथी की ज़रूरत है... मैं अपने कर्मों को पूरा करूंगी... लेकिन मैं इसे अकेले नहीं कर सकती। मुझे एक साथी की ज़रूरत है...'

समीचि की सांस अटक गई, ये सोचते हुए कि सीता ने उनके लिए कोई योजना बनाई थी। उन्होंने सोचा कि सीता उसी बारे में बात कर रही थीं जो सुनयना भी मिथिला के लिए चाहती थीं। और, जो मरती हुई रानी के कर्मों ने उनसे कहलवाया था। लेकिन वास्तव में, सीता उससे जूझ रही थीं जो काम उन्हें मलयपुत्र प्रमुख ने सौंपा था।

सीता ने अपने बायें हाथ की हथेली पर पड़े निशान को छुआ, खून से ली गई उस शपथ को याद करते हुए जो विश्वामित्र ने उन्हें दिलवाई थी। उन्होंने खुद से कहा, 'मैं प्रभु रुद्र और प्रभु परशु राम की सौगंध लेती हूं।'

समीचि ने ध्यान नहीं दिया था कि सीता ने पहली बार, प्रभु परशु राम के नाम पर शपथ ली थी। आमतौर पर, राजकुमारी हमेशा प्रभु रुद्र के नाम की शपथ लेती थीं। लेकिन वो कैसे इस बदलाव पर ध्यान दे सकती थीं? उनके अपने विचार भी बंटे हुए थे; अपने प्रभु इराइवा के नाम पर।

क्या सीता मुझे मिथिला में सहायक अध्यक्ष बनाना चाहती थीं? इराइवा कृपा करें... इराइवा प्रसन्न होंगे...

— ॐ —

सुनयना की मृत्यु को सालभर हो गया था। सोलह साल की सीता ने राज्य के प्रशासन को भली प्रकार से संभाल लिया था। उन्होंने अपना शासन सुनयना की सलाह पर बनाए गए प्रशासक दल से ही चलाया और अपनी मां की प्रणाली और संस्थान को सर्वोपरि रखा। उन्होंने अपनी तरफ से बड़ा बदलाव सिर्फ समीचि को पुलिस प्रमुख बनाने का ही किया था। ऐसा भी भूतपूर्व प्रमुख की, अचानक दिल का दौरा पड़ने से हुई मृत्यु की वजह से करना पड़ा।

मलयपुत्र कप्तान, जटायु अपनी बात रखते हुए अपने सैनिकों के साथ सीता की परछाईं बने हुए थे। उन्हें सीता का अंगरक्षक बनने का कार्य सौंपा गया था। सीता को इस अतिरिक्त सुरक्षा की ज़रूरत महसूस नहीं होती थी। लेकिन एक परछाईं को भला कोई कैसे हटा सकता था? दरअसल, उन्हें जटायु की गुज़ारिश मानते हुए मिथिला के पुलिसबल में भी कुछ मलयपुत्र सैनिकों को भरती कराना पड़ा था। उनकी वास्तविक पहचान सबसे छिपाई गई थी, यहां तक कि समीचि से भी। वो सीता के पीछे रहते थे। हमेशा।

पिछले साल में, सीता जटायु पर बहुत भरोसा करने लगी थीं। लगभग एक भाई की तरह ही। वह मलयपुत्रों के उन वरिष्ठ अधिकारियों में से थे, जिनसे सीता की नियमित रूप से बात होती थी। और, एकमात्र ऐसे इंसान थे, जिनके साथ वो अपनी विष्णु भूमिका की ज़िम्मेदारियों पर बात कर सकती थीं।

'मुझे भरोसा है कि आप समझोगे, है न, जटायु जी?' सीता ने पूछा।

सीता और जटायु मिथिला से एक घंटे दूर, एक खाली पड़े चूड़ी के कारखाने में मिले थे। सीता के मलयपुत्र अंगरक्षक उनके साथ आए थे, मिथिला के पुलिसबल के रूप में। जटायु ने उन्हें बताया था कि विश्वामित्र उनके अगस्त्यकूटम आने की राह देख रहे थे। मलयपुत्रों की राजधानी, अगस्त्यकूटम, भारत के सुदूर दक्षिण में एक गुप्त नगर था। उन्हें वहां उनकी भूमिका के लिए कुछ समय प्रशिक्षण दिया जाना था। उसके बाद, अगले कुछ साल वो अपने गृहनगर, मिथिला में रह सकती थीं, जिनमें आधे साल उन्हें सप्तसिंधु की भूमि को समझने के लिए घूमने में बिताने थे।

हालांकि, सीता ने जटायु को बताया था कि वो अभी मिथिला छोड़ने के लिए तैयार नहीं हैं। अभी वहां बहुत सा काम किया जाना बाकी था। मिथिला को स्थापित और सुरक्षित करना था; कुशध्वज की मिल रही धमकियों के सामने अभी कुछ भी काम नहीं किया जा सका था।

'हां, मेरी बहन,' जटायु ने कहा। 'मैं समझता हूं। आपको मिथिला में अभी कुछ साल और बिताने होंगे। मैं यह संदेश गुरुजी तक पहुंचा दूंगा। मुझे यक़ीन है कि वो भी समझ जाएंगे। दरअसल, यहां पर किया गया आपका काम भी तो एक तरह से आपके मकसद का प्रशिक्षण ही है।'

'धन्यवाद,' सीता ने कहा। उन्होंने उनसे कुछ ऐसा पूछा जो वो

कबसे पूछना चाह रही थीं। 'वैसे, मैंने सुना था कि अगस्त्यकूटम रावण की लंका के बहुत नज़दीक है। क्या ये सच है?'

'हां, है तो। लेकिन आप चिंता मत करो, आप वहां पूरी तरह सुरक्षित रहोगी। वह एक गुप्त नगर है। और रावण उसके बारे में जानते हुए भी वहां हमला करने की हिम्मत नहीं करेगा।'

सीता को अगस्त्यकूटम की सुरक्षा की चिंता नहीं थी। उन्हें कोई और बात परेशान कर रही थी। लेकिन उन्होंने आगे कोई और सफाई नहीं मांगने का फैसला किया। कम से कम अभी के लिए।

'आपने सोच लिया है कि धन का क्या करना है?' जटायु ने पूछा।

मलयपुत्रों ने मिथिला को एक हज़ार स्वर्ण मुद्राओं की बड़ी राशि दान में दी थी, जिससे सीता तेज़ी से मिथिला में अपना अधिकार स्थापित कर सकें। वैसे तो मलयपुत्रों के लिए यह उतनी बड़ी राशि नहीं थी; लेकिन मिथिला के लिए छप्पर फाड़कर प्राप्त होने वाली मदद थी। मलयपुत्र इसे धर्मार्थ दान कहते थे, जो ज्ञान को समर्पित और ऋषियों का सम्मान करने वाले नगर को दिया जाता था।

किसी को भी इस आकस्मिक मदद से आश्चर्य नहीं हुआ था। महान ऋषि क्यों संत राजा जनक की ज्ञान नगरी का पोषण नहीं करना चाहेंगे? दरअसल, मिथिला में अक्सर मलयपुत्रों का आना-जाना लगा रहा था, और खुद महर्षि विश्वामित्र भी कई बार उनके नगर में आए थे।

दो संभावी परियोजनाएं थीं, जिनमें निवेश किए जाने की ज़रूरत थी। एक तो उस सड़क का निर्माण, जो मिथिला को संकश्या से जोड़ती। और दूसरी परियोजना थी झुग्गियों के स्थान पर सस्ते, स्थायी और रहने योग्य घरों का निर्माण।

'सड़क से व्यापार को बढ़ावा मिलेगा,' जटायु ने कहा। 'जो नगर के लिए और संपदा लेकर आएगा। ये मुनाफे का निवेश रहेगा।'

'हां, लेकिन ये संपदा अधिकांशतः पहले से ही धनी लोगों के खाते में जाएगी। हो सकता है, उनमें से कुछ अपनी संपदा के साथ व्यापार को प्रोत्साहित करने वाले दूसरे नगरों में ही रहने चले जाएं। सड़क बनने से हमारी संकश्या के बंदरगाहों पर निर्भरता खत्म नहीं हो जाएगी। न ही ये मेरे चाचा की मिथिला की आपूर्ति बंद कर देने की चाहत को कम कर पाएगा। हमें आत्मनिर्भर और स्वावलंबी होना पड़ेगा।'

'सच है। दूसरी ओर, झुग्गियों के पुनर्विकास की परियोजना गरीब लोगों को स्थायी घर मुहैया कराएगी। इससे शहर के मुख्य द्वारों की गंदगी भी साफ हो जाएगी और यातायात के लिए खुली जगह भी मिल जाएगी।'

'हम्म।'

'और, आपको गरीबों की वफादारी भी मिल जाएगी। उनका मिथिला में बहुमत है। उनकी वफादारी आपके लिए बहुत उपयोगी साबित होगी, बहन।'

सीता मुस्कुराईं। 'मुझे नहीं लगता कि गरीब हमेशा वफादार रहते हैं। जो वफादारी में समर्थ हैं, वफादार रहेंगे। जो नहीं हैं, वो नहीं होंगे, भले ही मैं उनके लिए कुछ भी कर लूं। चाहे जो भी हो, हमें गरीबों की मदद करनी ही चाहिए। और इस परियोजना से बहुत से रोज़गार भी पैदा होंगे, जिससे स्थानीय लोग उत्पादक कार्यों से जुड़ सकेंगे। ये अच्छा रहेगा।'

'सच है।'

'मेरे पास इस परियोजना से जुड़े कुछ दूसरे विचार भी हैं जो स्वावलंबन बढ़ाने में कारगर होंगे। कम से कम खाने और दूसरी ज़रूरतमंद चीज़ें तो पूरी हो पाएंगी।'

'मुझे लगता है आपने पहले ही मन बना लिया है!'

'हां। लेकिन मुझे लगता है कि अंतिम रूप से कोई भी निर्णय लेने से पहले किसी और से सलाह-मशवरा कर लेना चाहिए। मेरी मां भी ऐसा ही करती थीं।'

'वो उल्लेखनीय महिला थीं।'

'हां, वो थीं,' सीता मुस्कुराईं। वह एक पल झिझकीं, जटायु को ध्यान से देखा और फिर दूसरा संवेदनशील मुद्दा उठाया। 'जटायु जी, अगर मैं आपसे एक सवाल पूछूं तो आप बुरा तो नहीं मानेंगे?'

'जब भी आपका मन करे, आप पूछ सकती हैं महान विष्णु,' जटायु ने कहा। 'मैं कैसे जवाब नहीं दूंगा?'

'महर्षि विश्वामित्र और महर्षि वशिष्ठ के बीच क्या समस्या है?'

जटायु खेदपूर्वक मुस्कुराए। 'आपमें उन चीज़ों को खोजने की खास योग्यता है, जो आपको नहीं खोजनी चाहिएं। वो चीज़ें जो गुप्त ही रहनी चाहिएं।'

सीता शांत निर्मलता से मुस्कुराईं। 'ये मेरे सवाल का जवाब नहीं है, जटायु जी।'

'नहीं, ये जवाब नहीं है, बहन,' जटायु हंसा। 'सच कहूं तो, मुझे भी इस बारे में ज़्यादा नहीं पता है। लेकिन मैं बस इतना जानता हूं कि वो एक-दूसरे से बहुत ज़्यादा नफरत करते हैं। महर्षि विश्वामित्र के सामने महर्षि वशिष्ठ का नाम तक लेना समझदारी नहीं है।'

'अच्छी प्रगति है,' सीता फुसफुसाईं। वो मिथिला में प्रभु रुद्र के मंदिर के बगीचे में खड़ी, नगर की झुग्गियों के पुनर्विकास का काम देख रही थीं।

कुछ महीने पहले ही, सीता ने मिथिला के दक्षिणी दरवाज़े की तरफ की झुग्गियों को तोड़कर, उनके स्थान पर नए, स्थायी घर बनाकर गरीबों को देने का आदेश दिया था। ये घर, मलयपुत्रों द्वारा दिए धन से बनवाए जा रहे थे और गरीबों को मुफ्त में दिए जाने थे।

समीचि अपनी प्रधान मंत्री द्वारा की गई प्रशंसा से संतुष्ट थी। अपारंपरिक कदम उठाते हुए, सीता ने नगर के अभियंता की बजाय, इस परियोजना को निर्धारित राशि में पूरा कराने की ज़िम्मेदारी पुलिस बल प्रमुख को सौंपी थी। सीता जानती थीं कि उनकी पुलिस बल प्रमुख हर काम पर बारीक नज़र रखती थी और अपने मातहतों से काम निकलवाना जानती थी। साथ ही, शुरू में झुग्गी में रहने के अनुभव की वजह से, समीचि वहां रहने वाले लोगों की समस्याओं से भली प्रकार परिचित थी।

हालांकि, उन्होंने काम करवाने की ज़िम्मेदारी समीचि को सौंपी थी, लेकिन फिर भी सीता परियोजना की योजना और शिल्प निर्माण में सजगता से भाग ले रही थीं। उन्होंने कई सलाहकारों और झुग्गी में रहने वाले प्रतिनिधियों से बात करके निर्णय लिया था। वास्तव में वो एक आविष्कारक समाधान पर काम कर रही थीं, जिससे न सिर्फ उनके रहने की ज़रूरत पूरी हो सके, बल्कि जीवन के लिए आवश्यक चीज़ों की भी पूर्ति हो सके।

झुग्गी वाले कुछ महीनों के लिए भी अपनी जगह खाली करना ही नहीं चाहते थे। उन्हें प्रशासन पर कोई भरोसा नहीं था। उन्हें ये भी लगता

था कि ये परियोजना सालों साल चलती रहेगी और इस तरह उन्हें लंबे समय तक बेघर रहना पड़ेगा। दूसरा, उनमें से बहुत से लोग वहमी भी थे और चाहते थे कि उनका नया घर ठीक वहीं बनाया जाए, जहां उनका पुराना घर था। इस तरह से गलियों को ठीक तरह से बनाए जाने की कोई जगह नहीं बच रही थी। मूल झुग्गी में कोई गलियां नहीं थीं, बस बेतरतीबी से बने हुए गलियारे थे।

सीता इसके नायाब समाधान पर सहमत हुई थीं: मधुमक्खी के छत्ते जैसा ढांचा बनाया जाए, जिसमें घर अपनी सभी दीवारें साझा करते हों। निवासी घरों में छत से सीढ़ियां उतरते हुए प्रवेश करेंगे। उन सभी घरों की 'छत' बाहर की तरफ से एक दूसरे से जुड़ी हुई एक सतह के जैसी होगी; एक नया 'भूतल' जो घरों के ऊपर बनाया गया होगा; एक कृत्रिम ज़मीन जो वास्तविक ज़मीन से चार मंज़िल ऊपर होगी। यह झुग्गी वालों के लिए खुला आसमान होगा, जहां रंग के माध्यम से 'गलियों' को अलग से दर्शाया गया होगा। 'गलियों' में ज़मीन में ही बने हुए दरवाज़े होंगे, जिनके माध्यम से लोग अपने घरों में आ जा सकेंगे। इससे उनके वहम का भी समाधान हो जाएगा; हर किसी को अपना घर ठीक उसी जगह पर मिलेगा जहां पुरानी झुग्गी में था। और, क्योंकि मधुमक्खी के छत्ते की संरचना नीचे चार तल तक विकसित थी, तो वास्तव में प्रत्येक निवासी को चार कमरे मिले। पहले की तुलना में कहीं ज़्यादा स्थान।

इसकी छत्ते के समान संरचना के कारण ही, समीचि ने इसे अनौपचारिक रूप से मधुकर निवास नाम दिया। सीता को ये नाम इतना पसंद आया कि उन्होंने इसे औपचारिक नाम घोषित कर दिया!

अभी भी झुग्गी वालों के लिए अस्थायी निवास की समस्या बनी हुई थी, जहां वे अपना घर बनने तक रह सकते थे। सीता के पास एक और आविष्कारक विचार था। उन्होंने किले की दीवार के बाहर की खाई को झील में तब्दील करा दिया, जहां बरसात का पानी जमा किया जा सके, जो खेती में काम आ पाए। बाहरी और अंदरूनी दीवार के बीच के गैर-रिहायशी क्षेत्र का कुछ भाग झुग्गी वालों को सौंप दिया गया। वहां वे बांस और कपड़े के माध्यम से अस्थायी निवास बनाकर रह सकते थे। बाकी की जगह का इस्तेमाल खाद्य पदार्थ, सूत और जड़ी-बूटी उगाने में कर सकते थे। ये नई ज़मीन मधुकर निवास में जाने के बाद भी उन्हीं की

रहने वाली थी।

इसके कई फायदे थे। पहला तो, बाहरी और अंदरूनी दीवार के बीच का जो क्षेत्र सुरक्षा कारणों से इस्तेमाल नहीं हो पाता था, उसका अब बेहतर उपयोग किया जा सकता था। कृषि उत्पादकता बढ़ेगी। इससे झुग्गी वालों को अतिरिक्त कमाई का साधन मिलेगा। नगर में ही कृषि विकसित करने से हमले के समय में भी खाद्य सुरक्षा का आश्वासन रहेगा; वैसे भी अविकसित मिथिला पर शायद ही कोई हमला करता।

सबसे ज़्यादा महत्वपूर्ण, मिथिलावासी इससे खाने, औषधि और दूसरी चीज़ों में स्वावलंबित हो पाएंगे। इससे संकश्या के पोत नगर पर उनकी निर्भरता भी कम होगी।

समीचि ने सीता को चेताया था कि इससे नाराज़ होकर कुशध्वज उन पर सैन्य आक्रमण कर सकता था। लेकिन सीता को इसमें संदेह था। मिथिला के संत राजा पर सैन्य आक्रमण को राजनैतिक रूप से सही ठहराना उनके चाचा के लिए मुश्किल होता। इससे संभवतया संकश्या के नागरिकों के बीच भी विद्रोह हो सकता था। इसके बावजूद भी, किसी भी बुरे समय के लिए तैयार रहने में ही समझदारी होती है।

सीता हमेशा से बाहरी खाई से नगर की पानी की आपूर्ति को लेकर असहज थीं। किसी भी हमले के समय दुश्मन बाहर से पानी में ज़हर मिलाकर अव्यवस्था उत्पन्न कर सकता था। उन्होंने नगर के अंदर ही पानी की गहरी झील खोदने का आदेश दिया। इसके लिए उन्होंने, नगर की दो दीवारों की सुरक्षा का भी हवाला दिया।

उन्होंने नगर के केंद्र में एक व्यवस्थित बाज़ार का प्रबंध कराया। जहां एक जैसे, स्थायी खोमचे बनाकर विक्रेताओं को दिए गए, इससे स्वच्छता और अनुशासन मुमकिन हो सका। बिक्री बढ़ी, साथ ही चोरी और बर्बादी में कमी आई। इससे कीमतों के चक्र में बढ़ोतरी होकर, व्यवसाय में उन्नति हुई।

इन सब कामों से सीता की लोकप्रियता नाटकीय रूप से बढ़ गई। कम से कम, गरीबों के बीच तो। उनकी ज़िंदगी में वास्तव में सुधार हुआ था और इसकी ज़िम्मेदार युवा राजकुमारी थीं।

'मैं मानता हूं कि मैं वाकई हैरान हूं,' जटायु ने कहा। 'मुझे उम्मीद नहीं थी कि पुलिस प्रमुख इतनी होशियारी से निर्माण कार्य की देखरेख कर मधुकर निवास का काम जल्दी से पूरा करा लेंगी।'

सीता जटायु के साथ नगर की सीमा पर बैठी थीं। दिन का तीसरा प्रहर था। सूरज आसमान में पूरी गरिमा से शोभित था।

वह मुस्कुराईं। 'बेशक, समीचि प्रतिभाशाली है।'

'हां। लेकिन...'

सीता ने उन्हें देखकर त्योरियां चढ़ाईं। 'लेकिन क्या, जटायु जी?'

'कृपया मुझे गलत मत समझिएगा, महान विष्णु। यह आपका साम्राज्य है। आप यहां की प्रधान मंत्री हैं। और, हम मलयपुत्रों को अपने साथ पूरे देश की भी चिंता है, सिर्फ मिथिला की ही नहीं...'

'आप कहना क्या चाहते हैं, जटायु जी?' सीता ने बीच में टोका। 'आप जानते हैं, मुझे आप पर पूरा भरोसा है। कृपया खुलकर बोलिए।'

'आपके पुलिसबल में मेरे लोग दूसरे अधिकारियों से बात कर रहे थे। वो बातें समीचि के बारे में थीं। उनके...'

सीता ने आह भरी। 'जानती हूं... उसे आदमियों से कुछ समस्या है...'

'बात समस्या से ज़्यादा, आदमियों से नफरत की है।'

'इसका ज़रूर कोई कारण होगा। किसी आदमी ने उसका...'

'लेकिन किसी एक आदमी की वजह से सभी आदमियों से नफरत करना अस्थिर व्यक्तित्व की निशानी है। भले ही उसका जो भी अपराध रहा हो। विपरीत-पक्षपात भी पक्षपात है। विपरीत-जातिवाद भी जातिवाद है। विपरीत-लैंगिकवाद भी लैंगिकवाद है।'

'मैं सहमत हूं।'

'अगर वो अपनी भावनाएं अपने तक ही रखतीं, तो कोई बात नहीं थी। लेकिन उनका पूर्वाग्रह उनके काम पर असर डाल रहा है। आदमियों को अनुचित रूप से लक्ष्य बनाया जा रहा है। आप किसी विद्रोह को पनपने देना नहीं चाहेंगी।'

'वह मुझे अपने काम के बीच नहीं आने देती। लेकिन मैं फिर भी सुनिश्चित करूंगी कि उसकी नफरत का असर उसके काम पर न पड़े।

मैं कुछ करूंगी।'

'मुझे आपके वृहत्तर हित की चिंता है, महान विष्णु। इस बात को लेकर मुझे कोई शंका नहीं है कि वो आपकी वफादार है।'

'शायद इसकी यही वजह है कि मैं आदमी नहीं हूं।'

जटायु खुलकर हंस दिए।

—✦—

'कैसे हो, नारद?' हनुमान ने पूछा।

हनुमान परिहा के दौरे से वापस लौटे थे। वह पूर्व की ओर के रास्ते में गुजरात के बंदरगाह पर रुके थे। वह भारत के अंदरूनी भाग लोथल में था। वहां पर उन्हें अपने मित्र, लोथल में एक व्यापारी, नारद मिले। जिनकी दिलचस्पी कला, कविता और ताज़ा अफवाहों में थी! नारद तुरंत अपने दोस्त को अपनी दुकान के पीछे कार्यालय में ले आए। उनके साथी भी साथ ही थे।

'मैं बिल्कुल ठीक हूं,' नारद ने खुले दिल से कहा। 'इससे अच्छा होना पाप होता।'

हनुमान मुस्कुराए। 'मुझे नहीं लगता कि तुम पाप से दूर होने के लिए कोई कड़ी मेहनत करते हो, नारद!'

नारद ने हंसते हुए बात का विषय बदल दिया। 'सामान्य आपूर्ति मेरे दोस्त? तुम्हारे और तुम्हारे समूह के लिए?'

परिहा से एक छोटी सी टुकड़ी हनुमान के साथ सफर कर रही थी।

'हां, धन्यवाद।'

नारद ने अपने सहायक को बुलाकर उसे कुछ निर्देश दिए।

'और, मैं एक और बात के लिए शुक्रिया कहना चाहूंगा,' हनुमान आगे बोले। 'ये न पूछने के लिए कि मैं कहां जा रहा हूं।'

वाक्य अपने आपमें बहुत बड़ा प्रलोभन था, खासकर नारद के लिए। वो खुद ब खुद ही जाल में फंस गए थे।

'मैं क्यों पूछूंगा भला? मैं पहले ही जानता हूं कि तुम गुरु वशिष्ठ से मिलने जा रहे हो!'

वशिष्ठ अयोध्या साम्राज्य के राजगुरु थे। सबको पता था कि वो अयोध्या के चारों राजकुमारों—राम, भरत, लक्ष्मण और शत्रुघ्न—को अपने गुरुकुल में प्रशिक्षण और शिक्षा देने के लिए ले गए थे। हालांकि, गुरुकुल का स्थान किसी को भी नहीं पता था।

हनुमान ने नारद को घूरा, बिना कुछ कहे।

'चिंता मत करो, मित्र,' नारद ने मुस्कुराते हुए कहा। 'मेरे अलावा कोई नहीं जानता कि तुम किससे मिलने जा रहे हो। और किसी को भी, मुझे भी, ये नहीं पता है कि उनका गुरुकुल कहां है।'

हनुमान मुस्कुराए। वो कुछ कहने ही वाले थे कि तभी किसी स्त्री की तेज़ आवाज़ सुनाई दी।

'हंस!'

हनुमान ने एक पल के लिए अपनी आंखें बंद कर लीं, पलकें झपकाईं और फिर मुड़कर देखा। नारद की कर्मचारी, सुरसा। वो हनुमान पर आसक्त थी।

हनुमान ने अपने दोनों हाथ जोड़कर नमस्ते की और विनम्रता से बोले, 'देवी, मेरा नाम हनुमान है, हंस नहीं।'

'मुझे पता है,' सुरसा ने फुसफुसाते हुए कहा। 'लेकिन मुझे लगता है सुनने में हंस ज़्यादा अच्छा लगता है। और क्या तुम्हें नहीं लगता कि देवी की जगह तुम्हें मुझे सुर बुलाना चाहिए?'

नारद खुशी से खिलखिलाए जब सुरसा हनुमान के कुछ ज़्यादा ही करीब आ गई। अपनी प्रशंसक से खुद को बचाने के लिए, पीछे हटने से पहले नागा ने अपने मित्र को घूरकर देखा। 'देवी, मैं नारद के साथ किसी ज़रूरी विषय पर बात कर रहा था और...'

सुरसा ने उनकी बात बीच में काट दी। 'और, मैंने कबाब में हड्डी बनने का फैसला किया। अब संभालो।'

'देवी...'

सुरसा ने अपनी भौंहें चढ़ाते हुए कामुकता से अपने होंठों को एक तरफ दबाया। 'हंस क्या तुम्हें समझ नहीं आता मैं तुम्हारे बारे में क्या सोचती हूं? वो चीज़ें जो मैं तुम्हारे लिए कर सकती हूं... और, तुम...'

'देवी,' शर्म से लाल होकर, हनुमान ने उसकी बात काटते हुए कहा

और उन्होंने एक कदम और पीछे हटाया। 'मैंने आपको कई बार बताया है। मैंने ब्रह्मचर्य का व्रत लिया है। यह अनुचित है। मैं आपका अपमान नहीं करना चाहता। कृपया समझने की कोशिश कीजिए। मैं नहीं कर सकता...'

नारद अब दीवार पर झुक रहे थे, अपने मुंह को ढंकते हुए और हंसी से थरथराते अपने कंधों को छिपाने का प्रयास करते हुए। वो अपनी आवाज़ दबाने की भरसक कोशिश कर रहे थे।

'किसी को कुछ पता नहीं चलेगा, हंस। तुम अपना व्रत निभाते रहना। तुम्हें मुझसे शादी नहीं करनी पड़ेगी। मैं बस तुम्हें चाहती हूं। तुम्हारा नाम नहीं।' सुरसा ने आगे बढ़ते हुए हनुमान का हाथ पकड़ने की कोशिश की।

अपने भारी-भरकम कद के बावजूद, हनुमान ने तेज़ी से एक तरफ हटते हुए सुरसा के स्पर्श से बचने का प्रयास किया। उन्होंने चेतावनी देते हुए अपनी आवाज़ उठाई, 'देवी, कृपया मान जाइए! मैं आपसे विनती करता हूं! रुक जाइए!'

सुरसा ने मुंह फुलाकर, अपने कपड़ों पर उंगली फिराते हुए कहा। 'क्या मैं सुंदर नहीं हूं?'

हनुमान नारद की तरफ मुड़े। 'प्रभु इंद्र के नाम पर, नारद, कुछ करो!'

नारद मुश्किल से अपनी हंसी छिपा पा रहे थे। वो हनुमान के आगे आए और महिला की तरफ मुंह करके बोले। 'सुनो, सुरसा, अब बहुत हो गया। तुम जानती हो कि...'

सुरसा चौंक गई। अचानक से नाराज़ होते हुए बोलीं, 'मुझे आपकी सलाह की कोई ज़रूरत नहीं है, नारद! आप जानते हो कि मैं हंस से प्यार करती हूं। आपने कहा था कि आप मेरी मदद करोगे।'

'मुझे अफसोस है, लेकिन मैंने झूठ कहा था,' नारद ने कहा। 'मैं बस मज़ाक कर रहा था।'

'ये आपके लिए मज़ाक है?! आपको हो क्या गया है?'

नारद ने अपने कुछ कर्मचारियों को इशारा किया। दो महिलाएं आईं और नाराज़ सुरसा को खींचते हुए दूर ले जाने लगीं।

'बिन पेंदे के लोटे, अगले व्यापार में मैं तुम्हें मिट्टी में मिला दूंगी!'

सुरसा ने चीखते हुए कहा।

जैसे ही सब वहां से चले गए, हनुमान ने अपने दोस्त को घूरा। 'तुम्हें हो क्या गया है, नारद?'

'मैं बस मज़ाक कर रहा था, मित्र। क्षमा करना।'

हनुमान ने दुबले-पतले नारद को कंधों से पकड़ लिया। 'ये मज़ाक नहीं है! तुमने सुरसा का अपमान किया है। और, मेरा शोषण। मैं तुम्हारी हड्डियां मसल दूंगा!'

नारद ने दिखावटी गुस्से में हनुमान के हाथ पकड़े, उनकी आंखों में शरारत थी। 'तुम मुझे नहीं मसलोगे, जब मैं तुम्हें बताऊंगा कि मलयपुत्रों ने अपना अगला विष्णु किसे नियुक्त किया है?'

हनुमान ने नारद को छोड़ दिया। वो सकते में थे। 'नियुक्त किया है?'

गुरु विश्वामित्र ऐसा कैसे कर सकते हैं? बिना वायुपुत्रों की सहमति के!

नारद मुस्कुराए। 'मेरी बताई खबर के बिना तुम एक दिन भी नहीं रह पाओगे। इसलिए तुम मुझे मसल नहीं सकते!'

हनुमान ने अपना सिर हिलाया और व्यंग्यपूर्ण ढंग से नारद के कंधों पर मारते हुए कहा, 'बताओ न, भोले दोस्त।'

अध्याय 12

'राधिका!' सीता के चेहरे पर बड़ी सी मुस्कान आ गई।

सीता के गुरुकुल के दिनों की दोस्त ने यूं अचानक उनसे मिलने आकर उन्हें हैरान कर दिया था। सोलह साल की राधिका सीता से एक वर्ष छोटी थी। नई शिष्टाचार प्रमुख, समीचि राधिका को राजकुमारी के निजी शिविर में लेकर आई थी। शिष्टाचार कर्तव्य समीचि की नई ज़िम्मेदारी था, जो पुलिस का काम निबट जाने के बाद देर तक उन्हें व्यस्त रखता था। इसीलिए सीता ने समीचि की मदद करने के लिए एक उप-पुलिस प्रमुख भी नियुक्त किया था। वो अधिकारी पुरुष था। एक मज़बूत, लेकिन संयत दिमाग वाला अधिकारी। उसने भरोसा दिलाया था कि समीचि के भेदभाव से वास्तविक नीतियों पर कोई प्रभाव नहीं पड़ेगा।

इस बार, राधिका अकेले नहीं आई थी। वह अपने पिता, वरुण रत्नाकर और अपने काका वायु केसरी के साथ आई थी।

सीता अतीत में वरुण रत्नाकर से मिल चुकी थीं, लेकिन राधिका के काका, और रत्नाकर के चचेरे भाई, वायु केसरी से पहली बार मिल रही थीं। काका देखने में बिल्कुल अपने संबंधियों जैसे नहीं थे। मूल रूप से, कद में छोटे, गठीले और गोरी रंगत वाले, उनके मज़बूत शरीर पर कुछ ज़्यादा ही बाल थे।

शायद वह वानरों में से एक होंगे, सीता ने सोचा।

सीता जानती थीं कि राधिका की प्रजाति, वाल्मीकि, मातृवंशीय थी।

उनकी महिलाएं समुदाय से बाहर विवाह नहीं करती थीं। हालांकि, पुरुष गैर-वाल्मीकि महिला से विवाह कर सकते थे; यक़ीनन ऐसा करने पर उन्हें प्रजाति से बाहर कर दिया जाता था। शायद वायु केसरी ऐसे ही किसी निष्कासित वाल्मीकि और वानर महिला की संतान रहे होंगे।

सीता ने झुककर दोनों पुरुषों के चरण-स्पर्श किए।

दोनों ने सीता को लंबी आयु का आशीर्वाद दिया। वरुण रत्नाकर सम्मानित बौद्धिक व्यक्ति और चिंतक थे, जिन्हें ज्ञानी व्यक्ति पूजते थे। सीता जानती थीं कि उन्हें उनके पिता के साथ समय बिताकर अच्छा लगेगा। उनके पिता शायद सप्तसिंधु के सबसे बुद्धिमान राजा थे। प्रमुख गुरु, अष्टावक्र के हिमालय जाने के बाद से, जनक भी ऐसी दार्शनिक चर्चाओं का अभाव महसूस करते थे। उन्हें भी ऐसे बौद्धिक जनों की संगत में कुछ समय बिताना अच्छा लगेगा।

आदमी जल्द ही राजा जनक के शिविर की ओर चले गए। समीचि भी काम के लिए चली गई। उसकी व्यस्त दिनचर्या में ऐसे सामाजिक आदान-प्रदान के लिए समय नहीं था। अब मिथिला की राजकुमारी के निजी अध्ययन शिविर में सीता और राधिका अकेली थीं।

'और ज़िंदगी कैसी चल रही है, राधिका?' सीता ने अपनी दोस्त का हाथ पकड़ते हुए पूछा।

'मैं कोई रोमांचित ज़िंदगी नहीं जी रही, सीता,' राधिका मुस्कुराई। 'वो तो तुम जी रही हो!'

'मैं?!' सीता मज़ाक में आंखें घुमाते हुए हंसीं। 'नामुमकिन। मैं बस छोटे से साम्राज्य के नागरिक कार्य, कर इकट्ठा करना और झुग्गियों का पुनर्विकास ही देखती हूं।'

'वो तो सिर्फ अभी के लिए। तुम्हें तो अभी बहुत कुछ करना है...'

सीता ने तुरंत खुद को संभाल लिया। ये सिर्फ सतही बात से कुछ गहरी होती जान पड़ रही थी। उन्होंने संभलकर अपनी बात रखी। 'हां, मुझे मिथिला की प्रधान मंत्री के रूप में अभी बहुत से कार्य करने हैं। लेकिन इन्हें संभालना उतना मुश्किल नहीं है, तुम तो जानती ही हो। हमारा साम्राज्य सच में छोटा और महत्वहीन है।'

'लेकिन भारत एक बड़ा राष्ट्र है।'

सीता ने और संभलकर बोला। 'ये दूर-दराज का क्षेत्र भारत के लिए क्या कर सकता है, राधिका? मिथिला सबसे उपेक्षित एक शक्तिहीन साम्राज्य है।'

'हो सकता है वो हो,' राधिका मुस्कुराई। 'लेकिन कोई भी समझदार भारतीय अगस्त्यकूटम की उपेक्षा नहीं कर सकता।'

एक पल को सीता की सांस अटक गई। उन्होंने बाहर से खुद को शांत बनाए रखा, लेकिन उनका दिल नगर के नगाड़े की तरह बज रहा था।

राधिका को कैसे पता? और कौन जानता है? मैंने तो किसी को नहीं बताया था। सिवाय मां के।

'मैं तुम्हारी मदद करना चाहती हूं, सीता,' राधिका फुसफुसाई। 'मुझ पर भरोसा करो। तुम मेरी दोस्त हो और मैं तुम्हें बहुत प्यार करती हूं। और, मैं भारत से और ज़्यादा प्यार करती हूं। तुम भारत के लिए महत्वपूर्ण हो। जय परशु राम।'

'जय परशु राम,' सीता फुसफुसाईं, बोलने से पहले एक पल झिझकते हुए। 'क्या तुम्हारे पिता और तुम...'

राधिका हंसी। 'मैं कोई नहीं हूं, सीता। लेकिन मेरे पिता... कहना होगा कि वो महत्वपूर्ण हैं। और वो तुम्हारी मदद करना चाहते हैं। मैं बस ज़रिया हूं, क्योंकि ब्रह्मांड ने मुझे तुम्हारी दोस्त बनाकर इसमें जोड़ दिया है।'

'क्या तुम्हारे पिता मलयपुत्र हैं?'

'नहीं, वो नहीं हैं।'

'वायुपुत्र?'

'वायुपुत्र भारत में नहीं रहते। तुम तो जानती हो कि महादेव की प्रजाति भारत की इस पवित्र धरती पर जब चाहे घूमने तो आ सकती है, लेकिन यहां रह नहीं सकती। तो, मेरे पिता वायुपुत्र कैसे हो सकते हैं?'

'तो, वो कौन हैं?'

'सब समय आने पर पता चल जाएगा...' राधिका मुस्कुराई। 'अभी, मुझे तुमसे कुछ चीज़ें पूछने का काम सौंपा गया है।'

वशिष्ठ अपनी पीठ एक पेड़ से टिकाए, शांति से ज़मीन पर बैठे हुए थे। वह सुबह सवेरे के एकांत में डूबे हुए, दूर से अपने आश्रम को देख रहे थे। वह दूर बहती सौम्य धारा को देख रहे थे। पानी की सतह पर पत्तियां बह रही थीं, अजीब था कि उनके बीच का अंतराल सम था, मानो कोई शांत सवारी निकल रही हो। वृक्ष, पानी, पत्तियां... पूरी प्रकृति में ही मानो उनकी गहरी संतुष्टि झलक रही थी।

उनके शिष्य, अयोध्या के चार राजकुमार—राम, भरत, लक्ष्मण और शत्रुघ्न—उनकी योजना के मुताबिक ढलकर अच्छी तरह बड़े हो रहे थे। लंका के राक्षस राजा, रावण के हाथों दशरथ की अनर्थकारी हार को बारह साल बीत चुके थे। उस एक हार ने सप्तसिंधु का भविष्य बदलकर रख दिया था।

अब वशिष्ठ को भरोसा हो चला था कि विष्णु के उदय का समय आ गया था।

वशिष्ठ ने एक बार फिर अपने सादगी भरे गुरुकुल को देखा। यही वो जगह थी जहां उनके महर्षि शुक्राचार्य ने अधिकारहीन भारतीय राजवंशों के समूह को प्रशिक्षित कर उन्हें नायक बनाकर ऐसे शक्तिशाली साम्राज्य की नींव रखी थी जिसे दुनिया ने कभी नहीं देखा था: असुरसवित्र, असुर सूर्य।

इसी पवित्र धरा से एक और महान साम्राज्य का उदय होगा। एक नए विष्णु का उदय यहीं से होगा।

वशिष्ठ ने अब तक तय नहीं किया था। वो ये निश्चिय नहीं कर पा रहे थे कि राम या भरत में से किसे वो अगला विष्णु बनाने के लिए तैयार करें। एक चीज़ तो निश्चित थी; वायुपुत्र उनका साथ देने वाले थे। लेकिन प्रभु रुद्र की प्रजाति की एक सीमा थी। वायुपुत्रों और मलयपुत्रों की ज़िम्मेदारियां बंटी हुई थीं; आखिरकार, विष्णु को औपचारिक मान्यता देने का हक मलयपुत्रों का था। और मलयपुत्र प्रमुख... उनके भूतपूर्व मित्र...

ठीक है...

मैं उसे संभाल लूंगा।

'गुरुजी।'

वशिष्ठ ने मुड़कर देखा। राम और भरत शांति से उनके पास खड़े

थे।

'हां,' वशिष्ठ ने पूछा। 'आपने क्या पता लगाया?'

'वो वहां नहीं हैं, गुरुजी,' राम ने कहा।

'वो?'

'सिर्फ मुखिया वरुण ही नहीं, उनके कई सलाहकार भी गांव से गायब हैं।'

वरुण उस प्रजाति के मुखिया थे जो इस आश्रम की देखरेख संभालती थी। यह आश्रम शोन नदी के किनारे पश्चिम की ओर बसा हुआ था। उनकी प्रजाति वाल्मीकि समय-समय पर यह आश्रम गुरुओं को किराए पर देती रही थी। वशिष्ठ ने यह आश्रम अयोध्या के राजकुमारों को प्रशिक्षित करने के लिए किराए पर लिया था।

वशिष्ठ ने वाल्मीकियों से अपने शिष्यों की वास्तविक पहचान छिपाई थी। लेकिन बाद में उन्हें संदेह होने लगा था कि शायद प्रजाति वाले उनके शिष्यों की वास्तविक पहचान जान गए थे। उन्हें ये भी लगने लगा था कि वाल्मीकि भी अपने कुछ राज छिपाए हुए थे।

उन्होंने राम और भरत को ये पता करने भेजा था कि मुखिया वरुण गांव में थे या नहीं। अब उनसे बात करने का समय आ गया था। तब वशिष्ठ को निर्णय लेना था कि गुरुकुल को यहां से हटाना होगा या नहीं।

लेकिन वरुण जा चुके थे। बिना वशिष्ठ को बताए। जो असामान्य बात थी।

'वो कहां गए होंगे?' वशिष्ठ ने पूछा।

'शायद मिथिला।'

वशिष्ठ ने हां में सिर हिलाया। वह जानते थे कि वरुण ज्ञान के प्रेमी और खोजी थे, खासकर आध्यात्मिकता के। मिथिला ऐसे लोगों के लिए स्वाभाविक स्थान था।

'ठीक है, बच्चो,' वशिष्ठ ने कहा। 'अपनी पढ़ाई में लग जाओ।'

'हमने सुना था कि विष्णु की रक्त शपथ ली जा चुकी है,' राधिका ने कहा।

'हां,' सीता ने जवाब दिया। 'गुरु श्वेतकेतु के गुरुकुल में। कुछ साल पहले।'

राधिका ने आह भरी।

सीता ने त्योरी चढ़ाईं। 'क्या कोई समस्या है?'

'खैर, महर्षि विश्वामित्र थोड़े... अपरंपरागत हैं।'

'अपरंपरागत? तुम कहना क्या चाहती हो?'

'खैर, वायुपुत्रों का वहां उपस्थित होना ज़रूरी था।'

सीता ने अपनी भौंह चढ़ाईं। 'मैं ये नहीं जानती थी...'

'विष्णु और महादेव की प्रजातियों को साझेदारी में काम करना होता है।'

सीता ने ऐसे देखा जैसे उन्हें कुछ समझ आ गया था। 'गुरु वशिष्ठ?'

राधिका मुस्कुराई। 'अभी प्रशिक्षण नहीं शुरू होने के हिसाब से तुम काफी होशियार हो!'

सीता कंधे उचकाकर मुस्कुरा दीं।

राधिका ने अपनी दोस्त का हाथ पकड़ा। 'वायुपुत्र महर्षि विश्वामित्र को न तो पसंद करते हैं, न ही उन पर भरोसा करते हैं। मुझे लगता है उनके अपने कारण होंगे। लेकिन वो खुलकर मलयपुत्र प्रमुख का विरोध नहीं कर सकते। और हां, तुमने बिल्कुल सही अंदाज़ा लगाया, वायुपुत्र महर्षि वशिष्ठ का समर्थन करते हैं।'

'क्या तुम मुझे बता रही हो कि गुरु वशिष्ठ के दिमाग में कोई और विष्णु है?'

राधिका ने हां में सिर हिलाया। 'हां।'

'वो दोनों एक-दूसरे से इतनी नफरत क्यों करते हैं?'

'इस बारे में बहुत ही कम लोग जानते होंगे। लेकिन गुरु विश्वामित्र और गुरु वशिष्ठ की दुश्मनी बहुत पुरानी है। और बहुत खतरनाक...'

सीता उदासी से मुस्कुराईं। 'ऐसा लगता है जैसे दो युद्धरत हाथियों के बीच में तृण आ गया है।'

'तो फिर मुझे लगता है कि अगला तृण तुम्हारे सामने आने पर तुम्हें बुरा नहीं लगना चाहिए!'

सीता ने खेल-खेल में राधिका के कंधे पर मारा। 'तो ये दूसरा तृण कौन है?'

राधिका ने गहरी सांस ली। 'दरअसल, दो तृण हैं।'

'दो?'

'गुरु वशिष्ठ उन्हें प्रशिक्षण दे रहे हैं।'

'क्या उन्होंने दो विष्णु बनाने की योजना बनाई है?'

'नहीं। पिताजी को लगता है कि गुरु वशिष्ठ उनमें से किसी एक को चुनेंगे।'

'वो कौन हैं?'

'अयोध्या के राजकुमार। राम और भरत।'

सीता ने अपनी भौंहें उठाईं। 'गुरु वशिष्ठ ने यक़ीनन अपना निशाना ऊंचा लगाया है। साम्राज्य के परिवार को ही!'

राधिका मुस्कुराई।

'दोनों में से बेहतर कौन है?'

'पिताजी राम को वरीयता देते हैं।'

'और, तुम किसे वरीयता दोगी?'

'मेरा मत कोई मायने नहीं रखता। सच कहूं तो, पिताजी का मत भी नहीं। वायुपुत्र उसे ही नियुक्त करेंगे जिसे गुरु वशिष्ठ चुनेंगे।'

'क्या ऐसा कोई रास्ता नहीं है जिससे गुरु वशिष्ठ और गुरु विश्वामित्र साथ में काम कर सकें? आखिरकार, वो दोनों ही भारत के भले के लिए काम कर रहे हैं न? मैं विष्णु के साथ साझेदारी में काम करना चाहती हूं, जिसे गुरु वशिष्ठ चुनें। वो दोनों एक-दूसरे के साझेदार क्यों नहीं हो सकते?'

राधिका ने न में सिर हिलाया। 'किसी इंसान का उससे बुरा कोई दुश्मन नहीं हो सकता, जो कभी उसका घनिष्ठ मित्र रहा हो।'

सीता सकते में थीं। 'सच में? वो कभी दोस्त थे?'

'महर्षि वशिष्ठ और महर्षि विश्वामित्र बचपन के दोस्त थे। बिल्कुल भाइयों की तरह। कुछ ऐसा हुआ था जिसने उन्हें दुश्मन बना दिया।'

'क्या?'

'इस बारे में बहुत कम लोग जानते हैं। वे इस बारे में अपने खास साथियों से भी बात नहीं करते।'

'दिलचस्प है...'

राधिका खामोश रही।

सीता ने खिड़की से बाहर देखा और फिर अपनी दोस्त को। 'तुम गुरु वशिष्ठ के बारे में इतना कैसे जानती हो?'

'तुम जानती हो न कि हमारे गांव के नज़दीक ही एक गुरुकुल है? वो गुरु वशिष्ठ का गुरुकुल है। वो हमारे किराए पर दिए आश्रम में चार राजकुमारों को पढ़ाते हैं।'

'क्या मैं आकर राम और भरत से मिल सकती हूं? मैं जानना चाहती हूं कि क्या वो सच में उतने महान हैं जितना गुरु वशिष्ठ उन्हें सोच रहे हैं।'

'वो अभी बहुत छोटे हैं, सीता। राम तुमसे पांच साल छोटे हैं। और मत भूलो कि मलयपुत्र साये की तरह तुम्हारा पीछा करते हैं। वो हर जगह तुम्हारे पीछे जाते हैं। हम उन्हें गुरु वशिष्ठ के गुरुकुल ले जाने का जोखिम नहीं उठा सकते...'

सीता कुछ सोचते हुए सहमत हो गईं। 'हम्म।'

'मैं तुम्हें बताती रहूंगी कि वो क्या कर रहे हैं। मुझे लगता है कि पिताजी वैसे भी गुरु वशिष्ठ से साफ बात करने वाले हैं। शायद, अपनी मदद की पेशकश करें।'

'गुरु वशिष्ठ की मदद? मेरे खिलाफ?'

राधिका मुस्कुराई। 'पिताजी को भी उसी साझेदारी की उम्मीद है, जो तुम्हें है।'

सीता आगे को झुकीं। 'मैंने तुम्हें वो सब बता दिया जो मुझे पता था। मुझे लगता है कि अब मुझे जानने का हक है... तुम्हारे पिता कौन हैं?'

राधिका कुछ झिझकती हुई जान पड़ी।

'तुम्हारे पिता न चाहें तो तुम इस बारे में अयोध्या के राजकुमारों को मत बताना,' सीता ने कहा। 'और, मुझे लगता है कि उन्हें उम्मीद होगी कि मैं यह सवाल करूंगी। तो अगर वो अपनी पहचान छिपाना चाहते तो तुम्हें मुझसे मिलने नहीं भेजते। बताओ मुझे, वो कौन हैं?'

राधिका एक पल रुकी। 'क्या तुमने देवी मोहिनी का नाम सुना है?'

'तुम सच में पूछ रही हो?' सीता ने कहा। 'उनके बारे में किसने नहीं सुना, वो महान विष्णु थीं?'

राधिका मुस्कुराई। 'हर कोई उन्हें विष्णु नहीं मानता। लेकिन अधिकांश भारतीय मानते हैं। मैं जानती हूं कि मलयपुत्र उनका विष्णु के रूप में सम्मान करते हैं।'

'मैं भी करती हूं।'

'और हम भी करते हैं। मेरे पिता देवी मोहिनी की छोड़ी हुई प्रजाति से हैं। हम वाल्मीकि हैं।'

सीता सीधी होकर बैठ गईं। सकते में। 'वाह!' तभी उन्हें एक दूसरा ख्याल आया। 'क्या तुम्हारे काका, वायु केसरी, हनु भैया के पिता हैं?'

राधिका ने हां में सिर हिलाया। 'हां।'

सीता मुस्कुराईं। 'तभी तो...'

राधिका ने उन्हें बीच में टोका। 'तुम सही सोच रही हो। ये भी एक कारण है। लेकिन सिर्फ यही कारण नहीं है।'

अध्याय 13

'मुखिया वरुण,' वशिष्ठ ने खड़े होकर हाथ जोड़कर, सम्मान से प्रणाम करते हुए कहा।

वरुण मिथिला से लौटे ही थे। और गुरु वशिष्ठ उनके आने का इंतज़ार कर रहे थे।

वशिष्ठ कद में वरुण से लंबे थे। लेकिन मज़बूत मुखिया की तुलना में दुबले-पतले।

'गुरु वशिष्ठ,' वरुण ने भी विनम्रता से अभिनंदन का जवाब दिया। 'हमें अकेले में बात करनी है।'

वशिष्ठ तुरंत ही सचेत हो गए। वह मुखिया को एक शांत स्थान पर ले गए।

कुछ पल बाद ही वो अपने चार छात्रों और दूसरे लोगों से दूर आश्रम के पास बहती शांत धारा के पास बैठे ताकि कोई उनकी बातें न सुन सके।

'बात क्या है, मुखिया वरुण?' वशिष्ठ ने विनम्रता से पूछा।

वरुण मिलनसारिता से मुस्कुराए। 'आप और आपके छात्र यहां कई सालों से रह रहे हैं, गुरुजी। मुझे लगता है कि अब समय आ गया है, जब हमें ठीक तरह से एक-दूसरे को अपना परिचय दे देना चाहिए।'

वशिष्ठ ने सावधानी से अपनी लंबी दाढ़ी में हाथ फिराया और न समझने का दिखावा किया। 'आप कहना क्या चाहते हैं?'

'मेरा मतलब... जैसे अब अयोध्या के राजकुमारों को किसी व्यापारी

या धनी व्यक्ति की संतान होने का दिखावा नहीं करना चाहिए।'

वशिष्ठ का मन अचानक से चारों लड़कों की तरफ गया। वो थे कहां? क्या वरुण के योद्धाओं ने उन्हें बंदी बना लिया था? अपने पारंपरिक कानून के हिसाब से मुखिया वरुण की प्रजाति को अयोध्या के राजवंशियों को शरण देने की इजाज़त नहीं थी।

शायद, मैंने समझदारी से काम नहीं लिया। मैंने सोचा था कि लंका या मलयपुत्रों के क्षेत्र से बाहर रहकर हम सुरक्षित रहेंगे।

वशिष्ठ आगे झुके। 'अगर आपको अपने कानून की चिंता है, तो आपको याद रखना चाहिए कि आप अपने मेहमानों या शरण में आए लोगों को नुकसान नहीं पहुंचा सकते।'

वरुण मुस्कुराए। 'मैं आपको या आपके शिष्यों को कोई नुकसान पहुंचाना भी नहीं चाहता, गुरुजी।'

वशिष्ठ ने चैन की सांस ली। 'क्षमा करें, अगर मैंने आपको तकलीफ पहुंचाई हो तो। लेकिन मुझे एक सुरक्षित स्थान की ज़रूरत थी। हम तुरंत यहां से चले जाएंगे।'

'इसकी भी ज़रूरत नहीं है,' वरुण ने शांति से कहा। 'मैं आपको बाहर नहीं निकालना चाहता। मैं आपकी मदद करना चाहता हूं, गुरुजी।'

वशिष्ठ हैरान रह गए। 'क्या आपके लिए अयोध्या राजवंशियों की मदद करना गैर-कानूनी नहीं है?'

'हां, है। लेकिन हमारी प्रजाति का एक सर्वोच्च कानून भी है, जिसके सामने दूसरे सारे नियम रद्द हो जाते हैं। और वही हमारे अस्तित्व का मुख्य मकसद है।'

वशिष्ठ ने समझने का दिखावा करते हुए हां में सिर हिलाया, हालांकि वह दुविधा में थे।

'आप हमारा युद्ध नारा जानते होंगे: हर कीमत पर विजय... जब हमारे सिर पर युद्ध के बादल मंडराते हैं तो हम अपने सारे नियमों को अनदेखा कर देते हैं। और, अब युद्ध शुरू होने ही वाला है, मित्र...'

वशिष्ठ उन्हें देख रहे थे, पूरी तरह से घबराए हुए से।

वरुण मुस्कुराए। 'कृपया ये मत सोचिए कि मुझे नहीं पता मेरा वायुपुत्र भतीजा, आश्रम में रात को क्या करने आता है। वो सोचता है कि

वो अपने काका को मूर्ख बना सकता है।'

वशिष्ठ पीछे को हुए, मानो उनकी आंखों से कोई पर्दा उठा हो। 'हनुमान?'

'हां। उसके पिता मेरे चचेरे भाई हैं।'

वशिष्ठ चौंक गए, लेकिन उन्होंने संयत लहज़े में सवाल किया। 'क्या वायु केसरी आपके भाई हैं?'

'हां।'

वरुण को हनुमान और वशिष्ठ के बीच का संबंध पता था। बहुत साल पहले गुरु ने उनके भतीजे की मदद की थी। उन्होंने उस बारे में कुछ नहीं कहा। वो जानते थे कि अभी हालात जटिल हैं।

'आप कौन हो?' वशिष्ठ ने आखिरकार पूछा।

'मेरा पूरा नाम वरुण रत्नाकर है।'

अचानक, हर बात समझ आ गई। वशिष्ठ उनके दूसरे नाम की महत्ता जानते थे। उन्हें मित्र मिल गए थे। शक्तिशाली मित्र। वो भी संयोगवश।

अब सिर्फ एक ही काम करना रह गया था। वशिष्ठ ने अपनी दाहिनी कोहनी को बायें हाथ से पकड़ते हुए, दाहिने हाथ की मुट्ठी से माथा छूकर, वरुण प्रजाति को परंपरागत तरीके से प्रणाम किया। उन्होंने सम्मान से प्राचीन अभिवादन भी दोहराया। 'जय देवी मोहिनी!'

वरुण ने एक भाई की तरह, वशिष्ठ की बांहें पकड़ लीं और जवाब दिया, 'जय देवी मोहिनी!'

सप्तसिंधु में भारतीयों का भगवान सूर्य के साथ एक अजीब ही रिश्ता है। कभी वो चाहते हैं कि सूर्य देवता निकलें और कभी चाहतें हैं कि न निकलें। गर्मियों में वो उनके तेज से डर जाते हैं। वो उनसे प्रार्थना करते हैं कि वो शांत हो जाएं, और अगर हो सके तो बादलों के पीछे ही छिप जाएं। वहीं सर्दियों में, वो उनसे पूरे तेज से चमकने की गुज़ारिश करते हैं, जिससे मौसम की सर्दी कुछ कम हो सके।

सर्दी का एक ऐसा ही दिन था, जब सूरज अपने पूरे तेज से रौशन था और सीता व समीचि महल के मुख्य बगीचे में रथ पर घूम रही थीं। सीता

के आदेश पर, हाल ही में बगीचे का पुनर्निर्माण कराया गया था। दोनों ने निजी प्रतियोगिता का निर्णय किया था—एक रथ दौड़। ये ऐसा खेल था, जो सीता को बहुत प्रिय था। बगीचे की तंग गलियां दौड़ के रास्ते का भान कराएंगी। उन्होंने काफी समय से साथ में दौड़ लगाई भी नहीं थी।

बगीचे के रास्ते तंग थे, दोनों तरफ पेड़ों से ढंके हुए। उनमें से रथ चलाने के लिए खास महारत की ज़रूरत थी। ज़रा सी गलती से वो तेज़ गति से पेड़ से जाकर टकरा सकते थे। जो खतरनाक होने के साथ-साथ जानलेवा भी हो सकता था।

जोखिम और रोमांच ने दौड़ को और भी दिलचस्प बना दिया था। यह हाथों व आंखों के तालमेल और सहज भाव की परीक्षा थी।

दौड़ बिना किसी समारोह के शुरू हो गई।

'हैया!' अपने घोड़ों को हांक देती हुई सीता चिल्लाईं, उन्हें आगे दौड़ने को प्रोत्साहित करते हुए।

तेज़। और तेज़।

समीचि भी गति बढ़ाते हुए, नज़दीक आ रही थीं। सीता ने तुरंत पीछे देखा। उन्होंने देखा कि समीचि अपने रथ को दाहिनी तरफ से आगे लाने की कोशिश कर रही थीं। सीता ने आगे देखते हुए अपने घोड़ों को ज़रा सा दाहिनी ओर खिसका लिया, जिससे पहले मोड़ पर समीचि के आगे निकलने का मौका चूक गया।

'नहीं!' समीचि चिल्लाईं।

सीता ने मुस्कुराते हुए अपने घोड़ों से फुसफुसाया। 'चलो!'

उन्होंने अगले मोड़ को बिना घोड़ों की गति धीमा किए पार कर लिया। रथ ज़रा सा दायें को झुका। सीता ने बड़ी कुशलता से पैरों का संतुलन बनाते हुए, बाईं ओर थोड़ा झुकते हुए तेज़ गति से भागते रथ को केंद्रीत कर लिया। रथ अब संतुलित होकर आगे बढ़ रहा था और घोड़े तो मानो हवा से बातें करते जा रहे थे।

'हैया!' अपना चाबूक हवा में मारते हुए, सीता फिर से चिल्लाईं।

आगे थोड़ी दूर सीधा और तंग रास्ता था। जहां से पिछले रथ का आगे निकलना लगभग असंभव था। गति बढ़ाने के लिए यह अच्छा समय था। सीता ने अपने घोड़े को ज़ोर से चाबुक लगाया। आगे दौड़ाते हुए।

समीचि भी लगभग नज़दीक ही थी।

आगे एक और मोड़ आने वाला था। मोड़ से पहले रास्ता चौड़ा होना था, समीचि को आगे बढ़ने का मौका देते हुए। सीता ने दाहिनी ओर से लगाम खींचते हुए घोड़े को केंद्र में रहने का निर्देश दिया, जिससे दोनों ही तरफ कम से कम रास्ता बचे और समीचि आगे न निकल पाए।

'हैया!'

सीता ने समीचि की तेज़ आवाज़ सुनी। अपने पीछे। बांईं ओर। उसकी आवाज़ सामान्य से तेज़ थी। जैसे वह अपनी उपस्थिति दर्ज कराने की कोशिश कर रही हो।

उन्होंने अपनी दोस्त को ठीक से आंका।

कुछ पल बाद, सीता ने झटके से मोड़ लिया। लेकिन, उम्मीद से विपरीत, दाहिनी तरफ से, उस तरफ के रास्ते को रोकते हुए। समीचि बाईं तरफ के मोड़ में उलझ गई। सीता ने उसका ये मौका भी छीन लिया था।

सीता को समीचि के हुंकारने की आवाज़ आई।

हंसती हुई सीता ने एक और बार घोड़े को चाबुक लगाया। तेज़ गति से मोड़ लेते हुए। अगले मोड़ से रास्ता बिल्कुल सीधा था। और तंग होता जा रहा था। फिर से।

'हैया!'

'सीता!' समीचि ज़ोर से चिल्लाई।

उसकी आवाज़ में कुछ था।

डर।

तभी सीता का रथ पलट गया।

सीता ने समय पर छलांग लगा दी। हवा में ऊपर। घोड़े नहीं रुके थे। वो दौड़ते जा रहे थे।

हवा में ही सीता ने अपना सिर नीचे कर लिया और पैर मोड़कर, घुटने छाती से सटा लिए। उन्होंने अपने सिर को हाथों से घेर लिया। सिकोड़ने की मुद्रा में।

सीता के लिए पूरा विश्व धीमी चाल से चलने लगा था।

उनके भाव सचेत थे। बाकी सब धुंधला गया था।

मुझे ज़मीन पर आने में इतनी देर क्यों लग रही है?

धड़ाम!

दर्द की एक तेज़ लहर उनके बदन में दौड़ गई, जैसे ही वो कंधों के बल ज़मीन पर गिरीं। उनका शरीर फिर से हवा में उछला, गति की वजह से लुढ़कता हुआ।

'राजकुमारी!'

उन्होंने अपना सिर अंदर की तरफ मोड़े रखा। उन्हें अपना सिर बचाना था।

वो पीठ के बल आकर गिरीं। सख्त ज़मीन पर बार-बार लुढ़कने के कारण शरीर पर बहुत सी खरोंचे आई थीं।

उनके चेहरे पर एक हरी लहर सी आकर टकराई।

सटाक!

वो पेड़ से ज़ोर से टकराई थीं। उनकी कमर में तेज़ दर्द था। अचानक से सुन्न होता हुआ सा।

लेकिन उनकी आंखों को, दुनिया अभी भी घूमती हुई जान पड़ रही थी।

बेसुध होती हुई सीता अपने आसपास के माहौल को याद रखने की कोशिश कर रही थीं।

समीचि ने अपना रथ रोक लिया था और तेज़ी से उस पर से कूदी थी। वह राजकुमारी की तरफ दौड़ती आ रही थी। सीता का अपना रथ आगे तक खिंचा था। सख्त सड़क पर रथ की धातु रगड़ने से हवा में देर तक चिंगारियां भी निकली थीं। अव्यवस्थित घोड़े और तेज़ी से दौड़ रहे थे।

सीता ने समीचि को देखा। 'मेरा... रथ... लाओ...'

और फिर, उनके होश खो गए।

—ॐ—

जब सीता की आंख खुली तब तक अंधेरा हो चुका था। उनकी पलकें भारी हो रही थीं। उनके होंठों से हल्की सी कराह निकली।

उन्हें एक घबराहट भरी चीख सुनाई दी। 'दीदी... आप ठीक तो हो

न...? मुझसे बात करो...'

वो उर्मिला थी।

'मैं ठीक हूं, उर्मिला...'

उनके पिता ने धीमे से छोटी बच्ची को डांटा। 'उर्मिला, अपनी बहन को आराम करने दो।'

सीता ने अपनी आंखें खोलकर, कई बार पलकें झपकाईं। बहुत सी मशालों की रौशनी से कमरा भरा पड़ा था। उससे उनकी आंखें चौंधिया गईं। उन्होंने अपनी पलकें बंद होने दीं। 'कितनी देर... मैं यूं...'

'पूरा दिन, दीदी।'

सिर्फ एक दिन? मुझे तो काफी समय लग रहा था।

उनके पूरे बदन में दर्द हो रहा था। सिवाय उनके बायें कंधे के। और उनकी कमर के। वो सुन्न थे।

दर्दनिवारक। शायद अश्विनी कुमार ने औषधि दी होंगी।

सीता ने फिर अपनी आंखें खोलीं। धीरे से। रौशनी को धीरे से अपनी आंखों में आने देते हुए। अपनी पुतलियों को व्यवस्थित करते हुए।

उर्मिला बिस्तर के पास खड़ी थी, दोनों हाथों से चादर को पकड़े हुए। उसकी गोल आंखें आंसुओं से भरी थीं। आंसू उसके चेहरे पर बह रहे थे। उनके पिता, जनक, अपनी छोटी बेटी के पीछे खड़े थे। सामान्यतः उनके शांत चेहरे पर आज चिंता की लकीरें थीं। वो अभी एक गंभीर बीमारी से उबरे थे। उन्हें ऐसा तनाव नहीं लेना चाहिए था।

'बाबा...' सीता ने अपने पिता से कहा। 'आपको आराम करना चाहिए... आप अभी भी कमज़ोर...'

जनक ने न में अपना सिर हिलाया। 'तुम मेरी ताकत हो। जल्दी से स्वस्थ हो जाओ।'

'आप अपने कक्ष में जाइए, बाबा...'

'मैं चला जाऊंगा। तुम आराम करो। बातें मत करो।'

सीता ने अपने परिवार से परे देखा। समीचि वहां खड़ी थी। और अरिष्टनेमी भी। सिर्फ वही थे जो शांत दिखाई दे रहे थे। परेशान हुए बिना।

सीता ने गहरी सांस ली। उन्हें अपना बढ़ता गुस्सा महसूस हो रहा

था। 'समीचि...'

'जी, राजकुमारी,' समीचि ने तुरंत बिस्तर के पास आकर कहा।

'मेरा, रथ...'

'जी, राजकुमारी।'

'मुझे वो... देखना है...'

'जी, राजकुमारी।'

सीता ने ध्यान दिया कि अरिष्टनेमी सहज हो गए थे। उनके चेहरे पर हल्की सी मुस्कान थी। प्रशंसा वाली मुस्कान।

—☙—

'आपको क्या लगता है, कौन आपको मारना चाहता है?' अरिष्टनेमी ने पूछा।

रथ दुर्घटना को पांच दिन हो चुके थे। सीता बिस्तर पर बैठने लायक हो गई थीं। थोड़ा बहुत चल भी लेती थीं। वो एक सिपाही की तरह खा रही थीं, जिससे जल्दी से अपना ऊर्जा स्तर बढ़ा, सजग हो सकें। पूरी तरह सही होने में कुछ सप्ताह लगने वाले थे।

उनकी बाईं बांह पर गलपट्टी बंधी थी। उनकी कमर पर नीम का गाढ़ा लेप लगा हुआ था, जिसमें कोशिकाओं को दुरुस्त करने की बूटी भी मिली हुई थी। उनके शरीर पर कई जगह छोटी-छोटी पट्टियां बंधी थीं, जिससे उनके घाव और खरोंचें जल्दी से ठीक हो सकें।

'इसका पता लगाने के लिए व्योमकेश होने की ज़रूरत नहीं है,' सीता ने लोककथाओं के लोकप्रिय जासूस का नाम लेते हुए कहा।

अरिष्टनेमी हल्के से हंस दिए।

रथ सीता के अयुरालय के बड़े से शिविर में लाया गया था। सीता ने पूरी तरह उसकी जांच की थी। काम बहुत सफाई से किया गया था।

दूसरी प्रकार की लकड़ी से दो मुख्य छड़ों को बदल दिया गया था। वो लकड़ी देखने में रथ की बाकी लकड़ी के ही समान थी। दिख तो मज़बूत रही थी। लेकिन, वास्तव में थी कमज़ोर। उन छड़ों पर जो कील ठोंकने के निशान थे वो ताज़े थे, हालांकि जानबुझकर पुरानी कीलों का ही

इस्तेमाल किया गया था। जब पहिये सख़्त ज़मीन पर तेज़ी से मुड़ रहे थे, तो उनसे पड़ने वाले दबाव से वो छड़ टक से टूट गई। छड़ की कील नीचे ज़मीन पर जाकर धंसी, जिससे तेज़ी से घूमते पहिये अचानक से जाम हो गए। और रथ उन छड़ों पर से पलटकर दूर जाकर रुका।

काम बहुत सफाई से किया गया था।

जिसने भी ये किया था उसमें बहुत सब्र रहा होगा। ये ज़रूर कई महीनों पहले किया गया होगा, या शायद सालों पहले। इसका पुराना दिखना बहुत ज़रूरी था, जिससे कमी पकड़ में न आ सके। जिससे मृत्यु को दुर्घटना का नाम दिया जा सके। न कि हत्या का। सीता ने महज़ कील ठुकने के निशान देखकर पूरे षड्यंत्र को समझ लिया था।

रथ सीता का था। तो यक़ीनन लक्ष्य भी वही थीं। वही एक अकेली थीं जो मिथिला और इसके दुश्मनों के बीच की राह की रुकावट थीं। उर्मिला शादी करके वैसे भी चली ही जानी थीं। और जनक... खैर। सीता के जाने के बाद, बस कुछ ही समय की बात होती।

वो वाकई खुशकिस्मत रही थीं। दुर्घटना आखरी मोड़ पार करने के तुरंत बाद घटी थी, जिससे घुमाव की वजह से सीता का शरीर रथ की दिशा से विपरीत जाकर गिरा था। नहीं तो, वो रथ के पहियों और धातु के नीचे कुचल जातीं। इससे दुर्घटना स्थल पर ही उनकी मृत्यु हो गई होती।

'आप क्या करना चाहती हैं?' अरिष्टनेमी ने पूछा।

सीता के मन में इस दुर्घटना के पीछे षड्यंत्रकारी को लेकर कोई शंका नहीं थी। 'मैं तो उनकी तरफ दोस्ती का हाथ बढ़ाने वाली थी। सच कहूं तो वो शाही परिवार के प्रमुख भी बन सकते थे। आखिरकार, मेरी योजना बड़ी है। मुझे क्या चाहिए था, सिर्फ अपने पिता और बहन की सुरक्षा और अच्छी देखभाल। और मेरे नागरिकों की देखभाल। बस इतना है। उन्होंने ऐसा क्यों किया?'

'इंसान लालची होते हैं। वो मूर्ख होते हैं। वो हालातों को गलत आंकते हैं। और वैसे भी, याद रखो, मलयपुत्रों के अलावा और कोई आपकी विशेष नियति के बारे में नहीं जानता। शायद, वो आपको भविष्य के शासक और बड़े खतरे के रूप में देखते होंगे।'

'गुरु विश्वामित्र कब वापस आने वाले हैं?'

अरिष्टनेमी ने कंधे उचकाए। 'मैं नहीं जानता।'

तो इसे हमें खुद ही सुलझाना होगा।

'आप क्या करना चाहती हैं?' अरिष्टनेमी ने दोहराया।

'गुरु विश्वामित्र सही थे। उन्होंने एक बार मुझसे कहा था... कभी इंतज़ार मत करो। पहले अपना हिसाब चुकता करो।'

अरिष्टनेमी मुस्कुराए। 'घर में घुसकर मारना?'

'मैं इसे सार्वजनिक रूप से नहीं कर सकती। मिथिला एक युद्ध का भार नहीं झेल सकता।'

'आपके मन में क्या है?'

'ये एक दुर्घटना ही जान पड़नी चाहिए, जैसे मेरी दुर्घटना थी।'

'हां, ऐसा ही होगा।'

'और हमला मुख्य आदमी पर नहीं हो सकता।'

अरिष्टनेमी ने त्योरी चढ़ाईं।

'मुख्य आदमी बस रणनीतिकार है। और वैसे भी, मैं उस पर सीधे प्रहार नहीं कर सकती... मेरी मां ने मना किया था... हमें उसके दाहिने हाथ पर वार करना चाहिए। जिससे वो योजनाएं पूरी कराने का सामर्थ्य खो बैठे।'

'सुलोचन।'

सुलोचन संकश्या का प्रधान मंत्री था। सीता के चाचा कुशध्वज का विश्वासपात्र। वो आदमी जो अपने राजा का हर काम करता था। सुलोचन के बिना कुशध्वज अपाहिज हो जाएगा।

सीता ने हां में सिर हिलाया।

अरिष्टनेमी का चेहरा पत्थर की तरह सख्त हो गया था। 'काम हो जाएगा।'

सीता ने कोई प्रतिक्रिया नहीं दी।

अब, आप वाकई विष्णु बनने के काबिल हैं, अरिष्टनेमी ने सोचा। *जो विष्णु अपने लिए नहीं लड़ सकता, वो अपने लोगों के लिए कैसे लड़ेगा।*

मारा ने अपना दिन और समय चुन लिया था।

गहमा-गहमी भरे शरदकालीन नवरात्रों के बाद उत्तरायण आता है, जिसे सूरज के उत्तर दिशागामी होने की शुरुआत माना जाता है। इस दिन जगत का पोषक, सूर्य, दूर उत्तरी गोलार्द्ध में होता है। यहां से उसके उत्तर में आने के छह महीने के सफर की शुरुआत होती है। उत्तरायण एक तरह से, नवीकरण का अग्रदूत होता है। पुराने की मृत्यु। नये का जन्म।

पहले प्रहर का पहला घंटा था। आधी रात के बाद ही। नदी पोत क्षेत्र के अलावा, पूरा संकश्या नगर सो चुका था। थके और खुश लोगों की संतुष्ट नींद। त्योहार ऐसा काम कर ही देते हैं। हालांकि नगर के रक्षक, उन थोड़े लोगों में थे, जो जाग रहे थे। हर घंटे पर उनकी लगाई हांक पूरे शहर में सुनाई दे रही थी: जागते रहो।

शुक्र था कि सारे रक्षक उतने कर्तव्यपरायण नहीं थे।

ऐसे बीस रक्षक प्रधान मंत्री सुलोचन के महल के एक कक्ष में एकत्र थे; ये समय उनके आधी रात के आहार का था। उन्हें अपनी जगह छोड़कर नहीं जाना चाहिए था। लेकिन कड़ाके की ठंड पड़ रही थी। आहार तो महज़ बहाना था। दरअसल, वो कक्ष में कुछ देर आग पर हाथ सेंकने जमा हुए थे। वो जानते थे कि ये बस अल्पावकाश है। जल्द ही वो वापस अपनी जगह पर आ जाने वाले थे।

सुलोचन का महल पहाड़ी पर बना था, जिसके एक ओर संकश्या का शाही बगीचा था। दूसरी ओर, उदार गंडकी नदी। जगह सच में नयनाभिराम थी, जो नगर के दूसरे सबसे शक्तिशाली इंसान की ही हो सकती थी। लेकिन रक्षकों के लिए उतनी आरामदायक नहीं। महल के उठान की वजह से जंगल से आती ठंडी हवाएं सुहानी नहीं कही जा सकती थीं। और इतनी सारी कमियों का सामना करने के लिए रक्षकों के स्थल पर बैठने तक की जगह नहीं थी। तो, सेवक सच में रक्षक कक्ष में गर्माई का मज़ा ले रहे थे।

दो रक्षक महल की छत पर सोए हुए थे, शाही बगीचे के अंत की ओर। उनकी सांसें स्थिर और सम थीं। गहरी नींद में सोते हुए। उन्हें कुछ याद नहीं होगा। दरअसल, वहां याद रखने लायक कुछ था ही नहीं। एक

बिना गंध की वाष्प ने उन्हें गहरी नींद में पहुंचा दिया था। वो अब अगली सुबह ही उठेंगे, इस बात का अफसोस करते हुए कि वो काम के समय सो गए थे। वो ये बात किसी जांचकर्ता को नहीं बताएंगे। रक्षक का काम करते हुए सोने की सज़ा मौत थी।

मारा कोई मूर्ख हत्यारा नहीं था। कोई भी निर्दयी इंसान लाठी से भी किसी की जान ले सकता था। लेकिन मारा कलाकार था। मारा को कोई तभी काम सौंपता था, जब काम किसी परछाईं से करवाना होता था। एक ऐसी परछाईं जो अंधेरे से निकलती, बस थोड़ी देर के लिए, और फिर तुरंत गायब हो जाती। बिना कोई निशान छोड़े। बस पीछे एक लाश छोड़कर। सही लाश; हमेशा, सही लाश। कोई गवाह नहीं। कोई सबूत नहीं। कोई दूसरी 'गलत' लाश नहीं। किसी जासूसी दिमाग के लिए कोई भी अनावश्यक सबूत नहीं।

कलाकार मारा आज अपना बेहतरीन काम करने जा रहा था।

सुलोचन की बीवी बच्चों को लेकर मायके गई हुई थी। शरदकालीन नवरात्रों के बाद वो अपने परिवार के साथ वार्षिक अवकाश मनाने जाती थी। सुलोचन भी आमतौर पर कुछ दिनों बाद उनके पास पहुंच जाता था, लेकिन इस बार राज्य के किसी खास काम की वजह से नहीं जा पाया था। प्रधान मंत्री घर पर अकेला था। वास्तव में, मारा ने सही दिन और सही समय चुना था। उसे साफतौर पर बता दिया गया था: कोई सामांतर हानि नहीं चाहिए।

उसने प्रधान मंत्री सुलोचन के भारी-भरकम बदन को देखा। बिस्तर पर लेटे हुए। उसके हाथ उसके बराबर में थे। पैर आगे को फैले हुए। जैसे वो सामान्यतः सोता था। उसने मटमैली धोती पहनी हुई थी। नंगा धड़। उसने बिस्तर के पास की चौकी पर अपना अंगवस्त्र रखा था। सफाई से तहा कर। जैसा कि वो सोने से पहले करता था। उसकी अंगूठियां और आभूषण अच्छी तरह आभूषण के डिब्बे में रखे थे, अंगवस्त्र के पास ही। वैसे ही जैसे वो रखता था।

लेकिन, वो सामान्य रूप से सांस नहीं ले रहा था। वो पहले ही मर चुका था। बूटी रूपी ज़हर उसकी नाक से सफाई से शरीर में जा चुका था। जिसका पीछे कोई नामोनिशान नहीं रहेगा। ज़हर ने तुरंत ही उसके शरीर की मांसपेशियों को जड़ कर दिया था।

दिल भी मांसपेशी है। फेफड़ों के नीचे स्थित झिल्ली भी। कुछ ही पल में पीड़ित का दम घुट गया।

शायद, सुलोचन को इसका अहसास हुआ हो। शायद, नहीं हुआ हो। कोई भी नहीं जान पाएगा।

और मारा को जानने की परवाह भी नहीं थी।

हत्या हो चुकी थी।

मारा अब दृश्य स्थापित कर रहा था।

उसने तख्ते से पांडुलिपि उठाई। यह एक गणिका और भ्रमणशील व्यापारी की प्रेम कहानी थी। कहानी पहले से ही पूरे सप्तसिंधु में नाटक के रूप में लोकप्रिय थी। सब जानते थे कि सुलोचन को पढ़ना पसंद था। और कि उन्हें प्रेम कहानियां खास रूप से पसंद थीं। मारा सुलोचन की लाश के पास गया और मुड़े पन्नों वाली पांडुलिपि, उसकी छाती के पास बिस्तर पर रख दी।

सुलोचन पढ़ते हुए सो गया था।

उसने शीशे के ढक्कन वाला दीया उठाया, उसे जलाया और पलंग के पास रखी पेटिका पर रख दिया।

उसकी पढ़ाई का दीया...

उसने कमरे के दूसरे कोने पर, चौकी पर रखी शराब की सुराही उठाई और उसे पेटिका पर रख दिया, एक प्याले के साथ। उसने थोड़ी शराब खाली प्याले में डाल दी।

प्रधान मंत्री सुलोचन, दिनभर की थकान उतारने के लिए, शराब पीते हुए प्रेम कथा पढ़ रहे थे।

उसने बिस्तर के पास की पेटिका पर एक कटोरा आयुर्वेदिक लेप का रख दिया। उसने लकड़ी की एक दातुन लेप में डुबोई, सुलोचन का मुंह खोला और उसे अच्छी तरह पूरे मुंह में फैला दिया, गले के पीछे तक उतारते हुए। एक वैद्य इस लेप को पेट दर्द और बकवाद के लिए ली जाने वाली घरेलु औषधि बताएगा।

प्रधान मंत्री बहुत मोटा था। पेट दर्द यक़ीनन उसकी आम समस्या होगी। और उसे यक़ीनन इन छोटी-मोटी समस्याओं के लिए आयुर्वेद की कुछ घरेलु औषधियों के बारे में पता होगा।

वह खिड़की तक गया।

खिड़की खुली हुई थी। हवा चल रही थी।

वह वापस आया और सुलोचन को गर्दन तक चादर ओढ़ा दी।

सुलोचन ने खुद को ढंक लिया। उसे ठंड लग रही थी।

मारा ने चादर और अंगवस्त्र छुआ। और एक सावधान नज़र पूरे कक्ष पर डाली। सबकुछ वैसा ही था, जैसा उसे होना चाहिए था।

बेहतरीन।

सुलोचन ने शुरुआत में दिल के दौरे को पेट दर्द या बदवास की समस्या समझा होगा। अफसोसजनक सामान्य गलती। उसने उसके लिए कोई औषधि ली होगी। औषधि से उसकी तकलीफ कुछ कम हुई होगी। किसी तरह। फिर वह एक किताब उठाकर पढ़ने लगा और अपने लिए थोड़ी शराब ली। फिर उसे ठंड महसूस हुई, जो दिल के दौरे में होती है। उसने चादर खींचकर खुद को ढंक लिया। और फिर दिल के दौरे की तेज़ लहर आई।

बदकिस्मत।

बेहतरीन बदकिस्मत।

मारा मुस्कुराया। मानसिक तस्वीर उतारने के लिए एक बार फिर से कक्ष को देखा। जैसा वह हमेशा करता था।

उसका माथा ठनका।

कुछ सही नहीं था।

उसने फिर से देखा। पशुओं की सी सजगता से।

धत्त्! बेवकूफ स्साला!

मारा सुलोचन के पास गया और उसकी बाईं बांह उठाई। मरने के बाद शरीर का अकड़ना शुरू हो गया था। कुछ प्रयास करके, मारा ने सुलोचन के बायें हाथ को उसकी छाती पर रख दिया। ज़ोर लगाते हुए उसने उंगलियों को थोड़ा खोल दिया। जैसे आदमी मरते समय दर्द से अपने सीने को पकड़ रहा हो।

मुझे यह पहले ही कर देना चाहिए था। बेवकूफ! बेवकूफ!

अपने काम से संतुष्ट होकर, मारा ने एक बार फिर कक्ष पर नज़र

डाली। बेहतरीन।

अब मामला सामान्य दिल के दौरे का लग रहा था।

वह खामोशी से खड़ा, अपने काम को प्रशंसा की नज़रों से देखता रहा। उसने अपने दाहिने हाथ की उंगलियों के पोरों को चूम लिया।

नहीं, वो महज कातिल नहीं था। वो कलाकार था।

मेरा काम यहां पूरा हो गया।

वह मुड़ा और तेज़ी से खिड़की की तरफ गया, ऊपर की तरफ उछला और छत की मुंडेर पकड़ ली। वेग का इस्तेमाल करते हुए, उसने कलाबाज़ी की और अपने पैर मुंडेर पर रख दिए। जल्द ही वो छत पर था।

मारा अदृश्य आदमी था। गहरा, न हटने वाला जो काला रंग उसने अपनी त्वचा पर लगाया था, और उसके साथ काली धोती, निश्चित करती थी कि वो रात में दिखाई न दे।

उस्ताद ने संतुष्टि से आह भरी। उसे रात की आवाज़ सुनाई दे रही थी। टिर्र-टिर्र करते झिंगुरों की। रक्षक कक्ष से कड़कती आग की। सर्र-सर्र करती हवा की। छत पर सोते रक्षकों के मद्धम खर्राटों की... सब वैसा ही था, जैसा होना चाहिए था। कुछ भी कमी नहीं थी।

वह शाही बगीचे की दिशा की ओर दौड़ा। बिना झिझके। अपनी गति बढ़ाता हुआ। जब वो छत के किनारे पर पहुंचा, उसने एक बिल्ली की तरह ज़मीन की ओर छलांग लगा दी। उसकी आगे की तरफ फैली बांहों ने एक पेड़ की लटकती शाखा पकड़ ली। वह शाखा पकड़कर झूल गया, और अपने शरीर का संतुलन तने के साथ बैठाकर, उसे पकड़कर आराम से ज़मीन पर उतर आया।

उसने फिर दौड़ना शुरू कर दिया। दबे पांव। खामोश सांसें। कोई अनावश्यक आवाज़ नहीं।

परछाईं, मारा, अंधेरे में गायब हो चुका था। रौशनी में खोने के लिए। फिर से।

अध्याय 14

मिथिला इन सालों में ज़्यादा स्थिर हुआ था। पुनर्निर्मित झुग्गियों, और उसके साथ उपलब्ध कराई गई सुविधाओं ने गरीबों की ज़िंदगी में नाटकीय रूप से सुधार किया था। दो दीवारों के बीच की जगह पर हो रही खेती ने कृषि उत्पादन में बहुत वृद्धि की थी। महंगाई में कमी आई थी। और, संकश्या के प्रधान मंत्री की बदकिस्मत मौत ने कुशध्वज को कुछ समय के लिए तटस्थ कर दिया था। सीता के अब दूसरे देशों में राजनीतिक दौरों पर जाने से किसी को कोई आपत्ति नहीं थी।

यक़ीनन, ये बात बहुत कम लोग जानते थे कि उनका पहला दौरा मलयपुत्रों की राजधानी अगस्त्यकूटम का था।

सफर बहुत लंबा था। जटायु, सीता और मलयपुत्रों के बड़े से समूह ने पहले धूल भरी सड़क से संकश्या तक का सफर किया। वहां से, उन्होंने एक नाव में गंडकी नदी को पार किया, तब तक जब तक कि वो गंगा में जाकर न मिली। फिर, वो गंगा को पार करते हुए इसके नज़दीकी यमुना बिंदु तक गए। फिर उन्होंने यमुना के किनारे-किनारे पदयात्रा की और फिर नदी को पार करते हुए सतलुज से सरस्वती तक पहुंचे। वहां से उन्हें सरस्वती नदी में तब तक आगे बढ़ना था, जहां वो पश्चिमी सागर में जाकर नहीं मिल जाती। फिर वे सागर में चलने वाले बड़े जहाज़ में सवार हुए और भारत के पश्चिमी तट की ओर बढ़ने लगे, भारतीय उपमहाद्वीप के दक्षिणी-पश्चिमी छोर की ओर। मंज़िल थी: केरल। कुछ लोग उसे ईश्वर का अपना घर भी कहते हैं। और क्यों नहीं, यह धरती पिछले विष्णु, प्रभु

परशु राम की मानी जाती है।

गर्मियों की एक अलसुबह, पतवार पर पड़ रही हल्की हवा के साथ जहाज़ आराम से शांत पानी पर तैर रहा था। सीता का सागर का पहला अनुभव खुशनुमा और सहज रहा।

'क्या प्रभु परशु राम का जन्म अगस्त्यकूटम में हुआ था?' सीता ने पूछा।

सीता और जटायु जहाज़ के ऊपरी भाग पर खड़े थे, उनके हाथ उसके कटघरे पर थे। जटायु थोड़ा आगे झुकते हुए सीता की तरफ मुड़े। 'हम ऐसा मानते हैं। हालांकि मैं आपको प्रमाण नहीं दे सकता। लेकिन हम निश्चित तौर पर कह सकते हैं प्रभु परशु राम केरल के हैं और केरल प्रभु का।'

सीता मुस्कुराईं।

जटायु ने पहले से ही सोच लिया था कि सीता क्या कहेंगी। 'बिल्कुल, मैं कहां मना कर रही हूं कि भारत में प्रभु परशु राम के हमारे जैसे बहुत से भक्त हैं।'

सीता कुछ कहने ही वाली थीं कि उनकी आंखें दूरी पर चल रहे दो जहाज़ों पर टिक गईं। लंका के जहाज़। वो बड़ी सहजता से चल रहे थे, लेकिन हैरान कर देने वाली गति से।

सीता ने त्योरी चढ़ाईं। 'वो जहाज़ देखने में हमारे जैसे ही लग रहे हैं। उन पर भी हमारे जैसे कई पालें बंधी हुई हैं। तो वो इतनी तेज़ कैसे चल पा रहे हैं?'

जटायु ने आह भरी। 'मैं नहीं जानता। यह रहस्य है। लेकिन इससे उनके पास समय का बहुत फायदा हो जाता है। उनकी सेना और व्यापारी दूर-दराज के क्षेत्रों में किसी और से ज़्यादा जल्दी पहुंच जाते हैं।'

रावण के पास ज़रूर ऐसी कोई तकनीक होगी, जो दूसरों के पास नहीं है।

उन्होंने दोनों जहाज़ों के मस्तूल शिखर को देखा। लंका के काले रंग के झंडे, जिन पर लाल ज्वाला में दहाड़ते हुए शेरों के सिर चिह्नित थे, गर्व से हवा में फड़फड़ा रहे थे।

ऐसा पहली बार नहीं था जब सीता मलयपुत्रों और लंकावासियों के

आपसी संबंध को लेकर हैरान हुई थीं।

—ᛏᚱ—

जब वे केरल के तट के समीप पहुंचे, तो सवारियों को कम गहराई वाले जहाज़ में सवार होना पड़ा, जो केरल के उथले अप्रवाही जल में चल सकें।

सीता को जटायु ने पहले ही बता दिया था और वो जानती थीं कि ज़मीन पर उतरकर क्या करना था। वो तट से शुरू करके पानी के भूल-भुलैयों वाले रास्ते से गुज़रने लगे। धारा, नदियों, झीलों और दलदल के बीच से रास्ता बनाते हुए वो ईश्वर के अपने घर की तरफ बढ़ने लगे। पहली नज़र में लुभावना लगने वाला यह पानी जोखिम भरा भी हो सकता था; प्रचुर पानी वाले क्षेत्र में ये पानी लगातार अपनी दिशा बदलता रहा था। परिणामस्वरूप, हर कुछ दशकों में कोई पुरानी झील सूखने के साथ कोई नई झील उत्पन्न हो जाती थी। इत्तेफाक से, ये अधिकांश अप्रवाही जल-क्षेत्र अंदर से जुड़े हुए थे। बस पानी की इस भूलभुलैया को समझने वाला कोई चाहिए था। लेकिन अगर किसी को ठीक से पता न हो तो उसके खो जाने या ज़मीन में धंस जाने का खतरा था। और, इस कम बसावट वाले क्षेत्र में, कई तरह के जंगली जानवरों के होने का डर भी था, जो जानलेवा हो सकते थे।

सीता का जहाज़ पानी की इन भूलभुलैयों में एक सप्ताह तक चलता रहा, जब तक कि वो एक अनाम नहर में नहीं पहुंच गए। पहले-पहल, उन्होंने नहर के शुरू में खड़े नारियल के तीन लंबे पेड़ों पर ध्यान नहीं दिया। उन तीन तनों पर फैलीं लताएं फरसे के आकार में गुंथी थीं।

नहर एक गतिरोध की तरफ बढ़ रही थी, जो पेड़ों के घने झुरमुट से घिरा था। गोदी का भी कोई निशान नहीं नज़र आ रहा था, जहां जहाज़ को खड़ा किया जा सकता। सीता का माथा ठनका। उन्होंने सोचा कि वो जहाज़ को बीच नहर में रोककर, किसी दूसरी नाव में सवार होंगे। कमाल था कि जहाज़ की गति रुकने के लिए बिल्कुल भी कम नहीं हुई थी। दरअसल, गतिनिर्धारक के नगाड़ों की आवाज़ पहले से बढ़ने लगी थी। जैसे-जैसे आवाज़ बढ़ती जा रही थी, जहाज़ भी गति पकड़ने लगा था, सीधा झुरमट की तरफ बढ़ता हुआ!

सीता जहाज़ के ऊपरी भाग पर अकेली थीं। उन्होंने घबराकर कटघरे को पकड़ लिया और ज़ोर से पुकारने लगीं, 'गति कम करो। हम बहुत नज़दीक हैं।'

लेकिन उनकी आवाज़ जटायु तक नहीं पहुंची, जो निचले तल पर अपने कर्मियों को निर्देश देते हुए आगे के कामों का निरीक्षण कर रहे थे।

उसने इसे कैसे नहीं देखा! झुरमुट बिल्कुल हमारे सामने ही खड़ा है!

'जटायु जी!' सीता घबराहट से चिल्लाईं, उन्हें यक़ीन हो चला था कि अब बस जहाज़ टकराने ही वाला था। वो कटघरे को मज़बूती से पकड़ते हुए, खुद को बचाने के लिए नीचे झुक गईं। टक्कर को सहने के लिए।

कोई टक्कर नहीं हुई। एक हल्का सा धक्का लगा, बहुत हल्का सा, लेकिन जहाज़ आगे बढ़ता रहा।

सीता ने अपना सिर उठाया। दुविधा से।

पेड़ हट गए थे, जहाज़ के हल्के से धक्के से, बिना प्रयास के ही! जहाज़ आराम से उस झुरमुट के अंदर चल रहा था। सीता ने झुककर नीचे पानी में देखा।

आश्चर्य से उनका मुंह खुला रह गया।

प्रभु वरुण कृपा करें।

वो तैरते वृक्ष थे, जो जहाज़ के गुप्त झील की ओर बढ़ने पर एक तरफ हट गए थे। उन्होंने मुड़कर देखा। अब वो तैरते वृक्ष वापस अपनी जगह पर आ रहे थे, इस गुप्त झील को छिपाते हुए। बाद में, जटायु ने उन्हें बताया कि वो सुंदरी वृक्ष की खास किस्में हैं।

सीता आश्चर्य से मुस्कुराईं और अपना सिर हिलाया। 'प्रभु परशु राम की भूमि में कितने राज़ छिपे हैं!'

उन्होंने वापस अपना चेहरा आगे कर लिया, उनकी आंखें चमक रही थीं।

और फिर, वो डर से जम गईं।

खून की नदियां!

कुछ दूरी पर, उनके ठीक सामने, जहां झील खत्म होती थी और पहाड़ शुरू, वहां से अलग-अलग दिशाओं से खून की तीन धाराएं

निकलकर खाड़ी में विलीन हो रही थीं।

काफी समय पहले माना जाता था कि प्रभु परशु राम ने भारत के बुरे राजाओं का नरसंहार किया था, जो अपने लोगों का दमन कर रहे थे। ऐसा कहा जाता था कि जब वो आखिरकार रुके, तो उनके खून में डूबे फरसे ने उन बुरे राजाओं के खराब खून से खुद को साफ करने के लिए खून की उबकाई कर दी थी। जिससे मलप्रभा नदी लाल हो गई थी।

लेकिन वो बस कहावत थी!

लेकिन वो यहां जहाज़ से, सिर्फ एक नहीं, बल्कि तीन उफनती धाराएं देख रही थीं, जो झील में आकर मिल रही थीं।

उन्होंने डर से अपने रुद्राक्ष वाली लटकन को पकड़ लिया, उनका दिल ज़ोरों से धड़क रहा था। प्रभु रुद्र रहम करें।

'सीता रास्ते में ही हैं, गुरुजी,' अरिष्टनेमी ने शत स्तंभों वाले विशाल कक्ष में प्रवेश करते हुए कहा। 'वो अगस्त्यकूटम में ज़्यादा से ज़्यादा दो या तीन सप्ताह में पहुंच जाएंगी।'

विश्वामित्र अगस्त्यकूटम के मुख्य परशुरामेश्वर मंदिर में बैठे थे। ये मंदिर प्रभु परशु राम के ईष्ट प्रभु रुद्र को समर्पित था। उन्होंने अपनी पांडुलिपि से नज़र उठाकर देखा।

'ये तो अच्छी खबर है। क्या सारी तैयारियां हो चुकी हैं?'

'जी, गुरुजी,' अरिष्टनेमी ने कहा। उन्होंने अपना हाथ आगे बढ़ाकर एक संदेश आगे किया। मुहर टूटी हुई थी। लेकिन फिर भी पहचान आ रही थी। यह अनु के वंशजों की मुहर थी। 'राजा अश्वपति ने संदेश भिजवाया है।'

विश्वामित्र संतुष्टि से मुस्कुराए। कैकेय के राजा, कैकेयी के पिता और सम्राट दशरथ के ससुर, अश्वपति। वो दशरथ के दूसरे पुत्र, भरत के नाना भी थे। 'तो वो हमारे साथ नया संबंध स्थापित करना चाहते हैं।'

'महत्वाकांक्षा का अपना ही मकसद होता है, गुरुजी,' अरिष्टनेमी ने कहा। 'फिर वो महत्वाकांक्षा खुद के लिए हो या अपनी संतान के लिए। मुझे लगता है कि अयोध्या के अभिजात सेनापति मृगस्य को दिखाना...'

'गुरुजी!' एक अनुभवहीन हरकारे ने हांफते हुए कक्ष में प्रवेश किया।

विश्वामित्र ने उसे नाराज़गी से देखा।

'गुरुजी, वो अभ्यास कर रही हैं।'

विश्वामित्र तुरंत उठ खड़े हुए। उन्होंने जल्दी से अपने हाथ जोड़कर प्रभु रुद्र और प्रभु परशु राम की प्रतिमाओं को प्रणाम किया। फिर वो तेज़ी से मंदिर से बाहर निकल गए, उनके पीछे-पीछे अरिष्टनेमी और वो हरकारा भी था।

वे तुरंत अपने घोड़ों पर सवार हुए और तेज़ी से दौड़ लिए। उनके पास गंवाने को समय नहीं था।

कुछ ही देर में वो वहां पहुंच गए जहां उन्हें होना चाहिए था। वहां पहले ही कुछ भीड़ जमा हो गई थी। पवित्र भूमि पर। लगभग तीस मापक ऊंची मीनार के नीचे, जो पत्थरों से बनी हुई थी। कुछ के सिर ऊपर को उठे हुए थे, मीनार के ऊपर बने छोटे से लकड़ी के घर की ओर। कुछ ज़मीन पर बैठे थे, आनंद से उनकी आंखें बंद थीं। कुछ के आंसू बस भावनाओं के आवेग में बह रहे थे।

एक तेजस्वी संगीतमयी प्रस्तुति हवा में झूलते हुए आ रही थी। दिव्य उंगलियां उस वाद्य के तारों को झनझना रही थीं, जिसे खुद ईश्वर ने तैयार किया था। एक महिला, जो सालों से इस घर से बाहर नहीं निकली थीं, रुद्र वीणा बजा रही थीं। पिछले महादेव के नाम पर बना वाद्य यंत्र। प्रस्तुति कोई राग थी, जिसे भारतीय संगीत के अधिकांश प्रेमी पहचान जाएंगे। कोई उसे राग हिंडोलम कहता था, तो कोई राग माल्कोंस। महान महादेव, प्रभु रुद्र को समर्पित प्रस्तुति।

विश्वामित्र दूसरों के द्वारा बनाए मार्ग से आगे बढ़े। वह मीनार के प्रवेश द्वार पर बनी सीढ़ियों के पास जाकर रुके। आवाज़ मधुर थी, घर की लकड़ी की खिड़कियों से छनकर आती हुई। दिव्य आवाज़ थी। विश्वामित्र को महसूस हुआ कि उनका दिल लयबद्ध धुन के साथ धड़क रहा था। उनकी आंखों में आंसू उमड़ आए।

'वाह, अन्नपूर्णा देवी, वाह,' विश्वामित्र के मुंह से निकला, जबकि वो किसी भी आवाज़ से उस सम्मोहन को तोड़ना नहीं चाहते थे, भले ही वो आवाज़ उनकी खुद की ही क्यों न हो।

विश्वामित्र के अनुसार, अन्नपूर्णा बेशक जीवित वीणा-वादकों में सर्वश्रेष्ठ थीं। लेकिन अगर वो अपनी प्रशंसा में कोई शब्द सुनती थीं तो तुरंत बजाना बंद कर देती थीं।

सैंकड़ों लोग जमा हो गए थे, मानो वो सब ज़मीन से ही निकले थे। अरिष्टनेमी असहजता से उन्हें देख रहे थे। वो इस बारे में कभी खुश नहीं थे।

लंका के मुख्य दरबारी संगीतज्ञ की छोड़ी हुई पत्नी को शरण देना? जो रावण की भूतपूर्व कृपापात्र भी थीं?

अरिष्टनेमी सैन्य मस्तिष्क से सोच रहे थे। इसे रणनीति का रूप देते हुए। उनके लिए संगीत प्रेम के भाव उतने मायने नहीं रखते थे।

लेकिन वो जानते थे कि उनके गुरु उनसे सहमत नहीं होंगे। तो उन्होंने सब्र से इंतज़ार किया।

राग दिव्य जादू चलाते हुए बज रहा था।

—ए—

'वो खून नहीं है, बहन,' जटायु ने सीता को देखते हुए कहा।

हालांकि सीता ने 'खून की नदियों' से संबंधित कोई सवाल नहीं पूछा था, लेकिन उनके चेहरे पर आतंक देख जटायु ने खुद उन्हें बताने का फैसला किया। सीता ने अपनी रुद्राक्ष लटकन को अभी भी पकड़ रखा था, लेकिन अब उनके चेहरे पर सहजता आ गई थी।

इस दौरान, मलयपुत्र तैरते घाट पर जहाज़ के लंगर डाल रहे थे।

'वो नहीं था?' सीता ने पूछा।

'नहीं, वो उन खास बूटियों का प्रभाव था जो यहां उगती हैं। वो धारा की सतह में लाल-बैंगनी रंग की होती हैं। यहां का पानी उथला है, तो दूर से देखने पर वो पानी लाल दिखाई देता है। मानो धारा खून से भरी हो। लेकिन 'खून' झील के पानी में मिलने पर बेरंग तो नहीं हो जाएगा न, आपने ध्यान नहीं दिया? क्योंकि झील में वो बूटियां बहुत गहराई में हैं और दिखाई नहीं देतीं।'

सीता शर्मिंदगी से मुस्कुरा दीं।

'जो भी पहली बार इसे देखता है, वो यही सोचता है। हमारे लिए यह

प्रभु परशु राम के क्षेत्र की शुरुआत है। दंत कथाओं की मशहूर खूनी नदी।'

सीता ने हां में सिर हिलाया।

'लेकिन इस क्षेत्र में खून दूसरे तरीकों से भी बह सकता है। अगस्त्यकूटम और यहां के बीच पड़ने वाले घने जंगलों में बहुत से खतरनाक पशु रहते हैं। अभी हमें और दो सप्ताह का सफर तय करना है। तो हमें हमेशा साथ में और सावधान रहना होगा।'

'ठीक है।'

उनकी बात बहते घाट पर ज़ोर से जहाज़ लगने के साथ बीच में रह गई।

दो सप्ताह से कुछ कम समय पर, पांच टुकड़ियों का दल अपनी मंज़िल के करीब था। उन्हें अचिह्नित घने जंगल से होकर गुज़रना था, जहां कोई स्पष्ट रास्ता नहीं बना था। सीता को अहसास हुआ कि मलयपुत्रों के बिना कोई भी यहां के घने जंगलों में आसानी से भटक सकता था।

आखरी पहाड़ी के तल में पहुंचने पर वो रोमांचित हो उठीं और प्रभु परशु राम के नगर की घाटी को प्यार से निहारा।

'वाह...' सीता फुसफुसाईं।

घाटी के ढलान पर खड़ी होकर, वह नीचे की असाधारण सुंदरता को सराह रही थीं। ये सुदंरता कल्पना से परे थी।

थामिरावरुणी नदी पश्चिम से शुरू होकर इस विशाल, अंडाकार घाटी में अनेकों झरनों के रूप में गिर रही थी। घाटी अपने आप में घनी वनस्पति और अथाह वृक्षों से पटी पड़ी थी। नदी दर्रों से बहती हुई पूर्वी ओर जाकर, संकरे छोर पर निकलकर; तमिलों की भूमि की ओर बहती थी।

घाटी गहरी थी, पश्चिम में चोटी से कोई आठ सौ मीटर उतरती हुई, जहां से थामिरावरुणी गिरती थी। घाटी की भुजाएं इसके ढलान से लेकर तल तक तीव्र रूप से गिरती थीं। घाटी की ढलान लाल रंग की दिख रही थी; शायद किसी कच्ची धातु के असर से। नदी भी झरने के रूप में उतरते हुए इस कच्ची धातु के कुछ अवयव अपने में समाहित कर लेती थी। इससे

पानी में हल्की लाल आभा दिखाई दे रही थी। और झरने भयानक रूप से खूनी दिखाई दे रहे थे। नदी आगे जाकर घाटी के दर्रों से लाल सांप के रूप में रेंगकर खुले, गहरे हरे अंडाकार में जा गिरती थी।

अधिकांश घाटी सालों से बहती नदियों, भारी झरनों और विकट हवाओं की वजह से नष्ट होती जा रही थी। सिवाय एक बड़ी चट्टान के, एक विशालकाय मीनार जैसी चट्टान। घाटी के आधार से साढ़े आठ सौ माप ऊंची गर्व से खड़ी वो मीनार मानो पूरी घाटी को सहारा दे रही थी। उसकी चौड़ाई लगभग छह वर्ग किलोमीटर थी। स्फटिक, सबसे कड़े पत्थर से बनी होने की वजह से चट्टान स्लेटी रंग की थी। इससे पता चलता था कि यह विपरीत समय में भी क्यों ऐसे सीधी खड़ी रह सकी थी, और इसी वजह से उसने प्रकृति मां के सामने घुटने नहीं टेके थे, जबकि उसके आसपास की हर वस्तु का आकार बदल रहा था।

शाम के बादलों ने उन्हें साफ नज़ारा नहीं देखने दिया, फिर भी सीता इस खूबसूरती से भावुक हो उठी थीं।

चट्टान की भुजाएं शीर्ष से नीचे घाटी तक पूरे नब्बे अंश पर गिर रहे थे। यद्यपि प्रायोगिक रूप से शीर्षस्थ, भुजाएं दांतेदार और पथरीली थीं। चट्टान के उभरे भाग में झाड़ियां और फर्न उगे हुए थे। कुछ लताएं बहादुरी से चट्टान की भुजा से लटकी हुई थीं। शीर्ष पर वृक्ष उगे हुए थे, जो कोई छह वर्ग किलोमीटर का बड़ा क्षेत्र था। चट्टान की भुजाओं पर उगी थोड़ी-बहुत वनस्पति के अलावा, अधिकांश चट्टान नग्न थी, जो कण-कण में वनस्पति से लदी घाटी में गर्व से खड़ी थी।

परशुरामेश्वर मंदिर चट्टान के शीर्ष पर था। लेकिन बीच में आए बादलों की वजह से सीता वो देख नहीं पाई थीं।

अगस्त्यकूटम, चट्टान वास्तव में अगस्त्य पहाड़ ही था।

मलयपुत्रों ने इस अगम्य अगस्त्यकूटम को एक रस्सी और धातु के पुल से साध्य बनाया था, जो शीर्ष से पहाड़ी के ढलान पर होता हुआ धरा तक पहुंचा था।

'अब दूसरी ओर चलें?' जटायु ने पूछा।

'हां,' सीता ने जवाब दिया, उस विशाल पर्वत से अपनी आंसू भरी नज़रें हटाते हुए।

'जय परशु राम।'

'जय परशु राम।'

— ❖ —

जटायु ने अपने घोड़े को सावधानी से रस्सी और धातु के पुल पर चढ़ाया। सीता ने भी पीछे-पीछे अपने घोड़े को चलाया। बाकी का समूह भी पंक्तिबद्ध हो गया।

सीता रस्सी के पुल की स्थिरता से हैरान थीं। जटायु ने बताया कि यह धातु के खोखले पट्टों की आविष्कारक शैली की वजह से है, जो पुल के पीछे लगे हुए हैं। आपस में जुड़े हुए इन पट्टों की नींव दोनों तरफ गहराई में पड़ी हुई थी; एक तरफ तो घाटी की ढलान के छोर पर, और दूसरी तरफ स्फटिक चट्टान के शीर्ष पर।

पुल की ऐसी जटिल शैली सीता के ध्यान को ज़्यादा देर तक बांधे नहीं रख पाई। वो रस्सी की मुंडेर से परे, आठ सौ मीटर नीचे बहती थामिरावरुणी को देख रही थीं। उन्होंने खुद को संतुलित किया; नदी ऊपर से सीधा नीचे गिर रही थी। थामिरावरुणी उस चट्टान से आ रही थी, जहां सीता जा रही थीं। नदी फिर दो धाराओं में बंट रही थी, जैसे वो चट्टान को प्यार से अपनी दोनों बांहों में घेर रही हो। चट्टान से पार दोनों धाराएं फिर से एक हो जातीं; और फिर थामिरावरुणी घाटी से बाहर पूर्व की ओर बढ़ जाती। स्फटिक चट्टान, इस तरह तकनीकी रूप से, नदी द्वीप था।

'थामिरावरुणी नाम का क्या मतलब है, जटायु जी?' सीता ने पूछा।

जटायु ने बिना पीछे मुड़े जवाब दिया। 'वरुणी मतलब प्रभु वरुण से आने वाली, पानी और समुद्र के देवता वरुण। और थामिरा के स्थानीय बोली में दो अर्थ है। एक है लाल!'

सीता मुस्कुराईं। 'मतलब, साफ है! लाल नदी!'

जटायु हंसे। 'लेकिन थामिरा का एक और अर्थ भी है।'

'क्या?'

'ताम्र।'

— ❖ —

जब सीता दूसरी ओर पहुंची तो बादल छंटने लगे। वो अचानक से ठहर गईं, अपने घोड़े को रोकते हुए। उनका मुंह खुला रह गया। आश्चर्य और सम्मोहन में।

'प्रभु रुद्र के नाम पर, इसे बनाया कैसे गया होगा?'

जटायु सीता की ओर मुड़कर मुस्कुराए और उन्हें हाथ से आगे बढ़ने का इशारा किया। उन्होंने जल्दी से आगे मुड़कर चलना शुरू कर दिया। उन्हें पुल पर सावधान रहने का प्रशिक्षण मिला था।

आगे उस चट्टान में एक विशालकाय गुफा बनी हुई थी। लगभग पंद्रह मीटर ऊंची और लगभग पचास मीटर गहरी गुफा चट्टान के बाहरी किनारे पर बनी थी, एक सतत पंक्ति में, उसका आधार और छत धीरे-धीरे ऊपर की तरफ बढ़ रहे थे, क्योंकि यह ढांचे के शीर्ष तक जा रही थी। इसलिए ये उस चट्टान में सड़क का काम कर रही थी। इसकी घुमावदार सड़क क्रमशः नीचे से शुरू होकर चट्टान में दो सौ मीटर ऊपर शीर्ष तक पहुंच रही थी। लेकिन इस लंबी गुफा, जो चट्टान की सतह पर घुमावदार पंक्ति में अंदर ही अंदर बढ़ रही थी, के लिए चट्टान का अंदरूनी भाग उसके सड़क और छत का काम कर रहा था। वो सिर्फ एक रास्ता ही नहीं थी। गुफा के अंदर बहुत से निर्माण कार्य भी हुए थे, वही चट्टान की घुमावदार रेखा में ही। इनमें नागरिकों के लिए घर, कार्यालय, दुकानें और दूसरी इमारत बनी हुई थीं। यह आविष्कारक निर्माण, चट्टान के अंदरूनी भाग में गहराई तक जा रहा था, जिसमें अगस्त्यकूटम में रहने वाले दस हज़ार मलयपुत्र निवास करते थे। बाकी के मलयपुत्र चट्टान के शीर्ष पर रहते थे। इसके अतिरिक्त नब्बे हज़ार मलयपुत्र भारत की महान भूमि पर अपने विभिन्न शिविरों में रह रहे थे।

'कोई स्फटिक जैसे कठोर पत्थर में ऐसा निर्माण कैसे कर सकता है?' सीता ने पूछा। 'वो भी चट्टान की सतह पर, जो पूरी तरह सीधी खड़ी है? ये तो भगवान का ही कार्य हो सकता है!'

'मलयपुत्र भगवान, स्वयं प्रभु परशु राम का ही प्रतिनिधित्व करते हैं,' जटायु ने कहा। 'हमसे बाहर कुछ नहीं है।'

जैसे ही पुल से उतरकर जटायु चट्टान में बनी गुफा के प्रवेश द्वार पर पहुंचे, वे फिर से अपने घोड़े पर सवार हो गए। गुफा की छत इतनी ऊंची थी कि उसमें आराम से घुड़सवार सैनिक प्रवेश कर सकता था।

उन्होंने सीता को भी अपने घोड़े पर चढ़ते हुए देखा। लेकिन वो आगे नहीं चलीं। वह प्रशंसा से गुफा के किनारे पर बनी मुंडेर को देख रही थीं, जो सड़क के दाहिनी ओर बनी थी। उन पर की गई कलाकारी किसी का भी ध्यान उस गहरी खाई से हटा सकती थी, जिससे बचने के लिए ये मुंडेर बनाई गई थी। मुंडेर अपने आप में लगभग दो मीटर ऊंची थी। इसके बीच-बीच में स्तंभ बने थे, जिनके बीच का स्थान रौशनी आने के लिए खुला छोड़ा गया था। हर स्तंभ के बीच में मत्स्य की चिह्न अंकित था।

'बहन,' जटायु फुसफुसाए।

सीता अपना घोड़ा बाईं ओर बने चार मंज़िला घर की ओर बढ़ा चुकी थीं, जो गुफा की अंदरूनी ओर था। उन्होंने वापस अपना ध्यान जटायु पर केंद्रीत किया।

'वचन दो, बहन,' जटायु ने कहा, 'आप न तो झिझकोगी न पीछे मुड़ोगी, भले आगे कुछ भी हो जाए।'

'क्या?' सीता ने त्योरी चढ़ाईं।

'मुझे लगता है अब मैं आपको समझ गया हूं। आप जो देखने वाली हैं, हो सकता है उससे आप भावुक हो जाएं। लेकिन आप कल्पना भी नहीं कर सकतीं कि हम मलयपुत्रों के लिए आज का दिन कितना खास है। किसी भी चीज़ से पीछे मत हटिएगा। विनती है।'

इससे पहले कि सीता आगे कोई सवाल पूछ पातीं, जटायु आगे बढ़ गए। जटायु ने अपना घोड़ा दाहिनी ओर बढ़ाया, जहां से सड़क आराम से घूमते हुए ऊपर की ओर जा रही थी।

सीता ने भी अपने घोड़े को उसी दिशा में ऐंड़ लगाई।

और तभी, नगाड़ों की आवाज़ आने लगी।

जैसे ही रास्ता आगे खुला, उन्होंने सड़क की दोनों ओर बहुत से लोगों को पंक्ति में खड़े देखा। उनमें से किसी ने भी अंगवस्त्र नहीं पहन रखा था। केरल के लोग ऐसा तब करते हैं जब वो किसी मंदिर में देवी या देवता की पूजा करने जाते हैं। अंगवस्त्र नहीं पहनने का मतलब होता है कि वो अपने देव और देवी के दास हैं। और, आज उन्होंने वो इसलिए नहीं पहना था क्योंकि उनकी जीवित देवी आज अपने घर पधार रही थीं।

नियमित अंतराल पर, ढोल वाले कपड़े की रस्सी के सहारे अपने

कंधों पर बड़े-बड़े ढोल टांगे खड़े थे। सीता को देखते ही उन्होंने एक लय में, उद्बोधक स्वर में ढोल बजाना शुरू कर दिया। हर ढोल वाले के सामने एक वीणा वादक भी खड़ा था, जो ढोल की ताल से ताल मिलाकर अपने तारों के सुर छेड़ रहे थे। बाकी की भीड़ अपने घुटनों पर झुकी हुई थी, अपना सिर झुकाए। और, वो मंत्रोच्चार कर रहे थे।

उनके शब्द हवा में तैर रहे थे। स्पष्ट और सटीक।

ॐ नमोः भगवते विष्णुदेवाय

तस्मै साक्षिणे नमोः नमः

महान प्रभु विष्णु को प्रणाम

प्रणाम, उनके साक्षियों को प्रणाम

सीता, अपलक उनको देख रही थीं। उन्हें समझ नहीं आ रहा था कि क्या करें। उनका घोड़ा भी ठहर गया था।

जटायु ने अपने घोड़े को खींचा और सीता के पीछे आ गए। उन्होंने टिक-टिक की आवाज़ निकाली और सीता के घोड़े ने चलना शुरू कर दिया। आगे, शीर्ष की तरफ हल्की सी उतराई-चढ़ाई थी।

और इस प्रकार, सीता, आगे बढ़ने लगीं।

ॐ नमोः भगवते विष्णुदेवाय

तस्मै मत्स्यये नमोः नमः

महान प्रभु विष्णु को प्रणाम

प्रणाम, प्रभु मत्स्य को प्रणाम

सीता का घोड़ा धीरे-धीरे, लेकिन बिना झिझके आगे बढ़ रहा था। भीड़ में अधिकांश चेहरों पर भक्ति के भाव थे। कुछ की आंखों से आंसू भी बह रहे थे।

कुछ लोग आगे आए, टोकरी में गुलाब की पंखुड़ियां लिए। उन्होंने वो हवा में उछाल दीं। अपनी देवी सीता पर फूलों की बरसात करते हुए।

ॐ नमोः भगवते विष्णुदेवाय

तस्मै कुर्माया नमोः नमः

महान प्रभु विष्णु को प्रणाम

प्रणाम, प्रभु कुर्मा को प्रणाम

एक महिला आगे आई, अपने नवजात पुत्र को गोद में उठाए। वो बच्चे को घोड़े की रकाब के पास लाकर, उसका माथा सीता के पैरों पर लगाने लगी।

घबराई और व्याकुल सीता ने पूरी कोशिश करके खुद को पीछे हटने से रोका।

सीता के नेतृत्व वाला दल सड़क पर आगे बढ़ता जा रहा था, चट्टान के शीर्ष की ओर।

नगाड़े, वीणा, मंत्रोच्चार... सब लगातार चल रहा था।

ऊं नमो: भगवते विष्णुदेवाय

तस्मै वाराभ्यई नमो: नम:

महान प्रभु विष्णु को प्रणाम

प्रणाम, देवी वाराही को प्रणाम

उनके आगे, घुटनों के बल बैठे कुछ लोगों ने अपना सिर ज़मीन पर रखा हुआ था, उनके हाथ आगे की तरफ फैले हुए थे। भावनाओं के आवेग में उनका शरीर कांप रहा था।

ऊं नमो: भगवते विष्णुदेवाय

तस्मै नरसिम्हाया नमो: नम:

महान प्रभु विष्णु को प्रणाम

प्रणाम, प्रभु नरसिम्हा को प्रणाम

हल्की ढलानदार गुफा आगे चट्टान के शीर्ष पर खुल रही थी। मुंडेर विशालकाय शीर्ष के गिर्द घूम गई। मोह से बंधे लोग गुफा के रास्ते सीता के पीछे आ रहे थे।

चट्टान के शीर्ष के बड़े भाग में सुनियोजित सड़कें और बहुत सी कम ऊंचाई की इमारतें बनी हुई थीं। गलियों के दोनों ओर आटे से किनारी बनाकर, उन्हें फूलों और नीचे घाटी से बड़ी मेहनत से लाई गई खास मिट्टी से सजाया गया था। नियमित अंतराल पर आटा और गहराई तक, बड़े पेड़ों की जड़ों तक जा रहा था। इस चट्टानी, कठोर पर्यावरण में सावधानी से वृक्ष उगाकर सहजता लाने का प्रयास किया गया था।

शिखर पर दो विशाल मंदिर आमने-सामने थे। ये दोनों मिलकर परशुरामेश्वर मंदिर का परिसर बना रहे थे। एक लाल रंग का मंदिर

महादेव, प्रभु रुद्र को समर्पित था। दूसरा, सफेद मंदिर छठे विष्णु, प्रभु परशु राम को समर्पित था।

उस क्षेत्र की दूसरी इमारतों को जानबूझकर कम ऊंचाई का रखा गया था, कोई भी परशुरामेश्वर मंदिर से ऊंची नहीं थी। कुछ में कार्यालय थे और कुछ में घर। महर्षि विश्वामित्र का घर शीर्ष के कोने में था, हरी-भरी वादी के ठीक ऊपर।

ऊं नमोः भगवते विष्णुदेवाय

तस्मै वामनाये नमोः नमः

महान प्रभु विष्णु को प्रणाम

प्रणाम, प्रभु वामन को प्रणाम

मंत्रोच्चार जारी था।

एक कृशकाय वृद्ध महिला को देखकर जटायु की सांसें रुक गईं। उनके खुले हुए सफेद बाल हवा में लहरा रहे थे, वह दूरी पर एक चबूतरे पर बैठी थीं। उनकी गर्वित, आध्यात्मिक आंखें सीता पर टिकी थीं। जबकि आनंदित उंगलियां रुद्र वीणा के तार छेड़े हुए थीं। अन्नपूर्णा देवी। पिछली बार उन्हें तब ही देखा गया था, जब वो कई साल पहले अगस्त्यकूटम में आई थीं। आज वो अपने घर से बाहर निकली थीं। वो सार्वजनिक रूप से अपनी वीणा बजा रही थीं, अपनी कसम को तोड़ते हुए। एक भयानक कसम, जो उनके पति ने उन्हें दिलाई थी। लेकिन आज कसम तोड़ने की खास वजह थी। महान विष्णु कोई रोज़-रोज़ अपने घर नहीं पधारते हैं।

ऊं नमोः भगवते विष्णुदेवाय

तस्मै मोहिनीयाई नमोः नमः

महान प्रभु विष्णु को प्रणाम

प्रणाम, देवी मोहिनी को प्रणाम

कुछ शुद्धतावादी मानते हैं कि महादेव और विष्णु एक ही समय पर अस्तित्व में नहीं आ सकते। एक समय पर या तो पिछले विष्णु की प्रजाति के साथ महादेव अस्तित्व में रह सकते हैं, या पिछले महादेव की प्रजाति के साथ विष्णु। एक ही समय पर बुराई के विनाश और अच्छाई के प्रचार की क्या ज़रूरत आन पड़ेगी? इसलिए कुछ लोग देवी मोहिनी को विष्णु के रूप में स्वीकार नहीं करते। यक़ीनन, मलयपुत्र बहुमत के साथ थे और

वो देवी मोहिनी को विष्णु के रूप में मानते थे।

मंत्रोच्चार जारी था।

ऊं नमो: भगवते विष्णुदेवाय

तस्मै परशुरामाया नमो: नम:

महान प्रभु विष्णु को प्रणाम

प्रणाम, प्रभु परशु राम को प्रणाम

सीता ने विश्वामित्र के नज़दीक आने पर, अपने घोड़े की लगाम खींचकर उसे रोका। दूसरों से अलग, उन्होंने अपना अंगवस्त्र पहना हुआ था। अगस्त्यकूटम के सारे मलयपुत्र अब चट्टान के शिखर पर थे।

सीता ने घोड़े से उतरकर, सम्मान से झुकते हुए विश्वामित्र के पैर छुए। उन्होंने सीधे खड़े होकर प्रणाम की मुद्रा में अपने हाथ जोड़े। विश्वामित्र ने अपना दाहिना हाथ उठाया।

संगीत, मंत्रोच्चार, हर हरकत तुरंत बंद हो गई।

शीर्ष पर सौम्य हवा चल रही थी। हवा की मधुर आवाज़ सब सुन पा रहे थे। लेकिन अगर कोई मन से सुनना चाहता, तो शायद दस हज़ार धड़कते दिलों की धड़कन को सुन सकता था। और, अगर किसी के पास दिव्य शक्ति होती, तो एक भावुक महिला के रोते दिल की आवाज़ सुन पाता, जो खामोशी से अपनी खो चुकी मां को याद कर रही थी।

एक मलयपुत्र पंडित विश्वामित्र के पास अपने हाथों में दो कटोरे लिए आया। एक में गाढ़ा लाल लेप था; और दूसरे में उतना ही गाढ़ा सफेद लेप। विश्वामित्र ने अपनी तर्जनी और अनामिका उंगलियां सफेद लेप में डुबोईं और फिर मध्यमा उंगली लाल लेप में।

फिर उन्होंने अपनी कलाई अपनी छाती पर रखी और बुदबुदाये, 'महादेव, प्रभु रुद्र और विष्णु, प्रभु परशु राम की कृपा से।'

उन्होंने रंगों वाली अपनी तीनों उंगलियां सीता की भौंहों के बीच रखीं, और उन्हें ऊपर बालों की तरफ ले गए, बाहरी उंगलियों को खोलते हुए। एक त्रिशूल के आकार का तिलक सीता के माथे पर उभर आया था। उसकी दोनों बाहरी रेखाएं सफेद थीं, और बीच की रेखा लाल।

अपने हाथ के इशारे से, विश्वामित्र ने मंत्रोच्चार शुरू करने का संकेत दिया। दस हज़ार आवाज़ें एक सुर में मंत्रोच्चार कर रही थीं। हालांकि इस

बार मंत्र भिन्न था।

ऊं नमोः भगवते विष्णुदेवाय
तस्यै सीतादेवीयायी नमोः नमः
महान प्रभु विष्णु को प्रणाम
प्रणाम, देवी सीता को प्रणाम

अध्याय 15

देर शाम को, सीता शांति से प्रभु परशु राम मंदिर में बैठी थीं। अकेली। उन्होंने अकेले रहने की विनती की थी।

विशाल परशुरामेश्वर मंदिर का परिसर स्फटिक चट्टान के शीर्ष पर करीब एक सौ पचास एकड़ में फैला हुआ था। केंद्र में मानवनिर्मित, वर्गाकार झील थी, जिसके तल में वही लाल-जामुनी शैवाल उगी हुई थी। इससे उन्हें 'खून से भरी' वही तीन धाराएं याद आ गईं, जो उन्होंने गुप्त झील में देखी थीं। शैवाल को यहां उगाया गया था, जिससे वो इस स्थिर जल में बची रह सकें। इस झील में इस चट्टान पर बसे पूरे शहर का पानी जमा किया जाता था। घरों तक पानी को घुमावदार रास्ते पर बिछी नलियों के माध्यम से पहुंचाया जाता था।

परशुरामेश्वर परिसर के दोनों मंदिर इस झील के सामने बने हुए थे। एक प्रभु रुद्र को समर्पित था और दूसरा प्रभु परशु राम को।

प्रभु रुद्र के मंदिर के स्फटिक ढांचे पर लाल पत्थर की पतली परत चढ़ाई गई थी, जिसे बड़ी दूर से जहाज़ों के माध्यम से यहां लाया गया था। इसका आधार मज़बूत था, लगभग दस मीटर ऊंचाई का, पीठिका के रूप में, जिस पर मुख्य मंदिर का ढांचा खड़ा किया गया था। आधार की बाहरी दीवार पर ऋषियों और ऋषिकाओं की आकृति बनी थी। केंद्र में बनी चौड़ी सीढ़ियां विशालकाय बरामदे तक ले जाती थीं। मुख्य मंदिर के आसपास खूबसूरत जाली लगी हुई थी, जो ताम्र मिश्रण की पतले तारों से बनी थी; इसका रंग स्वाभाविक लाल-नारंगी के बजाय भूरे रंग का था। जाली में

छोटे, वर्गाकार आले बने थे, जिनमें धातु के दीये रखे थे। उसमें एक साथ जलते ऐसे हज़ारों दीये आसमान में झिलमिलाते तारों के समान लग रहे थे।

अलौकिक।

हज़ारों धातु के दीयों के अलावा, वहां सौ स्तंभों वाला विशाल कक्ष भी था। बहुत बलशाली यंत्रों के माध्यम से हर स्तंभ को सटीक गोलाकार बनाया गया था। इन प्रभावशाली स्तंभों ने मुख्य मंदिर की मीनार को थाम रखा था, जो लगभग पचास फुट ऊंची थी। ऊंचे मंदिर की मीनार पर चारों तरफ अतीत के महान पुरुषों और महिलाओं की आकृतियां उकेरी गई थीं। इनमें हर समूह के लोग थे, जैसे संगमतमिल, द्वारकावासी, मानसकुल, आदित्य, दैत्य, वसु, असुर, देव, राक्षस, गंधर्व, यक्ष, सूर्यवंशी, चंद्रवंशी, नागा और दूसरे समूहों से भी। भारत की इस वैदिक संस्कृति के पूर्वज।

कक्ष के बीचोंबीच गर्भ-गृह था। यहीं पर प्रभु रुद्र और देवी मोहिनी, जिन्हें वो प्रेम करते थे, की मानवाकार मूर्तियां स्थापित थीं। उनकी सामान्य मूर्तियों से भिन्न इन मूतियों के हाथ में कोई हथियार नहीं थे। उनके भाव शांत, सौम्य, प्रेमपूर्ण और आकर्षक थे। प्रभु रुद्र और देवी मोहिनी ने एक-दूसरे के हाथ पकड़े हुए थे।

वर्गाकार झील के दूसरी तरफ, प्रभु रुद्र के मंदिर के सामने, प्रभु परशु राम का मंदिर था। वो लगभग प्रभु रुद्र के मंदिर जैसा ही था, बस खास भिन्नता थी—प्रभु परशु राम के मंदिर के स्फटिक ढांचे पर सफेद संगमरमर की परत चढ़ी हुई थी। सौ स्तंभों वाले कक्ष के गर्भ-गृह में छठे विष्णु और उनकी पत्नी धारणी की मानवाकार मूर्तियां लगी हुई थीं। और, ये मूर्तियां सशस्त्र थीं। प्रभु परशु राम ने अपना भयानक फरसा और देवी धारणी अपने बायें हाथ में लंबा सा धनुष और दाहिने हाथ में एक तीर थामे बैठी थीं।

अगर सीता ने ध्यान दिया होता, तो वह देवी धारणी के हाथ में पकड़े धनुष पर लगा निशान पहचान जातीं। लेकिन वो अपने ही ख्यालों में खोई थीं। एक स्तंभ के सहारे बैठी हुई। प्रभु परशु राम और देवी धारणी की मूर्तियों को देखते हुए।

उन्हें महर्षि विश्वामित्र के कहे शब्द याद आ रहे थे, जो आज उन्होंने सीता का अगस्त्यकूटम में स्वागत करते हुए कहे थे कि वो नौ साल तक इंतज़ार करेंगे। जब तक कि तारे मलयपुत्र ज्योतिषियों की गणना के हिसाब

से पंक्तिबद्ध नहीं हो जाएंगे। और फिर, उन्हें पूरी दुनिया के सामने विष्णु घोषित कर दिया जाएगा। उन्हें बताया गया कि तब तक उनके पास तैयारी करने का समय होगा। प्रशिक्षण का। ये समझने का कि उन्हें करना क्या है। और इस सबमें मलयपुत्र उनका मार्गदर्शन करेंगे।

यक़ीनन, वो पवित्र पल आने तक इसे गुप्त रखना हर मलयपुत्र का कर्तव्य था। जोखिम बहुत ज़्यादा था।

उन्होंने मुड़कर देखा। प्रवेश द्वार की तरफ। कोई भी मंदिर में नहीं आया था। उन्हें अकेला छोड़ दिया गया था।

उन्होंने प्रभु परशु राम की मूर्ति को देखा।

वह जानती थीं कि हर मलयपुत्र विष्णु के रूप में उनकी संभावना से सहमत नहीं था। लेकिन क्रोधित विश्वामित्र के सम्मुख ये बात कहने का साहस किसी में नहीं था।

गुरु विश्वामित्र मुझे लेकर इतने विश्वस्त क्यों हैं? वो ऐसा क्या जानते हैं, जो मैं नहीं जानती?

सीता को अगस्त्यकूटम में आए हुए एक महीना हो चुका था। विश्वामित्र और उनके बीच कई लंबे संवाद हुए।

उनमें से कुछ पूर्ण रूप से शैक्षणिक थे; विज्ञान पर, ज्योतिषी और औषधि पर। दूसरे कुछ उनकी शंकाओं, सवालों, पुरुषत्व और स्त्रीत्व, समानता और अनुक्रम, न्याय और आज़ादी, उदारवाद और आदेश जैसे मुद्दों पर थे। वाद-विवाद सीता के नज़रिये से बहुत ज्ञानवर्द्धक थे। लेकिन जातिप्रथा पर आधारित एक चर्चा बहुत प्रभावशाली थी।

शिक्षक और छात्रा दोनों का मानना था कि वर्तमान में स्थापित जातिप्रथा को पूरी तरह से खत्म कर देना चाहिए। कि ये पूरे भारत को नुकसान पहुंचा रही है। अतीत में, किसी की जाति का निर्धारण उसके गुण, योग्यता और कार्यों पर आधारित था। ये प्रथा लचीली थी। लेकिन समय के साथ, पारिवारिक प्रेम ने इस स्थापना की नींव हिला दी। अभिभावक सुनिश्चित करने लगे कि उनके बच्चे उन्हीं की जातियों में रहें। यहां तक कि गुण पदानुक्रम भी जातियों, समूह के वित्तीय और राजनीतिक प्रभाव से

निर्धारित होने लगा। कुछ जातियां 'ऊंची' और कुछ जातियां 'नीची' बन गईं। समय के साथ, जाति प्रथा कठोर और जन्म-आधारित हो गई। यहां तक कि विश्वामित्र को भी क्षत्रिय पैदा होने पर कई मुश्किलों का सामना करना पड़ा, जब उन्होंने ब्राह्मण, वास्तव में ऋषि बनने का निर्णय लिया। इस कठोरता ने समाज में मतभेद पैदा कर दिया। रावण ने इस मतभेदता का फायदा उठाते हुए सप्तसिंधु पर कब्ज़ा कर लिया।

लेकिन इसका समाधान क्या हो सकता था? महर्षि का मानना था कि पूरी तरह से समानता आधारित समाज बनाना संभव नहीं था। ये आकर्षक हो सकता है, लेकिन हमेशा काल्पनिक आदर्श ही रहेगा। लोग शैक्षिक और व्यवहारिक क्षमताओं में भिन्न-भिन्न होते हैं। तो उनके काम के क्षेत्र और उपलब्धियां भी भिन्न ही होंगी। समय-समय पर समानता के लिए किए जाने वाले प्रयासों से हिंसा और कोलाहल ही उत्पन्न होगा।

विश्वामित्र का ज़ोर आज़ादी पर था। उनके सपने को साकार करने कि लिए पहले किसी इंसान को उन्हें समझना होगा। उनकी योजनाओं के मुताबिक अगर शुद्र अभिभावक के घर जन्मी संतान में ब्राह्मण बनने की दक्षता हो तो उसे ब्राह्मण बनने की अनुमति होनी चाहिए। अगर क्षत्रिय पिता की संतान में व्यापारिक गुण हो तो, उसे वैश्य का प्रशिक्षण मिलना चाहिए।

उनका मानना था कि बजाय अकृत्रिम समानता स्थापित करने के इस जन्म आधारित परिचय-पत्र को खत्म करना चाहिए। समाज में हमेशा से पदानुक्रम रहा है। वो तो प्रकृति में भी है लेकिन वो प्रवाही हो सकते हैं। ऐसा भी हो सकता है कि क्षत्रिय योद्धाओं में कुलीनता हो, और ऐसे ही, दक्ष शुद्रों में भी। समाज में अंतर योग्यता के आधार पर होना चाहिए। इतना ही। न कि जन्म आधारित।

इसे हासिल करने के लिए, विश्वामित्र पारिवारिक ढांचे को पुनर्निर्मित करने का प्रस्ताव रखते हैं। इसके लिए योग्यता के खिलाफ जाने वाले वंशानुक्रम ढांचे से समाज को मुक्त कराना होगा।

वो सुझाते हैं कि जन्म के समय ही बच्चों को देश द्वारा आवश्यक रूप से गोद ले लेना चाहिए। बच्चों को जन्म देने वाले अभिभावकों को उन्हें साम्राज्य को सौंपना ही होगा। राज्य ही उन बच्चों को खिलाएगा, शिक्षा देगा और उनकी प्रतिभाओं का पोषण करेगा। फिर, पंद्रह साल की

उम्र में, उनका शारीरिक, मानसिक और बौद्धिक योग्यताओं का इम्तेहान लिया जाएगा। परिणाम के मुताबिक, उन्हें उचित जाति उपलब्ध करा दी जाएगी। आगे के प्रशिक्षण से उनकी स्वाभाविक योग्यताओं को निखारा जाएगा। समय आने पर उन्हें नियुक्त जाति के अभिभावक द्वारा एक इम्तेहान के माध्यम से गोद ले लिया जाएगा। बच्चे कभी अपने जन्म देने वाले अभिभावक को नहीं जान पाएंगे, सिर्फ गोद लिए हुए अपने जाति-अभिभावक को ही अपना मानेंगे। जन्म देने वाले अभिभावक भी अपनी संतान की नियति नहीं जान पाएंगे।

सीता मान रही थीं कि यह न्यायोचित व्यवस्था होगी। लेकिन वो ये भी महसूस कर रही थीं कि यह कठिन और अवास्तविक होगी। वो कल्पना भी नहीं कर पा रही थीं कि अभिभावक अपनी मर्ज़ी से साम्राज्य को बच्चा सौंपने को तैयार होंगे। हमेशा के लिए। या कि वो कभी यह जानने की कोशिश बंद कर पाएंगे कि उनके बच्चों का क्या हुआ। यह अस्वाभाविक था। दरअसल, समय तो ऐसा था कि भारतीयों से सबकी भलाई के लिए आधारभूत कानूनों का पालन कराना भी मुश्किल था। ये तो सोचना ख्याली पुलाव पकाने जैसा लग रहा था कि समाज हित में वो इतना बड़ा त्याग करेंगे।

विश्वामित्र ने ज़ोर दिया कि समाज में ये बदलाव लाना विष्णु का काम है। समाज को इसके लिए तैयार करना। सीता ने जवाब दिया कि पहले विष्णु तो इससे सहमत हो पाएं। गुरु ने भरोसा दिलाया कि वो ज़रूर सहमत होंगे। उन्होंने शर्त लगाई कि एक समय सीता खुद इससे सहमत होकर, इसे 'न्यायपूर्ण समाज के हित' में लागू भी करवाएंगी।

जब उन्होंने जाति प्रथा पर अपनी चर्चा खत्म की, तो सीता उठकर इसी विषय में सोचते हुए बगीचे के छोर की तरफ बढ़ीं। बगीचा चट्टान के शीर्ष के किनारे पर था। उन्होंने गहरी सांस ली, उन तथ्यों को सोचते हुए जिनसे वो अपने गुरु की प्रस्तावित प्रणाली को चुनौती दे सकें। उन्होंने नीचे घाटी को देखा, आठ सौ पचास फुट नीचे। थामिरावरुणी के बारे में कुछ देखकर वह हैरान रह गईं। उन्होंने सोचना बंद कर दिया। और घूरने लगीं।

मैंने इस पर पहले ध्यान क्यों नहीं दिया?

नदी घाटी से बाहर निकलती दिखाई नहीं दे रही थी। घाटी के अंडाकार पूर्वी छोर पर जाकर, थामिरावरुणी धरती में ही कहीं गायब हो

रही थी।

प्रभु रुद्र के नाम पर यह क्या है...

'नदी गुफा में जा रही है, सीता,' विश्वामित्र शांति से अपनी छात्रा की तरफ बढ़ आए थे।

—ॡ—

विश्वामित्र और सीता प्राकृतिक गुफा के मुहाने पर खड़े थे, जो चट्टान की सतह पर शीर्षस्थ बनी हुई थी।

थामिरावरुणी के बहाव से प्रभावित होकर, सीता ने वो स्थान देखने की इच्छा जताई थी, जहां घाटी के पूर्वी छोर पर नदी यूं जादुई रूप से गायब हो रही थी। दूर से देखने पर ऐसा लग रहा था मानो नदी धरती पर बने किसी छेद में समा रही हो। लेकिन, जब वो कुछ नज़दीक आईं तो उन्हें गुफा का संकुचित मुहाना दिखाई दिया। लंबवत गुफा। यह अतुलनीय था कि एक पूरी नदी इस छोटे से छिद्र में जा रही थी। गुफा से आती नदी की गड़गड़ाती आवाज़ जता रही थी मानो ज़मीन के नीचे बांस धड़ाधड़ गिर रहे हों।

'लेकिन यह पानी जाता कहां है?' सीता ने पूछा।

सीता और विश्वामित्र के पीछे मलयपुत्र सिपाहियों की एक टुकड़ी खड़ी थी। उनकी बातें सुनने की सीमा से बाहर। लेकिन इतने समीप की ज़रूरत पड़ने पर तुरंत हाज़िर हो सकें।

'नदी पूर्व की तरफ ही बह रही है,' विश्वामित्र ने कहा। 'वह मन्नार की खाड़ी में गिरती है, जो भारत और लंका को अलग करता है।'

'लेकिन यह इस छेद से कैसे निकलती है, जहां ये जाकर गिर रही है?'

'यह लगभग इस दस किलोमीटर लंबी भूमिगत गुफा से होकर बाहर निकलती है।'

सीता की आंखें हैरानी से फैल गईं। 'क्या ये गुफा इतनी लंबी है?'

विश्वामित्र मुस्कुराए। 'आओ। मैं आपको दिखाता हूं।'

विश्वामित्र सीता को गुफा के मुंह की तरफ लेकर गए। वह झिझकीं। यह प्रवेश बिंदु से महज पच्चीस मीटर दूर था। इस अस्वाभाविक निर्माण ने

नदी की गति नाटकीय रूप से बढ़ा दी थी। यह प्रचंडता से भूमिगत मार्ग पर दहाड़ती प्रतीत हो रही थी।

विश्वामित्र ने गुफा के मुहाने के बाईं ओर सीढ़ियों की तरफ इशारा किया। वो यक़ीनन मानवनिर्मित थीं। सीढ़ियां ढलावदार दीवार को काटकर बनाई गई थीं। दाहिनी ओर एक मुंडेर बनाई गई थी, जिससे सीढ़ियों से उतरते समय फिसलने से बचा जा सके।

तेज़ी से उतरती नदी से निकले पानी और झाग की बौंछारें आंखों को धुंधला रही थीं। इससे सीढ़ियां खतरनाक रूप से फिसलनी भी हो गई थीं।

विश्वामित्र ने पानी की छींटों से खुद को बचाने के लिए अपना अंगवस्त्र सिर पर रख लिया। सीता ने भी ऐसा ही किया।

'संभलकर आना,' विश्वामित्र ने सीढ़ियों की तरफ जाते हुए कहा। 'सीढ़ियां फिसलभरी हैं।'

सीता हां में सिर हिलाते हुए अपने गुरु के पीछे चलीं। मलयपुत्र सिपाही भी उनके पीछे ही थे।

वे खामोशी से अपने रास्ते बढ़ते जा रहे थे। सावधानी से उतरते हुए। गुफा में और नीचे उतरते हुए। सीता अपने अंगवस्त्र में सिमटी हुई थीं। सूरज की रौशनी छनती हुई सी नीचे आ रही थी। लेकिन सीता को उम्मीद थी कि आगे उतरने पर उन्हें अंधेरा मिलेगा। लगातार पड़ती बौंछारें उन्हें मशालें तक जलाने का अवसर नहीं देने वाली थीं।

सीता हमेशा से अंधेरे डरती रही थीं। और यहां डर के साथ यह फिसलभरी जगह भी थी। चट्टान का अस्पष्ट सा दिखता ढांचा और उतरती नदी की ज़ोरदार गर्जना वहां के माहौल को डरावना बना रही थी।

उनकी मां की आवाज़ उन्हें बुला रही थी। उनके मन में दबी एक याद से।

अंधेरे से मत डरो मेरी बच्ची। प्रकाश का एक स्रोत होता है। वो कभी भी छिन सकता है। लेकिन अंधेरे का कोई स्रोत नहीं होता। उसका अपना अस्तित्व होता है। यही अंधेरा उसका मार्ग है, जिसका कोई स्रोत नहीं है: ईश्वर।

ज्ञानपूर्ण शब्द। लेकिन ये शब्द सीता को इस समय कोई राहत नहीं पहुंचा रहे थे। उनके हृदय को भय की सिहरन पकड़ती जा रही थी। बचपन

की कोई याद उनके ज़ेहन में ताज़ा हो रही थी। अंधेरे भूतल में बंद होने पर चूहों की आवाज़ें उनके दिल की धड़कन को बढ़ा रही थीं। वो सांस भी नहीं ले पा रही थीं। उन्होंने अपनी चेतना को वर्तमान में खींचा। बीच-बीच में दिखती विश्वामित्र के सफेद कपड़ों की झलक वहां के खालीपन को भर रही थी। अचानक, सीता ने उन्हें बायें मुड़ते देखा। वह भी उनके साथ मुड़ीं। सीता के हाथ मुंडेर को छोड़ ही नहीं रहे थे।

अचानक तेज़ प्रकाश से अव्यवस्थित हुई उनकी आंखों ने कुछ देर बाद अपने सामने खड़े विश्वामित्र को पहचाना। उनके हाथ में मशाल थी। उन्होंने मशाल सीता को पकड़ाई। उन्होंने देखा कि एक मलयपुत्र सैनिक ने विश्वामित्र को दूसरी मशाल दी।

विश्वामित्र ने फिर से आगे चलना शुरू कर दिया, नीचे उतरते हुए। अब सीढ़ियां ज़्यादा चौड़ी हो गई थीं। हालांकि नदी की आवाज़ दीवार से टकराते हुए हर ओर गूंज रही थी।

छोटी गुफा के हिसाब से बहुत तेज़ आवाज़ है।

लेकिन सीता को ज़्यादा कुछ दिखाई नहीं दे रहा था क्योंकि उनके पास सिर्फ दो मशालें थीं। जल्दी ही, सारे मलयपुत्र सिपाहियों ने अपनी-अपनी मशालों से उस जगह को रौशनी से भर दिया।

सीता की सांस अटक गई।

प्रभु रुद्र कृपा करें!

छोटी सी गुफा एक कंदरा में खुल रही थी। और, यह काफी बड़ी थी। सीता की अब तक देखी हुई हर गुफा से बड़ी। शायद चौड़ाई छह सौ मीटर रही होगी। सीढ़ियां आगे नीचे उतरती जा रही थीं, जबकि छत की ऊंचाई लगभग वही रही। जब वो कंदरा के आधार में पहुंचे तो वहां से छत लगभग दो सौ मीटर की ऊंचाई पर थी। इस भूमिगत जगह में तो किसी राजा के रहने के लिए महल भी बन सकता था। और तब भी जगह बची रह जाएगी। इस कंदरा में थामिरावरुणी दाहिनी ओर बह रही थी, पूरे वेग से नीचे गिरती हुई।

'जैसा कि आप देख सकती हैं नदी इस गुफा को सालों से कांट-छांट रही है,' विश्वामित्र ने समझाया। 'इसलिए यह आकार में बड़ी है, है न?'

'मैंने अब तक इससे बड़ी गुफा नहीं देखी!' सीता ने आश्चर्य से

कहा।

वहां बाईं ओर एक बड़ा सफेद पहाड़ था। वही वहां की रौशनी का राज़ था। उस पर पड़ती असंख्य मशालों का प्रकाश प्रतिबिंबित हो पूरी गुफा को रौशन कर रहा था।

'मैं हैरान हूं कि यह पहाड़ किस चीज़ का बना होगा, गुरुजी,' सीता ने कहा।

विश्वामित्र मुस्कुराए। 'यहां बहुत से चमगादड़ रहते हैं।'

सीता ने तुरंत घूमकर ऊपर देखा।

'वो सब अभी सो रहे हैं,' विश्वामित्र ने कहा। 'अभी दिन का समय है। वो रात में जागते हैं। और ये पहाड़ सदियों से यहां आते चमगादड़ों के एकत्र होने से ही बना है।'

सीता ने मुंह बनाया। 'छी!'

विश्वामित्र की हंसी वहां के खालीपन में गूंज गई।

तब सीता की नज़रें विश्वामित्र के पीछे किसी चीज़ पर पड़ीं। रस्सी की बहुत सी सीढ़ियां दीवार पर लटकी हुई थीं; इतनी सारी कि सीता ने उन्हें गिनने का ख्याल छोड़ दिया। ऊंचाई पर किसी जगह पर लटकी हुई, नीचे ज़मीन तक।

सीता ने इशारा किया। 'वो क्या है, गुरुजी?'

विश्वामित्र पीछे मुड़े। 'ऊपर कोनों में पक्षियों के कुछ सफेद, अर्द्धगोलाकार घोंसले हैं। वो घोंसले बहुमूल्य हैं। वो जिस पदार्थ से बने हैं, वो बहुमूल्य है। इन सीढ़ियों से हम उन तक पहुंच पाते हैं।'

सीता हैरान थीं। 'वो घोंसले ऐसे कौन से बहुमूल्य पदार्थ से बने होंगे? ये सीढ़ियां तो बहुत ऊपर तक जा रही हैं। इतनी ऊंचाई से गिरने से तो मृत्यु निश्चित ही होगी।'

'वास्तव में कुछ मारे भी जा चुके हैं। लेकिन फिर भी वो बलिदान बेकार नहीं गया।'

सीता ने त्योरी चढ़ाईं।

'हमें रावण पर किसी नियंत्रण की आवश्यकता थी। घोंसलों का वो पदार्थ हमें वो ताकत देता है।'

सीता अपनी जगह जम गईं। जो ख्याल उन्हें पिछले कुछ समय से

परेशान कर रहा था, वापस सिर उठा रहा था: *मलयपुत्रों और लंकावासियों के बीच क्या संबंध है?*

'मैं किसी दिन आपको इस बारे में समझाऊंगा,' विश्वामित्र ने हमेशा की तरह उनके विचारों को पढ़ते हुए कहा। 'अभी मुझ पर भरोसा रखो।'

सीता खामोश रहीं। लेकिन उनके चेहरे से पता चल रहा था कि वो परेशान थीं।

'हमारी यह भूमि,' विश्वामित्र ने आगे कहा, 'पवित्र है। उत्तर में हिमालय से जुड़ी हुई, भारतीय महासागर में अपने पैर धोने वाली और पश्चिमी व पूर्वी सागर इसकी भुजाएं हैं, और इस देश की मिट्टी पवित्र है। इस धरती में पैदा होने वाला हर इंसान अपने शरीर में भारत माता की इस पवित्र भूमि को धारण करता है। यह देश यूं बुरी हालत में नहीं रहना चाहिए। ये हमारे महान पूर्वजों का अपमान है। हमें फिर से भारत को महान बनाना ही होगा। अपने महान पूर्वजों की इस भूमि को महान बनाने के लिए मैं कुछ भी करूंगा। और, विष्णु भी।'

सीता, जटायु और मलयपुत्र सिपाहियों की एक टुकड़ी वापस सप्तसिंधु की ओर सफर कर रही थी। सीता वापस मिथिला लौट रही थीं। उन्होंने अगस्त्यकूटम में शासन के सिद्धांत, दर्शन, युद्ध कल्याण और भूतपूर्व विष्णु के इतिहास का ज्ञान हासिल करने में पांच महीनों से भी ज़्यादा का समय लगाया था। उन्होंने दूसरे विषयों में भी अग्रिम शिक्षण प्राप्त किया था। यह उनके विष्णु बनने की तैयारी थी। विश्वामित्र स्वयं उनके प्रशिक्षण में शामिल थे।

जटायु और सीता मुख्य जहाज़ के ऊपरी भाग पर बैठे हुए अदरक का गर्म काढ़ा पी रहे थे।

सीता ने अपना पात्र नीचे रखकर मलयपुत्र को देखा। 'जटायु जी, आशा करती हूं कि आप मेरे सवाल का जवाब देंगे।'

जटायु ने सीता की तरफ मुंह करके, सिर झुकाया। 'महान विष्णु, मैं आपको मना कैसे कर सकता हूं?'

'लंकावासियों और मलयपुत्रों के बीच क्या संबंध है?'

'हम उनके साथ व्यापार करते हैं। जैसे सप्तसिंधु के दूसरे साम्राज्य करते हैं। हम लंका को थामिरावरुणी की कंदरा से निकले एक बहुमूल्य पदार्थ का निर्यात करते हैं। और वो हमें वो देते हैं, जो हमें चाहिए।'

'ये मुझे पता है। लेकिन सामान्यतः रावण ने उप-व्यापारी नियुक्त किए हुए हैं, जिन्हें लंका के साथ व्यापार करने की अनुमति प्राप्त है। और कोई उनके साथ व्यापार नहीं कर सकता। लेकिन अगस्त्यकूटम में ऐसा कोई उप-व्यापारी नहीं है। आप लोग उससे सीधे व्यापार करते हो। ये अजीब बात है। मैं यह भी जानती हूं कि वो पश्चिमी और पूर्वी समुद्रों पर सख्त रूप से नियंत्रिण रखता है। और कोई भी जहाज़ बिना उसे कर चुकाए उनमें नहीं जा सकता। इसी तरह तो उसने व्यापार पर अपनी पकड़ बनाई हुई है। लेकिन मलयपुत्रों के जहाज़ बिना कोई कर चुकाए, कैसे इधर-उधर जाते हैं?'

'जैसा, मैंने बताया कि हम उसे एक बहुमूल्य चीज़ देते हैं, महान विष्णु।'

'आपका मतलब वो घोंसले वाले पदार्थ से है?' सीता ने संदेह से पूछा। 'मुझे यक़ीन है कि उसे सप्तसिंधु के दूसरे भागों से बहुमूल्य पदार्थ मिलते होंगे...'

'वो पदार्थ बहुत, बहुत खास है। सप्तसिंधु से मिलने वाली दूसरी चीज़ों से कहीं ज़्यादा बहुमूल्य।'

'तो वो अगस्त्यकूटम पर हमला करके उसे अपने कब्जे में क्यों नहीं ले लेता? वो उसके साम्राज्य से दूर भी नहीं है।'

जटायु खामोश रहे, उन्हें समझ नहीं आ रहा था कि वो कितना बता सकते थे।

'मैंने ये भी सुना है,' सीता ने बोलना जारी रखा, अपने शब्दों को सावधानी से चुनते हुए, 'कि प्रत्यक्षरूप से उनकी कोई साझी विरासत है।'

'वो हो सकती है। लेकिन प्रत्येक मलयपुत्र की प्रधान वफादारी आपके प्रति ही है, देवी विष्णु।'

'मुझे उसमें संदेह नहीं है। लेकिन मुझे बताओ कि वो साझी विरासत क्या है?'

जटायु ने गहरी सांस ली। वो पहले सवाल से बच सकते थे, लेकिन

इस दूसरे सवाल को टाल पाने का कोई रास्ता नहीं था। 'महर्षि विश्वामित्र ब्राह्मण ऋषि बनने से पहले एक राजकुमार थे।'

'वो मैं जानती हूं।'

'उनके पिता, राजा गाधि, कन्नौज साम्राज्य पर शासन करते थे। गुरु विश्वामित्र खुद भी थोड़े समय के लिए राजा बने थे।'

'हां, मैंने ये भी सुना था।'

'फिर उन्होंने अपना सिंहासन त्याग कर ब्राह्मण बनने का ऐलान किया। यह आसान निर्णय नहीं था, लेकिन गुरुजी के लिए असंभव कुछ भी नहीं है। वो न सिर्फ ब्राह्मण बने, बल्कि महर्षि की उपाधि भी अर्जित की। और, वह आखिरकार मलयपुत्र प्रमुख बने।'

सीता ने हां में सिर हिलाया। 'गुरु विश्वामित्र के लिए असंभव कुछ भी नहीं है। वो अपने समय के महान ऋषियों में से एक हैं।'

'सच है,' जटायु ने कहा। झिझकते हुए उन्होंने अपनी बात आगे बढ़ाई। 'तो गुरु विश्वामित्र की जड़ें कन्नौज में हैं।'

'लेकिन इसका रावण से क्या लेना-देना?'

जटायु ने आह भरी। 'अधिकांश लोग इस बारे में नहीं जानते। बहन, यह रहस्य है। लेकिन रावण भी कन्नौज से है। उसका परिवार कन्नौज का ही है।'

अध्याय 16

बीस साल की उम्र में, सीता की ऊर्जा और चेतना भले ही युवाओं वाली हों, लेकिन भारत भर में घूमने और अगस्त्यकूटम में हासिल किए प्रशिक्षण की वजह से, उनकी बुद्धिमत्ता उनकी उम्र से कहीं आगे थी।

समिची को शुरुआत में सीता के इन देश में लगने वाले दौरों के प्रति जिज्ञासा थी। उसे बताया गया था कि उनका मकसद व्यापार और राजनैतिक था। और उसने मान लिया था। या, मानने का दिखावा किया था। और प्रायोगिक रूप से वो राजकुमारी की अनुपस्थिति में मिथिला का शासन संभाल रही थी। लेकिन सीता अब वापस मिथिला आ गई थीं और शासन की कमान अब वापस प्रधान मंत्री के हाथों में थी।

राधिका मिथिला के अपने ऐसे ही सामान्य दौरे पर आई थीं।

'तुम कैसी हो, समीचि?' राधिका ने पूछा।

सीता, राधिका और समीचि मिथिला की प्रधान मंत्री के निजी शिविर में थे।

'बहुत बढ़िया!' समीचि मुस्कुराई। 'आपकी मेहरबानी है।'

'तुमने दक्षिणी दरवाज़े की झुग्गियों के लिए जो किया है, वो मुझे बहुत पसंद आया। एक कूढ़े के ढेर को सुव्यवस्थित, स्थायी निर्माण में बदल दिया।'

'प्रधान मंत्री के मार्गदर्शन के बिना यह संभव नहीं हो पाता,' समीचि ने स्वाभाविक विनम्रता से कहा। 'विचार और नज़रिया उन्हीं का था। मैंने

तो बस उसे लागू करवाया।'

'प्रधान मंत्री नहीं। सीता।'

'क्षमा करें?'

'मैंने तुम्हें कितनी बार बताया है,' सीता ने कहा, 'जब हम अकेले हों, तुम मुझे मेरे नाम से बुला सकती हो।'

समीचि ने राधिका पर नज़र डाली और फिर सीता को देखा।

सीता ने अपनी आंखें घुमाईं। 'राधिका दोस्त है, समीचि!'

समीचि मुस्कुराई। 'क्षमा करें। मेरा वो मतलब नहीं था।'

'कोई बात नहीं, समीचि!' राधिका ने कहा। 'तुम मेरी दोस्त की विश्वासपात्र हो। मैं तुम्हारी किसी बात का बुरा कैसे मान सकती हूं?'

समीचि उठ खड़ी हुई। 'अगर आप इजाज़त दें तो मुझे शहर के अंदरूनी भाग में जाना होगा, सीता। वहां धनी लोगों की एक सभा है, जिसमें मुझे भाग लेना है।'

'मैंने सुना था,' सीता ने समीचि को रुकने का इशारा करते हुए कहा, 'कि धनी लोग खुश नहीं हैं।'

'हां,' समीचि ने कहा। 'मिथिला की प्रगति के साथ वो पहले से अधिक धनी हुए हैं। लेकिन गरीबों की ज़िंदगी में तेज़ी से बदलाव हुए हैं। इससे धनी लोगों के लिए सस्ती मज़दूरी या घरों में काम करने वालों का मिलना मुश्किल हो गया है। लेकिन नाखुश सिर्फ धनी ही नहीं हैं। विडंबना तो ये है कि गरीब भी वैसे खुश नहीं हैं, जैसे वो हुआ करते थे। अब वो पहले से भी ज़्यादा शिकायतें करने लगे हैं। वो जल्दी से जल्दी और अमीर बनना चाहते हैं। बढ़ती उम्मीदों के साथ, उन्होंने बढ़ते असंतोष को भी पा लिया है।'

'बदलावों से खलल तो पड़ता ही है...' सीता ने कुछ सोचते हुए कहा।

'जी।'

'किसी भी हलचल के बारे में मुझे सूचित करते रहना।'

'जी, सीता,' समीचि ने जाने से पहले अभिवादन करते हुए कहा।

जब वो कक्ष में अकेले रह गए, तो सीता ने राधिका से पूछा, 'और दूसरे विष्णु प्रत्याशियों के साथ क्या हो रहा है?'

'राम बहुत तेज़ी से प्रगति कर रहे हैं। भरत दिमाग की सुनने वाले हैं। अभी भी मामला बराबरी पर फंसा हुआ है!'

—⁂—

महर्षि कश्यप के गुरुकुल में शाम का समय था। पांच दोस्त, सभी लगभग आठ साल के, एक-दूसरे के साथ खेल रहे थे। ऐसा खेल जो ऐसे महान शिक्षण केंद्र के बुद्धिमान छात्र खेल सकते थे। दिमागी अभ्यास का एक खेल।

एक छात्र सवाल पूछ रहा था और दूसरों को जवाब देना था। सवाल पूछने वाले के हाथ में एक पत्थर था। उसने उसे ज़मीन पर मारा। फिर रुका। फिर मारा। रुका। फिर जल्दी-जल्दी दो बार मारा। रुका। तीन बार। रुका। पांच बार। रुका। आठ बार। रुका। अपने दोस्तों को देखकर सवाल किया, 'मैं कौन हूं?'

उसके दोस्तों ने दुविधा से एक-दूसरे को देखा।

एक सात साल का लड़का झिझकते हुए पीछे से आगे आया। उसने फटे-पुराने कपड़े पहने हुए थे और उनमें से एक नहीं लग रहा था। 'मुझे लगता है कि पत्थर की मार से पता चलता है कि 1, 1, 2, 3, 5, 8, सही? यह पिंगला श्रृंखला है। तो, मैं ऋषि पिंगला हूं।'

दोस्तों ने लड़के को देखा। वो अनाथ था जो मां देवी के स्थानीय मंदिर में रक्षक के कक्ष में रहता था। लड़का कमज़ोर था, और कुपोषण और खराब स्वास्थ्य से पीड़ित। लेकिन था बहुत होशियार। गुरुकुल के एक छात्र, विश्वामित्र ने गुरुकुल के प्रधानाचार्य को उसे गुरुकुल में दाखिला देने के लिए राज़ी कर लिया था। विश्वामित्र को यह बल अपने पिता, राजा कन्नौज के गुरुकुल को दिए जाने वाले बड़े दान से प्राप्त हुआ था।

हालांकि सही जवाब देने पर भी अनाथ लड़के को नकार दिया गया था।

'हमें तुम्हारी बातों में दिलचस्पी नहीं है, वशिष्ठ,' सवाल पूछने वाले लड़के ने कहा। 'तुम जाकर चौकीदार का कक्ष क्यों नहीं साफ करते?'

बाकी लड़के हंसने लगे, वशिष्ठ का बदन शर्म से कांप रहा था।

लेकिन वह अपनी जगह खड़ा रहा। जाने से इंकार करते हुए।

सवाल पूछने वाला लड़का वापस अपने दोस्तों की ओर मुड़ा और वापस ज़मीन पर एक बार पत्थर मारा। फिर उसने उस जगह के गिर्द घेरा बना दिया। फिर उसने घेरे का व्यास बनाया। फिर, घेरे के बाहर, उसने ज़ोर से पत्थर मारा। फिर, उसने पत्थर को ज़मीन पर रख दिया। रुका। फिर उसने दोबारा ज़ोर से पत्थर मारा। जल्दी-जल्दी। आठ बार। 'मैं कौन हूं?'

वशिष्ठ तुरंत बोल उठे, 'मैं जानता हूं! तुमने ज़मीन पर मारा और एक घेरा बनाया। वो मां धरती थी। फिर तुमने व्यास बना दिया। फिर तुमने 1-0-8 बार मारा। धरती के व्यास का 108 गुणा कौन है? सूर्य का व्यास। मैं प्रभु सूर्य हूं!'

दोस्तों ने वशिष्ठ को मुड़कर भी नहीं देखा। किसी ने भी उसके जवाब को मान्यता नहीं दी।

लेकिन वशिष्ठ हार मानने वाले नहीं थे। 'यह सूर्य सिद्धांत से है... यही सही जवाब है...'

सवाल पूछने वाले लड़के ने गुस्से से उसे देखा। 'दफा हो जाओ, वशिष्ठ!'

एक तेज़ आवाज़ सुनाई दी। 'हे!'

आवाज़ विश्वामित्र की थी। वो भी महज़ आठ साल के थे, लेकिन कद-काठी में बड़े थे। पांच लड़कों को डराने के लिए काफी।

'कौशिक...' सवाल पूछने वाले लड़के ने घबराते हुए कहा, विश्वामित्र का गुरुकुल नाम लेते हुए, 'इसका तुमसे कोई लेना-देना नहीं है...'

विश्वामित्र वशिष्ठ के पास आए और उनका हाथ पकड़ लिया। फिर वो पांचों लड़कों की तरफ मुड़े। घूरते हुए। 'यह अब गुरुकुल का छात्र है। तुम इसे इसके गुरुकुल नाम से ही बुलाओगे। सम्मान से।'

सवाल पूछने वाले लड़के ने मुश्किल से थूक निगला। डर से कांपते हुए।

'इसका गुरुकुल नाम दिवोदास है,' विश्वामित्र ने वशिष्ठ का हाथ मज़बूती से पकड़ते हुए कहा। दिवोदास महान प्राचीन राजा का नाम था।

विश्वामित्र ने वशिष्ठ के लिए यह नाम चुना था और प्रधानाचार्य को इसे आधिकारिक बनाने के लिए मना लिया था। 'यही कहो।'

पांचों लड़के सुन्न खड़े थे।

विश्वामित्र पास आए, गुस्सा उनके रोम-रोम से झलक रहा था। गुस्से के लिए उनका नाम पहले ही मशहूर हो चुका था। 'मेरे मित्र का गुरुकुल नाम पुकारो। बोलो। दिवोदास।'

सवाल पूछने वाले लड़का लड़खड़ाते हुए बोला, 'दिवो...दास।'

'ज़ोर से। सम्मान से। दिवोदास।'

पांचों लड़कों ने साथ में कहा, 'दिवोदास।'

विश्वामित्र ने वशिष्ठ को अपनी तरफ खींचा। 'दिवोदास मेरा दोस्त है। इससे उलझने का मतलब, मुझसे उलझना होगा।'

'गुरुजी!'

वशिष्ठ अतीत से वर्तमान में आए, वो यादें एक सौ चालीस साल पुरानी थीं। उन्होंने तुरंत अपने आंसू पोंछे। आंसू किसी को दिखाए नहीं जाने चाहिएं।

वह शत्रुघ्न को देखने के लिए मुड़े, जो सूर्य सिद्धांत की पांडुलिपि लिए खड़े थे।

पूरी दुनिया में ये ही किताब मिली थी... क्या अजीब संयोग है?

वशिष्ठ विडंबना से मुस्कुरा दिए। लेकिन वो जानते थे कि अब लंबी चर्चा होने वाली थी। अयोध्या के सबसे छोटे राजकुमार चारों भाइयों में ज़्यादा बुद्धिमान थे। तो, उन्होंने गंभीरता से शत्रुघ्न को देखा और कहा, 'हां, मेरे बच्चे। क्या सवाल है तुम्हारा?'

सीता और राधिका दो सालों के अंतराल पर मिल रही थीं।

इस बीच, सीता भारत के पश्चिमी भागों में घूम आई थीं, गांधार से लेकर हिंदुकुश की पहाड़ियों के आधार तक। जबकि इस पहाड़ी के परे भी भारतीय संस्कृति के निशान देखे जा सकते थे, ये माना जाता था कि हिंदुकुश, हिंदुशाही पश्तून और बहादुर बलोच, भारत की पश्चिमी सीमाओं

को परिभाषित करता था। इसके आगे मलेच्छों, विदेशियों की धरती थी।

'अनु की भूमि के बारे में तुम क्या सोचती हो?' राधिका ने पूछा।

राजा अश्वपति द्वारा शासित राष्ट्र, कैकेय, अनुन्नकी के साम्राज्यों में श्रेष्ठ माना जाता है। अनुन्नकी प्राचीन योद्धा-राजा अनु के वंशज हैं। कैकेय के आसपास के कई साम्राज्य अनुन्नकी वंश से संबंधित थे, अश्वपति के प्रति वफादार। और, अश्वपति दशरथ के वफादार थे। या, कम से कम सार्वजनिक रूप से ऐसा ही माना जाता था। आखिरकार, अश्वपति की पुत्री कैकेयी, दशरथ की चहेती पत्नी थीं।

'आक्रामक लोग,' सीता ने कहा। 'अनुन्नकी ने उसके आधे परिमाण में भी कुछ नहीं किया। उनके आक्रोश को भले कामों में लगाकर भारत की भूमि को नई ऊंचाइयों पर पहुंचाया जा सकता है। लेकिन काबू से बाहर होने पर यह उपद्रव भी मचा सकता है।'

'सहमत,' राधिका ने कहा। 'राजगृह बहुत सुंदर है न?'

राजगृह, कैकेय की राजधानी, झेलम नदी के किनारे बसा था, वहां से ज़्यादा दूर नहीं, जहां चेनब नदी इसमें मिलती है। राजगृह नदी के दोनों ओर फैला हुआ था। राजा का विशाल और अलौकिक महल झेलम के पूर्वी किनारे पर बना हुआ था।

'सच में, सुंदर है,' सीता ने कहा। 'वो प्रतिभाशाली निर्माता हैं।'

'और विकट योद्धा। थोड़े पागल ही!' राधिका खिलखिलाई।

सीता ज़ोर से हंसी। 'सच है... बहादुरी और पागलपंती के बीच में बहुत ही महीन रेखा होती है!'

सीता ने ध्यान दिया कि राधिका आम दिनों से ज़्यादा खुश दिखाई दे रही थी। 'मुझे अयोध्या के राजकुमारों के बारे में बताओ।'

'राम बेहतरीन प्रदर्शन कर रहे हैं। मेरे पिता को पूरी उम्मीद है कि गुरु वशिष्ठ उन्हें ही चुनेंगे।'

'और भरत?'

राधिका हल्के से शरमा गई। और सीता का शक यक़ीन में बदल गया।

'वो भी अच्छे से कर रहे हैं,' राधिका फुसफुसाई, उसके चेहरे पर कुछ भाव तैर गए।

'इतना अच्छा?' सीता ने मज़ाक किया।

उनके गंभीर चेहरे पर शरारत झलक आई, राधिका ने अपनी दोस्त की कलाई पर मारा। 'चुप हो जाओ!'

सीता खुशी से हंसी। 'देवी मोहिनी कृपा करें, राधिका को प्यार हो गया है!'

राधिका ने सीता को घूरा, लेकिन अपनी दोस्त की बात नकारी नहीं।

'लेकिन कानून का क्या...'

राधिका का कबीला मातृवंशीय था। महिलाओं को बाहर शादी करने की मनाही थी। पुरुष बाहर शादी कर सकते थे, लेकिन उन्हें कबीले से निष्कासित कर दिया जाता था।

राधिका ने अपना हाथ हिलाया। 'वो तो बाद की बात है। अभी तो मुझे भरत के साथ का आनंद लेने दो, वो प्रकृति का बनाया हुआ सबसे जुनूनी और रोमानी पुरुष है।'

सीता मुस्कुराईं, फिर विषय बदल दिया। 'राम कैसे हैं?'

'वैरागी। बहुत गंभीर।'

'गंभीर?'

'हां। गंभीर और अपने मकसद को समर्पित। पूरी तरह। हर समय। उनमें प्रतिबद्धता और सम्मान कूट-कूट कर भरा है। दूसरों और खुद के प्रति भी सख्त। पक्के देशभक्त। भारत के कण-कण से प्रेम करने वाले। कानून के पालक। हर हाल में! उनके शरीर में प्यार की कोई हड्डी ही नहीं है। मुझे नहीं लगता कि वो अच्छे पति बन पाएंगे।'

सीता अपने बिस्तर पर लेट गईं, उनके हाथ तकिये पर रखे थे। आंखें सिकोड़ते हुए उन्होंने खुद से कहा। लेकिन वो संभवतः अच्छे विष्णु बन सकते हैं।

दोस्तों को मिले हुए साल भर हो गया था। काम की व्यस्तता के चलते सीता को मिथिला से बाहर जाने का समय ही नहीं मिला था। राधिका के यूं बिना बताए आ जाने से उन्हें बहुत खुशी हुई थी।

सीता ने उसे प्यार से गले लगाया। लेकिन उसकी आंखें देखते ही पीछे हट गईं।

'क्या हुआ?'

'कुछ नहीं,' राधिका ने अपना सिर हिलाते हुए कहा।

सीता तुरंत समझ गईं कि क्या हुआ होगा। उन्होंने अपनी दोस्त के हाथ पकड़ लिए। 'क्या उसने तुम्हें छोड़ दिया?'

राधिका ने त्योरी चढ़ाकर न में सिर हिलाया। 'बिल्कुल, नहीं। तुम भरत को नहीं जानती हो। वो सम्मानीय पुरुष है। दरअसल, वो तो मुझसे न छोड़ने की विनती कर रहा था।'

इसने उसे छोड़ दिया।

'देवी मोहिनी के नाम पर, क्यों? अपने कबीले के उस कानून को भूल जाओ। अगर तुम उसे चाहती हो तो उसके लिए लड़ो...'

'नहीं। यह कानून की बात नहीं है... मैं कबीला छोड़ देती अगर... अगर मैं उससे शादी करना चाहती तो।'

'फिर, समस्या क्या है?' सीता ने पूछा।

'इससे काम नहीं चलेगा... मैं जानती हूं। मैं इस "महान परियोजना" का हिस्सा नहीं बनना चाहती, सीता। मैं जानती हूं राम, भरत और तुम भारत के लिए बहुत कुछ करोगे। मैं यह भी जानती हूं कि महानता के साथ अक्सर बहुत से निजी बलिदान देने पड़ते हैं। हमेशा से ऐसा ही होता आया है। और होता भी रहेगा। मैं यह नहीं चाहती। मैं एक साधारण जीवन जीना चाहती हूं। मैं बस खुश रहना चाहती हूं। मैं महान नहीं बनना चाहती।'

'तुम बहुत निराशावादी हो रही हो, राधिका।'

'नहीं, मैं नहीं हूं। तुम मुझे स्वार्थी कह सकती हो लेकिन...'

सीता ने उसे बीच में टोका, 'मैं कभी तुम्हें स्वार्थी नहीं कहूंगी। शायद, यथार्थवादी। लेकिन स्वार्थी नहीं।'

'फिर यथार्थवादी कहो, मैं जानती हूं कि मैं किसके खिलाफ हूं। मैंने पूरी ज़िंदगी अपने पिता के जीवन को देखा है। उनमें एक आग है। मैंने वो आग हर समय उनकी आंखों में देखी है। वही आग मैं तुममें देखती हूं। और राम में। भारत मां की सेवा करने की चाह। मैंने शुरू में भरत में इसकी उम्मीद नहीं की थी, लेकिन अब मैंने वही आग भरत की आंखों में

भी देखी है। तुम सब एक जैसे हो। भरत भी। और तुम सबकी तरह ही, वो भी भारत के लिए हर बलिदान देने को तैयार है। मैं कोई भी बलिदान देना नहीं चाहती। मैं बस खुश रहना चाहती हूं। मैं बस सामान्य...'

'लेकिन क्या तुम उसके बिना खुश रह पाओगी?'

राधिका की उदास मुस्कान उसका दर्द नहीं छिपा पा रही थी। 'लेकिन उससे शादी करके अपनी खुशियों को उससे बांध देना और फिर उसे सब छोड़ते देखना और ज़्यादा तकलीफदेह होता। शायद तब मैं उसे भी नाखुश कर दूंगी। और मैं तो दुखी हो ही जाऊंगी।'

'लेकिन...'

'अभी तकलीफ हो रही है। लेकिन समय के साथ ठीक हो जाएगा, सीता। आने वाले सालों में, बस खट्टी-मीठी यादें ही रह जाएंगी। ज़्यादा मीठी, और कम कड़वी। कोई भी प्यार और जुनून की उन यादों को नहीं छीन सकता। कभी भी। वो ही पर्याप्त रहेंगी।'

'तुमने सच में इस बारे में सोच लिया है?'

'खुशी कोई दुर्घटना नहीं है। यह विकल्प है। खुश रहना हमारे ही हाथों में होता है। हमेशा हमारे हाथों में। कौन कहता है कि हमारा सिर्फ एक हमसफर हो सकता है? कभी-कभी, हमसफर कुछ ऐसी चीज़ें चाहते हैं, जो आखिरकार एक-दूसरे के दुख का कारण बन जाती हैं। किसी दिन मुझे अपनी जैसी सोच वाला कोई साथी मिल जाएगा। हो सकता है वो भरत जितना आकर्षक न हो। या, भरत जितना महान। लेकिन वो मुझे वो देगा, जो मुझे चाहिए। बस खुशी। मुझे ऐसा आदमी मिल जाएगा। मेरे कबीले में, या, कबीले के बाहर।'

सीता ने नरमाई से अपनी दोस्त के कंधे पर हाथ रख दिया।

राधिका ने गहरी सांस लेकर अपना सिर हिलाया। अपनी यादों से बाहर आते हुए। उसे मिथिला एक मकसद से भेजा गया था। 'वैसे, गुरु वशिष्ठ ने अपना निर्णय ले लिया है। और वायुपुत्रों ने भी।'

'और?'

'वो राम है।'

सीता ने लंबी संतुष्टि की सांस ली। फिर, वो मुस्कुरा दीं।

एक और साल बीत गया था। सीता अब चौबीस साल की थीं। पिछले साल वह भारत के पश्चिमी किनारे पर अच्छी तरह घूम चुकी थीं। बलूचिस्तान के समुद्री किनारों से लेकर केरल, जहां अगस्त्यकूटम था। आखिरकार वो मिथिला लौट आई थीं और वहां अपने शासन के कार्यों में लग गई थीं। उनके पास जो भी समय बचता, उसे वो अपनी छोटी बहन, उर्मिला और पिता, जनक के साथ बिताना पसंद करतीं।

कुशध्वज काफी समय से मिथिला नहीं आए थे। वो संकश्या में भी नहीं थे। ये अजीब बात थी। सीता ने उनके बारे में पता लगाने की कोशिश भी की, लेकिन उन्हें कुछ पता नहीं चल पाया था। उन्हें बस यही पता था कि अपने प्रभावशाली प्रधान मंत्री की दिल का दौरा पड़ने से हुई मृत्यु के बाद, संकश्या का कार्य काफी प्रभावित हुआ था।

अब तक सीता को राधिका के बिन बताए आने की आदत हो गई थी। और वो अपनी दोस्त से मिलकर खुश थीं, जो कई महीनों बाद उनसे मिलने आई थी।

'अयोध्या के राजकुमारों के जाने के बाद, तुम्हारे गांव में अब क्या हाल है?'

राधिका हंसी। 'सब ठीक है...'

'क्या तुम ठीक हो?'

'मैं वहां...'

'और राम अयोध्या में कैसा कर रहे हैं?'

'उन्हें नागरिक सुरक्षा अधिकारी बना दिया गया है। और, भरत राजनैतिक संबंधों के प्रमुख।'

'हम्म... तो रानी कैकेयी की अभी भी अयोध्या पर पकड़ है। भरत को अभी से युवराज बनाने की तैयारी शुरू हो गई है। नागरिक सुरक्षा अधिकारी प्रमुख होना कठिन और कृतघ्न कार्य है।'

'ये तो महज़ दिखने में। लेकिन राम बहुत ही बेहतरीन काम कर रहे हैं। उन्होंने अपराध दर को भी काफी सीमित कर दिया है। इससे वो लोगों के बीच लोकप्रिय हो गए हैं।'

'उन्होंने यह चमत्कार कैसे कर दिखाया?'

'उन्होंने बस कानून का पालन किया। हां!'

सीता खुद पर हंसी। 'राम के कानून पालन करने से कैसे कोई फर्क आ सकता है? लोगों को भी तो उसे मानना होगा न। और भारतीय तो यह कभी नहीं कर सकते। दरअसल, मुझे लगता है कि हमें नियम तोड़ने में मज़ा आता है। बिना बात के। ऐसे ही मज़े के लिए। भारतीयों को ये बात समझाने में तो कोई पागल ही हो सकता है। हां, कानूनों का पालन करना चाहिए। लेकिन इसी से सब खत्म नहीं हो जाता। कभी-कभी अपना मकसद हासिल करने के लिए आपको कानून का गलत उपयोग भी करना पड़ता है।'

'मैं असहमत हूं। राम ने एक नया ही रास्ता दिखाया है। बस ये सुनिश्चित करके कि वो भी कानून के प्रति जवाबदेह हैं। अयोध्या के शाही परिवार को भी इसमें कोई छूट नहीं है। इससे आम लोगों में बड़ा फर्क पड़ा। अगर कानून राजकुमार से बढ़कर है, तो फिर उनसे बढ़कर क्यों नहीं?'

सीता आसन पर पीठ टिकाकर बैठ गईं। 'दिलचस्प...'

'वैसे,' राधिका ने पूछा, 'गुरु विश्वामित्र कहां हैं?'

सीता झिझकीं।

'मैं बस इसलिए पूछ रही हूं कि हमें लगता है गुरु वशिष्ठ विष्णु के रूप में राम के नाम का प्रस्ताव रखने परिहा गए हैं।'

सीता हैरान रह गईं। 'गुरु विश्वामित्र भी परिहा में ही हैं।'

राधिका ने आह भरी। 'चीज़ें जल्द ही बिगड़ जाएंगी। तुम्हें अपने मन में कोई योजना तैयार रखनी होगी, जिससे तुम गुरु विश्वामित्र को समझा सको कि राम विष्णु बन जाएं और तुम उनकी साझेदार।'

सीता ने गहरी सांस ली। 'कोई खबर कि वायुपुत्र क्या करेंगे?'

'मैंने तुम्हें पहले ही बता दिया था। वे गुरु वशिष्ठ का साथ देंगे। सवाल बस ये हैं कि वो गुरु विश्वामित्र से क्या कहेंगे। आखिरकार, वो मलयपुत्र प्रमुख हैं, और पिछले विष्णु के प्रतिनिधि।'

'मैं हनु भैया से बात करूंगी।'

अध्याय 17

'लेकिन दीदी,' उर्मिला ने मुंह फुलाते हुए कहा। अपनी बड़ी बहन सीता से बात करते हुए उन्होंने अपनी आवाज़ धीमी कर रखी थी। 'आप स्वयंवर के लिए तैयार क्यों हुईं? मैं नहीं चाहती कि आप जाएं। मैं आपके बिना क्या करूंगी?'

उर्मिला और सीता पेड़ पर बनी, अच्छी तरह से ढकी हुई मचान पर बैठी थीं। उनके पैर एक ओर लटके हुए थे। सीता का धनुष उनके हाथ की पहुंच में था, और उसी के पास तीरों से भरा हुआ तरकश। गर्म दोपहर में जंगल काफी शांत और उनींदा था। ऐसा लग रहा था, मानो अधिकांश जानवर सोने चले गए थे।

सीता ने मुस्कुराकर उर्मिला को अपने पास खींच लिया। 'मुझे कभी तो शादी करनी ही होगी, उर्मिला। अगर पिताजी ऐसा ही चाहते हैं, तो मेरे पास उनकी इच्छा मानने के अलावा कोई चारा नहीं है।'

उर्मिला नहीं जानती थीं कि सीता ने अपने पिता को स्वयंवर की तैयारी करने के लिए राजी कर लिया था। स्वयंवर एक प्राचीन परंपरा थी, जिसमें दुल्हन के पिता संभावित वरों को एक छत के नीचे एकत्र करते थे; और दुल्हन को उन उपस्थित वरों में से एक वर चुनना होता था। या, फिर वहां एक प्रतियोगिता आयोजित की जाती थी। यहां सीता ने सारे प्रबंध संभाल लिए थे। उन्होंने विश्वामित्र को भी मना लिया था कि वो किसी भी तरह राम को स्वयंवर के लिए मिथिला ले आएं। मिथिला से गए किसी औपचारिक आमंत्रण को अनदेखा किया जा सकता था। आखिरकार,

अयोध्या क्यों मिथिला जैसे अपने से छोटे साम्राज्य के साथ संबंध बनाना चाहेगा? लेकिन अयोध्या शक्तिशाली मलयपुत्र प्रमुख की स्वयंवर में भाग लेने की विनती को मना नहीं कर सकता था। और स्वयंवर, जिसका आयोजन खुद सीता के गुरु, विश्वामित्र संभाल रहे थे, वहां सीता राम को वर के रूप में चुन सकती थीं। विश्वामित्र को भी यह विचार पसंद आया था। इस तरह, वो वशिष्ठ को हटाकर, उनके अनुयायी राम पर प्रत्यक्ष प्रभाव डाल सकते थे। यक़ीनन, उन्हें सीता की दूसरी योजना के बारे में नहीं पता था। राम के साथ साझेदारी के रूप में विष्णु का कर्तव्य निभाना।

भला हो हनु भैया का! उन्होंने कितना जबरदस्त सुझाव दिया।

उर्मिला ने अपना सिर सीता के कंधे पर टिका दिया। हालांकि, अब वो युवती थीं, लेकिन उनके लाड़ भरे पालन-पोषण ने उन्हें हमेशा अपनी बड़ी बहन पर निर्भर रखा था। वो अपनी पोषक और संरक्षक के बिना जीने की सोच भी नहीं सकती थीं। 'लेकिन...'

सीता ने उर्मिला को मज़बूती से पकड़ लिया। 'तुम्हारी भी शादी होगी। जल्दी ही।'

उर्मिला ने शरमाकर दूसरी तरफ मुंह फेर लिया।

सीता को तभी कोई आवाज़ सुनाई दी। उन्होंने जंगल की तरफ गौर से देखा।

सीता, समीचि और मिथिला से बीस सिपाहियों का एक दल, मिथिला से एक दिन दूर जंगल में एक आदमखोर बाघ का शिकार करने आए थे, जो आसपास के क्षेत्र में गांववालों को परेशान कर रहा था। उर्मिला ने सीता के साथ आने की जिद की थी। जंगल के बीच में पांच मचानें बनाई गई थीं। हर मचान पर मिथिला के सिपाही तैनात थे। खुली जगह पर, चारे के रूप में बकरी को बांधा गया था। मौसम को दिमाग में रखते हुए, पास ही में एक गड्ढा खोदकर, उसमें पानी भर दिया गया था। अगर मांस नहीं तो, बाघ पानी के लालच में वहां आ सकता था।

'सुनो दीदी,' उर्मिला फुसफुसाईं, 'मैं सोच रही थी...'

सीता के होंठों पर उंगली देखकर उर्मिला खामोश हो गईं। फिर, सीता ने मुड़कर देखा। दो सिपाही मचान के दूसरी छोर पर बैठे थे। हाथ से इशारा करते हुए सीता ने उन्हें निर्देश दिए। वो खामोशी से उनके पास खिसक आए। उर्मिला पीछे हट गईं।

सीता ने अपना धनुष उठा लिया और बिना आवाज़ किए तरकश से तीर खींच लिया।

'आपने कुछ देखा, देवी?' एक सिपाही फुसफुसाया।

सीता ने न में सिर हिला दिया। और फिर, अपने बाएं कान पर हाथ लगाकर कुछ सुनने की कोशिश की।

सिपाहियों ने भी अपने कानों पर ज़ोर डाला लेकिन कुछ सुनाई नहीं दिया। उनमें से एक ने धीमी आवाज़ में कहा, 'मुझे कोई आवाज़ नहीं सुनाई दे रही।'

सीता ने तीर कमान पर चढ़ा लिया और फुसफुसाईं, 'आवाज़ के खामोश हो जाने में ही कुछ बात है। बकरी ने मिमियाना बंद कर दिया है। वह डर से जम गई है। मैं शर्त लगा सकती हूं कि बकरी किसी सामान्य खतरे की वजह से नहीं जम गई है।'

सिपाहियों ने भी अपने धनुष आगे करके उन पर तीर चढ़ा लिए। तेज़ी और शांति से।

सीता को लगा कि उन्हें पत्तियों के पीछे धारियों की झलक दिखाई दी। उन्होंने देर तक ध्यान लगाया। धीरे-धीरे उन्हें पेड़ों के पीछे छाया में भूरी-संतरी और काली धारियां दिखाई देने लगीं। उन्होंने अपनी आंखों को टिकाया। धारियों में हलचल हुई।

उन्होंने हलचल की तरफ इशारा किया।

सिपाहियों ने भी उसे देख लिया। 'वो अच्छी तरह छिपा हुआ...'

सीता ने हाथ से चुप रहने का इशारा किया। उन्होंने कमान पकड़कर, धीरे से खींची, मौका मिलते ही तीर चलाने को तैयार।

कुछ भारी, लंबे पलों के बाद, बाघ नज़र में आ गया, धीरे से पानी के गड्ढे की तरफ बढ़ता हुआ। उसने बकरी को देखा, हल्के से दहाड़ा और वापस अपना ध्यान पानी पर लगा दिया। बकरी आतंक से ज़मीन पर गिर पड़ी, उसके मूत्राशय से पेशाब निकल गया। उसने अपनी आंखें बंद करके खुद को नियति के हवाले कर दिया। हालांकि, बाघ की उस लालच में दिलचस्पी नहीं थी। वो पानी की तरफ छलांग लगाने वाला था।

सीता ने कमान को पूरी तरह पीछे खींच लिया।

अचानक, दाहिनी ओर वाली मचान से कोई हल्की सी आवाज़

आई।

बाघ ने तुरंत चौकन्ना होकर ऊपर देखा।

सीता ने मन ही मन कोसा। उनका कोण सही नहीं था। लेकिन वो जानती थीं कि पल भर में ही बाघ वहां से भाग जाएगा। उन्होंने तीर चला दिया।

तीर साफ किए हुए जंगल से निकलता हुए पशु के कंधे में जा धंसा। जो उसे गुस्सा दिलाने के लिए तो काफी था, लेकिन हताहत करने के लिए नहीं।

बाघ ज़ोर से दहाड़ा। लेकिन अचानक ही उसकी दहाड़ बीच में बंद हो गई। एक तीर ने जानवर के गले में गहरे उतरते हुए उसका मुंह बंद कर दिया। लगभग आधे पल में ही अठारह तीर उस बाघ में जा धंसे। कुछ आंख पर, कुछ पेट में। तीन तीरों ने उसकी जांघों में धंसकर, उन्हें अलग कर दिया। पिछले पैर बेकार हो जाने से, बाघ ज़मीन पर ढह गया। मिथिला के सैनिकों ने जल्दी से दोबारा अपने तीर तैयार कर हमला कर दिया। बीस और तीर पहले से ही घायल पशु में जा लगे। बाघ ने आखरी बार अपना सिर उठाया। सीता को महसूस हुआ कि वो अपनी एक सलामत आंख से सीधे उन्हें ही देख रहा था।

भले पशु मुझे क्षमा करना। लेकिन बात तुम्हारे और मेरी शरण में आए गांववालों के बीच थी।

बाघ का सिर गिर गया। फिर कभी न उठने के लिए।

भगवान करे तुम्हारी आत्मा को फिर से मकसद प्राप्त हो।

सीता, उर्मिला और समीचि समूह के साथ वापस लौट रहे थे। सिपाही उनसे कुछ कदम पीछे चल रहे थे। इसका जश्न वापस राजधानी पहुंचकर मनाया जाना था।

बाघ का सम्मान से दाह संस्कार कर दिया गया था। सीता ने पहले ही स्पष्ट कर दिया था कि पशु की खाल नहीं निकाली जाएगी। वह जानती थीं कि बहादुरी की निशानी के तौर पर खाल निकालने को लेकर उनके सिपाहियों को होशियारी से तीर चलाने होंगे। वो खाल पर तीर चलाकर

उसे नुकसान नहीं पहुंचा सकते थे। इसके लिए बाघ को मारने के बजाय घायल करना पड़ता।

सीता का मकसद साफ था। वो बाघ के हमले से गांववालों को बचाना चाहती थीं। घायल पशु इंसान के लिए और ज़्यादा खतरनाक साबित हो सकता था। सीता ने सुनिश्चित किया था कि सभी सिपाही मारने के मकसद से ही तीर चलाएंगे। और बाघ का सम्मान से दाह-संस्कार कर दिया जाएगा।

'मैं समझ सकती हूं कि आपने वो आदेश क्यों दिया, प्रधान मंत्री,' समीचि ने कहा, 'लेकिन ये दुख की बात है कि हम बाघ की खाल को घर नहीं ले जा रहे हैं। ये आपकी बहादुरी की महान निशानी साबित होती।'

सीता ने समीचि को देखा, फिर अपनी बहन की तरफ मुड़ीं। 'उर्मिला, कृपया जरा पीछे जाना।'

उर्मिला ने तुरंत अपने घोड़े की लगाम खींची और उन दोनों से थोड़ा पीछे चली गईं।

समीचि अपना घोड़ा सीता के घोड़े के नज़दीक ले आई। 'मुझे वो कहना पड़ा, सीता। इससे उर्मिला को आपकी बहादुरी सुनाने और...'

सीता ने सिर हिलाकर समीचि को बीच में टोका। 'प्रचार और मिथक गढ़ना शासन का एक अभिन्न अंग होते हैं। मैं ये समझती हूं। लेकिन ऐसी कहानियां भी मत फैलाओं जिनकी आसानी से हवा निकाली जा सके। इस शिकार में मैंने कोई बहादुरी नहीं दिखाई।'

'लेकिन...'

'मेरा निशाना उतना अच्छा नहीं था। वहां मौजूद लोग ये जानते हैं।'

'लेकिन, सीता...'

'हर कोई जानता है,' सीता ने दोहराया। 'इससे पहले भी, तुमने शिकार का सारा श्रेय मुझे दे दिया था। सिपाहियों के बजाय।'

'लेकिन आप उसकी हकदार...'

'नहीं, मैं नहीं थी।'

'लेकिन...'

'तुम्हें लगता है कि तुम मेरी सेवा कर रही हो। नहीं समीचि, ऐसा नहीं है। ऐसी अनावश्यक प्रशंसा से मैं उन लोगों में अपना सम्मान खो

दूंगी।'

'लेकिन...'

'अपनी वफादारी को अंधभक्ति मत बनने दो। ये मेरे लिए सबसे बुरा होगा।'

समीचि ने बहस करनी बंद कर दी। 'मुझे खेद है।'

सीता मुस्कुराईं। 'कोई बात नहीं।' फिर उन्होंने पीछे मुड़कर अपनी छोटी बहन को बुला लिया। वो तीनों शांति से अपने रास्ते बढ़ने लगे।

सीता शिकार से कुछ ही दिन पहले लौटी थीं। स्वयंवर की तैयारी ज़ोर-शोर से चल रही थी। वो खुद हर काम को देख रही थीं, जिसमें समीचि और उनकी छोटी बहन, उर्मिला सहयोग दे रही थीं।

सीता अपने शिविर में बैठी कुछ कागजात देख रही थीं कि एक दूत के आने की घोषणा हुई।

'उसे अंदर लाओ।'

दो सिपाही एक दूत को लेकर अंदर आए। सीता ने आदमी को पहचान लिया। वो राधिका के कबीले का था।

सीता का अभिवादन करके, उसने एक संदेश सीता को पकड़ा दिया। सीता ने मुहर की जांच की। वो टूटी नहीं थी।

उन्होंने दूत को भेज दिया और मुहर तोड़कर राधिका का संदेश पढ़ने लगीं।

आखरी शब्द तक पहुंचने से पहले ही उनका रोष बढ़ गया था। लेकिन गुस्से में भी वो नहीं भूली थीं कि उन्हें क्या करना था। उन्होंने संदेश को आग के हवाले किया और उसे पूरी तरह राख में बदलते देखा।

काम हो जाने के बाद वो अपना दिमाग शांत करने के लिए छज्जे पर आईं।

राम... गुरुजी के जाल में मत फंसना।

सीता के स्वयंवर में कुछ ही सप्ताह बाकी थे।

सीता का मन इस खबर से खुश था कि विश्वामित्र मिथिला के रास्ते में ही थे। उनके साथ मलयपुत्र और अयोध्या के राजकुमार भी थे। अब तक, उनका मन बार-बार स्वयंवर को रद्द करवाने की जिद कर रहा था। राम की अनुपस्थिति में इस सारे आयोजन का कोई मतलब ही नहीं था।

'सीता,' समीचि ने राजकुमारी के शिविर में प्रवेश कर, उनका अभिवादन करते हुए कहा।

सीता मुड़ीं, 'हां, समीचि?'

'कुछ परेशान करने वाली खबरें हैं।'

'क्या हुआ?'

'मैंने सुना है कि आपके चाचा कुशध्वज को भी स्वयंवर में आमंत्रित किया गया है। दरअसल, वो अपने कुछ मित्रों को भी आमंत्रित कर रहे हैं। वो संयुक्त मेजबान की तरह व्यवहार कर रहे हैं।'

सीता ने आह भरी। उन्हें अंदाज़ा लगा लेना चाहिए था कि उनके पिता कुशध्वज को आमंत्रित करेंगे।

कितनी अनुपयुक्त उदारता।

दूसरी तरफ, कुशध्वज कई सालों से मिथिला नहीं आए थे। शायद, वह अपने हालात के साथ शांति स्थापित करने की कोशिश कर रहे थे।

'मैं आखिरकार उनकी भतीजी हूं,' सीता ने कंधे उचकाते हुए कहा। 'चाचा शायद सप्तसिंधु को दिखाना चाहते होंगे कि अपने बड़े भाई के घर और साम्राज्य पर उनका कितना प्रभाव है। आने दो उन्हें।'

समीचि मुस्कुराईं। 'बस जिन्हें आप चाहती है, वो आ रहे हों, है न?'

'राम आ रहे हैं... वो आ रहे हैं...'

समीचि शरारत से मुस्कुरा दी। हालांकि वो नहीं जानती थी कि सीता को अचानक राम में क्यों दिलचस्पी हो गई थी, और अयोध्या के साथ क्यों संबंध बनाना चाहती थीं, लेकिन वो पूरी तरह से अपनी राजकुमारी के साथ थी। इस कमज़ोर हालत में भी, अयोध्या के साथ संबंध बनाने से मिथिला को फायदा ही होगा। और, एक बार जब सीता अयोध्या चली जाएंगी, तो समीचि की शक्ति यहां और बढ़ जाएगी। शायद, तब वो खुद मिथिला का शासन संभालेगी।

आखिरकार, यहां और है ही कौन?

अध्याय 18

घबराई हुई समीचि जंगल के बीच में एक साफ किए क्षेत्र में खड़ी थी। अंधेरी रात में घने जंगल से आती अनिष्टकारी आवाज़ें डर का माहौल पैदा कर रही थीं।

अतीत की यादें वर्तमान को घेर रही थीं। काफी समय बीत गया था। बहुत साल। उसने सोचा था कि लोग उसे भुला चुके थे। उसे अपने हाल पर छोड़ दिया गया था। आखिरकार, मिथिला सप्तसिंधु में छोटा और अमहत्वपूर्ण साम्राज्य था। उसे इसकी उम्मीद नहीं थी। आभार का भार इस असहज पल के साथ मिलकर उसके दिमाग पर हावी हो रहा था।

उसका बायां हाथ म्यान में रखी तलवार के मूंठ पर था।

'समीचि, तुम्हें समझ आया मैंने क्या कहा?' आदमी ने पूछा। उसकी भारी आवाज़ खास थी। सालों से तंबाकू और मदिरा के सेवन का परिणाम। साथ ही बेकाबू होकर चिल्लाने का भी उसमें योगदान था।

आदमी स्पष्टतया धनी था। महंगे कपड़े। अच्छी तरह तहाए हुए। नरम, करीने से काढ़े हुए, सफेद बाल। उंगलियों पर अंगूठियों का जमावड़ा। उसके चाकू और तलवार पर भी रत्न जड़े हुए थे। यहां तक कि म्यान पर भी सोने का पानी चढ़ा था। उसके झुर्रीदार माथे के बीच में गाढ़ा, काले रंग का तिलक लगा हुआ था।

काली वर्दी पहने बीस लोगों की एक टुकड़ी कुछ दूरी पर खड़ी थी। उनकी बातें सुनने से दूर। उनकी तलवारें सुरक्षा से म्यान में थीं। वो जानते

थे कि समीचि से कोई खतरा नहीं था।

वो अगले दिन गुरु विश्वामित्र को संकश्या में लेने के लिए पहुंची थी। उसे इस आकस्मिक मुलाकात के लिए कोई प्रयास नहीं करने पड़े थे। अभी नहीं। वो अपने प्रभु को याद कर रही थी कि वो अकम्पन को वापस भेज दे।

'लेकिन, प्रभु अकम्पन...' समीचि ने असहजता से कहा। '... इराइवा का संदेश...'

'जो पहले बताया गया था उसे भूल जाओ,' अकम्पन ने कहा। 'अपना वचन याद रखो।'

समीचि ने अकड़ से कहा। 'मैं कभी अपना वचन नहीं भूलूंगी, प्रभु अकम्पना।'

'पता है कि तुम नहीं भूलोगी।' अकम्पन ने अपने हाथ उठाए और उदासीनता से अपने संवरे हुए नाखून देखे। अच्छी तरह कटे हुए, रंगे हुए। उन पर हल्का, दूधिया रंग लगा हुआ था। पतली, गुलाबी उंगलियों को हालांकि काले रंग से रंगा गया था। 'तो, राजकुमारी सीता का स्वयंवर होगा...'

'आपको बात दोहराने की ज़रूरत नहीं है,' समीचि ने बीच में बात काटी। 'वो हो जाएगा। वो राजकुमारी सीता के हित में है।'

अकम्पन मुस्कुराया। शायद समीचि के मोटे दिमाग में कुछ आ गया था। 'हां, वो तो है।'

सीता ने आह भरकर हल्के से अपने सिर पर चपत लगाई। 'बेवकूफ।'

उन्होंने अपने निजी पूजा कक्ष में आकर चाकू उठाया। वो अस्त्र पूजा का दिन था, हथियारों की पूजा करने का प्राचीन पारंपरिक तरीका। और वो पूजा के बाद, अपना चाकू गर्भ गृह में, अपने देवता के पैरों में रखा भूल आई थीं।

किस्मत से, आज उन्होंने हथियार के बिना काम चला लिया था। उन्हें हमेशा से संदेह था कि वो धनी व्यापारी विजय मिथिला के बजाय संकश्या का ज़्यादा वफादार था। आज दिन में, बाज़ार में उसने भीड़ को

सीता पर हमला करने के लिए उकसाया था, जब सीता एक चोर लड़के को भीड़ से बचाने की कोशिश कर रही थीं।

किस्मत से, सारा मामला संभल गया था। कोई भी घायल नहीं हुआ था। सिवाय उस मूर्ख विजय के, जिसे अब कई सप्ताह तक अपनी टूटी हुई पसलियों का इलाज करवाना पड़ेगा। वो शायद अगले दिन शाम को अयुरालय जाकर, एक बार उससे मिल आएंगी। वास्तव में उन्हें विजय की चिंता नहीं थी। लेकिन ये दिखाना ज़रूरी था कि उन्हें सिर्फ गरीबों की ही नहीं, बल्कि अमीरों की भी उतनी ही चिंता थी। भले ही अमीरों में कितने ही मूर्ख क्यों न हों।

समीचि कहां है?

नागरिक और शिष्टाचार अधिकारी अब किसी भी समय गुरु विश्वामित्र और उनके मलयपुत्रों को लेकर मिथिला पहुंचने ही वाली थी। और यक़ीनन, राम और लक्ष्मण को भी।

अचानक, दरबान ने मलयपुत्र सेनाप्रमुख, अरिष्टनेमी के आने की घोषणा की।

सीता ने ज़ोर से जवाब दिया, 'उन्हें सम्मान के साथ अंदर ले आओ।'

अरिष्टनेमी कक्ष में आ गए। सीता ने हाथ जोड़कर नमस्ते करते हुए सिर झुकाकर विश्वामित्र के विश्वस्त का अभिवादन किया। 'आपका स्वागत है, अरिष्टनेमी जी। आशा है, आप मिथिला में सहजता से होंगे।'

'अपने घर में कोई हमेशा ही सहज रहता है,' अरिष्टनेमी मुस्कुराए।

सीता समीचि को उनके साथ न देखकर हैरान थीं। ये अपारंपरिक था। समीचि को ऐसे वरिष्ठ अधिकारी को खुद, सम्मान के साथ उनके शिविर में लेकर आना चाहिए था।

'मुझे खेद है, अरिष्टनेमी जी। समीचि को आपको मेरे कक्ष में लेकर आना चाहिए था। मुझे यक़ीन है कि उसका आशय अनादर नहीं होगा लेकिन मैं उससे बात करूंगी।'

'नहीं, नहीं,' अरिष्टनेमी ने भरोसे से हाथ उठाते हुए कहा। 'मैंने उससे कहा था कि मैं आपसे अकेले में मिलना चाहता हूं।'

'बिल्कुल। मुझे उम्मीद है कि आप रहने की व्यवस्था से संतुष्ट

होंगे, खासकर गुरु विश्वामित्र और अयोध्या के राजकुमारों की।'

अरिष्टनेमी मुस्कुराए। सीता सीधे ही मुद्दे पर आ गई थीं। 'गुरु विश्वामित्र महल के अपने उसी कक्ष में ठहरे हैं। लेकिन राजकुमार राम और राजकुमार लक्ष्मण को मधुकर निवास में ठहराया गया है।'

'मधुकर निवास?!' सीता का मुंह खुला रह गया।

क्या समीचि पागल हो गई है?

जैसे ही ये ख्याल उनके मन में आया, अरिष्टनेमी ने कहा, 'वास्तव में, गुरुजी ही चाहते थे कि राजकुमार वहां ठहरें।'

सीता ने हताशा से अपने हाथ उठाए। 'क्यों? वो अयोध्या के राजकुमार हैं। राम साम्राज्य के युवराज हैं। अयोध्या इसे अनादर के रूप में देखेगा। मैं नहीं चाहती कि इस वजह से मिथिला पर कोई मुसीबत...'

'राजकुमार राम इसे अनादर के रूप में नहीं देखते,' अरिष्टनेमी ने उनकी बात बीच में काटी। 'वो समझदार परिपक्व इंसान हैं। हमें अभी के लिए मिथिला में उनकी उपस्थिति को गुप्त रखना होगा। और आपको भी कुछ दिन उनसे मिलने से बचना होगा।'

सीता का धैर्य छूट रहा था। 'गुप्त? वो स्वयंवर में भाग लेने आए हैं, अरिष्टनेमी जी। नहीं तो वो यहां क्यों आते? हमें इसे गुप्त कैसे रख सकते हैं?'

'एक समस्या है, राजकुमारी।'

'क्या समस्या?'

अरिष्टनेमी ने आह भरी। वो कुछ पल रुके और फुसफुसाए, 'रावण।'

'आपने अभी तक उनसे न मिलकर समझदारी दिखाई है,' समीचि ने कहा।

सीता और समीचि राज्य शस्त्रागार के शाही विभाग में थे। इस शाखा का एक कक्ष शाही परिवार के पसंदीदा हथियारों के लिए सुरक्षित था। सीता आसन पर बैठकर, प्रभु रुद्र की महान धनुष पिनाक पर सावधानी से तेल लगा रही थीं।

अरिष्टनेमी से हुए संवाद ने उन्हें परेशान कर दिया था। सच पूछो तो, उन्हें हमेशा से मलयपुत्रों की योजना पर संदेह था। वो जानती थीं कि वो उनके विरुद्ध नहीं जाएंगे। वो अपनी योजना को लेकर बहुत हठी थे। लेकिन राम नहीं।

काश मैं किसी से बात कर पाती। काश हनु भैया या राधिका यहां होते...

सीता ने समीचि को देखा और पिनाक पर तेल लगाना जारी रखा।

समीचि कुछ परेशान दिखाई दे रही थी। वो अपने अंदरूनी संघर्षों से जूझती मालूम पड़ रही थी। 'मुझे आपको कुछ बताना है। मुझे दूसरों के कहने की परवाह नहीं है। लेकिन ये सच है, सीता। राजकुमार राम का जीवन खतरे में है। आपको उन्हें किसी तरह घर वापस भेज देना चाहिए।'

सीता ने तेल लगाना रोककर ऊपर देखा। 'उनका जीवन तभी से खतरे में है, जब वो पैदा हुए थे।'

समीचि ने अपना सिर हिलाया। 'नहीं। मेरा मतलब वास्तविक खतरे से है।'

'अवास्तविक खतरा क्या होता है, समीचि? ऐसा कुछ नहीं है...'

'कृपया, मेरी बात सुन लीजिए...'

'तुम क्या छिपा रही हो, समीचि?'

समीचि सीधी खड़ी हो गई। 'कुछ नहीं, राजकुमारी।'

'पिछले कुछ दिनों से तुम अजीब व्यवहार कर रही हो।'

'मुझे भूल जाइए। मैं महत्वपूर्ण नहीं हूं। क्या मैंने कभी आपसे कुछ ऐसा कहा है, जो आपके हित में न हो? कृपया मुझ पर भरोसा कीजिए। राजकुमार राम को वापस घर भेज दीजिए, अगर आप कर सकती हैं तो।'

सीता ने समीचि को घूरा। 'ऐसा नहीं होगा।'

'बड़ी ताकतें खेल खेल रही हैं, सीता। वो आपके बस में नहीं हैं। मुझ पर भरोसा कीजिए। कृपया। उन्हें घर भेज दीजिए, इससे पहले कि कोई उन्हें नुकसान पहुंचाए।'

सीता ने जवाब नहीं दिया। उन्होंने पिनाक को देखा और तेल लगाना शुरू कर दिया।

प्रभु रुद्र, बताइए मैं क्या करूं...

— २८ —

'मेरे मिथिलावासी वास्तव में तालियां बजा रहे हैं?' सीता ने अविश्वास से आंखें फैलाते हुए पूछा।

अरिष्टनेमी सीता के निजी कार्यालय में आए थे। परेशान करने वाली, लेकिन अपेक्षित खबर लेकर। रावण सीता के स्वयंवर में भाग लेने के लिए मिथिला आ गया था। उसका पुष्पक विमान, उड़ने वाला वाहन शहर की बाहरी दीवार के बाहर उतरा था। वो अपने भाई कुंभकर्ण और कुछ दूसरे अधिकारियों के साथ आया था। अंगरक्षकों के रूप में आए उसके दस हजार सैनिकों ने शहर के बाहर पड़ाव डाल लिया था।

सीता इस खबर पर हैरान थीं कि मिथिलावासी पुष्पक विमान को शहर की बाहरी खाई पर उड़ता देख तालियां बजा रहे थे।

'अधिकांश इंसान पुष्पक विमान को पहली बार देखकर तालियां बजाते हैं, सीता,' अरिष्टनेमी ने कहा। 'लेकिन वो महत्वपूर्ण नहीं है। महत्वपूर्ण यह है कि हमें राम को जाने से रोकना होगा।'

'क्या राम जा रहे हैं? क्यों? मुझे लगा था कि वो रावण से हिसाब चुकता...'

'उन्होंने अभी तक कुछ निश्चित नहीं किया है। लेकिन मुझे डर है कि लक्ष्मण अपने बड़े भाई को जाने के लिए मना लेंगे।'

'तो आप चाहते हैं कि मैं लक्ष्मण की अनुपस्थिति में उनसे बात करूं।'

'हां।'

'क्या आपने...'

'मैंने उनसे पहले ही बात कर ली है। लेकिन मुझे नहीं लगता कि मेरी बात का ज़्यादा असर...'

'क्या आपके दिमाग में और कोई इंसान नहीं आ रहा, जो उनसे बात कर सके?'

अरिष्टनेमी ने न में सिर हिलाया। 'मुझे नहीं लगता कि गुरु विश्वामित्र भी राम को समझा पाएंगे।'

'लेकिन...'

'सब आपके ऊपर है, सीता,' अरिष्टनेमी ने कहा। 'अगर राम चले जाते हैं तो हमें स्वयंवर रद्द करना होगा।'

'प्रभु रुद्र के नाम पर, मैं उनसे कहूंगी क्या? वो मुझसे कभी नहीं मिले हैं। मैं उन्हें मनाने के लिए क्या कहूंगी?'

'मुझे नहीं पता।'

सीता ने हंसकर अपना सिर हिला दिया। 'धन्यवाद।'

'सीता... मैं जानता हूं ये...'

'ठीक है। मैं बात कर लूंगी।'

मुझे कोई रास्ता ढूंढ़ना होगा। कोई रास्ता तो होगा।

अरिष्टनेमी अभी भी असहज दिख रहे थे। 'एक और बात है, सीता...'

'और?'

'हालात थोड़े और जटिल हो सकते हैं।'

'कैसे?'

'राम... यहां... धोखे से लाए गए हैं।'

'क्या?'

'वो बस ये जानते थे कि वो किसी खास मकसद से गुरु विश्वामित्र के साथ मिथिला जा रहे हैं। क्योंकि सम्राट दशरथ ने राम को गुरु विश्वामित्र का हर आदेश मानने का सख्त निर्देश दिया था, तो वो ना नहीं कह सके... उन्हें ये नहीं पता था कि वास्तव में वो स्वयंवर में भाग लेने जा रहे थे। जब तक कि वो मिथिला नहीं पहुंच गए।'

सीता सकते में थीं। 'आप मज़ाक कर रहे हो!'

'लेकिन कुछ दिन पहले वो आखिरकार स्वयंवर में भाग लेने को राजी हो गए। उसी दिन, जब आपने बाज़ार में उस लड़के को बचाया था...'

सीता ने अपना सिर पकड़कर आंखें बंद कर लीं। 'मुझे भरोसा नहीं हो रहा कि मलयपुत्र ऐसा भी कर सकते हैं।'

'परिणाम ही अंतिम सत्य होता है, सीता।'

'तब नहीं, जब मुझे परिणाम के साथ जीना हो!'

'लेकिन वो आखिरकार स्वयंवर में भाग लेने को राजी हो गए थे।'

'लेकिन वो रावण के आने से पहले की बात है न?'

'हां।'

सीता ने अपनी आंखें चढ़ाईं। *प्रभु रुद्र मेरी मदद करो।*

अध्याय 19

सीता और समीचि दस मिथिला सिपाहियों के साथ मधुकर निवास की तरफ चल दीं। पूरे नगर में रावण के आने की खबर फैल गई थी, लंका का राजा रावण, पूरे भारत का उत्पीड़क; या कम से कम, भारतीय राजाओं का उत्पीड़क। सबसे ज़्यादा चर्चा उसके उड़ने वाले पुष्पक विमान की हो रही थी। यहां तक कि सीता की बहन, उर्मिला भी लंका की अभूतपूर्व तकनीक की खबरों से नहीं बच पाई थीं। और वो भी जिद करके अपनी बड़ी बहन के साथ विमान देखने आई थीं।

वो मधुकर निवास के अंत तक गए, किले की दीवार तक। पुष्पक विमान नगर की खाई के पार, ठीक जंगल के सामने रखा था। यहां तक कि सीता भी उससे प्रभावित हो गई थीं।

शंक्वाकार विशाल विमान किसी अनजान धातु का ही बना था। वाहन के ऊपर बड़ी पंखुड़ी लगी थी। उसके आधार में, दोनों तरफ दो छोटी पंखुड़ियां लगी थीं।

'मुझे लगता है,' समीचि ने कहा, 'ऊपर लगी बड़ी पंखुड़ी विमान को उड़ने में मदद करती होगी और नीचे की छोटी पंखुड़ियां दिशा दिखाती होंगी।'

विमान पर कई छेद बने थे, जिन पर अलग-अलग वर्गाकार धातु का परदा चढ़ा था।

समीचि ने आगे बताया कि 'जब विमान उड़ता है तो छेदों पर लगा

ये धातु का पर्दा हट जाता है। छेदों पर शीशे की मोटी परत भी है। मुख्य दरवाज़ा विमान के अंदर ही खुलता है। एक बार जब साथ वाले पंख घूमते हैं तो दरवाज़ा अंदर की तरफ सरक जाता है। इससे विमान का द्वार सुरक्षित रहता है।'

सीता समीचि की तरफ मुड़ीं। 'तुम्हें तो लंका के इस विमान के बारे में काफी पता है।'

समीचि ने खिसियाते हुए अपना सिर हिला दिया। 'नहीं, नहीं। मैंने बस विमान को उतरते हुए देखा था। बस...'

लंका के हज़ारों सैनिकों ने विमान के गिर्द पड़ाव डाल रखा था। उनमें से कुछ सो रहे थे, कुछ खा रहे थे। लेकिन लगभग एक तिहाई सैनिक अपने हथियार लेकर तैयार खड़े थे, शिविर की सुरक्षा के लिए। निगरानी करते हुए। किसी भी खतरे से निबटने के लिए।

सीता उनकी सुरक्षा रणनीति जानती थीं: एक-तिहाई योजना। उनके एक-तिहाई सैनिक चार पारियों में बदल-बदलकर काम करते थे। जबकि बाकी के सिपाही आराम के साथ दूसरे काम निबटा लेते थे।

लंकावासी कभी भी अपनी सुरक्षा में ढील नहीं छोड़ते।

'कितने सैनिक हैं यहां?' सीता ने पूछा।

'लगभग दस हजार होंगे,' समीचि ने कहा।

'प्रभु रुद्र रहम करें...'

सीता ने समीचि को देखा। वो खास भाव था। उनकी दोस्त सच में घबराई हुई लग रही थी।

सीता ने अपना हाथ समीचि के कंधे पर रखा। 'चिंता मत करो। हम संभाल सकते हैं।'

समीचि ने नीचे झुककर मधुकर निवास की छत पर बने दरवाजे को खटखटाया। दस सिपाही उनके पीछे खड़े थे। सीता ने उर्मिला को शांत, भरोसे की नज़रों से देखा।

किसी ने दरवाज़ा नहीं खोला।

समीचि ने सीता को देखा।

'दोबारा खटखटाओ,' सीता ने आदेश दिया। 'इस बार ज़ोर से।'

समीचि ने आदेश का पालन किया।

उर्मिला को नहीं पता था कि उनकी बहन क्या करने वाली थीं। 'दीदी, हम क्यों...'

उन्होंने दरवाजे को ऊपर की तरफ खुलता देख बोलना बंद कर दिया।

लक्ष्मण कमरे में उतरने वाली सीढ़ियों पर खड़े थे। गठे हुए शरीर के लंबे लक्ष्मण ने मानो उस जगह को पूरी तरह घेर लिया था। वो गोरी रंगत के बांके से नौजवान लग रहे थे। एक बलिष्ठ पुरुष। उन्होंने सामान्य सिपाहियों वाले सफेद कपड़े पहन रखे थे, जो काम खत्म होने पर पहने जाते थे: फौजी तरीके से बंधी धोती पर उन्होंने कमर व कंधे पर अंगवस्त्र बांधा हुआ था। उनके गले में पड़ी रुद्राक्ष की माला प्रभु रुद्र के प्रति उनकी भक्ति दर्शा रही थी।

लक्ष्मण ने तलवार पकड़ी हुई थी, ज़रूरत पड़ने पर हमले को तैयार। उन्होंने छोटे बालों वाली, गहरी रंगत की मज़बूत महिला को नीचे झांकते हुए देखा। 'नमस्ते, अधिकारी समीचि। आपका यहां कैसे आना हुआ?' उन्होंने रुखाई से पूछा।

समीचि दबी हंसी हंसते हुए बोली। 'युवक, अपनी तलवार को वापस म्यान में रख लो।'

'मुझे क्या करना चाहिए और क्या नहीं, इसका फैसला मुझ पर छोड़ दीजिए। आपका यहां क्या काम है?'

'प्रधान मंत्री आपके बड़े भाई से मिलना चाहती हैं।'

लक्ष्मण चौंक गए। यह अनपेक्षित था। वह वापस कमरे में मुड़े, जहां उनके बड़े भाई, राम खड़े थे। उनका संकेत पा लक्ष्मण ने तुरंत अपनी तलवार म्यान में डाल दी, और थोड़ा पीछे हटते हुए, आगंतुकों को रास्ता दिया।

समीचि सीढ़ियों से नीचे उतरी, और उसके पीछे सीता आईं। जब सीता दरवाज़े से नीचे आ रही थीं, तो उन्होंने अपने पीछे कुछ इशारा किया। 'उर्मिला, वहीं रुको।'

लक्ष्मण ने तुरंत ऊपर उर्मिला को देखने की कोशिश की, जबकि राम नीचे मिथिला की प्रधान मंत्री के अभिनंदन के लिए खड़े थे। दोनों महिलाएं सहजता से नीचे उतर आईं, लेकिन लक्ष्मण वहीं सीढ़ियों पर खड़े, बाहर के दृश्य से आनंदित हो रहे थे। उर्मिला खूबसूरत युवती के रूप में बड़ी हो रही थीं। वह अपनी बड़ी बहन सीता से क़द में छोटी थीं। उनकी रंगत साफ थी, दूध की तरह निर्मल। उनके गोल, बालसुलभ चेहरे पर बड़ी-बड़ी आंखों का नियंत्रण था, जिससे उनमें मधुर, बच्चों की सी मासूमियत झलकती थी। उनके बालों को सलीके से जूड़े में बांधा गया था। हर लट तरीके से संवारी हुई। आंखों का काजल उनकी सुंदरता को और बढ़ा रहा था; होंठ कुछ उभरे हुए थे। उनके कपड़े सजीले, लेकिन शानदार थे: लाल धोती के साथ पहनी हुई गुलाबी अंगिया वस्त्रों की खूबसूरती और बढ़ा रही थी—उनकी धोती सामान्य से कुछ ज़्यादा लंबी, घुटनों से नीचे थी। करीने से तहाया हुआ अंगवस्त्र उनके कंधों पर सुशोभित था। पायल और बिछुए उनके प्यारे पैरों को और मोहक बना रहे थे, जबकि अंगूठी और कंगन हाथों की शोभा बढ़ा रहे थे। लक्ष्मण पूरी तरह से सम्मोहित हो चुके थे। उर्मिला ये बात भांप गईं, वह हल्के से मुस्काई और दुविधा में इधर-उधर देखने लगीं।

सीता ने मुड़कर लक्ष्मण को उर्मिला की ओर देखते हुए देख लिया। उनकी आंखें आश्चर्य से फैल गईं।

उर्मिला और लक्ष्मण? हम्म...

'लक्ष्मण, दरवाज़ा बंद कर दो,' राम ने कहा।

लक्ष्मण ने बेमन से आदेश माना।

'राजकुमारी, मैं आपकी क्या मदद कर सकता हूं?' राम ने सीता से पूछा।

सीता ने मुड़कर उस पुरुष को देखा जिसे उन्होंने अपना वर चुना था। उन्होंने उनके बारे में काफी सुना था, काफी दिनों से, इतना कि उन्हें लगता था कि वो सच में उन्हें जानती थीं। अब तक के उनके सारे विचार एक कारण और तथ्य पर आधारित थे। वह विष्णु की नियति में उन्हें उपयुक्त साझेदार के रूप में देखती थीं; कोई ऐसा जिसके साथ वो अपनी मातृभूमि की भलाई के लिए काम कर सकती थीं, उसे देश के लिए जिसे वो प्रेम करती थीं।

लेकिन आज पहली बार वो उन्हें वास्तविक पुरुष के रूप में देख रही थीं। भाव बिना कहे ही उमड़ रहे थे और तर्क पर हावी होने लगे थे। उन्हें स्वीकारना पड़ा था कि राम का पहला प्रभाव बहुत ही प्रभावशाली पड़ा था।

अयोध्या के युवराज कक्ष में खड़े थे। राम ने सफेद धोती और अंगवस्त्र पहना हुआ था, जो उनकी सांवली रंगत पर विरोधाभासी प्रभाव डाल रहे थे। इन साधारण कपड़ों में उनकी कुलीनता छिप नहीं रही थी। वो कद में सीता से जरा से लंबे थे। उनके चौड़े कंधे, मज़बूत बांहें और गठा हुआ बदन उनके धनुर्भ्यास का प्रमाण थे। उनके लंबे बाल जूड़े के रूप में बंधे थे। उन्होंने अपने गले में रुद्राक्ष की माला पहनी हुई थी; मतलब वो भी प्रभु रुद्र, महादेव के भक्त थे। उन्होंने और कोई आभूषण नहीं पहना हुआ था। और कोई निशानी नहीं थी, जो उनके सूर्यवंशी होने की गवाही दे रही हो, इक्ष्वाकु के वंशज होने की। उनका व्यक्तित्व विनम्रता और ताकत से भरा था।

सीता मुस्कुराईं। *बुरा नहीं है। बिल्कुल बुरा नहीं है।*

'ज़रा एक पल रुकिए, राजकुमार,' उन्होंने समीचि को देखकर कहा। 'मैं राजकुमार से अकेले में बात करना चाहती हूं।'

'ज़रूर,' कहकर समीचि, तुरंत सीढ़ियां चढ़ने लगी।

राम ने लक्ष्मण को बाहर जाने का इशारा किया, वह तत्परता से बाहर चले गए।

अब राम और सीता अकेले थे।

सीता ने मुस्कुराकर, कक्ष में रखे आसन की ओर इशारा किया। 'कृपया बैठ जाइए, राजकुमार राम।'

'मैं ऐसे ही ठीक हूं।'

'मैं आग्रह करती हूं,' सीता ने खुद एक आसन पर बैठते हुए कहा।

राम सीता के सामने रखे आसन पर बैठ गए। वहां अजीब सी खामोशी छा गई, फिर सीता ने बोलना शुरू किया। 'मुझे लगता है कि आपको यहां झूठ बोलकर लाया गया है।'

राम ख़ामोश थे, लेकिन उनकी आंखों ने जवाब दे दिया था।

'तो फिर आप चले क्यों नहीं गए?'

'क्योंकि यह नियम के खिलाफ होता।'

तो, इसलिए इन्होंने स्वयंवर में रुकने का निर्णय लिया। प्रभु रुद्र और प्रभु परशु राम इनसे प्रसन्न होते।

'और, कानून की वजह से ही आप परसों होने वाले स्वयंवर में भाग लेंगे?' सीता ने पूछा।

राम ने ख़ामोश रहना चुना। लेकिन सीता समझ सकती थीं कि उनके मन में कुछ और चल रहा था।

'आप अयोध्या से हैं, सप्तसिंधु के परमेश्वर। मैं छोटे से राज्य मिथिला से हूं। इस संबंध से भला आपको क्या लाभ?'

'विवाह पवित्र होता है; यह राजनैतिक संबंधों से कहीं ऊपर है।'

सीता मुस्कुराईं। 'लेकिन दुनिया मानती है कि शाही विवाह राजनैतिक शक्ति के लिए ही किए जाते हैं। इससे और भला क्या हासिल हो सकता है?'

राम ने जवाब नहीं दिया। वो किसी दूसरी दुनिया में खो गए मालूम हो रहे थे। उनकी आंखें मानो कोई सपना देख रही थीं।

मुझे नहीं लगता कि राम ने मेरी बात सुनी थी।

सीता ने राम की आंखों को अपने चेहरे पर घूमते देखा। अपने बालों पर। अपनी गर्दन पर। उन्होंने उन्हें मुस्कुराते देखा। बेख्याली में। उनके चेहरे से...

क्या वो शरमा रहे हैं? हो क्या रहा है? मुझे बताया गया था कि राम की दिलचस्पी सिर्फ राजनैतिक कार्यों में ही है।

'राजकुमार राम?' सीता ने ज़ोर से कहा।

'जी, क्या कहा?' राम ने पूछा। अपना ध्यान वापस बातचीत की ओर लाते हुए।

'मैंने पूछा, अगर विवाह राजनीतिक संबंध नहीं है, तो क्या है?'

'खैर, विवाह आवश्यकता नहीं है; विवाह करना मजबूरी भी नहीं है। लेकिन ग़लत व्यक्ति से विवाह करने से बुरा कुछ नहीं। आपको विवाह तभी करना चाहिए, जब आपको कोई सराहने वाला मिले, जो आपको जीवन का मकसद समझाने और उसे हासिल करने में मदद कर सके। और आप भी, इसके बदले, उसके मकसद में योगदान दें। अगर आप ऐसे

इंसान को ढूंढ़ पाएं, तो उससे विवाह कर लें।'

सीता ने अपनी भौहें उठाईं। 'क्या आप सिर्फ एक ही पत्नी रखने के पक्ष में हैं? ज़्यादातर लोगों की सोच इससे अलग होती है।'

'अगर *सभी* लोग बहुपत्नी प्रथा को सही मानें, तो इससे वह सही तो नहीं हो जाएगी न।'

'लेकिन अधिकांश पुरुष एक से ज़्यादा विवाह करते हैं; विशेषकर राजपरिवार के लोग।'

'मैं नहीं करूंगा। दूसरी नारी को लाकर आप अपनी पत्नी का अपमान करते हैं।'

सीता ने अपना सिर पीछे कर, संतुष्टि में ठोढ़ी उठाई। उनकी आंखें नरम पड़ गई थीं। प्रशंसा से। *वाह... यह तो खास हैं।*

कमरे में एक ख़ामोशी सी छा गई। जैसे सीता ने राम को देखा, अचानक उन्हें कुछ याद आ गया।

'क्या आप वही नहीं हों, जो उस दिन मुझे बाज़ार में मिले थे?' उन्होंने पूछा।

'हां।'

वो और याद करने की कोशिश करने लगी। *हां। लक्ष्मण भी वहां थे। उन्हीं के साथ। वो लंबा आदमी जो सामने खड़ा था। वो भीड़ के साथ दूसरी तरफ खड़े थे। देखने वालों में। उस भीड़ में नहीं जो उस लड़के को सज़ा देने के लिए चिल्ला रही थी। मैंने इन्हें लड़के को खींचकर ले जाते समय देखा था, विजय को मारने के बाद।* और फिर, कुछ और याद आते ही उनकी सांस अटक गई। *रुको... राम... मेरी तरफ अपना सिर झुका रहे थे... लेकिन क्यों? या, मुझे ठीक से याद नहीं है।*

'तो आप मेरी मदद के लिए आगे क्यों नहीं आए?' सीता ने पूछा।

'क्योंकि हालात आपके नियंत्रण में थे।'

सीता हल्के से मुस्कुराईं। *ये हर पल और बेहतर होते जा रहे हैं...*

अब सवाल पूछने की बारी राम की थी। 'रावण यहां क्या कर रहा है?'

'मैं नहीं जानती। लेकिन इस वजह से स्वयंवर मेरे लिए और निजी बन गया।'

राम की मांसपेशियां अकड़ी। वह सदमे में थे। लेकिन उनके भावों से कुछ पता नहीं चला। 'क्या वह आपके स्वयंवर में भाग लेने आया है?'

'ऐसा मुझे बताया गया है।'

'और?'

'और, मैं यहां आई हूं।' सीता ने अगला वाक्य अपने मन में ही रखा। *मैं आपके लिए आई हूं।*

राम ने बात पूरी होने का इंतज़ार किया।

'आप धनुष चलाने में कैसे हैं?' सीता ने पूछा।

राम के मुंह पर धूमिल सी मुस्कान आ गई।

सीता ने भौंह चढ़ाईं। 'बहुत अच्छे हो?'

सीता अपने आसन से उठीं, और राम भी। मिथिला की प्रधान मंत्री ने हाथ जोड़कर प्रणाम किया। 'प्रभु रुद्र आप पर आशीर्वाद बनाए रखें, राजकुमार।'

राम ने भी हाथ जोड़कर कहा। 'और, आप पर भी, राजकुमारी।'

सीता को एक ख्याल आया। 'क्या मैं आपसे और आपके भाई से कल शाही बगीचे में मिल सकती हूं?'

राम की आंखें फिर से कहीं खो गई थीं। वह सीता की कलाई में पड़े रुद्राक्ष के कंगन को देख रहे थे। सिर्फ ईश्वर या खुद राम ही जान सकते थे कि उनके मन में क्या चल रहा था। शायद ज़िंदगी में पहली बार सीता को शर्म महसूस हो रही थी। उन्होंने युद्ध के निशान पड़े अपने हाथों को देखा। उनके बाएं हाथ पर पड़ा युद्ध चिन्ह ज़्यादा बड़ा था। उनके विचार में उनके हाथ सुंदर नहीं थे।

'राजकुमार राम,' सीता ने कहा। 'मैं पूछना...'

'क्षमा कीजिएगा, क्या आप फिर से दोहरा सकती हैं?' राम ने अपना ध्यान फिर सप्रयास सीता की बातों की ओर खींचा।

'क्या मैं आपसे और आपके भाई से कल शाही बगीचे में मिल सकती हूं?'

'जी, ज़रूर।'

'ठीक है,' सीता ने कहा, वह जाने को मुड़ीं। फिर वह रुक गईं,

मानो कुछ याद आया हो। उन्होंने कमरपेटी में बंधी पोटली में से लाल रंग का धागा निकाला। 'अच्छा होगा, अगर आप इसे पहन लें तो। यह शुभ भाग्य के लिए है। यह कन्याकुमारी के आशीर्वाद का प्रतिरूप है। और मैं चाहती हूं...'

सीता बोलते-बोलते रुक गई, जब उन्हें अहसास हुआ कि राम के मन में कुछ और ही चल रहा था; उनका दिमाग़ एक बार फिर से ध्यान खो बैठा था। वो लाल धागे को देखते हुए एक श्लोक बोलने लगे थे, जो आमतौर पर वैवाहिक रस्मों में बोला जाता था।

सीता राम के बुदबुदाते होंठों को देखकर उस श्लोक को पहचान गई थीं।

मांगलयत्नतुनानेना भव जीवनाहेतु मे। प्राचीन संस्कृत की एक पंक्ति, जिसका अर्थ है: *जो पवित्र धागा मैंने तुम्हें दिया है, इससे तुम मेरे जीवन का मकसद बनना...*

सीता ने अपनी हंसी छुपाने की कोशिश की।

'राजकुमार राम...' सीता ने कुछ तेज़ आवाज़ में कहा।

राम अचानक वर्तमान में आए, और उनके मन में चल रही वैवाहिक धुन रुक गई। 'क्षमा कीजिएगा। क्या?'

सीता नरमी से मुस्कुराईं, 'मैं कह रही थी...' अचानक ही वह कहते-कहते रुक गईं। 'कोई बात नहीं। मैं धागा यहां छोड़े जा रही हूं। अगर आपको ठीक लगे, तो इसे पहन लीजिएगा।'

धागे को पीठिका पर रखकर, सीता सीढ़ियां चढ़ने लगीं। दरवाज़े पर पहुंचकर, उन्होंने आख़री बार मुड़कर राम की ओर देखा। राम ने दाहिनी हथेली पर वह धागा रखा हुआ था, और बड़े मन से उसे देख रहे थे, जैसे वह दुनिया की सबसे पवित्र वस्तु हो।

सीता फिर से मुस्कुराईं। ये तो बिल्कुल ही अनपेक्षित था...

अध्याय 20

सीता अपने शिविर में अकेली बैठी थीं। ठगी सी। सुखद रूप से हैरान।

समीचि ने उन्हें लक्ष्मण और उर्मिला के बीच हुई बातों के बारे में बता दिया था। लक्ष्मण यक़ीनन उनकी बहन पर मोहित हो गए थे। उन्हें यक़ीनन अपने बड़े भाई पर भी बहुत गर्व था। वह राम के बारे में ही बातें किए जा रहे थे। लक्ष्मण ने दोनों को शादी के प्रति राम का नजरिया भी बता दिया था। ऐसा लगता था कि राम किसी साधारण महिला से शादी नहीं करना चाहते थे। वो ऐसी महिला से शादी करना चाहते थे, जिसके सामने प्रशंसा से उनका सिर झुक जाए।

समीचि ये बात सीता को बताते हुए हंस रही थी। 'राम विद्यालय के किसी छात्रा की तरह ही कर्तव्यनिष्ठ हैं,' उसने बताया था। 'वो अभी तक बड़े नहीं हुए हैं। उनमें निराशावाद की झलक भी नहीं है। या, यथार्थवाद की। मुझ पर भरोसा करो, सीता। उन्हें वापस अयोध्या भेज दीजिए, इससे पहले उन्हें नुकसान पहुंचे।'

सीता समीचि की बात बिना जवाब दिए सुन रही थीं। लेकिन उनके मन में सिर्फ एक ही बात घूम रही थी—राम ऐसी महिला से शादी करना चाहते थे, जिसके सामने वो प्रशंसा से सिर झुकाने पर मजबूर हो जाएं।

उन्होंने मेरे सामने सिर झुकाया था...

वो खिलखिला दीं। आमतौर पर वो ऐसा नहीं करती थीं। कुछ तो अजीब था। बहुत ही बचपने जैसा...

सीता ने शायद ही कभी इस पर ध्यान दिया हो कि वो दिखती कैसी हैं। लेकिन न जाने क्यों वो आज खुद को देखने के लिए कक्ष में लगे, ताम्र चमक वाले आईने के सामने गईं।

वो लगभग राम जितनी ही लंबी थीं। गठा बदन। मज़बूत। सांवली रंगत। उनके गोल चेहरे की रंगत बाकी शरीर की अपेक्षा कुछ हल्की थी। उठे हुए गाल और नुकीली, छोटी नाक। उनके होंठ न तो पतले थे, न मोटे। उनकी चौकस आंखें न ज़्यादा छोटी थीं, न ज़्यादा बड़ी; उन पर धनुषाकार भवें। उनके सीधे, काले बाल हमेशा जूड़े में बंधे रहते थे।

वो हिमालय के पहाड़ी लोगों की तरह दिखती थीं।

ऐसा पहली बार नहीं था, जब वो खुद के पहाड़ी मूल का होने के बारे में सोच रही थीं।

वो अपनी बांह पर लगे युद्ध के निशान को छूकर झिझकीं। उनके ये निशान उनका गर्व थे।

क्या इनकी वजह से मैं अच्छी नहीं दिखती?

उन्होंने न में अपना सिर हिला दिया।

राम जैसे पुरुष मेरे निशानों का सम्मान करेंगे। ये एक योद्धा का शरीर है।

वो फिर से खिलखिला दीं। उन्होंने हमेशा खुद को एक योद्धा ही समझा था। एक राजकुमारी। एक शासक। बाद में, मलयपुत्रों से मिले सम्मान से वो खुद को विष्णु की तरह भी देखने लगी थीं। लेकिन यह अहसास कुछ नया था। वो खुद को किसी अप्सरा की तरह महसूस कर रही थीं। ऐसी अप्सरा जो अपने प्रेमी का दिल अपनी पलकों से ही धड़का सकती थीं। ये कोई छिपा हुआ अहसास था।

वो हमेशा से 'सुंदर महिलाओं' को तिरस्कार भाव से अविवेकी ही मानती आई थीं। लेकिन अब ऐसा नहीं था।

सीता ने अपना हाथ अपने नितंब पर रखा और खुद को आंखों के कोने से निहारा।

वो मधुकर निवास में राम के साथ बिताए पलों को याद करने लगीं।

राम...

ये नया अहसास था। खास। वो फिर से खिलखिला दीं।

उन्होंने अपने बाल खोले और खुद पर ही मुस्कुरा दीं।

ये एक खूबसूरत रिश्ते की शुरुआत थी।

—ॐ—

मिथिला का शाही बगीचा अयोध्या के शाही बगीचे जितना आलीशान तो नहीं था। इसमें स्थानीय पेड़-पौधों और फूलों को ही लगाया गया था। इस बगीचे की खूबसूरती का श्रेय इसके माली को दिया जा सकता था, इसे धन से नहीं लगन से सजाया गया था। इसका प्रारुप लय में और करीने से तराशा गया था। घास का मखमली कालीन, उस पर भिन्न रंग के फूलों की सजावट और खासतौर से तराशे गए वृक्ष इसकी सुंदरता में चार चांद लगा देते थे। प्रकृति ने तालमेल में खुद को प्रस्तुत किया था।

सीता और उर्मिला बगीचे के पिछले भाग में इंतज़ार कर रही थीं। सीता अपनी छोटी बहन को भी अपने साथ ले आई थीं, जिससे उर्मिला को लक्ष्मण के साथ समय बिताने का मौका मिल सके। इससे उन्हें भी राम के साथ अकेले समय बिताने को मिलता, बिना लक्ष्मण के।

समीचि दरवाजे पर अयोध्या के राजकुमारों को लेकर आने के लिए गई थी। जल्द ही वो राम और लक्ष्मण को लेकर आ पहुंची।

शाम का आसमान सिंदूरी हो चला था... सीता ने तुरंत अपने भटकते मन और धड़कते दिल पर लगाम लगाई।

'नमस्ते, राजकुमारी,' राम ने सीता से कहा।

'नमस्ते, राजकुमार,' कहकर सीता अपनी बहन की ओर मुड़ीं। 'क्या मैंने अपनी छोटी बहन, उर्मिला का परिचय आपसे करवाया?' राम और लक्ष्मण की ओर इशारा करते हुए, सीता ने कहा, 'उर्मिला, ये अयोध्या के राजकुमार राम और राजकुमार लक्ष्मण हैं।'

'मैं कल इनसे मिला था,' लक्ष्मण ने बड़ी सी मुस्कान के साथ कहा।

उर्मिला ने लक्ष्मण की ओर नम्रता से मुस्कुराकर हाथ जोड़े, और फिर राम का अभिनंदन किया।

'मैं राजकुमार से अकेले में बात करना चाहती हूं, फिर से,' सीता ने कहा।

'जी,' समीचि ने तुरंत कहा। 'मैं उससे पहले आपसे कुछ निवेदन कर सकती हूं?'

समीचि ने सीता को एक ओर ले जाकर, उनके कान में कहा, 'सीता, कृपया याद रखिए, मैंने जो कहा। राम बहुत सीधे हैं। और उनका जीवन सच में खतरे में है। कृपया उन्हें घर जाने के लिए कह दीजिए। ये हमारा आखरी मौका है।'

सीता समीचि की बातें अनसुनी करते हुए, हल्के से मुस्कुराईं।

समीचि ने चलने से पहले, एक नज़र राम पर डाली, और फिर उर्मिला का हाथ पकड़कर चली गई। लक्ष्मण भी उर्मिला के पीछे-पीछे चले गए।

राम सीता की तरफ बढ़े। 'राजकुमारी, आप मुझसे क्यों मिलना चाहती थीं?'

सीता ने समीचि और बाकी लोगों के जाने का इंतज़ार किया। उनकी नज़रें राम की कलाई पर बंधे उसी लाल धागे पर गईं। वह मुस्कुराईं।

उन्होंने वो पहन लिया।

'एक क्षण ठहरिए, राजकुमार,' सीता ने कहा।

सीता एक वृक्ष के पीछे गईं, झुकीं और वहां से, कपड़े से ढकी हुई भारी वस्तु ले आईं। राम उत्सुकता से चौंके। सीता ने कपड़ा हटाया, और एक खास, सामान्य से लंबा धनुष निकाला। बहुत आलीशान था वह धनुष, उसके सिरे अंदर की ओर मुड़े हुए थे, यानी इसकी लंबाई और भी ज़्यादा रही होगी। राम ने सावधानी से धनुष की पकड़ के दोनों ओर बने उभारों को देखा। उन पर अग्नि को प्रतिबिंबित करती हुई आकृति बनी हुई थी। अग्नि देवता को ऋग्वेद के पहले अध्याय में भी पूजनीय देवता के रूप में वर्णित किया गया है। हालांकि, अग्नि की यह खास आकृति राम को कुछ परिचित लग रही थी, जिस तरह से इसके किनारे फैले हुए थे।

सीता ने कपड़े के थैले से लकड़ी का एक आधार निकाला और उसे ज़मीन पर रख दिया। उन्होंने राम को देखा। 'इस धनुष को ज़मीन पर नहीं रखा जा सकता।'

राम पूरी तरह सम्मोहित थे। वो सोच रहे थे कि इसमें ऐसी क्या खास बात है। सीता ने धनुष का निचला सिरा लकड़ी के आधार पर टिकाया,

अपने पैर से संतुलन बनाते हुए। दूसरे सिरे को नीचा करने के लिए सीता ने अपने दाहिने हाथ का इस्तेमाल किया। सीता के कंधों और मांसपेशियों में आए खिंचाव से राम समझ सकते थे कि धनुष काफी भारी था। अपने बाएं हाथ से सीता ने कमान को खींचते हुए ऊपर बांधा। उसे ऊपरी सिरे तक पहुंचाने से पहले सीता ने कुछ पल रुककर सांस ली। शक्तिशाली धनुष पर कमान चढ़ाना भी काफी मुश्किल होता है। सीता ने बाएं हाथ से धनुष को पकड़कर, उंगलियों से कमान खींची, जिससे ज़ोरदार ध्वनि उत्पन्न हुई।

कमान की आवाज़ से राम समझ गए कि यह धनुष बहुत खास था। 'वाह। यह तो कमाल का धनुष है।'

'यह सर्वश्रेष्ठ है।'

'क्या यह आपका है?'

'ऐसा धनुष मेरा नहीं हो सकता। मैं सिर्फ इसकी प्रभारी हूं। जब मैं मरूंगी, तब इसकी ज़िम्मेदारी किसी दूसरे उपयुक्त पात्र को सौंप दी जाएगी।'

धनुष के उभारों पर अग्नि की आकृति को देखते हुए राम ने अपनी आंखें सिकोड़ीं। 'यह अग्नि कुछ कुछ...'

सीता ने बीच में कहा। 'यह धनुष कभी उनका था, जिनकी हम दोनों आराधना करते हैं। आज भी यह उन्हीं का है।'

राम ने सदमे और हैरानी से धनुष को देखा, उनका संदेह अब पुख्ता हो चुका था।

सीता मुस्कुराईं। 'हां, यह पिनाक है।'

पिनाक महादेव, प्रभु रुद्र का प्रख्यात धनुष, जिसे सबसे ताकतवर माना जाता था। कहा जाता था कि इसे कई धातुओं के मिश्रण से बनाया गया था, जिसे बाद के प्रभारियों ने इतने संभालकर रखा था कि वह किसी भी प्रकार के क्षरण से बच पाया था। यह भी माना जाता था कि इस धनुष की साज-संवार काफी जटिल थी। इसकी पकड़, उभार और घुमावों पर नियमित रूप से खास प्रकार का तेल लगाना पड़ता। सीता ने यक़ीनन काम को बहुत अच्छे से किया था, क्योंकि धनुष आज भी नया प्रतीत हो रहा था।

'मिथिला को पिनाक का संरक्षण कैसे मिला?' राम ने खूबसूरत धनुष से नज़रें हटाए बिना पूछा।

'यह लंबी कहानी है,' सीता ने कहा। 'लेकिन मैं चाहती हूं कि आप इसके साथ अभ्यास कर लें। इसी धनुष का इस्तेमाल कल स्वयंवर की प्रतियोगिता में होने वाला है।'

राम ने अपने क़दम पीछे कर लिए। स्वयंवर के कई तरीके थे। कभी-कभी दुल्हन स्वयं वर का चयन कर लेती थी। या फिर वह किसी प्रतियोगिता का आयोजन कर सकती थी। विजेता का विवाह दुल्हन से होता। लेकिन किसी उम्मीदवार को मदद के उद्देश्य से लाभ पहुंचाना अपारंपरिक था। दरअसल, यह नियम के विरुद्ध था।

राम ने इंकार में सिर हिलाया। 'पिनाक को छू पाना एक गर्वपूर्ण अवसर होगा, उस धनुष को छूना, जिसे कभी प्रभु रुद्र ने छुआ था। लेकिन मैं यह कल ही करूंगा। आज नहीं।'

सीता ने त्योरी चढ़ाईं। क्या? *क्या यह वास्तव में मुझसे शादी करना चाहते हैं?*

'मुझे लगा कि आप मुझसे विवाह करना चाहते हो।' सीता ने कहा।

'मैं करूंगा। लेकिन मैं कानून पर चलते हुए ही ऐसा करूंगा। मैं नियमों के अनुसार ही जीतूंगा।'

सीता अपना सिर हिलाते हुए मुस्कुराईं। *यह आदमी सच में खास हैं। या तो ये इतिहास में ऐसे इंसान के रूप में दर्ज होंगे, जिनका सबने शोषण किया हो। या, इतिहास के महान पुरुषों में इनका नाम लिया जाएगा।*

वो खुश थीं कि उन्होंने शादी के लिए राम को चुना था। लेकिन दिल के एक कोने में उन्हें चिंता भी थी। इसलिए कि वो जानती थीं कि ये इंसान दुखी होगा। ये दुनिया इन्हें दुख पहुंचाएगी। और जितना वो उनके जीवन के बारे में जानती थीं, वो काफी दुख सह भी चुके थे।

'क्या आप असहमत हैं?' राम ने कुछ निराशा से पूछा।

'नहीं, मैं नहीं हूं। मैं आपसे प्रभावित हूं। राजकुमार राम, आप खास हैं।'

राम शरमा गए।

वो फिर से शरमा रहे हैं...!

'मैं कल सुबह, आपके तीर चलाने की प्रतीक्षा करूंगी,' सीता ने मुस्कुराते हुए कहा।

'उन्होंने मदद लेने से इंकार कर दिया? सच में?' जटायु ने हैरानी से पूछा।

जटायु और सीता जंगल के एक क्षेत्र में मिल रहे थे, जो अब उनका नियमित सभा क्षेत्र बन गया था। यह शहर के उत्तरी भाग में था, रावण के अस्थायी शिविर से बहुत दूर।

'हां,' सीता ने जवाब दिया।

जटायु सिर हिलाकर मुस्कुराए। 'वो कोई साधारण इंसान नहीं हैं।'

'नहीं, वो नहीं हैं। लेकिन मुझे नहीं लगता कि मलयपुत्र सहमत होंगे।'

जटायु ने तुरंत आसपास नज़र दौड़ाई, मानो ये सुनिश्चित करने के लिए कि कहीं क्रोधी मलयपुत्र प्रमुख सुन न लें। वो जानते थे कि विश्वामित्र राम को पसंद नहीं करते थे। अयोध्या के राजकुमार तो महर्षि के लिए महज़ जरिया थे; खत्म करने का।

'कोई बात नहीं। बात उन तक नहीं पहुंचेगी...' सीता ने नाम नहीं लिया था। 'तो, आप राम के बारे में क्या सोचते हो?'

'बहन, वो कई मायनों में खास हैं,' जटायु ने संभलते हुए कहा। 'शायद, जो हमारे देश को चाहिए... नियम और ईमानदारी के प्रति उनकी दीवानगी, अपनी भूमि से प्यार, बड़ी उम्मीदें दूसरों से और खुद से भी...'

सीता ने आखिरकार उनसे वो सवाल पूछा, जो उनके मन में चल रहा था। 'क्या कल राम को लेकर मलयपुत्रों ने कोई योजना बनाई है? स्वयंवर में?'

जटायु खामोश रहे। वो घबराए हुए दिख रहे थे।

'जटायु जी, आपने मुझे अपनी बहन कहा है। और ये मेरे होने वाले पति के बारे में है। मुझे जानने का हक है।'

जटायु नीचे देखने लगे। मलयपुत्रों के लिए अपनी वफादारी और सीता के प्रति अपनी भक्ति में जूझते हुए।

'कृपया, जटायु जी। मुझे जानना है।'

जटायु ने कमर सीधी करके आह भरी। 'आपको हमारे गंगा आश्रम के पास असुरों के मिश्रित समूह पर हुआ वो हमला याद है न?'

विश्वामित्र ने अयोध्या जाकर किसी 'गंभीर' सैन्य समस्या से निबटने के लिए राम और लक्ष्मण की मदद मांगी थी। वो उन्हें अपने गंगा नदी के पास वाले आश्रम में ले गए थे। फिर उन्होंने उन्हें अपने दस्ते में शामिल होकर असुरों के एक कबीले पर हमला करने को कहा था, जो उन्हें बार-बार परेशान कर रहे थे। 'असुर समस्या' सुलझाने के बाद ही वो मिथिला में स्वयंवर के लिए आए थे।

'हां,' सीता ने कहा। 'क्या वहां राम के जीवन को खतरा था?'

जटायु ने उन्हें खारिज करते हुए सिर हिलाया। 'वो कुछ मुट्ठी भर लोगों का बेकार सा कबीला था। वो मूर्ख थे। कोई योद्धा नहीं। राम के जीवन को कोई खतरा नहीं था।'

सीता ने दुविधा से त्योरी चढ़ाई। 'मैं नहीं समझी...'

'उनका मकसद राम को हटाना नहीं था। बस उनके समर्थकों में उनकी छवि खराब करना था।'

आखिरकार राज पता पड़ने पर सीता की आंखें हैरानी से फैल गईं।

'मलयपुत्र उन्हें मारना नहीं चाहते थे। वो उन्हें विष्णु की संभावित दौड़ से बाहर करना चाहते थे; और अपने नियंत्रण में लेना।'

'क्या मलयपुत्र रावण से मित्रता करने वाले हैं?'

जटायु सकते में थे। 'आप ऐसा पूछ भी कैसे सकती हैं, महान विष्णु? वो कभी रावण के साथ मित्रता नहीं करेंगे। दरअसल, वो तो उसका सर्वनाश करेंगे। लेकिन सही समय आने पर। याद रखिए, मलयपुत्र सिर्फ एक ही मकसद के वफादार हैं: भारत की महानता के। और कुछ मायने नहीं रखता। रावण तो उनके लिए बस जरिया है।'

'ऐसे ही राम भी। ऐसे ही मैं भी।'

'नहीं, नहीं... आप ऐसा सोच भी कैसे सकती हैं कि मलयपुत्र आपको इस्तेमाल...'

सीता ने खामोशी से जटायु को देखा। *शायद, समीचि सही कह रही है। इसके पीछे बड़ी ताकतें हैं, जो मेरे बस में नहीं है। और राम...*

जटायु ने सीता के ख्यालों को रोकते हुए उन्हें एक महत्वपूर्ण संकेत दे दिया। 'याद रखिए, महान विष्णु। आप मलयपुत्रों की योजना के लिए सबसे ज़्यादा महत्वपूर्ण हैं। वो आपको कुछ नहीं होने दे सकते। आप तक

कोई क्षति नहीं पहुंचेगी।'

सीता मुस्कुराईं। जटायु ने उन्हें जवाब दे दिया था। वो जानती थीं कि अब उन्हें क्या करना था।

अध्याय 21

'अरिष्टनेमी जी, क्या स्वयंवर के बारे में मलयपुत्र की योजना के बारे में मुझे वो सब पता है, जो पता होना चाहिए?' सीता ने पूछा।

अरिष्टनेमी सवाल से हैरान थे।

'मैं कुछ समझा नहीं, सीता,' उन्होंने संभलते हुए कहा।

'रावण को निमंत्रण कैसे मिला?'

'हमें भी इस बारे में आपकी तरह कुछ नहीं पता है, सीता। आप ये बात जानती हैं। हमें इसमें आपके चाचा की करामात दिखाई दे रही है। लेकिन कोई सबूत नहीं है।'

सीता ने संदेह से देखा। 'सही है... कोई सबूत नहीं है।'

अरिष्टनेमी ने गहरी सांस ली। 'आप अपने मन की बात कह क्यों नहीं देतीं, सीता...'

सीता आगे झुकीं और सीधे अरिष्टनेमी की आंखों में देखते हुए कहा, 'मैं जानती हूं कि रावण का परिवार कन्नौज से है।'

अरिष्टनेमी चौंके। लेकिन जल्दी ही संभल गए। उन्होंने अपना सिर हिलाया, उनके चेहरे पर आहत होने के भाव थे। 'महान प्रभु परशु राम के नाम पर, सीता। आप ऐसा सोच भी कैसे सकती हैं?'

सीता उदासीन थीं।

'आपको क्या लगता है गुरु विश्वामित्र की अब मलयपुत्र प्रमुख के अलावा कोई और पहचान भी है? सच में?'

अरिष्टनेमी कुछ उत्तेजित लग रहे थे। ये उनका गुण नहीं था। सीता जानती थीं कि उन्होंने कमज़ोर कड़ी पर वार किया था। वो इस तरह का वार्तालाप विश्वामित्र से नहीं कर सकती थीं। उन्हें इसके लिए सही जगह पर वार करना था। अरिष्टनेमी उन थोड़े लोगों में से थे, जो विश्वामित्र को मना सकते थे। उन्हें उन पर अगला वार खामोश रहकर करना था। अभी के लिए।

'हम कभी भी रावण को खत्म कर सकते हैं,' अरिष्टनेमी ने कहा। 'हमने उसे जीवित रखा है क्योंकि हम उसकी मृत्यु से आपको मदद पहुंचाना चाहते हैं। सारे भारतीयों में आपकी पहचान विष्णु के रूप में करवाने के लिए।'

'मुझे आप पर भरोसा है।'

अब अरिष्टनेमी खामोश हो गए। दुविधा से।

'और मैं ये भी जानती हूं कि आपने राम के लिए कोई योजना बनाई है।'

'सीता, सुनिए...'

सीता ने अरिष्टनेमी की बात काट दी। अब धमकी देने का समय आ गया था। 'राम का जीवन भले ही मेरे हाथों में नहीं है। लेकिन मेरा अपना जीवन मेरे हाथों में है।'

घबराए हुए अरिष्टनेमी नहीं जानते थे कि क्या कहें। सीता के बिना मलयपुत्रों की सारी योजना मिट्टी में मिल जाएगी। उन्होंने सीता में काफी कुछ निवेश किया था।

'मैंने चुन लिया है,' सीता ने दृढ़ता से कहा। 'अब आपको फैसला करना है।'

'सीता...'

'मुझे और कुछ नहीं कहना है, अरिष्टनेमी जी।'

स्वयंवर का आयोजन शाही दरबार की बजाय, धर्म भवन में किया गया था। क्योंकि मिथिला में शाही दरबार सबसे बड़ा दरबार नहीं था। महल परिसर की मुख्य इमारत, जिसमें धर्म भवन था, को राजा जनक ने मिथिला

विश्वविद्यालय को दान दे दिया था। धर्म भवन में नियमित रूप से विभिन्न विषयों पर वाद-विवाद और चर्चाएं आयोजित की जाती थीं, जैसे *धर्म की प्रकृति, कर्म का धर्म से संबंध, दैवीय प्रकृति, मानव यात्रा का उद्देश्य* इत्यादि...

धर्म भवन एक वृताकार इमारत में था, जो पत्थर और चूने से निर्मित थी, जिसमें एक विशाल गुंबद था। गुंबद का महत्व था कि उसे स्त्रैण का प्रतिनिधित्व माना जाता था, जबकि भारत के पारंपरिक मंदिर शिखर पौरुष का प्रतिनिधित्व करते थे। भवन को वृताकार में बनाया गया था। सभी ऋषि समान स्थान पर बैठते, उनमें कोई 'प्रमुख' नहीं होता, और वे बिना किसी भय के सभी विषयों पर खुलकर चर्चा करते।

हालांकि, आज का माहौल कुछ भिन्न था। धर्म भवन स्वयंवर की मेजबानी करने के लिए तैयार था। प्रवेश द्वार के निकट तीन-परतों वाली अस्थायी दर्शक दीर्घा लगा दी गई थी। दूसरे सिरे पर, लकड़ी के आधार पर राजा का सिंहासन लगाया गया था। महान राजा मिथि, मिथिला के संस्थापक की प्रतिमा सिंहासन के पीछे, एक पीठिका पर लगी थी। दो और सिंहासन, जो उतने आलीशान नहीं थे, मुख्य सिंहासन के दाएं-बाएं रखे थे। आरामदायक आसनों की एक पंक्ति भवन के बीच में बनाई गई थी, जहां प्रतियोगी राजा और राजकुमार बैठने वाले थे। जब राम और लक्ष्मण, अरिष्टनेमी के साथ वहां पहुंचे, तब तक दर्शक दीर्घा पूरी तरह भर चुकी थी। अधिकांश प्रतियोगी भी अपने स्थान ग्रहण कर चुके थे। संन्यासी के कपड़े पहने हुए, अयोध्या के राजकुमारों को लोग पहचान नहीं पा रहे थे। एक द्वारपाल ने उन्हें दर्शक दीर्घा की ओर जाने का इशारा किया, जहां पर मिथिला के संपन्न और शाही लोग बैठे थे।

अरिष्टनेमी ने उसे बताया कि वह प्रतियोगी के साथ आए थे। द्वारपाल हैरान था, लेकिन वह विश्वामित्र के सेनापति, अरिष्टनेमी को पहचानता था, तो उसने उन्हें आगे जाने दिया। आख़िरकार, भक्त राजा जनक के लिए, अपनी बेटी के स्वयंवर में, क्षत्रियों के साथ-साथ ब्राह्मण ऋषियों को भी बुलाना असामान्य नहीं था।

राम अरिष्टनेमी के पीछे अपने आसन पर बैठने के लिए बढ़े। वह आसन पर बैठ गए, और अरिष्टनेमी व लक्ष्मण उनके पीछे खड़े हो गए। सभी की निगाहें उनकी ओर घूम आईं। प्रतियोगी हैरान थे कि ये साधारण से

संन्यासी कौन थे, जो देवी सीता को हासिल करने की प्रतियोगिता में भाग लेने आए थे। यद्यपि, उनमें से कुछ अयोध्या के राजकुमारों को पहचान गए थे। प्रतियोगियों के बीच से फुसफुसाहट की आवाज़ें आने लगी थीं।

'अयोध्या...'

'अयोध्या मिथिला के साथ क्यों संबंध बनाना चाहेगा?'

हालांकि, राम, सभा में चल रही खुसफुस और घूरने से अनजान थे।

उनकी आंखें बस भवन के केंद्र में लगी थीं; जहां एक आलीशान पीठिका पर पिनाक रखा हुआ था। इस पर कमान नहीं चढ़ी थी। एक पंक्ति में कई बाण, धनुष के पास रखे हुए थे। पीठिका के सामने, ज़मीन के स्तर पर, एक बड़ा सा ताम्र का मुलम्मा चढ़ा, जल कुंड रखा था।

प्रतियोगियों को पहले धनुष उठाकर, उस पर कमान चढ़ानी थी, जो अपने आपमें आसान काम नहीं था। लेकिन वास्तविक चुनौती तो उसके बाद शुरू होनी थी। प्रतियोगी को जल कुंड के पास आना था। वह पानी से भरा था, जिसमें कुंड के किनारे से लगातार पानी की कुछ बूंदें गिर रही थीं। कुंड के किनारे पर एक पतली सी नलिका लगी थी। पानी के अधिक होने की स्थिति में, कुंड के आधार में लगी, एक दूसरी नलिका के माध्यम से जल बाहर निकल रहा था। इससे कुंड में लगातार तरंगें उत्पन्न हो रही थीं, जो केंद्र से होते हुए किनारों तक जा रही थीं। ज़्यादा दिक्कत यह थी कि पानी अनियमित अंतराल पर निकल रहा था, जिससे तरंगें ज़्यादा और अप्रत्याशित रूप से बन रही थीं।

एक हिलसा मछली को पहिये पर लगाकर, रस्सी से गुंबद के सिरे पर बांधा गया था। रस्सी के सहारे ज़मीन से सौ मीटर की दूरी पर मछली लटक रही थी। कम से कम, पहिया नियमित गति से घूम रहा था।

प्रतियोगी को नीचे अस्थिर पानी में मछली का प्रतिबिंब देखकर, पिनाक से मछली की आंख में तीर मारना था। मछली जो ऊपर पहिये के साथ घूम रही थी, और नीचे पानी में लगातार लहरें उत्पन्न हो रही थीं। इस प्रतियोगिता में जो विजयी रहेगा, उसका विवाह राजकुमारी सीता के साथ संपन्न होगा।

सीता दरबार भवन से जुड़े द्वितीय तल के कक्ष में बैठी थीं, जो सीधे मिथिला के शाही सिंहासन के ऊपर था, वो जाली की खिड़की से छिपा हुआ था। सीता ने राम को प्रतियोगियों के घेरे में बैठे देखा।

अयोध्या के बड़े राजकुमार इधर-उधर देख रहे थे। सीता को महसूस हुआ मानो वह उन्हें ही ढूंढ़ रहे थे। वो मुस्कुराईं। 'मैं यहां हूं, राम। आपका इंतज़ार कर रही हूं। आपकी जीत का इंतज़ार...'

सीता ने ध्यान दिया कि समीचि प्रवेश द्वार से कुछ दूर नागरिक अधिकारी के रूप में खड़ी थी। समीचि राम को घूर रही थी। उसने जालीदार खिड़की की तरफ देखा, जहां सीता सबकी नज़रों से छिपी बैठी थीं। उसके चेहरे पर असहमति थी।

सीता ने झुंझलाहट से आह भरी। *समीचि को आराम की ज़रूरत है। मैं इस हालात को संभाल सकती हूं। राम के जीवन को कोई खतरा नहीं है।*

सीता ने वापस अपना ध्यान अयोध्या के राजकुमारों पर लगाया। उन्होंने देखा कि लक्ष्मण अपने भाई के पास झुककर, कुछ फुसफुसा रहे थे। उनके चेहरे पर शरारत झलक रही थी। राम ने अपने भाई को घूरा। लक्ष्मण ने दांत दिखा दिए, और कुछ और बोलकर, पीछे सरक गए।

सीता मुस्कुराईं। *भाइयों में सच में बहुत प्रेम है। हैरानी है कि पारिवारिक राजनीति के बावजूद।*

उनका ध्यान दरबार के उद्घोषक पर गया।

'मिथि वंश के स्वामी, बुद्धिमानों में बुद्धिमान, ऋषियों के प्रिय, राजा जनक पधार रहे हैं!'

सभासद अपने मेजबान, मिथिला के राजा, जनक के सम्मान में खड़े हो गए। वह दरबार के दूसरे द्वार से अंदर आए। दिलचस्प था कि परंपरा से भिन्न, वह विश्वामित्र के पीछे चल रहे थे। जनक हमेशा ज्ञानी पुरुषों और महिलाओं का सम्मान करते थे। इस खास दिन भी उन्होंने अपनी परंपरा का पालन किया था। जनक के पीछे उनके छोटे भाई, संकश्या के राजा कुशध्वज थे। जो जनक और उनके छोटे भाई के तनावपूर्ण संबंध को जानते थे, वो मिथिला के राजा की महानता से प्रभावित थे। उन्होंने सारे मतभेद भुलाकर इस समारोह पर पूरे परिवार को एकत्र किया था। बदकिस्मती से, कुशध्वज ऐसा नहीं सोचते थे। उन्हें लगता था कि उनके भाई भोले थे। वैसे, कुशध्वज ने अपने पत्ते चल दिए थे...

राजा जनक ने, महर्षि विश्वामित्र से मिथिला के सिंहासन पर बैठने का आग्रह किया, और खुद दाहिनी ओर रखे छोटे सिंहासन पर बैठ गए। कुशध्वज ने महर्षि के बाईं ओर आसन ग्रहण किया। ये सब सीता के

जालीदार खिड़की के पीछे छिपे कक्ष से ठीक दो तल नीचे था। वहां फैले अधिकारियों के लिए यह शिष्टाचार में भारी भूल थी। राजा ने अपना सिंहासन किसी और को दे दिया था।

बैठने के अपारंपरिक प्रबंध से वहां एक हलचल सी मच गई, लेकिन सीता का ध्यान कहीं और ही था।

रावण कहां है?

वो मुस्कुराईं।

तो मलयपुत्रों ने लंका के राजा को संभाल लिया था। वो नहीं आने वाला था। अच्छा है।

तभी हरकारे ने प्रवेश द्वार पर लगे घंटे पर ज़ोर से डंडा मारते हुए सबको चुप रहने का संकेत दिया।

विश्वामित्र खंखारते हुए तेज़ आवाज़ में बोले। धर्म भवन में ध्वनि के लिए की गई खास व्यवस्था से उनकी आवाज़ वहां उपस्थित सभी जनों तक साफ-साफ पहुंच पा रही थी। 'भारत के सबसे ज़्यादा आध्यात्मिक और विवेकी राजा जनक द्वारा निमंत्रित सभी सम्मानित अतिथियों का स्वागत है।'

जनक मिलनसारिता से मुस्कुराए।

विश्वामित्र ने बोलना जारी रखा। 'मिथिला की राजकुमारी, सीता ने इस स्वयंवर को गुप्त बनाने का निर्णय लिया है। वह हमारे साथ यहां दरबार में उपस्थित नहीं रहेंगी। महान राजा और राजकुमार, प्रतियोगिता में भाग...'

महर्षि की बात शंखों की तीव्र, कर्कश ध्वनि से बीच में ही रुक गई; हैरानी की बात थी कि आमतौर पर शंखों की ध्वनि मधुर होती थी। सभी ने आवाज़ की दिशा में मुड़कर देखा: भवन के प्रवेश द्वार की ओर। पंद्रह लंबे, बलशाली योद्धा, हाथों में काला ध्वज लिए, भवन में दाखिल हुए। ध्वज पर दहाड़ते शेर का चित्र अंकित था, मानो धधकती ज्वाला से बना हो। योद्धा कड़े अनुशासन से चल रहे थे।

उनके पीछे दो डरावने आदमी थे। एक विशालकाय और लंबा था, लक्ष्मण से भी ज़्यादा लंबा। वह मांसल था, लेकिन उसकी मांसपेशियां कसी हुई, चुस्त थीं। उसका बड़ा सा पेट, चलते हुए हिल रहा था। उसके

पूरे शरीर पर असामान्य रूप से बाल थे—वह इंसान से ज़्यादा भालू नज़र आता था। वहां उपस्थित जनों के लिए उसके अतिरिक्त बड़े कान और कंधे परेशानी का सबब थे। वह एक नागा था। रावण का छोटा भाई, कुंभकर्ण।

उसके पीछे गर्वीली चाल से चलता हुआ रावण था, उसका सिर तना हुआ, पर चाल में कुछ झुकाव था; शायद यह उसकी बढ़ती उम्र की वजह से था। झुकाव के बावजूद, रावण का लंबा कद और मज़बूत मांसपेशियां प्रभावशाली थीं। मांसपेशियां भले ही कुछ ढीली और त्वचा में हल्की झुर्रियां दिख रही हों, लेकिन उनकी ताकत अब भी वही थी। युद्ध के घावों से शोभित उसकी त्वचा पर चेचक के दाग थे, शायद बचपन की किसी बीमारी के कारण। काले और सफेद बालों वाली लंबी दाढ़ी वीरतापूर्वक उसके भद्दे निशानों को छिपाने की कोशिश कर रही थी, जबकि घुमावदार मूंछें उसके डरावने चेहरे को और उभार रही थीं। उसने बैंगनी रंग की धोती और अंगवस्त्र पहना हुआ था, जो दुनिया का सबसे महंगा रंग था। उसके मुकुट में धमकाते हुए से, छह इंच लंबे दो सींग लगे थे, जो विपरीत दिशाओं में निकल रहे थे।

दोनों आदमियों के पीछे पंद्रह और योद्धा, या यूं कहें कि अंगरक्षकों ने भवन में प्रवेश किया।

रावण का दल भवन के केंद्र में गया और प्रभु रुद्र के धनुष के सामने रुक गया। आगे वाले अंगरक्षक ने ऊंची आवाज़ में घोषणा की। 'राजाओं के राजा, सम्राटों के सम्राट, तीनों जगत के शासक, प्रभु के प्रिय, स्वामी रावण पधार रहे हैं!'

रावण पिनाक के समीप बैठे एक छोटे राजा की ओर मुड़ा। उसने धीमी गुर्राती आवाज़ में, सिर हिलाकर इशारा किया, जिसे वह अच्छी तरह समझ गया। राजा तुरंत उठा, और वहां से किसी दूसरे प्रतियोगी के पीछे जाकर खड़ा हो गया। रावण आसन के पास आया, लेकिन बैठा नहीं। उसने अपना दाहिना पैर आसन पर रखा, और घुटने पर अपना हाथ टेककर खड़ा हो गया। उसके अंगरक्षक, और वह विशालकाय दैत्य उसके पीछे पंक्ति बनाकर खड़े हो गए।

रावण ने आख़िरकार एक उड़ती हुई नज़र विश्वामित्र पर डाली। 'महान मलयपुत्र, अपनी बात जारी रखो।'

विश्वामित्र, मलयपुत्र प्रमुख क्रोध से तमतमा गए। उनका कभी किसी ने यूं अपमान नहीं किया था। 'रावण...' वह गुर्राए।

रावण ने शिथिल उद्दंडता से विश्वामित्र को देखा।

महर्षि ने अपने क्रोध को संभाल लिया; उनके हाथों में एक महत्वपूर्ण कार्य था। वह रावण को बाद में देख लेंगे। 'राजकुमारी सीता विजयी राजा या राजकुमार के गले में वरमाला पहना देंगी।'

विश्वामित्र अभी बोल ही रहे थे कि रावण ने पिनाक की ओर जाना शुरू कर दिया। मलयपुत्र प्रमुख ने रावण के पिनाक के नज़दीक जाते ही अपनी घोषणा पूरी की। 'पहले प्रतियोगी, रावण तुम नहीं हो। वह राम हैं, अयोध्या के राजकुमार।'

रावण का हाथ धनुष से कुछ इंच की दूरी पर रुका। उसने विश्वामित्र को देखा, और फिर मुड़कर देखा कि यह ऋषि किसका नाम ले रहा था। उसने एक युवक को संन्यासी के साधारण सफेद कपड़े पहने हुए देखा। उसके पीछे एक और युवक खड़ा था, यद्यपि वह विशाल था, और उसी के साथ अरिष्टनेमी थे।

रावण ने पहले अरिष्टनेमी को घूरा और फिर राम को। अगर देखने से ही कोई मर जाता, तो रावण निश्चित तौर पर अब तक कुछ लोगों को मार चुका होता। वह विश्वामित्र, जनक और कुशध्वज की ओर मुड़ा, उसकी उंगलियां गले में लटके उंगली की हड्डियों वाले ताबीज पर थीं। वह तेज़ आवाज़ में गुर्राया, 'मेरा अपमान किया जा रहा है! मुझे यहां बुलाया ही क्यों गया अगर आपको इन अनाड़ी लड़कों को ही मेरे सामने खड़ा करना था तो?!'

जनक ने रावण से बात करने से पहले, झुंझलाते हुए कुशध्वज को देखा, और फिर कुछ कमज़ोर स्वर में कहा, 'ये स्वयंवर के नियम हैं, लंका के महान राजा...'

वहां एक आवाज़ गूंजी, जो बादलों की गड़गड़ाहट से भी तेज़ थी; यह कुंभकर्ण की आवाज़ थी। 'बहुत हो गई यह बकवास!' वह रावण की ओर मुड़ा। 'दादा, चलो चलते हैं।'

रावण ने अचानक झुककर पिनाक उठा लिया। इससे पहले कि कोई कुछ कर पाता, वह उस पर कमान चढ़ाकर, बाण रख चुका था। जब उसने तीर का निशाना विश्वामित्र की ओर किया, तो वहां उपस्थितजनों

को मानो लकवा मार गया।

विश्वामित्र अपना अंगवस्त्र एक तरफ फेंकते हुए खड़े हुए, इससे उपस्थित भीड़ डर से जड़ हो गई। अपनी छाती पर हाथ मारते हुए वह चिल्लाए। 'मारो, रावण!' ऋषि की आवाज़ भवन में गूंज उठी। 'बढ़ो! मारो मुझे, अगर तुममें दम है तो!'

भीड़ के मुंह से आह निकली। डर से।

सीता सकते में थीं। गुरुजी!

रावण ने तीर छोड़ दिया। तीर विश्वामित्र के पीछे, मिथि की प्रतिमा में लगा, इससे उस प्रतिमा की नाक टूट गई। नगर के संस्थापक का अपमान। अकल्पनीय था।

सीता अवाक् रह गईं। *उसकी हिम्मत कैसे हुई?*

'रावण!' सीता अपनी ज़गह से उठते हुए गुर्राईं, उनका हाथ खुद अपनी तलवार पर पहुंच गया था। उन्हें एक सहायिका ने रोका, जो सीढ़ियों तक उनके पीछे-पीछे आई।

'नहीं, देवी सीता!'

'रावण राक्षस है...'

'आप प्राण खो दोगी...'

'देखिए, वो जा रहा है...' दूसरी सहायिका ने कहा।

सीता वापस जालीदार खिड़की पर आ गईं। उन्होंने रावण को धनुष, पवित्र पिनाक को वापस पीठिका पर पटककर, द्वार की ओर बढ़ते देखा। उसके पीछे-पीछे उसका अंगरक्षक दल भी बाहर निकल गया। इस हलचल में, कुंभकर्ण ने, पिनाक की कमान उतारी और दोनों हाथों में उठाकर उसे नमन किया; मानो वह धनुष से क्षमा मांग रहा हो। वह तुरंत मुड़कर, तेज़ी से भवन से बाहर चला गया। रावण के पीछे।

जब आख़री लंकावासी भी वहां से बाहर चला गया, तो सभासदों ने एक साथ सिंहासन पर बैठे विश्वामित्र, जनक और कुशध्वज की ओर नज़रें घुमाईं।

विश्वामित्र ने ऐसे बात शुरू की मानो कुछ हुआ ही नहीं था। 'प्रतियोगिता की शुरुआत करते हैं।'

भवन में लोग यूं बैठे थे मानो वे बुत बन गए हों। विश्वामित्र ने फिर

से कहा, इस बार तेज़ आवाज़ में। 'प्रतियोगिता की शुरुआत करते हैं। राजकुमार राम, कृपया आगे आइए।'

राम अपने आसन से उठकर, पिनाक की ओर बढ़े। उन्होंने सम्मान में सिर झुकाया, अपने हाथ जोड़कर प्रणाम किया। सीता को लगा कि उनके होंठ कोई मंत्र जप रहे थे। लेकिन इतनी दूर से उन्हें कुछ पता नहीं चल रहा था।

राम ने अपनी दाहिनी कलाई उठाकर, उसमें बंधे लाल धागे को अपनी दोनों आंखों पर लगाया।

सीता मुस्कुराईं। *कन्याकुमारी आपकी मदद करें, राम। और वो आपके साथ मेरे विवाह को अपना आशीर्वाद दें।*

राम ने धनुष को छुआ और कुछ देर रुके रहे। फिर उन्होंने मस्तक झुकाकर, धनुष पर लगाया; मानो उससे आशीर्वाद मांग रहे हों। उन्होंने स्थिर सांसों से, सहजता से धनुष उठाया। सीता बड़े मन से राम को देख रही थीं, सांस रोके।

राम ने धनुष का एक सिरा लकड़ी के आधार पर रखा। उनके कंधों, कमर और बांहों पर पिनाक के ऊपरी सिरे को झुकाने के कारण तनाव साफ देखा जा सकता था। उन्होंने धनुष पर प्रत्यंचा चढ़ा दी। उनके शरीर पर प्रयास के निशान दिख रहे थे, लेकिन चेहरा भावशून्य था। उन्होंने कुछ और प्रयास से धनुष के ऊपरी सिरे को झुकाया, और धनुष पर पकड़ को मज़बूत किया। उन्होंने प्रत्यंचा को कान तक खींचा; उसकी टंकार बेहतरीन थी।

उन्होंने एक तीर उठाया और कुंड तक दृढ़ क़दमों से चलते हुए गए। बिना जल्दी के। वह एक घुटने पर झुके, धनुष को आकाश की ओर उठाया, और सिर झुकाकर पानी में देखा; जिसमें ऊपर घूमती हुई मछली का प्रतिबिंब दिखाई दे रहा था। कुंड में उठती जल तरंगें, मानो उनके मन की परीक्षा ले रही थीं। राम ने मछली के प्रतिबिंब पर ध्यान केंद्रित किया। उन्होंने प्रत्यंचा पर चढ़े हुए बाण को, अपने दाहिने हाथ से कुछ खींचा, उनकी मांसपेशी भी कुछ खिंची। उनकी सांसें स्थिर और लय में थीं।

उन्होंने, बिना किसी घबराहट या उत्तेजना के, शांति से, प्रत्यंचा को खींचकर, तीर को छोड़ दिया। कक्ष में मौजूद लोगों के नेत्रों के साथ-साथ, मानो वहां सबकुछ ठहर गया था। भवन में तीर के लकड़ी में घुसने की

सटीक आवाज़ आई। तीर सीधा मछली की दाहिनी आंख में लगा, जो लकड़ी के पहिये पर टिकी थी। हवा में घूमते पहिये के साथ-साथ, बाण भी ताल मिला रहा था।

सीता राहत से मुस्कुराईं। पिछले कुछ दिनों की सारी चिंताएं मिट गई थीं। पिछले पलों का गुस्सा खत्म हो गया था। उनकी आंखें राम पर टिकी थीं, जो कुंड के पास घुटनों के बल बैठे थे, सिर झुकाए, जल तरंगों को देखते हुए; उनके चेहरे पर एक शांत मुस्कुराहट थी।

सीता का एक भाग, जो सालों पहले उनकी मां की मौत के साथ ही मर गया था, धीरे-धीरे सांसें लेने लगा।

मैं अब और अकेले नहीं रहूंगी।

सीता को अपनी मां के बारे में सोचते हुए खट्टे-मीठे दर्द का अहसास हुआ। कि वो उस समय सीता के साथ नहीं थीं, जब उन्हें उनका जीवनसाथी मिला था।

मां की मौत के बाद से, वो पहली बार अपनी मां को बिना रोये याद कर रही थीं।

संताप अकेलेपन में आप पर हावी हो जाता है। लेकिन जीवनसाथी मिलने पर आप सबकुछ संभाल सकते हैं।

दर्दभरी याद अब खट्टी-मीठी चुभन बन गई थी। हां, उदासी का स्रोत तो था। लेकिन साथ ही, खुशी और ताकत का भी।

उन्हें अपनी मां सामने खड़ी हुई महसूस हुईं। मुस्कुराते हुए। पोषण देते। स्नेहपूर्ण। मातृत्व से भरीं। मां प्रकृति की तरह।

वो फिर से परिपूर्ण हो गई थीं।

काफी समय बाद, वो उन शब्दों को फुसफुसा रही थीं, जो उनकी चेतना में कहीं गहरे दबे थे। वो शब्द जो उन्होंने सोचा था कि मां के जाने के बाद नहीं बोल पाएंगी।

दूर से ही राम को देखते हुए, वो फुसफुसाईं, 'मैं आपको बहुत प्रेम करती हूं।'

अध्याय 22

'धन्यवाद, अरिष्टनेमी जी,' सीता ने कहा। 'मलयपुत्रों ने मेरा साथ दिया। गुरुजी ने तो अपनी ज़िंदगी को भी खतरे में डाल लिया। मैं आपकी बहुत आभारी हूं।'

राम और सीता का विवाह साधारण विधि-विधान से, स्वयंवर वाली दोपहर को ही संपन्न होना था। राम हैरान हो गए, जब सीता ने उसी मंडप में लक्ष्मण और उर्मिला के विवाह का सुझाव दिया। और लक्ष्मण को उत्साह से राजी होते देख तो उनके अविश्वास का ठिकाना ही नहीं रहा। यह निर्णय लिया गया कि दोनों युगलों का विवाह मिथिला में होगा—जिससे सीता और उर्मिला, राम व लक्ष्मण के साथ अयोध्या जा सकें—और रघुवंशियों के अनुरूप उनका भव्य समारोह अयोध्या में किया जाएगा। जो इक्ष्वाकु के वंशजों की प्रतिष्ठा के अनुरूप होगा।

विवाह समारोह की तैयारियों के बीच अरिष्टनेमी ने सीता से मिलने का अवसर ढूंढ़ लिया था।

'आशा है इससे मलयपुत्रों की वफादारी पर से सारे संशय मिट गए होंगे,' अरिष्टनेमी ने कहा। 'हम हमेशा से विष्णु के साथ रहे हैं, और उन्हीं के साथ रहते रहेंगे।'

आप तब तक विष्णु के साथ हो, जब तक मैं वो करती हूं जो आप कराना चाहते हो। तब नहीं जब मैं कुछ ऐसा करूं जो आपकी योजना में सटीक न बैठे।

सीता मुस्कुराईं। 'आप संदेह करने के लिए मुझे क्षमा करें, अरिष्टनेमी जी।'

अरिष्टनेमी मुस्कुराए। 'गलतफहमियां नज़दीकी व्यक्तियों में ही होती हैं। लेकिन वो क्या कहते हैं, अंत भला तो सब भला।'

'गुरु विश्वामित्र कहां हैं?'

'आपको क्या लगता है?'

रावण।

'राक्षस राज इस सबको कैसे लेंगे?' सीता ने पूछा।

विश्वामित्र रावण को स्वयंवर में रोकने के लिए सारी हदें पार कर गए थे। लंका के राजा को इसमें अपना अपमान महसूस हुआ था। इसके बुरे परिणाम हो सकते थे। उसकी युद्ध भावना और निर्दयता के साथ ही उसका अहंकार भी मशहूर था। लेकिन क्या वो मलयपुत्रों से भी बदला लेने की सोच सकता था?

अरिष्टनेमी कुछ सोचते हुए नीचे देख रहे थे, फिर उन्होंने अपनी नज़रें वापस सीता पर केंद्रित कीं। 'रावण निष्ठुर और निर्दयी इंसान है, जो अपने सारे फैसले मुश्किल हिसाब-किताब लगाकर लेता है। लेकिन उसका अहंकार... उसका अहंकार अक्सर नुकसान-फायदा नहीं देखता।'

'निष्ठुर और निर्दयी हिसाब-किताब उसे मलयपुत्रों से न भिड़ने की सलाह देगा,' सीता ने कहा। 'उसे थामिरावरुणी की कंदरा से जो चाहिए वो तो मिल ही जाएगा न।'

'वो तो वो करता है। लेकिन जैसा मैंने कहा, उसका अहंकार कभी-कभी उसके आड़े आ जाता है। आशा है गुरु विश्वामित्र इसे संभाल लें।'

अरिष्टनेमी हैरान थे कि सीता ने यह पता नहीं लगाया था कि मलयपुत्र रावण को क्या देते थे। शायद, सीता के संदेह की योग्यता से परे भी कुछ चीज़ें थीं। लेकिन उन्होंने हैरानी को अपने चेहरे पर नहीं आने दिया।

दोनों शादियां साधारण रीति-रिवाजों से स्वयंवर वाली दोपहर ही संपन्न हो गई थीं।

अब सीता और राम अकेले थे। वे भोजनकक्ष में, ज़मीन पर बिछी गद्दियों पर बैठे थे, उनका खाना सामने नीची पीठिका पर रखा था। देर शाम हो चुकी थी, तीसरे प्रहर का छठा घंटा चल रहा था। यद्यपि वे धर्म के अनुसार कुछ घंटे पहले एक बंधन में बंध चुके थे, लेकिन उनके बीच एक अजीब सी ख़ामोशी छाई हुई थी।

'उम्म,' राम ने अपनी थाली देखते हुए कहा।

'हां, राम?' सीता ने पूछा। 'क्या कोई परेशानी है?'

'खेद है, लेकिन... खाना...'

'आपको पसंद नहीं आया?'

'नहीं, नहीं, अच्छा है। बहुत अच्छा है। लेकिन...'

सीता ने राम की आंखों में देखा। *मैं आपकी पत्नी हूं। आप मुझे सच बता सकते हैं। वैसे भी मैंने खाना नहीं बनाया है।*

लेकिन उन्होंने अपने ख्याल मन में ही रखे और पूछा, 'जी?'

'इसमें कुछ नमक कम है।'

सीता मिथिला के शाही रसोइए से झुंझलाई हुई थीं। *दया! मैंने उसे बताया था कि केंद्रिय सप्तसिंधु के लोग पूर्वी लोगों से ज़्यादा नमक खाते हैं!*

सीता ने तुरंत अपनी थाली एक ओर खिसका दी, और उठकर ताली बजाकर किसी को अंदर आने का इशारा किया। एक परिचारिका अंदर आई। 'राजकुमार के लिए थोड़ा नमक लेकर आइए।' जब परिचारिका मुड़ी, तो सीता ने ज़ोर देते हुए कहा, 'जल्दी!'

परिचारिका भागते हुए गई।

राम अंगोछे से हाथ पोंछकर, नमक का इंतज़ार करने लगे। 'क्षमा करना, मैं तुम्हें परेशान नहीं करना चाहता था।'

सीता त्योरी चढ़ाते हुए अपने आसन पर बैठ गईं। 'मैं आपकी पत्नी हूं, राम। आपका ख्याल रखना मेरा कर्तव्य है।'

वो बहुत औपचारिक हैं... और प्यारे...

राम मुस्कुराए। 'हम्म, क्या मैं तुमसे कुछ पूछ सकता हूं?'

'ज़रूर।'

'अपने बचपन के बारे में कुछ बताओ।'

'आपका मतलब, मेरे गोद लिए जाने से पहले का? आप जानते हैं न कि मुझे गोद लिया गया था?'

'हां... मेरा मतलब है, अगर तुम्हें कोई असुविधा हो तो, मत बताना।'

सीता मुस्कुराईं। 'नहीं, मुझे कोई परेशानी नहीं है, लेकिन मुझे कुछ याद नहीं। मैं बहुत छोटी थी, जब अपने दत्तक माता-पिता को मिली।'

राम ने सिर हिलाया।

क्या आप भी मुझे मेरे जन्म के आधार पर आकेंगे?

सीता ने उस सवाल का जवाब दिया, जो उन्हें लगा कि राम के दिमाग़ में होगा। 'तो, अगर आप मेरे जन्म के माता-पिता के बारे में पूछना चाहें, तो उसका जवाब यही है कि मुझे नहीं पता। लेकिन मैं इतना ही कहती हूं कि मैं धरती की पुत्री हूं।'

'जन्म पूरी तरह से महत्वहीन है। यह बस इस कर्मभूमि में प्रवेश करने का साधन है। कर्म ही हैं, जो महत्व रखते हैं। और, तुम्हारे कर्म दिव्य हैं।'

सीता मुस्कुराईं। अपने पति की योग्यताएं हर पल उन्हें प्रभावित कर रही थीं। सकारात्मक रूप से हैरान। *मैं समझ सकती हूं कि महर्षि वशिष्ठ ने इनमें क्या देखा होगा। ये खास हैं...*

राम कुछ कहने वाले थे कि तभी परिचारिका नमक लेकर आ गई। राम ने कुछ नमक अपने खाने में मिलाकर खाना शुरू किया, और परिचारिका कक्ष से बाहर चली गई।

'हां, आप कुछ कह रहे थे,' सीता ने कहा।

'हां,' राम ने कहा। 'मैं सोचता हूं कि...'

राम की बातचीत में इस बार द्वारपाल की घोषणा से दखल पड़ा, 'मलयपुत्र प्रमुख, सप्तर्षि उत्तराधिकारी, विष्णु के संरक्षक, महर्षि विश्वामित्र पधार रहे हैं।'

सीता हैरान थीं। *गुरुजी यहां क्यों आ रहे हैं?*

सीता ने राम को देखा। राम ने कंधे झटकते हुए जताया कि उन्हें इस आगमन के बारे में कुछ नहीं पता। विश्वामित्र के कक्ष में प्रवेश करते ही सीता और राम अपने आसन से उठ गए, विश्वामित्र के पीछे-पीछे

अरिष्टनेमी भी कक्ष में आए। सीता ने अपनी परिचारिका से राम और अपने लिए, हाथ धोने का पात्र लाने को कहा।

'एक समस्या है,' विश्वामित्र ने बिना किसी औपचारिकता के कहा।

सीता ने मन ही मन कोसा। *रावण...*

'क्या हुआ, गुरुजी?' राम ने पूछा।

'रावण हमले की तैयारी कर रहा है।'

'लेकिन उसके पास सेना नहीं है,' राम ने कहा। 'वह दस हज़ार अंगरक्षकों के साथ क्या कर लेगा? उतनी संख्या के साथ तो वह मिथिला जैसे नगर पर भी कब्जा नहीं कर सकता। वह बस संघर्ष में अपने कुछ आदमियों की जान गवां बैठेगा।'

'रावण तर्कसंगत इंसान नहीं है,' विश्वामित्र ने कहा। 'उसके घमंड को ठेस पहुंची है। वह भले ही अपने अंगरक्षकों की जान गंवा दे, लेकिन मिथिला में तूफान तो ला ही देगा।'

राम ने अपनी पत्नी सीता को देखा।

सीता ने झुंझलाहट से सिर हिलाते हुए विश्वामित्र से पूछा। 'प्रभु रुद्र के नाम पर, किसने उस राक्षस को स्वयंवर के लिए निमंत्रित किया था? मैं जानती हूं कि यह काम मेरे पिताजी का नहीं था।'

विश्वामित्र ने गहरी सांस लेते हुए कहा। 'जो हो चुका है, उसे बदला नहीं जा सकता, सीता। सवाल यह है कि अब हम क्या करने वाले हैं?'

'आपकी क्या योजना है, गुरुजी?' राम ने पूछा।

'मेरे पास कुछ खास सामान है, जिसे मैं गंगा के रास्ते अपने आश्रम से लेकर आया हूं। मुझे अगस्त्यकूटम में कुछ वैज्ञानिक प्रयोगों के लिए इसकी ज़रूरत थी। इसीलिए मैं अपने आश्रम गया था।'

'वैज्ञानिक प्रयोग?' राम ने पूछा।

'हां, दैवीय अस्त्रों से प्रयोग।'

सीता की सांस जैसे थम गई, वह दैवीय अस्त्रों की शक्ति और विकरालता के विषय में जानती थीं। 'गुरुजी, क्या आप दैवीय अस्त्रों के इस्तेमाल का सुझाव दे रहे हैं?'

विश्वामित्र ने सहमति में सिर हिलाया, तभी राम बोले। 'लेकिन वह तो साथ में मिथिला को भी तबाह कर देंगे।'

'नहीं, ऐसा नहीं होगा,' विश्वामित्र ने कहा। 'यह पारंपरिक दैवीय अस्त्र नहीं है। जो मेरे पास है, वह असुरास्त्र है।'

'क्या यह वही जैविक हथियार है?' राम ने परेशान होते हुए पूछा।

'हां। असुरास्त्र से जो ज़हरीली गैस निकलेगी, उससे लंका के सैनिक कुछ दिनों के लिए शिथिलता की स्थिति में पहुंच जाएंगे। हम उस हालात में उन्हें बंदी बनाकर, इस समस्या को खत्म कर देंगे।'

'सिर्फ शिथिल, गुरुजी?' राम ने पूछा। 'मैंने तो सुना था कि अधिक मात्रा में असुरास्त्र घातक भी हो सकते हैं।'

विश्वामित्र जानते थे कि सिर्फ एक ही आदमी ने राम को इस विषय में बताया होगा। उनका घनिष्ठ मित्र जो अब दुश्मन है, वशिष्ठ। मलयपुत्र प्रमुख तुरंत झुंझला गए। 'क्या तुम्हारे पास कोई बेहतर उपाय है?'

राम ख़ामोश हो गए।

सीता ने राम को देखा और फिर विश्वामित्र को। *मैं जानती हूं कि गुरुजी क्या करने की कोशिश कर रहे हैं।*

'लेकिन प्रभु रुद्र के नियमों का क्या?' सीता ने कुछ उत्तेजित होते हुए पूछा।

यह सर्वविदित था कि बुराई का विनाश करने वाले, महादेव के पिछले अवतार, प्रभु रुद्र ने सदियों पहले दैवीय अस्त्रों के अनाधिकृत इस्तेमाल पर प्रतिबंध लगा दिया था। जो यह नियम तोड़ता, उसे चौदह साल के वनवास पर जाना पड़ता। इस नियम को दूसरी बार तोड़ने पर मौत की सज़ा निश्चित थी।

महादेव का नियम लागू करवाने की ज़िम्मेदारी वायुपुत्रों की थी।

'मुझे नहीं लगता कि वह नियम असुरास्त्र पर लागू होता है,' विश्वामित्र ने कहा। 'यह भारी विनाश का हथियार नहीं है, यह तो उन्हें असक्षम बनाने का साधन है।'

सीता ने अपनी आंखें सिकोड़ीं। स्पष्टतया, वह उनसे सहमत नहीं थीं। 'मैं असहमत हूं। दैवीय अस्त्र दैवीय अस्त्र ही है। हम प्रभु रुद्र की प्रजाति, वायुपुत्रों की सहमति के बिना इसका इस्तेमाल नहीं कर सकते। मैं प्रभु रुद्र की भक्त हूं। मैं उनका कानून नहीं तोड़ूंगी।'

'तो क्या तुम समर्पण करने वाले हो?'

'बिल्कुल नहीं! हम युद्ध करेंगे!'

विश्वामित्र उपहासपूर्ण ढंग से हंसे। 'युद्ध, सच में? कृपया बताइए, कौन रावण के योद्धाओं से लड़ने वाला है? भावुक, बौद्धिक मिथिलावासी? योजना क्या है? क्या लंकावासियों को वाद-विवाद से मारना है?'

'हमारे पास सुरक्षा बल है,' सीता ने अपने सैन्य-बल के अनादर से नाराज होते हुए कहा।

'वे रावण की सेना से लड़ाई करने के लिए न तो प्रशिक्षित हैं, न उनके पास वैसे संसाधन हैं।'

'हम उसकी सेना से नहीं लड़ रहे हैं। हम उसके अंगरक्षकों के दल से लड़ रहे हैं। उनके लिए मेरा सुरक्षा बल पर्याप्त है।'

'उनके बस का नहीं है। और आप यह बात जानती हो।'

'गुरुजी, हम दैवीय अस्त्रों का प्रयोग नहीं करेंगे,' सीता ने दृढ़ता से कहा। उनका मुख कठोर हो चला था।

राम बोले। 'समीचि का सुरक्षा बल अकेला नहीं है। मैं और लक्ष्मण यहां हैं, और मलयपुत्र भी तो हमारे साथ हैं। हम किले के अंदर हैं, यहां दो दीवारे हैं; नगर के बाहर नहर है। हम मिथिला को बचा सकते हैं। हम लड़ सकते हैं।'

विश्वामित्र ने व्यंग्य से राम को देखा। 'बकवास! हम संख्या में ज़्यादा हैं। दो दीवारें हैं...' उन्होंने घृणा से कहा। 'यह देखने में बढ़िया लगता है। लेकिन तुम कब तक रावण के योद्धाओं को अंदर आने से रोक पाओगे?'

'गुरुजी, हम दैवीय अस्त्रों का प्रयोग नहीं करेंगे,' सीता ने आवाज़ ऊंची करते हुए कहा। 'अब, अगर आप इजाज़त दें, तो मैं युद्ध की तैयारी के लिए प्रस्थान करना चाहती हूं।'

'समीचि कहां है?' सीता ने हैरानी से पूछा। मिथिला की नागरिक सेवा और शिष्टाचार प्रमुख अपने कार्यालय में नहीं थी।

सूर्यास्त हो चुका था। सीता रावण के अपेक्षित हमले के लिए अपनी सेना को तैयार कर रही थी। उन्हें नहीं लगता था कि लंका का राजा युद्ध

की सर्वमान्य औपचारिकताओं का पालन करेगा। संभव था कि वो रात में ही हमला करेगा। समय महत्वपूर्ण था।

'देवी,' एक अधिकारी ने कहा। 'हम नहीं जानते वो कहां गई हैं। वो आपके विवाह समारोह के तुरंत बाद ही निकल गई थीं।'

'उसे ढूंढ़ो। उसे किले की दीवार पर आने को कहो। मधुकर निवास पर।'

'जी, देवी।'

'अभी!' सीता ने ताली बजाते हुए आदेश दिया। जैसे ही अधिकारी वहां से भागा, सीता दूसरे लोगों की ओर मुड़ीं। 'नगर के सारे अधिकारियों को इकट्ठा करो। उन सबको मधुकर निवास ले आओ। अंदरूनी दीवार पर।'

जैसे ही सिपाही भागे, सीता अपने निजी अंगरक्षकों की ओर बढ़ीं—जो मलयपुत्रों ने मिथिला के पुलिस बल में भर्ती कराए थे। उन्होंने सुनिश्चित किया कि और कोई तो नहीं सुन रहा था। फिर, उन्होंने एक भरोसेमंद रक्षक, मकरंत से कहा। 'कप्तान जटायु को ढूंढ़ो। उन्हें बताओ कि मैं चाहती हूं वो पूर्वी दिशा की तरफ, अंदरूनी दीवार की गुप्त गुफा की रक्षा करें। वो जानते हैं गुफा कहां है। हो सके तो गुफा बंद कर दो।'

'देवी, आपको लगता है रावण...'

'हां, मुझे लगता है,' सीता ने बात बीच में काटी। 'गुफा को बंद कर दो। घंटेभर में बंद हो जानी चाहिए।'

'जी, देवी।'

—⁂—

'मैं ये नहीं कर सकती!' समीचि आसपास देखते हुए फुसफुसाई। वो सुनिश्चित करना चाहती थी कि कोई उनकी बातें नहीं सुन रहा हो।

अकम्पन, हमेशा की तरह सजा-संवरा नहीं, बल्कि अस्त-व्यस्त था। हालांकि उसने महंगे कपड़े पहन रखे थे, लेकिन उनमें सिलवटें पड़ी हुई थीं। उसकी उंगली की अंगूठियां भी कुछ कम थीं। चाकू असावधानी से म्यान में रखा हुआ था, जिस पर लगे खून के धब्बे दिखाई दे रहे थे। समीचि सकते में थी। इस अकम्पन को वो नहीं जानती थी। ऐसे उत्तेजित

और हिंसक इंसान को।

'तुम्हें वही करना होगा जो आदेश है,' अकम्पन धीरे से गुर्राया।

समीचि गुस्से से ज़मीन को घूर रही थी। वो जानती थी कि उसके पास कोई विकल्प नहीं था। क्योंकि सालों पहले जो हो चुका था...

'राजकुमारी सीता को कोई नुकसान नहीं पहुंचेगा।'

'तुम्हारी हालत शर्त रखने की नहीं है।'

'राजकुमारी सीता को कोई नुकसान नहीं पहुंचेगा!' समीचि गुर्राई। 'वादा करो मुझसे!'

अकम्पन ने अपनी मुट्ठी सख्ती से भींच ली। उसका गुस्सा चरम पर था।

'वादा करो!'

गुस्से के बावजूद, अकम्पन जानता था कि उन्हें सफल होने के लिए समीचि की ज़रूरत थी। उसने हां में सिर हिलाया।

समीचि वहां से मुड़कर चली गई।

अध्याय 23

बहुत रात हो गई थी; चौथे प्रहर का चौथा घंटा। राम, सीता के साथ लक्ष्मण और समीचि भी मधुकर निवास की छत पर, अंदरूनी दीवार के किनारे पर पहुंच चुके थे। समग्र मधुकर निवास परिसर सुरक्षा के लिहाज से खाली करवा दिया गया था। बाहरी दीवार पर बनी खंदक नहर से कश्तियों वाला पुल गिरा दिया गया था।

मिथिला की फौज के चार हज़ार महिला और पुरुष अधिकारी, नगर में सुरक्षा व्यवस्था बनाए रखने के लिहाज से पर्याप्त थे। लेकिन क्या दो दीवारों का लाभ उठाते हुए भी वह रावण के अंगरक्षकों को रोक पाने में समर्थ हो सकेंगे? वे संख्या में दो के मुकाबले पांच थे।

सीता को यक़ीन था कि वो कर सकते थे। विषम परिस्थितियों में पशु ज़्यादा खतरनाक ढंग से लड़ते हैं। मिथिलावासी जीत के लिए नहीं लड़ रहे थे। या धन के लिए। या, अहंकार के लिए। वो अपनी ज़िंदगी के लिए लड़ रहे थे। वो अपने नगर को विनाश से बचाने के लिए लड़ रहे थे। और ये खुले मैदान में होने वाली पारंपरिक लड़ाई नहीं थी। मिथिलावासी सुरक्षित दीवारों के पीछे थे; वास्तव में दोहरी दीवार के पीछे; युद्ध से बचने का ऐसा समाधान जो दूसरे किलों में नहीं देखा गया था। लंका के अधिकारियों को ऐसे हालात में लड़ने का अनुभव नहीं होगा। कम सिपाही होना ऐसे हालात में उतना घाटे का सौदा नहीं था।

राम और सीता बाहरी दीवार की सुरक्षा के प्रति बेफिक्र थे। वे चाहते थे कि रावण और उसकी सेना उसे पार करके, अंदरूनी दीवार पर हमला

करे; तब लंकावासी दो दीवारों के मध्य फंस जाएंगे और मिथिला के तीर आसानी से उन्हें अपना निशाना बना लेंगे। उन्हें दूसरी तरफ से बाणों की बौछार की उम्मीद थी, जिसके लिए उन्होंने अपनी लकड़ी की ढालें मंगवा ली थीं, जिनका इस्तेमाल मिथिला में सामान्य तौर पर भीड़ को नियंत्रित करने के लिए किया जाता था। लक्ष्मण ने उन्हें तीरों से बचने के कुछ आधारभूत तरीके बता दिए थे।

'मलयपुत्र कहां हैं?' लक्ष्मण ने पूछा।

सीता ने आसपास देखा, लेकिन जवाब नहीं दिया। वह जानती थीं कि मलयपुत्र उन्हें छोड़कर नहीं जाएंगे। वो उम्मीद कर रही थीं कि वो लंकावासियों को वापस भेजने के लिए कोई तिकड़म लगा रहे हो।

राम लक्ष्मण से फुसफुसाए, 'लगता है यह हमारा ही मामला है।'

लक्ष्मण ने अपना सिर हिलाते हुए थूका। 'कायर।'

सीता ने जवाब नहीं दिया। पिछले कुछ दिनों में वो जान गई थीं कि लक्ष्मण गर्म दिमाग के थे। और उन्हें आने वाले संग्राम इस गर्मजोशी की ज़रूरत थी।

'देखो!' समीचि ने कहा।

सीता और लक्ष्मण ने उस दिशा में देखा, जहां समीचि ने संकेत किया था।

मिथिला की बाहरी दीवार के किनारे बनी खंदक-झील के दूसरी ओर मशालों की पंक्ति दिखाई दे रही थी। रावण के अंगरक्षक शाम से ही ज़ोर-शोर से काम करने लगे थे, उन्होंने जंगल को काटकर, झील पार करने के लिए नाव बनाना शुरू कर दिया था।

यहां तक कि उनके देखते-देखते, लंका के सैनिकों ने अपनी नावों को खंदक-झील में उतारना शुरू कर दिया। मिथिला पर बस कुछ ही समय में हमला होने वाला था।

'समय आ गया है,' सीता ने कहा।

'हां,' राम ने कहा। 'वो लोग शायद आधे घंटे में ही बाहरी दीवार तक पहुंच जाएंगे।'

रात को गूंजती शंख की आवाज़ें, अब रावण और उसके दल की पहचान बन चुकी थीं। मशाल की धधकती ज्वाला को देखकर वे समझ गए थे कि लंकावासी मिथिला की बाहरी दीवार पर सीढ़ियां लगाकर चढ़ने की कोशिश कर रहे थे।

'वे यहां हैं,' राम ने कहा।

सीता अपने संदेशवाहक की तरफ मुड़ी और सिर हिलाया।

संदेश तुरंत ही पंक्ति में खड़ी मिथिला की सेना तक पहुंच गया। सीता को अब, रावण के धनुर्धरों की ओर से बाणों की बौछार की उम्मीद थी। लंका के धनुर्धर तभी बाण चला सकते थे, जब उनके सैनिक दीवार से बाहर हों। जिस पल वे दीवार पर चढ़ना शुरू करेंगे, उन्हें तभी बाणों की वर्षा रोकनी पड़ेगी। धनुर्धर अपने ही आदमियों को मारने का जोखिम नहीं ले सकते थे।

अचानक ही बाण चलने की तीव्र ध्वनि सुनाई दी।

'ढाल!' सीता चिल्लाईं।

मिथिलावासियों ने तुरंत अपनी ढाल उठा ली, वे लंकावासियों की तरफ से आ रहे बाणों की बौछार का सामना करने को तैयार थे।

सीता तुरंत समझ गईं। *यह आवाज़ सामान्य तीर चलने की आवाज़ से कुछ अलग थी। यह उतनी तीव्र थी, मानो हज़ारों बाण एक साथ छोड़े जा रहे हों। कुछ बड़ी चीज़ फेंकी जा रही थी।*

अपनी ढाल के पीछे छिपीं, सीता ने राम को देखा। वो भांप गई कि वो भी परेशान थे।

उनकी सोच सही थी।

भारी बाणों ने मिथिलावासियों की सुरक्षा की प्रथम पंक्ति को भेद दिया था। ढालों के टूटने और मिथिला के सैनिकों के अधीर क्रंदन से सारा माहौल भर गया। बहुत से मिथिलावासी देखते-देखते ही ढेर हो गए थे।

'वह क्या है?' ढाल के पीछे छिपने की कोशिश करते हुए, लक्ष्मण चिल्लाए।

सीता ने देखा कि जैसे ही एक तेज़ चाकू की तरह, तीर राम की लकड़ी की ढाल में घुसा उसके दो टुकड़े हो गए। वह बस बाल-बाल बचे थे।

भाला!

उनकी लकड़ी की ढालें बाणों से सुरक्षा करने में समर्थ थीं, बड़े भालों से नहीं।

इतनी दूरी से भाले कैसे फेंक सकते?!

बाणों की पहली बौछार समाप्त हो गई थी। सीता जानती थीं कि कुछ ही पलों बाद दूसरी शुरू हो जाने वाली थी। उन्होंने अपनी ढाल नीची करके आसपास देखा, राम ने भी ऐसा ही किया।

उन्होंने राम को कहते सुना, 'प्रभु रुद्र, कृपा करें...'

भारी विनाश हुआ था। मिथिला के कम से कम एक चौथाई सैनिक या तो मर चुके थे, या बुरी तरह से घायल थे। भालों ने उनकी ढालों के साथ-साथ उनके शरीर को भी फाड़कर रख दिया था।

राम ने सीता को देखा। 'किसी भी पल दूसरी बौछार हो सकती है! घरों में घुस जाओ!'

'घरों में घुस जाओ!' सीता चिल्लाईं।

'घरों में घुस जाओ!' सैनिक चिल्लाते हुए, दरवाज़ों की ओर भागे, और दरवाज़े खोलकर उनमें कूद गए। यह बचने का सबसे अव्यवस्थित तरीका था; लेकिन अभी के लिए प्रभावशाली था। कुछ ही पलों में, मिथिला का बचा हुआ हर सैनिक, सुरक्षित रूप से घरों में कूद चुका था। जैसे ही दरवाज़े बंद हुए, बाणों की बौछार ने मधुकर निवास की छतों पर गिरना शुरू कर दिया। कुछ पीछे रह गए सैनिकों के अलावा, अभी के लिए अन्य सभी सुरक्षित थे।

जैसे ही वो घर में सुरक्षित हुए, राम ने सीता को एक और खींचा। लक्ष्मण और समीचि भी उनके पास गए। अपनी राजकुमारी के पीछे खड़ी समीचि के चेहरे का रंग उड़ा हुआ था, वो परेशानी से अपना माथा रगड़ रही थी।

सीता मुश्किल से सांस ले पा रही थीं, उनकी आंखें बेचैन शेरनी के समान इधर-उधर डोल रही थीं, और रोम-रोम से गुस्सा फूट रहा था।

'अब क्या?' राम ने सीता से पूछा। 'रावण के सिपाहियों ने अब बाहरी दीवार पर चढ़ना शुरू कर दिया होगा। वे जल्दी ही ऊपर पहुंच जाएंगे। वहां उन्हें रोकने वाला कोई नहीं है।'

सीता को कुछ सूझ नहीं रहा था। वो बेबसी महसूस कर रही थीं। और, हताश। हे *भगवान!*

'सीता?' राम ने उकसाया।

सीता की आंखें अचानक फैल गईं। 'खिड़कियां!'

'क्या?' हैरान समीचि ने पूछा।

सीता ने तुरंत उपसेनापतियों को अपने पास बुलाया। उन्होंने तुरंत मधुकर निवास में लगी लकड़ी की खिड़कियां तोड़ देने का निर्देश दिया; वो जो अंदरूनी दीवार पर थीं।

मधुकर निवास की खिड़कियां दो दीवारों के मध्य पड़ने वाले बगीचे में खुलती थीं। वहां से लंका के हमलावरों पर बाण चलाए जा सकते थे।

'बहुत बढ़िया!' लक्ष्मण कहते हुए, तुरंत खिड़की की ओर दौड़ पड़े। उन्होंने अपनी बांह खींचते हुए, मांसपेशी पर ज़ोर डालकर, खिड़की पर ज़ोरदार प्रहार किया, और एक ही प्रहार में उसे गिरा दिया।

मधुकर निवास के इस विभाग में सभी घर एक बरामदे के माध्यम से जुड़े हुए थे। तुरंत ही संदेश सब जगह फैल गया। पल भर में ही, मिथिलावासियों ने खिड़की को तोड़कर, बाहरी और अंदरूनी दीवार के मध्य आए लंका के सैनिकों पर तीर चलाने शुरू कर दिए। लंकावासियों को किसी तरह के विरोध की उम्मीद नहीं थी। वे सहजता से उनके बाणों की चपेट में आ गए। नुकसान भारी हुआ था।

मिथिला के सैनिक बिना रुके बाण चलाकर, ज़्यादा से ज़्यादा दुश्मनों को मार रहे थे, इससे अचानक ही उनका आक्रमण धीमा पड़ गया। अकस्मात्, शंखनाद सुनाई दिया; लेकिन इस बार वह, भिन्न स्वर निकाल रहा था। लंकावासी तुरंत पीछे मुड़कर जाने लगे, उन्हें जल्द से जल्द आश्रयस्थलों में जाने की आवश्यकता थी।

मिथिलावासियों के घरों से विजय का तीव्र नाद सुनाई दिया। उन्होंने पहले हमले को मात दी थी।

राम, सीता और लक्ष्मण मधुकर निवास की छत पर खड़े थे। प्रातः का उजाला, धरती पर धीरे-धीरे उतर रहा था। सूर्य की मृदु किरणें, लंका के

भालों से हुए भीषण नुकसान पर विरोधाभास दर्शा रही थीं। तबाही हृदय विदारक थी।

सीता ने अपने आसपास मिथिला सैनिकों के कटे-फटे शव देखेः उनके सिर नसों से लटके हुए थे, कुछ के अंग बाहर निकल आए थे, कुछ भाला लगने से बहे खून की वजह से मरे थे।

'मेरे हज़ार सैनिक...'

'भाभी हमने उन्हें भी कड़ी टक्कर दी,' लक्ष्मण ने अपनी भाभी से कहा। 'बाहरी और अंदरूनी दीवार के बीच लंका के भी कम से कम हज़ार सैनिक मृत पड़े हैं।'

सीता ने लक्ष्मण को देखा, हमेशा प्रकाशित रहने वाली उनकी आंखों में आज आंसू थे। 'हां, लेकिन उनके पास नौ हज़ार सैनिक बचे हैं। हमारे पास अब महज़ तीन हज़ार सैनिक ही हैं।'

राम ने खंदक-झील के पार लंका शिविर की गतिविधियों को देखा। घायलों के इलाज के लिए चिकित्सक शिविर लग गए थे। फिर भी लंका के बहुत से सैनिक तत्परता से काम में जुटे थेः पेड़ों को काटकर, जंगल की सीमा को पीछे करते जा रहे थे।

यक़ीनन, उनकी मंशा वापस जाने की नहीं थी।

'अगली बार वो और बेहतर तैयारी से आएंगे,' राम ने कहा। 'अगर वह अंदरूनी दीवार पर चढ़ पाने में कामयाब रहे, तो सब खत्म हो जाएगा।'

सीता ने अपना हाथ राम के कंधे पर रखकर, ज़मीन को देखते हुए आह भरी। उन्हें महज़ छूने भर से शक्ति का अहसास हो रहा था। ऐसा लग रहा था उन्हें भरोसेमंद साथी मिल गया था।

सीता ने पीछे मुड़कर, अपने नगर को देखा। उनकी निगाहें, मधुकर निवास के बगीचे के परे, बने प्रभु रुद्र के विशाल मंदिर की मीनार पर पड़ीं। उनकी आंखें दृढ़ हो आईं, मानो उनकी नसों में धातु का संचार होने लगा।

'कुछ खत्म नहीं होगा। मैं अपनी प्रजा को भी अपने साथ आने को कहूंगी। अगर मेरे लोग अपनी रसोई के चाकुओं के साथ भी खड़े हो जाएं, तो वे एक-एक सैनिक पर दस लोग होंगे। हम उनसे लड़ सकते हैं।'

सीता महसूस कर पा रही थीं कि उनके छूने से राम के कंधे की

मांसपेशियां तन रही थीं। उन्होंने उनकी आंखों में देखा। उन्हें उनमें सिर्फ विश्वास और भरोसा नज़र आया।

उन्हें मुझ पर भरोसा है। वो मानते हैं कि मैं ये संभाल लूंगी। मैं ये संभालूंगी। मैं असफल नहीं होऊंगी।

सीता ने सिर हिलाया, वह तय कर चुकी थीं, और तुरंत मिथिला सैनिकों को अपने पीछे आने का इशारा करके चल दीं।

राम और लक्ष्मण भी उनके पीछे चले, उनकी गति से गति मिलाते हुए। वो पीछे मुड़ीं। 'नहीं। कृपया आप यहीं रुकिए। मुझे यहां रोकने के लिए किसी ऐसे की ज़रूरत है जिस पर मैं भरोसा कर सकूं, जो युद्ध को समझता हो, और जो लंकावासियों के अचानक हमले को रोक सके।'

लक्ष्मण ने कुछ तर्क देने की कोशिश की, लेकिन राम का इशारा पाकर खामोश रह गए।

'हम यहीं रुकेंगे, सीता,' राम ने कहा। 'हमारे यहां रहते कोई भी लंकावासी नगर में पैर नहीं रख सकेगा। जल्दी से दूसरे लोगों को बुला लाओ।'

सीता ने मुस्कुराकर राम का हाथ छुआ।

और फिर वो मुड़कर चली गईं।

—ॐ—

दिन का तीसरा प्रहर भी लगभग खत्म होने वाला था। दोपहर होने में तीन घंटे बाकी थे, दिन पूरी तरह निकल आया था। लेकिन यह रौशनी नगरवासियों के लिए ज्ञान का उजाला लेकर नहीं आई थी। मिथिला के हजार बहादुर सिपाहियों की मौत और मधुकर निवास पर हुए विनाश की खबर से नागरिकों का खून गुस्से से नहीं खौला था। मिथिलावासियों के कम संख्या, कम उपकरणों के बावजूद, अपने प्रधान मंत्री की अगुवाई में लड़ने की कहानी उन्हें प्रेरित नहीं कर रही थी। दरअसल, माहौल में समर्पण, समझौते या मोल-तोल की बातें सुनाई देने लगी थीं।

सीता ने बाज़ार चौक में व्यापारियों को एकत्र कर लंका की फौज के सामने नागरिक सेना बनाने का प्रस्ताव रखा था। इस बात को कुछ घंटे बीत चुके थे। अमीर लोगों का अपनी मातृभूमि के लिए अपनी जान या

संपत्ति को दांव में न लगाना हैरानी की बात नहीं थी। इससे ज़्यादा सदमा तो इस बात का था कि वो गरीब, जिनकी ज़िंदगी सुनयना और सीता के सुधार कार्यों की वजह से संवर रही थी, वो भी अपने साम्राज्य के लिए लड़ने को तैयार नहीं थे।

मिथिला के दूसरे अधिकारियों तक जो कुतर्क इस मामले में पहुंच रहे थे, उन्हें सुनकर सीता का सिर फटा जा रहा था। वो सब कायरों के बहाने थे।

'हमें यथार्थवादी होना चाहिए...'

'हमने गरीबी से उबरकर, पैसा कमाकर, संपत्ति बनाकर, अपने बच्चों को अच्छी शिक्षा इसलिए नहीं दिलवाई थी कि एक दिन युद्ध में यूं अपनी जान गवां दें...'

'सच में, क्या हिंसा से किसी समस्या का समाधान निकला है? हमें प्रेम का अभ्यास करना चाहिए न कि युद्ध का...'

'युद्ध महज़ पैतृक, उच्चवर्गीय षड्यंत्र है...'

'लंकावासी भी हमारी तरह इंसान हैं। मुझे पूरा यक़ीन है कि अगर हम उनसे बात करें, तो वो हमारी बात सुनेंगे...'

'सच में, क्या हमारा मन साफ है? हम लंकावासियों के बारे में कुछ भी कह सकते हैं, लेकिन हमें सम्राट रावण का अपमान नहीं करना चाहिए था...'

'बहुत से पुलिस अधिकारी मर गए तो क्या हुआ? हमारी रक्षा करना तो उनका काम है। और हमारे लिए जान देना। ऐसा तो नहीं है कि वो मुफ्त में ऐसा कर रहे हैं। हम कर क्यों चुकाते हैं? करों की बात करें तो, लंका में कर की दरें हमसे काफी कम हैं...'

'मुझे लगता है हमें लंकावासियों के साथ सौदा करना चाहिए। चलों इस पर मतदान करो...'

अपनी तरफ से भरसक कोशिश करने के बाद, सीता ने जनक और उर्मिला को भी नागरिकों को प्रोत्साहित करने के लिए कहा। जनक, मिथिला के सम्मानित व्यक्ति ने भी उन्हें लड़ने के लिए उकसाने की बहुत कोशिश की। कोई फायदा नहीं हुआ। उर्मिला, जो महिलाओं के बीच लोकप्रिय थीं, भी कोई प्रभाव नहीं छोड़ पाईं।

सीता ने गुस्से से अपनी मुट्ठी भींच ली। वो ऐसे कायर नागरिकों को खरा-खरा सुनाने ही वाली थीं कि तभी उनके कंधे पर किसी ने हाथ रखा। उन्होंने मुड़कर देखा तो समीचि को खड़े पाया।

सीता जल्दी से उसे एक ओर खींच लाईं। 'बताओ, वो कहां हैं?'

समीचि को विश्वामित्र और अरिष्टनेमी को खोजने के लिए भेजा गया था। सीता मान ही नहीं सकती थीं कि मलयपुत्र उन्हें ऐसे समय में छोड़कर चले जाएंगे, जब उनके नगर पर हमले का खतरा हो। वो जानते थे कि नगर के साथ उनकी जान भी जा सकती थी। और वो जानती थीं कि उनका ज़िंदा रहना उनके लिए कितना ज़रूरी था।

'मैंने सब जगह देखा, सीता,' समीचि ने कहा। 'वो मुझे कहीं नहीं मिले।'

सीता ने नीचे देखकर मन ही मन अपशब्द कहे।

समीचि मुश्किल से बोल पाई। 'सीता...'

सीता ने अपनी दोस्त को देखा।

'मैं जानती हूं आप ये नहीं सुनना चाहतीं, लेकिन हमारे पास कोई विकल्प नहीं है। हमें लंकावासियों के साथ सौदा करना ही होगा। अगर हम प्रभु रावण को...'

सीता की आंखें ज्वाला उगल रही थीं। 'तुम मेरे सामने ऐसी बातें नहीं...'

मधुकर निवास से सुनाई पड़े ज़ोरदार धमाके से सीता की बात बीच में ही रह गई।

मधुकर निवास के उस विभाग पर ज़ोरदार धमाका हुआ था, जहां से अभी कुछ देर पहले वो छिपकर लंकावासियों के साथ लड़ रहे थे। कुछ ही पलों बाद उसी विभाग से कोई प्रक्षेपास्त्र निकलता दिखाई दिया। वो विकराल चाप में आगे बढ़ रहा था। नगर की खाई की तरफ, जहां लंकावासियों के शिविर थे।

बाज़ार चौक में उपस्थित सभी लोगों की निगाहें उसी दिशा में जमी थीं। लेकिन किसी को नहीं पता था कि क्या हुआ था। किसी को नहीं, सिवाय सीता के।

सीता तुरंत समझ गईं कि मलयपुत्र पूरी रात कहां थे। वो क्या तैयारी

कर रहे थे। उन्होंने क्या किया था।

असुरास्त्र।

प्रक्षेपास्त्र खाई की झील पर से उड़ा, उसमें छोटे-छोटे विस्फोट हो रहे थे। एक पल में असुरास्त्र लंका के शिविर पर छा गया। और फिर नाटकीय अंदाज़ से फट गया।

मिथिला में देखने वालों को फटते प्रक्षेपास्त्र से चमकीली हरी रौशनी निकलती दिखाई दी। वो ज़ोरदार धमाके से फटा था, जैसे आग का गोला हो। प्रक्षेपास्त्र से अवयव नीचे गिरते दिखाई दे रहे थे।

जब वो आसमान में इस भयानक नज़ारे के साक्षी बन रहे थे, तब कान-फोड़ू धमाके ने मिथिला की दीवारों को हिला दिया। बाज़ार चौक में जो नागरिक कुछ पल पहले तक आपस में बहस कर रहे थे, वो अपनी जगह जड़ खड़े थे।

मिथिवासियों ने हाथों से अपने कान ढंक लिए। कुछ रहम के लिए प्रार्थना करने लगे।

भीड़ में भयानक खामोशी छा गई थी। कई दुबके हुए नागरिक दुविधा से इधर-उधर देख रहे थे।

लेकिन सीता जानती थीं कि मिथिला को बचा लिया गया था। वो ये भी जानती थीं कि क्या होगा। ये विनाश रावण और उसके साथियों पर हुआ था। जिससे वो असक्षम हो जाएंगे। सुन्न की स्थिति में। कुछ दिनों, या फिर कुछ सप्ताह के लिए। उनमें से कुछ मर भी जाएंगे।

लेकिन उनका नगर सुरक्षित था। उसे बचा लिया गया था।

मधुकर निवास पर हुए विनाश के बाद, ये शायद रावण को रोकने का एकमात्र रास्ता था।

उनकी नसों में राहत की एक लहर दौड़ गई, वो फुसफुसाईं, 'मलयपुत्रों और गुरु विश्वामित्र पर प्रभु रुद्र कृपा करें।'

फिर, एक झटके की तरह, उनकी चेतना जागृत हुई। उनके दिल में एक घबराहट हुई।

असुरास्त्र चलाया किसने था?

वह जानती थीं कि असुरास्त्र दूर से चलाया जाने वाला हथियार था। सही दूरी से एक सक्षम धनुर्धारी ही सफलतापूर्वक इसे चला सकता था।

अभी मिथिला में ऐसे तीन इंसान थे, जो ये कर सकते थे, जो प्रक्षेपास्त्र चलाने वाले अग्नि बाण को मार सकते थे। विश्वामित्र, अरिष्टनेमी और...

राम... नहीं... नहीं... प्रभु रुद्र रहम करो।

सीता मधुकर निवास की तरफ दौड़ीं। उनके पीछे समीचि और उनके अंगरक्षक थे।

अध्याय 24

सीता मधुकर निवास की सीढ़ियां, एक बार में तीन-तीन फलांगती हुई दौड़ रही थीं। पथराए चेहरे वाली समीचि भी उनके पीछे ही थी। उन्हें जल्द से जल्द छत पर पहुंचना था। इतनी दूर से भी वो लंका के शिविरों पर हुए विनाश को देख सकती थीं। हज़ारों सैनिक ज़मीन पर गिरे पड़े थे। मौत की तरह खामोश। हरी वाष्प का दैत्याकार बादल लकवा मारे उन लंका के सैनिकों को अपने आगोश में ले रहा था।

हवा में कोई फुसफुसाहट नहीं थी। इंसान खामोशी से पड़े थे। जानवर भी। पक्षियों ने चहचहाना बंद कर दिया था। वृक्ष भी नहीं हिल रहे थे। यहां तक कि हवा भी मर चुकी थी। सब उस विनाशकारी हथियार के असर में थे, जो अभी कुछ देर पहले चला था।

बस एक ही आवाज़ थी, किसी भयानक सांप के हिसहिसाने की आवाज़। ये वो आवाज़ थी, जो उस हरी वाष्प से निकल रही थी, बीच-बीच में हो रहे छोटे विस्फोटों के साथ।

सीता ने डर से अपना रुद्राक्ष पकड़ लिया। *प्रभु रुद्र, रहम करें।*

उन्होंने बीच में खड़े हुए अरिष्टनेमी और विश्वामित्र को देखा। वो दौड़कर उनके पास गईं।

'किसने चलाया?' सीता ने पूछा।

अरिष्टनेमी सिर झुकाकर एक ओर हट गए; और, राम सीता की आंखों के आगे आए। सिर्फ उनके पति के हाथ में ही धनुष था।

विश्वामित्र ने राम पर दबाव डालकर उनसे असुरास्त्र चलवा ही लिया था। और इस तरह, प्रभु रुद्र का नियम टूट गया था।

अपने पति की ओर दौड़कर जाती हुई सीता, ज़ोर से चिल्लाईं।

उन्हें आता देख, विश्वामित्र मुस्कुराए। 'सीता, अब सब नियंत्रण में है! रावण की फौज खत्म हो चुकी है। मिथिला अब सुरक्षित है।'

सीता ने क्रोध से विश्वामित्र को देखा, गुस्से से उनके मुंह से शब्द नहीं निकल पा रहे थे।

सीता ने सीधा राम के पास जाकर, उन्हें बांहों में भर लिया। स्तब्ध राम का धनुष उनके हाथों से छूट गया। उन्होंने कभी सीता को गले नहीं लगाया था। अभी तक नहीं।

सीता ने उन्हें कसकर पकड़ लिया। वो राम के दिल की धड़कन को बढ़ते हुए महसूस कर पा रही थीं। लेकिन उनके हाथ नीचे ही थे। उन्होंने पलटकर सीता को गले नहीं लगाया।

सीता ने अपना सिर पीछे करके, सीधे राम की खाली आंखों में झांका।

अपराधबोध ने उन्हें जकड़ लिया। वह जानती थीं कि राम से यह अपराध जबरन कराया गया होगा। उनके प्यार के लिए। नैतिक मूल्यों और कर्तव्यों का हवाला देकर, जिससे उन्हें अपनी पत्नी और उसकी प्रजा की ज़िंदगी बचाने के लिए यह क़दम उठाना पड़ा होगा।

उन्होंने राम को पकड़कर उनकी खाली आंखों में झांका। उनके चेहरे पर चिंता की लकीरें थीं। 'मैं आपके साथ हूं, राम।'

राम ख़ामोश थे। लेकिन उनके भाव बदल गए थे। अब उनकी आंखों में खालीपन नहीं था। बल्कि उनमें कोई ख्वाब सा था, मानो वो दूसरी ही दुनिया में खो गए थे।

प्रभु रुद्र इनकी मदद करने की मुझे हिम्मत देना। इस प्रभावशाली इंसान को सहारा देने की। मेरे कारण जो इन्हें दुख पहुंचा है, उससे उबरने की।

सीता ने मज़बूती से राम को बांहों में भर रखा था। 'राम, मैं आपके साथ हूं। हम एक साथ हालात का सामना करेंगे।'

राम ने अपनी आंखें बंद कीं। उन्होंने भी सीता के गिर्द अपनी बांहें

डाल दीं। उन्होंने अपना सिर सीता के कंधों पर रख दिया। वो उनकी आह निकलते महसूस कर सकती थीं। मानो उन्होंने शरण पा ली थी। अपने उपवन में।

सीता ने अपने पति के कंधों से परे विश्वामित्र को देखा। उनकी आंखों में गुस्सा था, जैसे देवी मां प्रचंड रोष में हों।

विश्वामित्र की नज़रें बेदर्दी उन्हीं को देख रही थीं।

एक तेज़ आवाज़ ने उन सबका ध्यान भंग किया। सभी ने मिथिला की दीवारों के पार देखा। रावण का पुष्पक विमान गरज रहा था। उसकी बड़ी-बड़ी पंखुड़ियां घूमने लगी थीं। पलभर में उसने गति पकड़कर, उड़ान भरी। बढ़ती आवाज़ के साथ, ज़मीन से ऊपर उठता हुआ, पुष्पक विमान मिथिला से दूर, उस विनाश से दूर, आसमान में निकल गया। मिथिला से दूर। असुरास्त्र के उस विनाश से दूर।

रावण बच गया था। रावण भाग निकला था।

बाद का दिन नगर के बाहर एक जुगाड़ु अयुरालय बनाने में गुज़र गया। लंका के सिपाहियों को बड़े-बड़े शिविरों में लाया गया। मलयपुत्र मिथिला के चिकित्सकों को उस घातक हथियार के दुष्परिणाम से निबटने के लिए प्रशिक्षित कर रहे थे। उन्हें तब तक जीवित रखना ज़रूरी था, जब तक कि उनका ये सुन्नपन स्वाभाविक रूप से न खत्म हो; इसमें कुछ दिन या कुछ सप्ताह भी लग सकते थे। उनमें से कुछ कभी होश में नहीं आने वाले थे और हमेशा के लिए गहरी नींद में चले जाने वाले थे।

सीता अपने कार्यालय में बैठकर अयोध्या जाने से पहले मिथिला के ज़रूरी प्रशासनिक काम निबटा रही थीं। बहुत कुछ संभालना था और समीचि से बात करने का भी कोई फायदा नहीं निकल रहा था।

उनकी पुलिस और शिष्टाचार सुरक्षा अधिकारी, वहां खड़ी पत्ते की तरह कांप रही थी। सीता ने अपनी दोस्त को कभी इतने घबराए हुए नहीं देखा था। वो सच में डरी हुई थी।

'चिंता मत करो, समीचि। मैं राम को बचा लूंगी। उन्हें कुछ नहीं होगा। उन्हें सज़ा नहीं होगी।'

समीचि ने अपना सिर हिलाया। उसके मन में कुछ और चल रहा था। उसने लड़खड़ाती आवाज़ में कुछ कहा। 'प्रभु रावण बच गए... लंकावासी... वापस आएंगे... मिथिला, आप, मैं... खत्म हो...'

'पागल मत बनो। कुछ नहीं होगा। लंकावासियों को सबक सिखा दिया गया है, जिसे वो जल्दी नहीं भूल पाएंगे।'

'वो याद रखेंगे... वो हमेशा याद... अयोध्या... करछप... चिलिका...'

सीता ने समीचि के कंधे पकड़े और ज़ोर से कहा, 'खुद को संभालो। तुम्हें हो क्या गया है? कुछ नहीं होगा!'

समीचि खामोश हो गई। उसने अपने हाथ प्रार्थना में जोड़े। विनती करते हुए। वो जानती थी उसे क्या करना था। वो दया की भीख मांगेगी। सच्चे ईश्वर से।

सीता ने समीचि को घूरकर सिर हिलाया। निराशा से। उन्होंने अपने पिता, जनक के शासन में मिथिला की ज़िम्मेदारी समीचि को सौंपने का निर्णय लिया था। लेकिन, अब वो सोच रही थीं कि क्या समीचि इस अतिरिक्त कार्यभार को संभाल भी पाएगी। उन्होंने इससे पहले अपनी दोस्त को इतना परेशान नहीं देखा था।

'अरिष्टनेमी जी, कृपया मुझसे ये मत करवाइए,' कुशध्वज गिड़गिड़ाए।

अरिष्टनेमी मिथिला के महल के उस कक्ष में थे, जिसमें संकश्या के राजा, कुशध्वज को ठहराया गया था।

'आपको ये करना ही होगा,' अरिष्टनेमी ने खतरनाक विनम्रता से कहा। उनकी आवाज़ की दृढ़ता अनसुनी नहीं की जा सकती थी। 'हम जानते है कि क्या हुआ था। रावण यहां कैसे आया...'

कुशध्वज ने मुश्किल से थूक निगला।

'मिथिला सभी ज्ञानी जनों को प्रिय है,' अरिष्टनेमी ने कहा। 'हम इसे तबाह नहीं होने देंगे। आपको अपने किए का भुगतान करना ही होगा।'

'लेकिन अगर मैंने इस घोषणा पर हस्ताक्षर किए, तो रावण के हत्यारे मेरे पीछे पड़ जाएंगे...'

'अगर आपने नहीं किए, तो हम आपके पीछे पड़ जाएंगे,' अरिष्टनेमी ने और नज़दीक आते हुए कहा, उनकी आंखों से कठोरता झलक रही थी। 'मुझ पर भरोसा करिए, हम मौत को और दर्दनाक बना देंगे।'

'अरिष्टनेमी जी...'

'बस,' अरिष्टनेमी ने संकश्या के शाही मुहर उठाई और उसे घोषणा पत्र पर लगा दिया। 'हो गया...'

कुशध्वज अपने आसन पर ढह गए, वो पसीने से तर थे।

'ये राजा जनक और आपके नाम से जारी किया जाएगा, महाराज,' अरिष्टनेमी ने कहा और झूठे सम्मान में सिर झुकाया।

फिर वह मुड़कर बाहर चले गए।

राजा जनक और उनके भाई, कुशध्वज ने रावण के छोड़े हुए युद्धबंदियों की कैद को अधिकृत किया था। विश्वामित्र और उनके मलयपुत्रों ने वचन दिया था कि वो अगस्त्यकूटम की ओर जाते हुए लंका के इन कैदियों को अपने साथ ले जाएंगे। मुनि रावण से उन कैदियों को छोड़ने के बदले मिथिला की सुरक्षा का वादा चाहते थे।

इस खबर से प्रत्येक मिथिलावासी ने राहत की सांस ली थी और खासकर समीचि ने। वो लंका के राक्षस राजा, रावण से बहुत डरे हुए थे। लेकिन अब, ये जानकर कि मयलपुत्र लंका से उनकी सुरक्षा सुनिश्चित करवा देंगे वो सहज हो गए थे।

'हम कल चले जाएंगे, सीता,' अरिष्टनेमी ने कहा।

मलयपुत्र के सेनापति सीता से मिलने के लिए उनके निजी शिविर में आए थे। सीता ने उस दिन से विश्वामित्र से मिलने को मना कर दिया था, जब उन्होंने राम से दैवी अस्त्र चलवाया था।

सीता ने अपने हाथ जोड़कर प्रणाम करते हुए सम्मान से सिर झुकाया। 'प्रभु परशु राम और प्रभु रुद्र आपकी यात्रा सुरक्षित बनाएं।'

'सीता, मुझे यक़ीन है कि आप जानती हैं घोषणा का दिन नज़दीक आ...'

अरिष्टनेमी सीता की विष्णु रूप में दुनिया के सामने की जाने वाली

घोषणा की बात कर रहे थे। एक बार ये हो जाने के बाद, सिर्फ मलयपुत्र ही नहीं, बल्कि समस्त दुनिया उन्हें अपने उद्धारक और मार्गदर्शक के रूप में देखेगी।

'वो अब नहीं हो सकता।'

अरिष्टनेमी ने अपनी हताशा नियंत्रित करने की कोशिश की। 'सीता, आप इतनी हठी नहीं हो सकतीं। हमने वही किया जो हमें करना पड़ा।'

'आप भी तो असुरास्त्र चला सकते थे, अरिष्टनेमी जी। दरअसल, गुरु जी भी चला सकते थे। वायुपुत्र समझ सकते थे। वो इसे मलयपुत्रों के खुद को बचाने के प्रयास के रूप में देखते। लेकिन आपने राम से...'

'उन्होंने खुद कहा था, सीता।'

'स ही है...' सीता ने व्यंग्य से कहा। वो लक्ष्मण से सुन चुकी थीं कि कैसे विश्वामित्र ने राम को दिव्य अस्त्र चलाने के लिए बाध्य किया था, उनकी पत्नी का नगर बचाने के नाम पर।

'सीता, क्या आप भूल गई हैं कि मिथिला किस हालत में थी? आप इस बात की तारीफ नहीं कर रही हैं कि हमने आपके नगर को बचा लिया। आप ये भी नहीं देख रही हैं कि गुरु विश्वामित्र ने कैसे रावण के सैनिकों की समस्या को भी सुलझा दिया, जिससे यहां कोई हमला न हो। सच में, आप इससे ज़्यादा क्या चाहती हैं?'

'मैं उम्मीद कर रही थी कि आप कुछ...'

अरिष्टनेमी ने सीता को टोका, उनकी बात का आशय समझते हुए। 'सम्मान? सम्मान से काम लेता? बचपना मत करिए, सीता। आपके बारे में मुझे यही बात अच्छी लगती आई है कि आप प्रायोगिक हैं। आप बेवकूफाना सिद्धांतों को नहीं उठाए घूमतीं। आप जानती हैं कि आप भारत के लिए बहुत कुछ कर सकती हैं। आपको विष्णु की घोषणा के लिए तैयार...'

सीता ने एक भौंह उठाई। 'मैं सम्मान की बात नहीं कर रही थी। मैं समझदारी की बात कर रही थी।'

'सीता...' अरिष्टनेमी अपनी मुट्ठियां भींचकर गुर्राए। खुद को संभालने के लिए उन्होंने गहरी सांस ली। 'समझदारी यही कह रही थी कि हम असुरास्त्र न चलाएं। पहले ही... हमारी पहले ही वायुपुत्रों के साथ

कई समस्याएं हैं। इससे हमारे संबंध और जटिल हो जाते। वो राम को ही करना था।'

'सही है,' सीता ने कहा। 'वो राम को ही करना था...'

क्या उन्हें राम को असुरास्त्र चलाने के लिए मिलने वाली सज़ा की चिंता है?

'राम को निर्वासित नहीं किया जाएगा, सीता। असुरास्त्र व्यापक विनाश का हथियार नहीं है। गुरुजी ने आपको पहले ही बताया था। हम वायुपुत्रों को संभाल...'

अरिष्टनेमी जानते थे कि वायुपुत्र राम को पसंद करते थे और शायद अयोध्या के इस बड़े राजकुमार को सज़ा न दें। और अगर उन्होंने दी भी तो... मलयपुत्रों को उसमें परेशान होने की ज़रूरत नहीं थी। उनका ध्येय सीता थीं। सिर्फ सीता।

'राम मानते हैं कि उन्हें सज़ा मिलनी चाहिए,' सीता ने कहा। 'यही कानून है।'

'तो उनसे कहो कि ये बचपना छोड़कर बड़े हो जाएं।'

'राम को समझने की कोशिश कीजिए, अरिष्टनेमी जी। मुझे नहीं लगता कि आपको अहसास है कि ऐसा इंसान भारत के लिए कितना महत्वपूर्ण है। वो हमें कानून का पालन करने वाले नागरिकों में बदल सकते हैं। वो उदाहरण बन सकते हैं। वो बहुत से अच्छे काम कर सकते हैं। मैंने इस देश का भ्रमण किया है। मुझे नहीं लगता कि शासक, और आप भी, आम जनता का धनी लोगों के प्रति पनपता आक्रोश समझ पा रहे हैं। राम खुद का उदाहरण देकर उनका प्रशासन में विश्वास जगा सकते हैं। लोग राम की कही हुई बात सुनेंगे।'

अरिष्टनेमी ने बेचैनी से अपना भार एक पैर से दूसरे पर डाला। 'ये बेकार की बातें हैं, सीता। मलयपुत्रों को ही विष्णु को चुनने का हक है, और उन्होंने आपको चुना है। बस।'

सीता मुस्कुराईं। 'भारतीय खुद पर थोपे गए विकल्पों को सहजता से नहीं लेते। ये विद्रोहियों का देश है। पहले लोगों को मुझे विष्णु के रूप में अपनाना होगा।'

अरिष्टनेमी खामोश रहे।

'शायद आप समझ ही नहीं रहे हैं कि मैं समझदारी के बारे में क्या कहना चाहती हूं,' सीता ने कहा।

अरिष्टनेमी ने त्योरी चढ़ाई।

'मैं मानती हूं कि मलयपुत्र रावण को एक बिंदु तक ज़िंदा रखना चाहते हैं, मैं उसे मार दूं और पूरा सप्तसिंधु मुझे स्वीकार कर ले। ऐसे नेता को कौन मना करेगा जो उन्हें अपने सबसे बुरे दुश्मन, रावण से बचाएगा।'

अरिष्टनेमी की आंखें फैल गईं, जब सीता की बात का मतलब समझ आया। मलयपुत्रों से एक भारी भूल हो गई थी। ये भूल उनकी रणनीति में थी, जिसे वो दशकों से तैयार कर रहे थे।

'हां, अरिष्टनेमी जी। आपने सोचा कि आप राम को सज़ा के लिए तैयार कर रहे थे। लेकिन आपने तो उन्हें आम आदमी का नायक बना दिया। पूरा सप्तसिंधु रावण की आर्थिक पकड़ से कुलबुला रहा है। और, अब वे राम को अपने उद्धारक के रूप में देखेगा।'

अरिष्टनेमी खामोश रहे।

'अरिष्टनेमी जी, कभी-कभी होशियारी से बनाई गई योजनाएं भी असफल हो जाती हैं,' सीता ने कहा।

सीता ने अपने पति पर एक नज़र डाली, जो उनके साथ-साथ घोड़े पर आ रहे थे। लक्ष्मण और उर्मिला उनसे भी पीछे थे। लक्ष्मण अपनी पत्नी से लगातार बातें किए जा रहे थे, और वह बड़े चाव से अपने पति को निहार रही थीं। उर्मिला अपनी बाईं तर्जनी में पहनी हुई, बड़ी सी हीरे की अंगूठी से खेल रही थीं; यह उनके पति की ओर से मिला बेशकीमती उपहार था। उनके पीछे मिथिला के सैंकड़ों सिपाही चल रहे थे। राम और सीता के आगे भी सैंकड़ों सिपाहियों का झुंड चल रहा था। दल संकश्या की ओर जा रहा था, जहां से उन्हें नदी के रास्ते अयोध्या पहुंचना था।

राम, सीता, लक्ष्मण और उर्मिला ने असुरास्त्र चलने वाले दिन से दो सप्ताह बाद प्रस्थान किया था। अपनी बात रखते हुए विश्वामित्र और उनके मलयपुत्र अपनी राजधानी, अगस्त्यकूटम की ओर प्रस्थान कर चुके थे। वे अपने साथ लंका के कुछ बंदियों को ले गए थे। मुनि का मकसद,

मिथिला की ओर से, रावण से उन युद्ध-बंदियों का सौदा करने का था। उन्हें लौटाने के बदले वह साम्राज्य की सुरक्षा का वचन लेना चाहते थे। मलयपुत्र अपने साथ प्रभु रुद्र का धनुष, पिनाक भी ले गए थे, जो सदियों से उनकी संपत्ति रहा था। ये सीता को लौटा दिया जाएगा, जब वो विष्णु का अपना पद ग्रहण कर लेंगी।

लंका की समस्या का समाधान होने के बाद, समीचि भी बेहतर मनोस्थिति में आ गई थीं, और सीता ने अपनी मित्र को मिथिला का कार्यकारी प्रधान मंत्री बना दिया था। वो सीता द्वारा स्थापित की गई पांच वरिष्ठ नागरिकों की समिति के साथ मिलकर काम करेंगी। और यक़ीनन उनका मार्गदर्शन जनक ही करेंगे।

'राम...'

राम ने मुस्कुराते हुए अपनी पत्नी को देखा, और अपना घोड़ा उनके पास ले आए। 'हां?'

'क्या आपने तय कर लिया है?'

राम ने सिर हिलाया। उनके मन में कोई संदेह नहीं था।

सीता जहां हैरान थीं, वहीं चिंतित भी। वो सच में कानून के साथ जीते थे।

'लेकिन आप इस पीढ़ी के पहले व्यक्ति हैं, जिन्होंने रावण को पराजित किया। और, वास्तव में तो वह दैवी अस्त्र था भी नहीं। अगर आप...'

राम ने त्यौरी चढ़ाईं। 'यह तकनीकी फर्क है। और तुम इसे जानती हो।'

सीता एक पल रुकीं और फिर बोलना शुरू किया। 'कभी-कभी, आदर्श राज्य बनाने के लिए, एक अधिनायक को समय की ज़रूरत के हिसाब से निर्णय लेने पड़ते हैं; भले ही वह अल्पावधि में *उचित* न लगें। लेकिन अंततोगत्वा, एक अधिनायक वही है, जो अवसर मिलने पर जनता की क्षमता को विस्तृत कर पाए। उस समय उसका कर्तव्य उसे पीछे हटने का मौका नहीं देता। एक आदर्श अधिनायक जनता के हित के लिए, खुद पर कलंक लेने से नहीं चूकता।'

राम ने सीता को देखा। वह कुछ निराश लगे। 'मैंने वह पहले ही कर

दिया है, है न? सवाल है कि क्या मुझे सज़ा मिलनी चाहिए, या नहीं? क्या मुझे उसके लिए प्रायश्चित करना चाहिए? अगर मैं अपनी प्रजा से नियम पालन की उम्मीद रखता हूं, तो मुझे भी नियमों का पालन करना होगा। एक अधिनायक वही नहीं है, जो नेतृत्व करे। अधिनायक को आदर्श भी होना चाहिए। उसकी कथनी और करनी में अंतर नहीं होना चाहिए, सीता।'

सीता मुस्कुराईं। 'वाह, प्रभु रुद्र ने एक बार कहा था: "एक अधिनायक वही नहीं है, जो लोगों को उनकी मनचाही वस्तु दे। बल्कि उसे लोगों को उनकी कल्पना से भी बेहतर सोचने की समझ देनी चाहिए"।'

राम भी मुस्कुराए। 'और, तुम्हें इसके जवाब में कही गई, देवी मोहिनी की बात भी याद होगी।'

सीता हंसी। 'हां। देवी मोहिनी ने कहा था कि लोगों की अपनी सीमाएं होती हैं। एक अधिनायक को उनकी सीमाओं से परे की उम्मीद नहीं रखनी चाहिए। अगर तुम उन्हें उनकी हदों से गुज़रने को मजबूर करोगे, तो वे टूट जाएंगे।'

राम ने अपना सिर हिलाया। वह वास्तव में देवी मोहिनी की बात से सहमत नहीं थे। राम अपने लोगों को उनकी सीमाओं से ऊपर उठाने पर यक़ीन रखते थे; तभी एक आदर्श समाज का निर्माण किया जा सकता था। लेकिन उन्होंने अपनी असहमति को लेकर आवाज़ नहीं उठाई थी। वह जानते थे कि सीता देवी मोहिनी का बहुत सम्मान करती थीं।

'क्या आपने सोच लिया है? सप्तसिंधु की सीमाओं से परे चौदह साल रहने की सज़ा?' सीता ने मुख्य चर्चा पर लौटते हुए, गंभीरता से राम को देखते हुए पूछा।

राम ने सिर हिलाया। 'मैंने प्रभु रुद्र का नियम तोड़ा है। और, यह उसकी तयशुदा सज़ा है। इससे कोई फर्क नहीं पड़ता कि वायुपुत्र मुझे सज़ा देंगे या नहीं। इससे भी कुछ नहीं बदलता कि मेरे लोग मेरा साथ देंगे या नहीं। मुझे अपनी सज़ा पर कायम रहना है।'

सीता मुस्कुराईं। *वो कभी नहीं भटकेंगे। वो सच में अतुलनीय हैं। वो अयोध्या में अब तक टिके कैसे रहे?*

सीता ने उनकी ओर झुकते हुए, धीरे से कहा, 'मुझे नहीं हमें...।'

राम ने चौंकते हुए देखा।

सीता ने आगे बढ़ते हुए अपना हाथ, राम के हाथ पर रख दिया। 'आप मेरी किस्मत के भागीदार हैं, और मैं आपकी। शादी का यही मतलब होता है।' सीता ने अपनी उंगलियां, उनकी उंगलियों में गूंथ लीं। 'राम, मैं आपकी पत्नी हूं। हम हमेशा साथ रहेंगे; अच्छा समय हो या बुरा; चाहे जो भी हालात हों।'

हम चौदह साल बाद वापस आएंगे। और मज़बूत होकर। और ताकतवर होकर। विष्णु की उपाधि तब तक इंतज़ार कर सकती है।

सीता ने निर्णय कर लिया था कि वो जटायु से कहकर अधिक मात्रा में सोमरस मंगवा लेंगी, उम्र थामे रखने की भारतीय वैज्ञानिक, ब्रह्मा द्वारा तैयार की गई औषधि। चौदह साल के वनवास के दौरान इस औषधि को वो राम को देंगी और स्वयं भी इसका सेवन करेंगी ताकि उनका उत्साह और युवावस्था बनी रहे। जिससे जब वो वापस आएं तो अपना काम संभालने के लिए तैयार हों। भारत को बदलने के लिए तैयार।

उन्हें अपनी पढ़ी हुई एक पंक्ति याद आई। देवी वाराही, तीसरे विष्णु द्वारा कही गई पंक्ति। *भारत का उदय होगा, लेकिन स्वार्थी कारणों से नहीं। इसका उदय धर्म के लिए होगा... सभी की भलाई के लिए।*

राम ने उनका हाथ दबाया। उनका घोड़ा हिनहिनाया और अपनी गति बढ़ाई। राम ने धीरे से उसकी लगाम पीछे खींची और उसे अपनी पत्नी के घोड़े के साथ चलने दिया।

अध्याय 25

नवविवाहित युगल राम-सीता और लक्ष्मण-उर्मिला जहाज़ से अयोध्या के खूबसूरत बंदरगाह की ओर बढ़ रहे थे। ऐसा लग रहा था मानो पूरा अयोध्या उनकी घर वापसी का स्वागत करने के लिए उमड़ पड़ा था।

सफर के दौरान राम के साथ हुई चर्चाओं का सीता ने खूब आनंद लिया था। उन्होंने लोगों के लिए आदर्श समाज की स्थापना पर अपने-अपने सुझाव दिए थे। सीता ने राज्यों बच्चों को आवश्यक रूप से गोद लिए जाने की अवधारणा पर भी बात की, जिससे जन्म-आधारित बुराइयों से बचा जा सके। सीता ने यह नहीं बताया था कि वो भी अभी हाल में इस अवधारणा को मानने लगी थीं; या कि यह विचार मूल रूप से विश्वामित्र का था। राम महर्षि पर विश्वास या उन्हें पसंद नहीं करते थे। एक अच्छे विचार को यूं नापसंदगी में क्यों जाया होने दिया जाए? उन्होंने गुरु वशिष्ठ द्वारा लगाए जाने वाले सोमरस के कारखाने की भी बात की। राम मानते थे या तो सोमरस सबके लिए उपलब्ध हो या किसी के लिए भी नहीं। हालांकि सोमरस पर प्रतिबंध लगाना तो मुश्किल था, तो वशिष्ठ की तकनीक से व्यापक पैमाने पर उत्पादन करके सभी को उपलब्ध कराया जा सकता था।

चर्चाओं में मिले आनंद के बावजूद सीता जानती थीं कि उन्हें अभी हाल ही में ज़्यादा बात करने का समय नहीं मिल पाएगा। राम को अयोध्या में अपना काम समेटना था। ऐसा करके, वो सुनिश्चित कर देने वाले थे कि वो वनवास जाने से नहीं रुकेंगे। और, यक़ीनन, उन्हें मिथिला जैसे शक्तिहीन साम्राज्य के दत्तक राजकुमारी से हुई शादी का भी तो

स्पष्टीकरण देना था। जटायु ने मज़ाक में सीता से कहा था कि अगर अयोध्यावासी सीता के विष्णुत्व की सचाई जानते तो उन्हें अहसास होता कि राम ने सीता से शादी क्यों की थी! सीता ने मुस्कुराकर उस बात को वहीं खत्म कर दिया।

जहाज के कटघरे में खड़ी सीता अयोध्या के विशाल, आलीशान बंदरगाह को देख रही थीं। वो संकश्या बंदरगाह से कई गुणा बड़ा था। वह मानवनिर्मित नहरों को देख रही थीं जो सरयु नदी के पानी को अजेय नगरी अयोध्या की विशाल नहर में लाती थीं।

नहर का निर्माण कुछ सदी पूर्व, सम्राट अयुतायुस ने शक्तिशाली सरयु नदी के जल को खींचकर करवाया था। इसका विस्तार दिव्य था। यह अयोध्या की दीवारों के साथ-साथ पचास किलोमीटर के दायरे तक फैली थी। इसकी चौड़ाई विशाल थी, जो किनारों पर दो-ढाई किलोमीटर और बढ़ जाती थी। इसकी संग्रहण क्षमता इतनी अधिक थी कि इसके निर्माण के पहले कुछ सालों में नदी के आसपास के कई राज्यों ने पानी की तंगी की शिकायत की थी। उनकी आपत्ति को अयोध्या के शक्तिशाली योद्धाओं ने यूं ही कुचलकर रख दिया था।

इस नहर का मुख्य उद्देश्य सैन्य संबंधित था। यह एक प्रकार की खाई थी। सही मायनों में तो यह खाइयों की भी मां थी, जो चारों ओर से नगर की दीवारों की रक्षा करती थी। संभावित हमलावरों को नगर पर चढ़ाई करने से पूर्व उस विशाल नदी समान नहर को पार करना पड़ता। ऐसे साहसी मूर्खों को बड़ी आसानी से अपराजेय शहर की ऊंची दीवारों पर लगी तोपों का निशाना बनाया जा सकता था। नहर पर चार दिशाओं में चार पुल बनाए गए थे। इन पुलों से नगर में आने के लिए भारी द्वार बनाए गए थे, जिन्हें उत्तर द्वार, पूर्व द्वार, दक्षिण द्वार और पश्चिम द्वार के नाम से जाना जाता था। प्रत्येक पुल को दो भागों में बांटा गया था। हर भाग की अपनी मीनार और कलदार पुल था, जो नहर की दो तरफा सुरक्षा सुनिश्चित करता था।

फिर भी, विशाल नहर को किसी क्षति से बचाने के लिए उसका अपना सुरक्षात्मक ढांचा भी था। इसका काम बाढ़ को नियंत्रित करना था, जिससे सरयु के प्रचंड जल को विविध द्वारों के माध्यम से रोका जा सके। उत्तर भारत में बाढ़ बार-बार आने वाली समस्या थी। साथ ही साथ, इसकी

चिकनी सतह की वजह से इससे पानी लेना सरयु से पानी निकालने की अपेक्षा ज़्यादा आसान था। अयोध्या के परिक्षेत्र में विशाल नहर से पानी छोटी नहरों में आता था, जिससे कृषि क्षेत्र में नाटकीय रूप से वृद्धि हुई। पैदावर में बढ़ोतरी से, अधिकांश किसान ज़मीन की जुताई से मुक्त हुए। अब कौशल राज की विशाल जनसंख्या का पेट भरने के लिए कम ही किसानों की आवश्यकता थी। फिर इस अतिरिक्त श्रम का उपयोग सैन्य में किया गया, जिन्हें अयोध्या के प्रशिक्षित प्रधानों ने अपनी निगरानी में तैयार किया। इस विशाल फौज ने एक-एक कर आसपास के सभी राज्यों को अपने अधीन कर लिया। इस प्रकार वर्तमान राजा, दशरथ के दादा, प्रभु रघु आख़िरकार सप्तसिंधु के चक्रवर्ती सम्राट बने।

दशरथ ने भी इस विरासत में अपना योगदान दिया और अनेकों युद्ध जीतकर चक्रवर्ती सम्राट बने। ये तब तक था जब तक कि लंका के राक्षस राजा रावण ने लगभग बीस साल पहले अयोध्या समेत समस्त सप्तसिंधु की सेना को करछप के युद्ध में धूल नहीं चटा दी।

इसका परिणाम उन व्यापार करों के रूप में लागू हुआ जो रावण पूरे सप्तसिंधु और खासकर अयोध्या से वसूलता है। उससे पूरा खज़ाना खाली हो गया था। उसकी छाप अब विशाल नहर और उसके आसपास के ढांचे पर भी दिखाई देने लगी थी।

इस आभाहीन चमक के बावजूद सीता अयोध्या को देखकर भावुक हो रही थीं। यह नगर सप्तसिंधु के दूसरे नगरों से कहीं ज़्यादा बड़ा था। अपने पतनकाल में भी वो मिथिला की अपेक्षा कई गुणा विशाल था। सीता पहले भी अज्ञात रूप से अयोध्या आ चुकी थीं। अब पहली बार वो सबके सामने यहां आई थीं। थोड़ी सकुचाई सी। आंकी जाने वाली नज़रों का सामना करते हुए। इतनी दूर से भी वो अयोध्या के नागरिकों और कुलीन जनों की आंखों में अपने लिए सवाल देख पा रही थीं, जिन्हें अयोध्या के शाही अंगरक्षकों ने रोक रखा था।

जहाज़ के तख्ते के तेज़ आवाज़ के साथ बंदरगाह से टकराने से उनके ख्यालों की श्रृंखला टूटी। एक लापरवाह, खूबसूरत नौजवान तख्ते पर चढ़ आया था। वो राम से कद में थोड़े छोटे लेकिन ज़्यादा बलिष्ठ थे।

ये ज़रूर भरत होंगे।

उन्हीं के पीछे थोड़े कमज़ोर, सुसज्जित परिधान पहने, शांत और

बौद्धिक आंखों वाले नवयुवक थे। वो धीरे, नपे कदमों से बढ़ रहे थे।

शत्रुघ्न...

'दादा!' राम के पास आते हुए भरत खिलखिलाए, और उनके गले लग गए।

सीता समझ पा रही थीं कि क्यों राधिका को भरत से प्यार हो गया था। उनका करिश्मा स्वाभाविक था।

'मेरा भाई,' राम ने मुस्कुराकर उन्हें बांहों में भर लिया।

जब भरत पीछे हटकर लक्ष्मण के गले लग रहे थे, तो शत्रुघ्न अपने बड़े भाई से गले मिले।

पल भर में ही चारों भाई सीता और उर्मिला के सामने खड़े थे।

राम ने अपना हाथ आगे बढ़ाकर, गर्व से कहा, 'ये मेरी पत्नी सीता हैं, और उनके आगे लक्ष्मण की पत्नी, उर्मिला।'

शत्रुघ्न ने स्नेह से मुस्कुराते हुए अपने दोनों हाथ जोड़ लिए। 'नमस्ते। आप दोनों से मिलना गर्व की बात है।'

भरत ने शत्रुघ्न के पेट में प्यार से घूंसा मारा। 'तुम बहुत औपचारिक हो, शत्रुघ्न।' उन्होंने आगे बढ़कर उर्मिला को गले लगा लिया। 'परिवार में आपका स्वागत है।'

उर्मिला अपनी घबराहट को दबाते हुए मुस्कुराईं।

फिर भरत अपनी बड़ी भाभी, सीता की तरफ बढ़े और उनके हाथ पकड़कर कहा। 'मैंने आपके बारे में बहुत सुना है, भाभी... मैं हमेशा सोचता था कि भाई के लिए अपने से बेहतर महिला ढूंढ़ पाना असंभव होगा।' उन्होंने राम को देखा, मुस्कुराए और फिर वापस सीता पर ध्यान लगाया। 'लेकिन असंभव को संभव बनाना तो दादा की खासियत है।'

सीता हल्के से हंसी।

भरत ने अपनी भाभी को गले लगाया। 'परिवार में आपका स्वागत है, भाभी।'

—ꣻ—

अयोध्या की सड़के अपने युवराज का इंतज़ार कर रहे लोगों से भरी पड़ी

थीं। उनकी दुल्हन के स्वागत ने वहां जोश और बड़ा दिया था। उनका काफिला बहुत धीमी गति से आगे बढ़ पा रहा था। आगे के रथ पर राम और सीता थे। सड़कों पर हो रहे ज़ोरदार अभिनंदन से राजकुमार थोड़े असहज थे। उनके पीछे दो और रथ थे। एक पर भरत और शत्रुघ्न थे, जबकि दूसरे पर लक्ष्मण और उनकी पत्नी उर्मिला। भड़कीले भरत भीड़ का अभिवादन करना जानते थे, वो अपने हाथों को हिला रहे थे, लोगों की तरफ चुंबन उछाल रहे थे। लक्ष्मण अपनी लंबी बांह को सावधानी से हिला रहे थे, जिससे उनके पास खड़ी कोमल उर्मिला को कम से कम क्षति पहुंचे। शत्रुघ्न हमेशा की तरह, बिना हिले, सीधे खड़े थे। भीड़ को घूरते हुए। जैसे वो भीड़ का अकादमिक अध्ययन कर रहे हों।

भीड़ का शोर तेज़ और स्पष्ट था।

राम!

भरत!

लक्ष्मण!

शत्रुघ्न!

उनके चारों चहेते राजकुमार, साम्राज्य के संरक्षक, एक बार फिर से साथ मिल रहे थे। और ज़्यादा महत्वपूर्ण, उनके राजकुमार लौट आए थे। *विजयी होकर!* सबके दुश्मन रावण को पराजित करके लौटे थे!

फूलों की बरसात हो रही थी, पवित्र चावल फेंके जा रहे थे, सब प्रफुल्लित और खुश थे। हालांकि दिन का समय था, लेकिन मिट्टी के जलते बड़े-बड़े दीयों ने सारे माहौल को उत्सव में तब्दील कर दिया था। बहुत से लोगों ने अपने घरों की मुंडेर पर दीये जलाए हुए थे। मानो वो सूरज को भी अपनी रौशनी से रौशन कर रहे थे, स्वयं सूर्य देवता के महान वंश के राजकुमार का अभिवादन करते हुए!

आमतौर पर आधे घंटे के सफर को तय करने में रथों को चार घंटे लग गए थे। आखिरकार, वो महल में राम के लिए सुनिश्चित की गई शाखा में पहुंचे।

कमज़ोर से दिखाई दे रहे दशरथ अपने सफर में इस्तेमाल होने वाले सिंहासन पर बैठे थे, उन्हीं के पास अपने बेटों के इंतज़ार में कौशल्या खड़ी थीं। नई दुल्हनों के स्वागत में उचित रूप से स्वागत की रस्में अदा

की जानी थीं। सबसे बड़ी रानी परंपराओं और रिवाजों को अपनी निगरानी में पूरा करवा रही थीं।

कैकेयी ने कौशल्या द्वारा भेजे स्वागत समारोह के निमंत्रण का कोई जवाब नहीं दिया था। शांति-प्रिय काशी नगरी की सुमित्रा दशरथ के दूसरी ओर खड़ी थीं। कौशल्या हमेशा सहारे के लिए उन्हें ही देखती थीं। यक़ीनन, सुमित्रा भी तो अपनी एक बहू का स्वागत करने आई थीं!

स्वागत रस्म के तहत महल के द्वार पर बड़े-बड़े शंख बजाए जा रहे थे।

अयोध्या के चारों राजकुमार और मिथिला की दोनों राजकुमारियां, आखिरकार कोलाहल के बीच से बाहर निकले। अयोध्या के शाही अंगरक्षकों ने, जो अब तक किसी गर्म धातु पर रखी बिल्ली की तरह छटपटा रहे थे, राजकुमारों के महल के प्रांगण में प्रवेश के बाद चैन की सांस ली। भीड़भाड़ से दूर।

शाही काफिला परिसर में संगमरमर के पत्थर लगे रास्ते से गुज़र रहा था। रास्ते के दोनों तरफ हरा-भरा बगीचा था। वे राजकुमार राम के विभाग के प्रवेश द्वार के बाहर जाकर रुके।

कौशल्या पर नज़रें पड़ते ही सीता जरा झिझकीं। लेकिन उन्होंने तुरंत ही अपने मन में आ रहे ख्याल को झटक दिया।

कौशल्या हाथों में पूजा की थाली लेकर दहलीज की ओर बढ़ीं। उसमें एक जलता हुआ दीया, थोड़े से चावल और सिंदूर था। उन्होंने सीता के चेहरे के चारों ओर थाली को सात बार घुमाया। उन्होंने कुछ चावल लेकर उनके सिर पर डाले। फिर एक चुटकी सिंदूर उठाकर सीता की मांग में भर दिया। सीता ने नीचे झुककर सम्मान से कौशल्या के पैर छुए। कौशल्या ने थाली अपनी सहायिका को पकड़ा दी, और सीता के सिर पर हाथ रखकर उन्हें आशीर्वाद दिया। 'आयुष्मान भव, मेरी बच्ची।'

जैसे ही सीता खड़ी हुईं, कौशल्या ने दशरथ की तरफ इशारा किया। 'अपने ससुर का भी आशीर्वाद ले लो।' फिर सुमित्रा की तरफ इशारा करके कहा, 'और फिर, अपनी छोटी मां का। बाकी की रस्में हम बाद में करेंगे।'

सीता कौशल्या के निर्देशों का पालन करने के लिए बढ़ीं। राम ने आगे आकर अपनी मां के पैर छुए। उन्होंने उन्हें भी आशीर्वाद दिया और

अपने पिता से आशीर्वाद लेने का इशारा किया।

फिर उन्होंने उर्मिला और लक्ष्मण को आगे बुलाया। उर्मिला, सीता की तरह अपने मन में आए ख्याल को झटक नहीं सकीं; उनके भी मन में वही ख्याल आया था, जो थोड़ी देर पहले सीता के मन में आया था।

कौशल्या को देखकर उन्हें अपनी मां सुनयना की याद आ गई। वो वैसे ही कद में छोटी, शांत और सौम्य नज़रों वाली थीं। बेशक कौशल्या की रंगत कुछ गहरी और नैन-नक्श बिल्कुल अलग थे। कोई भी नहीं कह सकता था कि उनका चेहरा मिलता था। लेकिन उनमें कुछ समानता थी। अध्यात्मिक झुकाव वाले लोग इसे आत्मा का संबंध मानते हैं।

उर्मिला कौशल्या के आरती खत्म करने का इंतज़ार कर रही थीं, फिर उन्होंने झुककर उनके पैर छुए। कौशल्या ने मिथिला की छोटी राजकुमारी को आशीर्वाद दिया। उर्मिला जैसे ही खड़ी हुईं, आगे बढ़कर कौशल्या के गले लग गईं। अयोध्या की रानी ऐसे अपारंपरिक व्यवहार पर हैरान थीं, वो कोई प्रतिक्रिया नहीं कर पाईं।

उर्मिला पीछे हटीं, उनकी आंखें गीली थीं। उन्होंने धीमी आवाज़ में वो शब्द कहा, जो सुनयना के जाने के बाद बिना रोये उनके मुंह से नहीं निकला था। 'मां।'

उर्मिला की मासूमियत से कौशल्या प्रभावित हो गईं। शायद पहली बार रानी कद में खुद से छोटी किसी महिला से मिल रही थीं। उन्होंने उर्मिला का बच्चों जैसा गोल चेहरा और बड़ी-बड़ी आंखें देखीं। उनके मन में एक कबूतर की छवि उभर आई जो अपने पास के बड़े पक्षियों से बचने के लिए शरण ढूंढ़ रहा हो। उन्होंने प्यार से मुस्कुराते हुए उर्मिला को वापस अपनी बांहों में भर लिया। 'मेरी बच्ची... घर में तुम्हारा स्वागत है।'

रानी कौशल्या के महल की एक दासी सिर झुकाए खड़ी थी। खुद को मिलने वाले निर्देशों का इंतज़ार करते हुए।

वो अयोध्या की सबसे धनी, संभवत: सप्तसिंधु की सबसे धनी महिला मंथरा के आवासीय कार्यालय में थी। अफवाह तो ये भी थी कि वो सम्राट दशरथ से भी ज़्यादा अमीर थी। उसका करीबी वफादार द्रह्यु कसम

खाकर बता सकता था कि वो अफवाहें सच थीं। वास्तव में।

'देवी,' दासी फुसफुसाई, 'मेरे लिए क्या निर्देश हैं?'

द्रह्यु के इशारा करने पर वो चुप हो गई। और इंतज़ार करने लगी।

द्रह्यु विनम्रता से मंथरा के सामने खड़ा था। खामोश।

मंथरा लंगड़ाते हुए अपनी पीठिका के पास आई और अपने खास तैयार किए गए आसन पर बैठ गई, जो उसकी पीठ के कूबड़ के लिए आरामदायक था। मंथरा के चेहरे के दाग, बचपन में हुई चेचक की बीमारी की याद दिलाते थे, जो उसके चेहरे पर ज़िंदगी भर डराने वाले निशान छोड़ गई। ग्यारह साल की उम्र में उसे पोलियो हो गया, जो दाहिने पैर में पोलियो अपना प्रभाव छोड़ गया था। गरीबी में पैदा हुई मंथरा पर शारीरिक कमी ने सहानुभूति की बजाय और कठोरता दिखाई। पूरी युवावस्था उसने दूसरों के ताने सुने और आज भी वह इस अवहेलना को झेल रही है। अब क्योंकि वो धनी और ताकतवर थी, तो बस किसी की सामने कहने की हिम्मत नहीं थी, लेकिन वह जानती थी कि उसकी पीठ पीछे सब उसे क्या कहते थे। अब लोग उससे सिर्फ शारीरिक अक्षमताओं के लिए ही नहीं, बल्कि व्यापारी होने की वजह से भी नफरत करते थे; एक धनी व्यापारी होने की वजह से।

मंथरा ने खिड़की से अपनी आलीशान जायदाद के बड़े से बगीचे को देखा।

दासी खड़ी-खड़ी बेचैन हो रही थी। इतनी देर तक अनुपस्थित रहने से वो सबकी नज़रों में आ सकती थी। उसे जल्दी ही वापस लौटना था। उसने विनती भरी नज़रों से द्रह्यु को देखा। उसने भी उसे घूरा।

द्रह्यु को अब मंथरा का वफादार बने रहने पर शक होने लगा था। मंथरा अपनी प्यारी बेटी रौशनी को सामूहिक बलात्कार और नृशंस हत्या में खो चुकी थी। उन लोगों को न्यायालय ने सज़ा सुनाकर फांसी पर चढ़ा दिया था। हालांकि, धेनुका, उस समूह का नेता और सबसे ज़्यादा खूंखार कानून की तकनीकी खामियों के चलते बच गया था। वो नाबालिग था; और अयोध्या के कानून के मुताबिक, नाबालिग को मौत की सज़ा नहीं दी जाती थी। अयोध्या के राजकुमार और नागरिक सुरक्षा अधिकारी, राम ने ज़ोर दिया था कि कानून का पालन किया जाए। चाहे जैसे भी हो। हालांकि मंथरा अपना बदला ले चुकी थी। उसने बहुत पैसा खर्च करके धेनुका को जेल से निकलवाया, और फिर उसकी नृशंस हत्या करवा दी। लेकिन

बदले की उसकी प्यास अभी भी नहीं बुझी थी। अब उसका लक्ष्य राम थे। वो बड़ी सब्र से सही मौके का इंतज़ार कर रही थी। और एक मौका मानो उसके सामने खुद उपस्थित हो गया था।

द्रह्यु अपनी मालकिन को देख रहा था, उसका चेहरा भावविहीन था। *बूढ़ी चमगादड़ अपने बदले पर बहुत ज़्यादा पैसे खर्च कर रही है। इससे व्यवसाय पर असर पड़ रहा है। वो पूरी तरह उसे मिट्टी में मिला देगी। लेकिन मैं क्या कर सकता हूं? सच्चे प्रभु की हालत किसी को नहीं पता है। मैं अभी इसके साथ फंस गया हूं...*

मंथरा तय कर चुकी थी। उसने द्रह्यु की तरफ देखकर सिर हिला दिया।

द्रह्यु को ज़ोर का झटका लगा, लेकिन उसने खुद को संभाल लिया।

एक हजार स्वर्ण मुद्राएं! इस कंगाल महल की दासी दस सालों में भी इतना नहीं कमा पाएगी!

लेकिन वो जानता था कि बहस में कुछ नहीं धरा था। उसने तुरंत नगद के बदले एक हुंडी बना दी। दासी इसे कहीं भी भुना सकती थी। आखिरकार, मंथरा की मुहर लगी इस हुंडी को कौन ठुकरा सकता था?

'देवी...' द्रह्यु फुसफुसाया।

मंथरा आगे झुकी, अपनी धोती में बंधी थैली में से मुहर निकाली, और उसे कागज पर लगा दिया।

द्रह्यु ने हुंडी दासी को दे दी, जिसका चेहरा तुरंत ही खिल उठा।

द्रह्यु तुरंत ही उसे ज़मीन पर खींच लाया। रूखी नज़रों से उसे देखते हुए वो फुसफुसाया, 'याद रखना, अगर खबर समय पर नहीं मिली या वो झूठ निकली, तो हम जानते हैं तुम कहां रहती हो...'

'मैं असफल नहीं रहूंगी, श्रीमान,' दास ने कहा।

जैसे ही दासी जाने को मुड़ी, मंथरा ने कहा, 'मुझे खबर मिली है कि जल्द ही राजकुमार राम रानी कौशल्या के विभाग में राजा दशरथ से बात करने आने वाले हैं।'

'मैं आपको उनकी पूरी बातचीत का ब्यौरा दे दूंगी, देवी,' दासी ने सिर झुकाते हुए कहा।

द्रह्यु ने मंथरा को देखा और फिर दासी को। उसने गहरी सांस ली।

वो जानता था कि जल्द ही और भी पैसा खर्च होने वाला था।

'दीदी, यहां तो सिर्फ मेरा विभाग ही मिथिला के पूरे महल से बड़ा है,' उर्मिला ने उत्साहित होते हुए कहा।

उर्मिला ने दासी को निर्देश दे दिए थे कि कैसे उसका सामान ठीक तरह से लक्ष्मण के शिविर में लगा दिया जाए। उन सबको काम पर लगाकर वो जल्दी से सीता से मिलने आ गई थीं। लक्ष्मण अपनी पत्नी को रोकना चाहते थे, लेकिन बहन के साथ सहज होने की उनकी इच्छा को देखते हुए उन्होंने उन्हें जाने दिया। उनकी ज़िंदगी थोड़े ही समय में काफी तेजी से बदल गई थी।

सीता अपनी बहन के हाथ को थपथपाते हुए मुस्कुराईं। उन्होंने अभी तक उर्मिला को नहीं बताया था कि वो और राम जल्दी ही महल छोड़कर चले जाएंगे, और फिर चौदह साल बाद वापस लौटेंगे। उर्मिला वहीं रह जाएंगी, अपनी प्यारी बहन के बिना, इस आलीशान महल में।

अभी से उसे क्यों परेशान करना? पहले उसे यहां व्यवस्थित होने दो।

'और लक्ष्मण के साथ कैसी जम रही है?' सीता ने पूछा।

उर्मिला कुछ सोचते हुए मुस्कुराईं। 'वो बहुत भले इंसान हैं। वो मुझे किसी भी चीज़ के लिए मना नहीं करते!'

सीता हंसी और फिर प्यार से अपनी बहन को छेड़ते हुए कहा। 'यही तो तुम्हें चाहिए था। ऐसा पति जो तुम्हें छोटी से राजकुमारी समझकर लाड़ करे!'

उर्मिला ने अपनी कमर सीधी करते हुए अपने छोटे कद की तरफ इशारा किया और नकली गंभीरता से कहा, 'लेकिन मैं तो हूं ही छोटी राजकुमारी!'

दोनों बहनें खिलखिलाकर हंस दी। सीता ने उर्मिला को गले लगा लिया। 'मैं तुम्हें प्यार करती हूं, मेरी छोटी राजकुमारी।'

'मैं भी आपको बहुत प्यार करती हूं, दीदी,' उर्मिला ने कहा।

तभी एक आदमी ने दरवाजे पर दस्तक देते हुए ज़ोर से घोषणा की,

'सप्तसिंधु और अयोध्या की रानी, युवराज की माता, महारानी कौशल्या पधार रही हैं।'

सीता ने हैरानी से उर्मिला को देखा। बहनें तुरंत ही उठकर खड़ी हो गईं।

कौशल्या तेज़ी से अंदर आईं, उनके पीछे स्वर्ण पात्र लिए दो दासियां थीं, पात्र रेशम के कपड़े से ढंका हुआ था।

कौशल्या ने सीता को देखा और नम्रता से मुस्कुराईं। 'कैसी हो, मेरी बच्ची?'

'मैं ठीक हूं, बड़ी मां,' सीता ने कहा।

बहनों ने झुककर, सम्मान से कौशल्या के पैर छुए। अयोध्या की रानी ने उन्हें लंबी उम्र का आशीर्वाद दिया।

स्नेह से मुस्कुरातीं कौशल्या उर्मिला की तरफ मुड़ीं। सीता ने ध्यान दिया कि ये मुस्कान उससे ज़्यादा स्नेह भरी थी, जो अभी उन्हें मिली थी। ये मातृत्व की मुस्कान थी।

सीता मुस्कुराईं। खुशी से। *मेरी छोटी बहन यहां सुरक्षित रहेगी।*

'उर्मिला, मेरी बच्ची,' कौशल्या ने कहा। 'मैं आपके शिविर में गई थी। मुझे बताया गया कि आप मुझे यहां मिलोगी।'

'जी, मां।'

'मुझे लगता है कि आपको काले अंगूर पसंद होंगे।'

उर्मिला ने हैरानी से पलकें झपकीं। 'आपको कैसे पता, मां?'

कौशल्या हंसी, और रहस्यमयी नज़रों से देखा। 'मुझे सब पता है!'

जब उर्मिला कोमलता से हंसी, तो रानी ने पात्रों से रेशम का कपड़ा हटा दिया और उनमें भरे हुए स्वादिष्ट काले अंगूर दिखाए।

उर्मिला ने खुशी से चिल्लाते हुए ताली बजाई। उन्होंने अपना मुंह खोल दिया। सीता हैरान थीं। उर्मिला हमेशा अपनी मां, सुनयना से मुंह में खिलाने की जिद करती थीं; लेकिन उन्होंने कभी भी यह अपनी बहन से नहीं कहा था।

सीता की आंखें खुशी से नम हो गईं। उनकी बहन को एक बार फिर से मां मिल गई थीं।

कौशल्या ने एक अंगूर उठाकर उर्मिला के खुले मुंह में डाल दिया।

'हम्मम,' उर्मिला ने कहा। 'ये कमाल का है, मां!'

'और अंगूर आपकी सेहत के लिए भी अच्छे हैं!' कौशल्या ने कहा। उन्होंने अपनी बड़ी बहू को देखा। 'आप भी कुछ लीजिए, सीता।'

'जी, बड़ी मां,' सीता ने कहा। 'शुक्रिया।'

अध्याय 26

कुछ दिनों बाद, सीता शाही बगीचे में अकेली बैठी थीं।

यह महल से ही जुड़ा था, परिसर की दीवार के अंदर ही। बगीचे को वनस्पति संरक्षण की शैली में तैयार किया गया था, जिसमें न केवल सप्तसिंधु के फूलदार वृक्ष थे, बल्कि दुनिया भर के पौधे वहां पाए जाते थे। इसकी भव्य विविधता भी इसकी सुंदरता का स्रोत थी, जो सप्तसिंधु के मिश्रित चरित्र को प्रतिबिंबित करती थी। घनी घास के कालीन समान मैदानों के बीच बने चौड़े मार्ग ज्यामितिय संतुलन की बेल समान लगते थे। हाय, अयोध्या पर आए संकट की मार इस सुंदर बगीचे में भी दिखने लगी थी, बीच-बीच में उजड़ी सी ज़मीन, कालीन में टाट के पैबंद जैसी प्रतीत हो रही थी। ये अयोध्या के घटते संसाधनों का प्रमाण थी।

लेकिन सीता न तो इसकी सुंदरता को सराह रही थीं और न ही पतन के आगे इसके समर्पण पर शोक जता रही थीं।

राम दशरथ और अपनी मां से बात करने गए थे। वो ज़ोर देने वाले थे कि मिथिला में वायुपुत्रों की सहमति के बिना दैवी अस्त्र चलाकर उन्होंने जो अपराध किया था उसकी सज़ा उन्हें मिलनी ही चाहिए।

हालांकि ये बातचीत राम को ही संभालनी थी, लेकिन सीता यहां ये योजना बनाने में व्यस्त थीं कि जंगल में उनके जीवन की सुरक्षा कैसे सुनिश्चित की जाए। उन्होंने जटायु से नगर से बाहर मिलने को बोला था। वो उनसे अपने दल के साथ वनवास के समय, साये की तरह अपने साथ रहने को बोलने वाली थीं। उन्हें नहीं पता था कि मलयपुत्र उनकी विनती

को मानेंगे या नहीं। वो जानती थीं कि उनके विष्णुत्व की घोषणा को ठुकराने की वजह से वो उनसे नाराज होंगे। लेकिन वो ये भी जानती थीं कि जटायु उनके वफादार थे, और उन्हें न नहीं कर पाएंगे।

'आपके विचारों के लिए सौ गांवों का राजस्व, भाभी...'

उन्होंने मुड़कर देखा तो भरत को अपने पीछे खड़ा पाया। वो हंस दीं। 'आपके धनी कौशल के सौ गांवों का राजस्व या मेरे गरीब मिथिला के सौ गांवों का?'

भरत हंसे और उनके सामने बैठ गए।

'तो आप दादा को कुछ समझा पाईं?' भरत ने पूछा। 'जिससे वो वनवास जाने की अपनी हठ छोड़ दें?'

'आपको ऐसा क्यों लगता है कि मैं उनसे सहमत नहीं हूंगी?'

भरत हैरान थे। 'खैर, मैंने सोचा था... दरअसल, मैंने आपके बारे में कुछ पता किया था, भाभी... मुझे बताया गया था कि आप बहुत...'

'व्यवहारिक?' सीता ने भरत के वाक्य को पूरा करते हुए पूछा।

वो मुस्कुराए, 'हां...'

'और, आपको क्यों लगता है कि आपके भाई का रास्ता व्यवहारिक नहीं है?'

भरत के पास शब्द नहीं थे।

'मैं ये नहीं कह रही हूं कि आपके भाई सचेत रूप से व्यवहारिक हैं। बस उन्होंने ये राह चुनी है—कानून पालन करने की राह—वो शायद व्यवहारिक नहीं लगती है। लेकिन दूसरी तरह से देखा जाए, तो ये शायद हमारे समाज के कुछ विभागों के लिए ज़्यादा व्यवहारिक है।'

'सच में?' भरत ने त्योरी चढ़ाई। 'कैसे?'

'ये वृहद परिवर्तन का समय है, भरत। ये उत्साहजनक भी हो सकता है। ऊर्जावान भी। लेकिन परिवर्तन से बहुत कुछ अव्यवस्थित हो जाएगा। सप्तसिंधु के समाज ने मूर्खतापूर्ण ढंग से वैश्यों से नफरत करने का निर्णय लिया था। वो अपने व्यापारियों को अपराधी या चोर की तरह देखते थे। आसानी से ये मान लिया गया कि व्यापारी धोखे या मुनाफाखोरी से ही पैसे बनाते हैं। ये भी पक्षपातपूर्ण था। ऐसा उग्रतावाद परिवर्तन और अनिश्चितता के समय में ही बढ़ता है। तथ्य ये है कि हो सकता है कुछ

व्यापारी धोखेबाज हों, और अधिकांश वैश्य मेहनती, जोखिम लेने वाले, अवसर ढूंढ़ने वाले प्रबंधक हों। अगर वो पैसा नहीं बनाएंगे तो समाज में धन उत्पादन कहां से होगा। और अगर एक समाज पैसा उत्पन्न नहीं कर पाएगा, तो अधिकांश लोग गरीब ही रहेंगे। जो निराशा और बेचैनी को जन्म देगा।'

'मैं सहमत...'

'अभी मेरी बात खत्म नहीं हुई।'

भरत ने तुरंत नमस्ते में अपने हाथ जोड़ दिए। 'क्षमा करना, भाभी।'

'अगर लोगों के पास ज्ञान और बुद्धि हो तो वो गरीबी के साथ समझौता कर सकते हैं। लेकिन इन दिनों तो भारत में ब्राह्मण का भी सम्मान बहुत कम हो गया है। हो सकता है उन्हें वैश्यों जितना घृणित नहीं समझा जा रहा हो, लेकिन ये सच है कि आज के समय में ब्राह्मण, या ज्ञान मार्ग पर चलने वाले को सम्मान नहीं दिया जाता है। मैं जानती हूं कि लोग मेरे ज्ञान के प्रति रुझान रखने वाले पिता के बारे में क्या कहते हैं।'

'नहीं, मुझे नहीं लगता...'

'अभी भी मेरी बात पूरी नहीं हुई,' सीता ने कहा, उनकी आंखें आनंद से चमक रही थीं।

'क्षमा करना!' भरत ने समर्पण करते हुए अपने मुंह पर अपना हाथ रख लिया।

'परिणामस्वरूप, लोग ज्ञान की बातें नहीं सुनते। वो वैश्यों से नफरत करते हैं, और इस तरह खुद के निर्धनता सुनिश्चित कर लेते हैं। आज के समय में जिसे आदर्श माना जा रहा है, वो हैं क्षत्रिय, योद्धा। ''युद्ध सम्मानित'' जो अपने आप में अंत है! धन से नफरत, ज्ञान से असंतोष और हिंसा से प्यार। ऐसे माहौल में आप क्या उम्मीद कर सकते हो?'

भरत खामोश रहे।

'अब आप बोल सकते हैं,' सीता ने कहा।

भरत ने अपने मुंह पर रखा हाथ हटाया और कहा, 'जब आप वैश्य, ब्राह्मण या क्षत्रिय जीवन शैली को सम्मान दिए जाने की ज़रूरत पर बात कर रही थीं, तो यक़ीनन आपका मतलब उन गुणों से था, न कि संबंधित जाति में जन्मे लोगों से, सही?'

सीता ने अपनी नाक चढ़ाई। 'यक़ीनन। क्या आप सोचते हो कि मैं जन्म आधारित इस जाति-प्रथा का समर्थन करूंगी? वर्तमान में उपस्थित हमारी जाति प्रणाली को खत्म होना ही चाहिए...'

'इस पर मैं आपसे सहमत हूं।'

'तो, वापस मेरे सवाल पर आते हैं। पैसा बनाने वालों के प्रति नफरत, ज्ञानियों के प्रतियों असंतोष और सिर्फ युद्ध और योद्धाओं के प्रति प्यार भरे इस माहौल में, आप क्या उम्मीद कर सकते हो?'

'उग्रवाद। खासकर, युवाओं में। आमतौर पर, वो ही बड़े मूर्ख होते हैं।'

सीता हंसीं। 'वो *सब* मूर्ख नहीं होते...'

भरत ने हामी भरी। 'आप सही कह रही हो, शायद। मैं भी युवा हूं!'

'तो आपके पास ऐसे हालात हैं जहां युवक, और सच कहूं तो, कुछ युवतियां भी उग्रवाद से प्रेरित हैं। वहां ज्ञान तो है, लेकिन बुद्धि कम है। गरीबी भी है। हिंसा के प्रति प्यार है। वो नहीं समझते कि समाज में संतुलन की कमी ही उनकी समस्याओं की जड़ है। वो आसान, तुरंत समाधान को देखते हैं। और वो हर उस इंसान से नफरत करते हैं, जो उनकी तरह नहीं सोचता।'

'हां।'

'क्या इसमें कोई हैरानी होगी कि तब सप्तसिंधु में अपराध बढ़ जाएगा? क्या इसमें हैरानी होगी कि अपराध महिलाओं के प्रति ज़्यादा होगा? ज्ञान, व्यापार और श्रम के क्षेत्र में महिलाएं प्रतिभाशाली और प्रतियोगी हो सकती हैं। लेकिन जब बात हिंसा की आती है, तो ईश्वर ने प्राकृतिक लाभ नहीं दिया है।'

'हां।'

'ये उग्रवादी, असक्षम, हिंसा प्रेमी नौजवान आसान समाधान की तलाश में कमज़ोर पर वार करेंगे। इससे उन्हें मज़बूत और शक्तिशाली होने का अहसास होता है। वो खासतौर पर जीवन की पौरुषत्व राह के अधिकारवादी संदेश के प्रति आकर्षित होते हैं, जो उन्हें पथभ्रष्ट कर सकता है। इससे समाज में उपद्रव उत्पन्न होगा।'

'और, आपको नहीं लगता कि दादा के विचार पौरुष शैली पर

आधारित हैं? आपको नहीं लगता कि वो ज़्यादा ही सादे हैं? और, ज़मीनी भी? क्या समाधान स्त्रैण शैली में नहीं हो सकता? आजादी देकर? लोगों को खुद संतुलन खोजने का मौका देकर?'

'लेकिन भरत, बहुत से लोग स्त्रैण शैली की अनिश्चितता को लेकर चिंतित हैं। वो पौरुष शैली की सादी निश्चितता को वरीयता देते हैं। बिना ज़्यादा सोचे समान संहिता का पालन करने को। भले ही वो संहिता दूसरों द्वारा बनाई गई हो। हां, कानून के प्रति राम की दीवानगी एकपक्षीय है। कुछ इसे अधिकारवाद भी कह सकते हैं। लेकिन उसमें भलाई भी है। वो उन युवाओं का मार्गदर्शन करेंगे जिन्हें पौरुष शैली की निश्चिंतता की ज़रूरत है। उग्र युवा अंतहीन हिंसा और नफरत जैसी बुरी ताकतों के हाथों गलत इस्तेमाल किए जा सकते हैं। दूसरी तरफ, राम के आदर्श ऐसे लोगों को आदेश, न्याय और समानता का पाठ पढ़ाएंगे। वो उनकी वृहतर भलाई के लिए कवच बन सकते हैं। मैं यह नहीं कर रही कि आपके बड़े भाई की राह सबके लिए है। लेकिन वो उन्हें नेतृत्व प्रदान कर सकते है, जो निश्चितता, पूर्णता, नैतिक मूल्यों और व्यवस्था की तलाश कर रहे हैं। जो पतन और भ्रष्टाचार से नफरत करते हैं। वो उन्हें हिंसा और नफरत के मार्ग पर जाने से रोक सकते हैं, और भारत की अच्छाई के लिए उन्हें संगठित कर सकते हैं।'

भरत खामोश रहे।

'राम का सच्चा संदेश उग्रवाद से प्रेरित युवाओं को एक जवाब, समाधान मुहैया करा सकता है।'

भरत पीछे को झुके। 'वाह...'

'क्या बात है?'

'मैंने अपने भाई से पौरुष शैली में उनके भरोसे के कारण हमेशा बहस की है। मुझे हमेशा लगता था कि पौरुष शैली अप्रत्यक्ष रूप से हमें हिंसा और पागलपन की तरफ ले जाएगी। लेकिन आपने एक ही झटके में मेरा दिमाग खोल दिया।'

'सच में, क्या आप कह सकते हो कि स्त्रैण शैली दोबारा उत्पन्न नहीं होगी? अंतर सिर्फ इतना ही है भरत, कि ये दूसरी तरह से दूषित होगी। पौरुष शैली अपने उत्तम पलों में व्यवस्थित, प्रभावशाली और न्यायपूर्ण हो सकती है, लेकिन खराब पलों में पागलपन और हिंसक भी। स्त्रैण शैली

उत्तम पलों में रचनात्मक, जुनूनी और परवाह करने वाली होती है, तो वहीं खराब पलों में पतनशील और कोलाहल पूर्ण। जीवन की कोई भी शैली बेहतर या बदतर नहीं होती। उन दोनों की ही अपनी ताकत और कमज़ोरी हैं।'

'हम्म।'

'आजादी अच्छी है, लेकिन संतुलन में। ज़्यादा आजादी तबाही की तैयारी है। मैं संतुलन की राह की पक्षधर हूं। पौरुष और स्त्रैण जीवनशैली के बीच संतुलन की।'

'मैं इससे अलग सोचता हूं।'

'बताओ मुझे।'

'मुझे लगता है कि ज़्यादा आजादी जैसी कोई चीज़ नहीं होती। आजादी अपने आप में खुद को सुधारने का माध्यम है।'

'सच में?'

'हां। स्त्रैण शैली में चीज़ें जब पतनशील और भ्रष्टाचारी होने लगेंगी, तो इससे परेशान हुए लोग, बोलने की आजादी के चलते इसका विरोध करेंगे। जब समाज जागृत होगा, और महत्वपूर्ण है, अपनी मर्जी से तो सुधार हो ही जाएंगे। स्त्रैण समाज में कोई भी समस्या ज़्यादा समय तक छिपकर नहीं रह पाएगी। लेकिन पौरुष शैली में अस्वीकार्यता ज़्यादा समय तक छिपी रह सकती है, क्योंकि वहां सवाल करने या अपनी बात रखने की आजादी नहीं होगी। पौरुष शैली संहिता के सामने खुद को पूरी तरह से समर्पित करने की हिमायती है। सवाल पूछने की भावना को मार दिया जाता है; और इसी तरह समस्या को बड़ी होने से पहले पकड़कर उसके समाधान के अवसर को भी। क्या आपने कभी सोचा है कि महादेव, जो उन समस्याओं को सुलझाने आते हैं, जिन्हें कोई और नहीं सुलझा पाता, को अक्सर पौरुष शैली का प्रतिनिधित्व कर रही ताकतों से ही लड़ना पड़ा है?'

सीता पीछे झुकीं। वो खामोशी से भरत की महादेवों के बारे में कही बात को समझ रही थीं। *ओह हां... वो सही कह रहा है...*

'आजादी ही सही जवाब है। भले ही ये कितनी ही अनिश्चितता पैदा करती हो, लेकिन आजादी ही नियमितता को अनुमति देती है। इसलिए स्त्रैण सभ्यता में कभी कोई समस्या इतनी बड़ी नहीं बन पाई कि उसे

सुलझाने के लिए महादेव को आना पड़ा हो। इसका जादुई समाधान पौरुष सभ्यता में नहीं है। आजादी, जो वहां दबा दी जाती है। हरेक को दबा दिया जाता है... या, निष्कासित कर दिया जाता है।'

'आपकी बात में दम है। लेकिन बिना कानून के ये कोलाहल मचा सकती है। मुझे नहीं लगता...'

भरत ने अपनी भाभी को टोका, 'मैं आपको बता रहा हूं, भाभी। आजादी ही वो रजत तीर है, जो हर परेशानी का हल है। ऊपर से देखने पर ये भले ही कोलाहल भरा और संभालने में मुश्किल लगे। मैं मानता हूं कि कानून को लचीले रूप से इस्तेमाल करते हुए इसे नियंत्रित कर सकते हैं। लेकिन ऐसी कोई भी समस्या नहीं है, जिसे तर्कसंगत और विद्रोही लोग आजादी से हल न कर सकें। इसलिए भाभी मैं जीवन में आज़ादी को सर्वोपरि मानता हूं,' भरत ने कहा।

'कानून से भी ज़्यादा महत्वपूर्ण?' सीता ने पूछा।

'हां। मैं मानता हूं कि कानून कम से कम होने चाहिएं; बस उतने ही जो इंसान की रचनात्मकता को बाहर लाने का ढांचा तैयार कर सकें। आज़ादी ही जीवन जीने का स्वाभाविक तरीका है।'

सीता हल्के से हंसीं। 'और, आपके बड़े भाई आपके विचारों के बारे में क्या कहते हैं?'

राम उनके पीछे से आए और अपनी पत्नी के कंधों पर हाथ रखे। 'उनका बड़ा भाई सोचता है कि भरत एक खतरनाक प्रभावी व्यक्तित्व है!'

महल में अपने विभाग में आने पर, राम को पता चला कि उनकी पत्नी बाहर, शाही बगीचा देखने गई थीं। उन्होंने उनके पास जाने का निर्णय लिया, और उन्हें भरत से बात करते हुए देखा। उन दोनों को राम के आने का पता नहीं लगा था।

भरत ठहाका लगाते हुए अपने भाई को गले लगाने बढ़े। 'दादा...'

'अपने उदारवादी विचारों से अपनी भाभी का मन बहलाने के लिए मुझे तुम्हें शुक्रिया कहना चाहिए?!'

भरत कंधे झटकते हुए मुस्कुराए। 'कम से कम मैं अयोध्या के नागरिकों को उबाऊ तो नहीं बना दूंगा!'

राम ने ठहाका लगाते हुए कहा, 'फिर, ठीक है!'

भरत के भाव तुरंत बदलकर गंभीर हो गए। 'पिताजी आपको जाने नहीं देंगे, दादा। आपको भी यह बात पता है। आप कहीं नहीं जा रहे हो।'

'पिताजी के पास कोई विकल्प नहीं है। और, तुम्हारे पास भी नहीं। तुम अयोध्या पर शासन करोगे। और, तुम इसे अच्छी तरह संभाल लोगे।'

'मैं इस तरह सिंहासन पर नहीं बैठूंगा,' भरत ने अपना सिर हिलाते हुए कहा। 'नहीं, मैं नहीं बैठूंगा।'

राम जानते थे कि उनकी किसी बात से भरत का दर्द कम नहीं होगा।

'दादा, आप इस बात पर इतना ज़ोर क्यों दे रहे हो?' भरत ने पूछा।

'यह कानून है, भरत,' राम ने कहा। 'मैंने दैवीय अस्त्र चलाया है।'

'भाड़ में जाए कानून, दादा! क्या आपको वाकई में लगता है कि आपका जाना अयोध्या के हित में होगा? कल्पना करो कि हम दोनों साथ में कितना कुछ हासिल कर सकते हैं; आपका कानून पर ज़ोर और मेरी आज़ादी और रचनात्मकता को प्रधानता। क्या आपको लगता है कि आप या मैं अकेले उतने प्रभावशाली हो सकते हैं?'

राम ने अपना सिर हिलाया। 'भरत, मैं चौदह साल बाद वापस आ जाऊंगा। तुम भी मानते हो कि समाज में नियमों की एक खास अहमियत होती है। मैं दूसरों से नियम पालन की कैसे अपेक्षा कर सकता हूं, जब मैं खुद ऐसा न करूं तो? कानून हर इंसान पर समान रूप से लागू होना चाहिए। यह बिल्कुल स्पष्ट है।' फिर राम ने सीधे भरत की आंखों में देखा। 'भले ही इसमें कोई जघन्य अपराधी बचकर निकल रहा हो, कानून तोड़ा नहीं जाना चाहिए।'

भरत ने नज़रें हटा लीं, उनके भाव अलक्षित थे।

सीता को महसूस हुआ कि भाई किसी और विषय पर बात कर रहे थे, कोई ऐसा विषय जिसे लेकर वे दोनों सहज नहीं थे। वह पीठिका से उठीं, और राम से कहा, 'आपको सेनापति मृगस्य से मिलना है।'

सीता और उनके अंगरक्षकों का दल बाज़ार में था। उन्हें कुछ खरीदना नहीं था। वो तो अपने महल से बाहर इसलिए आई थीं, जिससे उनके अंगरक्षक को नज़रें बचाकर वहां से खिसकने का मौका मिल जाए। अगर वह महल

के परिसर से जाता, तो उसकी हरकत पर किसी का ध्यान जा सकता था। लेकिन यहां, भीड़-भाड़ भरे इलाके में, सीता के भारी-भरकम जत्थे में से एक के गायब होने पर किसी का ध्यान नहीं जाने वाला था।

आंखों के कोने से सीता ने उसे बाज़ार की एक छोटी गली में खिसकते देख लिया था। उसे अगले दिन जटायु से मुलाकात का समय निर्धारित करने का आदेश मिला था।

अपना संदेश पहुंचने से संतुष्ट होकर, सीता महल में जाने के लिए वापस अपनी पालकी की तरफ मुड़ लीं। अचानक उनके रास्ते में न जाने कहां से एक बड़ी सी पालकी आ गई थी। स्वर्ण व रत्नों से जड़ी पालकी पर रेशम के पर्दे पड़े थे। यक़ीनन वो बहुत महंगी और आरामदायक पालकी थी।

'रुको! रुको!' पर्दों के अंदर से एक महिला की भारी आवाज़ सुनाई दी।

पालकी उठाने वाले तुरंत रुक गए और उन्होंने पालकी नीचे रखी। सहायकों में से ताकतवर इंसान पालकी के द्वार तक आया, और पर्दा खींचते हुए वृद्ध महिला को उतरने में मदद दी।

'नमस्ते, राजकुमारी,' मंथरा ने कहा, प्रयास करके अपने पैरों पर खड़े होते हुए। उसने दोनों हाथ जोड़े और सम्मान से सिर झुकाया।

'नमस्ते, देवी मंथरा,' सीता ने अभिवादन किया।

वो एक दिन पहले ही इस धनी व्यापारी महिला से मिली थीं। उन्हें तुरंत मंथरा के प्रति सहानुभूति महसूस हुई थी। उसकी पीठ पीछे लोग अच्छी बातें नहीं करते थे। ये सीता को सही नहीं लगा था, खासकर इस वजह से कि उसने कितने बुरे हालातों में अपनी प्यारी बेटी, रौशनी को खो दिया था।

मंथरा के एक सहायक ने तुरंत उसके पीछे बैठने के लिए एक आसन रख दिया। 'क्षमा करना, राजकुमारी। मैं ज़्यादा देर तक खड़ी नहीं रह पाती।'

'कोई बात नहीं, मंथरा जी,' सीता ने कहा। 'आपका बाज़ार में कैसे आना हुआ?'

'मैं एक व्यवसायी हूं,' मंथरा मुस्कुराई। 'बाज़ार में क्या हो रहा है,

उसकी जानकारी रखना ज़रूरी है।'

सीता ने मुस्कुराकर हामी भरी।

'दरअसल, हर जगह की हलचल पर नज़र रखनी चाहिए क्योंकि बाज़ार तो बहुत सी चीज़ों से प्रभावित होता है।'

सीता ने धीमे से आह भरी। उन्हें उसी सवाल की उम्मीद थी: राम दैवीय अस्त्र चलाने के अपराध पर सज़ा भुगतने पर क्यों ज़ोर दे रहे थे?

'मंथरा जी, मुझे लगता है कि इंतज़ार ही बेहतर...'

मंथरा ने सीता को पास खींच लिया और धीमे से कहा, 'मैंने सुना है कि राजा दशरथ राम को राजा बनाकर त्याग करने वाले हैं। और कि वो सज़ा के रूप में खुद चौदह साल के वनवास चले जाएंगे। अपनी पत्नियों के साथ।'

सीता ने भी ये सुना था। वो ये भी जानती थीं कि राम ये होने नहीं देंगे। लेकिन उन्हें किसी और चीज़ की चिंता हो रही थी। *मंथरा ने यह कहां से सुना?*

उन्होंने चेहरे पर कोई भाव नहीं आने दिए। कुछ तो सही नहीं था। उन्होंने ध्यान दिया कि मंथरा के अंगरक्षक बाज़ार में लोगों को उनसे दूर रख रहे थे। उनकी रीढ़ में एक सिहरन सी दौड़ गई।

ये मुलाकात अचानक हुई मुलाकात नहीं है। यह सुनियोजित थी।

सीता ने संभलकर जवाब दिया। 'मैंने ये नहीं सुना, मंथरा जी।'

मंथरा ने सीता को घूरकर देखा। कुछ पल बाद वह मुस्कुराई, हल्का सा। 'वाकई?'

सीता ने उदासीनता दिखाई। 'मैं झूठ क्यों बोलूंगी?'

मंथरा ने बड़ी सी मुस्कान दी। 'मैंने आपके बारे में दिलचस्प बातें सुनी हैं, राजकुमारी। कि आप बुद्धिमान हैं। कि आपके पति आपको सब बताते हैं। कि वो आप पर भरोसा करते हैं।'

'ओह, मैं तो एक छोटी सी नगरी की मामूली सी इंसान हूं। मैं बस शादी को सबकुछ मानते हुए इस बड़े नगर में आ गई, जहां लोगों की बातें मुझे ज़्यादा समझ नहीं आतीं। भला मेरे पति मेरी सलाह पर क्यों भरोसा करेंगे?'

मंथरा हंसी। 'बड़े नगर बहुत जटिल होते हैं। यहां, अक्सर, चांद की

मद्धम रौशनी आंखें खोल जाती है। जो सूरज की चकाचौंध में नहीं दिख पाता। इसलिए, समझदार लोग कह गए हैं कि बुद्धिमानी के लिए सूर्य का अस्त होना ज़रूरी है।'

क्या ये धमकी है?

सीता दुविधा में थीं।

मंथरा आगे बोलती रही, 'नगर चांद रात और में खिल उठता है। जंगल हमेशा सूरज का स्वागत करता है।'

ये व्यवसाय की बात नहीं है। ये कुछ और है।

'जी, मंथरा जी,' सीता ने कुछ परेशान दिखते हुए कहा। 'आपकी बेशकीमती सलाह के लिए धन्यवाद।'

मंथरा ने सीता को अपने करीब खींच लिया और सीधे उनकी आंखों में देखा। 'राम जंगल जा रहे हैं या नहीं?'

'मुझे नहीं पता, मंथरा जी,' सीता ने मासूमियत से कहा। 'इसका निर्णय सम्राट करेंगे।'

मंथरा ने अपनी आंखें सिकोड़ीं। फिर सीता को छोड़ दिया अपना हाथ हिलाते हुए। मानो अब वहां जानने के लिए कुछ नहीं बचा था। 'अपना ध्यान रखना, राजकुमारी।'

'आप भी अपना ध्यान रखिएगा, मंथरा जी।'

'द्रह्यु...' मंथरा ने ज़ोर से कहा।

सीता ने मंथरा के भरोसेमंद को चालाकी से चापलूसी करते देखा। हालांकि उसके चेहरे के भाव उसके आचरण से मेल नहीं खा रहे थे।

सीता मासूमियत से मुस्कुराईं। *कुछ सही नहीं है। मुझे मंथरा के बारे में और पता करना होगा।*

अध्याय 27

सीता ने कूट संदेश को जल्दी से पढ़ा। संदेश राधिका के माध्यम से आया था। लेकिन भेजने वाला कोई और था।

संदेश लघु था, लेकिन स्पष्ट: मैं गुरुजी से बात करूंगा, वो हो जाएगा।

संदेश पर कोई नाम नहीं लिखा था। लेकिन सीता भेजने वाले को जानती थी।

सीता ने पत्र को अग्नि के हवाले कर दिया, उसे जलाने के लिए। उन्होंने उसे पूरी तरह राख में तब्दील हो जाने तक थामे रखा।

उन्होंने मुस्कुराकर, फुसफुसाया, 'धन्यवाद, हनु भैया।'

सीता और जटायु जंगल के बीच थोड़ी साफ की हुई जगह में खड़े थे। ये जंगल में उनका पूर्वनिर्धारित मिलन स्थल था, नगर से एक घंटे की दूरी पर। सीता आधे घंटे में ही वहां पहुंच गई थी। उन्होंने एक लंबे अंगवस्त्र से अपना शरीर और चेहरा ढंक रखा था, जिससे कोई उन्हें पहचान न सके। उन्हें जटायु से काफी बातें करनी थीं। सिर्फ मंथरा से हुई मुलाकात के बारे में ही नहीं।

'आप इस बारे में सुनिश्चित हैं, महान विष्णु?' जटायु ने पूछा।

'हां। शुरू में मैंने सोचा था कि नगर राम के लिए ज़्यादा खतरनाक होंगे। उनके यहां बहुत से दुश्मन हैं। लेकिन अब मुझे लगता है कि जंगल में वास्तविक खतरा होगा।'

'तो नगर में ही क्यों नहीं रहते?'

'नहीं हो सकता। मेरी पति नहीं मानेंगे।'

'लेकिन... क्यों नहीं? दूसरों के बारे में कौन सोचता...'

सीता ने जटायु को टोका, 'मैं आपको अपने पति के चरित्र की खासियत बता देती हूं। सेनापति मृगस्य, अयोध्या के सबसे ताकतवर आदमियों में से एक हैं, वो चाहते हैं कि राम पिताजी दशरथ की जगह राजा बन जाएं। दरअसल, मेरे ससुर खुद राम के लिए त्याग करना चाहते हैं। लेकिन मेरे पति ने मना कर दिया। उन्होंने कहा कि यह नियमों के विरुद्ध है।'

जटायु अपना सिर हिलाकर मुस्कुराए। 'आपके पति दुर्लभ इंसानों में से एक हैं।'

सीता मुस्कुराईं। 'वो तो हैं।'

'तो, आपको लगता है कि मंथरा...'

'हां। उनकी सिंहासन के खेल में दिलचस्पी नहीं है। वो बदला चाहती हैं, खासकर राम से जिन्होंने कानून की राह चुनी थी; और उस नाबालिग बलात्कारी-हत्यारे को फांसी नहीं दी थी। ये निजी मामला है।'

'उसकी योजना का कुछ अंदाज़ा है?'

'वो अयोध्या में कुछ नहीं करेगी। लोकप्रिय राजकुमार की नगर में हत्या जोखिम भरी हो सकती है। मुझे लगता है कि वो जंगल में कोशिश करेगी।'

'मैं पहले भी अयोध्या आया हूं। मैं उसे और उसके दल को जानता हूं। मैं उसके भरोसेमंद आदमी को भी जानता हूं।'

'द्रह्यु?'

'हां। मुझे लगता है कि वही हत्या का बंदोबस्त करेगा। और ये भी जानता हूं कि किसे ये काम सौंपेगा। मैं उसे संभाल लूंगा।'

'मुझे मंथरा और द्रह्यु पर संदेह है। मुझे लगता है कि वो...'

'हां, महान विष्णु,' जटायु ने टोका। 'वो रावण के वफादार हैं।'

सीता ने गहरी सांस ली। अब चीज़ें साफ होने लगी थीं।

'आप चाहती हैं कि हम मंथरा का भी बंदोबस्त कर लें?' जटायु ने पूछा।

'नहीं,' सीता ने जवाब दिया। 'मिथिला में जो हुआ उसके बाद रावण को पलटवार करने से रोकना बहुत मुश्किल था। मंथरा अयोध्या में उसकी खास है, उत्तर में उसका नकद व्यापार इसी के जरिए चलता है। अगर हमने उसे मार दिया था तो हो सकता है वो मलयपुत्रों के साथ की गई मिथिला पर हमला न करने की संधि तोड़ दे।'

'तो... बस द्रह्यु।'

सीता ने हामी भरी।

'कल मिलते हैं। मुझे तब तक और कुछ भी पता चल जाना चाहिए।'

'जरूर, जटायु जी,' सीता ने कहा। 'धन्यवाद। आप एक सुरक्षात्मक बड़े भाई की तरह हो।'

'मैं और कुछ नहीं बस आपका सेवक हूं, महान विष्णु।'

सीता ने मुस्कुराकर अपने हाथ जोड़ दिए। 'अलविदा। प्रभु परशु राम के संरक्षण में रहो भाई।'

'प्रभु रुद्र आपको आशीर्वाद दें, बहन।'

सीता जल्दी से अपने घोड़े पर सवार होकर वहां से निकल गईं। जटायु ने उनके चरणों की धूल उठाई और उसे अपने माथे पर लगाया। उन्होंने धीमे से कहा, *'ॐ नमो भगवते विष्णुदेवाय। तस्यै सीतादैवयी नमो नमः।'*

वो भी अपने घोड़े पर सवार होकर निकल गया।

सीता वशिष्ठ के निजी कार्यालय के बाहर इंतज़ार कर रही थीं। रक्षक राजकुमार राम की पत्नी के यूं बिना बताए आ जाने पर हैरान था। उन्होंने उनसे इंतज़ार करने को कहा क्योंकि अयोध्या के राज गुरु किसी विदेशी मेहमान से मुलाकात में व्यस्त थे।

'मैं इंतज़ार करूंगी,' सीता ने कहा था।

पिछले कुछ दिन बहुत व्यस्तता भरे गुजरे थे। दशरथ ने लगभग निर्णय ले ही लिया था कि वो राम को राजा बनाकर सिंहासन का त्याग कर देंगे। राम और सीता ने निर्णय लिया था कि अगर ऐसा हुआ, तो राम भरत को कार्यभार सौंपकर, खुद वनवास पर चले जाएंगे। आदर्श रूप से, वो यह करना नहीं चाहते थे क्योंकि यह सार्वजनिक रूप से अपने पिता के आदेश की अवमानना होती। लेकिन इसकी नौबत नहीं आई थी।

सम्राट दशरथ के त्याग की दरबारी घोषणा से एक दिन पहले कई नाटकीय घटनाएं हुईं। रानी कैकेयी कोप भवन में चली गई थीं। यह संस्थागत कक्ष शाही महल में कई सदियों पहले बनाया गया था, जब शाही घराने में बहुपत्नी प्रथा का प्रचलन हो गया था। अधिक पत्नी होने के कारण, स्वाभाविक था कि राजा सबको समान समय नहीं दे सकता था। तो कोप भवन उस पत्नी के लिए सुरक्षित कर दिया गया, जो अपने पति से किसी कारण से असंतुष्ट या खफा हो। यह राजा के लिए एक संकेत था। कोप भवन में किसी रानी का रात भर ठहरना राजा के लिए अशुभ माना गया था।

दशरथ के पास अपनी रूठी पत्नी को मनाने के अलावा अन्य विकल्प नहीं था। कोई नहीं जानता था कि शिविर में क्या हुआ था, लेकिन अगले दिन, दशरथ ने जो घोषणा की वो अब तक फैल रही अफवाहों से भिन्न थी। राम को सप्तसिंधु से चौदह सालों के लिए निष्कासित कर दिया गया था। राम की जगह पर भरत को युवराज घोषित कर दिया गया था। राम ने सार्वजनिक रूप से सम्मान और विनम्रता के साथ निष्कासन स्वीकार अपने पिता के न्यायोचित निर्णय की सराहना की थी। सीता और राम एक दिन बाद जंगल के लिए निकल जाने वाले थे।

सीता के पास थोड़ा ही समय बचा था। उन्हें जंगल में अपनी सुरक्षा सुनिश्चित करने के लिए सारी कड़ियों को जोड़ना था।

वशिष्ठ सीता के अयोध्या आने के बाद से अब तक उनसे नहीं मिले थे। क्या अयोध्या के राज गुरु उनकी उपेक्षा कर रहे थे? या अभी तक इसका अवसर ही नहीं मिला था? जो भी हो, वो जाने से पहले उनसे बात करना चाहती थीं।

वशिष्ठ के कार्यालय से निकलते हुए आदमी को देखने के लिए उन्होंने नज़रें ऊपर उठाईं। कद में लंबा वह आदमी, असामान्य रूप से गोरी

रंगत का था। उसने एक सफेद धोती और अंगवस्त्र पहन रखा था। लेकिन कोई भी उसके चलने की तरीके से बता सकता था कि वो धोती में बहुत असहज महसूस कर रहा था। शायद, यह उसके रोजमर्रा के कपड़े नहीं थे। उसकी खास आकृति उसकी उभरी हुई नाक, घनी दाढ़ी और लटकती हुई मूंछें थीं। उसका झुर्रीदार चेहरा और बड़ी निर्मल आंखें शांत और बौद्धिक छवि को उभार रही थीं।

यह परिहावासी है। शायद वायुपुत्र।

परिहावासी मुख्य द्वार की ओर बढ़ गया था, उसने ध्यान नहीं दिया था कि वहां सीता और उनकी दासी बैठी थी।

'देवी,' रक्षक सीता के पास आया, उसका सिर सम्मान से झुका हुआ था। 'देरी के लिए मुझे बहुत खेद है।'

सीता मुस्कुराईं। 'नहीं, नहीं। तुम सिर्फ अपना कर्तव्य निभा रहे थे। जैसा कि तुम्हें करना चाहिए था।'

वो खड़ी हो गईं। और रक्षक के पीछे-पीछे वशिष्ठ के कार्यालय की ओर बढ़ गईं।

'ये सप्तसिंधु की सीमाओं के परे ही होना चाहिए,' द्रह्यु ने कहा।

विशाल नहर के उत्तर में तीन घंटे का सफर तय करके, वो जंगल के बीच में साफ किए हुए क्षेत्र में खड़ा था। उसने जवाब का इंतज़ार किया। मगर कोई जवाब नहीं मिला।

हत्यारा थोड़ी दूर बैठा था, काली परछाई के पीछे छिपा हुआ। उसके चेहरे और शरीर पर अंगवस्त्र पड़ा हुआ था। वो एक चिकने पत्थर पर रगड़कर अपने चाकू को धार दे रहा था।

द्रह्यु को अपने इस काम से नफरत थी। वो पहले भी ये कुछेक बार कर चुका था, लेकिन मारा में कोई बात ऐसी थी, जो उसे डराती थी।

'सम्राट ने राजकुमार राम को निष्कासित कर दिया है। वो और उनकी पत्नी कल निकल जाएंगे। तुम्हें उनका तब तक पीछा करना होगा, जब तक वो साम्राज्य से बाहर न निकल जाएं।'

मारा ने जवाब नहीं दिया। वो अपना चाकू ही तेज़ करता रहा।

द्रह्यु ने चिढ़ते हुए अपनी सांस थामी। उसे ये चाकू और कितना तेज़ करना है!

उसने अपने पास वाले पेड़ की ठूंठ पर स्वर्ण मुद्राओं से भरा बड़ा थैला रख दिया। फिर उसने अपनी थैली से एक हुंडी निकाली। उस पर एक गुप्त मुहर लगी थी जिसे तक्षशिला, भारत के दूर उत्तर-पश्चिम का एक नगर, के कुछ खास साहूकार ही पहचान सकते थे।

'एक हजार नकद स्वर्ण मुद्राएं,' द्रह्यु ने कहा, 'और पचास हजार स्वर्ण मुद्राओं की एक हुंडी निर्धारित जगह पर रखी है।'

मारा ने ऊपर देखा। फिर, उसने अपने फलक की धार जांची। वह संतुष्ट लगा। वो उठा और द्रह्यु की तरफ बढ़ा।

'हे!' द्रहयु की सांस घबराहट में अटकी, वो मुड़कर कुछ दूर भागा। 'मुझे अपना चेहरा मत दिखाओ। मुझे नहीं देखना।'

द्रह्यु जानता था कि किसी भी जीवित इंसान ने मारा का चेहरा नहीं देखा था। वो अपनी ज़िंदगी जोखिम में नहीं डालना चाहता था।

मारा पेड़ के ठूंठ के पास रुका, स्वर्ण मुद्राओं वाला थैला उठाया और उसके वजन को जांचा। उसने उसे नीचे रखकर हुंडी उठाई। उसने कागज खोला नहीं, बल्कि सावधानी से उसे अपने कमरबंद की थैली में रख लिया।

फिर, मारा ने द्रह्यु को देखा। 'अब इससे कोई फर्क नहीं पड़ता।'

द्रह्यु को उसकी बात समझने में कुछ पल लगे। वो डर से कांप गया और अपने घोड़े की तरफ दौड़ा। लेकिन पतला और चुस्त, मारा द्रह्यु से जल्दी भाग सकता था। तेंदुए की खामोशी और चीते की तेज़ी से। बिना समय गवाएं उसने द्रह्यु पर छलांग लगा दी। उसने पीछे से द्रह्यु को पकड़ लिया, अपनी बाईं बांह में उसकी गर्दन दबोचते हुए, उसे अपने शरीर की तरफ धकेला। जब द्रह्यु आतंक में संघर्ष कर रहा था, तो मारा ने उसकी गर्दन के पीछे दबाव क्षेत्र पर चाकू की मूंठ से ज़ोर से वार किया।

द्रह्यु को तुरंत गर्दन से नीचे के शरीर पर लकवा मार गया। मारा ने उसके बेदम शरीर को धीरे से ज़मीन पर फिसलने दिया। फिर उसने द्रह्यु के ऊपर झुककर पूछा, 'और किससे सौदा किया गया है?'

'मुझे कुछ महसूस नहीं हो रहा!' द्रह्यु दर्द से चिल्लाया। 'मुझे कुछ

महसूस नहीं हो रहा!'

मारा ने द्रह्यु को ज़ोर का तमाचा लगाया। 'तुम्हें सिर्फ गर्दन से नीचे लकवा मारा है। मैं दबाव क्षेत्र को मुक्त कर सकता हूं। लेकिन पहले, जवाब...'

'मुझे कुछ महसूस नहीं हो रहा। ओ प्रभु इंद्र! मैं नहीं...'

मारा ने द्रह्यु को दोबारा मारा।

'मुझे जल्दी जवाब दो, मैं तुम्हारी मदद कर दूंगा। मेरा समय बर्बाद मत करो।'

द्रह्यु ने मारा को देखा। उसका अंगवस्त्र चेहरे को ढंके हुए था। सिर्फ हत्यारे की आंखें ही दिख रही थीं।

द्रह्यु ने अभी तक उसका चेहरा नहीं देखा था। शायद वो अभी जीवित बच सकता था।

'कृपया, मुझे मत मारो...' द्रह्यु गिड़गिड़ाया, आंसुओं की तेज़ धारा उसके चेहरे पर बह आई।

'मेरे सवाल का जवाब दो। क्या किसी और को भी सौदा दिया गया है? क्या कोई हत्यारा भी है?'

'नहीं, बस तुम... कोई नहीं... कृपया... प्रभु इंद्र के वास्ते... मुझे जाने दो... कृपया।'

'क्या तुम्हारे अलावा देवी मंथरा के लिए कोई और भी मेरे जैसा हत्यारा ढूंढ़ सकता है?'

'नहीं। सिर्फ मैं। और तुम पैसा भी रख सकते हो। मैं उस बूढ़ी चुड़ैल को बोल दूंगा कि तुमने सौदा ले लिया है। तुम्हें किसी को मारने की ज़रूरत नहीं है। उसे कैसे पता चलेगा? राजकुमार राम के वापस आने तक तो शायद वो मर चुकी होगी... कृपया... जाने दो...'

द्रह्यु का बोलना बंद हो गया, जब मारा ने अपने चेहरे से अंगवस्त्र हटाया। द्रह्यु का दिल डर से धड़कना भूल गया। उसने मारा का चेहरा देख लिया था। वो जानता था कि अब क्या होने वाला था।

मारा मुस्कुराया। 'चिंता मत करो। तुम्हें कुछ पता नहीं चलेगा।'

हत्यारा अपना काम कर चुका था। द्रह्यु का शरीर वहीं पड़ा था। इसे मंथरा और उसके दूसरे कर्मचारी खोज निकालेंगे। इससे उसे संदेश

भी मिल जाएगा।

सीता अपनी छोटी बहन, उर्मिला के साथ बैठी थीं, जो लगातार रोये जा रही थीं।

पिछले दिनों जो भी हुआ, उसके बावजूद, सीता बार-बार समय निकालकर उर्मिला से मिलने आती रही थीं। लक्ष्मण भी राम और सीता के साथ चौदह साल वनवास पर आने का ज़ोर दे रहे थे। शुरुआत में, लक्ष्मण ने सोचा था कि उर्मिला भी साथ चल लेंगी। बाद में, उन्हें अहसास हुआ कि नाजुक उर्मिला भयंकर जंगल में बच नहीं पाएंगी। चौदह साल उनके लिए बहुत मुश्किल हो जाएंगे। जंगल में आप तभी रह सकते हैं, जब आप मज़बूत और कठोर हों। न कि नाजुक और शिष्ट। ये लक्ष्मण के लिए भी मुश्किल था, लेकिन उन्होंने उर्मिला से कह दिया था। वो बेमन से उन तीनों के साथ नहीं आने के लिए मान गई थीं। हालांकि वो इससे बिल्कुल भी खुश नहीं थीं।

सीता भी ये मानने को मजबूर थीं कि लक्ष्मण सही कह रहे थे। और वो बार-बार अपनी बहन से मिलने आकर उन्हें समझा रही थीं।

'पहले मां मुझे छोड़ गईं,' उर्मिला सुबकीं। 'अब आप और लक्ष्मण मुझे छोड़कर जा रहे हो। मैं क्या करूंगी?'

सीता ने प्यार से अपनी बहन को पकड़ा, 'उर्मिला, अगर तुम आना चाहती हो, तो मैं इसका आग्रह कर सकती हूं। लेकिन ऐसा करने से पहले मुझे तुम्हें समझाना होगा कि जंगल का जीवन आखिर होता क्या है। हमारे सिर पर कोई ढंग की छत तक नहीं होगी। हमें ज़मीन पर रहना होगा, मांस खाना होगा; और मैं जानती हूं कि तुम इससे कितनी नफरत करती हो। ये छोटी चीज़ें हैं और मैं जानती हूं कि ज़रूरत पड़ने पर तुम इन्हें अपना लोगी। लेकिन जंगल में लगातार खतरा बना रहेगा। दक्षिण में नर्मदा नदी का अधिकांश किनारा रावण के नियंत्रण में आता है। तो, हम वहां नहीं जा सकते, जब तक कि हम अपनी जान जोखिम में न डालना चाहें।'

उर्मिला ने बात बीच में काटी, 'ऐसी बातें मत कहो, दीदी।'

'हम तट पर नहीं जा सकते। तो, हमें जंगल में ही रहना होगा।

खासकर, दंडकारण्य में। सिर्फ ईश्वर ही जानते हैं कि वहां क्या-क्या खतरे हमारा इंतज़ार कर रहे होंगे। हमें हर रात जागते हुए ही सोना होगा, अपने हथियार अपने पास रखे हुए, अगर किसी जंगली जानवर ने हम पर हमला कर दिया तो। वो रात में ही शिकार पर निकलते हैं। बहुत से ज़हरीले फल और पेड़ भी होते हैं; कोई भी गलत चीज़ खाकर हम मर सकते हैं। मुझे यक़ीन है कि ऐसे भी खतरे होंगे, जिनका हमें अहसास तक नहीं है। हमें ज़िंदा रहने के लिए हमेशा चौकन्ना रहना होगा। और इस सबके बीच, अगर तुम्हें कुछ हो गया, तो मैं मरने के बाद मां को क्या मुंह दिखाऊंगी? तुम्हारी सुरक्षा का भार उन्होंने मुझे सौंपा था... और, तुम यहां सुरक्षित हो...'

उर्मिला सीता के गले लगे सुबकती रहीं।

'क्या आज कौशल्या मां आई थीं?'

उर्मिला ने ऊपर देखा और आंसुओं के बीच भी मुस्कुरा दीं। 'वो बहुत अच्छी हैं। मुझे लगता है कि हमारी मां लौट आई हैं। उनके साथ मैं सुरक्षित महसूस करती हूं।'

सीता ने फिर से कसकर उर्मिला को पकड़ लिया। 'भरत भले इंसान हैं। और शत्रुघ्न भी। वो कौशल्या मां की मदद करेंगे। लेकिन उनके बहुत से ताकतवर दुश्मन हैं, कुछ तो राजा से भी ज़्यादा ताकतवर हैं। तुम्हें यहां रहकर कौशल्या मां का ध्यान रखना होगा।'

उर्मिला ने हामी भरी। 'हां, लक्ष्मण ने भी मुझसे यही कहा था।'

'ज़िंदगी सिर्फ हमारे चाहने भर जितनी ही नहीं है, बल्कि हमें वो भी करना होता है, जो ज़रूरी होता है। हमारे पास सिर्फ अधिकार ही नहीं हैं। हमारे कर्तव्य भी हैं।'

'जी, दीदी,' उर्मिला ने कहा। 'मैं समझती हूं। लेकिन इससे तकलीफ तो कम नहीं होती न।'

'मैं जानती हूं, मेरी छोटी राजकुमारी,' सीता ने उर्मिला को पकड़कर, उनकी पीठ सहलाते हुए कहा। 'मैं जानती हूं...'

राम, सीता और लक्ष्मण को जंगल के लिए निकलने में बस कुछ घंटे बचे

थे। उन्होंने संन्यासियों वाले कपड़े भी पहन लिए थे, जो मोटे सूत और छाल से बने थे।

सीता गुरु वशिष्ठ से मिलने आई थीं।

'मैं कल से अपनी मुलाकात के बारे में सोच रहा था, सीता,' वशिष्ठ ने कहा। 'मुझे अफसोस है कि हम पहले नहीं मिले। बहुत से मसले इससे हल हो सकते थे।'

'हर चीज़ का अपना समय और स्थान होता है, गुरुजी।'

वशिष्ठ ने सीता को बड़ा थैला दिया। 'जैसा कि आपने विनती की थी। मुझे यक़ीन है कि मलयपुत्र भी आपको ये देंगे। लेकिन आप सही कह रही थीं; मदद के लिए विकल्प भी रखना चाहिए।'

सीता ने थैला खोलकर सफेद चूरे को देखा। 'ये मेरे देखे हुए सामान्य सोमरस चूरे से ज़्यादा महीन है।'

'हां, ये मेरी आविष्कृत विधि से तैयार किया गया है।'

सीता ने चूरे को सूंघा और मुस्कुराईं। 'हम्म... ये ज़्यादा महीन हो गया है, और गंध भी बुरी हो गई है।'

वशिष्ठ हल्के से हंसे। 'लेकिन ये उतना ही प्रभावशाली है।'

सीता मुस्कुराईं और उसे अपने कंधे पर टंगे कपड़े के थैले में रख लिया। 'मुझे यक़ीन है कि आपने सुना होगा कि भरत ने क्या किया है।'

भरत रोते हुए राम के शिविर में आए थे और उन्होंने अपने भाई की शाही पादुका उठा ली थीं। जब भी भरत के सिंहासन पर बैठने का समय आएगा, वो उस पर राम की पादुका रख देंगे। इस एक संकेत से भरत ने स्पष्ट कर दिया था कि राम अयोध्या के राजा थे, और भरत अपने बड़े भाई की अनुपस्थिति में वहां का कार्यभार संभालने वाले थे। इससे राम को बड़ा सुरक्षा कवच मिल गया था। अयोध्या के राजा को मारने के किसी भी प्रयत्न का परिणाम सप्तसिंधु सम्राट की सेना को ललकारना था। यह व्यवस्था सप्तसिंधु साम्राज्य के अंतर्गत आने वाले सभी राज्यों को स्वीकारनी थी। संधि के अनुबंधों के तहत एक मान्यता यह भी थी कि अगर युवराज या राजा को युद्ध के अतिरिक्त गुप्त रूप से मारा जाए, तो इससे आप पर बुरे कर्मों का भार बढ़ता है। इससे राम को बड़ा सुरक्षा कवच प्राप्त हो गया था, हालांकि इससे भरत के अधिकारों में काफी कटौती हो

गई थी।

वशिष्ठ ने हां में सिर हिलाया। 'भरत भले इंसान है।'

'चारों भाई नेकदिल हैं। और वो एक-दूसरे को बहुत प्यार भी करते हैं। वो भी तब जब वो एक बिखरे हुए परिवार और मुश्किल समय में पैदा हुए हैं। मुझे लगता है इसका श्रेय उसे ही दिया जाना चाहिए, जो हकदार है।'

वशिष्ठ जानते थे कि ये प्रशंसा अयोध्या के चारों राजकुमारों के गुरु के लिए थी। वो नम्रता से मुस्कुराए और गर्व से प्रशंसा स्वीकारी।

सीता ने सम्मान से हाथ जोड़ते हुए कहा, 'मैंने इस बारे में सोचा था। आपके निर्देशों से मैं सहमत हूं। मैं सही समय का इंतज़ार करूंगी। मैं राम को तभी बताऊंगी, जब मुझे लगेगा कि हम दोनों तैयार हैं।'

'राम कई मायनों में खास हैं। लेकिन उनकी ताकत, कानून के प्रति उनकी दीवानगी, उनकी कमज़ोरी भी बन सकती है। उन्हें संतुलन तलाशने में मदद करना। फिर, आप दोनों वो साझेदार बन सकते हैं, जिसकी भारत को ज़रूरत है।'

'मेरी भी कई कमज़ोरियां हैं, गुरुजी। और, वो उन्हें संतुलित कर सकते हैं। कई हालातों में वो मुझसे ज़्यादा बेहतर हैं। इसलिए मैं उनकी प्रशंसा करती हूं।'

'और, वो आपकी प्रशंसा करते हैं। ये सच्ची साझेदारी होगी।'

सीता कुछ कहने से पहले झिझकीं, 'मुझे आपसे कुछ पूछना होगा।'

'जरूर।'

'मुझे लगता है कि आप भी एक समय मलयपुत्र थे... फिर आपने क्यों छोड़ दिया?'

वशिष्ठ हंसने लगे। 'हनुमान सही कह रहे थे। आप बहुत होशियार हो। खतरनाक होशियार।'

सीता भी साथ में हंस दीं। 'लेकिन आपने मेरे सवाल का जवाब नहीं दिया, गुरुजी।'

'इस विषय को मेरे और विश्वामित्र के लिए ही छोड़ दो। कृपया। ये बहुत तकलीफदेह है।'

सीता तुरंत गंभीर हो गईं। 'मैं आपको किसी तरह की तकलीफ नहीं

देना चाहती थी, गुरुजी।'

वशिष्ठ मुस्कुराए। 'धन्यवाद।'

'मुझे चलना चाहिए, गुरुजी।'

'हां। समय हो गया है।'

'जाने से पहले, मुझे कहना होगा। मैं तहेदिल से ये कहना चाहती हूं, गुरुजी। आप मेरे गुरु जैसे ही महान हैं।'

सीता ने झुककर वशिष्ठ के पैर छुए।

वशिष्ठ ने सीता के सिर पर हाथ रखा और कहा, 'आपको सबका आशीर्वाद मिले: आप इस महान मातृभूमि की सेवा करें।'

'महर्षि को प्रणाम।'

'महान विष्णु को प्रणाम।'

अध्याय 28

राम, लक्ष्मण और सीता को चौदह साल के वनवास के लिए अयोध्या छोड़े हुए ग्यारह महीने बीत गए थे। इस बीच बहुत कुछ हो गया था।

अयोध्या में दशरथ की मृत्यु हो गई थी। तीनों को यह दुख भरी खबर सप्तसिंधु की सीमाओं में रहते ही मिल गई थी। राम बार-बार अपनी किस्मत को दोष दे रहे थे कि वह वहां मौजूद होकर, पिता के अंतिम संस्कार में बड़े बेटे का फर्ज पूरा नहीं कर पाए। अधिकांश समय तक राम के अपने पिता से संबंध लगभग न बराबर ही रहे थे। दशरथ के साथ अधिकांश अयोध्यावासी भी राम की 'बुरी किस्मत' को ही करछप में रावण के हाथों हुई हार के लिए जिम्मेदार मानते थे। पिछले कुछ सालों में ही आखिरकार राम और दशरथ के बीच संबंध स्थापित हो पाया था। लेकिन पहले वनवास और फिर मृत्यु ने उन्हें फिर से अलग कर दिया था। अयोध्या लौटना तो संभव नहीं था, क्योंकि इससे प्रभु रुद्र का नियम टूट जाता, लेकिन राम ने जंगल में ही, पिता की आत्मा की शांति के लिए यज्ञ किया था।

भरत ने अपनी बात का मान रखा। उन्होंने अयोध्या के सिंहासन पर राम की पादुका को ही रखा और खुद साम्राज्य को बड़े भाई की धरोहर मानते हुए संभाला। ऐसा कहा जा सकता था कि राम को उनकी अनुपस्थिति में सम्राट बना दिया गया था। यह अपारंपारिक तरीका था, लेकिन भरत की उदारवादी और सत्ता के विकेंद्रीकरण की नीति ने इसे सप्तसिंधु के प्रजा में ग्राह्य बना दिया।

राम, लक्ष्मण और सीता नदियों के किनारे-किनारे चलते हुए, दक्षिण दिशा में बढ़ रहे थे, वे किसी स्थान पर ज़रूरत पड़ने पर ही जाते थे। आख़िरकार वे सप्तसिंधु की सीमा पर, कौशल साम्राज्य के निकट पहुंच गए। यह साम्राज्य राम का ननिहाल था। लक्ष्मण और सीता ने कौशल में जाकर कुछ महीने आराम करने का सुझाव दिया। लेकिन राम का मानना था कि शाही रिश्तेदार के आरामदायक महल में रहना सज़ा की भावना से खिलवाड़ होगा।

वे दक्षिण कौशल के किनारे-किनारे चलते हुए, दक्षिण-पश्चिम से होते हुए दंडकारण्य के वन प्रदेश की ओर पहुंच रहे थे। लक्ष्मण और राम ने नर्मदा के दक्षिण में सफर करने को लेकर कुछ चिंता व्यक्त की थी। प्रभु मनु ने सप्तसिंधु वासियों के लिए नर्मदा को दक्षिण की तरफ पार करने पर प्रतिबंध लगाया था। अगर उन्होंने पार किया, तो वे वापस नहीं लौट सकते थे। या, ये कानून था। लेकिन सीता ने बताया कि सदियों से भारतीयों ने बिना नर्मदा को पार किए उसके दक्षिण में जाने का, एक रचनात्मक तरीका खोज लिया था। उन्होंने सुझाव दिया कि वो प्रभु मनु के कानून को तो मानें, लेकिन उसकी जड़ता को नहीं।

हालांकि राम इससे असहज थे, लेकिन सीता ने इसका उपाय खोज लिया था। तटों के किनारे रहना खतरनाक हो सकता था; रावण का नियंत्रण उपमहाद्वीप के पश्चिमी और पूर्वी तटों पर था। सुरक्षित स्थान, दंडकारण्य के अंदर जंगलों में ही था, भले ही इसके लिए नर्मदा के दक्षिण ओर जाना पड़े। वे दक्षिण पश्चिम दिशा की ओर सफर कर रहे थे, जिससे पश्चिम में बहने वाली नर्मदा उनके उत्तर में रहे। इस तरह वो उस जगह पर पहुंच गए थे, जो नर्मदा के दक्षिण में था, और वो भी बिना उसे 'पार' किए। अब वे लोग एक बड़े से गांव, या यूं कहें कि छोटे से नगर के बाहर खड़े थे।

'सेनापति जटायु, इस नगर का नाम क्या है?' राम ने मलयपुत्र की तरफ मुड़ते हुए पूछा। 'आप इन लोगों को जानते हो?'

जटायु और उनके पंद्रह सिपाहियों का दल राम, लक्ष्मण और सीता की सुरक्षा के लिए साथ था। सीता ने उन्हें छिपे रहने के निर्देश दिए थे। राम और लक्ष्मण को काफी समय तक उनकी उपस्थिति का पता नहीं चल पाया था। हालांकि, छिपने के उनके भरसक प्रयास के बावजूद, राम को

संदेह होने लगा था कि कोई परछाई की तरह उनका पीछा कर रहा था। सीता नहीं जानती थीं कि मलयपुत्रों से सुरक्षा लेने पर राम क्या कहेंगे। इसलिए उन्होंने राम को अपने निर्णय के बारे में नहीं बताया था कि उन्होंने जटायु को अंगरक्षक की तरह अपने साथ चलने को कहा था। हालांकि, जब उन्होंने सप्तसिंधु की सीमा पार कर ली थी, तब हमले का खतरा और ज़्यादा बढ़ गया था। तब सीता ने आख़िरकार राम को जटायु से मिलवा दिया था। सीता पर भरोसा करते हुए, राम ने मलयपुत्र और उसके पंद्रह सैनिकों को अपने दल में शामिल कर लिया था। अब साथ में वे लोग एक कम बीस थे; तीन लोगों के समूह से ज़्यादा सक्षम। राम समझते थे कि इन हालातों में उन्हें दोस्तों की ज़रूरत पड़ेगी।

'ये इंद्रपुर है, राजकुमार राम,' जटायु ने कहा। 'ये इस क्षेत्र का सबसे बड़ा नगर है। मैं यहां के मुखिया शक्तिवेल को जानता हूं। मुझे यक़ीन है कि उन्हें हमारी उपस्थिति का बुरा नहीं लगेगा। ये उनके उत्सवों का समय है।'

'उत्सव हमेशा अच्छे होते हैं!' लक्ष्मण ने खुशी से मुस्कुराते हुए कहा।

राम ने जटायु से कहा, 'क्या वे उत्तरायण भी मनाते हैं?'

उत्तरायण को सूरज के उत्तर दिशागामी होने की शुरुआत माना जाता है। इस दिन जगत का पोषक, सूर्य, दूर उत्तरी गोलार्द्ध में होता है। यहां से उसके उत्तर में आने के छह महीने के सफर की शुरुआत होती है। ऐसा माना जाता है कि साल का यह भाग प्रकृति के लिए नवीकरण का प्रतीक होता है। पुराने की मृत्यु। नये का जन्म। इसलिए पूरे भारतीय उपमहाद्वीप में इसे धूमधाम से मनाया जाता है।

जटायु ने त्योरी चढ़ाईं। 'बिल्कुल वो मनाते हैं, राजकुमार राम। कौन सा भारतीय उत्तरायण नहीं मनाता होगा? हम सभी सूर्य देवता के उपासक हैं!'

'वो तो हम हैं,' सीता ने कहा। 'ऊं सूर्याय नमः।'

सभी ने सूर्य देवता को सिर झुकाते हुए प्राचीन मंत्र को दोहराया। 'ऊं सूर्याय नमः।'

'शायद, हम उनके उत्सव में शामिल हो सकते हैं,' सीता ने कहा।

जटायु मुस्कुराए। 'इंद्रपुरवासी लड़ाकू, उत्तेजित लोग हैं और उनके उत्सव भी जरा मुश्किल होते हैं।'

'मुश्किल?' राम ने पूछा।

'मतलब कह सकते हैं कि उसमें भाग लेने के लिए जिगर की ज़रूरत होती है।'

'वाकई? इस उत्सव का नाम क्या है?'

'इसे जल्लीकट्टू कहते हैं।'

'महान प्रभु रुद्र कृपा करें,' राम फुसफुसाए। 'ये तो बिल्कुल वृषबंधन उत्सव जैसा जान पड़ रहा है... लेकिन अब सप्तसिंधु में थोड़े ही लोग इसे खेलते हैं।'

राम, सीता, लक्ष्मण, जटायु और उनके अंगरक्षकों ने इंद्रपुर में प्रवेश किया। वे सीधा नगर में झील के पास जाकर खड़े हो गए। उसके आसपास अगले दिन जल्लीकट्टू की तैयारी के लिए बाड़ लगा दी गई थी। भीड़ उस बाड़ के आसपास मंडरा रही थी, जिससे अंदर के दृश्य और आवाज़ों को सुन सके। किसी को भी उन दीवारों को पार करने की अनुमति नहीं थी। जल्द ही वहां कल की प्रतियोगिता के लिए बैलों को ले जाकर खड़ा कर दिया जाएगा।

जटायु उन्हें जल्लीकट्टू खेल के बारे में बताने लगे। सुनने में तो ये बहुत ही सीधा खेल मालूम पड़ रहा था। इसका शाब्दिक अर्थ है सिक्कों का बंधा हुआ थैला। यहां इसका मतलग स्वर्ण मुद्राओं का थैला था। प्रतियोगी को विजेता बनने के लिए यह थैला प्राप्त करना होता है। बस? नहीं! चुनौती इस थैले को बांधने की जगह में है। इसे बैल के सींग पर बांधा जाता है। ध्यान रहे वो कोई साधारण बैल नहीं होता है। ये बैल खासकर उत्तेजित, मज़बूत और जुझारू प्रजाति के होते हैं।

'हां, यह वृषबंधन जैसा ही है,' जटायु ने समझाया। 'जैसा कि आप जानते ही हैं कि ये खेल बहुत पुराना है। दरअसल, कुछ तो कहते हैं यह द्वारका और संगमतमिल के पूर्वजों से आया है।'

'दिलचस्प,' सीता ने कहा। 'मुझे नहीं पता था कि यह इतना प्राचीन

है।'

जल्लीकट्टू में भाग लेने वाले बैलों की प्रजाति को खासतौर पर आसपास के गांवों और खुद इंद्रपुर में भी पाला जाता था। स्थानीय गाय से सर्वश्रेष्ठ प्रजाति के बैल प्राप्त करने वाला मालिक गर्व से फूल जाता था। और इससे भी ज़्यादा गर्व उन्हें उसके पालन-पोषण, प्रशिक्षण और खानपान के माध्यम से पशु से प्रभावशाली योद्धा बनाने में होता था।

जटायु ने बताया, 'भारत की सीमाओं के बाहर, पूर्व की धरती पर भी बैल-युद्ध की प्रतियोगिताएं आयोजित की जाती थीं। लेकिन उनमें बैल के लिए ज़्यादा जोखिम होता है। वो लोग प्रतियोगिता से कुछ दिन पहले बैल को भूखा रखते हैं, उन्हें कमज़ोर बनाने के लिए। प्रमुख योद्धा के मैदान में आने से पहले उसका दल पशु को लगातार कमज़ोर करता रहता है। ऐसा वो बेचारे बैल को खूब दूर चलवाकर और बार-बार लंबे भालों से गोदकर करते हैं। और बैल को कमज़ोर करने के बावजूद, योद्धा अपने साथ हथियार लेकर मैदान में उतरता है, और आखिरकार पशु को मार देता है।'

'कायर,' लक्ष्मण ने कहा। 'इस लड़ाई में क्षत्रिय वाली बात क्या हुई।'

'यही तो,' जटायु ने कहा। 'दरअसल, और मान लो किसी मामले में बैल बच भी जाए तो भी वो उसे दोबारा लड़ाई में नहीं उतारते, क्योंकि वो लड़ना सीख जाता है। और इस तरह पलड़ा योद्धा-बैल के हक में झुक सकता है। इसलिए वो हर लड़ाई में अनुभवहीन बैलों को उतारते हैं।'

'और, यक़ीनन, ये जल्लीकट्टू में नहीं होता...' राम ने कहा।

'बिल्कुल नहीं। यहां, बैलों को अच्छी तरह खिलाकर उन्हें मज़बूत और स्वस्थ रखा जाता है। किसी को भी उन्हें भाले मारने या कमज़ोर करने की अनुमति नहीं होती। अनुभवी बैल, जो पिछली बार भाग ले चुके थे, उन्हें भी भाग लेने की अनुमति होती है।'

'ये हुआ न सही तरीका,' लक्ष्मण ने कहा। 'ये न्यायपूर्ण लड़ाई है।'

'इसे और न्यायपूर्ण बनाया जाता है,' जटायु ने बताया। 'बैल से लड़ रहे आदमियों को अपने साथ कोई हथियार ले जाने की अनुमति नहीं होती। यहां तक कि छोटा चाकू भी नहीं। वो बस अपने हाथों का इस्तेमाल कर सकते हैं।'

लक्ष्मण ने धीरे से सीटी बजाई। 'इसमें लगती है असली हिम्मत।'

'हां, सच है। वो भारत से बाहर होने वाली दूसरी प्रतियोगिताओं में बैल लगभग मर जाते हैं और जो बुरी तरह घायल होते हैं उन्हें भी मरने के लिए छोड़ दिया जाता है। लेकिन जल्लीकट्टू में बैल कभी नहीं मरते। आदमियों के गंभीर रूप से घायल होने का जरूर जोखिम होता है, कभी-कभी जान भी चली जाती है।'

एक नर्म, बच्चे की सी आवाज़ सुनाई दी। 'यही तो मर्दों के लड़ने का तरीका है।'

राम, सीता, लक्ष्मण और जटायु ने लगभग एक साथ मुड़कर देखा। कोई छह-सात साल का छोटा बच्चा उनके सामने खड़ा था। उसकी रंगत गोरी और आंखें छोटी थीं। अपनी कम उम्र के हिसाब से उसके बदन पर बहुत बाल थे। उसका सीना गर्व से फूला हुआ था। उसने हाथ कमर पर रखे हुए थे मानो वो बाड़ के पीछे की ज़मीन का निरीक्षण कर रहा हो।

वह जरूर वानर होगा।

सीता घुटनों पर झुकीं और पूछा, 'क्या तुम भी कल होने वाली इस प्रतियोगिता में हिस्सा ले रहे हो, युवक?'

बच्चे का मुंह उतर गया। आंखें झुकाकर वो बोला, 'मैं लेना चाहता था। लेकिन उन्होंने कहा कि मैं नहीं ले सकता। बच्चों को अनुमति नहीं है। प्रभु रुद्र की कृपा से, अगर मैं भाग लेता तो सबको हरा देता।'

सीता खुलकर मुस्कुराईं। 'मुझे यक़ीन है तुम जरूर हरा देते। तुम्हारा नाम क्या है, बेटा?'

'मेरा नाम अंगद है।'

'अं-ग-द!'

दूर से पुकारने की आवाज़ आई।

अंगद जल्दी से मुड़ा। उसकी आंखों में डर था। 'मेरे पिता आ रहे हैं... मुझे जाना होगा...'

'रुको...' सीता ने अपना हाथ आगे बढ़ाया।

लेकिन अंगद वहां से जल्दी से भाग गया।

सीता उठीं और जटायु की तरफ मुड़ीं। 'नाम से कुछ याद आया न?'

जटायु ने हामी भरी। 'मैं चेहरा तो नहीं पहचान पाया था। लेकिन नाम जानता हूं। वो राजकुमार अंगद हैं। किष्किंधा के राजा वालि के पुत्र।'

राम ने त्योरी चढ़ाई। 'वो साम्राज्य तो दंडकारण्य के दक्षिण में है न? ये वहां नहीं...'

राम की बात किसी दूसरी आवाज़ से रुकी। 'मैं देख लूंगा!'

भीड़ ने इंद्रपुर के मुखिया, शक्तिवेल के आने के लिए जगह बनाई। उसकी आवाज़ उत्तेजित थी। 'तुम मेरे नगर आए और किसी ने मुझे बताया तक नहीं?'

शक्तिवेल लंबा-चौड़ा आदमी था। सांवले रंग का। लंबा। किसी बैल की तरह शक्तिशाली, बड़ा पेट, उसकी बांहें और टांगें किसी छोटे पेड़ के तने समान लग रही थीं। उसके व्यक्तित्व में सबसे प्रभावशाली उसकी कुछ ज़्यादा ही लंबी मूंछे थीं, जो गालों से नीचे लटक रही थीं। अपने मज़बूत शरीर के बावजूद उसकी उम्र ढलने लगी थी, उसके सिर और मूंछों के सफेद बाल इसे बयां कर रहे थे। और माथे पर आईं झुर्रियां।

जटायु ने शांति से कहा, 'हम बस अभी आए है, शक्तिवेल। नाराज होने की ज़रूरत नहीं है।'

वहां मौजूद लोग, शक्तिवेल की आंखों में भयानक गुस्सा देख पा रहे थे। अचानक, वो ज़ोर से हंसने लगा। 'जटा, मूर्ख, बेवकूफ! आ मेरे गले लग जा!'

जटायु ने हंसते हुए शक्तिवेल को गले लगाया। 'तुम हमेशा बुद्धू गधे ही रहोगे, शक्ति!'

सीता ने राम की तरफ मुड़कर भौंह चढ़ाईं। दो दोस्तों को ऐसे गाली देकर प्यार जताता देख वो हैरान थीं। राम ने मुस्कुराकर अपने कंधे उचका दिए।

उनके आसपास खड़ी भीड़ दो दोस्तों को ऐसे गले लगा देख ज़ोर से चिल्लाने लगी। साफ था, उनका रिश्ता खास था। ये भी स्पष्ट था कि वो दोस्तों से बढ़कर, भाई की तरह थे। आखिरकार, शक्तिवेल और जटायु ने एक-दूसरे को छोड़ा, लेकिन अभी भी हाथ पकड़े रहे।

'तुम्हारे मेहमान कौन हैं?' शक्तिवेल ने पूछा। 'क्योंकि अब ये मेरे मेहमान हैं!'

जटायु मुस्कुराए और अपने दोस्त का कंधा पकड़कर बताया, 'राजकुमार राम, राजकुमारी सीता और राजकुमार लक्ष्मण।'

शक्तिवेल की आंखें अचानक फैल गईं। उन्होंने तुरंत हाथ जोड़कर नमस्ते की। 'वाह... स्वयं अयोध्या का शाही परिवार। ये तो मेरे लिए गर्व की बात है। आपको रात मेरे महल में ही बितानी होगी। और, आपको कल जल्लीकट्टू भी देखने आना होगा।'

राम ने विनम्रता से शक्तिवेल के अभिवादन का जवाब दिया। 'आपकी मेहमाननवाजी के लिए धन्यवाद। लेकिन हमारे लिए महल में ठहरना उचित नहीं होगा। हम नज़दीक में ही जंगल में रुकेंगे। लेकिन निश्चित तौर पर कल प्रतियोगिता देखने आएंगे।'

शक्तिवेल ने राम की सज़ा के बारे में सुन रखा था, इसलिए उन्होंने बात को ज़्यादा नहीं बढ़ाया। 'कम से कम आपको हमें अपने साथ भोजन करने का आनंद तो देना ही होगा।'

राम झिझके।

'मेरे महल का सजीला खाना नहीं। जंगल में आपके साथ साधारण भोजन।'

राम मुस्कुराए। 'उसके लिए आपका स्वागत है।'

'उसे देखिए,' लक्ष्मण ने सीता और राम से कहा।

अगले दिन की दोपहर का समय था। झील के पास बहुत भीड़ जमा हो आई थी, जहां बैल और आदमी के बीच प्रतियोगिता का आयोजन होना था। मैदान के पूर्वी छोर पर छोटा सा प्रवेश द्वार था, जहां से एक-एक करके बैलों को अंदर आना था। उन्हें पश्चिमी दिशा की ओर बने निकासी द्वार तक भागने के लिए प्रशिक्षित किया गया था, जो पांच सौ मीटर दूर था। आदमियों को इस समय का इस्तेमाल करके बैल को पकड़कर उसके सींग पर बंधे स्वर्ण मुद्राओं के थैले को उतारना था। अगर प्रतियोगी जीत जाता, तो वो स्वर्ण मुद्राओं का थैला रख सकता था। इससे भी महत्वपूर्ण था कि उसे वृषांक की उपाधि मिलती! यक़ीनन, अगर कोई बैल अपने थैले के साथ पश्चिमी द्वार तक पहुंच जाता, तो बैल के मालिक को

विजेता घोषित किया जाता। कहने की ज़रूरत नहीं कि तब मुद्राओं का थैला उसका होता।

बैलों की बहुत सी नस्लों का इस्तेमाल जल्लीकट्टू की प्रतियोगिता में किया जाता था। इनमें जो लोकप्रिय थे, वो थे मिश्रित नस्ल के ज़ेबू बैल, जो खासतौर पर आक्रामकता, ताकत और गति के लिए तैयार किए जाते थे। वो बहुत फुर्तीले होते हैं और एक ही स्थान में पल भर में पलट सकते थे। उनका खास कूबड़ ज़्यादा महत्वपूर्ण माना जाता है; ये जल्लीकट्टू में भाग लेने वालों बैलों की योग्यता होती है। कुछ का मानना था कि वो कूबड़ वसा एकत्र होने से बनता था। वे पूरी तरह गलत थे। ये कूबड़ कमर और कंधे की मांसपेशी का विषमकोण था। कूबड़ का आकार बैल की गुणवत्ता की निशानी होता है। और इसी आकार के हिसाब से बैलों को प्रतियोगिता के लिए चुना जाता था।

परंपरा के अनुसार, गर्वित मालिक मैदान में अपने बैलों को घुमा रहे थे। ताकि प्रतियोगी आदमी पशुओं का निरीक्षण कर सकें। परंपरा के अनुसार, मालिक एक-एक करके शेखी से अपने बैल की ताकत, गति; वंशावली, आहार, प्रशिक्षण और आदमियों के कुचलने की संख्या भी बता रहे थे! बैल की योग्यता जितनी ही भयानक होती, भीड़ उतना ही खुशी से चिल्लाती। और, बैल के पास खड़े उसके मालिक के सामने भीड़ में उपस्थित प्रतियोगी अपना अंगवस्त्र उतारकर फेंकने लगते। ये इस बात का प्रतीक था कि प्रतियोगी उस बैल को चुनौती दे रहे थे।

लेकिन एक नए बैल के सामने आने पर वो सभी खामोश हो गए थे।

'प्रभु रुद्र की कृपा से...' लक्ष्मण हैरानी से फुसफुसाए।

सीता ने राम का हाथ पकड़ लिया। 'कौन बेचारा इस बैल के सींगों से मुद्राएं उतारने जाने वाला है?'

बैल के मालिक को महज़ उसकी उपस्थिति का प्रभाव पता था। कभी-कभी खामोशी बहुत से शब्दों से ज़्यादा महत्व रखती है। उसने कुछ नहीं कहा; न उसकी अनुवांशिकता के बारे में, न उसके आहार के बारे में, न खतरनाक प्रशिक्षण के बारे में। वो बस भीड़ को देख रहा था, घमंड उसके शरीर के रोम-रोम से टपक रहा था। दरअसल, उसे तो उम्मीद भी नहीं थी कि कोई प्रतियोगी उसके बैल को चुनौती देगा।

बैल अब तक दिखाए गए सभी बैलों से आकार में बहुत बड़ा था।

मालिक ने नहीं बताया था, लेकिन वह जंगली बोदा और फुर्तीले लेकिन पालतु जेबु का सम्मिश्रण जान पड़ रहा था। यक़ीनन बोदा के आनुवांशिक गुण उस पर हावी थे। वो विशालकाय, कंधों तक सात फीट लंबा और उससे आगे तो तकरीबन दस फुट का बैठ रहा था। उसका वजन जरूर पंद्रह सौ किलो का रहा होगा। उसके साफ त्वचा के अंदर कसी हुई मांसपेशियां दिखाई दे रही थीं। उसके दोनों सींग बाहर की तरफ मुड़े हुए थे, जो उसके सिर के ऊपरी भाग पर एक खोखला प्याला सा बना रहे थे, जैसे बोदा बैलों में पाया जाता है। ज़ेबु आनुवांशिकता उस पशु की त्वचा बनाने में काम आई थी। वो स्लेटी सी सफेद थी, न कि गहरी भूरी जैसे कि बोदा की त्वचा होती है। दूसरी जगह ज़ेबु आनुवांशिकता उभरकर आई थी, वो था उसका कूबड़। सामान्यत: एक बोदा के शरीर पर बस उठी हुई हड्डी होती है; जो सपाट और लंबी होती है। लेकिन इस बैल का कंधों और कमर के बीच शानदार कूबड़ था। ये बहुत महत्वपूर्ण था। क्योंकि बिना कूबड़ के इस पशु को प्रतियोगिता से बाहर कर दिया जाता।

अगर प्रतियोगी ने इस बैल का कूबड़ पकड़ लिया, तो उसका मुख्य काम बस उसे मज़बूती से पकड़े रखना ही होगा, भले ही पशु उत्तेजना से उछले, आदमी को गिराने की कोशिश करे। अगर आदमी किसी तरह इस कूबड़ को देर तक पकड़ने में कामयाब हो पाए, तो आखिरकार धीरे-धीरे बैल धीमा पड़ सकता था, और आदमी थैला उतार लेता।

अचानक वो मालिक बोला। ज़ोर से। ये संयोग था कि जो आदमी इस दानवीय पशु को लेकर आया था, उसकी आवाज़ नरम और स्त्री जैसी थी, 'आपमें से कुछ लोग सोच रहे होंगे कि इस बैल का सिर्फ आकार बड़ा है। लेकिन बात तो गति की है!'

आदमी ने रस्सी छोड़ दी और धीरे से सीटी बजाई। बैल पल भर में उत्तेजित हो गया। उसकी गति अंधा कर देने वाली थी। वो आज दिखाए गए किसी भी दूसरे बैल से ज़्यादा तेज़ था।

लक्ष्मण मुंह खोले उसे देख रहे थे। *बोदा तो इतने तेज़ नहीं होते!*

बैल तेज़ी से अपनी जगह पर घूमा, अपनी भयानक फुर्ती दिखाते हुए। मानो इतना ही काफी नहीं था, वो अचानक गुस्से से फुंफकारते हुए दीवार की तरफ भागा। भीड़ आतंक से जड़ हो गई। अपनी योग्यता दिखाने के बाद, बैल वापस अपने मालिक के पास आ गया और अपना सिर नीचे

करके ज़ोर से भीड़ की तरफ गुर्राया।

शानदार!

तालियों की ज़ोरदार गड़गड़ाहट से पूरा मैदान भर गया।

'देखा उसने अपनी ज़ेबु पूर्वजों से सिर्फ त्वचा और कूबड़ ही नहीं लिया है,' सीता फुसफुसाईं।

'हां, उसने उनसे गति भी ली है,' लक्ष्मण ने कहा। 'इस विशाल आकार और गति से... ये लगभग मेरे जैसा है!'

सीता ने मुस्कुराते हुए लक्ष्मण को देखा। लेकिन अपने देवर के चेहरे को देखकर उनकी मुस्कान उड़ गई।

'नहीं...' सीता फुसफुसाईं।

'क्या पशु है,' लक्ष्मण ने प्रशंसा करते हुए कहा। 'इससे प्रतिस्पर्धा करने में मज़ा आएगा।'

राम ने अपने भाई के कंधे पर हाथ रखा, उन्हें पीछे रोकते हुए। लेकिन इससे पहले कि लक्ष्मण कुछ कर पाते, एक तेज़ आवाज़ सुनाई दी। 'मैं इस बैल के साथ प्रतिस्पर्धा करूंगा!'

सभी की नज़रें बैंगनी रंग के अंगवस्त्र पर पड़ी, जो उड़ता हुआ मैदान में आकर गिरा था। वो यक़ीनन काफी महंगा था। लकड़ी का बाड़ के परे एक गोरी रंगत वाला, बालदार, मध्यम कद का मज़बूत आदमी खड़ा था। उसने दूधिया रंग की धोती पहन रखी थी, जिसका एक सिरा उसकी पूंछ में बंधा था। उसके कपड़े भले ही साधारण थे, लेकिन वो शाही था।

'ये वालि हैं,' जटायु ने कहा। 'किष्किंधा के राजा।'

वालि बाड़ वाले प्रवेश द्वार के बाहर खड़ा था। बोदा-ज़ेबु बैल बस खुलने ही वाला था। द्वार दरवाजे से ढंका था और बैल नहीं जानता था कि दरवाजे के दूसरी तरफ कौन इंतज़ार कर रहा था। तीन बैल पहले ही भाग चुके थे। दो हार गए थे, और उनकी स्वर्ण मुद्राएं विजेताओं ने ले ली थीं। लेकिन एक बैल सफलतापूर्वक अपना थैला बचाकर भाग निकला था। ये एक तुरंत खेल था। प्रत्येक को मुश्किल से एक मिनट से भी कम समय दौड़ना

था। अभी कम से कम सौ बैलों को और दौड़ना था। लेकिन हर कोई खास इस प्रतिस्पर्धा का परिणाम जानना चाहता था।

स्थानीय मंदिर के पुजारी ने घोषणा की। 'वृषांक सब वृषांकों से ऊपर रहे, प्रभु रुद्र, आदमी और पशु को अपना आशीर्वाद दो!'

इंद्रपुर में जल्लीकट्टू प्रतिस्पर्धा शुरू करने की यह मानक घोषणा थी। और हमेशा की तरह ही, इसके बाद, ज़ोरदार शंखनाद हुआ।

एक पल की खामोशी के बाद, धातु के दरवाजे खुलने की आवाज़ सुनाई दी।

'जय श्री रुद्र!' भीड़ ने हुंकार लगाई।

ढंके हुए दरवाजे के पीछे से वो पशु निकलकर आया। आमतौर पर, बैल एक ओर से अपना कूबड़ पकड़ने की कोशिश करते हुए आदमी को धकियाते हुए आगे निकलते थे।

बैल पर सामने से चढ़ाई करना खतरनाक हो सकता है, वो आपको अपने सींगों से कुचल भी सकता है। बैल के पीछे भी रहना उतना ही खतरनाक होता है, क्योंकि उसके पिछले पैरों से मारने का डर रहता है। उसका किनारा ही सुरक्षित होता है। इसलिए बैलों को इस तरह प्रशिक्षण दिया जाता है कि वो आदमी को अपने किनारे आने का कम से कम मौका ही दें।

लेकिन बोदा-ज़ैबू बैल आराम से टहलते हुए बाहर निकला। उसे अपनी योग्यता पर पूरा भरोसा था। दरवाजे के पास छिपा हुआ वालि बैल के निकलते ही उस पर उछला। वालि के बैल से एक डेढ़ फुट छोटे कद को देखते हुए ये उसकी शारीरिक फुर्ती ही कही जाएगी कि वो बैल के कूबड़ में अपनी बांहें डालने में कामयाब रहा। बैल चौंक गया। किसी ने उसका कूबड़ पकड़ने की कोशिश की थी। उसने ज़ोर से उछलना शुरू कर दिया। ज़ोर से चिंघाड़ते हुए। अपने खुरों को ज़ोर से ज़मीन पर मारते हुए। अचानक, सबकी सांसें थमाते हुए, उसने तेज़ गति से चक्कर मारना शुरू कर दिया। वालि की पकड़ छूट गई। वो दूर जाकर गिरा।

बैल तुरंत ही शांत हो गया। उसने घायल वालि को देखा, ज़ोर से चिंघाड़ा और फिर आराम से चलने लगा। धीरे-धीरे। निकास द्वार की तरफ। लापरवाही से भीड़ को घूरते हुए।

भीड़ में से कोई वालि को प्रोत्साहित करने के लिए चिल्लाने लगा। 'वीर पुरुष! खड़े हो जाओ!'

बैल ने भीड़ को देखा और फिर रुक गया। फिर वो झील की तरफ मुड़ा, अपना पिछवाड़ा भीड़ की तरफ करते हुए। फिर उसने धीरे से अपनी पूंछ उठाकर मूत दिया। फिर, उसी शान से, उसने दोबारा चलना शुरू कर दिया। निकास द्वार की तरफ। आलस से।

लक्ष्मण धीमे से हंसे, अपना सिर हिलाते हुए। 'इस बैल पर दावं लगाना भूल जाओ। दरअसल, ये बैल हम पर दावं लगा रहा है!'

राम ने लक्ष्मण के कंधे को थपथपाया। 'वालि को देखो। वो खड़ा हो रहा है।'

वालि अपने पैरों पर खड़ा हो गया और अपनी छाती पर हाथ मारते हुए ज़ोर से चिल्लाया। अपने पैरों पर उछलते हुए। उसके लंबे बाल हवा में लहरा रहे थे। वो बैल के पीछे आया।

'ये आदमी पागल है!' लक्ष्मण ने चिंता से कहा। 'वो बैल अपनी दुलत्ती से ही इसकी सीना चूर कर देगा!'

वालि बैल के पास आया और ज़ोर की छलांग लगा दी। वो बैल के ऊपर जाकर गिरा। हैरान पशु ने वालि को पीछे से आते हुए नहीं देखा था, वो अब ज़ोर से अपनी पिछली टांगें उठाने लगा। राजा को हिलाकर गिराने के लिए। वालि ने दृढ़ता से उसे पकड़ लिया। ज़ोर से चिल्लाते हुए!

गुस्साया बैल भी चिंघाड़ा। अपने पर बैठे आदमी से कहीं ज़्यादा तेज़। अपने अगले पैर ज़मीन पर झुकाते हुए, अपना सिर नीचे कर ज़ोर से उछलने लगा। लेकिन वालि पकड़े बैठा रहा, पूरा समय चिल्लाते हुए।

बैल अचानक हवा में उछलकर अपना शरीर हिलाने लगा। वो अभी भी अपने कूबड़ से चिपके आदमी को गिरा नहीं पाया।

भीड़ में खामोशी छा गई। सबके मुंह खुले रह गए थे। उन्होंने कोई भी जल्लीकट्टू प्रतिस्पर्धा इतनी देर तक चलते हुए नहीं देखी थी। वहां सिर्फ चिंघाड़ते बैल और चिल्लाते वालि की आवाज़ें ही सुनाई दे रही थीं।

बैल फिर से उछला और किनारा लेते हुए गिरने लगा। उसका वजन वालि को मार सकता था। वो तेज़ी से बैल पर से उतरा। लेकिन उतना भी तेज़ नहीं।

बैल किनारे लेते हुए गिरा। वालि बैल से उतरा, लेकिन वालि की बाईं बांह बैल के अगले पैरों के नीचे आ गई। लक्ष्मण को अपनी जगह से हड्डी टूटने की आवाज़ सुनाई दी। वालि को दर्द से चिल्लाता न देख लक्ष्मण के मुंह से तारीफ निकली। बैल बिना समय गवाएं वापस खड़ा हो गया था। दूर खड़ा वो वालि को देख रहा था। उसकी आंखें गुस्से से जल रही थीं। लेकिन वो दूर ही खड़ा रहा।

'बैल नाराज हो रहा है,' राम फुसफुसाए। 'मुझे लगता है उसने आदमी को कभी इतनी हिम्मत करते हुए नहीं देखा है।'

'बैठे रहो,' सीता ने मानो मन ही मन वालि से ज़मीन पर ही बैठे रहने की विनती की।

लक्ष्मण खामोशी से वालि को घूर रहे थे।

अगर वो आदमी ज़मीन पर ही लेटा रहता, बिना हिले, तो बैल सामान्यत: हमला नहीं करते। लेकिन अगर वो खड़ा हो जाए...

'बेवकूफ!' वालि को दोबारा खड़ा होता देख, सीता फुफकारी। वालि की खून से लथपथ बांह उसके एक ओर लटकी हुई थी। 'बैठे रहो!'

लक्ष्मण का मुंह हैरानी से खुल गया। *क्या आदमी है!*

बैल भी सकते में दिख रहा था और गुस्से में आदमी पर चिंघाड़ने लगा। उसने अपना सिर हिलाया।

वालि बार-बार अपने दाहिने हाथ की मुट्ठी सीने पर मारता हुआ उसे ललकार रहा था, 'वालि! वालि!'

भीड़ भी नारे लगाने लगी।

'वालि!'

'वालि!'

बैल आगे को झुका और अपने अगले खुर ज़ोर से ज़मीन पर पटके। मानो चेतावनी दे रहा हो।

वालि ने फिर से अपने सीने पर हाथ मारा, उसकी घायल बांईं बांह लापरवाही से लटकी हुई थी। 'वालि!'

बैल पिछली टांगों पर खड़े होते हुए, फिर से चिंघाड़ा। इस बार और ज़ोर से। कानों को बहरा बना देने वाली आवाज़।

और फिर, पशु आगे बढ़ा।

लक्ष्मण ने बाड़ पार कर दी और उसी समय बैल की तरफ भागने लगा।

'लक्ष्मण!' राम और सीता भी बाड़ फांदकर लक्ष्मण के पीछे भागते हुए चिल्लाए।

लक्ष्मण वालि और बैल के बीच की जगह की ओर भाग रहे थे। ये अयोध्या के राजकुमार की खुशकिस्मती थी कि बैल ने उन्हें अपनी ओर आता नहीं देखा था।

लक्ष्मण वालि से कहीं ज़्यादा लंबे थे। वो उससे ज़्यादा मज़बूत भी थे। लेकिन लक्ष्मण भी जानते थे कि इस गुस्साए पशु के सामने कोई ताकत काम नहीं आने वाली। वो जानते थे कि उन्हें बस एक ही मौका मिलेगा। बैल के सींग शुद्ध ज़ेबु नस्ल के नहीं थे; ज़ेबु के सींग सीधे सामने की तरफ चाकू के रूप में निकले होते हैं। जबकि दूसरी तरफ इस बोदा-ज़ेबु की सींग बाहर की तरफ मुड़े हुए थे, उसके सिर पर खोखले प्याले की जगह बनाते हुए।

बैल का ध्यान वालि पर था। वो अपना सिर नीचे करके उसकी तरफ गरजने लगा। उसने अचानक लक्ष्मण के किनारे से आने पर ध्यान नहीं दिया। लक्ष्मण ने आगे छलांग लगाई, अपनी छलांग को सटीक करने के लिए, अपने पैरों को खींचते हुए। जैसे ही उन्होंने बैल के सिर पर छलांग लगाई, जल्दी से एक हाथ बढ़ाकर उसके सींगों से थैला उतार लिया। एक पल के लिए बैल लक्ष्मण को अपने सिर पर उठाकर ही आगे बढ़ा। लक्ष्मण ने अपने पैरों को पीछे धक्का दिया। बैल के सिर को उत्तोलन की तरह इस्तेमाल करते हुए वो पीछे की तरफ उछल गए। लक्ष्मण के शरीर का वजन और आकार बैल का सिर नीचे झुकाने के लिए काफी था। जैसे ही वो ज़मीन पर पलटे मारते हुए उछले, बैल का सिर नीचे ज़मीन पर आकर लगा।

राम और सीता ने इस हलचल का फायदा उठाते हुए जल्दी से वालि को उठा लिया और दीवार की तरफ भागे।

'छोड़ दो, मुझे!' वालि ने उन दोनों के बीच से निकलने का संघर्ष करते हुए चिल्लाया। 'छोड़ दो, मुझे!'

वालि के संघर्ष की वजह से उसकी टूटी बांह से और खून बहने लगा। उससे दर्द भी अचानक बढ़ गया। लेकिन राम और सीता नहीं रुके।

इस बीच, बैल जल्दी से अपने पैरों पर खड़ा हो गया और ज़ोर से चिंघाड़ा। लक्ष्मण ने अपना हाथ उठाकर थैला दिखाया।

बैल को हमला करना चाहिए था। लेकिन उसे बढ़िया प्रशिक्षण मिला था। जैसे ही उसने मुद्राओं वाला थैला देखा, अपना सिर नीचे करके गुर्राने लगा। उसने अपने पीछे मालिक को देखा, जो निकास द्वार के पास खड़ा था। मालिक ने मुस्कुराकर कंधे उचकाकर कहा, 'आप कुछ जीतते हो। कुछ हारते हो।'

बैल ने वापस लक्ष्मण को देखा, गुर्राया और अपना सिर नीचे कर लिया। मानो वह सम्मान से अपनी हार स्वीकार रहा हो। लक्ष्मण ने अपने हाथ जोड़कर प्रणाम किया और उस शानदार पशु के सामने सिर झुकाया।

बैल फिर मुड़ा और धीरे-धीरे चलने लगा। अपने मालिक की तरफ।

इस बीच, वालि बेहोश हो चुका था और राम और सीता उसे बाड़ के पार ले आए थे।

अध्याय 29

देर शाम को, शक्तिवेल जंगल में आया, जहां राम और उनका दल विश्राम कर रहा था। मुखिया के पीछे कुछ आदमी भी थे, जिनके हाथों में हथियारों के गट्ठर थे।

राम ने खड़े होकर हाथ जोड़े। 'वीर शक्तिवेल का स्वागत है।'

शक्तिवेल ने भी राम का अभिवादन किया। 'प्रणाम, महान राजकुमार।' उसने अपने आदमियों की तरफ इशारा किया कि गट्ठर को संभालकर ज़मीन पर रख दें। 'जैसा कि आपने कहा था, आपके हथियारों को चमकाकर, उन पर धार लगा दी गई है।'

राम ने एक तलवार उठाई और उसकी धार जांचकर मुस्कुराए। 'ये तो बिल्कुल नई जैसी हो गई है।'

शक्तिवेल का सीना गर्व से फूल गया। 'हमारे पास भारत के सर्वश्रेष्ठ लौहार हैं।'

'ये तो सच है,' सीता ने एक भाले को जांचते हुए कहा।

'राजकुमार राम,' शक्तिवेल ने कुछ नज़दीक आते हुए कहा। 'एक निजी बात करनी थी।'

राम ने शक्तिवेल के साथ जाते हुए सीता को आने का इशारा किया।

'आपको जल्दी ही यहां से निकल जाना चाहिए,' शक्तिवेल ने कहा।

'क्यों?' सीता ने हैरानी से पूछा।

'वालि।'

'कोई उसे मारना चाहता था?' राम ने पूछा। 'जो अब वो हमसे नाराज हैं?'

'नहीं, नहीं। वालि ही आपसे और राजकुमारी सीता से नाराज हैं।'

'क्या? हमने तो उसकी ज़िंदगी बचाई थी।'

शक्तिवेल ने आह भरी। 'वो इसे ऐसे नहीं देखता। उसके अनुसार आप दोनों और राजकुमार लक्ष्मण ने उससे उसका सम्मान छीन लिया। वो किसी और के द्वारा बचाए जाने से जल्लीकट्टू में मर जाना पसंद करता।'

राम ने सीता को देखा, उनकी आंखें हैरानी से फैल गईं।

'दो शाही परिवारों का यहां आपस में लड़ना मेरे नगर के हित में नहीं होगा,' शक्तिवेल ने क्षमा में अपने हाथ जोड़ते हुए कहा। 'दो हाथियों की लड़ाई में कुचली तो घास ही जाती है न।'

सीता मुस्कुराईं। 'मैं ये वाक्य जानती हूं।'

'ये उन लोगों में लोकप्रिय वाक्य है, जो कुलीन नहीं हैं,' शक्तिवेल ने कहा।

राम ने अपना हाथ शक्तिवेल के कंधे पर रखा। 'आप हमारे मेजबान हो। और हमारे मित्र भी। हमारी वजह से आपको कोई परेशानी नहीं होगी। हम कल दिन निकलने से पहले यहां से चले जाएंगे। आपकी मेहमाननवाजी के लिए धन्यवाद।'

—॥—

राम, सीता और लक्ष्मण को अब वन में चौबीस महीने हो चुके थे। मलयपुत्रों के पंद्रह सैनिक हर जगह उनके साथ जा रहे थे।

दंडक की गहराइयों में जाते हुए, छोटे से दल का हर सदस्य अब अपनी दिनचर्या में व्यस्त हो चुका था। वो पश्चिम की ओर बढ़ रहे थे, लेकिन अभी तक उन्हें अपने स्थायी शिविर के लिए कोई सही जगह नहीं मिली थी। वो आगे बढ़ने से पहले एक जगह पर कुछ समय तक रहते थे। सुरक्षा के मानक नियमों पर सबकी सहमति थी। खाना बनाने, सफाई और शिकार का काम बारी-बारी से आपस में बंटता रहता था। चूंकि शिविर में हर कोई मांस नहीं खाता था, तो शिकार करने की ज़रूरत रोज नहीं पड़ती थी।

ऐसे ही एक शिकारी दौरे पर मलयपुत्र मकरंत सीता को एक जंगली सुअर से बचाते हुए घायल हो गए थे। जंगली सुअर के दांत ने ऊपरी मांस को फाड़ते हुए, जंघा की रक्तवाहिनी को काट दिया था। किस्मत से, सख्त पेड़ू अस्थि में लगा दांत, पशु द्वारा इधर-उधर पटकने से, ज़्यादा नुक़सान नहीं कर पाया था। इससे संभवतया उसकी जान बच पाई थी, नहीं तो आघात गहरा हो सकता था, यह और गहराई में उतरकर आंतों तक को काट सकता था। उसका इलाज जंगल में तो संभव नहीं हो पाता; और उससे मृत्यु भी हो सकती थी। हालांकि अधिक खून बह जाने से, वह अभी भी खतरे से बाहर नहीं आया था। उसकी जांघ की रक्तवाहिनी अभी भी कमज़ोर थीं, और घाव भी पूरी तरह नहीं भरे थे, जिससे वो ठीक से खड़ा नहीं हो सकता था। उसकी लंगड़ाहट ऐसे जंगल में खतरनाक साबित हो सकती थी।

चोट की वजह से मकरंत के साथ एक जगह से दूसरी जगह जाना आसान नहीं था। तो, उन्होंने कुछ समय तक एक ही जगह डेरा डाल लिया था।

मकरंत को चोट लगे हुए कुछ महीने बीत गए थे। जटायु जानते थे कि कुछ तो करना था। और, वो इसका इलाज भी जानते थे। उन्हें बस इस सफर के लिए खुद को तैयार करना था...

'वाकेश्वर का पानी?' सीता ने पूछा।

'जी,' जटायु ने कहा। 'प्राकृतिक झरना जो ज़मीन के अंदर से फूटता है, वो अपने साथ कुछ खास अवयवों को ले आता है। उन अवयवों से जल में दैवीय गुणों का समावेश हो जाता है। वो पानी मकरंत की नसों की मरम्मत करने का काम करेगा। हम द्वीप से कुछ जड़ी-बूटी भी ले आएंगे, जो जख्म को जल्दी भरने में मददगार होंगी। वो वापस अपने पैरों का इस्तेमाल कर पाएगा।'

'वाकेश्वर कहां है, जटायु जी?'

'वो पश्चिमी तट पर छोटे से द्वीप मुम्बादेवी में है। कोंकण तट के उत्तरी भाग में।'

'क्या हम अगस्त्यकूटम के रास्ते में इस द्वीप पर रुकने नहीं वाले थे? वो कोलाबा द्वीप पर।'

'जी। हमारे कप्तान ने सोचा था कि वहां रुकना अच्छा रहेगा। मैंने

उसे मना किया था।'

'हां, मुझे याद है।'

'मुम्बादेवी कोलाबा के उत्तर-पश्चिम का बड़ा द्वीप है।'

'तो, मुम्बादेवी सात बड़े द्वीपों में से एक है?'

'जी, महान विष्णु।'

'आपने वहां रुकने से मना कर दिया था, क्योंकि वो रावण की सेनाओं के लिए प्रमुख समुद्र तट है।'

'जी, महान विष्णु।'

सीता मुस्कुराईं। 'तो, राम और मेरा वहां आपके साथ जाना अच्छा विचार नहीं होगा।'

सीता के हाजिरजवाबी पर जटायु नहीं मुस्कुराए। 'जी, महान विष्णु।'

'लेकिन लंकावासी मलयपुत्र पर हमला करने की कोशिश नहीं करेंगे? है न?'

जटायु की आंखों में एक पल की लिए चमक आई, लेकिन वो शांत ही रहे। 'नहीं, वो नहीं करेंगे...'

सीता ने त्योरी चढ़ाईं। 'जटायु जी, क्या आप मुझे कुछ और बताना चाहते हैं?'

जटायु ने न में सिर हिलाया। 'सब सही होगा। मैं अपने साथ तीन आदमी ले जाऊंगा। आप सब यहीं रहेंगे। मैं दो महीनों में वापस लौट आऊंगा।'

सीता को अचानक कुछ खटका। सीता जानती थीं कि कुछ गलत था। 'जटायु जी, मुम्बादेवी में कोई समस्या है?'

जटायु ने न में सिर हिलाया। 'मुझे निकलने की तैयारी करनी है, महान विष्णु। आप और राजकुमार राम यहीं शिविर डाले रखिएगा।'

—⁂—

रात हो गई थी, जब जटायु और उनके तीन साथी समुद्र तट के किनारे पहुंचे। एक संकीर्ण जलडमरुमध्य के पार उन्होंने सात द्वीपों को साल्सेट द्वीप से सटे हुए देखा। घरों में जलती मशालों, ऊंचे प्रकाश स्तंभों, गलियों-

सड़कों के ढांचें साल्सेट द्वीप के पूर्वी किनारे को रौशन कर रहे थे। यक़ीनन, इस बड़े द्वीप पर अब बसावट पहले से बढ़ गई थी। ये दक्षिण के सात द्वीपों से दस गुणा बड़ा था। तो यक़ीनन यहां ही बसावट अधिक बढ़नी थी। द्वीप के केंद्र में ताजे पानी की झील भी थी। और नगर बनाने के लिए पर्याप्त खुला क्षेत्र। यहां से मुख्य क्षेत्र पर जाना भी आसान था, क्योंकि इसे अलग करने वाली खाड़ी संकीर्ण और उथली थी।

एक समय ऐसा भी था जब साल्सेट द्वीप के सातों द्वीप सभ्यता का केंद्र हुआ करते थे। मुम्बादेवी द्वीप के पूर्वी किनारे पर जबरदस्त बंदरगाह था, जहां बड़े-बड़े जहाजों का आना-जाना लगा रहता था। बंदरगाह पर बने पत्तन अभी भी बरकरार थे। और स्पष्ट था कि वो बहुत व्यस्त रहते थे। जटायु को पूर्वी छोर के चार छोटे द्वीपों पर भी रौशनी जली दिखाई दे रही थी: परेल, मझगांव, छोटा कोलाबा और कोलाबा। लेकिन पश्चिमी द्वीप माहिम और वर्ली दिखाई नहीं दे रहे थे।

मुम्बादेवी के पश्चिमी पहाड़ियां, जहां वाकेश्वर स्थित था, इतने लंबे और सीधे थे कि दिन के समय साफ दिखाई देते थे। दरअसल, रात के समय पहाड़ पर बस कुछ ही चीज़ें दिखाई देती थीं। मुख्य महल, मंदिर और पुराने नगर का ढांचा। और वो रौशन होने की वजह से दिखाई दे रहे थे।

लेकिन जटायु को वहां कुछ नहीं दिखाई दे रहा था। कोई मशाल नहीं। कोई प्रकाश स्तंभ नहीं। रिहायश का कोई निशान नहीं।

वाकेश्वर उजड़ा हुआ ही था। वहां बसावट नहीं हुई थी।

जटायु उन भयानक दिनों को याद कर कांप गए। वो समय जब वो युवा सिपाही हुआ करते थे। जब रावण के फौजी आते थे... उसे अच्छी तरह से याद था। वो भी तो कभी उसका सिपाही था।

प्रभु परशु राम, मुझे क्षमा करें... मेरे पापों के लिए मुझे क्षमा करें...

'अधिपति,' एक मलयपुत्र सिपाही ने कहा। 'हमें अभी पार करना चाहिए या...'

जटायु मुड़े। 'नहीं। हम सुबह पार करेंगे। हम रात में यहां आराम करेंगे।'

जटायु सोने की कोशिश में करवटें बदल रहे थे। वो यादें जो उन्होंने अपनी चेतना में दबा दी थीं। उसके भूले हुए अतीत के भयानक सपने।

उनकी जवानी की यादें। बहुत बहुत साल पहले की।

रावण ने हम पर विजय के लिए हमारे ही लोगों का इस्तेमाल किया।

जटायु उठ बैठे। उन्हें खाड़ी के पार द्वीप दिखाई दे रहा था।

किशोरावस्था में, जटायु में नागा होने के अपमान का दर्द और गुस्सा भरा था। जैसे कोई विकृति हो। लेकिन सिर्फ नागा ही नहीं थे, जिनका अपमान हो रहा था। कई समुदाय सप्तसिंधु के घमंडी कुलीनों की कठोरता और घृणा का शिकार बन रहे थे। और रावण उन सबके लिए एक विद्रोही नायक के रूप में उभरकर सामने आया। उसने उस ताकत का उपयोग किया। उन उपेक्षित लोगों की ताकत का। अपने लिए लड़ने के लिए। उन्हें ही मारने के लिए।

और उनका इस्तेमाल किया।

उस समय जटायु बदले की इस भावना का मज़ा लेते थे। अपने घमंड में डूबे लोगों को नफरत से मारने का। जब तक कि उसकी टुकड़ी को अहिरावण इकाई में शामिल होने को नहीं कहा गया।

रावण की फौजें दो भागों में बंट गई थीं। एक समूह को भूमि सीमाओं की ज़िम्मेदारी सौंपी गई, उसे महिरावण प्रभारी कहा गया। और दूसरा समूह जिसे समुद्र और पत्तन का कार्यभार सौंपा गया उसे अहिरावण कहा गया।

ऐसे ही एक प्रहस्त नामक अहिरावण के साथ जटायु को मुम्बादेवी और इसके सातों द्वीपों पर आने का आदेश मिला।

उस समय इन सातों द्वीपों पर देवेन्द्रार समुदाय रहता था, जिसका नेतृत्व इंद्रन नाम का एक रहमदिल इंसान करता था। मुम्बादेवी और दूसरे सातों द्वीपों का इस्तेमाल सामान के आयात-निर्यात के गोदाम के रूप में किया जाता था, जिनका सीमा शुल्क नाममात्र का था। उदारमना देवेन्द्रार हर नाविक को बिना किसी भेदभाव के आपूर्ति और शरण दिया करते थे। वो सबके साथ अच्छा बर्ताव करते थे। उनका मानना था कि ऐसा करना उनका कर्तव्य था। ऐसा ही एक नाविक, जिसे वहां कुछ समय तक शरण मिली थी, जटायु था। वो बहुत युवा था। उन्हें आज भी वो रहमदिली याद

थी। ये भारत में एक दुर्लभ स्थान था, जहां जटायु के साथ भेदभाव भरा बर्ताव नहीं किया गया था। उनका स्वागत सामान्य इंसान की तरह ही हुआ था। इस बर्ताव से वो इतना अभिभूत थे कि मुम्बा में ठहरने की पहली रात सो ही नहीं पाए थे। भावनाओं के आवेग में पूरी रात उनके आंसू बहते रहे थे।

और कई साल बाद वो वहां लौटे थे, उसी मुम्बादेवी द्वीप पर एक सैनिक के रूप में।

रावण की रणनीतियां बहुत स्पष्ट थीं। वो भारत के सारे समुद्री व्यापार पर अपना एकछत्र नियंत्रण चाहता था। वैश्विक व्यापार के गढ़ पर। जिसका भी समुद्र व्यापार पर डंका होता, उसकी तूती पूरी दुनिया में बोलती। और एकछत्र नियंत्रण के बाद ही रावण मनमाने कर लगा सकता था। उसने भारत के सभी प्रमुख बंदरगाहों के साथ, अरब, अफ्रीका और दक्षिण-पूर्व एशिया के अधिकांश समुद्री क्षेत्र पर नियंत्रण स्थापित कर लिया था। उन भागों पर उसका नियम चलता था।

लेकिन मुम्बादेवी ने उसकी ऊंची दरों और किसी नाविक को शरण न देने के आदेश को पूरी तरह से ठुकरा दिया था। यहां के निवासियों का मानना था सेवा ही उनका कर्तव्य है। उनका धर्म है। रावण को सिंधु-सरस्वती और लंका के बीच पड़ने वाले इस पत्तन पर नियंत्रण स्थापित करना था।

अहिरावण प्रहस्त को इसका समाधान खोजने के लिए भेजा गया। और ज़रूरत पड़ने पर बल प्रयोग के लिए भी। लंका की फौज मुम्बादेवी के पूर्वी तट पर लंगर डाले अपने जहाजों में शिविर लगाए बैठी थी। एक सप्ताह तक। कुछ नहीं हुआ। आखिरकार उन्हें वाकेश्वर जाने का आदेश मिला। वाकेश्वर मुम्बादेवी के पश्चिमी भाग में था, जहां महल और प्रभु रुद्र को समर्पित मंदिर था। उसी के ठीक सामने प्राकृतिक स्रोत वाली वो झील भी थी।

जटायु, कनिष्ठ सिपाही होने के नाते पिछली पंक्ति में थे।

वह जानते थे कि देवेन्द्रार युद्ध नहीं करेंगे। वो नाविकों, अभियंताओं, चिकित्सकों, दार्शनिकों और कहानीकारों का शांतिप्रिय समुदाय था। उनमें बहुत ही कम योद्धा थे। जटायु बेसब्री से चाह रहे थे कि समझौता हो जाए।

महल के ठीक सामने, नगर के मुख्य चौक में जो दृश्य उन्होंने देखा

उसने उन्हें हिला दिया।

वो पूरी तरह उजाड़ था। कोई भी इंसान नज़र नहीं आ रहा था। सारी दुकानें खुली पड़ी थीं। सामान बिखरा पड़ा था। लेकिन उनकी देखभाल करने वाला कोई नहीं था।

चौक के बीचोबीच पेड़ की छाल का बड़ा सा ढेर रखा था, चंदन के चूरे से मिला हुआ। वो किसी धातु की जाली में फंसाकर रखा गया था। पूरी तरह से घी में डूबा हुआ। उसे यक़ीनन अभी हाल ही में बनाया गया था। शायद, पिछली रात ही।

वो किसी विशाल, बिना जली चिता के समान लग रहा था। भयानक। इतना बड़ा कि सैकड़ों लाशों को समा ले।

उसमें एक पगडंडी थी, जो ऊपर शीर्ष तक जाती थी।

प्रहस्त ने कहा था कि वो वहां आत्मसमर्पण और फिर शांति से देवेन्द्रार का निष्कासन की उम्मीद से आया था। ये अनपेक्षित था। उसने तुरंत अपने दल को युद्ध संरचना में तैयार कर दिया।

महल की दीवारों के पीछे से संस्कृत के श्लोक पढ़े जा रहे थे। उनके साथ घंटियों और ढोल की पवित्र ध्वनि भी सुनाई दे रही थी। लंकावासियों को उन श्लोकों का मतलब समझने में कुछ समय लगा।

वो गरुड़ पुराण से थे। वो श्लोक जो मृत्यु के समय पढ़े जाते थे।

देवेन्द्रार सोच क्या रहे थे? उनके महल की दीवारें इतनी मज़बूत नहीं थी कि हमले को झेल सकें। उनके पास इतने सैनिक नहीं थे जो लंका के पांच हजार सैनिकों का मुकाबला कर सकें।

अचानक महल के परिसर से धुंआ उठने लगा। गाढ़ा, कसैला धुंआ। लकड़ी का महल जलने लगा था।

और फिर, झटके से दरवाज़ा खुल गया।

प्रहस्त का आदेश तेज़ और स्पष्ट था। 'निकाल लो! और पकड़ लो!'

सारे लंकावासियों ने तुरंत अपने हथियार निकाल लिए थे। अपनी जगह पकड़े हुए। सैनिक अनुशासन में। हमले की उम्मीद में...

देवेन्द्रार के राजा, इंद्रन अपनी प्रजा के आगे महल से निकले। सबके साथ। उनका पूरा परिवार। पूजारी, व्यापारी, कारीगर, बौद्धिक,

चिकित्सक, कलाकार। आदमी, औरत, बच्चे। उनके सारे नागरिक।

सारे देवेन्द्रार।

उन सबने भगवा वस्त्र पहन रखे थे। अग्नि देवता के प्रतीक स्वरूप। अंतिम यात्रा का रंग।

हरेक के चेहरे पर पुरसुकून दिखाई दे रहा था।

वो अभी भी मंत्रोच्चार कर रहे थे।

हरेक देवेन्द्रार के पास स्वर्ण और आभूषण था। हरेक अपनी संपत्ति लिए जा रहा था। और सभी के पास एक छोटी बोतल थी।

इंद्रन पगडंडी तक गए, जो ऊपर चिता तक जा रही थी। उन्होंने अपने लोगों की तरफ सिर हिलाया।

उन्होंने अपनी स्वर्ण मुद्राएं और आभूषण लंका के सैनिकों की तरफ फेंक दिए।

इंद्रन की आवाज़ तेज़ और स्पष्ट थी। 'तुम हमारी सारी संपदा ले सकते हो! तुम हमारी ज़िंदगी ले सकते हो! लेकिन तुम हमें अधर्म करने पर मजबूर नहीं कर सकते!'

लंका के सिपाही सुन्न खड़े थे। वो नहीं जानते थे कि क्या प्रतिक्रिया दें। वो निर्देशों के लिए अपने अधिपति को देख रहे थे।

प्रहस्त ज़ोर से चिल्लाए। 'राजा इंद्रन, कुछ भी करने से पहले अच्छी तरह सोच लो। प्रभु रावण तीनों लोकों के स्वामी हैं। यहां तक कि भगवान भी उनसे डरते हैं। तुम्हारी आत्मा तुम्हें कोसेगी। अपना माल लो और यहां से चले जाओ। आत्मसमर्पण कर दो, तुम पर दया की जाएगी!'

इंद्रन दयालुता से मुस्कुराए। 'हम कभी अपने धर्म का समर्पण नहीं कर सकते।'

फिर राजा देवेन्द्रन ने लंका के सिपाहियों को देखा। 'अपनी आत्मा को बचा लो। तुम अपने कर्मों का फल ही लेकर जाओगे। कोई और नहीं। आप कर्मों से सिर्फ ये कहकर नहीं बच सकते कि हम तो बस आदेश निभा रहे थे। अपनी आत्मा को बचाओ। अपनी भलाई चुनो।'

लंका के कुछ सैनिक हिलते दिखे। उनके हथियार वाले हाथ कांप रहे थे।

'अपने हथियार पकड़ो!' प्रहस्त चिल्लाया। 'ये एक चाल है!'

इंद्रन ने अपने मुख्य पुजारी की तरफ सिर हिलाया। पुजारी लकड़ी के ढेर के पास आया और उसे आग दिखाई। ढेर ने तुरंत ही आग पकड़ ली। चिता तैयार थी।

इंद्रन ने अपनी छोटी शीशी उठाई और एक झटके में उसे पी गए। उसमें शायद कोई दर्दनिवारक होगा।

'मैं बस इतना ही कहूंगा कि हमारे भगवान का अपमान नहीं करना। हमारे मंदिरों को अशुद्ध मत करना।' इंद्रन ने दया से प्रहस्त को देखा। 'बाकी जो आपकी मर्जी हो करना।'

प्रहस्त ने फिर से अपने सिपाहियों को आदेश दिया। 'स्थिर। कोई भी अपनी जगह से न हिले!'

इंद्रन ने अपने हाथ जोड़कर प्रणाम किया और आसमान को देखा। 'जय रुद्र! जय परशु राम!'

इतना कहकर, इंद्रन ने आग में छलांग लगा दी।

जटायु दर्द से चिल्ला उठे। 'नहींईं!'

लंका के सिपाही आतंक से जड़ खड़े थे।

'हिलना नहीं!' प्रहस्त फिर से अपने सिपाहियों पर चिल्लाया।

दूसरे सभी देवेन्द्रार अपनी औषधि पीकर, पगडंडी पर चढ़ने लगे। विशाल चिता में एक-एक कर कूदने के लिए। तेज़ी से। समूहों में। प्रत्येक। आदमी, औरतें, बच्चे। अपने नेता के पीछे। अपने राजा के पीछे।

तकरीबन एक हजार देवेन्द्रार थे। उन सबको कूदने में कुछ समय लगा।

कोई भी लंकावासी आगे बढ़कर उन्हें बचाने नहीं आया। प्रहस्त के पास खड़े कुछ अधिकारियों ने तो मर्यादा की सारी सीमाएं लांघ दीं, वो देवेन्द्रार द्वारा फेंके आभूषण उठाने लगे। उनमें से श्रेष्ठ अपने लिए छांटते हुए। आपस में उनकी कीमत की चर्चा करते हुए। जबकि देवेन्द्रार अभी सामूहिक आत्महत्या कर ही रहे थे। लेकिन लंका के अधिकांश सैनिक जड़ खड़े थे। सकते में जड़।

जैसे ही आखरी देवेन्द्रार ने चिता में छलांग लगाई, प्रहस्त ने अपने आसपास देखा। वो अपने सिपाहियों के चेहरे के सदमे को समझ सकता था। वो ज़ोर से हंसने लगा। 'उदास मत हो, मेरे सिपाहियों। सारा स्वर्ण

तुम सबमें बराबरी से बांटा जाएगा। तुम सिर्फ आज ही में पूरी ज़िंदगी से ज़्यादा कमाई कर लोगे! मुस्कुराओ! अब तुम धनी हो गए!'

शब्दों ने अपेक्षित प्रभाव नहीं डाला। बहुत से अपनी आत्मा की धिक्कार में दब गए। उस पीड़ा में जिसके वो साक्षी बने थे। सप्ताह भर में ही प्रहस्त के आधे से ज़्यादा सिपाही उसे छोड़कर चले गए। जटायु भी उन्हीं में से एक थे।

वो अब और रावण के लिए नहीं लड़ सकते थे।

लहरों के चट्टानों से टकराने की आवाज़ जटायु को उन दर्दभरी आवाज़ों से वर्तमान में ले आई।

उनका शरीर कांप रहा था। उनकी आंखों से आंसू झर रहे थे। उन्होंने माफी में अपने हाथ जोड़ते हुए, सिर झुकाया। उन्होंने मुम्बादेवी की सीढ़ियों को देखने का साहस दिखाया। वाकेश्वर की पहाड़ियों पर।

'मुझे माफ कर दो, राजा इंद्रन... माफ कर दो...'

लेकिन वहां पछतावे के अलावा कुछ नहीं था।

— ॐ —

जटायु को मुम्बादेवी से लौटे कुछ महीने हो गए थे।

मुम्बादेवी से आई औषधियों ने मकरंत पर जादू दिखाया था। उसका लंगड़ाना नाटकीय रूप से कम हो गया था। वो लगभग सामान्य रूप से चल सकता था। नसें भी ताकतवर होने लगी थीं। कुछ ही महीनों में मकरंत के पैरों में पहले जैसी ताकत आ जाएगी। कुछ मलयपुत्र तो उसके साथ शिकार पर जाने की योजना भी बनाने लगे थे।

सीता ने कई बार जटायु से पूछने की कोशिश की थी कि मुम्बादेवी के जिक्र से उन्हें तकलीफ क्यों होती है। लेकिन उसे समय पर ही छोड़ देना पड़ा।

आज, उन्होंने समूह से कुछ समय हनुमान से एकांत में मिलने के लिए निकाल लिया था।

'राजकुमार राम और आपको एक जगह पर टिक जाना चाहिए, राजकुमारी,' हनुमान ने कहा। 'आपके लगातार बढ़ते रहने की वजह से मेरे लिए आपका पता लगाना मुश्किल हो जाता है।'

'जानती हूं,' सीता ने कहा। 'लेकिन अभी तक हमें कोई सुरक्षित स्थान नहीं मिला है।'

'मेरे दिमाग में एक जगह है। वो पानी के भी नज़दीक है। उस पर सोचा जा सकता है। वहां से आपको खाना प्राप्त करने में भी आसानी होगी। शिकार भी वहां पर्याप्त रूप से उपलब्ध है। और मेरे लिए भी वहां पहुंचना आसान होगा।'

'कहां है वो?'

'पवित्र गोदावरी के नज़दीक।'

'ठीक है। मैं आपसे जानकारी ले लूंगी। और, वो...'

'राधिका?'

सीता ने हामी भरी।

हनुमान मुस्कुराए। 'वो... वो आगे बढ़ गई है।'

'बढ़ गई है?'

'उसकी शादी हो गई है।'

सीता सदमे में थीं। 'शादी?'

'हां।'

सीता की सांस अटक गई। 'बेचारे भरत...'

'मैंने सुना था कि भरत उन्हें अभी भी प्यार करते हैं।'

'मुझे नहीं लगता कि वो कभी उसे भुला पाएंगे...'

'एक बार कहीं सुना था: प्यार करके खो देने से तो बेहतर है कि कभी प्यार ही न करो।'

सीता ने हनुमान को देखा। 'माफ करना, हनु भैया, मैं कठोर नहीं होना चाहती। लेकिन वही इंसान ऐसा कह सकता है, जिसने कभी प्यार नहीं किया हो।'

हनुमान ने अपने कंधे उचकाए। 'बात तो सही है। वैसे, शिविर की जगह...'

अध्याय 30

राम, सीता और लक्ष्मण को वनवास पर आए छह साल बीत चुके थे।

उन्नीस लोगों के दल को स्थायी शिविर बनाने के लिए, आखिरकार गोदावरी नदी के पश्चिमी किनारे पर पंचवटी नामक स्थान मिल गया था। ये हनुमान की सुझाई हुई जगह ही थी। नदी साधारण लेकिन आरामदायक शिविर को प्राकृतिक सुरक्षा प्रदान करती थी। शिविर के मध्य, मुख्य कुटिया में दो कक्ष थे—एक राम और सीता का, दूसरा लक्ष्मण का—और अभ्यास व सभा करने के लिए थोड़ा खुला स्थान।

पूर्व की ओर बने कुटियों के दूसरे समूह में जटायु और उनका दल रह रहा था।

आश्रम की दीवार दो वृताकार बाड़ों के रूप में निर्मित की गई थी। बाहरी बाड़ विषैली लताओं से बनाई गई थी, जो जानवरों को आश्रम से दूर रखती थी। अंदर वाली बाड़ पर नागावल्ली लताएं लगी थीं, साथ ही एक संकट-सूचक प्रणाली के तहत पूरी बाढ़ पर एक डोरी बंधी थी, जो उसी के पास लगे लकड़ी के बड़े से पिंजरे तक जाती थी। उस पिंजरे में काफी सारे पक्षी बंद थे। पक्षियों की अच्छे से देखभाल की जाती थी, और हर महीने उन्हें बदलकर, उनकी जगह नए पक्षियों को रखकर, पुरानों को खुले आकाश में आज़ाद कर दिया जाता था। अगर कोई बाहरी बाड़ को पार करके, नागावल्ली लताओं को पार करने की कोशिश करता, तो संकट-सूचक यंत्र बजने के साथ पक्षियों के पिंजरे की छत खुल जाती। पक्षियों के अचानक शोरगुल से आश्रम में रहने वाले समय रहते सचेत हो सकते थे।

बेशक, पिछले छह सालों में उन लोगों ने कई ख़तरों का सामना किया था, लेकिन इनमें से कोई भी हमला किसी मनुष्य हमलावर का नहीं था। समय-समय पर लगने वाले घाव उन्हें जंगल के रोमांच की याद दिलाते थे, लेकिन सोमरस के प्रभाव से उनका शरीर उतना ही चुस्त था, जितना वे अयोध्या छोड़ते समय थे। कड़ी धूप ने उनकी त्वचा का रंग गहरा कर दिया था। राम तो हमेशा से सांवले थे, लेकिन श्वेत सीता और लक्ष्मण भी श्यामल लगने लगे थे। राम और लक्ष्मण की दाढ़ी-मूंछों ने उन्हें योद्धा-मुनि का रूप दे दिया था।

ज़िंदगी उबाऊ ढर्रे पर चल रही थी। अलस्सुबह राम और सीता गोदावरी नदी पर नहाने के लिए जाते, यह उनका कुछ निजी समय था, जिसे वे एकांत में बिताना पसंद करते थे। यक़ीनन यह उनके पसंदीदा पल थे।

ऐसे ही एक दिन। उन्होंने पिछले दिन ही अपने बाल धोये थे। तो आज उन्हें दोबारा धोने की ज़रूरत नहीं थी। उन्होंने नहाते समय उन्हें जूड़ी के रूप में बांध लिया था। गोदावरी के निर्मल जल में स्नान करने के बाद, वो किनारे पर बैठकर ताजे बेर और फल खा रहे थे।

राम सीता की गोद में सिर रखकर लेट गए थे। सीता उनके बालों में हाथ फिरा रही थीं। उनकी उंगली एक गांठ में अटक गई। उन्होंने आराम से उसे खोलने की कोशिश की। राम ने हल्का सा विरोध किया, लेकिन उनके बालों की गांठ आराम से खुल गई, बिना दर्द से चिल्लाए।

सीता मुस्कुराईं। 'देखा, मैंने इसे आराम से कर लिया।'

राम हंसे। 'कभी-कभी...'

राम सीता के बालों में हाथ फिरा रहे थे। सीता के बाल उनके कंधों से होते हुए गोद तक आ रहे थे, जहां राम का सिर था। 'मैं तुम्हारी चोटी से ऊब गया हूं।'

सीता ने कंधे उचकाए। 'तो तुम कोई और गांठ बांध दो। अभी तो बाल खुले हैं...'

'मैं करूंगा,' राम ने सीता का हाथ पकड़कर, आलस से नदी देखते हुए कहा। 'लेकिन बाद में। जब उठ जाऊंगा।'

सीता मुस्कुराईं और राम के बालों को सहलाती रहीं। 'राम...'

'हम्म?'

'मुझे आपसे कुछ कहना है।'

'क्या?'

'कल की बात के बारे में।'

राम सीता की तरफ मुड़े। 'मैं सोच ही रहा था कि तुम मुझे कब बताओगी।'

पिछले दिन सीता और राम ने कई विषयों पर चर्चा की थी। वशिष्ठ के राम को विष्णु मानने पर भी। राम ने तब सीता से पूछा था कि उनके गुरु कौन थे। लेकिन सीता जवाब टाल गई थीं।

'शादी में कोई राज नहीं होने चाहिएं। मुझे आपको बता देना चाहिए था कि मेरे गुरु कौन हैं? या थे।'

राम ने सीधे सीता की आंखों में देखा। 'गुरु विश्वामित्र।'

सीता सदमे में थीं। उनकी आंखों से ये पता चल रहा था। राम ने सही अंदाज़ा लगाया था।

राम मुस्कुराए। 'तुम जानती हो, मैं अंधा नहीं हूं। तुमने उस दिन मेरे सामने मिथिला में जो बातें गुरु विश्वामित्र से कहीं थीं वो कोई पसंदीदा छात्र ही बोल सकता था।'

'तो आपने कुछ कहा क्यों नहीं?'

'मैं इंतज़ार कर रहा था कि कब तुम मुझ पर भरोसा करके सब बता पाओगी।'

'मैंने हमेशा आप पर भरोसा किया है, राम।'

'हां, लेकिन सिर्फ एक पत्नी के तौर पर। कुछ राज तो शादी से भी बड़े होते हैं। मैं जानता हूं कि मलयपुत्र कौन हैं। ये भी जानता हूं कि तुम्हारे गुरु विश्वामित्र का पसंदीदा छात्र होने का क्या मतलब है।'

सीता ने आह भरी, 'इतनी देर तक इंतज़ार करना मेरी बेवकूफी थी। समय गुज़रने के साथ आसान सी बात भी मुश्किल हो जाती है। मुझे शायद सुनना नहीं...'

'जो बीत गया सो बीत गया।' राम उठ बैठे और सीता की तरफ खिसके। उन्होंने उनके हाथ पकड़कर कहा, 'अब, बताओ मुझे।'

सीता ने गहरी सांस ली। किसी कारण से परेशान होकर। 'मलयपुत्र मानते हैं कि मैं उनकी विष्णु हूं।'

राम मुस्कुराकर सीधे सीता की आंखों में देखने लगे, सम्मान से। 'मैं तुम्हें सालों से जानता हूं। तुम्हारे बहुत सारे विचार सुने हैं। तुम एक महान विष्णु बनोगी। तुम्हारा अनुयायी बनने पर मुझे गर्व होगा।'

'अनुयायी नहीं। साझेदार।'

राम ने त्योरी चढ़ाई।

'दो विष्णु क्यों नहीं हो सकते? अगर हम दोनों साथ में काम करते हैं, तो वायुपुत्रों और मलयपुत्रों के बीच चलने वाली से बचकानी लड़ाई खत्म हो जाएगी। भारत को नई राह दिखाने के लिए हम साथ में काम कर सकते हैं।'

'मुझे नहीं लगता सीता कि इसकी अनुमति होगी। एक विष्णु अपने सफर की शुरुआत नियम तोड़ने से ही नहीं कर सकता। मैं तुम्हारा अनुयायी बनूंगा।'

'ऐसा कोई नियम नहीं है, जो बताता हो कि सिर्फ एक ही विष्णु हो सकता है।'

'उम्म...'

'मैं जानती हूं, राम। ऐसा कोई नियम नहीं है। भरोसा करो।'

'ठीक है, चलो मान लेते हैं कि नियम नहीं है, और तुम और मैं साथ में काम कर सकते हैं। मुझे यक़ीन है कि मलयपुत्र और वायुपुत्र भी साथ में काम कर लेंगे। लेकिन गुरु विश्वामित्र और गुरु वशिष्ठ का क्या? उनकी दुश्मनी बहुत पुरानी है। और मलयपुत्रों को भी मुझे स्वीकृति देनी होगी। हमारे गुरुओं के बीच में जो चीज़ें हैं...'

'हम उन्हें संभाल लेंगे,' सीता ने राम की तरफ बढ़कर उन्हें गले लगाते हुए कहा। 'मुझे अफसोस है कि अब तक मैंने आपको बात नहीं बताई थी।'

'मुझे लगा था कि तुम कल बताने वाली थीं, जब तुम मेरे बाल बांध रही थीं। इसलिए मैं तुम्हारे गाल सहलाते हुए इंतज़ार भी कर रहा था। लेकिन शायद तुम तैयार नहीं थीं...'

'पता है, गुरु वशिष्ठ मानते...'

'सीता, गुरु वशिष्ठ गुरु विश्वामित्र की तरह ही हैं। वो बुद्धिमान हैं। लेकिन हैं तो इंसान ही। वो भी कभी-कभी हालात को गलत आंक लेते हैं। मैं भले ही कानून का भक्त हूं, लेकिन मैं मूर्ख नहीं हूं।'

सीता हंसी। 'मुझे माफ करना, मैंने पहले आप पर भरोसा नहीं किया था।'

राम मुस्कुराए। 'हां। तुम्हें होना चाहिए। और याद रखो, हम शादीशुदा हैं, और भविष्य में मैं कभी भी इसे तुम्हारे प्रति इस्तेमाल कर सकता हूं।'

सीता खिलखिलाकर हंस दीं और मज़ाक में अपने पति के कंधे पर मारने लगीं। राम ने उनके हाथों को पकड़ लिया, उन्हें अपनी तरफ खींचा और चूम लिया। उन्होंने एक दूसरे को मिलनसार खामोशी में थाम लिया। गोदावरी को देखते हुए।

'अब हम क्या करेंगे?' सीता ने पूछा।

'वनवास खत्म होने तक तो कुछ नहीं। हम बस तैयारी ही...'

'गुरु वशिष्ठ ने मुझे स्वीकार लिया है। तो, मुझे नहीं लगता कि उन्हें हमारी साझेदारी पर कोई आपत्ति होगी।'

'लेकिन गुरु विश्वामित्र... वो मुझे नहीं स्वीकारेंगे।'

'तुम तो उनके खिलाफ नहीं हो? मिथिला में जो उन्होंने किया उसके लिए?'

'वो अपने विष्णु को बचाने की कोशिश कर रहे थे। उनके जीवन का मकसद। वो हमारी मातृभूमि की भलाई के लिए ही काम कर रहे थे। मैं यह नहीं कह रहा कि दैवीय अस्त्र चलाने को लेकर उनकी लापरवाही को मैं भूल गया हूं। लेकिन मैं उनकी पृष्ठभूमि समझता हूं।'

'तो हम अभी अपने निर्णय के बारे में मलयपुत्रों को कुछ नहीं बताएंगे?'

'नहीं। दरअसल, मैं तो अभी इस बारे में वायुपुत्रों को भी बताने के हक में नहीं हूं... इंतज़ार करते हैं।'

'एक वायुपुत्र हैं जिन्हें हम बता सकते हैं।'

'तुम किसी वायुपुत्र को कैसे जानती हों? गुरु वशिष्ठ ने मुझे हमेशा उनसे मिलने से मना किया, जब तक कि मैं विष्णु के रूप में न पहचाना जाऊं। इससे समस्याएं हो सकती थीं।'

'मुझे भी उनसे गुरु वशिष्ठ ने नहीं मिलवाया है! खुशकिस्मती से मैं उन्हें जानती हूं। मैं उनसे गुरुकुल की अपनी एक दोस्त के माध्यम से मिली थी। मुझे लगता है कि हम उनसे सलाह ले सकते हैं, और वो हमारी मदद भी कर देंगे।'

'कौन हैं वो?'

'वो राधिका के चचेरे भाई हैं।'

'राधिका! भरत की राधिका?'

सीता उदासी से मुस्कुराईं। 'हां...'

'तुम जानती हो न कि भरत अभी भी उनसे प्यार करता है?'

'मैंने सुना था... लेकिन...'

'हां, उनके कबीले का कानून... मैंने भरत को बात आगे बढ़ाने को मना किया...'

सीता जानती थीं कि राधिका के कारण अलग थे। लेकिन अब उन्हें राम को बताने का कोई फायदा नहीं था। जो बीत गया, सो बीत गया।

'उनके भाई का क्या नाम है? वायुपुत्र का?'

'हनु भैया।'

'हनु भैया?'

'ये तो मैं उन्हें कहती हूं। दुनिया उन्हें प्रभु हनुमान के नाम से जानती है।'

हनुमान मुस्कुराए, हाथ जोड़कर प्रणाम किया और सिर झुकाया। 'देवी विष्णु को प्रणाम। प्रभु विष्णु को प्रणाम।'

राम और सीता ने एक-दूसरे को देखा, शर्मिंदा होकर।

सीता और राम ने लक्ष्मण और मलयपुत्रों को बताया था कि वो शिकार पर जा रहे थे। लेकिन शिकार के बजाय, वो अपना रास्ता बदलकर दूर साफ किए हुए जंगल के क्षेत्र में खड़े थे। वो नाव के जरिए गोदावरी को पार करते हुए हनुमान से मिलने आए थे। सीता ने राम को हुनमान से मिलवाया था। और उन्हें अपने फैसले के बारे में बताया। हनुमान ने फैसले

को सहजता से स्वीकार कर लिया था। बल्कि सहर्ष ही।

'लेकिन क्या आपको लगता है कि गुरु वशिष्ठ और गुरु विश्वामित्र सहमत होंगे?' सीता ने पूछा।

'मैं नहीं जानता,' हनुमान ने कहा। फिर राम को देखकर अपनी बात आगे बढ़ाई, 'गुरु विश्वामित्र गुरु वशिष्ठ से बहुत नाराज हैं क्योंकि उन्होंने आपको बता दिया था कि वो आपको संभावी विष्णु बनाने वाले हैं।'

राम खामोश रहे।

हनुमान ने बात आगे बढ़ाई। 'आपके भाई लक्ष्मण वीर और वफादार इंसान हैं। वो आपके लिए अपनी जान भी दे सकते हैं। लेकिन वो कभी-कभी वो राज बोल जाते हैं, जो उन्हें नहीं बोलने चाहिए थे।'

राम खेद से मुस्कुराए। 'हां, उन्होंने ये बात अरिष्टनेमी जी के सामने कह दी थी। लक्ष्मण का मतलब कुछ बुरा नहीं था। वो तो...'

'जरूर,' हनुमान सहमत थे। 'उन्हें आप पर बहुत गर्व है। वो आपको बहुत प्रेम करते हैं। लेकिन उसी प्यार के कारण वो गलतियां भी कर देते हैं। कृपया गलत मत समझना। लेकिन मैं यही सलाह दूंगा कि अभी की व्यवस्था के बारे में उन्हें कुछ मत बताइएगा। या, मेरे बारे में। कम से कम अभी तो नहीं।'

राम ने सहमति में सिर हिलाया।

'गुरु विश्वामित्र और गुरु वशिष्ठ में शत्रुता की क्या वजह है?' सीता ने पूछा। 'मैं कभी भी पता नहीं लगा पाई।'

'हां,' राम ने कहा। 'यहां तक कि गुरु वशिष्ठ ने भी इस बारे में बात करने से मना कर दिया था।'

'मुझे भी पक्का तो नहीं पता है,' हनुमान ने कहा। 'लेकिन मैंने सुना था कि इसमें नंदिनी नाम की किसी महिला की भूमिका थी।'

'वाकई?' सीता ने पूछा। 'एक महिला उनमें शत्रुता की वजह थीं? कितना अजीब है।'

हनुमान मुस्कुराए। 'साथ ही दूसरी समस्याएं भी रही होंगी। लेकिन किसी को भी ठीक नहीं पता है। सब अनुमान हैं।'

'खैर, महत्वपूर्ण ये हैं कि क्या आपको लगता है मलयपुत्र और वायुपुत्र साथ आ सकते हैं?' राम ने पूछा। 'क्या वो दो विष्णुओं पर

सहमत होंगे? सीता ने मुझे बताया था कि ऐसा कोई नियम नहीं है। लेकिन ये यक़ीनन विष्णु और महादेव के शिष्टाचार के लिए विरुद्ध ही है न?'

हनुमान धीमे से हंसे। 'राजकुमार राम, क्या आप जानते हैं कि विष्णु और महादेवों की संस्था कितनी पुरानी है?'

राम ने कंधे उचकाए। 'मैं नहीं जानता। हज़ारों साल पुरानी? शायद प्रभु मनु के समय से। अगर और पहले तो नहीं।'

'सही है। और क्या आप जानते हैं सदियों से कितने महादेव और कितने विष्णु उनकी छोड़ी गई प्रजातियों के नियम और शिष्टाचार के अनुरूप योजना से आए हैं?'

राम ने सीता को देखा। और फिर, वापस हनुमान को। 'मैं नहीं जानता।'

हनुमान की आंखें चमकने लगीं। 'एक भी नहीं।'

'सच में?'

'एक बार भी, एक बार भी कोई विष्णु या महादेव उनकी योजना के मुताबिक नहीं उबरे हैं। योजना के हमेशा बर्बाद होने की रीत रही है। उनका आना हमेशा ही हैरानी भरा रहा है।'

राम हल्के से हंसे। 'हम वो देश हैं जो आदेश और योजनाएं पसंद नहीं करते हैं।'

'वो तो है!' हनुमान ने कहा। 'महादेव या विष्णु इसलिए सफल नहीं हुए कि "योजना सही रूप से लागू हुई थी"। वो इसलिए सफल हुए कि उनकी मंशा इस धरती को अपना सबकुछ दे देने की थी। और ऐसा सोचने वाले लोग उनके अनुयायी बने। यही राज है। यही जुनून है। कोई योजना नहीं।'

'तो आपको लगता है कि हम मलयपुत्रों और वायुपुत्रों को मना पाने में सफल होंगे?' सीता ने पूछा।

'बिल्कुल, जरूर होंगे,' हनुमान ने जवाब दिया। 'क्या वो भारत से प्यार नहीं करते? लेकिन अगर आप मुझसे पूछे कि हम कैसे सफल होंगे, तो मेरा जवाब होगा मुझे नहीं पता। मैं नहीं जानता। मेरे पास कोई योजना नहीं है! लेकिन हमारे पास समय है। आपके सप्तसिंधु लौटने से पहले कुछ नहीं हो सकता।'

वनवास को अब तेरह साल हो गए थे। साल भर में राम, लक्ष्मण और सीता सप्तसिंधु वापस लौटकर अपने महान जीवन की शुरुआत करने वाले थे। इस बीच हनुमान ने वायुपुत्रों से सीता के लिए सहमति ले ली थी। मलयपुत्रों के साथ अरिष्टनेमी भी राम को स्वीकारने लगे थे। वशिष्ठ को यक़ीनन राम और सीता के साझेदार के रूप में काम करने से कोई आपत्ति नहीं थी। लेकिन विश्वामित्र... खैर, उनका मामला दूसरा था। अगर विश्वामित्र नहीं माने तो मलयपुत्रों का मानना भी मायने नहीं रखेगा। आखिरकार, वो बड़े आज्ञाकारी ढंग से अपने नेता की बात मानते थे।

लेकिन ये बात अभी राम और सीता के मन में नहीं आ रही थी। वो शिविर के अपने विभाग में लेटे हुए सूर्यास्त होते समय आसमान के बदलते रंगों को देख रहे थे। तभी संकट-सूचक यंत्र बजने लगा; और उसमें बंद पक्षी शोर मचाते हुए उड़ने लगे। कोई उनके परिसर में घुस आया था।

'वह क्या था?' लक्ष्मण ने पूछा।

राम की सूझबूझ बता रही थी कि घुसपैठिया कोई पशु नहीं था।

'हथियार,' राम ने शांति से आदेश दिया।

सीता और लक्ष्मण कमर पेटी में तलवार बांध चुके थे। लक्ष्मण ने राम को उनका धनुष पकड़ाकर, शीघ्रता से अपना भी उठा लिया। भाइयों ने जल्दी से अपने धनुष तैयार कर लिए थे। जटायु और उनके सैनिक भी हथियार लेकर वहां पहुंच चुके थे, तब तक राम-लक्ष्मण ने तीरों से भरे तरकश कमर पर बांध लिए। सीता ने लंबा सा भाला उठा लिया, और राम ने कमर पेटी में तलवार भी डाल ली। उनके पास पहले से ही एक छोटा चाकू था; एक हथियार सुरक्षा के लिहाज से वह हमेशा अपने पास रखते थे।

'वो कौन हो सकते हैं?' जटायु ने पूछा।

'मैं नहीं जानता,' राम ने कहा।

'लक्ष्मण बाधा?' सीता ने पूछा।

लक्ष्मण बाधा सुरक्षा का एक खास नमूना था, जिसे लक्ष्मण ने मुख्य कुटी के पूर्व में बनाया था। वह क़द में पांच फुट ऊंचा था। वह छोटे

वर्ग के तीन तरफ से घिरा हुआ था, जिसकी अंदरूनी दीवार मुख्य कुटी के सम्मुख थी, थोड़ी सी खुली हुई; एक घनाकार की तरह। पूरी संरचना एक बंद रसोई का आभास कराती थी। वास्तव में, घनाकार खाली था, जिससे योद्धा आ-जा सकें—यद्यपि वह घुटनों के बल ही ऐसा कर सकते थे—बिना दुश्मन की नज़रों में आए। उसकी दक्षिण दिशा की दीवार के बाहरी ओर एक छोटी सी अंगीठी लगी थी। आधे घेरे पर छत बनी हुई थी, जो उसे पूरी तरह से रसोई का आभास देती थी; इससे वह दुश्मन के तीरों से बच सकते थे।

दक्षिण, पूर्व और उत्तर की ओर की दीवारों पर रौशनदान जैसे छेद बने थे, जो बाहर से तो चौड़े थे, लेकिन अंदर की ओर जाते-जाते तंग हो जाते थे। यह देखने पर रसोई में बने सामान्य रौशनदान ही प्रतीत होते थे। उनका असली काम एक तो बाहर का पूरा दृश्य दिखाना था, लेकिन बाहरी ओर से कोई इनमें झांककर नहीं देख सकता था। इन छिद्रों का इस्तेमाल तीर चलाने के लिए भी किया जा सकता था। मिट्टी से बना होने के कारण, यह अधिक बल सहने में समर्थ नहीं था। लेकिन किसी छोटे से दल से बचने में यह प्रभावी हो सकता था। लक्ष्मण को संदेह था कि कोई टुकड़ी कभी उन पर हमला कर सकती थी।

चूंकि इसका स्वरूप लक्ष्मण ने बनाया था, तो मकरंत ने इसका नाम 'लक्ष्मण बाधा' रख दिया था।

'हां,' राम ने कहा।

सभी दीवार के पीछे जाकर छिप गए, उन्होंने अपने हथियार तैयार रखे थे; अब वे इंतज़ार कर रहे थे।

लक्ष्मण ने झुककर, दक्षिण की ओर बनी दीवार के छिद्र से झांका। आंख को सिकोड़ते हुए उन्होंने देखा कि दस लोगों का एक समूह आश्रम परिसर में आ गया था, उनके आगे एक आदमी और एक महिला थी।

नेतृत्व कर रहा आदमी औसतन क़द का था, लेकिन असामान्य रूप से गोरा। उसकी दुबली-पतली काया चुगली कर रही थी कि वह कोई योद्धा नहीं हो सकता। कमज़ोर कंधे और पतली बांह के बावजूद वह इस तरह चौड़ा होकर चल रहा था, जैसे उसकी कांख में फोड़े हो रखे हों। अधिकांश भारतीयों की तरह उसके काले, लंबे बाल थे, जिसे उसने सिर पर जूड़े की तरह बांध रखा था। उसकी लंबी दाढ़ी करीने से तराशी हुई

थी, और मज़े की बात तो यह थी कि उसे गहरे भूरे रंग से रंगा गया था। उसने विशेष भूरे रंग की धोती और उससे जरा हल्के रंग का अंगवस्त्र धारण किया था। उसके आभूषण संपन्न किंतु शालीन थे: कानों में मोती के कुंडल और हाथों में ताम्र बाजूबंद। वह अभी अस्त-व्यस्त लग रहा था, मानो काफी समय से सड़कों पर घूम रहा हो, बिना कपड़े बदले।

उसके पीछे जो महिला थी, वह कुछ-कुछ आदमी से मिलती-जुलती, लेकिन सम्मोहक थी; संभवत: वह उसकी बहन थी। क़द में लगभग उर्मिला जितनी ही, उसकी त्वचा बर्फ के समान सफेद थी; इससे वह बीमार या पीली लगनी चाहिए थी, लेकिन वह तो बेहद ही आकर्षक लग रही थी। उसकी तीखी, उठी हुई नाक, उभरे हुए गाल उसे परिहावासी बता रहे थे। हालांकि, उनसे भिन्न उसके बाल भूरे थे, असामान्य रंग; उसकी हर लट सलीखे से अपनी जगह पर थी। उसकी आंखें जादुई थीं। शायद वह हिरण्यालोमन मलेच्छ की संतान थी; गोरी रंगत, भूरी आंखों और भूरे बाल वाले विदेशी, जो उत्तर-पश्चिम में कहीं रहते थे; उनके हिंसक तरीकों और अबोध्य बोली के कारण भारतीय उन्हें जंगली बुलाते थे। लेकिन यह महिला जंगली नहीं थी। बल्कि वह तो बहुत सुडौल और पतली थी, सिवाय उसके विशाल वक्षस्थल के, जो उसके शरीर के अनुपात में ज़्यादा ही बड़े थे। उसने महंगी, जामुनी रंग की धोती पहनी हुई थी, जो सरयु के जल के समान लग रही थी। शायद यह पूर्व का मशहूर रेशम होगा, जिसे धनी लोग खरीद सकते थे। धोती को उसने कुछ ज़्यादा ही नीचे बांध रखा था, जिससे उसका पतला पेट और घुमावदार कमर अच्छी तरह दिख रही थी। उसकी अंगिया भी रेशम की थी, पतले रजत रंग की, जिसमें से उसकी छाती के उभार लक्षित हो रहे थे। उसका अंगवस्त्र शरीर पर लिपटे होने की बजाय, असावधानी से कंधे पर पड़ा था। भारी-भरकम आभूषण उसकी अतिशयता को खूब परिभाषित कर रहे थे। बस असंगतता थी, तो उसकी कमर-पेटी में बंधा चाकू। वह ध्यान से देखने की चीज़ थी।

राम ने सीता को देखा। 'वो कौन हैं?'

सीता ने कंधे उचकाए।

तभी मलयपुत्र ने बता दिया था कि वो आदमी रावण का सौतेला भाई विभीषण और महिला, सौतेली बहन शूर्पणखा थी।

विभीषण के आगे एक सिपाही सफेद झंडा लेकर चल रहा था, शांति का प्रतीक। यक़ीनन वे बातचीत के लिए आए थे। लेकिन रहस्य यह था कि वह बात क्या करना चाहते थे?

और क्या इसमें कोई दावं-पेंच शामिल था।

राम ने दोबारा छिद्र से देखा, और फिर अपने लोगों की ओर घूमकर कहा। 'हम सब साथ बाहर चलेंगे। इससे वो कोई मूर्खता नहीं कर पाएंगे।'

'यह ठीक रहेगा,' जटायु ने कहा।

'आओ,' राम कहते हुए, सुरक्षित दीवार के पीछे से निकले, उन्होंने अपना दाहिना हाथ उठा रखा था, जो शांति का प्रतीक था। दूसरे भी राम का अनुकरण करते हुए, रावण के सौतेले भाई और उनके दल से मिलने के लिए बाहर निकले।

विभीषण राम, सीता, लक्ष्मण और उनके सैनिकों को देखकर कुछ घबरा गया। उसने अपनी बहन की ओर देखा, उन्हें आगे होने वाली गतिविधियों का कोई अंदाज़ा नहीं था। लेकिन शूर्पणखा की आंखें राम पर ही टिकी रह गईं। वे बेशर्मी से उन्हें निहार रही थी।

जटायु को देखते ही विभीषण पहचान गया था।

राम, लक्ष्मण, और सीता आगे चल रहे थे, और जटायु व उनके सिपाही पीछे। जब जंगलवासी लंकावासियों के नज़दीक पहुंचे, तो विभीषण कमर सीधी कर, छाती फुलाकर बोला। 'हम शांति के लिए आए हैं, अयोध्या के राजा।'

'हम भी शांति चाहते हैं,' राम ने कहते हुए अपना दाहिना हाथ नीचे किया। उनके लोगों ने भी ऐसा ही किया। उन्होंने 'अयोध्या के राजा' अभिनंदन पर कोई टिप्पणी नहीं की। 'आप यहां क्यों आए हैं, लंका के राजकुमार?'

विभीषण पहचाने जाने से संतुष्ट हुआ। 'लगता है सप्तसिंधु वाले दुनिया से उतने भी अनजान नहीं हैं, जितना हमें लगता है।'

राम नम्रता से मुस्कुराए। इस दौरान, शूर्पणखा ने छोटी सी थैली से एक रूमाल निकाल लिया, और उससे नज़ाकत से अपनी नाक ढंकी। लक्ष्मण ने उसके आधुनिक और करीने से कटे हुए उंगली के नाखूनों को देखा, हरेक का आकार सूप की तरह था। यही शायद उसके नाम का मूल

था। शूप संस्कृत का पुराना शब्द था, जिसका अर्थ सूप होता है। और नख मतलब नाखून।

'खैर, अब तो मैं भी सप्तसिंधु वालों के तरीकों को समझ गया हूं, और उनका सम्मान करता हूं,' विभीषण ने कहा।

सीता की नज़रें शूर्पणखा पर ही थीं, वह महिला कैसे लगातार उनके पति को घूरे जा रही थी। बेशर्मी से। नज़दीक आने पर स्पष्ट हो चुका था कि शूर्पणखा की जादुई आंखों का राज, आंखों के चमकते रंग में छिपा था, नीली आंखें। उसमें यक़ीनन हिरण्यलोमन मलेच्छ खून का कुछ तो अंश था। मिस्त्र के पूर्व में, व्यावहारिक रूप से किसी की भी आंखें नीली नहीं होती थीं। वह इत्र में नहाकर आई थी, जो पंचवटी आश्रम में फैली पशुओं की गंध से भी शक्तिशाली था, कम से कम उसके पास खड़े होने पर तो ऐसा ही लग रहा था। लेकिन उसके लिए यक़ीनन यह पर्याप्त नहीं था। वह लगातार अपने रूमाल को इधर-उधर घुमाकर, आसपास की गंध से बचने की कोशिश कर रही थी।

'क्या आप हमारी छोटी सी कुटी में, अंदर चलकर बात करना चाहेंगे?' राम ने कुटी की ओर इशारा करते हुए पूछा।

'नहीं, शुक्रिया, महाराज,' विभीषण ने कहा। 'मैं यहीं ठीक हूं।'

जटायु की उपस्थिति में वह असुरक्षित महसूस कर रहा था। विभीषण और कोई आश्चर्य झेलने को तैयार नहीं था, कुटी की चारदीवारी में, बात करने से पहले ही कहीं कुछ। इससे पहले कि वो बातचीत की स्थिति में आएं। आख़िरकार, वह सप्तसिंधु के दुश्मन का भाई था। यहां बाहर, खुले में ही रहना सुरक्षित था।

'ठीक है, फिर,' राम ने कहा। 'तो स्वर्ण नगरी लंका के राजकुमार के यूं आने का क्या तात्पर्य है?'

शूर्पणखा ने कुछ कर्कश, लेकिन मनोहर आवाज़ में कहा। 'रमणीय पुरुष, हम यहां शरण लेने आए हैं।'

'मुझे कुछ समझ नहीं आया,' राम थोड़ा सकपका गए कि एक ऐसी महिला जिन्हें वह नहीं जानते थे, उनके रूप से प्रभावित हो रही थी। 'मुझे नहीं लगता कि हम इतने सक्षम हैं...'

'ओ महान राजा, हम और कहां जा सकते हैं?' विभीषण ने कहा।

'हमें सप्तसिंधु में कोई नहीं अपनाएगा, क्योंकि हम रावण के संबंधी हैं। लेकिन हम जानते हैं कि सप्तसिंधु में काफी लोग ऐसे हैं, जो आपको न नहीं कह पाएंगे। मैं और मेरी बहन लंबे समय तक रावण की यातनाएं सहते रहे हैं। हमें अब वहां से भागना ही पड़ा।'

राम ख़ामोश थे।

'अयोध्या के राजा,' विभीषण आगे बोला। 'मैं भले ही लंका से हूं, लेकिन मैं आप लोगों जैसा ही हूं। मैं आपके सिद्धांत का सम्मान करता हूं। मैं दूसरे लंकावासियों जैसा नहीं हूं, जो रावण की अपार संपदा की वजह से, आंखें बंद करके उसका अनुसरण करते हैं। शूर्पणखा भी मेरी ही तरह है। क्या आपको नहीं लगता कि आपका हमारे प्रति भी कुछ कर्तव्य है?'

सीता बीच में बोलीं। 'किसी प्राचीन कवि ने कहा था, "जब कुल्हाड़ी ने जंगल में प्रवेश किया, तो वृक्षों ने एक-दूजे से कहा: चिंता मत करो, उसका हत्था तो हममें से ही एक है" ।'

शूर्पणखा ने नाक चढ़ाई। 'तो, रघु के महान वंशज, अपना निर्णय, अपनी पत्नी को करने देते हैं, है न?'

विभीषण ने हल्के से अपनी बहन का हाथ दबाया और वह चुप हो गई। 'रानी सीता,' विभीषण ने कहा। 'आपने ध्यान दिया होगा कि यहां सिर्फ हत्था आया है। कुल्हाड़ी की धार तो लंका में ही है। हम सच में आप लोगों जैसे हैं। कृपया हमारी मदद कीजिए।'

शूर्पणखा जटायु की ओर मुड़ी। यह उससे नहीं बच पाया था कि राम और लक्ष्मण के अलावा, अन्य सभी पुरुष आसक्ति से उसे देख रहे थे। 'महान मलयपुत्र, क्या आपको नहीं लगता कि हमें शरण देना, आपके हित में ही होगा? हम आपको लंका के बारे में ज़्यादा अच्छी तरह बता सकते हैं। वहां आपके लिए और भी स्वर्ण हो सकता हैं।'

जटायु ने कुछ सख्त होते हुए कहा। 'हम परशुराम के अनुयायी हैं! हमारी दिलचस्पी स्वर्ण में नहीं है।'

'ठीक है...' शूर्पणखा ने व्यंग्य से कहा।

विभीषण ने लक्ष्मण से विनती की। 'बुद्धिमान लक्ष्मण, कृपया अपने भाई को समझाइए। मुझे यक़ीन है कि आप मुझसे सहमत होंगे, अगर मैं कहूं कि मैं युद्ध में आपके बहुत काम आ सकता हूं।'

'मैं आपसे सहमत हो सकता हूं, लंका के राजकुमार,' लक्ष्मण ने मुस्कुराकर कहा। 'लेकिन तब हम दोनों ही ग़लत हो जाएंगे।'

विभीषण ने नीचे देखकर आह भरी।

'राजकुमार विभीषण,' राम ने कहा। 'मैं इसके लिए क्षमा चाहता हूं...'

विभीषण ने राम की बात काटी। 'दशरथ पुत्र, मिथिला के युद्ध को याद करिए। मेरा भाई आपका शत्रु है। वह मेरा भी दुश्मन है। क्या इस वजह से मुझे आपका मित्र नहीं बन जाना चाहिए?'

राम शांत थे।

'महान राजा, हम अपनी जान जोखिम में डालकर, लंका से भागे हैं। क्या आप कुछ समय के लिए हमें अपना मेहमान बनाकर नहीं रख सकते? हम कुछ ही दिनों में चले जाएंगे। आपको याद है, तैत्रिय उपनिषद में क्या कहा गया है: *अतिथि देवो भव।* यहां तक कि दूसरी कई स्मृतियों में भी कहा गया है कि ताकतवर को कमज़ोर की रक्षा करनी ही चाहिए। हम तो बस कुछ दिनों की शरण मांग रहे हैं। कृपया।'

सीता ने राम को देखा। और आह भरी। कानून को जबरन बीच में लाया जा रहा था। वह जानती थीं कि अब क्या होने वाला था। वह जानती थीं कि राम अब उन्हें लौटा नहीं पाएंगे।

'बस कुछ दिन,' विभीषण ने विनती की। 'कृपया।'

राम ने विभीषण के कंधे को छुआ। 'तुम यहां कुछ दिनों के लिए रह सकते हो; कुछ समय के लिए, और फिर अपने आगे के सफर पर निकल जाना।'

विभीषण ने हाथ जोड़कर प्रणाम करते हुए कहा, 'महान रघुवंशी अमर रहें।'

अध्याय 31

'खाने में नमक ही नहीं है,' शूर्पणखा ने शिकायत की।

चौथे प्रहर का पहला घंटा था और पंचवटी शिविर के वासी शाम के खाने के लिए बैठे थे। आज खाना पकाने की बारी सीता की थी। जबकि राम, लक्ष्मण और दूसरे सब लोग खाने का आनंद ले रहे थे, शूर्पणखा को उसमें बहुत कमियां दिख रही थीं।

'क्योंकि पंचवटी में नमक नहीं है, राजकुमारी,' सीता ने सब्र रखने की कोशिश करते हुए कहा। 'हमारे पास जो होता है, हम उसी में बनाते है। ये महल नहीं है। अगर आपको खाना पसंद नहीं आया है, तो आप भूखी रह सकती है।'

'ये खाना तो कुत्तों को खिलाने के लायक है!' शूर्पणखा घृणा से बड़बड़ाई, उसने अपने हाथ का निवाला वापस थाली में फेंक दिया।

'फिर तो ये आपके लिए बिल्कुल सही है,' लक्ष्मण ने कहा।

सभी ज़ोर से हंसने लगे। यहां तक कि विभीषण भी। लेकिन राम खुश नहीं थे। उन्होंने कठोरता से लक्ष्मण को देखा। लक्ष्मण ने अक्खड़ता से अपने भाई को देखा, फिर सिर हिलाकर अपने खाने में लग गए।

शूर्पणखा अपनी थाली परे सरकाकर वहां से चली गईं।

'शूर्प...' विभीषण ने विनती सी करते हुए कहा। फिर वो भी उठकर अपनी बहन के पीछे चला गया।

राम ने सीता को देखा। उन्होंने कंधे उचकाए और खाना शुरू कर

दिया।

एक घंटे बाद सीता और राम अपने कक्ष में अकेले थे।

हालांकि शूर्पणखा के अलावा और कोई लंकावासी परेशानी उत्पन्न नहीं कर रहा था, जबकि लक्ष्मण और जटायु को उन पर संदेह था। उन्होंने मेहमानों के हथियार लेकर शिविर के शस्त्रागार में रख दिए थे। वे उन पर चौबीसों घंटे नज़र भी रख रहे थे, लगातार। आज जटायु और मकरंत की बारी थी, जाग कर उन पर पूरी रात नज़र रखने की।

'मुझे लगता है वो बिगड़ैल राजकुमारी आप पर आसक्त है,' सीता ने कहा।

राम ने अपना सिर हिलाया, उनकी आंखों से साफ पता चल रहा था कि उन्हें यह ख्याल बचकाना लग रहा था। 'वह ऐसा कैसे कर सकती है, सीता? वह जानती है कि मैं विवाहित हूं। उसे मैं आकर्षक क्यों लगूंगा भला?'

सीता फूस की शय्या पर अपने पति के साथ लेटी हुई थीं। 'आपको पता होना चाहिए कि आप जितना सोचते हो, उससे ज़्यादा आकर्षक हो।'

राम त्योरी चढ़ाकर हंसे। 'बकवास।'

सीता भी उनके साथ हंसी, और उन्हें अपनी बांहों में भर लिया। 'लेकिन आप सिर्फ मेरे हो। सिर्फ मेरे।'

'हां, मेरी स्वामिनी,' राम ने मुस्कुराते हुए कहकर अपनी बांहें अपनी पत्नी पर रख दीं।

उन्होंने एक-दूसरे को चूमा, सुस्ती से। जंगल धीरे-धीरे शांत होता जा रहा था, मानो रात में सोने की तैयारी कर रहा हो।

मेहमानों को पंचवटी में जंगलवासियों के साथ रहते हुए एक सप्ताह हो गया था।

लक्ष्मण और जटायु बराबर मेहमानों पर कड़ी निगरानी रखे हुए थे।

विभीषण ने घोषणा की थी कि वो कुछ घंटों में निकल जाएंगे। लेकिन शूर्पणखा ने ज़ोर दिया था कि वो जाने से पहले अपने बाल धोना चाहती थी। उसने ये भी कहा था कि सीता उसके साथ जाएंगी।

सीता को शूर्पणखा के साथ जाने में कोई दिलचस्पी नहीं थी। लेकिन वो जितनी जल्दी हो सके, लंका की इस बिगड़ैल राजकुमारी से पीछा छुड़ाना चाहती थीं। इससे उन्होंने हां कह दिया।

शूर्पणखा ने नाव से नदी में और आगे जाने की जिद की।

'मत भूलो कि मुझे नहीं पता है कि तुम्हारे उस घटिया से शिविर के लोग मुझे नहाते हुए देखने का मौका नहीं छोड़ना चाहते!' शूर्पणखा ने नकली गुस्से से कहा।

सीता ने मुंह बनाकर गहरी सांस ली और कुछ नहीं कहा।

'यक़ीनन, तुम्हारे भले पति नहीं,' शूर्पणखा ने हावभाव दिखाते हुए कहा। 'उनकी आंखें सिर्फ तुम्हें ही देखती हैं।'

सीता खामोशी से नाव में चढ़ गईं, जबकि शूर्पणखा डगमगाते हुए उसमें चढ़ी। सीता ने इंतज़ार किया कि शूर्पणखा एक चप्पू उठा लेगी। लेकिन वो बस वहां बैठकर अपने नाखून निहारने लगी। सीता ने गुस्से से गुर्राते हुए दोनों चप्पू उठाए और नाव चलाने लगीं। इसमें काफी समय लग गया। सीता चिढ़ रही थीं और बहुत थक भी चुकी थीं, जब तक कि शूर्पणखा ने पेड़ों के एक झुंड की ओर इशारा नहीं किया कि वो वहां नहाना चाहती थी।

'जाओ,' सीता ने कहा। और वो मुड़कर इंतज़ार करने लगीं।

शूर्पणखा धीरे-धीरे कपड़े उतारने लगी, कपड़ों को अपने साथ लाए हुए कपड़े के थैले में रखा और पानी में डुबकी लगा दी। सीता इंतज़ार में पीठ के बल लेट गईं, उनका सिर एक तख्ते पर टिका था, शरीर नीचे को खिंचा हुआ। कुछ देर बाद असहज महसूस होने पर सीता ने सूत का बोरा उठा लिया, उसे मोड़कर तकिये जैसा बनाकर, तख्ते पर रखकर उन्होंने अपना सिर उस पर टिका दिया। घने पत्तों के बीच से आती दिन की रौशनी ने उन्हें शांत कर दिया और वो जल्द ही ऊंघने लगीं।

नींद आने पर उन्हें समय का कोई अहसास नहीं रहा। पक्षी की तेज़ आवाज़ से उनकी नींद खुली।

उन्हें शूर्पणखा के पानी में खेलने की आवाज़ सुनाई दी। उन्होंने कुछ देर और इंतज़ार किया। आखिरकार, सीता ने अपनी कोहनियों के बल उठते हुए पूछा। 'तुम्हारा हो गया? क्या मैं तुम्हारे बाल सुलझाकर बांध दूं?'

शूर्पणखा ने तैरना रोककर असंतुष्टी और घृणा से सीता को देखा। 'मैं तुम्हें अपने बाल नहीं छूने दूंगी!'

सीता की आंखें गुस्से से जलने लगीं। 'तो तुम मुझे अपने साथ यहां लेकर क्यों आई हं...'

'मैं यहां अकेले नहीं आ सकती थी, है न,' शूर्पणखा उनकी बात काटते हुए बोली, जैसे वो दुनिया की सबसे ज़रूरी चीज़ बता रही हो। 'और, मैं अपने साथ किसी आदमी को तो नहीं ला सकती थी। प्रभु इंद्र ही जानते हैं कि मुझे ऐसी हालत में देखकर वो मेरे साथ क्या करते।'

'उम्मीद है, वो तुम्हें डूबो देते,' सीता मन ही मन बड़बड़ाईं।

'क्या कहा तुमने?' शूर्पणखा झपटी।

'कुछ नहीं। जल्दी से अपना नहाना खत्म करो। तुम्हारे भाई को आज निकलना है।'

'मेरा भाई तभी जाएगा, जब मैं उसे जाने को कहूंगी।'

सीता ने शूर्पणखा को किनारे पर जंगल में पेड़ों के झुरमुट की तरफ देखते देखा। सीता ने उसकी नज़रों को पीछा किया। फिर चिढ़ते हुए अपना सिर हिलाया। 'यहां कोई हमारा पीछा नहीं कर रहा है। कोई तुम्हें नहीं देख सकता है। कृपया अपने ईश्वर के नाम पर, नहाना खत्म करो!'

शूर्पणखा ने जवाब नहीं दिया। सीता पर रूखी नज़र डालते हुए वो फिर से नहाने में लग गई।

सीता ने अपने माथे पर मुट्ठी मारी और धीरे-धीरे खुद से कहने लगीं। 'सांस लो। सांस लो। वो आज जाने वाली है। बस सांस लो।'

शूर्पणखा बार-बार जंगल की तरफ देखती रही। उसे कोई नहीं दिख रहा था। वो मन ही मन बड़बड़ाई। 'कोई कमबख्त भरोसेमंद नहीं है। मुझे सब खुद ही करना पड़ेगा।'

पंचवटी शिविर में, विभीषण राम से बात करने आए।

'महान रघुवर,' विभीषण ने कहा, 'आप जानते हैं कि हम जल्द ही निकलने वाले हैं। तो क्या संभव है कि हमें हमारे हथियार लौटा दिए जाएं?'

'जरूर,' राम ने कहा।

विभीषण ने कुछ दूरी पर जटायु और उनके मलयपुत्रों को देखा, और फिर गोदावरी की दिशा में, घने जंगल में छिपी हुई महानदी। उसका दिल तेज़ी से धड़क रहा था।

उम्मीद है कि वो पहुंच गए होंगे।

—⁂—

'बस!' सीता ने झुंझलाहट से कहा। 'तुम उतनी साफ हो गई हो, जितना हो सकती थी। अब पानी से बाहर निकल आओ। हम जा रहे हैं।'

शूर्पणखा ने फिर से जंगल को देखा।

सीता ने चप्पू उठा लिए। 'मैं जा रही हूं। तुम चाहे तो यहीं रहो या अकेले आना।'

शूर्पणखा गुस्से से कांप गई, लेकिन समर्पण कर दिया।

सीता जल्दी ही नाव ले आई थीं। अब वहां से शिविर तक की दस मिनट की चढ़ाई थी। उन्होंने शूर्पणखा के नाव से उतरने का इंतज़ार किया।

सीता ने न तो उम्मीद की थी, न ही उन्हें शूर्पणखा की तरफ से नाव को किनारे तक खींचकर, रस्सी से बंधवाने में कोई मदद मिली। शूर्पणखा सीता के पीछे ही खड़ी थी, जब सीता झुककर, अपने सीधे हाथ में रस्सी लपेटकर, नाव का किनारा पकड़ उसे बांधना शुरू करने वाली थीं।

उनका ध्यान अपने काम पर था, और नाव को अपनी तरफ खींचे रखने में ज़ोर भी लगाना पड़ रहा था, तो वो ध्यान नहीं दे पाईं कि शूर्पणखा अपने थैले से बूटियां निकालकर उनके मुंह पर रगड़ने आ रही थी।

शूर्पणखा एक खास किस्म का साबून और सुगंधी इस्तेमाल करती थी, जो वो अपने साथ थैले में रखकर ले गई थी। उसकी महक खास थी। जंगल की सामान्य खुशबू से कुछ अलग।

यही वह सुगंध थी, जिसने सीता को बचाया था।

वो एकदम समय पर संभल गई थीं, नाव छोड़ते हुए। तभी जब शूर्पणखा वो बूटियां सीता के मुंह में ठूसने के लिए उन पर कूदी थी। सीता ने मुड़कर लंका की राजकुमारी पर कोहनी से वार किया। शूर्पणखा पीछे जाकर गिरी और गुस्से से चिल्लाने लगी। सीता लंका की राजकुमारी की तरफ बढ़ीं, लेकिन हाथ में लिपटी रस्सी ने उनका संतुलन बिगाड़ दिया। मौके का फायदा उठाकर शूर्पणखा ने सीता को पानी में धक्का दे दिया। लेकिन गिरते हुए भी सीता ने शूर्पणखा पर फिर से कोहनी से वार किया। शूर्पणखा जल्दी से उठते हुए सीता के पीछे पानी में कूदी, और दोबारा से उनके मुंह में बूटी ठूंसने की कोशिश करने लगी।

शहरी शूर्पणखा के मुकाबले सीता लंबी, मज़बूत और चुस्त थीं। उन्होंने शूर्पणखा को ज़ोर से धक्का दिया, वो कुछ दूर जाकर गिरी। उन्होंने बूटियां थूक दीं और तुरंत अपने म्यान से चाकू निकालकर रस्सी काट डाली। उन्होंने पानी में तैरती बूटियों को देखा, वो उन्हें पहचान गईं। वो शूर्पणखा तक पहुंचने के लिए पानी में बढ़ीं।

तब तक, शूर्पणखा संभल चुकी थी। वो सीता की तरफ तैरकर आई और अपनी मुट्ठियों से उन्हें मारने लगी। सीता ने उसके दोनों हाथ अपने बाएं हाथ में पकड़े; फिर इतनी ज़ोर से चिल्लाईं कि लंका की राजकुमारी को पीछे मुड़ना पड़ा। फिर सीता ने शूर्पणखा के गले में बांह डालते हुए उसे अपने करीब भींच लिया।

फिर सीता ने उसके गले पर चाकू रख दिया। 'एक और हरकत, और बिगड़ैल राजकुमारी, मैं तुम्हारा गला चीर दूंगी।'

शूर्पणखा खामोश हो गई और संघर्ष करना बंद कर दिया। सीता ने चाकू वापस म्यान में रख लिया। फिर उन्होंने रस्सी के टुकड़े उठाकर शूर्पणखा के हाथ बांध दिए। उन्होंने उसका अंगवस्त्र लेकर उसके मुंह पर बांध दिया।

उन्होंने शूर्पणखा का थैला देखा और उन्हें उसमें थोड़ी और बूटी मिली।

'अगर अब तुमने कुछ और हरकत की तो मैं ये तुम्हारे मुंह में डाल दूंगी।'

शूर्पणखा खामोश रही।

सीता उसे शिविर की तरफ खींचकर चलने लगी।

शिविर से कुछ दूर रहने पर शूर्पणखा के मुंह पर बंधा अंगवस्त्र ढीला होकर गिर गया। उसने तुरंत चिल्लाना शुरू कर दिया।

'चुप रहो!' उसे खींचते हुए सीता चिल्लाई।

यद्यपि शूर्पणखा पूरी जान लगाकर चिल्लाती रही।

कुछ ही देर में वो शिविर पर पहुंच गए थे। सीता, लंबी, शाही लेकिन भीगी हुईं और क्रोधित। शूर्पणखा को खींचकर लाने के कारण उनकी मांसपेशियां अकड़ी हुई थीं। लंका की राजकुमारी के हाथ बंधे हुए थे।

राम और लक्ष्मण ने तुरंत अपनी तलवार बाहर खींच ली, वहां उपस्थित दूसरे लोगों ने भी तलवारें तान ली थीं।

सबसे पहले अयोध्या के छोटे राजकुमार ही कुछ पूछ पाने की स्थिति में आए। विभीषण को गुस्से से देखते हुए उन्होंने पूछा, 'यहां क्या हो रहा है?'

विभीषण दोनों महिलाओं से अपनी आंख नहीं हटा पा रहा था। वह वास्तव में घबरा गया था, लेकिन तुरंत ही साहस बटोरकर उसने जवाब दिया। 'आपकी भाभी मेरी बहन के साथ क्या कर रही हैं? यक़ीनन उन्होंने ही शूर्पणखा पर हमला किया होगा।'

'बंद करो यह नाटक!' लक्ष्मण चिल्लाए। 'भाभी ऐसा कुछ नहीं करेंगी, अगर तुम्हारी बहन ने सामने से हमला नहीं किया होता तो।'

इस दौरान, सीता लोगों के बीच पहुंच गईं, उन्होंने शूर्पणखा को छोड़ दिया था। लंका की राजकुमारी के होश उड़े हुए थे, और वह पूरी तरह से नियंत्रण से बाहर थी।

विभीषण तुरंत अपनी बहन की ओर बढ़ा, और एक चाकू से उसकी रस्सी काट दी। उसने शूर्पणखा के कान में कुछ कहा। 'मुझे संभालने दो। चुप रहो।'

शूर्पणखा ने विभीषण को घूरा, मानो ये सब उसकी गलती हो।

सीता राम की ओर मुड़ीं और शूर्पणखा की ओर इशारा करके बोलीं। उनके हाथ में कुछ बूटियां थीं। 'यह नीच लंकावासी मेरे मुंह में यह डालकर, मुझे पानी में धकेलने वाली थी!'

राम उन बूटियों को पहचान गए। आमतौर पर यह शल्य चिकित्सा से पहले, रोगी को बेहोश करने के लिए दी जाती थी। उन्होंने विभीषण को

देखा, उनके नेत्र क्रोध से जल रहे थे। 'यह क्या हो रहा है?'

विभीषण तुरंत खड़ा हो गया, उसका व्यवहार विनती वाला था। 'ज़रूर कुछ ग़लतफहमी हुई है। मेरी बहन ऐसा कुछ नहीं कर सकती।'

'क्या तुम कहना चाहते हो कि यह मेरी कल्पना थी कि वह मुझे पानी में धक्का दे रही थी?' सीता ने उत्तेजित हो पूछा।

विभीषण ने शूर्पणखा को घूरा, जो अब तक खड़ी हो चुकी थी। वह उससे चुप रहने की विनती कर रहा था। लेकिन वह उसका इशारा समझना ही नहीं चाहती थी।

'यह झूठ है!' शूर्पणखा चिल्लाई। 'मैंने ऐसा कुछ नहीं किया है!'

'तो क्या तुम मुझे झूठा कह रही हो?' गरजते हुए सीता ने पूछा।

आगे जो हुआ, उसमें किसी के पास सोचने का समय नहीं बचा था। शूर्पणखा दौड़ती हुई सीता की ओर आई, उसने अपना चाकू निकाल लिया था। सीता के पास खड़े लक्ष्मण चिल्लाते हुए आगे बढ़े, 'भाभी!'

सीता तुरंत हमले से बचने के लिए विपरीत दिशा में घूमीं। पल भर में ही लक्ष्मण आगे आए, और उन्होंने भागकर आती हुई शूर्पणखा के दोनों हाथ पकड़कर, उसे पीछे धकेला। लंका की दुबली सी राजकुमारी, उछलते हुए पीछे गिरी, और उसके खुद के हाथों का चाकू गिरते वक्त उसके मुंह पर आ लगा। चाकू सीधा गिरा था, इससे उसकी नाक कट गई। अब चाकू और शूर्पणखा दोनों ज़मीन पर पड़े थे, सदमे की वजह से उसे किसी दर्द का अहसास नहीं हुआ।

खून तेज़ी से बहने लगा था, लेकिन उसका दिमाग़ अभी क्या हुआ, उसे समझने की कोशिश कर रहा था। उसने अपने चेहरे को छुआ, और हाथ पर खून के निशान देखे। वह समझ गई थी कि उसके चेहरे पर गहरा निशान पड़ा था। उसे हटाने के लिए उसे दर्दनाक शल्य चिकित्सा करवानी पड़ेगी।

वह नफरत से चिल्लाई और फिर से आगे भागी, इस बार उसका निशाना लक्ष्मण थे। विभीषण ने आगे बढ़कर अपनी पगलाई हुई बहन को पकड़ लिया।

'उन्हें मार दो!' शूर्पणखा गुस्से से चिल्लाई। 'सबको मार दो!'

'ठहरो!' घबराए हुए विभीषण ने उसे संभालते हुए कहा। वह जानता

था कि वो संख्या में ज़्यादा थे। वह मरना नहीं चाहता था। और उसे मृत्यु से ज़्यादा किसी भयानक अनहोनी का भय था। 'रुको!'

राम ने अपना बायां हाथ उठाया, उनकी मुट्ठी भिंची हुई थी, यह अपने लोगों को रुकने, लेकिन सचेत रहने का इशारा था। 'राजकुमार, इसी क्षण चले जाओ। नहीं, तो इसकी कीमत चुकानी पड़ेगी।'

'भूल जाओ हमें क्या कहा गया था!' शूर्पणखा चिल्लाई। 'उन सबको मार डालो!'

राम ने दृढ़ता से विभीषण से कहा, जो पूरे बल से शूर्पणखा को रोकने की कोशिश कर रहा था। 'राजकुमार विभीषण, इसी क्षण चले जाओ।'

'वापस चलो,' विभीषण ने कहा।

उसके सिपाही पीछे हटने लगे, उनकी तलवारें अभी भी जंगलवासियों की ओर उठी हुई थीं।

'उन्हें मार दो, कायर!' शूर्पणखा ने अपने भाई को झिड़कते हुए कहा। 'मैं तुम्हारी बहन हूं! मेरा बदला लो!'

विभीषण ने छटपटाती हुई शूर्पणखा को खींचा, उसकी आंखें राम पर थीं, वह अकस्मात् घटना के लिए सचेत था।

'उन्हें मार दो!' शूर्पणखा चिल्लाई।

विभीषण विरोध करती हुई बहन को खींचकर पंचवटी से बाहर ले गया, और लंकावासियों ने भी शिविर छोड़ दिया।

राम, लक्ष्मण और सीता अपने स्थान पर जड़ खड़े थे। जो भी हुआ वह अकल्पनीय तबाही थी।

'हम यहां और नहीं ठहर सकते,' जटायु ने कहा। 'हमारे पास कोई विकल्प नहीं है। हमें अभी यहां से निकलना होगा।'

राम ने जटायु को देखा।

'हमने लंका का शाही खून बहाया है, भले ही वे शाही विद्रोही हों,' जटायु ने कहा। 'उनके नियम के मुताबिक रावण के पास बदले के अतिरिक्त और कोई विकल्प नहीं है। ऐसा ही सप्तसिंधु के दूसरे शाही लोग भी करते, है न? रावण ज़रूर आएगा। इस बारे में कोई संदेह नहीं है। विभीषण कायर है, लेकिन रावण और कुंभकर्ण नहीं। वे हज़ारों सिपाहियों

को लेकर आएंगे। यह मिथिला से भी भयंकर होगा। वहां तो सिपाहियों में लड़ाई हुई थी; युद्ध का ही एक भाग, उन्होंने उसे मान लिया होगा। लेकिन यहां मामला व्यक्तिगत है। उसकी बहन, परिवार की सदस्य, पर हमला हुआ है। खून बहा है। अब बात उसके सम्मान की है।'

लक्ष्मण ने अकड़ते हुए कहा। 'लेकिन मैंने उस पर हमला नहीं किया। वह...'

'रावण इसे ऐसे नहीं देखेगा,' जटायु ने उनकी बात काटते हुए कहा। 'वह आपसे विवरण नहीं मांगेगा, राजकुमार लक्ष्मण। हमें भागना होगा। अभी, इसी वक्त।'

अध्याय 32

वे तीस दिनों से भाग रहे थे। दंडकारण्य के पूर्व में, वो गोदावरी से दूर हट गए थे, जिससे वो पकड़ में नहीं आ पाएं। लेकिन वो नदी या पानी से ज़्यादा दूर भी तो नहीं रह सकते थे, इससे उनका शिकार करने का मौका खो जाता।

वो काफी समय से सूखे मांस और जंगली बेरों या पत्तों को खाकर अपना काम चला रहे थे। उन्होंने सोचा था कि शायद अब लंका के सैनिकों ने उनका पीछा करना बंद कर दिया होगा। कम आहार और लगातार चलते रहने से उनका शरीर कमज़ोर पड़ गया था। तो राम और लक्ष्मण शिकार पर निकले थे, जबकि सीता और मलयपुत्र सिपाही मकरंत केले के पत्ते लेने गए थे।

उनके लिए गुप्तता अनिवार्य थी। इसलिए, वो अपना खाना भी ज़मीन में गहरे गड्ढे में बनाते थे। आग के लिए, वो खास किस्म के पत्थर के कोयले का इस्तेमाल कर रहे थे। ताकि बिना धुएं की आग उत्पन्न हो सके। अतिरिक्त सावधानी के लिए, मिट्टी में गढ़े हुए खाने के बर्तनों को केले के पत्तों की मोटी परत से ढंक दिया जाता था। जिससे गलती से भी धुएं का कोई अंश बाहर नहीं निकलता था। इसी तरीके से वो खुद को छिपाए रख पा रहे थे। सीता और मकरंत केले के पत्ते लेने गए थे। उस दिन खाना बनाने की बारी सीता की थी।

सीता को पता नहीं थी कि रावण का पुष्पक विमान शिविर से थोड़ी ही दूर पर उतर चुका था। उसकी कान फोड़ू आवाज़ को तूफान के पीछे

दबा दिया गया था। उस क्षेत्र में अभी बेमौसम बरसात बरसी थी। सैंकड़ों लंकावासी उस विमान से उतरे थे और शिविर पर हमला करके तेज़ी से मलयपुत्रों को खत्म कर दिया था।

लंका के कुछ सैनिक सीता, राम और लक्ष्मण को ढूंढ़ने निकले थे। उनमें से दो ने सीता और मकरंत को देख लिया था, जो शिविर वापसी के रास्ते पर थे। दो तीर लगने से मकरंत मर चुका था। एक तीर उसके कंधे में लगा था, और दूसरा गले में। हालांकि सीता, अपनी योग्यता के चलते उन दोनों लंकावासियों को मारने में कामयाब रही थीं और उनके हथियार लेकर शिविर पहुंच गई थीं। वहां उन्होंने जटायु के अलावा सभी मलयपुत्रों को मृत पाया। उन्होंने नायक की तरह जटायु को बचाने की कोशिश की थी, लेकिन सफल नहीं हो पाई थीं। नागा गंभीर रूप से घायल था और अपने विष्णु को बचाने की कोशिश कर रहा था।

रावण के छोटे भाई कुंभकर्ण ने आदेश दिया था कि सीता को ज़िंदा पकड़ा जाए। काफी सारे लंका के सैनिकों ने एक साथ सीता पर हमला कर दिया था। वो बहादुरी से लड़ी थीं, लेकिन आखिरकार पकड़ी गईं, और लंकावासियों ने किसी नीले पदार्थ से उन्हें बेहोश कर दिया था।

वो तुरंत ही उन्हें पुष्पक विमान में डालकर ले गए। राम और लक्ष्मण को वहां आने पर हर तरफ सिर्फ लाशें ही मिलीं और घायल जटायु।

सीता को याद नहीं था कि वो कितनी देर से बेहोश थीं। शायद घंटों बीत गए थे। उन्हें अभी भी कुछ भारीपन महसूस हो रहा था। विमान की दीवार में लगी खिड़कियों से अंदर रौशनी आ रही थी। लगातार आती घूं-घूं की आवाज़ उनके सिर में दर्द कर रही थी। उन्हें ये समझने में कुछ समय लगा कि वो आवाज़ विमान की पंखुड़ियों की थी, जो आवाज़ रोकने वाली दीवारों से टकराकर आ रही थी।

दीवारें आवाज़ रोकने में पूरी तरह सक्षम नहीं हैं।

सीता ने अपनी कनपटी दबाकर दर्द कम करने की कोशिश की। वो कुछ पल ही प्रभावशाली रहा। जल्द ही दर्द वापस लौट आया।

फिर उन्हें कुछ अजीब महसूस हुआ।

मेरे हाथ बंधे नहीं हैं।

उन्होंने नीचे अपने पैरों को देखा। वो भी नहीं बंधे थे।

उन्हें अपनी आशा बढ़ती महसूस हुई।

तुरंत ही उनकी आशाएं धराशायी हो गईं और वो अपनी ही बेवकूफी पर हल्के से हंस दीं।

मैं कहां जाने की योजना बना रही हूं? मैं हज़ारों फुट ऊपर आसमान में हूं।

उस नीले ज़हर ने मेरी सोचने की क्षमता को कम कर दिया है।

उन्होंने धीरे से अपना सिर हिलाया। उसे साफ करने की कोशिश में।

वो दीवार के पास एक आसन पर लेटी हुई थीं।

उन्होंने आसपास देखा। विमान सच में बहुत बड़ा था। उन्होंने ऊपर देखा। वो अंदर से भी शंक्वाकार का ही था। सब जगह चिकनी धातु लगी हुई थी। शीर्ष पर चित्रकारी की हुई थी। उनकी आंखों के आगे कुछ अंधेरा सा था, तो वो देख नहीं पा रही थीं कि क्या बना हुआ था। विमान के केंद्र में लंबा, बेलनाकार स्तंभ लगा हुआ था, जो शीर्ष तक जा रहा था। वो शुद्ध धातु का था, यक़ीनन मज़बूत भी। उन्हें लग रहा था कि वो किसी मंदिर के बड़े से शिखर के अंदर थीं। लेकिन उसकी साज-सज्जा, कीमती और आरामदायक होने के साथ, अच्छी खुली-खुली थी। उसमें दूसरे शाही वाहनों जैसे तामझाम नहीं थे; या कम से कम सप्तसिंधु के वाहनों जैसे। पुष्पक विमान में आधारभूत सुविधाएं होने के साथ वो बेमिसाल था। दिखावे से ज़्यादा सैन्य रूप से प्रयुक्त होने वाला वाहन।

इसमें ज़्यादा जगह होने की वजह से सौ सिपाही साथ में सफर कर सकते थे। वो सब शांति से बैठे थे, अनुशासन में, ज़मीन पर, विमान की दीवार से सटे हुए।

सीता को रावण और कुंभकर्ण ज़मीन पर रखे आसनों पर बैठे दिखाई दिए। उनके बैठने की जगह पर हल्का सा पर्दा लगाया गया था। पर्दा ऊपर से लटका हुआ था। वो बहुत दूर नहीं थे। लेकिन वो फुसफुसाकर बातें कर रहे थे। सीता उनकी बातें नहीं सुन पा रही थीं।

आसन पर लेटे हुए ही, वो कोहनी के बल उठीं। आवाज़ करते हुए। उन्हें अभी भी कमज़ोरी महसूस हो रही थी।

रावण और कुंभकर्ण उन्हें देखने के लिए मुड़े। वो उठे और उनकी तरफ बढ़ने लगे। रावण अपनी धोती में लड़खड़ाया। बेध्यानी से।

सीता अब तक बैठ चुकी थीं। सांस लेते हुए वो अवज्ञा से दोनों भाइयों को देख रही थीं।

'मुझे अभी मार दो,' वो गुर्राईं। 'नहीं तो तुम्हें इसका पछतावा होगा।'

लंका के सारे सिपाही उठ खड़े हुए, अपने हथियार निकालते हुए। लेकिन कुंभकर्ण के एक इशारे पर वो अपनी जगह पर खड़े रहे।

कुंभकर्ण हैरान करने वाली नरमाई से बोला, 'हम आपको नुकसान पहुंचाना नहीं चाहते। आप थक गई होंगी। आप जल्दी ही जाग गई हैं। आपको दी गई औषधि बहुत तेज़ थीं। कृपया आराम कीजिए।'

सीता ने जवाब नहीं दिया। वो कुंभकर्ण के नर्म लहजे से हैरान थीं।

'हम नहीं जानते थे,' कुंभकर्ण ने झिझकते हुए कहा। 'मैं... मैं नहीं जानता था। नहीं तो हम उस औषधि का इस्तेमाल नहीं करते...'

सीता खामोश रहीं।

फिर वो रावण की तरफ मुड़ीं। वो बस उन्हें घूर रहा था। बिना पलक झपकाए। उसके चेहरे पर उदासी थी। अवसाद। और उसकी आंखें अजीब लग रही थीं। जैसे उनमें प्यार भरा हो।

सीता दीवार से चिपक गईं, अपने अंगवस्त्र से खुद को ढंकते हुए।

अचानक एक हाथ आया। नीम की पत्ती। और, नीले रंग लेप। उनकी नाक पर।

सीता को फिर आंखों के सामने अंधेरा महसूस हुआ। धीरे-धीरे।

उन्होंने रावण को अपने दाहिने ओर देखते देखा, जहां उन्हें औषधि देने वाला इंसान खड़ा था। उसके चेहरे पर नाराजगी थी।

और अंधेरा पूरी तरह छा गया।

उनकी आंखें खुलीं।

खिड़की से आती मद्धम रौशनी। सूरज आसमान में करीब था।

मैं कितनी देर बेहोश रही थी?

सीता को पता नहीं था। शायद कुछ घंटे? या कई प्रहर?

वो फिर से उठीं। धीरे-धीरे। कमज़ोरी से। वो देख सकती थीं कि ज़्यादातर सिपाही ज़मीन पर ही सो गए थे।

लेकिन उस चबूतरे के आसपास कोई सिपाही नहीं था, जहां वो सो रही थीं।

उन्हें अकेला छोड़ दिया गया था।

रावण और कुंभकर्ण अपने आसनों के पास खड़े थे। अपने पैरों को खींचते हुए। एक-दूसरे से फुसफुसाते हुए।

उनकी आंखें धीरे-धीरे साफ हुईं। दूरी आंकने के लिए। रावण और कुंभकर्ण उनसे कोई पंद्रह या बीस फुट दूर खड़े थे। उनकी पीठ सीता की तरफ थी। वो किसी चर्चा में व्यस्त में थे।

सीता ने आसपास देखा। और मुस्कुराईं।

कोई लापरवाही कर रहा है।

उनके पास एक चाकू पड़ा था। उसी चबूतरे पर। वो किनारे पर बढ़ीं। बेआवाज़। सावधानी से। म्यान उठाई और उसमें से चाकू निकाला। धीरे से। बिना कोई आवाज़ किए।

उन्होंने सख्ती से चाकू को अपने हाथ में पकड़ लिया।

उन्होंने कुछ गहरी सांसें लीं। अपने शरीर में ऊर्जा भरने के लिए।

उन्हें याद था कि उन्होंने क्या सुना था।

मुखिया को मार दो और लंकावासी खुद ही तितर-बितर जाएंगे।

उन्होंने उठने की कोशिश की। उनके आसपास की दुनिया घूमने लगी।

वो चबूतरे पर बैठ गईं। लंबी सांसें लेते हुए। अपने शरीर में ज़्यादा ऊर्जा भरने के लिए।

फिर, उन्होंने ध्यान लगाया। वो मज़बूती से उठीं और रावण की तरफ बढ़ीं।

जब वो रावण की पीठ से महज़ कुछ फुट दूर थीं, तो उन्होंने अपना चाकू ऊपर उठा लिया।

एक तेज़ आवाज़ आई जब किसी ने सीता को पीछे से पकड़ लिया।

उनकी गर्दन के गिर्द एक बांह थी। एक चाकू उनके गले पर रखा था। सीता महसूस कर सकती थीं कि उनकी हमलावर कोई महिला थी।

रावण और कुंभकर्ण ने तुरंत पलटकर देखा। अब तक अधिकांश सिपाही जाग चुके थे।

कुंभकर्ण ने धीरे से अपना हाथ उठाया। सावधानी से। उसने शांत आदेश देती आवाज़ में कहा। 'चाकू गिरा दो।'

सीता ने अपने गिर्द लिपटी बांह को सख्त होता महसूस किया। वो देख सकती थीं कि अब तक सारे सिपाही खड़े हो चुके थे। उन्होंने आत्मसमर्पण करके चाकू गिरा दिया।

कुंभकर्ण ने फिर से दोहराया। इस बार कुछ सख्ती से। 'मैंने कहा चाकू गिरा दो।'

सीता ने अपनी भौंह उठाई। दुविधा से। उन्होंने अपने गिरे हुए चाकू को देखा। वो कहने ही वाली थीं कि उनके पास और कोई चाकू नहीं है, जब उन्हें अपनी गर्दन पर एक चुभन महसूस हुई। उन्हें पीछे से पकड़ने वाली हमलावर ने चाकू और करीब कर दिया था। अब खून की बूंद उभर आई थी।

कुंभकर्ण ने सीता के हमलावर की तरफ मुड़ने से पहले रावण को देखा। 'खर मर चुका है। इससे वो वापस नहीं आ जाएगा। पागलपंती मत करो। मैं आदेश देता हूं। चाकू गिरा दो।'

सीता अपने गले पर लिपटी बांह की कपकपाहट महसूस कर सकती थीं। उनकी हमलावर गहरी भावनाओं से जूझ रही थी।

आखिरकार, रावण आगे आया और कड़े, आदेश देते शब्दों में कहा। 'चाकू गिरा दो। अभी।'

सीता ने हाथ को ढीला पड़ते महसूस किया। वो तुरंत ही पीछे हो गया। और एक नरम फुसफुसाहट सुनाई दी।

'जैसा आपका आदेश, इराइवा।'

आवाज़ सुनकर सीता सकते में थीं। वो पीछे मुड़ीं। लड़खड़ाकर। वो पीछे गिरीं और सहारे के लिए उन्होंने विमान की दीवार पकड़ ली।

सांस लेते हुए उन्होंने फिर अपनी हमलावर का चेहरा देखने की कोशिश की। वो जो कुछ पल पहले उन्हें मार देना चाहती थी। वो जिसकी

खर के लिए खास भावनाएं थीं। वो जो पूरी तरह से रावण के नियंत्रण में थी।

वो जिसने कभी उनकी ज़िंदगी बचाई थी...

वो जिसे वो अपनी दोस्त समझती थीं।

समीचि।

...क्रमशः

अनुवादक के बारे में

उर्मिला गुप्ता बतौर संपादक और अनुवादक कई वर्षों से कार्यरत हैं। उन्होंने अमीश, अश्विन सांघी, रश्मि बंसल, अनुजा चौहान, प्रीति शेनॉय, विनीत बाजपेयी, अली सेठी, मार्क मेंसन, नंदन नीलेकनी सहित अनेक नामी लेखकों की किताबों का अनुवाद किया है।

अमीश की अन्य किताबें

शिव रचना त्रयी

भारतीय प्रकाशन इतिहास में सबसे तेज़ी से बिकने वाली पुस्तक शृंखला

मेलूहा के मृत्युंजय
(शिव रचना त्रयी की किताब 1)

1900 ईसापूर्व। जिसे आधुनिक भारतीय ग़लती से सिंधु घाटी की सभ्यता कहते हैं, उसे उस समय के निवासी मेलूहा की भूमि—एक सम्पूर्ण साम्राज्य जिसकी स्थापना प्रभु श्रीराम ने कई शताब्दियों पूर्व की थी—के रूप में जानते थे। अब उनकी प्राथमिक नदी सरस्वती मृतप्राय होती जा रही है, और वे पूर्व दिशा में अपने शत्रुओं द्वारा किये जा रहे आतंकवादी हमलों का सामना कर रहे हैं। क्या उनके प्रसिद्ध महानायक नीलकंठ बुराई के नाश के लिए अवतरित होंगे?

नागाओं का रहस्य
(शिव रचना त्रयी की किताब 2)

कुटिल नागा योद्धा ने अपने मित्र बृहस्पति की हत्या कर दी है और अब उसकी पत्नी सती के पीछे पड़ा है। शिव, जो बुराई के प्रसिद्ध विनाशक हैं, अपने राक्षसी विरोधियों को ढूँढ़ लेने तक चैन से नहीं बैठेंगे। प्रतिशोध की प्यास उन्हें सर्प प्रजाति के लोगों नागाओं के द्वार तक ले जायेगी। शिव रचना त्रयी की दूसरी किताब में, भयंकर युद्ध लड़े जायेंगे और कुछ चौंकाने वाले रहस्यों से पर्दा उठेगा।

वायुपुत्रों की शपथ
(शिव रचना त्रयी की किताब 3)

शिव नागाओं की राजधानी पंचवटी तक जा पहुँचते हैं, और अपने वास्तविक शत्रु के विरुद्ध धर्मयुद्ध की तैयारी करते हैं। नीलकंठ नाकाम नहीं हो सकते चाहे इसकी जो भी क़ीमत चुकानी पड़े। अपनी हताशा में, वे वायुपुत्रों से सम्पर्क करते हैं। क्या वे सफल हो पायेंगे? और बुराई से लड़ने की वास्तविक क़ीमत क्या होगी? इन सभी रहस्यों का जवाब पाने के लिए इस बैस्टसैलिंग शिव रचना त्रयी का अन्तिम भाग पढ़ें।

राम चंद्र श्रृंखला

भारतीय प्रकाशन इतिहास में दूसरी सबसे तेज़ी से बिकने वाली पुस्तक श्रृंखला

राम—इक्ष्वाकु के वंशज

(श्रृंखला की किताब 1)

वे अपने देश से प्रेम करते हैं और क़ानून के लिए अकेले डटकर खड़े रहते हैं। उनके भाई, उनकी पत्नी सीता, और अराजकता के अँधकार के विरुद्ध लड़ाई। वे हैं राजकुमार राम। क्या वे दूसरों द्वारा उन पर उछाली गयी कीचड़ से उबर पायेंगे? क्या सीता के प्रति उनका प्रेम उन्हें उनके संघर्षों से पार लगा सकेगा? क्या वे उस राक्षस राजा रावण को हरा पायेंगे जिसने उनका बचपन नष्ट कर दिया था? क्या वे विष्णु की नियति को पूरा कर पायेंगे? अमीश की नयी राम चंद्र श्रृंखला के साथ एक और ऐतिहासिक सफ़र की शुरुआत करें।

रावण—आर्यवर्त का शत्रु

(श्रृंखला की किताब 3)

रावण मनुष्यों में विशालतम बनने, विजयी होने, लूटपाट करने, और उस महानता को हासिल करने के लिए दृढ़संकल्प है जिसे वह अपना अधिकार मानता है। वह विरोधाभासों, नृशंस हिंसा और अथाह ज्ञान से भरपूर व्यक्ति है। ऐसा व्यक्ति जो प्रतिदान की आशा के बिना प्रेम करता है और बिना पश्चाताप हत्या कर सकता है। *राम चंद्र श्रृंखला* की इस तीसरी किताब में, अमीश ने लंका के राजा रावण के व्यक्तित्व के विभिन्न पहलुओं को उभारा है। क्या वह इतिहास का सबसे बड़ा खलनायक है या परिस्थितियों का मारा?

लंका का युद्ध

(श्रृंखला की किताब 4)

सीता का अपहरण हो गया। उन्होंने बेख़ौफ़ रावण को चुनौती दी कि वो उनका वध कर दे—उन्हें राम के समर्पण की अपेक्षा अपनी मृत्यु मंज़ूर थी। राम स्वयं संताप और क्रोध में घिरे थे। उन्होंने युद्ध की तैयारी कर ली। क्रोध ही उनका ईंधन है। और शांतिपूर्ण ध्यान उनका मार्गदर्शक। रावण ने खुद को अपराजित मान लिया था। उसने सोचा था कि वो राम को समर्पण के लिए मजबूर कर देगा। लेकिन उसे नहीं पता था...

भारत गाथा

महाराजा सुहेलदेव

गज़नी के महमूद के लगातार हमले भारत के उत्तरी क्षेत्रों को कमज़ोर कर देते हैं और कई पुराने साम्राज्य खत्म हो जाते हैं। इसके बाद तुर्क देश के सबसे पवित्र मन्दिरों में से एक, सोमनाथ में भगवान शिव के भव्य मन्दिर पर हमला कर उसे नष्ट कर देते हैं। भारी निराशा से भरे इस काल में एक योद्धा राष्ट्र की रक्षा के लिए सामने आता है। *महाराजा सुहेलदेव*—एक प्रचंड विद्रोही, एक करिश्माई नेता, एक पक्का देशभक्त। साहस और वीरता की इस रोमांचक महागाथा को पढ़िये, जो शेर के सामान उस निडर योद्धा की कहानी और बहराइच के महासंग्राम की याद दिलाती है।

कथेतर

अमर भारत

भारत को खोजें देश के कहानीकार अमीश के साथ, जो आपको तीखे लेखों, स्पष्ट भाषणों और बुद्धिमत्तापूर्ण बहस के द्वारा देश को एक नये ढंग से समझने में मदद करते हैं। *अमर भारत* में, अमीश आकर्षक रूप से आधुनिक दृष्टिकोण के साथ एक प्राचीन संस्कृति का विस्तृत ख़ाका खींचते हैं।

धर्म - सार्थक जीवन के लिए महाकाव्यों की मीमांसा

अमीश और भावना भारतीय दर्शन की कुछ मुख्य अवधारणाओं को खंगालने के लिए भारत के प्राचीन महाकाव्यों के अनमोल ख़ज़ाने के विशाल और जटिल संसार में गहरे उतरते हैं। हम सही और ग़लत में कैसे भेद कर सकते हैं? उत्तर निहित हैं हमारी इन मनपसंद कहानियों की सीधी-सरल और ज्ञानपूर्ण व्याख्याओं में, जो प्रस्तुत कर रहे हैं बहुत प्यारे ऐसे काल्पनिक पात्र जिन्हें जानने में आपको बहुत आनंद आएगा।